MOSAIK UND MAGIE

DER STRICKCLUB DER VAMPIRE, BAND 14

NANCY WARREN

Mosaik und Magie, Der Strickclub der Vampire, Band 14

Urheberrecht © 2023 Nancy Warren

ISBN: Ebook 978-1-998239-02-3

ISBN: Gedruckt 978-1-998239-01-6

Cover-Gestaltung von Lou Harper von Cover Affair.

Übersetzung: Sarah Goldmarleen – Language + Literary Translations, LLC.

Ambleside Publishing

VORWORT

Band 14 – Mosaik und Magie: Ein paranormaler Cosy-Krimi

Hüte dich vor der Kristallkugel ...

Zu ihrer Hochzeit mit Rafe bekommt Lucy eine Kristallkugel geschenkt, und als diese ein Unheil vorhersagt, ist sie entsetzt. Für das Brautpaar hätte dies ein Moment der Freude und der Unbeschwertheit sein sollen. Doch als einer ihrer Hochzeitsgäste einen schrecklichen Unfall erleidet, müssen Lucy und Rafe ihre Flitterwochen verschieben. Und je mehr Beweise ans Licht kommen, desto klarer wird, dass es kein Unfall gewesen ist.

Lucy und ihre untoten Stricker stehen vor einigen Herausforderungen, angefangen von einer Stocherkahnfahrt auf dem Cherwell River in Oxford, über komplizierte und konfliktgeladene Beziehungen zwischen den Hochzeitsgästen bis hin zu Indizien, die keinen Sinn ergeben. Es mag zwar wie eine zufällige Tragödie aussehen, aber jeder Stricker weiß: Wenn man die einzelnen Stränge ins richtige Licht hält, erkennt man schließlich ein Muster.

Melden Sie sich zu Nancys spamfreien Newsletter auf NancyWarrenAuthor.com an und erhalten Sie gratis die Geschichte von Rafe, dem hinreißend attraktiven Vampir aus der Serie *Der Strickclub der Vampire*.

Werden Sie Teil von Nancys privater Gruppe auf Facebook, wo wir uns über Bücher, Stricken, Haustiere und das Leben an sich austauschen. facebook.com/groups/NancyWarren-Knitwits

SO BEURTEILEN LESER DIE SERIE „DER STRICKCLUB DER VAMPIRE"

„DER STRICKCLUB DER VAMPIRE ist ein entzückender, paranormaler Cosy-Krimi, der in einem Strickladen in Oxford, England, spielt. Mit der unerschrockenen Spätentwicklerin und Amateur-Detektivin Lucy Swift und einer Reihe wirklich unvergesslicher Charaktere lässt dieser Krimi nichts zu wünschen übrig. Er ist originell und lustig, die Handlung hat viele unerwartete Wendungen und auch eine äußerst kluge Katze ist dabei. Ich kann diesen spritzigen Beitrag zum Genre der Cosy-Krimis wärmstens empfehlen."

— JENN MCKINLAY, NEW-YORK-TIMES BESTSELLER-AUTORIN

„Dieser Roman ist so gut geschrieben und amüsant, dass ich ihn nicht aus der Hand legen konnte."

— DIANA

„Eine lustige und fantastische Lektüre."

— DEBORAH

MOSAIK UND MAGIE

KAPITEL 1

ie oft hatte ich mir früher meine Hochzeit ausgemalt. Allerdings war ich in der Ära von Ross und Rachel aus *Friends* aufgewachsen, und meine beste Freundin Jennifer und ich hatten uns immer die Liebesromane ihrer Mutter ausgeliehen, deshalb hatte ich möglicherweise eine unrealistische Vorstellung davon, was Liebe war und wie meine Hochzeit mit diesem ganz besonderen Mann aussehen würde. Als ich jedoch all die Leute vor mir sah, die sich zu meiner Trauung versammelt hatten, wurde mir plötzlich klar, dass ich gerade alle Fantasievorstellungen aus meinen Mädchenträumen wahr werden ließ.

Gleich würde ich im Garten eines wunderschönen Tudor-Herrenhauses in den Hügeln von Oxfordshire zum Altar schreiten. Mein zukünftiger Ehemann war reicher als in meinen kühnsten Träumen – oder denen eines jeden anderen jungen Mädchens. Er war eine Mischung aus Mr Darcy und Heathcliff mit einer Prise Superheld. Leider hatte er jedoch auch etwas von einer anderen Romanfigur: Dracula. Klar, in meinen Fantasien hatte ich mir immer einen hinreißenden, großen, dunklen und gut aussehenden Bräutigam vorgestellt, der mich mit so viel Liebe und Bewunderung anschaute, wie ich sie jetzt in Rafes Augen sehen konnte, aber ich hätte mir nie vorstellen können, dass ich einmal einen Untoten heiraten würde.

Man kann eben nicht alles haben.

Er würde praktisch für immer leben, während ich eine Sterbliche blieb. Nun ja, eine sterbliche Hexe. Doch tief verborgen in einem von Rafes sichersten Tresoren befand sich ein kleines Kästchen, das von einer Alchemistin stammte, und dieses Kästchen enthielt das Elixier des Lebens. Eine kleine Menge davon wäre genug, um die Uhr meines Alterungsprozesses zum Stillstand zu bringen. Eine Art Botox für meine DNA.

Bisher war ich zwar noch nicht in Versuchung geraten, aber ich hatte das Elixier auch noch nicht vernichtet. Mir gefiel es, in Zukunft immer noch die Möglichkeit zu haben, meine Meinung zu ändern. Mit dreißig war es ziemlich leicht zu glauben, dass ich niemals den Verlockungen der ewigen Jugend erliegen würde. Ich fragte mich, ob die Sache nicht ganz anders aussehen würde, wenn ich ein weiteres Jahrzehnt hinter mir hätte. Aber diese Sorge würde ich mir für ein anderes Mal aufheben. Im Moment musste ich mich nur darum sorgen, nicht zu stolpern, während ich zum Altar schritt.

Neben Rafe stand Lochlan Balfour, sein Trauzeuge, ebenfalls Vampir, der so blond und attraktiv war wie Rafe dunkel und gut aussehend. Meine drei Brautjungfern drehten sich alle zu mir um, und ich konnte spüren, dass sie für mich da waren und mir wie Schwestern zur Seite standen: meine Cousine Violet, meine schwangere Freundin Alice und Jennifer, die schon seit Ewigkeiten meine beste Freundin war. Ich konzentrierte mich auf Jen, denn ich wusste: Wenn mich jemand heil zum Altar bringen konnte, dann sie. Wir hatten uns gegenseitig von all unseren mädchenhaften Träumen und Fantasien erzählt und ab und zu schlüpfrige Liebesromane gelesen, von denen ihre Mutter nie erfahren hatte. Zumindest glaubten wir das. Auch Jen war eine Hexe – eine Gemeinsamkeit, von der wir erst kürzlich erfahren hatten. Ich war eine Spätzünderin gewesen. Immer noch fiel es mir schwer, meine Hexenkräfte zu verstehen und unter Kontrolle zu halten. Apropos Hexenkräfte: Margaret Twigg, Vorsteherin unseres Hexenzirkels und eine der mächtigsten Hexen, die ich kannte, würde heute unsere Trauung zelebrieren. In ihrem blauen Gewand mit funkelnden Glasperlen sah sie wirklich prächtig aus. Sie trug ihre grauen Korkenzieherlocken offen, und ihre intensiv blauen Augen schienen mich anzulachen.

So prächtig wie ich sah sie allerdings nicht aus. Ich trug ein von Hand gestricktes und gehäkeltes Kleid aus hauchdünner Seide. Menschenhände hätten wahrscheinlich Jahre für dieses unglaubliche Kleidungsstück gebraucht, aber meine Vampirfreunde hatten es in gemeinsamer Arbeit innerhalb weniger Wochen entworfen und angefertigt. Es fühlte sich wunderbar auf meiner Haut an, nicht nur wegen der Seide: Die Tatsache, dass diesen Kreaturen so viel an mir lag, dass sie sich die Zeit genommen hatten, Masche um Masche etwas so Schönes für mich allein zu schaffen, hatte etwas Magisches an sich.

Meine Mutter stand ganz vorn. Sie tupfte ihre Augen mit einem Spitzentaschentuch ab und trug ein wunderschönes Kleid in kräftigem Rosa, das ihrer schlanken Figur schmeichelte. Ich hatte sie zu passenden Manolo Blahnik-Sandalen überredet, und ich musste sagen, dass sie fabelhaft aussah. Normalerweise trug meine Mom Jeans oder lange Hosen in Militärfarben, denn sie war eine renommierte Archäologin, die die meiste Zeit in Ägypten verbrachte und es war etwas ganz Besonderes, sie so hübsch zu sehen. Sie hatte sich sogar frisieren und schminken lassen. Mein Vater, der ebenfalls Archäologe war, arbeitete normalerweise mit ihr zusammen. Deshalb bereitete es mir besonders große Freude, zu sehen, wie sich die beiden für diesen besonderen Tag so herausgeputzt hatten.

Ich machte den ersten Schritt nach vorn und hielt mich an Dads Arm fest. Wenn ich meinen Blick auf die Gäste richtete, die mich umgaben und diesen glücklichen Moment mit uns teilen wollten, würde ich nicht so viel darüber nachdenken, was meine Füße machten und ob einer über den anderen stolpern könnte.

Da meine Mutter nur ein einziges Kind hatte, war dieser Tag verständlicherweise eine ziemlich große Sache für sie. Trotz meiner Einwände hatte sie sogar Verwandte eingeladen, von deren Existenz ich noch nicht einmal geahnt hatte. Den englischen Teil der Familie hatten wir über die Jahre hinweg nicht oft gesehen, weil ich in den USA aufgewachsen war und die Sommer hauptsächlich bei archäologischen Ausgrabungen oder hier in Oxford bei meiner Großmutter verbracht hatte. Aber sie bestand darauf, dass alle Onkel und Tanten eingeladen wurden, und an Platz mangelte es ja nicht. Das Herrenhaus Crosyer Manor verfügte über ein weitläufiges Grundstück. Etwas heikel war nur, dass einige der Gäste Untote waren, und es lag uns allen viel daran, dass diese Tatsache nicht ans Licht kam.

Aus offensichtlichen Gründen konnte meine Großmutter nicht an der Zeremonie teilnehmen, und das betrübte mich. Aber sie hatte mir beim Anziehen geholfen, und wir hatten einige ganz besondere Momente miteinander genossen. Jetzt stand sie gerade an einem der Fenster im Obergeschoss und beobachtete alles. Bevor ich unter dem Sonnensegel verschwand, schaute ich noch einmal nach oben. Die honigfarbenen Natursteinwände des Herrenhauses leuchteten und die frisch geputzten Fensterreihen funkelten in der Sonne. Es gab drei Reihen symmetrischer Fenster, und mein Blick wanderte in den dritten Stock, wo einige der raumhohen Fenster offenstanden. Zweifellos hatte Granny sie geöffnet – in der Hoffnung, der Zeremonie mit ihrem ausgezeichneten Vampirgehör lauschen zu können. Ich konnte mir vorstellen, wie sie von Zimmer zu Zimmer rannte, um das Geschehen aus unterschiedlichen Blickwinkeln zu verfolgen. Hoch über mir konnte ich verschwommen ihr Gesicht erkennen und ich deutete ein Nicken an. Sie hob ihre Hand. Und dann musste ich meinen Blick wieder nach vorne richten.

Langsam schritt ich voran, dabei begleiteten mich die Klänge von Pachelbels Kanon in D-Dur, gespielt von einem Streichquartett, das sich im Garten befand.

Ich schwebte im Takt der Musik, hielt mich an Dads Arm fest und lächelte dämlich, weil ich nicht anders konnte – da bemerkte ich, dass jemand ein Foto von mir machte. Oh nein. Wir hatten uns sehr klar ausgedrückt. Bei der Hochzeit durften keine Fotos gemacht werden. Wie um alles in der Welt hätte man die Tatsache erklären sollen, dass der Bräutigam und viele der Gäste auf den Fotos fehlten? Wütend schaute ich zu dem Gast, der die Fotos machte, und erkannte, wer es war. Warum überraschte es mich nicht, dass die einzige Person, die gegen die einzige auf unserer Hochzeit geltende Regel verstieß, meine Cousine Tina war? Tina war so eine, die man seiner Mutter zuliebe zu seiner Hochzeit einladen musste, obwohl man sie eigentlich nicht dabeihaben wollte. Mein ganzes Leben lang hatten wir immer, wenn wir nach England kamen, die Cousins und Cousinen meiner Mutter besuchen müssen, und irgendwie wurde erwartet, dass Tina und ich Freundinnen werden würden. Wir waren etwa im gleichen Alter, aber das war auch das Einzige, was wir gemeinsam hatten. Ehrlich gesagt war sie früher ziemlich gemein gewesen. Ich hatte sie nie ausstehen können. Und jetzt war sie hier auf meiner Hochzeit und machte Fotos. Ich wusste nicht, was ich tun sollte.

Dann bemerkte ich William, Rafes Butler – Verwalter seines Anwesens und der beste Caterer der Welt –, der sich unauffällig aus der Küche geschlichen hatte, um der Trauung zu folgen. Er hatte bemerkt, was vor sich ging, und dann drehte er sich um, sah mich an und zwinkerte mir zu. Um die Sache würde er sich kümmern. Irgendwie würden diese Bilder gelöscht werden, und sie würde es wahrscheinlich nicht einmal bemerken. Trotzdem machte das Ganze meine Cousine Tina nicht gerade beliebter bei mir. Sie war eine unglücklich aussehende Frau mit schütterem Haar und schlechter Haut, und das Kleid, die sie gewählt hatte, war nicht gerade schmeichelhaft. Sie hatte sich für ein Rot entschieden, das in der Natur nicht vorkam und so auffällig war, dass es einen packte und nicht wieder losließ. Ihr Kleid hatte mehr Rüschen als die unserer gesamten Hochzeitsgesellschaft zusammengenommen, und ihre silbernen High Heels, die ich sehen konnte, weil sie zum Fotografieren direkt in den Gang getreten war, waren so hoch, dass sie unmöglich das Gleichgewicht bewahren konnte. Sie trug einen Fascinator mit leuchtend roter Feder und zu vielen Pailletten.

Oh, ich war versucht, sie mit einem Zauber zu belegen, sodass die Feder mit ihr im Schlepptau in die Luft steigen würde. Wie eine schrecklich gekleidete Mary Poppins. Den Vampiren würde es gefallen, aber die Sterblichen wären schockiert – und außerdem war das hier meine Hochzeit. Ich musste mich auf den Grund konzentrieren, aus dem ich hier war.

Als ich Rafe erblickte, konnte mich nicht einmal der knallrote Fleck in meinem Blickfeld stören.

Ich ignorierte sie und ging weiter. Und dann ergriff der Mann neben ihr ihren Arm und zog sie zurück in den Bereich, in dem die Gäste stehen sollten. Ich kannte ihn nicht und nahm an, es müsse sich um ihren Begleiter handeln. In seinem weißen Smoking und mit Ohrringen, die nach Diamanten aussahen, war er ebenso auffällig wie sie. Seine Muskeln waren abgeschlafft, sodass er etwas pummelig wirkte. Er war ziemlich attraktiv, aber auf eine Art und Weise, die vermuten ließ, dass er sich dessen bewusst war und sein Aussehen wahrscheinlich schon lange zu seinem Vorteil nutzte.

Ich wandte meine Aufmerksamkeit absichtlich von den beiden ab und blickte zu dem Meer von Gesichtern hinüber, die sich aufrichtig für mich und Rafe zu freuen schienen. Wir hatten einige gute Freunde, sowohl unter den Menschen als auch unter den Vampiren.

Es kam mir wie eine Ewigkeit vor, bis ich endlich an Rafes Seite trat. Aber ich war nicht gestolpert, und ich hatte den Gang zum Altar sogar genossen. Abgesehen von meiner nervigen Cousine, an die ich nicht mehr denken wollte, fühlte ich mich durch das Wohlwollen, das mich umgab, bestärkt. Dann vergaß ich alles um mich herum, während ich in Rafes normalerweise so winterlich graue Augen blickte, die nun vor Wärme leuchteten, als er mich ansah.

„Du siehst wunderschön aus", sagte er. Und in diesem Moment fühlte ich mich schön. Dann sagte er: „Ich dachte, dieser Tag würde niemals kommen."

Aber er war gekommen. Unsere Beziehung war anfangs weder einfach noch unkompliziert gewesen, so viel stand fest. Aber die Liebe kann einen überraschen. Ganz behutsam hatte sie sich an mich herangeschlichen.

Selbst Margaret Twigg sah weniger mürrisch aus als sonst. Wir hatten eine Wicca-Zeremonie in Erwägung gezogen, uns dann aber für etwas Traditionelleres entschieden – allerdings würde Margaret so viel Magie wie möglich in die Trauung einfließen lassen. Das war ein guter Kompromiss zwischen dem, was meine Eltern wollten, und dem, was mir lieber gewesen wäre. Rafe hatte auch einen offiziellen Standesbeamten engagiert, um dieser Trauung eine rechtlich bindende Eheschließung folgen zu lassen. Verständlicherweise war Margaret verärgert darüber, dass ihre Bemühungen rechtlich nicht anerkannt wurden, aber ich hatte sie beschwichtigt, indem ich sie daran erinnert hatte, dass ich mich nur deshalb verheiratet fühlen würde, weil sie uns miteinander verbunden hatte.

Es mochte kitschig sein, aber ich wollte einfach die Worte „Willst du diese Frau zu deiner rechtmäßig angetrauten Ehefrau nehmen?", und so weiter, hören. Margarets Stimme war stark und gebieterisch, und als wir zu der Stelle kamen, an der ich wiederholen musste: „Mit diesem Ring möchte ich dich heiraten", durchlief mich ein Schauer.

Ich glaube, bis zu dem Moment, in dem Rafe und ich uns gegenseitig den Ehering an den Finger steckten, hatte ich nicht so ganz geglaubt, dass wir es schaffen würden. Ich war sicher gewesen, dass irgendetwas passieren würde. Ich hatte Träume gehabt, in denen wir uns gerade das Jawort geben wollten, als jemand schrie: „Du kannst ihn nicht heiraten. Der ist ein Vampir." Oder eine Stimme schrie: „Sie ist eine Hexe! Verbrennt sie! Verbrennt sie ..." Aber nein. Menschen und Vampire schienen gleichermaßen glücklich darüber zu sein, dass wir uns vereinten. Genauso wie ich.

Ich war ganz ergriffen von den Worten, da sagte Margaret Twigg mit einem Augenzwinkern: „Du darfst die Braut jetzt küssen."

Und dann trafen Rafes Lippen auf meine, kühl und selbstbewusst – der erste Kuss von meinem Ehemann. Es gibt keine Garantie fürs Glück, und wenn es kommt, muss man danach greifen. Sicher würde es Probleme zwischen Rafe und mir geben, das wussten wir beide, aber alles, was in diesem Moment zählte, war, dass ich noch nie so glücklich gewesen war wie jetzt.

Wir drehten uns um und schritten gemeinsam den Mittelgang entlang, begleitet von Klatschen, Glückwünschen und vielen Tränen.

Meri, eine 2000 Jahre alte ägyptische Hexe, und Pete, der australische Archäologe, waren auch da. Meri lächelte mich unter Freudentränen an, und Pete streckte seinen Daumen hoch, als wir vorbeigingen. Polly und Scarlett, Studentinnen am Cardinal College und gelegentliche Helferinnen in meinem Laden, strahlten, als ich vorbeikam.

Der alte Schulfreund meines Vaters, Dr. Simon Pattengale, und seine Frau Prunella nickten uns zu. Ich hatte sie schon lange nicht mehr gesehen, und ich musste gestehen, dass es schön war zu wissen, dass all diese Menschen von früher hier waren, um uns alles Gute zu wünschen.

William und ich hatten lange und intensiv besprochen, wie wir den Empfang gestalten wollten. Unter anderem auch deshalb, weil auf das Wetter hier nie Verlass war. Dass es Regen gab, war generell genauso wahrscheinlich wie dass es keinen gab, aber unsere Hochzeit war mit einem schönen, sonnigen Tag gesegnet. Nun, gesegnet, wenn man ein Mensch war – nicht ganz so berauschend, wenn man zur Sonne kein gutes Verhältnis hatte. Aber William, der seine Arbeit schon lange machte, und seine Schwester Olivia hatten dafür gesorgt, dass sowohl draußen als auch drinnen Tische standen und jede Menge Speisen und Getränke geboten wurden. Viele Zelte spendeten viel Schatten. Wir hatten uns bewusst gegen ein festliches Essen im Sitzen entschieden, weil Vampire nicht so essen wie wir. Aber es war ein Leichtes für sie, sich ein paar Häppchen auf einen Teller zu legen und damit herumzulaufen. Wem würde schon auffallen, ob sie etwas davon gegessen hatten?

Lochlan Balfour war Trauzeuge und nachdem er Rafe eine Stunde lang begleitet hatte, als dieser die Glückwünsche der Gäste entgegennahm, rief er alle auf der Steinterrasse zusammen.

Tina rannte los, um ihre Handtasche zu holen, und schrie plötzlich: „Wo ist mein Handy?" Sie schaute sich um, stemmte die Hand in die Hüfte und blickte wütend in die Menge. „Wer hat mein Telefon geklaut?"

Sofort herrschte Stille, und alle sahen sie fragend an. Niemand sonst hatte gegen unsere Regel verstoßen und versucht, ein Foto zu machen. Nur sie. Ich hatte eingehend erklärt, dass wir nicht abgelenkt werden wollten. Theodore, ein sehr künstlerisch veranlagter Vampir, erstellte Zeichnungen von diesem Tag, was bezaubernd und viel besser als ständige Klicks und Blitzlichter war.

Nur nicht für Tina, die offensichtlich glaubte, dass Regeln nur für andere Menschen galten.

Als Braut hielt ich es für unpassend, ihr unmissverständlich klarzumachen, dass ihr Verhalten nicht angemessen war. Meine Mutter hatte darauf bestanden, dass wir sie einladen, und als ich Mom böse ansah, schaute sie der Situation entsprechend entsetzt, zuckte aber nur hilflos mit den Schultern. Sie war mir also keine Hilfe. Ich war mir ziemlich sicher, genau zu wissen, wo das Telefon war. Der Kellner hatte es auf Williams Anweisung aus ihrer Tasche genommen. Zweifellos würde sie es zurückbekommen – ohne Fotos.

Es war ihr Begleiter, der wütend sagte: „Hör auf, so einen Aufstand zu machen. Du weißt doch, dass du keine Fotos machen darfst. Lass es!"

„Lass es?", sagte sie schrill. „Das sagt man zu einem Hund, wenn man will, dass er aufhört, einem das Bein zu bumsen."

In diesem Moment wurde mir klar, dass meine Cousine Tina sich ziemlich großzügig an der offenen Bar bedient hatte. Ihrem Begleiter stieg die Röte in die Wangen, dann zuckte er mit den Schultern und ging davon. Lochlan, der schon länger als jeder andere von uns – Rafe inbegriffen – auf Erden war, entfernte sich und begann, mit meiner Cousine Violet zu plaudern. Er würde warten, bis sich die Stimmung wieder beruhigte, bevor er seine Rede hielt.

Mein Vater, der von der Spannung gar nichts mitbekam, trat mit einem winzigen Schälchen in der Hand zu uns.

„Lucy, es gibt Clam Chowder aus Boston. Sieh mal!" Als ob ich nicht wüsste, was auf meiner Hochzeit serviert wurde. Ich freute mich riesig, dass er so begeistert war. Wir hatten versucht, ein paar Gerichte aus der Heimat anzubieten, wie zum Beispiel Chowder und winzige Hummerbrötchen, daneben gab es aber auch traditionelle britische Gerichte wie saftige Roastbeefscheiben auf Miniatur-Yorkshire-Puddings und schottischen Räucherlachs. Es gab Kaviar auf Blinis und herrliche Teesandwiches, und natürlich floss der Jahrgangschampagner aus Rafes Weinkellern. Ich nippte langsam an dem himmlischen Getränk. So wie Tina wollte ich nicht enden.

„Und erinnerst du dich an Dr. Pattengale?" In Dads Augen lag ein Funkeln. Simon Pattengale hatte ein Medizinstudium absolviert, war aber dann zur Archäologie gewechselt. Seine Spezialität war es herauszufinden, woran die Menschen gestorben waren. Meine Eltern hatten beide promoviert, sich aber außerhalb von Berufsverbänden nie als Dr. bezeichnet. Aber Dad und Simon Pattengale waren seit der Studienzeit befreundet, und standen immer noch in engem Kontakt zueinander. Keine Reise ins Vereinigte Königreich war vollkommen gewesen, wenn wir ihn nicht besucht hatten, und so kannte ich seinen Freund schon mein ganzes Leben lang.

„Du bist eine wunderschöne Braut", sagte Dr. Pattengale. Er klopfte meinem Vater auf die Schulter. „Jack ist mächtig stolz."

„Danke."

„So, Simon, jetzt bekommst du etwas von dieser Muschelsuppe. Clam Chowder ist das Beste, was du in Boston finden kannst", erklärte er und führte seinen Freund davon.

Jennifer stand bei meiner Mutter, und ich ging auf die beiden zu. Meine Mutter strahlte uns beide an.

„Es ist so schön zu sehen, dass ihr zwei immer noch so gute Freundinnen seid. Als Kinder wart ihr immer unzertrennlich." Und dann wandte sie sich an meine alte Freundin. „Und Jennifer, meine Liebe, du siehst wunderschön aus."

Ich stimmte zu, aber Jennifer tat das Kompliment lachend ab. „Das ist das Kleid. Ich bin der Typ Mädchen von nebenan."

Eine neue Stimme mischte sich in unser Gespräch. Männlich und englisch. „Ja, du siehst aus wie das Mädchen von nebenan, wenn das Mädchen von nebenan eine heiße Schnecke wäre."

Wir drei fuhren gleichzeitig herum und sahen, wie Tinas Begleiter Jennifer mit unverhohlenem Interesse musterte. Dann lächelte er sie mit einem Grinsen an, das er wahrscheinlich für furchtbar charmant hielt, das für mich aber auf eine billige Anmache hindeutete. Er streckte seine Hand aus.

„Ich bin Connor Townes. Aber man nennt mich Con."

Jennifer schüttelte ihm die Hand. „Hi. Ich bin Jennifer."

So unschuldig wie möglich fragte ich: „Bist du nicht mit meiner Cousine Tina Borman zusammen hier?"

Er schaute zu Tina hinüber, die immer noch in ihrer Handtasche kramte, als ob wie durch Zauberhand ihr Handy darin auftauchen könnte. „Nee. Ich begleite sie nur. Sie hat mir leidgetan. Außerdem wollte ich unbedingt dieses schicke Haus sehen. Schließlich veranstaltet er ja keine Führungen hier, oder?"

Mir kam der Gedanke, dass Rafe genau aus diesem Grund nie Fremde in sein Haus ließ. Er wollte nicht, dass

Leute wie diese die Antiquitäten und Kunstwerke durchstöberten, die er jahrhundertelang gesammelt hatte. Dann beugte er sich vor und flüsterte Jennifer etwas zu, das sie zum Lachen brachte. Sie war eindeutig in der Lage, auf sich selbst aufzupassen, also wandte ich mich an meine Mutter.

Bevor ich irgendetwas sagen konnte, sagte sie: „Es tut mir leid, dass ich dich gebeten habe, Tina einzuladen. Sie benimmt sich nicht gerade gut, nicht wahr?"

Das war untertrieben. „Na ja, da du mich gebeten hast, sie einzuladen, überlasse ich es dir, auf sie aufzupassen. Ihr Begleiter scheint keine gute Arbeit zu leisten." Wir blickten beide zu Con, der sein Bestes tat, um meine Brautjungfer zu beeindrucken. Ich kannte sie gut genug, um zu erkennen, dass sein billiger Charme seine Wirkung verfehlte, aber er hatte das offensichtlich noch nicht begriffen. Zufällig hörte ich ihn sagen, Brautjungfern hätten bei Hochzeiten immer Glück. Ich hätte ihm sagen können, dass er selbst kein Glück haben würde, aber das sollte er ruhig selbst herausfinden.

KAPITEL 2

om sagte: „Das ist ein bisschen peinlich, weil Tina uns geholfen hat, das Stocherkahnfahren zu organisieren."

„Was?" Das mit dem Stochern war die Idee meines Vaters gewesen. Als Student in Oxford hatte er es immer geliebt, und da viele unserer Gäste von außerhalb und einige aus dem Ausland kamen, hatte er beschlossen, am Tag nach der Hochzeit eine Stocherkahnfahrt zu veranstalten. Er fand, um das typische Oxford zu entdecken, sollten unsere Gäste in flachen Booten durch den Fluss geschoben werden, bevor wir sie nach dem Ende der Hochzeitsfeierlichkeiten verabschieden würden. Ich hatte keine große Lust aufs Stocherkahnfahren, und Rafe schon gar nicht, aber es war so schwer, nicht nachzugeben. Sie hatten erklärt, sie hätten ja für die Hochzeit ihrer einzigen Tochter nicht einmal etwas gezahlt. Das hier sei etwas, das sie machen und bezahlen wollten, und die Tour sei ja hauptsächlich für ihre eigenen Freunde und Verwandten gedacht. Da war es schwer gewesen, Nein zu sagen.

Und jetzt stellte sich heraus, dass Tina etwas damit zu tun hatte?

Mom sah ziemlich verlegen aus. „Eigentlich ist es ihr Freund Connor hier: der hat einen guten Freund, dem ein Stocherkahnunternehmen in Oxford gehört. Er hat uns ein gutes Angebot gemacht."

Mir wurde schwer ums Herz. Connor sah aus wie ein Typ, dessen gute Angebote in der Regel einen Haken hatten. Wie einer, der einem ein billiges Auto besorgte, das dann nach fünf Kilometern auseinanderfiel.

Mir wurde etwas übel. „Ist es ein zuverlässiges Unternehmen?"

Sie sah beleidigt aus. „Dein Vater war dort und hat die Kaution bezahlt. Er hat gesagt, es wäre ein neues Team, das sich einen Namen machen will. Die Großtante von einem der jungen Männer besitzt diese wunderschöne alte Villa im viktorianischen Stil in Flussnähe. Von dort aus leiten sie das Geschäft. Ich glaube, das Haus hat deinen Vater an das erinnert, in dem er kurz nach seinem Abschluss gewohnt hat. Die Boote sahen völlig in Ordnung aus, und wie mir erzählt hat, haben sie einen flachen Boden, sodass sie auf einem flachen, langsam fließenden Fluss entlanggleiten können. Was soll da schiefgehen?"

Ich konnte jetzt nicht alle Möglichkeiten aufzählen, die mir einfielen. „Und was hat Connor mit der Sache zu tun?", fragte ich.

„Connor hat nur gesagt, dass ein Freund ihm einen Gefallen schuldet und er den gerne an uns weitergibt. Als Freundschaftspreis hat der das bezeichnet, glaube ich."

Ich wollte Connor nichts schuldig sein – und Freundschaft mit ihm schließen erst recht nicht. Meine Eltern würden bald nach Ägypten zurückkehren und Connor deshalb keinen Gefallen mehr erwidern können. Das würde dann wohl auf mich und Rafe zurückfallen. Diese Wende der Ereignisse löste großes Unbehagen in mir aus. Aber heute war der Tag meiner Hochzeit, und ich wollte alles Unangenehme so weit wie möglich von mir schieben.

Also drehte ich mich um, um meinen Bräutigam zu finden. Als hätte er meinen suchenden Blick gespürt, wandte er sich von Lochlan ab, kam auf mich zu und ergriff meine Hand.

„Wie läuft es bei dir?"

Ich wollte ihm nicht sagen, dass ich mich wegen der Abmachung, die meine Eltern getroffen hatten, unwohl fühlte. Genauso, wie ich mir wünschte, dass meine Eltern ihn mochten, wünschte ich mir, dass er sie mochte. Wir waren jetzt alle eine Familie. Ich sagte mir, dass alles gut werden würde und ich nur überreagierte. Connor hatte eben ein paar Pfund Rabatt bei einer Stocherkahnfahrt ausgehandelt. Wahrscheinlich wollte er sich nur aufspielen. Ich würde mich überschwänglich bei ihm bedanken und war mir sicher, dass meine Eltern das Gleiche tun würden. Und hoffentlich würde die Sache damit gegessen sein.

Rafe sagte leise: „Bestimmt wollen einige unserer Freunde bald gehen. Lochlan hält gleich seine Rede, dann möchte dein Vater noch ein paar Worte sagen, und zum Schluss ergreife ich das Wort. Sobald wir die Formalitäten hinter uns haben, können die Leute gehen. Was hältst du davon?"

„Ich denke, das ist eine ganz ausgezeichnete Idee. Nach der Rede meines Vaters schneiden wir die Torte an, das ist dann praktisch das Signal."

Florence und Mary Watt hatten die Torte extra für meine Hochzeit gebacken. Sie waren zwei achtzigjährige Schwestern, denen der Elderflower Tea Shop neben dem Cardinal Woolsey's gehörte. Sie mampften fröhlich Sandwiches, die sie dieses Mal nicht selbst hatten zubereiten müssen, und plauderten vergnügt mit den anderen Gästen. Ihre Torte war ein Kunstwerk. Sie hatten einen traditionellen englischen Obstkuchen in drei Etagen zubereitet und ihn dann mit Marzipan und Zuckerguss verziert. Neben Zuckerrosen hatten sie weitere Dekorationen hinzugefügt: winzige Marzipanbücher als Anspielung auf Rafes Beruf und kleine Körbchen mit Wollknäueln als Symbol für meinen. Es gab sogar einen Tortenaufleger mit einem Pärchen, das ein bisschen Ähnlichkeit mit mir und Rafe hatte. Einfach hinreißend.

Als ich mich umdrehte, stand Margaret Twigg mit ihrer großen Tasche in der Hand neben mir. Hoffentlich bedeutete das, dass sie früher gehen würde. Rafe schenkte ihr sein charmantes Lächeln und dankte ihr dafür, dass sie so eine schöne Zeremonie abgehalten hatte. Also fühlte auch ich mich verpflichtet, ihr ein Kompliment zu machen. Sie nahm unser Lob entgegen, als ob es ihr geschuldet wäre, dann nahm sie mich zur Seite und bat mich, ihr zu folgen.

Ich warf Rafe einen hilflosen Blick zu, aber er rettete mich nicht vor Margaret. Später würden wir ein ernstes Wörtchen über die Pflichten eines Ehemannes reden müssen, denn zu denen gehörte es auf jeden Fall, dass er mich davor bewahrte, ganz unerwartet mit Margaret Twigg allein zu sein. „Wir werden die Reden halten, wenn ihr wieder da seid", war alles, was er sagte.

Ich wollte schreien: Was ist, wenn ich nie mehr zurückkehre?

Margaret ging los, und ich folgte ihr. William und seine Mitarbeiter hatten sich bemüht, ganz klar darüber zu informieren, welche Teile des Anwesens für die Hochzeit geöffnet waren und welche nicht. Höfliche Schilder und Seilabsperrungen wie die in schicken Nachtclubs wiesen die Gäste darauf hin, wo sich die Toiletten befanden, und machten deutlich, dass sie hier nicht weitergehen durften. Der öffentlich zugängliche Teil des Hauses war trotzdem riesig, deshalb brauchte niemand dorthin zu gehen, wo die Schlafzimmer lagen und wo Rafe sein Arbeitszimmer und seine private Kunstsammlung hatte.

Als würde ihr das Haus gehören, führte mich Margaret in einen ruhigen Raum im älteren Teil des Herrenhauses. Es gab keine Schilder, die es uns untersagten, diesen Flügel zu betreten, wahrscheinlich, weil William nicht damit gerechnet hatte, dass jemand auf die Idee kommen würde. Das Zimmer war seit mindestens hundert Jahren nicht mehr renoviert worden, und war ziemlich leer – nur ein paar hauptsächlich kaputte Dinge, die repariert werden mussten, standen herum. Es war niemand da.

Sie sagte: „Ich wollte dir dein Hochzeitsgeschenk geben."

„Das ist nett von dir", sagte ich. „Sollte Rafe nicht dabei sein, wenn ich es öffne?"

Als sie den Kopf schüttelte, wippten ihre grauen Korkenzieherlocken. „Das hier ist nur für dich."

Vorsichtig zog sie aus ihrer Handtasche einen großen Beutel aus schwarzem Samt, der mit silbernen Monden und Sternen bestickt war. Aus irgendeinem Grund erwartete ich nicht, dass eine Kaffeemaschine oder ein Toaster darin steckte.

Ich runzelte die Stirn, sagte aber nichts, sondern nahm

das Geschenk einfach an. Ich öffnete das Seidenband, und als ich verstohlen hineinschaute, konnte ich die Kugel sehen. Langsam holte ich sie heraus und passte auf, sie nicht fallenzulassen. Ich muss sagen, dass sich die Kristallkugel in meiner Hand wie etwas ganz Natürliches anfühlte. Ich war immer der Ansicht gewesen, dass wir Hexen uns unsere Werkzeuge selbst aussuchen sollten, aber irgendwie fühlte sich dieses hier so an, als hätte ich es mir selbst ausgesucht. Wenn ich eine Kristallkugel gewollt hätte.

Bevor ich etwas sagen konnte, sagte Margaret Twigg: „Nur weil du verheiratet bist, kannst du nicht aufhören, an deiner Magie zu arbeiten. Du bist eine mächtige Hexe, Lucy. Du musst dein Handwerk weiter verfeinern."

Ich verstand ja, was sie meinte, aber konnte sie einem nicht mal eine Pause gönnen? Konnte ich nicht wenigstens zwei Wochen Flitterwochen haben?

Anstatt ihr meine Meinung zu sagen, war ich ganz die höfliche Hexe. „Vielen Dank. Die ist wunderschön." Genau das hätte ich auch gesagt, wenn sie mir ein Set Steakmesser oder Weingläser geschenkt hätte.

Ihr Gesichtsausdruck wurde säuerlich. „Sie soll nicht schön sein. Sondern praktisch. Weißt du, wie man eine Hexenkugel benutzt?"

Ich hatte immer eher an den Begriff Kristallkugel gedacht, aber Hexenkugel traf es sicherlich genauso gut. Ich schüttelte den Kopf. „Ich habe zugesehen, als Violet ihre benutzt hat. Die versteht etwas davon."

„Du musst dein Bestes tun, um auch etwas davon zu verstehen. Nicht jedes Werkzeug wird unser Favorit, aber jedes hat seinen Zweck. Genauso wie dein Athame, dein Kessel oder dein Zauberstab."

Das Licht funkelte auf der Oberfläche, als ich die Kugel hochhielt. „Ich habe noch nie eine benutzt. Ich weiß gar nicht, wo ich anfangen soll."

Sie stieß ein unzufriedenes Seufzen aus – das kam recht häufig vor, wenn wir zusammen waren. „Zuerst bereitest du deine Kugel vor. Dazu stellst du sie draußen ins Mondlicht. Drei Nächte hintereinander muss sie im Mondlicht stehen, am besten, wenn fast Vollmond ist. Achte gut darauf, sie tagsüber abzudecken, damit sie keine Sonne abbekommt. Dazu dient der Beutel. Außerdem soll er jegliche negative oder belanglose Energie von deiner Kugel ferngehalten. Ich persönlich lasse niemanden an meine eigene. Wenn du dich aber dafür entscheidest, dann solltest du zumindest sicherstellen, dass du sie nach jeder Benutzung von der Energie der anderen Person reinigst."

Ich nickte. Kristallkugel drei Nächte lang jede Nacht draußen ins Mondlicht stellen; keine Sonne. Das würde ich schon hinbekommen. Und wenn nicht, dann wäre sie wenigstens nicht dabei und würde es sehen. Allerdings wusste Margaret Twigg immer auf seltsame Art, was ich tat. Das war irgendwie unheimlich.

Dann kam Nyx in den Raum, um zu sehen, was los war. Ich freute mich, meine Vertraute zu sehen. Wenigstens sie war immer auf meiner Seite. Nyx hatte sich von den Hochzeitsfeierlichkeiten ferngehalten, und ich war davon ausgegangen, dass sie irgendwo in einem Bett schlief, aber ich hätte es besser wissen müssen. Sie behielt alles im Auge. Meine Vertraute war, wie die meisten Katzen, sehr neugierig. Sie schritt im Zimmer umher und machte einen großen Bogen um Margaret Twigg (sie mochte die ältere Hexe genauso wenig wie ich). Dann sprang sie auf einen reparaturbedürftigen Steinbrunnen und schaute genauso wie ich in die Kristallkugel.

Margaret fragte: „Benutzt du deinen Hellseher-Spiegel?"

„Manchmal ja."

„Es gibt eine ähnliche Technik für Hexenkugeln. Wenn du sie vom Mond hast aufladen lassen, kannst du anfangen zu üben. Nur du und die Kugel. Schau hinein und lasse deine Augen ganz entspannt." Aus irgendeinem Grund tat ich das jetzt auch, obwohl meine Kugel natürlich noch nicht geladen war. Als wäre sie ein Handy. Auch wenn ich Margaret Twigg nicht besonders mochte, so war sie doch eine bessere Hexe als ich, und ihre Anweisungen waren in der Regel nützlich und sinnvoll. Ich starrte hinein und versuchte hinzuschauen, ohne wirklich hinzuschauen, wenn man damit versteht, was ich meine. Ich konnte Nyx' Augen auf der anderen Seite der Kugel glitzern sehen.

„Lasse deinen Geist zur Ruhe kommen", sagte sie leise. Das fiel mir an meinem Hochzeitstag ein bisschen schwer. Meine Aufmerksamkeit galt nicht gerade Spiegeln zum Hellsehen und Kristallkugeln. Ich wollte auf meinem Fest sein. Doch wenn ich eines über Margaret Twigg wusste, dann, dass man sie am schnellsten loswurde, wenn man tat, was sie verlangte.

Ich nickte. „Ich lasse meinen Geist zur Ruhe kommen und schaue auf die Kugel, versuche aber trotzdem, den Blick schweifen zu lassen."

„Gut. Vor dir werden Bilder und Formen auftauchen. Lass es zu! Versuche nicht, ihre Bedeutung sofort zu verstehen. Sei einfach präsent und konzentriert."

„Kann ich der Kugel Fragen stellen?", fragte ich.

Wieder so ein verärgertes Schnaufen. „Es ist kein Jahrmarktsspiel, bei dem man eine Münze einwirft und nach seinem Schicksal fragt", sagte sie.

Ich lenkte meinen Blick von meiner neuen Kugel auf ihr Gesicht. Und wartete. Schließlich sagte sie: „Du kannst dich aber in Gedanken auf eine Frage konzentrieren. Vielleicht kommen die Antworten, vielleicht auch nicht. Und wenn du erfahren genug bist, um die Kugel für andere zu befragen und dich dazu entscheidest, es zu tun, dann solltest du dich auf die Energie der anderen Person im Raum konzentrieren. Überlass der Kugel den Rest der Arbeit."

Ich schaute wieder in die Kugel, spürte auf der anderen Seite Nyx, die mit ihren grün-goldenen Augen in die Kugel starrte, und versuchte, Margarets Anweisung zu befolgen. Doch das, was mir am schwersten fiel, war, zu ignorieren, dass Margaret Twigg wie eine gereizte Lehrerin direkt hinter mir stand. Aber ich atmete tief durch und übte den Blick in die Kugel. Sie war wunderschön und fühlte sich wirklich gut in meiner Hand an. Auch wenn es mich schon etwas ärgerte, dass Margaret Twigg meine Hochzeit als Vorwand nutzte um mich in meinem Handwerk weiterzubringen, hatte sie doch eine gute Wahl getroffen. Instinktiv wusste ich, dass diese Kugel für mich bestimmt war.

Ich starrte weiter vor mich hin, bis ich verlorenging. Irgendwie hatte ich das Gefühl, ich würde schweben und in dieser Kugel wäre eine andere Welt. Eine Traumwelt. Und als ich den Blick schweifen ließ, konnte ich das Obergeschoss von Rafes Herrenhaus sehen. Da waren Leute. Ihre Gesichter konnte ich nicht erkennen, aber es kam mir so vor, als würde die Feier ohne mich weitergehen. Vielleicht wollte mich die Kugel daran erinnert, wie sehr ich meine Gäste gerade vernachlässigte. Genau als ich das sagen wollte, passierte etwas Schreckliches. Ich hörte einen Schrei, und dann wurde die Kugel schwarz.

Nyx gab einen erschrockenen Laut von sich und sie buckelte.

Ich wandte mich Margaret zu. „Hast du das gesehen?"

Sie sah ziemlich beunruhigt aus. „Ja, habe ich."

Ich sagte: „Ich verstehe das nicht! Wir haben sie doch noch nicht einmal aufgeladen."

Sie sagte: „Sie hat deine Energie genutzt."

„Was bedeutet es, wenn die Kugel schwarz wird?", fragte ich sie und spürte, wie Panik in meiner Brust aufstieg.

„Ich weiß es nicht, aber ich schlage vor, wir gehen nach oben. Irgendetwas ist passiert." Dann dachte sie kurz nach. „Oder es passiert noch."

„Können wir es aufhalten?" Wir wussten ja nicht einmal, was *es* war.

„Ich weiß nicht." Ich wollte gerade aus dem Zimmer rennen, als sie in scharfem Ton sagte: „Lucy! Stecke deine Kugel wieder in den Beutel."

„Ach ja." Ich verspürte ein Gefühl von Eile in meiner Brust, aber dennoch legte ich die Kugel vorsichtig zurück in ihren Samtbeutel. Wenn sie so mächtig war und wenn sie die Wahrheit sagte, dann würde sie ein nützliches Werkzeug sein.

Ich legte die nun bedeckte Kugel auf einem Tisch mit einer abgebrochenen Ecke ab, und gemeinsam eilten wir zurück zum Empfang.

Was würde uns bei unserer Ankunft dort erwarten? Wer hatte geschrien? Und warum?

Als wir zur Hochzeitsfeier zurückkehrten, sah alles ganz normal aus. Niemand schrie oder war verletzt. Weder war der Pavillon auf die Gäste gestürzt noch hatte sich eines der Horrorszenarien, die mir auf dem Rückweg durch den Kopf gegangen waren, bewahrheitet.

Ich fragte mich, ob Margaret mir einen Scherzartikel geschenkt hatte. Doch kaum kam mir der Gedanke, verwarf ich ihn wieder. Margaret Twigg war nicht der Typ, der Späßchen machte.

Ich versuchte, die beunruhigende Erfahrung hinter mir zu lassen und stürzte mich in die Feierlichkeiten. Scarlett und Polly scherzten mit Violet und Liam – einem Kerl, der in einer College-Produktion von *Ein Sommernachtstraum* mitgewirkt hatte. Theodore und ich hatten damals beim Bühnenbau geholfen. Ich war mir ziemlich sicher, dass Violet eine Schwäche für ihn hatte, und war enttäuscht, dass er eine Frau mitgebracht hatte. Sie war sehr hübsch, hatte dichtes dunkles Haar, ein attraktives Gesicht und trug ein bezauberndes grünes Kleid. Polly stellte sie als Georgia Montefiore vor. „Sie geht auch auf das Cardinal College", sagte Polly.

Georgia lächelte und zeigte ihre geraden, weißen Zähne. „Alles Gute zur Hochzeit", sagte sie mit vornehmer Stimme.

Ich fand, dass Liam mit so einer umwerfenden Frau das große Los gezogen hatte, und dennoch schien er sie gar nicht zu bemerken. Er brachte Violet mit irgendetwas zum Lachen, und sie flirtete wie wild.

Die Nähe zwischen Violet und Liam war mir schon immer aufgefallen, und tatsächlich war es Vi, die mich gebeten hatte, ihn einzuladen. Wenn er seine Zeit lieber mit meiner Cousine als mit seinem hinreißenden Date verbrachte, dann sah Liam in Violet vielleicht mehr als eine

Freundin. Violet war mir immer ein Rätsel. Erst dachte ich, sie wäre in William verknallt, und jetzt schien ihr Interesse an Liam wieder geweckt zu sein. Passte der studierende Schauspieler besser zu ihr als der reifere William? Ich dachte gerade über die Vorstellung von einer glücklich verliebten Violet nach, als ein schriller und fürchterlicher Schrei durch die Luft drang.

Mein ganzer Körper erstarrte eine Sekunde lang, aber als mir bewusst wurde, dass der Schrei nicht von einem Menschen, sondern von einem Pfau kam, entspannte ich mich. Ich war an Henri gewöhnt – der hier lebende Pfau war eher ein Haus- als ein Wildtier. Er saß auf dem Dach und schaute auf die Feierlichkeiten herab. Henri war ein überfütterter Schnorrer, aber ich hatte einen ziemlichen Narren an ihm gefressen. Er ließ sich gern aus meiner Hand füttern, und Rafe meinte, er sei in mich verknallt, weil er immer seinen Schwanz auffächerte, sobald er mich kommen sah. Bei unserer ersten Begegnung hatten seine Federn etwas mitgenommen gewirkt, aber inzwischen sahen sie besser aus. Ich hatte den Eindruck, dass er uns mitteilen wollte, dass er auch da war und Hunger hatte, auch wenn er in Gegenwart so vieler Fremder nicht näherkommen würde. Vielleicht war es das, was meine Kugel aufgeschnappt hatte. Einen verärgerten Pfau, der einen Schrei ausstieß.

Rafe kam zu mir herüber und fragte: „Bereit?" Ich nickte und dachte, je eher dieser Empfang zu Ende war, desto eher würde ich aufatmen können. Das Gefühl, dass etwas Schlimmes passieren könnte, ohne eine Ahnung zu haben, was es sein könnte, war mir zutiefst zuwider. Wenn Kristallkugeln so eine Wirkung hatten, war ich nicht sicher, ob ich ein Fan davon war.

Hand in Hand machten Rafe und ich uns auf den Weg zu Lochlan, der offensichtlich bereit für seine Rede war. Noch einmal bat Lochlan um die Aufmerksamkeit aller, und noch einmal versammelten wir uns alle. Ich hielt nach Tina Ausschau, um mich zu vergewissern, dass sie sich ruhig verhielt, und war überrascht, sie nicht zu sehen. Dieses leuchtende Rot wäre selbst vom Weltraum aus sichtbar gewesen. Doch angesichts der vielen Menschen, die sich versammelt hatten, war sie wohl von irgendjemandem verdeckt. Connor konnte ich auch nicht entdecken. Wenn ich Glück hatte, waren sie schon weg.

Und dann legte Rafe seinen Arm um mich, wir drehten uns um, um Lochlans Worten zu lauschen, und ich vergaß alles andere. Lochlan Balfour war viel älter als Rafe. Er war Hosenbandritter gewesen. So um das Jahr 1200. Er war der älteste Vampir, den ich kannte. Außerdem war er attraktiv, kultiviert und elegant. Er lebte in Irland in einem abgelegenen Schloss und war ein wohlhabendes Technologiegenie.

Mit Rafe hatte ich in Sachen Reichtum auch nicht gerade eine Niete gezogen, aber das spielte für mich keine Rolle. Ehrlich gesagt wollte ich es gar nicht wissen. Ihm gehörte das Crosyer Manor, und ich wusste, dass Rafe noch weitere Immobilien auf der ganzen Welt besaß, neben unbezahlbaren Kunstwerken und wer weiß, welchen anderen Anlagen. Geld würde nie ein Thema sein. Er hätte sich wie ein reicher Müßiggänger verhalten können, aber das tat er nicht. Er erfreute sich an seiner Arbeit: der Bewertung und Restaurierung alter Manuskripte. Ich hatte genauso wenig vor, mich auf die faule Haut zu legen. Zwar mochte ich reich heiraten, aber es machte mir große Freude, meinen Strickladen Cardinal Woolsey's zu leiten. Ich hatte nicht die Absicht, ihn aufzugeben, obwohl ich ahnte, dass ich nicht mehr so oft im Laden sein würde wie früher. Ich wollte die Möglichkeit haben, mit Rafe auf Reisen zu gehen und meine Großmutter, die nach Cornwall ziehen wollte, oft zu besuchen.

Lochlan begann mit den Worten: „Ich kenne Rafe Crosyer schon länger, als wir beide zugeben möchten." Mein Bräutigam schmunzelte, und die Gäste, die keine Ahnung hatten, wie lange sie sich eigentlich schon kannten, lachten höflich. Da Rafe ein Spion von Königin Elisabeth gewesen war – und ich meine die erste –, war er mindestens fünfhundert Jahre alt. Und die meiste Zeit davon kannten sich die beiden Männer wohl schon. Es war unfassbar, wie viel von der Geschichte sie hautnah miterlebt hatten.

Lochlan fuhr fort: „Aber Lucy kenne ich erst seit ein paar Monaten. Und doch spürte ich schon beim ersten Mal, als ich die beiden zusammen sah, dass sie füreinander bestimmt waren."

Ein Schauer überlief mich. Der Ausdruck *füreinander bestimmt sein* hatte etwas Bedeutungsvolles an sich. Aber er hatte recht. Irgendwie hatten die Umstände Rafe und mich mit irgendeiner merkwürdigen Kraft in dieselbe Umlaufbahn gezogen. Ich meine, wie groß waren die Chancen, dass ich, eine Frau, die in Boston aufgewachsen war und nicht einmal stricken konnte, zu guter Letzt einen Strickladen in Oxford führen würde, oder dass Rafe, ein kultivierter fünfhundert-jähriger Vampir, an einer abendlichen Strickrunde in genau diesem Laden teilnehmen würde? Es war schon verrückt.

Er hielt eine wunderschöne Rede über die Liebe und wie wichtig sie sei, um unser Leben zu erhellen, und es blieb kaum ein Auge trocken, als er zum Ende kam und alle aufforderte, auf Lucy und Rafe anzustoßen. Als Nächstes ergriff

Rafe das Wort, er dankte meinen Eltern und lobte jede der Brautjungfern einzeln. Sicherlich kam hinzu, dass er ein sehr geübter Redner war, aber seine Worte klangen vollkommen aufrichtig, und dann sah er mich an und ich wusste, dass er diesen Auftritt nie geprobt hatte.

Er sagte: „Und Lucy, ich möchte es hier ganz offen vor allen sagen, damit es jeder weiß: Dass du die Frau bist, nach der ich suchte, habe ich nicht gewusst, bis ich dich gefunden habe." Ich war so glücklich, dass ich dachte, mein Herz würde anschwellen und die Nähte dieses wunderschönen Kleides zum Platzen bringen.

Dann trat mein Vater mit den handgeschriebenen Seiten einer Rede nach vorn und fischte seine Brille aus der Tasche des neuen Anzugs, den Mom ihm gekauft hatte. Dr. Jack Swift sah genau so aus, wie er war: wie ein leicht zerstreuter Professor, der wahrscheinlich lieber in der Wüste nach lange vergrabenen Knochen suchte, als auf einem Hochzeitsempfang zu plaudern. Aber er tat sein Bestes. Über seine Lesebrille hinweg schaute er in die Menge und grinste einnehmend.

„Normalerweise werde ich gebeten, über Themen zu sprechen, für die ich Experte bin. Zum Beispiel über das Reich von Ramses II. oder über Krankheiten bei den alten Sumerern. Mit Eheschließungen habe viel weniger Erfahrung. Das habe ich schließlich nur einmal gemacht, wisst ihr?" Hier gab es ein paar Lacher und ein wenig Applaus. Meine Mutter senkte den Kopf. Meine Eltern waren nicht unbedingt das konventionellste aller Paare, aber sie waren wirklich ein Beispiel dafür, wie die Ehe funktionieren konnte. Dad fuhr fort: „Ich weiß nicht, ob ein Vater jemals glaubt, dass es einen Mann auf der Welt gibt, der gut genug für seine

Tochter ist. Aber ich muss sagen, Lucy, deine Wahl kommt dem sehr nahe." Wie recht er hatte. Ich lehnte mich an Rafe, spürte seine Stärke und Zärtlichkeit, und mein Vater fuhr fort.

Er sprach über die wenigen Dinge, die er gelernt hatte, um eine Ehe aufrechtzuerhalten und brachte uns alle zum Lachen, da schrie eine Frau plötzlich mit gestrecktem Zeigefinger auf.

Oh, nein. Es war der Schrei, den ich gehört hatte, als ich die Kristallkugel in den Händen gehabt hatte. Entsetzt folgte ich ihrem Fingerzeig und konnte gerade noch sehen, wie ein Körper herunterfiel und auf das Pflaster des Innenhofs aufschlug.

KAPITEL 3

ür den Bruchteil einer Sekunde herrschte völlige Stille. Der Schreck des Augenblicks verschmolz mit der gesellschaftlichen Unbeholfenheit meines in seiner Rede unterbrochenen Vaters, der nun stumm dastand, während alle anderen ihre Sektgläser erhoben hatten um anzustoßen.

Und dann war der Moment vorbei, und die Leute rannten in Scharen zu dem am Boden liegenden Körper. William war als Erster da, gefolgt von Rafe, der sich mit übermenschlicher Geschwindigkeit fortbewegt hatte. Die beiden verwehrten mir den Blick auf den Oberkörper, aber ich sah, dass das Opfer des Sturzes eine Kellneruniform trug. Ich hob den Blick und sah ein offenes Fenster mehrere Stockwerke weiter oben. Obwohl der Schock und das Entsetzen des Augenblicks sich in mir bemerkbar machten, fragte sich ein Teil von mir, was um alles in der Welt ein Kellner im oberen Teil des Hauses zu suchen hatte. Genau dort, wo Granny gestanden und die Hochzeit verfolgt hatte.

Die Leute drängten sich um den Abgestürzten, und plötzlich übernahm Lochlan das Kommando und sagte in seinem autoritären Ton: „Gehen wir ein paar Schritte zurück, um Platz zu machen."

Auch wenn sie nicht stark war, wollte ich nicht, dass Rafe und Lochlan in der Sonne standen. Glücklicherweise konnte William schnell ein paar Kellner dazu bewegen, ihm dabei zu helfen, einen Catering-Pavillon zu holen, unter dem ein Tisch voller Speisen stand. Das war ein genialer Schachzug, denn so wurden die Vampire einerseits vor Sonnenlicht geschützt – alle verwendeten Stoffe hatten Schutzfaktor 50 – und andererseits war das Opfer besser von den Blicken abgeschirmt.

Wir alle gehorchten und traten etwa drei Meter zurück, aber niemand wollte jetzt zu der Cocktailparty zurückkehren. Wir standen alle da und starrten auf diese schreckliche Szene. Dann kam ein Mann angerannt. Es war Simon Pattengale. „Ich bin Arzt", rief er ganz außer Atem. „Lasst mich durch."

Rafe sah auf, bemerkte meinen Blick und schüttelte den Kopf. Aber es war zu spät. Ich konnte nichts tun, um ihn aufzuhalten. Dr. Simon Pattengale kniete sich wie William und Rafe neben den Mann. Er legte seine Finger an das Handgelenk. Ich hörte ihn sagen: „Ich spüre einen Puls, aber er ist sehr schwach. Und sein Körper scheint zu erkalten."

Und dann wurde mir klar, warum Rafe vorhin den Kopf geschüttelt hatte. Der Mann am Boden war kein sterblicher Kellner. Er musste ein Vampir sein. Und dann, ein paar Sekunden später, sagte der Arzt erstaunt: „Er ist bei Bewusstsein!"

Alle atmeten erleichtert auf und manche applaudierten ganz spontan.

Mit lauter Stimme sagte William: „Er ist nur noch ganz benommen. Wir bringen ihn zur Untersuchung ins Krankenhaus."

Rafe stand auf und ging weg, und irgendwie gelang es ihm, Lochlan und meinem Vater, alle wieder auf die Veranda oder ins Haus zu bringen. Dr. Pattengale war weiterhin besorgt bei der Sache, und ich hörte den Mann am Boden sagen: „Wirklich, Sir. Es geht mir gut. Nichts gebrochen."

Es wurde gemurmelt, dann sagte er: „Nein, ich bin nicht ohnmächtig geworden. Ich bin bloß umgekippt."

Ich musste Dad dazu bringen, seinen wohlmeinenden Freund davon abzuhalten, den abgestürzten Mann zu untersuchen. William half dem Vampir auf die Beine, und wir sahen alle zu, wie er ziemlich theatralisch in Richtung Küche und Williams Wohnbereich humpelte.

Vielleicht steckte ein bisschen Amateurschauspiel hinter dieser Szene, aber sie erfüllte ihren Zweck. Alle entspannten sich und feierten unsere Hochzeit weiter.

Es hieß, der Kellner sei ins Haus gegangen, um etwas zu holen, und dabei versehentlich aus einem Fenster im zweiten Stock gefallen, sei aber unverletzt. Dass man ihn zur Beobachtung ins Krankenhaus brachte, sei eine reine Vorsichtsmaßnahme.

Ich wusste, dass hinter der Geschichte mehr steckte als das. Das Fenster im zweiten Stock hatte nicht offen gestanden. Das im dritten Stock schon. Dort hatte Granny gestanden und die Hochzeit verfolgt. Aber ich spielte mit. Rafe würde mir schon sagen, was wirklich los war, wenn er so weit war.

Wenigstens war ich nicht mitten auf meiner Hochzeitsfeier mit einem Todesfall gestraft worden.

Rein technisch gesehen war der Mann, der aus dem Fenster gefallen war, bereits tot gewesen.

VIEL SPÄTER KONNTE ich mich endlich entspannen. Die Gäste waren weg. Sogar meine Eltern hatten sich überzeugen lassen, nach Hause zu gehen, vor allem, weil sie so ihren Freund Dr. Pattengale und seine Frau Prunella begleiten konnten. Dieser war immer noch ein wenig erschüttert. Immer wieder sagte er: „Ich verstehe das nicht! Dieser junge Mann hätte zumindest schwer verletzt sein müssen. Und doch hatte er einen Pulsschlag – schwach aber immerhin. Und wie unglaublich schnell er sich erholt hat! Noch bevor er im Krankenhaus ankam, soll er sich schon aufgerichtet haben."

Ich wusste genau, dass der Vampirkellner nicht einmal in die Nähe eines Krankenhauses gekommen war. William hatte so getan, als würde er ihn mit einem anderen Kellner – vermutlich ebenfalls ein Vampir – wegschicken, aber gewiss waren sie nur irgendwo hingegangen, um sich bis zum Ende der Hochzeitsfeier zu verstecken.

Wir alle versuchten, Dr. Pattengale zu beruhigen, und mein Vater erinnerte ihn daran, dass in der Medizin immer wieder Wunder geschahen. Er hatte gerade das Glück gehabt, Zeuge eines solchen zu werden. William war wunderbar gewesen und hatte sich unter die Gäste gemischt, um eine plausible, wenn auch erfundene Geschichte zu verbreiten: Der Kellner sei nicht wie zunächst angenommen aus dem obersten Stockwerk gefallen, sondern er habe auf Williams Bitte hin einen ganz besonderen Teller aus dem ersten Stock geholt. Obwohl die Frau, die den Sturz zuerst gesehen hatte, immer wieder sagte: „Aber ich bin mir sicher, dass ich ihn aus dem dritten Stock habe fallen sehen", schenkten die Leute – auch die Augenzeugin selbst – William angesichts seiner ruhigen Erklärungen bald Glauben. Als sie ging, sagte sie: „Ich bin wirklich froh, dass er nicht ganz so tief gefallen ist. Und anstatt eure Hochzeit zu ruinieren, ist jemand, der einen Sturz überlebt und noch davon erzählen kann, ein gutes Omen für eure Ehe, finde ich." Diese Vorstellung gefiel mir sehr gut, und ich umarmte die Frau zum Abschied ganz besonders fest.

Alfred fuhr meine Eltern und die Pattengales zurück nach Oxford, und dann ging ich meine Kristallkugel holen, um sie draußen ins Mondlicht zu legen. Ich hatte das Gefühl, dass Margaret Twigg sich vergewissern würde, dass ich ihre Anweisungen befolgt hatte – auch wenn es meine Hochzeitsnacht war.

Der Mond ging gerade auf, und ich zog mich in einen ruhigen Teil des Grundstücks zurück: Es war ein geschlossener Rosengarten, von dem Rafe behauptete, er sei schon dagewesen, als er das Haus gebaut habe. Ich liebte seine Stille und den Duft nach Rosen und Lavendel. Eine Statue der Artemis herrschte über den ummauerten Garten. Dass es Artemis war, wusste ich, weil Rafe es mir gesagt hatte. Sie war überlebensgroß und lehnte an einer Säule, ihre Beine hatte sie an den Knöcheln übereinandergeschlagen, und ihre Hand ruhte auf ihrer Hüfte. Ihr Gewand reichte ihr bis zu den Knien, und der Rest ihrer Beine war nackt. Pfeil und Bogen lagen an ihrer Seite. Ich wusste zwar, dass sie die Göttin der Jagd war, aber ich malte mir gern aus, dass sie Pfeil und Bogen bereitbehielt, um den Garten vor negativer Energie zu schützen. In einem Springbrunnen zu ihren Füßen plätscherte Wasser, das schließlich in ein stilles, im Mondlicht glitzerndes Becken floss.

Ich nahm die Kristallkugel aus ihrem schwarzen Samtbeutel und brachte sie instinktiv zum Becken. Mondwasser eignet sich hervorragend zum Reinigen magischer Werkzeuge, und ich wollte jede Spur von Margaret Twigg beseitigen, bevor ich die Kugel benutzte. Zweifellos war dieses Mondwasser nicht das stärkste der Welt, aber für meine Zwecke würde es ausreichen. Ich tauchte das glatte gläserne Gebilde in das vom Mond beschienene Becken und legte es dann auf eine Sonnenuhr, wo es ungehindert im Mondlicht baden konnte.

Mit sanfter Stimme sagte ich:

Sammle Kraft im Mondeslicht,
nutze diese Energie und verbessere meine Sicht.
Möge sich mein Wissen erweitern
Und anderen helfen, nicht mehr zu scheitern.
Wie ich will, so soll es geschehen.

Ich überließ die Kugel der Aufsicht der steinernen Göttin.

Als ich ins Herrenhaus zurückkehrte, ließ ich mich im Wohnzimmer in meinen Lieblingssessel fallen, der mir einen Blick auf den Garten bot, wo das Catering-Personal gerade das Chaos beseitigte.

Normalerweise hätte man von uns erwartet, dass wir nun in die Flitterwochen fahren. Zu unserer Hochzeit waren jedoch so viele Menschen aus den USA und anderen Teilen der Welt angereist, dass es uns ungehobelt erschien, uns einfach zu verdrücken. Ich wollte noch ein wenig mit meinen

Eltern zusammen sein, bevor sie nach Ägypten zurückkehrten, und auch etwas Zeit mit Jennifer verbringen, also hatten wir beschlossen, erst am Montag abzureisen.

Das einzige Ereignis, das uns noch bevorstand, war die Stocherkahnfahrt. Keiner der Vampire hatte sich angemeldet, aber da meine Eltern die Veranstaltung hauptsächlich für Familie und Freunde vorgesehen hatten, spielte das keine Rolle. Sie erwarteten nicht von mir und Rafe, dass wir mitkamen, was gut war.

Trotzdem war ich nervös wegen der Stocher-Expedition. Nun, da ich erfahren hatte, dass Connor – „Man nennt mich Con" – einen besonderen Deal für uns ausgehandelt hatte, und ich mir auch noch Sorgen machte, dass sich jemand verletzen könnte – wahrscheinlich mein Vater, der darauf bestand, dass er sich nach all den Jahren noch an seine Stocher-Technik erinnern konnte – war ich froh, wenn alles vorbei sein würde. Die Hochzeit war besser verlaufen, als ich es mir hätte vorstellen können. Selbst ein Vampir, der aus großer Höhe zu Boden gestürzt war, hatte keine fatalen Folgen mit sich gebracht. Das Letzte, was ich wollte, war, es jetzt zu verschreien.

„Leih dir nicht schon heute die Sorgen von morgen", ermahnte mich Granny, die sich freute, zu uns zu stoßen, nachdem nun alle Gäste gegangen waren. Sie und Sylvia waren damit beschäftigt, ihre Beobachtungen abzugleichen. Granny hatte aus ihrer Vogelperspektive Dinge gesehen, die niemand sonst sehen konnte, und Sylvia konnte ihr vom Geschehen auf der Hochzeit Bericht erstatten. Es war zwar nicht perfekt, aber wenigstens war meine Großmutter in gewisser Weise bei meiner Hochzeit dabei gewesen.

Jen ließ sich auf die Couch fallen und sah mit ihrem

Hochzeits-Make-up und dem Brautjungfernkleid immer noch umwerfend aus. Lochlan wirkte kein bisschen erschöpft. In seinem förmlichen Anzug vermittelte er immer noch einen coolen und eleganten Eindruck. Rafe hatte sein Jackett ausgezogen, sah aber ansonsten genauso cool und elegant aus. Ich betrachtete die beiden. Der eine ein dunkler, der andere ein heller Typ, beide attraktiv, intelligent und schamlos reich. Ich drehte mich zu Jen um und fragte mich, ob die Chance bestand, dass sie und Lochlan sich gefallen könnten, obwohl ich bei keinem von beiden auch nur den Hauch von Interesse wahrgenommen hatte. Ich wünschte mir nur, sie hätte einen Grund zum Bleiben. Ich würde meine beste Freundin schrecklich vermissen.

Nyx stolzierte anmutig ins Zimmer, schaute sich um und kam dann zu mir, sprang auf die Couch und rollte sich neben mir zusammen.

„Vorsicht!", schimpfte Sylvia. „Du willst doch wohl keine Katzenhaare auf deinem schönen Kleid haben."

„Ach, lass gut sein, Sylvia", sagte Granny. „Sie wird es ohnehin nicht mehr tragen."

Sylvias Mundwinkel verzogen sich nach unten. „Das ist eine Schande, aber du hast wohl recht. Es ist wie damals, als Coco ein wunderschönes Kleid für einen einmaligen Auftritt in der Royal Albert Hall für mich entworfen hat. Ich war ganz in Schwarz und Silber gekleidet. Ich trug einen Diamanten von Cartier, den mir der Graf geschenkt hatte."

„Welcher Graf, meine Liebe?", fragte Granny. Sie war immer an Sylvias Geschichten über ihre berühmte Karriere – und ihr Liebesleben – in den 1920er Jahren interessiert. Doch der Bühnen- und Leinwandstar von dazumal dachte kurz nach und zuckte mit den Schultern: „Einer von ihnen. Oder war es vielleicht der Herzog?"

Da kam William herein. Bevor ich von seinem fabelhaften Essen schwärmen konnte, bemerkte ich, dass ihm jemand folgte.

Lochlan drehte sich um, als hätte er das erwartet. „Ach, Guy. Gut." Er drehte sich um und wandte sich an alle im Raum. „Darf ich vorstellen: Guy Scovolo." Ich warf Rafe einen Blick zu, aber er war undurchschaubar. Das war nicht unüblich für ihn.

„Vielleicht willst du uns erzählen, wie es dazu kam, dass du aus dem Fenster gefallen bist?", fragte Lochlan. Es klang nicht nach einem Vorwurf. Eigentlich hatte ich sogar den Verdacht, dass Lochlan die Antwort bereits kannte und wollte, dass wir anderen sie auch erfuhren. Aus irgendeinem Grund kribbelte mein Bauch.

Guy Scovolo war der Vampir, der aus dem Fenster im Obergeschoss gefallen war und davon berichten konnte, weil er überlebt hatte – oder auch nicht, je nachdem, wie man Vampirismus definierte. Nun konnten wir ihn endlich fragen, was passiert war.

„Ich war im Haus, und es war so, wie William gesagt hat. Ich sollte reingehen und einen besonderen Teller holen."

„Ach komm schon, Junge", sagte Lochlan. Er drehte sich zu Rafe um und sah leicht verlegen aus. „Guy ist einer meiner Sicherheitsexperten. Du weißt ja, wie du es mit der Sicherheit hältst. Lausig. Also habe ich beschlossen, ein paar meiner Leute mitzunehmen, damit sie alles im Auge behalten. Allein die zweiseitige Kunstgalerie, die du hast, enthält Kunstwerke, die Millionen wert sind."

Rafe schnaubte. „Nicht Millionen, Kumpel. Sie sind

unbezahlbar. Ich habe sogar noch die Miniatur, die Königin Bess mir geschenkt hat, weißt du?"

Lochlan pfiff leise durch die Zähne. „Selbst zu ihren Lebzeiten war das ein wertvolles Geschenk. Wie viele Miniaturen gibt es noch von Königin Elisabeth I.?"

„Weniger als ein halbes Dutzend, würde ich wetten."

Lochlan war immer stärker am Handel interessiert als Rafe, hatte ich bemerkt. Er schürzte die Lippen und dachte kurz nach. „Allein die Miniatur wäre unzählige Millionen wert."

„Tja, das werden wir nie herausfinden, weil ich sie nicht verkaufe. Für mich ist sie von unschätzbarem Wert, weil sie sie mir persönlich geschenkt hat."

Dann wandte er sich an mich: „Habe ich sie dir jemals gezeigt, Lucy?"

Wahrscheinlich schon, aber ehrlich gesagt konnte ich mich nicht daran erinnern. Er hatte mich durch seine persönliche Kunstgalerie geführt, die äußerst raffiniert gestaltet war: An den Wänden hingen zwar schöne und wertvolle Gemälde, aber jede Wand konnte mit Hilfe eines diskreten Messingknaufs herumgedreht werden – und die wahren Schätze befanden sich auf der Rückseite. Sogar ich hatte einen Rembrandt erkennen können. Es gab einen Van Dyck, einige Skizzen von Leonardo da Vinci, viele Impressionisten, wobei er eine Vorliebe für Van Gogh und Turner hatte, und eine ganze Wand war Picasso gewidmet. Natürlich hatte er den Maler kennengelernt und sie hatten sich im Haus von Gertrude Stein in Paris über Kunst unterhalten.

Lochlan sah etwas ungeduldig aus. „Später." Und er sah uns mit einem komischen Gesichtsausdruck an. „Wenn du deine Hochzeitsnacht mit der Betrachtung von Kunstwerken verbringen willst."

Rafe warf mit einem Schuh nach ihm.

Lochlan wich aus und lachte. „Okay, Guy. Was ist dir passiert?"

Guy entspannte sich, da er nun die Wahrheit sagen konnte. „Ich habe einen Rundgang durchs Haus gemacht, wie du es mir aufgetragen hast. Ich hatte das Zimmer mit den Gemälden inspiziert, und dort war alles in Ordnung. Ich wollte gerade wieder nach draußen gehen, da habe ich ein Geräusch von oben gehört. Es hörte sich an, als ob jemand in Schwierigkeiten wäre, also bin ich hochgerannt."

„Jemand in Schwierigkeiten?", fragte ich.

Er schaute mich an und wandte dann den Blick ab. „Es war deine Großmutter."

Ich schaute Granny an. „Was hast du gemacht?"

„Wenn du es unbedingt wissen musst, ich habe gesungen. Ich war so traurig, nicht an der Trauung teilnehmen zu können, dass ich ‚Here Comes the Bride' gesungen habe. Dieser arme junge Mann hielt die Klänge meines Hochzeits-marschs für, nun ja …"

„Gejammer", sagte er.

Sie sah ein wenig verlegen aus. „Meine Stimme ist noch nie meine Stärke gewesen."

„Ich wusste nicht, dass sie da oben war. Ich habe in eines der Zimmer geschaut, und die Fenster standen weit offen."

„Was?", sagte Rafe.

Jetzt sah meine Großmutter wirklich unglücklich aus. „Also, das war ich. Ich habe sie geöffnet, um die Trauung zu hören. Ihr wisst ja, wie gut ich höre, seit ich verwandelt wurde."

Rafe presste seine Lippen aufeinander. Sie tat mir schrecklich leid. Natürlich wollte sie die Trauung hören, bei der ich vermählt wurde. Sie schwieg wohlweislich, und Guy setzte seine Erzählung fort.

„Ich habe mir wohl einen Moment Zeit genommen, um auf die Hochzeitsgesellschaft hinabzuschauen und mich zu vergewissern, dass nichts Unerwünschtes vor sich geht."

Lochlan nickte. „Guter Instinkt."

Er schüttelte den Kopf. „Aber was dann geschah, zeugt von einem grauenhaften Instinkt, das gebe ich zu. Ich habe die Gefahr nicht einmal gespürt. Gerade schaue ich noch nach draußen und vergewissere mich, dass alles so ist, wie es sein sollte, und einen Moment später schubst mich jemand von hinten und ich segle hinunter und schlage auf dem Boden auf. Ich habe nicht einmal einen Blick auf meinen Angreifer erhaschen können." Er schaute Lochlan an. „Es tut mir wirklich leid."

Aber Lochlan schien nicht besonders verärgert zu sein. „So etwas kommt vor." Und dann warf er Rafe einen scharfen Blick zu. „Und jetzt weißt du, warum ich in deinem Haus für Sicherheit sorgen wollte."

Rafe sah gereizt aus. Ich hatte das Gefühl, dass dies ein alter Streit zwischen ihm und Lochlan, dem Technologie- und Sicherheitsexperten, war. Rafe sagte: „Jeder, der mich bestiehlt, ist strohdumm."

Lochlan schüttelte den Kopf. „Das mag vor hundert, zweihundert Jahren so gewesen sein. Aber die Welt hat sich weiterentwickelt, Rafe. Die Diebe werden immer raffinierter. Was, wenn etwas gestohlen worden wäre? Wie, glaubst du, bekommst du es jemals zurück?"

„Nun, dazu ist es ja nicht gekommen, oder?"

Lochlan wandte sich mir zu. „Lucy. Zur Hochzeit möchte ich euch beiden ein umfassendes Sicherheitssystem für das Crosyer Manor schenken."

Oh, ich würde mich da nicht mit hereinziehen lassen. Ich schaute meinen frisch gebackenen Ehemann an. „Ob Rafe das annehmen will, ist ihm überlassen."

Lochlan hob seine Hände. „Du bist genauso schlimm wie er. Und genauso verrückt."

Wahrscheinlich.

„Hattest du das Handy meiner Cousine bei dir?" Ich hatte Guy mit dem Telefon meiner Cousine Tina gesehen. Im Gegensatz zum Vampir hatte es den Sturz wahrscheinlich nicht überlebt. Ich wusste nicht genau, was ich meiner Cousine sagen sollte, wenn ich ihr ein zertrümmertes Telefon zurückgab. Allerdings war sie selbst schuld, wenn sie unsere Grundregel, keine Fotos zu machen, ignoriert hatte. Wie ich Rafe kannte, würde er ihr ein nagelneues kaufen, um das alte zu ersetzen. Doch zu meiner Überraschung zog William das Telefon unbeschädigt aus seiner Tasche.

„Guy hatte es mir bereits ausgehändigt. Ich habe auf einen günstigen Moment gewartet, um es Lochlan zu geben, damit er diese Fotos verschwinden lassen kann."

Lochlan streckte seine Hand aus, aber ich sagte: „Wartet mal!"

Ich wollte nicht, dass diese Fotos verschwanden, bevor ich sie überhaupt gesehen hatte. Okay, es war unerhört von meiner Cousine Tina, Fotos zu schießen, obwohl ihr das ausdrücklich untersagt worden war. Aber wie ich gesehen hatte, galten die Aufnahmen, die sie gemacht hatte, mir und meinem Vater, als wir zum Altar gingen. Theodore hatte fleißig gemalt, was wunderbar war, und seine schönen Skizzen und Bilder würden uns für immer an unsere Hochzeit erinnern. Aber ein paar Schnappschüsse von mir und meinem Vater? Die könnte ich doch sicher haben.

Rafe schien mich zu verstehen und schaute mir über die Schulter, als ich versuchte, ihr Telefon zu entsperren. Natürlich war es durch ein Passwort oder einen Fingerabdruck geschützt. Ich gab einen verärgerten Laut von mir, und dann streckte Lochlan noch einmal seine Hand aus. Ehrlich gesagt hatte ich keine Ahnung, was er da anstellte. Er nahm etwas aus seiner Tasche, machte etwas mit seinem Finger, und im nächsten Moment war das Telefon entsperrt. Ich war sehr zufrieden mit ihm. Und viel weniger zufrieden mit Tina. Sie hatte nicht nur Bilder von mir und meinem Vater gemacht, die ich für immer aufbewahren würde, sondern auch wahllos alles Mögliche fotografiert. Sie gehörte zu den Menschen, die den Eindruck erweckten, dass sie Fotos machten, um etwas zu tun zu haben. Ich ging die Aufnahmen durch und da war eine von ihr und Connor – sein kräftiger Arm lag um ihre Schultern, ein großer, goldener Ring glitzerte an seinem Finger und seine Diamantohrringe funkelten an seinen Ohrläppchen.

Ich überflog auch den Rest, der hauptsächlich aus Bildern von Menschenmengen bestand, und sagte dann: „Moment! Sieh mal!" Ich zeigte Rafe das Telefon, und Lochlan kam herüber und sah uns über die Schulter. Es war definitiv Con, der Crosyer Manor betrat.

Ich schaute Rafe an. „Warum sollte Connor in diesen Teil des Hauses gehen?" Dass es der private Bereich war, war offensichtlich.

Er schüttelte den Kopf. „Ich weiß nicht."

„Auf der Suche nach der Toilette?", fragte Jennifer.

„Aber die sind hier unten und deutlich gekennzeichnet." Eigens für die Hochzeit hatte Rafe sogar Toiletten in einem Teil der alten Ställe einbauen lassen. Sie waren vom Empfang aus schnell zu erreichen und schöner als die eines Fünfsternehotels. Warum hätte Connor also ins Haupthaus gehen sollen?

Lochlan sah ziemlich beunruhigt aus. „Connor Townes ist genau die Art von Person, von der man nicht möchte, dass sie sich bei einem zu Hause umschaut." Er warf uns beiden einen strengen Blick zu. „Ich gebe eine Eilbestellung für das Sicherheitssystem auf."

Zu meiner Überraschung widersprach Rafe ihm nicht. Er nickte nur einmal.

Ich bat Lochlan, alle Fotos, die Tina von der Hochzeit gemacht hatte, von ihrem Handy auf meinen Computer zu übertragen, und dann würde ich später entscheiden, welche ich behalten und welche ich löschen wollte. Anschließend löschte Lochlan sie alle dauerhaft von ihrem Telefon. Es war, als hätte es sie nie gegeben. Um sich zu vergewissern, dass sie wirklich weg waren, kehrte er noch einmal zu ihrer Galerie zurück. Das letzte Foto vor meiner Hochzeit zeigte sie und Connor vor einem alten dunkelgrünen Sportwagen. „Sieht aus wie ein Jensen Interceptor", sagte Lochlan.

Er zeigte es Rafe. „Hattest du nicht auch so einen?"

Rafe warf einen Blick auf das Foto. „Ich hatte einen Jensen Interceptor, als er in den 1960er Jahren auf den Markt kam. Das hier ist ein späteres Modell, vielleicht aus den Siebzigern."

„Wahrscheinlich hat er den Wagen billig bekommen",
sagte ich.

„Oder gestohlen", fügte Lochlan hinzu. Er gab mir Tinas
Telefon zurück. „Sorgst du dafür, dass sie es
zurückbekommt?"

Das Letzte, was ich wollte, war, einen Grund zu haben,
um meine schreckliche Cousine zu besuchen. „Okay."

Rafe nahm meine Hand und drückte sie. Jennifer hatte
die Geste offensichtlich bemerkt, denn sie stand ganz unver-
mittelt auf.

„Gut, Leute, ich glaube, es wird Zeit, dass wir gehen."
Manchmal liebte ich ihre nordamerikanische Direktheit. Als
hätten sie plötzlich gemerkt, dass sie unsere Hochzeitsnacht
störten, erhoben sich alle sofort.

„Ja, natürlich", sagte Lochlan. „Jennifer, soll ich dich
mitnehmen?"

Sie schüttelte den Kopf. „Theodore fährt uns nach Hause,
danke." Theodore wartete auf Granny und Sylvia. Sie hätte
sich ohne Weiteres von Lochlan nach Hause bringen lassen
können. Meine Hoffnung, aus den beiden könnte ein Paar
werden, löste sich von Sekunde zu Sekunde in Luft auf.

Als alle gegangen waren und sogar William uns eine gute
Nacht gewünscht hatte und in seiner Wohnung
verschwunden war, wandte sich Rafe an mich.

„Bist du sicher, dass es dir nichts ausmacht, unsere Hochzeitsnacht hier zu verbringen? Es ist noch nicht zu spät, wenn
du nach Paris, New York oder Bali reisen möchtest. Innerhalb
einer Stunde wäre die Maschine startklar."

Ich kicherte leise. Würde ich mich jemals an die unbe-
grenzten Ressourcen dieses Mannes gewöhnen? Ich schüttelte den Kopf. „Hier ist genau der Ort, an dem ich sein

möchte. Heute Nacht und für immer." Als ich diese Worte aussprach, spürte ich, wie wahr sie waren.

„Das macht mich sehr glücklich", sagte er. „Und jetzt, meine schöne Frau, sind wir endlich allein." Und dann küsste er mich.

KAPITEL 4

*I*ch genoss mein erstes Frühstück als verheiratete Frau, perfekt zubereitet von William, der sich immer über einen Menschen freute, den er bekochen konnte.

Als ich heute Morgen in den ummauerten Garten gegangen war, um meine Kristallkugel zu holen, hatte ich auch ein paar Rosen gepflückt, um sie in eine Vase auf unserem Frühstückstisch zu stellen.

Meine Eier Benedikt waren perfekt, und Rafe trank etwas aus einem gekühlten Thermosbecher – was es war, fragte ich nicht. Verträumt dachte ich an all die Vormittage wie diesen, die noch vor uns lagen. Ich hatte nicht die Absicht, mich auf die faule Haut zu legen. Ich würde immer noch den Strickladen Cardinal Woolsey's betreiben, und sei es nur, um die ängstlichen Vampire zu beruhigen, die sich Sorgen machten, ich könnte das Geschäft verkaufen. Natürlich brauchten sie einen sicheren Rückzugsort für ihren nächtlichen Strickclub. Aber ich selbst hatte auch gelernt, den Ort zu lieben. Es machte mir Freude, das Geschäft wachsen zu sehen, und selbst wenn ich auch selbst nur langsam stricken lernte, machte es mir Spaß, andere Leute zu unterrichten. Nun, natürlich unterrichtete ich nicht selbst, aber es war eine Freude zu sehen, wie viele Leute an unseren Kursen teilnahmen.

Rafe war auch keiner, der gern Däumchen drehte. Ich wusste, dass er nicht die Absicht hatte, die Arbeit, die er liebte, aufzugeben. Wie er mir einmal gesagt hatte, war eine der schlimmsten Tücken, die das Vampirsein mit sich brachte, die Langeweile. Ich dachte gerade darüber nach, als ich plötzlich sagte: „Rafe?"

„Ja, mein Schatz?"

„Meinst du, du wirst dich mit mir langweilen?"

Zuerst bekam er vor aufrichtiger Überraschung große Augen, was ich bei ihm nicht oft erlebt hatte, und dann lachte er laut auf. „Mir fallen viele Worte ein, um zu beschreiben, was ich empfinde, wenn ich in deiner Nähe bin. Langeweile gehört nicht dazu. Wenn du mich nicht gerade mit einer Frage wie dieser überraschst, dann bringst du mich dazu, mir einen Film anzuschauen", sagte er. „Oder du verwickelst mich in die Aufklärung eines Mordes."

„Es macht mir eben Spaß, dein kulturelles Wissen zu erweitern", sagte ich selbstgefällig. „Aber damit sollte jetzt Schluss sein. Mit den Morden, meine ich, nicht mit den Filmen."

Skeptisch runzelte er die Stirn, aber ich war mir sicher, dass die seltsame und ziemlich unschöne Angewohnheit, in Mordermittlungen zu stolpern, nun, da ich als verheiratete Frau ein ruhigeres Leben führte, ein Ende haben würde. Ich war mir ganz sicher, dass auch die örtlichen Polizeivertreter das für sehr wünschenswert halten würden. Nicht, dass ich der örtlichen Kripo nicht schon geholfen hätte. Ein paar

Morde hatte ich sogar schon ganz allein aufgeklärt, aber irgendwie schien die Polizei meine Bemühungen oder die meiner untoten Helfer nie zu schätzen. Jedenfalls würde ich an meinem ersten Tag als Ehefrau nicht an so etwas Unangenehmes wie Mord denken.

Rafe hatte immer noch eine Falte zwischen den Augenbrauen, und ich kannte ihn gut genug, um zu fragen: „Was ist los?"

„Ich mache mir Sorgen wegen unserer Hochzeitsreise. Mir kommt sie, ich weiß nicht, nicht bedeutend genug vor."

Ich liebte ihn so sehr. Und noch nie so sehr wie in diesem Moment. „Aber genau das will ich. Mit dir nach Cornwall zu fahren und dort Zeit zu verbringen, ist genau das, was ich mir wünsche. Wir werden noch viel Zeit haben, um die ganze Welt zu bereisen, aber jetzt möchte ich erst einmal Zeit haben, um dich besser kennenzulernen." Ich erwähnte es zwar nicht, aber Rafe besaß dort auch eine Immobilie, die ich nie gesehen hatte. Und, wenn ich ganz ehrlich war, wollte ich Granny helfen, sich in ihrem neuen Zuhause einzuleben. Es war ein wenig Überredungskunst nötig gewesen, bevor sie schließlich beschloss, dass es für sie an der Zeit war, Oxford zu verlassen. In Cornwall konnte sie ein viel normaleres Leben führen. Ab und zu konnte sie ausgehen, und die Wahrscheinlichkeit, dass sie von jemandem erkannt wurde, weil er aus unserer Gegend in Oxford kam, war ziemlich gering. Falls meine Großmutter jemals das Pech haben sollte, tatsächlich jemanden zu treffen, den sie kannte, musste ich darauf hoffen, dass in der Nähe eine andere Hexe sein würde, die den Vergessenszauber aussprechen konnte. Bisher hatte es immer geklappt, auch wenn es ein paar Mal fast danebengegangen wäre.

„Außerdem", sagte ich, „möchte ich den Strickladen sehen, den sie sich aussuchen." Rafes Handelsvertreter in Cornwall hatte die Anzahl der Immobilien, die sich für einen anständigen Strickwarenladen eigneten, auf drei eingegrenzt, und Granny und Sylvia wollten alle besichtigen. Obwohl es sich um den Laden meiner Oma handelte, für den sie vor Ort einen Geschäftsführer einstellen würde, wollte ich dabei sein. Zumindest wollte ich sehen, für welche Räumlichkeiten sie sich entschieden.

Er nickte, als sei er einverstanden. „Wir können auch mal sehen, welche Renovierungsarbeiten wir im Haus vornehmen wollen. Da möchtest du sicher ein Wörtchen mitreden." Ich stimmte zu. Das alte Herrenhaus war jahrelang von einem Ehepaar gemietet worden, das dort eine Pension betrieb. Nun waren sie im Ruhestand, deshalb hatte Rafe beschlossen, mehr Zeit dort zu verbringen, zumal Granny und Sylvia dort wohnen würden.

„Ist die Wohnsituation dort genauso gut wie hier?", fragte ich ihn. In den Tunneln unter meinem Geschäft in Oxford hatten die Vampire einen schier unglaublichen unterirdischen Wohnkomplex geschaffen, der mit den Schätzen geschmückt war, die sie über die Jahrhunderte hinweg gesammelt hatten. Ich war besorgt, dass meine Oma und vor allem Sylvia sich sträuben würden, wenn das Haus in Cornwall nicht ebenso luxuriös wäre.

„Mach dir keine Sorgen", sagte Rafe. „Sylvia war schon mal da. Sie hätte dem Umzug nie zugestimmt, wenn ihr das neue Zuhause nicht gefallen hätte. Einer der Gründe, warum ich das Grundstück gekauft habe, war, dass sich dort diese verlassene Zinnmine befindet. Die Räumlichkeiten sind genauso schön wie das, was sie hier haben."

51

Das war eine Erleichterung. Ich wollte gerade noch mehr fragen, als mein Telefon klingelte. Irgendwie überraschte mich das. Ich konnte mir nicht vorstellen, dass jemand so unhöflich sein würde, mich am Morgen nach meiner Hochzeit anzurufen. Ich warf einen Blick auf das Display, und es war meine Mutter. Wenn ich von irgendjemandem hätte erwarten können, dass er mich an diesem besonderen Tag anruft, dann von ihr. Ich zog in Erwägung, nicht ans Telefon zu gehen, aber schließlich war es meine Mutter. Ich klickte auf mein Handy, um den Anruf entgegenzunehmen.

„Hey, Mom, was gibt's?"

Ich hörte ihr sofort an, dass sie aufgeregt war. „Es tut mir leid, wenn ich dich störe, Lucy. Dein Vater hat gesagt, ich soll nicht anrufen, aber ich wusste nicht, was ich sonst machen soll."

Ich hörte Stimmen hinter ihr, und es klang, als ob sie im Freien wäre. Ich warf einen Blick auf die Ormolu-Uhr, die auf dem Kamin im Esszimmer stand. Sie mochte Hunderte von Jahren alt sein, aber sie zeigte immer die richtige Zeit an. Dafür sorgte Rafe. Ihre Stocherkahnfahrt müsste bald losgehen. Und plötzlich spürte ich, wie mich die Wut überkam. Ich hatte die schreckliche Ahnung, dass diese blöden Stocherkähne nicht aufgetaucht waren oder dass man von allen einen Aufpreis verlangte oder irgendetwas anderes Abscheuliches passiert war. Vielleicht forderte Con Schmiergeld, weil er die ganze Sache eingefädelt hatte. „Was ist passiert?"

„Dein Vater ist schon ganz nervös. Wir sind am Treffpunkt am Fluss, aber von der Stocherkahnfirma ist niemand hier." Sie senkte ihre Stimme. „Ich sehe viele Kähne vorbeikommen, die sehr professionell aussehen. Ich bin mir nicht sicher, ob dieses Unternehmen wirklich so seriös ist, wie dein Vater geglaubt hat. Er ist sogar zu dem Haus gegangen, in dem die Stocherkähne aufbewahrt werden. Alles ist verrammelt, und es ist niemand da. Keine Spur von Connor."

Warum überraschte mich das bloß nicht? Ich hatte doch geahnt, dass bei diesem „Deal", den Tinas Begleiter arrangiert hatte, etwas schief gehen würde. Rasch überlegte ich. „Was ist mit Tina? Vielleicht weiß die, wo er ist."

Die Worte meiner Mutter klangen abgehackt und scharf, als würde sie ihre Wut im Zaum halten. „Ich habe Tina gefragt. Sie sagt, dass Connor die Hochzeit gestern Abend zusammen mit Jennifer verlassen hat und sie ihn seitdem nicht mehr gesehen hat."

„Meine Brautjungfer Jennifer?"

Es gab nicht viele Dinge im Leben, bei denen ich mir sicher war, aber eines wusste ich mit Sicherheit: Jennifer war auf keinen Fall mit Connor nach Hause gegangen. Sie war eine der Letzten, die gestern Abend gegangen waren. Das wollte ich gerade sagen, als sie sagte: „Jennifer ist auch nicht aufgetaucht."

Zweifellos hatte sie verschlafen oder so. „Und was soll ich deiner Meinung nach tun?"

„Ich weiß es nicht", jammerte sie. „Es ist wirklich furchtbar. Ich habe hier um die zwanzig Leute, die darauf warten, stochern zu gehen, aber keine Kähne."

Ich wollte gerade vorschlagen, dass sie zu einer der seriösen Firmen gehen sollten, die in Oxford tätig waren, als Rafe sagte: „Sag ihr, wir sind gleich da!"

Ich war ziemlich überrascht. „Warte mal, Mom."

Ich sah ihn an. „Du willst stochern gehen?" Okay, es war ein bedeckter Tag, aber trotzdem. Ich konnte mir nicht vorstellen, dass Rafe in einem offenen Boot seine Freude haben würde.

Er schüttelte den Kopf. „Ich möchte mir diesen Connor einmal selbst vorknöpfen. Wir fahren dahin, klären das mit den Stocherkähnen und kommen dann wieder zurück. Na ja, du kannst natürlich auch dableiben und dich auf dem Fluss treiben lassen, wenn du willst."

Ich würde eigentlich liebend gerne einmal Stocherkahn fahren. Aber nicht heute. „Bist du sicher, dass es dir nichts ausmacht?"

„Nein. Ich will es so." Er hörte sich nicht so an, als wäre er begeistert davon, meine Verwandten noch einmal zu sehen, also hatte ich das Gefühl, dass etwas anderes dahintersteckte. Ich sagte meiner Mutter, wir kämen gleich, und sie klang mehr als erleichtert.

„Beschäftigt sie eine halbe Stunde lang", sagte ich. „Besorgt ihnen Kaffee oder Pimm's-Likör oder so etwas. Wir sind schon auf dem Weg."

Ich legte auf und sah Rafe an. „Was geht in dir vor? Warum willst du den Kahnfahrern plötzlich einen Besuch abstatten?"

Zum ersten Mal an diesem Morgen sah er ziemlich unwirsch aus. Er erhob sich. „Ich wollte es dir eigentlich nicht sagen. Zumindest vorerst."

„Mir was sagen?" So langsam beschlich mich ein ungutes Gefühl bei der Sache.

Ich stand ebenfalls auf und folgte ihm, als er mich zu sich winkte. Wir gingen in das Zimmer, in dem er seine Gemäldegalerie aufbewahrte. Ich schaute mich kurz um, aber alles schien an seinem Platz zu sein. Doch er ging auf eines der Paneele zu, die sich raffiniert umdrehen ließen und so die wahre Tiefe seiner Kunstsammlung enthüllten. Er drehte es um, und meine Angst wurde größer, denn ich glaubte nicht, dass er mich hierhergebracht hatte, um seine alten Meister zu bewundern. Als die Wand einrastete, sah ich die leere Stelle. Zwischen dem frisch restaurierten Rembrandt, den Zeichnungen von Da Vinci und einigen weniger bekannten Renaissance-Kunstwerken klaffte eine Lücke – eindeutig fehlte hier ein Gemälde. Ich ging näher heran, bis ich direkt neben Rafe stand.

„Als ich gestern Abend das Foto von dem unbefugten Besucher sah, der den abgeriegelten Teil des Hauses betreten hatte, habe ich den Drang verspürt, nach meinen Bildern zu sehen. Und als du heute Morgen draußen warst und deine Kristallkugel geholt hast, habe ich das getan."

Es widerstrebte mir zu fragen, aber ich musste es wissen.

„Was fehlt?" Ich kannte seine Sammlung natürlich nicht so gut wie er selbst. Doch ich hatte das schreckliche Gefühl, die Antwort zu kennen.

Er blickte auf mich herab, seine Augen waren kalt und wütend. „Das Porträt von Elisabeth I."

KAPITEL 5

„Nein!" Ich wusste, dass es schlimm sein musste, aber nicht so schlimm. „Das, was dir Königin Elisabeth persönlich geschenkt hat?"

„Genau das. Ich kann dir gar nicht sagen, wie viel mir dieses Bild bedeutet, Lucy. Es geht nicht nur um den Geldwert. Mir ist es unschätzbar wichtig."

„Dann holen wir es zurück", sagte ich ihm. Vor Schuldgefühlen wurde mir ganz flau im Magen. Irgendwie war ich mir sicher, dass das alles meine Schuld war. Ich war diejenige, die hier hatte heiraten wollen. Und ich war mir absolut sicher, dass keiner von Rafes Freunden, ob lebendig oder untot, jemals so etwas tun würde. Aber irgendeiner meiner Verwandten? Das Wort „unseriös" kam mir in den Sinn.

Nun zählte ich eins und eins zusammen. „Glaubst du, dass Connor etwas damit zu tun hat?"

Er zuckte die Achseln. „Es scheint doch auf der Hand zu liegen, oder nicht? Auf dem Foto sieht man, wie er in diesen Teil des Hauses geht, in dem kein Hochzeitsgast etwas zu suchen hatte."

„Und jetzt ist er nicht zum Stocherkahnfahren erschienen."

„Sobald er kommt – falls er überhaupt kommt –, möchte ich ein Wörtchen mit ihm reden."

Ich legte meine Hand auf seinen Arm. „Du tust doch nichts, was du später bereuen wirst, oder?"

„Das hängt davon ab, was ich herausfinde. Wenn dieser junge Strolch das Bild in irgendeiner Weise beschädigt hat ..." Er führte den Satz nicht zu Ende, und ich war froh darüber.

„Wir nehmen William mit", sagte er.

„Warum das?" Ich war der Ansicht, William könnte einen freien Tag gebrauchen, nachdem er gestern diesen fantastischen Hochzeitsempfang organisiert hatte, aber Rafe sagte: „Er kann sehr gut mit schwierigen Situationen umgehen. Viel besser als ich. Er beruhigt die Leute."

Ich wusste genau, was er meinte. William war jemand, auf den man immer zählen konnte. Außerdem fand ich es besser, ihn bei uns zu haben, falls Rafe mit Connor aneinandergeraten sollte. William hatte viel mehr Erfahrung im Umgang mit Rafe und konnte ihn hoffentlich davon abhalten, blutrünstig und wutentbrannt auf den Kerl loszugehen.

Eine Gewissheit hatte ich: Ich würde Connor und Rafe nicht miteinander allein lassen. Nicht eine Sekunde lang. Ich war genauso entschlossen wie mein Mann, das Gemälde zurückzubekommen, aber das würden wir auf eine Weise tun, die keine Gefahr für Connors Lebenskraft darstellte.

Gegen eine Gefängnisstrafe hatte ich hingegen nichts einzuwenden.

ALS RAFE und ich am vereinbarten Treffpunkt für die Kahnfahrt ankamen, war ich erstaunt. Der Wegbeschreibung folgend nahmen wir einen Waldweg am Cherwell River entlang, und erreichten ein Feld mit einer alten Hütte, die einst ein Bootshaus gewesen sein könnte. Weit und breit waren weder Stocherkähne noch Connor zu sehen. Draußen auf dem Fluss konnte ich sehen und hören, wie sich die Leute amüsierten, lachten und die langen Stangen ins Wasser stießen. Es waren Familien mit Kindern und Hunden, Paare, eine Gruppe lachender Frauen, die anscheinend einen Junggesellinnenabschied feierten. Und dann stand da eine Gruppe von Leuten, der eine Stocherkahnfahrt versprochen worden war, die aber keine Kähne hatte. Ich sagte zu Rafe: „Es gibt nicht einmal einen Steg."

Ich sah, wie mein Vater in der Menge stand und sein Bestes tat, um die Leute zu unterhalten.

Er wirkte wie ein Reiseleiter, wenn auch kein professioneller, aber ich musste ihm Anerkennung zollen. Er tat sein Bestes. Ich hörte, wie er sagte: „Wisst ihr, die Geschichte des Stocherkahnfahrens reicht bis in die viktorianische Zeit zurück. Für Damen galt es als schick, sich so etwas zu gönnen. Einige der noch in Betrieb befindlichen Boote sind mehr als hundert Jahre alt. Susan und ich haben viele schöne Nachmittage verbracht, an denen ich stocherte und sie mir vorlas." Wie ich sie kannte, hatte sie wohl keine Liebessonette gelesen. Bestimmt hatte sie ihm aus einem verstaubten archäologischen Lehrbuch vorgelesen. „Es wird behauptet, J.R.R. Tolkien sei ein eifriger Stocherer gewesen." Ich spürte, dass mein armer Vater verzweifelt alles erzählte, was er zufällig wusste, während er auf Rettung wartete. Die Gäste, die zuhörten, sahen höflich gelangweilt aus.

Meine Mutter stand am Rande und wirkte ängstlich und unglücklich.

Meine Cousine Tina saß auf der Wiese und machte einen extrem gelangweilten und verkaterten Eindruck. Sie hatte das rote Kleid gegen Jeansshorts und ein enges Tanktop eingetauscht. Sie war dabei, sich den Nagellack von einem ihrer Fingernägel abzukratzen. Ich wollte gerade zu ihr gehen und sie fragen, ob sie eine Ahnung hatte, wo Connor sein könnte, als Jennifer am Ende des Weges auftauchte und auf uns zukam. Ich wusste, dass Connor sie nicht nach Hause begleitet hatte, aber ich sah, dass Tina sie böse anstarrte, und dass sich ihre Haltung versteifte, als würde sie darauf warten, dass Con hinter meiner Brautjungfer auftauchte.

Jen sah überrascht aus, uns zu sehen. „Lucy? Rafe. Was macht ihr denn hier?"

Ich erzählte ihr schnell von den fehlenden Kähnen und dem ebenfalls fehlenden Connor. Ich war mir nicht sicher, ob es Rafe recht war, wenn sie von dem Diebstahl erfuhr, also sagte ich nichts davon. Aber mit leiser Stimme erzählte er ihr in wenigen Sätzen selbst von dem Diebstahl. Ich war froh und fühlte mich irgendwie geehrt, dass er meiner besten Freundin genauso viel Vertrauen entgegenbrachte wie mir.

Sie sah entsetzt aus. „Es tut mir furchtbar leid." Und dann schaute sie mich an. „Wir werden ihn finden. Und uns das Bild zurückholen."

Ich war begeistert, dass sie sich uns so vehement anschloss. „Ja", stimmte ich zu. „Das werden wir."

Sie sagte: „Connor hat gestern Abend ziemlich viel getrunken. Vielleicht hat er verschlafen."

„Wenn er mein Porträt gestohlen hat, habe ich starke Zweifel, dass wir ihn heute sehen werden ..."

Die Worte „oder jemals wieder" hingen unausgesprochen in der Luft, aber da ich wusste, welche Kräfte ein hoch motivierter fünfhundertjähriger Vampir und zwei ziemlich motivierte Hexen gemeinsam hatten, hielt ich es für ziemlich wahrscheinlich, dass wir Con, den Betrüger, auf die eine oder andere Weise finden würden. Wir mussten ihn einfach erwischen, bevor er das Bild verkaufte. Mit etwas Glück würde er so dumm sein, es verkaufen zu wollen, und Rafe würde dank seines gut ausgebauten Netzwerks schon benachrichtigt werden, bevor irgendjemand überhaupt die Chance zum Kauf bekam. Ich hoffte inständig, dass genau das geschehen würde, und zwar bald.

Rafe wandte sich an William. „Sie gehen jetzt zu einem der seriösen Unternehmen und zahlen das, was man zahlen muss, um in der nächsten halben Stunde eine Stocherkahnfahrt organisiert zu bekommen."

„Mit Kahnfahrer?"

Er warf einen Blick auf die träge Gruppe der Hochzeitsgäste in unterschiedlichsten Formen, Altersgruppen, Größen und Fitnesszuständen. „Ja. Auf jeden Fall."

„Ich kümmere mich darum." Und das Erstaunliche an William war, dass ich wusste, er würde es schaffen, obwohl es ein wunderschöner Tag in Oxford war und der Fluss bereits mit Stocherkähnen überfüllt war. Irgendwie würde er innerhalb von dreißig Minuten Kähne und Stocherer für fünfundzwanzig Leute organisieren.

Ich ging zu meiner Mutter und überbrachte ihr die frohe Botschaft. Sie stieß einen tiefen Seufzer der Erleichterung aus. „Vielen Dank, Lucy!"

„Bei mir brauchst du dich nicht zu bedanken. Dank lieber Rafe."

Strahlend sah sie ihren Schwiegersohn an. „Oh ja. Und bitte entschuldigt uns. Ich dachte wirklich, wir hätten das Richtige gemacht." Plötzlich war sie so aufgebracht, dass sie den Tränen nahe war.

Rafe beruhigte sie. „Ihr habt einen bezaubernden Ausflug geplant. Und ihr wurdet von jemandem im Stich gelassen, dem ihr vertraut habt. Das kommt vor. Aber ich glaube, wir haben es jetzt im Griff."

Er war so nett zu ihr, dass mir ganz warm ums Herz wurde. Sie sagte: „Sobald dein Vater seine letzte Anekdote beendet hat, werde ich ihm Bescheid sagen."

Nachdem das erledigt war, drehte ich mich zu Tina um, die Jennifer voller Abneigung anstarrte. Oje, das würde ja ein Spaß werden. Ich straffte die Schultern und ging dorthin, wo sie saß. Auf ihrem Daumen befand sich noch ein winziger Streifen hellrosa Nagellack, über den sie sich immer noch Gedanken machte.

„Tina", sagte ich. „Was ist mit Con passiert?"

Sie funkelte mich an. „Frag doch sie", sagte sie und deutete mit dem Kopf zu Jennifer. „Er ist mit ihr nach Hause gegangen. Ich habe ihn gesehen."

Jennifer sagte: „Nein, ist er nicht. Er hat mich zu den geparkten Autos geführt, um mir seinen Jensen Interceptor zu zeigen. Er war so stolz darauf, und ich mag Autos irgendwie. Aber das ist alles. Ich bin wieder reingegangen. Danach habe ich ihn nicht mehr gesehen."

„Wie viel Uhr war es da?", fragte ich.

Wenn wir das Gemälde finden wollten und wenn Con es gestohlen hatte, mussten wir ein Zeitfenster erstellen. Kein Zweifel, dass er meine Freundin mit auf den Parkplatz gelockt hatte, denn wer würde schon vermuten, dass ein Typ, der offenbar dabei war, eine Brautjungfer abzuschleppen, Diebesgut bei sich hatte? Widerwillig musste ich zugeben, dass mir diese List von jemandem, den ich nicht für besonders clever gehalten hatte, Respekt einflößte. Ich wagte zu bezweifeln, dass Connor Elisabeths Porträt ausgewählt hatte, weil er dessen Wert erkannt hatte. Bestimmt hatte er sich einfach das erstbeste geschnappt, das in seine Tasche passte. Es war ihm so problemlos gelungen, mit einem Vermögen zu verschwinden, dass ich vor Missmut mit den Zähnen knirschte. Lochlan hatte recht. Warum hatten wir keine besseren Sicherheitsvorkehrungen getroffen?

Und dann machten sich meine Schuldgefühle wieder mit voller Wucht bemerkbar. Weil die für Rafe und seine Freunde gar nicht nötig gewesen wären. Es war einer meiner Gäste gewesen, der den Ärger verursacht hatte.

Ich war keine gewalttätige Frau, aber ich hätte Tina am liebsten an Ort und Stelle geohrfeigt, weil sie in Bezug auf Hochzeitsgäste so einen schlechten Geschmack hatte und sich meiner besten Freundin gegenüber so unfreundlich verhielt. Aber wie Granny mir immer eingetrichtert hatte: Mit einem Löffel Honig fängt man mehr Fliegen als mit einem Fass voll Essig. Also zwang ich mich, sie nicht zu ohrfeigen.

Jennifer dachte immer noch nach. „Es muss so gegen acht gewesen sein."

„Ich weiß nur, dass sein Auto weg war, als ich um neun Uhr losgefahren bin", sagte Tina und funkelte Jennifer an, als ob sie ihr kein Wort glaubte und wusste, dass sie Connor irgendwo in einem Liebesnest versteckt hielt. Von wegen.

„Wie bist du dann zum Hotel zurückgekommen?", fragte ich Tina. Sie war mit ihren Eltern in einer Suite in einem

Hotel in Oxford, für das Rafe gezahlt hatte. Er hatte darauf bestanden, Zimmer für die auswärtigen Gäste bereitzustellen. Ich hatte zwar Verständnis dafür, dass sie wütend war, aber ihre Wut richtete sich gegen die falsche Person. Dass Connor sie einfach verlassen hatte, wo sie doch diese unmöglichen Schuhe trug, musste eine Qual für sie gewesen sein.

„Ich wurde nach Hause gebracht." Sofort sah sie beschämt aus. „Von meinen Eltern."

„Hast du seit gestern Abend etwas von Connor gehört?"

„Wie denn? Ich habe ja kein Handy mehr. Deshalb bin ich hierhergekommen. Ich wollte ihm klipp und klar sagen, was ich von ihm halte. Und ihn dann vielleicht in den Fluss stoßen."

Ja, es war immer noch ganz die alte Tina, die ich aus meiner Kindheit kannte.

Dann richtete Tina ihren wütenden Blick auf mich, was Jennifer zumindest eine kleine Verschnaufpause bot. „Außerdem weiß ich nicht, warum du so überheblich tust. Schließlich wurde auf deiner Hochzeit mein Handy geklaut."

Ich sagte so ruhig wie möglich: „Ich bin sicher, du hast es einfach irgendwo abgelegt. Die Reinigungskräfte sind heute noch mit den Aufräumarbeiten beschäftigt. Ich bin sicher, dass es auftauchen wird." Wenn ich es nicht so eilig gehabt hätte hierherzukommen, hätte ich ihr Telefon vielleicht sogar mitgebracht. Aber es würde meiner Cousine Tina bestimmt nicht schaden, noch ein paar Stunden lang darauf zu verzichten. Vielleicht würde es ihr eine Lehre sein, sich in Zukunft an die Regeln zu halten, obwohl ich das bezweifelte.

Ich merkte, dass sie sich gerade auf mich stürzen wollte, als Tinas Vater aus der anderen Richtung taumelnd auf uns zukam. Er war rot im Gesicht, fasste sich an die Brust und keuchte wie ein unsportlicher Mann, der auf einen Berg gerannt war. Er sagte: „Ich glaube, es hat einen Unfall gegeben."

„Oh, Dad ist so peinlich", murmelte Tina. „Er muss zum Pinkeln in die Büsche gegangen sein."

Ich glaubte nicht, dass er mit Unfall meinte, dass er sich in die Hosen gemacht hatte. Der Mann sah ernstlich besorgt aus. Dann deutete er auf einen Punkt hinter sich. „Im Fluss. Da drüben." Er keuchte, als ob er es mit dem Rennen übertrieben hätte, und Tinas Mutter Ruth, die Cousine meiner Mutter, ging zu ihm. „Ist schon in Ordnung, Colin. Atme tief durch."

Als ich aufschaute, begegnete ich Rafes Blick, dann begaben er, Jennifer und ich uns sofort in die Richtung, in die Tinas Vater gezeigt hatte. An diesem Teil des Flusses war der Pfad schmal und am Ufer standen viele belaubte Büsche und Bäume mit überhängenden Ästen. Colin war sicher nicht weit gekommen, also ließ ich meinen Blick nach links und rechts schweifen, während wir zügig den Weg entlanggingen.

Nach nur wenigen Minuten Fußmarsch sah ich einen hölzernen Stocherkahn, der sanft gegen das Ufer stieß. Vom Fluss aus war er wahrscheinlich nicht zu sehen, und wenn wir nicht gerade diesen Weg genommen hätten, hätten wir ihn wohl auch nicht entdeckt. Als ich näherkam, spürte ich die Schwere in der Luft. Jennifer und ich wechselten einen Blick, und ich wusste, dass sie das Gleiche empfand.

Rafe übernahm die Führung und kämpfte sich durch das Gestrüpp, um das Boot zu erreichen. Wir folgten ihm.

Dass es Connor war, wurde mir in dem Moment klar, als ich die Leiche auf dem Boot liegen sah.

KAPITEL 6

Obwohl ich seinen Kopf nicht sehen konnte, erkannte ich die Kleidung, die er gestern auf der Hochzeit getragen hatte: schwarze Hose und weiße Jacke. Auch den Ring an seinem Finger erkannte ich. Connor war nach vorne gefallen, und sein Kopf und seine Schultern waren hinter dem Rand des Kahns verborgen. Rafe stieg geschickt von hinten in das Boot ein. Es schwankte leicht, als er über den Rand spähte. Sein Blick kehrte zu mir zurück. „Sein Kopf ist unter der Wasseroberfläche. Er muss ertrunken sein."

Ich wusste, dass wir gar nicht erst über Erste Hilfe reden mussten. Er würde wahrnehmen, dass in diesem Körper kein Blut mehr floss, während Jennifer und ich den Tod spürten.

Dennoch kniete Rafe nieder und fuhr mit seinen Händen über die Leiche. Den Kopf hob er allerdings nicht aus dem Wasser. Ich bemerkte eine Flasche mit etwas, das wie Whiskey aussah, die gegen einen der Holzsitze gerollt war. Die Flasche war halb voll. Oder halb leer, je nachdem, wie man es betrachtete. Ich hatte den starken Verdacht, dass

Connor die andere Hälfte intus hatte. Eine hölzerne Stocherstange lag zur Hälfte auf dem Kahn, der restliche Teil hatte sich in den Büschen verfangen. Als Rafe sich erhob, zeigte ich auf die Flasche. „Er muss im Vollrausch gestürzt sein und sich den Kopf angeschlagen haben", sagte ich.

„Ein seltsamer Ort, um allein etwas zu trinken", antwortete Rafe. Und das stimmte.

„Connor war nicht der Typ, der allein trinkt", sagte Jennifer hinter meiner Schulter. „Ich wette, jemand war bei ihm. Er hat mich ganz schön angebaggert. Ich erinnere mich, dass er mir eine Bootsfahrt bei Mondschein vorgeschlagen hat – ich dachte, das wäre eine beschönigende Umschreibung, um zu sagen: Komm mit zu mir! Ich bin so weit gegangen, mir mit ihm sein heißes Auto anzusehen, aber als es offensichtlich war, dass ich nicht vorhatte, die Hochzeitsfeier mit ihm zusammen zu verlassen, hat er sich verzogen. Ich frage mich, ob eine andere Frau Ja gesagt hat."

„Wenn ja, wo ist sie dann?", fragte ich.

„Ich weiß nicht." Sie trat einen Schritt näher. „Aber wenn sie mit Connor zusammen aus der Whiskeyflasche getrunken hat, kann die Polizei sie vielleicht anhand ihrer DNA aufspüren, falls man sie ausfindig machen will."

„Oh, gute Überlegung", sagte ich. Und um mich in Sachen Detektivarbeit nicht von meiner besten Freundin in den Schatten stellen zu lassen, fügte ich hinzu: „Und vielleicht kann die Kripo auch herausfinden, wo er die Flasche gekauft hat. Mit Hilfe von Videoaufzeichnungen und ähnlichem könnte man seine Bewegungen verfolgen."

„Videoaufzeichnungen würden nichts bringen", sagte Rafe, als er aus dem Boot stieg und zu uns kam. „Ich kenne diesen Whiskey. Es stammt aus meiner Sammlung. Und es ist ein sehr teurer Whiskey."

„Du meinst, Connor Townes hat eine Flasche Whiskey bei dir geklaut?" Jen klang ziemlich überrascht.

„Ich vermute, das ist nicht alles, was er hat mitgehen lassen", sagte Rafe und blickte auf die Leiche hinunter.

Ich wollte gerade vorschlagen, dass wir den Notruf 999 wählen sollten, als Dr. Pattengale angerannt kam.

„Alle zur Seite!", befahl er. „Ich bin Arzt."

Ich wusste, dass er jetzt nichts mehr für Connor Townes tun konnte, aber da wir ihm wohl schlecht erklären konnten, dass ein Vampir und zwei Hexen den Tod bestätigt hatten, hatten wir kaum eine Möglichkeit, ihn aufzuhalten. Welche Spuren noch auf dem Kahn zu finden sein würden, wusste ich nicht, aber ich vermutete, dass es nicht viele sein würden – wenn überhaupt. Jeden Tag mieteten bestimmt massenhaft Leute solche Dinger, und ich bezweifelte, dass die Boote nach jeder Nutzung desinfiziert wurden.

Allein an der Stange mussten Tausende von Fingerabdrücken zu finden sein. Die lag neben Connor, als hätte er sie fallen lassen. Und als ich mich auf die Stocherstange konzentrierte, bemerkte ich einen dunklen Schmierfleck. Es konnte Erde oder Schmutz oder vieles andere sein, aber ich war mir ziemlich sicher, dass es sich um Blut handelte.

Inzwischen waren noch mehr Leute eingetroffen: meine Mutter und mein Vater, Scarlett und Poppy, die sich entschlossen hatten, am Stocherkahnfahren teilzunehmen, da sie das seltsamerweise noch nie gemacht hatten. Nach einer äußerst kurzen Untersuchung schüttelte der Arzt den Kopf.

„Ich fürchte, er ist tot."

Ich nickte ernst, auch wenn ich es schon gewusst hatte. Er sagte: „Ich werde die Behörden verständigen.“

Gut, wenn er es machte und nicht ich, dachte ich. Da wir nicht wussten, was wir noch tun sollten, drehten wir drei uns um und gingen zurück. Dann kam Tina. Sie drängte sich bis nach vorne durch und starrte fassungslos auf die Leiche, die im Kahn lag.

„Nicht Connor“, jammerte sie. „Nicht mein Connor.“

Und dann brach sie in Tränen aus. Tiefe, heftige Schluchzer, als ob es ihr das Herz brechen würde.

„Es tut mir so leid, Tina“, sagte ich. Das war völlig unzureichend, aber ich wusste nicht, was ich sonst sagen sollte.

Ich hatte das Gefühl, dass ihre Gefühle für Con viel tiefer gewesen waren als seine für sie.

Der Arzt tätigte den Anruf und sagte dann: „Die Kripo Oxford schickt jemanden her.“ Er hätte sich die Mühe sparen können, uns das zu sagen. Dass sie jemanden schicken würde, wussten wir alle schon. Man kann eine Leiche nicht einfach auf einem Kahn auf dem Cherwell River treiben lassen.

Er stand da und betrachtete den toten Mann. Es war irgendwie schrecklich, ihn mit dem Kopf im Wasser hängenzulassen, aber das war eindeutig eine Angelegenheit, die von der Polizei untersucht werden musste. Dennoch war es schwer, sich keine Meinung zu bilden, und der Arzt tat es ganz gewiss. Wie ich zuvor bemerkte er, dass eine halb leere Flasche Alkohol auf dem Boden des Kahns lag.

Er schüttelte den Kopf. „Wie traurig, wenn ein junges Leben so endet. Er trägt immer noch die Kleider von der Hochzeit, also muss er wohl gestern Abend hergekommen sein. Das ist doch der junge Mann, der diese Stocherkahn-fahrt organisierte, oder?"

Ich bejahte.

„Wahrscheinlich ist er gestern Abend hergekommen, um sich zu vergewissern, dass die Vorbereitungen für heute stehen. Und es war ja auch ein schöner Abend, nicht wahr? Sternklarer Himmel, im Wasser spiegelt sich der Mond – für jemanden, der den Schlüssel zum Bootshaus besitzt, muss das sehr verlockend gewesen sein. Bestimmt hat er beschlossen, eine nächtliche Tour mit dem Stocherkahn zu machen, wenn er den Fluss doch schon ganz für sich allein hatte." Er geriet immer mehr ins Schwärmen, was noch unheimlicher war, weil er es direkt vor Cons Leiche tat. Oder vor dem Teil davon, den wir sehen konnten.

„Habt ihr schon einmal versucht zu stochern?", fragte er.

Rafe hatte das zweifellos schon oft gemacht, aber ich schüttelte den Kopf. „Noch nie."

„Es ist schwieriger, als es aussieht. Und der Cherwell" – nun schaute er liebevoll auf den Fluss, der so ruhig und friedlich war – „sein Flussbett kann schlammig sein, und manchmal bleibt eine Stange darin stecken. Während er den Stocherkahn fuhr, hat er offenbar getrunken, was er natürlich nicht hätte tun dürfen. Er war im Rausch, wahrscheinlich kam er ins Schwanken, ist ausgerutscht und hat sich den Kopf gestoßen." Er seufzte. „Ich bin neugierig, was die endgültige Todesursache war. Aber ich vermute, dass er sich den Kopf angeschlagen und das Bewusstsein verloren hat, und wenn ihn das nicht umgebracht hat, dann ist er wohl ertrunken, als sein Oberkörper ganz unglücklich über die Kante gerutscht ist." Er blickte noch einmal auf den Fluss, von dem das Gelächter und die Gespräche der anderen

Kahnfahrer zu uns drangen. „Traurige Angelegenheit. Traurige Angelegenheit."

Der Arzt sagte ganz wichtigtuerisch: „Ich bleibe hier und bewache die Leiche, wenn ihr beide euch zu euren herumschwirrenden Hochzeitsgästen gesellen wollt. Ich glaube, die wissen gar nicht, was sie tun sollen."

Ich nickte. Es war ein Wink mit dem Zaunpfahl, um zu sagen, dass all diese Menschen wegen uns hier waren. Obwohl das nicht ganz stimmte. Meine Mutter und mein Vater hatten diesen katastrophalen Ausflug organisiert, nicht wir. Trotzdem konnten wir nichts tun, während wir hier herumstanden. Mein Vater, der mich an diesem Wochenende wirklich beeindruckte, tat sein Bestes, um alle zusammenzuhalten und zu beruhigen. Jennifer kam mit Polly und Scarlett ins Gespräch, und ging mit ihnen gemeinsam zurück.

Tinas Mutter trat neben ihre schluchzende Tochter und legte einen Arm um sie. „Das Stocherkahnfahren ist wohl gestrichen. Für den armen Jungen können wir hier nichts mehr tun. Dann können wir genauso gut zurück ins Hotel gehen."

Doch Dad hielt sie sanft zurück. „Ich glaube, korrekterweise sollten wir alle warten, bis die Polizei eintrifft."

„Warum denn? Es ist zwar eine Tragödie, aber was können wir denn tun, um der Polizei zu helfen?", fragte Ruth.

Das schien mein Vater auch nicht zu wissen, aber er bestand darauf, dass noch niemand gehen durfte. Dass dies bei Mordermittlungen der Fall war, wusste ich, doch wie die Regeln bei einem Unfalltod aussahen, war mir nicht ganz klar. Jedenfalls konnte ich die Sirenen hören. Bald würde jemand anderes als mein Vater diese Entscheidungen treffen.

Ich nahm Rafe zur Seite und fragte leise: „Hast du ihn durchfilzt?"

Sein grimmiger Gesichtsausdruck besänftigte sich. „So, wie du das sagst, klingt es, als wäre ich eine Figur in einem dieser schrecklichen Filme, die du mir so gern zeigst. Nein, ich habe ihn nicht durchfilzt. Allerdings habe ich mich vergewissert, dass mein Bild nicht in einer seiner Taschen versteckt war."

Für mich klang das nach Durchfilzen. „Bist du sicher, dass er es nicht bei sich hatte?"

„Ziemlich sicher."

„Verdammt!" Es tat mir sehr leid, dass Connor Townes tot war. Aber wenn er darüber hinaus auch Rafes Bild gestohlen hätte, wäre es schön gewesen, wenn Rafe es heimlich, still und leise zurückbekommen hätte.

Ich wusste, was mein frisch gebackener Ehemann dachte. Wenn das Bild nicht hier war, wo war es dann?

Rafe sagte: „Lass uns hier verschwinden. Ich möchte mir das Haus von dem Kerl kurz ansehen, bevor dort der Trubel losgeht."

Ich schaute ihn an. „Du kennst seine Adresse?"

„Er hatte sein Portemonnaie in der Hosentasche. Ich habe mir erlaubt, einen Blick auf seinen Führerschein zu werfen, auf dem seine Adresse steht."

Ganz geschmeidig. „Du willst einbrechen und sehen, ob er dein Bild hat."

„So drastisch hätte ich es nicht ausgedrückt, aber im Grunde genommen ja."

Ich schaute mich um. Ich war mir nicht sicher, ob wir gehen sollten. Vielleicht hatte mein Vater recht. Und dann sagte Rafe: „Wir hätten eigentlich gar nicht hier sein sollen.

71

Diese Veranstaltung haben deine Mutter und dein Vater für die anderen Hochzeitsgäste organisiert, nicht für das Brautpaar."

Da hatte er natürlich recht, und uns schenkte ohnehin niemand Beachtung. Es würde ein Leichtes sein, sich davonzustehlen. Ich nickte und beschloss, mich gar nicht erst zu verabschieden. Er sagte: „Wir können einfach hier entlang weitergehen. Ich kenne diese Gegend gut. Der Weg führt uns zum Auto zurück." Sein Plan hörte sich gut an, also ging ich mit ihm den Pfad entlang. Auf dem Weg rief er William an und erklärte ihm die Lage. Was er ihm im Kern sagte, war, dass er die Sache mit der Anmietung des Kahns vergessen konnte und lieber zu unseren Hochzeitsgästen zurückkehren sollte, um bei der Schadensbegrenzung zu helfen.

Wir waren noch nicht weit gekommen, als eine Stimme sagte: „Hey. Wo wollt ihr denn hin?"

So viel zum Thema „Sich davonstehlen". Ich drehte mich zu meiner besten Freundin um. „Jennifer, wir können hier nichts ausrichten. Wir hätten gar nicht hier sein sollen. Ich möchte meinen allerersten Tag als vermählte Frau wirklich nicht damit verbringen, am Schauplatz eines Unfalltodes herumzuhängen."

Sie schaute mich durchdringend an. „Aber war es wirklich ein Unfall?"

Ich war schockiert über ihre Worte. „Wie kommst du darauf, dass es keiner war?" Ein bereits betrunkener Mann war so dumm gewesen, spät am Abend mit dem Stocherkahn zu fahren und dabei noch mehr zu trinken. Er hatte sich praktisch selbst zum Unfallopfer gemacht.

Auch sie wirkte ein wenig verwirrt über ihre Gewissheit. „Ich weiß nicht. Mein Bauchgefühl?" Sie zuckte mit den

Schultern. „Connor Townes kam mir nicht wie ein Mann vor, der allein eine Bootsfahrt im Mondschein unternehmen würde. Ich bin sicher, dass jemand bei ihm war. Ich meine, mich hat er ja auch angebaggert. Als ich ihm eine Abfuhr erteilt habe – bei wem hat er es da versucht?"

Sie sah so selbstzufrieden aus, dass ich annahm, sie würde eine Frage stellen, deren Antwort sie bereits kannte.

„Du hast dir Scarlett und Polly vorgenommen, stimmt's?" Sie grinste mich an. „Und ich war erfolgreich. Er wurde gesehen, als er mit Georgia Montefiore weggegangen ist."

„Willst du mich auf den Arm nehmen? Die war doch mit Liam da."

„Und du warst zu sehr damit beschäftigt, im Mittelpunkt zu stehen, um zu bemerken, dass Liam viel mehr Zeit mit deiner Cousine Violet als mit seinem Date verbracht hat."

„Und ob ich das bemerkt habe." Selbst wenn ich im Mittelpunkt der Aufmerksamkeit stand, was am eigenen Hochzeitstag ja zulässig war.

„Und ist sie hier?" Ich konnte mich nicht erinnern, sie gesehen zu haben.

„Nein, ist sie nicht", sagte Jennifer. „Findest du das nicht interessant? Sie stand auf der Liste. Ich habe deinen Dad gefragt. Sie hätte hier sein sollen."

Ich bekam ein mulmiges Gefühl im Magen und blickte zurück zu der Stelle, an der Connors Körper von den Bäumen und dem Laub verdeckt war. „Du glaubst doch nicht, dass sie irgendwo auf dem Grund des Flusses liegt, oder?" Ich hatte immer gedacht, dass Stocherkähne sehr sicher aussehen. Sie haben einen flachen Boden und sind nicht zu einer rasanten Bootsfahrt gedacht, sondern, um sich treiben zu lassen. Und das hier war der Cherwell River –

nicht die Niagarafälle. Er ist so langsam und schläfrig, wie ein Fluss nur sein kann. Das Stocherkahnfahren assoziierte ich mit gemütlichem Gleiten, nicht mit einem verhängnisvollen Unfall.

„Ich weiß nicht. Aber ich habe herausgefunden, wo sie wohnt."

„Warum bittest du nicht einfach jemanden, sie anzurufen?", fragte ich.

„Das habe ich schon versucht. Scarlett hat angerufen, aber sie geht nicht ran."

Okay, ich glaubte zwar immer noch nicht ganz, dass sie auf dem Grund des Flusses lag, aber hinter meinem Brustbein machte sich Unbehagen breit. Das war nie ein angenehmes Gefühl. Ich wusste, dass Rafe unbedingt zu Connor Townes Wohnung wollte, bevor jemand anderes dort auftauchte, aber jetzt hatte es sicher Vorrang, sich erst einmal zu vergewissern, dass es Connors nächtlicher Stocherkahn-Partnerin gut ging. Ich warf Rafe einen Blick zu, und sein verkniffener Gesichtsausdruck weckte den Verdacht bei mir, dass ihm definitiv mehr an dem Gemälde seiner ehemaligen Chefin, Königin Elisabeth, lag als daran, sich zu vergewissern, wie es um die Gesundheit und die Sicherheit eines Hochzeitsgastes bestellt war, an den er sich wahrscheinlich nicht einmal mehr erinnerte.

Aber als wir beide ihn ansahen, gab er nach, bevor wir überhaupt anfangen mussten zu diskutieren.

KAPITEL 7

*E*s war ziemlich klar, dass Jennifer mitkommen würde und dass unsere oberste Priorität darin bestand, Georgia zu finden, die angeblich mit Connor die Hochzeit verlassen hatte. Auch wenn ich vielleicht einsah, dass Rafes Angelegenheit wichtiger war, hatte ich den Eindruck, dass wir nach dieser Frau sehen mussten, wenn auch nur die geringste Möglichkeit bestand, dass auch sie im Wasser den Tod gefunden hatte. Ganz besonders, weil sie ein Gast auf meiner Hochzeit gewesen war. Ich wollte wirklich nicht noch einen verlieren. Rafe war klug genug, zu erkennen, dass es keinen Sinn hatte, mit uns beiden zu streiten. Ich sagte, er könne seiner Sache ja allein nachgehen, wenn es nötig sei, aber das tat er natürlich nicht. Eher würde er ein unschätzbar wertvolles Porträt von Königin Elisabeth opfern, als zuzulassen, dass mir etwas Schlimmes zustieß, das wussten wir beide. Nicht, dass ich mit Problemen gerechnet hätte, aber die Probleme hatten irgendwie die schlechte Angewohnheit, mich zu finden.

William hatte sich bereiterklärt, vor Ort zu bleiben und

dafür zu sorgen, dass alle betreut wurden und dann sicher ins Hotel – oder wo immer sie hinwollten – kamen. Nach der grausigen Entdeckung hatte niemand mehr Interesse an einer Stocherkahn-Expedition. Er würde schon allein zum Crosyer Manor zurückfinden. Auf dem Rückweg dorthin, wo Rafe den Tesla abgestellt hatte, musste ich Jennifer fragen: „Was hast du gestern Abend überhaupt mit Connor gemacht?"

Sie sah etwas verlegen aus. „Du meinst, warum ich mit ihm nach draußen gegangen bin, um mir sein Auto anzusehen?"

„Warum hast du ihn nicht einfach links liegenlassen? Er ist ja wohl nicht gerade dein Typ."

„Vielleicht habe ich mich verändert. Vielleicht gefällt mir der protzige, angeberische Typ Mann, der sein Date auf einer Hochzeitsfeier sitzen lässt, um eine andere Frau anzubaggern."

„So sehr hast du dich nun auch wieder nicht verändert. Was hat ihn so interessant für dich gemacht?"

„Ich bin nicht stolz darauf, aber soll ich ganz ehrlich sein? Ich musste an all die Geschichten denken, die du mir immer über Tina erzählt hast. Wie gemein sie zu dir war. Und jetzt war sie auf deiner Hochzeit, angezogen wie Barbie in der Disco, und hat dich fotografiert, obwohl sie darum gebeten worden war, es nicht zu tun. Ich weiß nicht. Ich habe mich über sie geärgert. Also habe ich beschlossen, sie zu ärgern. Es ist armselig und gemein, ich weiß ..."

„Und es gibt eben einen Grund, warum du meine beste Freundin bist", sagte ich und stieß mit meiner Hüfte immer wieder gegen ihre, während wir den Weg entlanggingen. Wir wandten uns einander zu und sagten gleichzeitig: „Ich habe dich vermisst!"

Ich sagte: „Ich wünschte, du müsstest nicht schon so bald wieder zurück. Bleib doch noch eine Weile hier! Bei uns zu Gast!"

„Weißt du, ich habe schon darüber nachgedacht. Mir gefällt es hier. Und ich habe nichts, wohin ich zurückkehren müsste."

„Gut, dann ist es abgemachte Sache."

Sie begann zu lachen. „Lucy, ich ruiniere dir ganz gewiss nicht die Flitterwochen."

„Das hat ja auch keiner gesagt. Aber du kannst doch in meiner Wohnung bleiben und Oxford genießen. Violet zeigt dir alles. Du kannst sogar im Laden helfen, wenn du willst."

„Um ehrlich zu sein hatte ich gestern Abend ein langes Gespräch mit Sylvia."

Ich war so beschäftigt gewesen, dass ich es nicht einmal bemerkt hatte. „Sylvia Strand?"

„Ja. Wir haben über ihre Karriere gesprochen. Sie war unglaublich."

„Hast du je einen ihrer Filme gesehen?" Sie waren in Schwarz-Weiß und ziemlich alt. Ich wusste, dass sie in den 1920er Jahren ein richtiger Star gewesen war, aber das war schon eine Weile her. Ich hatte einen ihrer Filme gesehen, und selbst in Schwarz-Weiß war unverkennbar, dass sie zu ihrer Zeit atemberaubend schön gewesen war. Allerdings handelte es sich bei ihrer Schauspielerei eher um die Art von hektischer Bewegung und dramatischer Mimik, die mit der Verbreitung des Tonfilms aus der Mode gekommen war.

„So ist es. Weißt du nicht mehr, dass ich an der Uni Filmgeschichte belegt habe?"

„Nein. Du hast Filmgeschichte belegt?"

„Oh ja, in meinem ersten Studienjahr. Ich wusste noch nicht, was ich später machen wollte. Jedenfalls haben wir in Filmgeschichte ein paar ihrer Filme gesehen. Ich brauche dir sicher nicht zu sagen, dass sie ganz aufgeregt war, weil ein lebendiger Mensch sich etwas von ihr angeschaut hatte und sogar wusste, wer sie ist." Ich kannte Sylvias Ego und konnte mir gut vorstellen, dass Jennifer ihr sympathisch gewesen war. „Wir haben über vieles gesprochen. Und sie hat mich eingeladen, mit ihr und deiner Großmutter nach Cornwall zu fahren. Cornwall soll wunderschön sein, also dachte ich mir, ich fahre mit. Das stört dich doch nicht, oder?"

Nichts hätte mich weniger stören können. „Jen, das ist ja eine ausgezeichnete Idee. Ich würde liebend gern noch Zeit mit dir verbringen. Ich kenne Cornwall auch nicht sehr gut, also können wir es gemeinsam erkunden."

„Aber zuerst genießt ihr eure Flitterwochen", sagte sie mit Nachdruck.

„Ja, natürlich."

Inzwischen waren wir beim Auto angelangt. Rafe hielt uns beiden sehr höflich die Tür auf und stieg dann selbst ein. Wir fuhren zu einem der großen viktorianischen Häuser, die in Wohnungen aufgeteilt worden waren, welche sich bei Studenten großer Beliebtheit erfreuten.

Jen sagte: „Ich weiß nicht, ob Georgia eine Mitbewohnerin hat oder nicht, aber hoffentlich weiß jemand, ob sie gestern Abend gut nach Hause gekommen ist. Noch besser wäre, wenn sie zu Hause ist und nur nicht ans Telefon geht."

Rafe betrachtete das Backsteinhaus. „Ist es euch lieber, wenn ich im Auto bleibe?"

Ich sagte: „Wenn Georgia zu Hause ist, redet sie vielleicht eher mit zwei Frauen."

Er nickte. „Ruf an, wenn du mich brauchst." Noch bevor wir aus dem Auto ausgestiegen waren, hatte er schon sein Handy gezückt. Wie ich Rafe kannte, wollte er jemanden anrufen, der ihm bei der Suche nach dem Gemälde helfen konnte – wahrscheinlich Lochlan. Mir kam der Gedanke, dass er Lochlan oder einen seiner Angestellten dazu überreden könnte, zu Connor Townes Wohnung zu fahren, aber ich verwarf diese Idee sofort wieder. Das würde Rafe schon selbst tun wollen.

Jen und ich liefen über den Kies im Vorhof und drückten auf die Klingel von Georgias Wohnung.

Ein paar Augenblicke verstrichen, dann antwortete eine Frauenstimme: „Wer ist da?" Es klang ganz nach Georgias vornehmer Stimme.

Jennifer achtete darauf, in den Türspion zu schauen, und sagte mit lauter, klarer Stimme: „Hier ist Jennifer. Von der Hochzeit. Ich bin nur gekommen, um bei dir nach dem Rechten zu sehen."

Sie ließ uns herein. Im Foyer standen ein paar Fahrräder, Briefkästen für alle Unterkünfte und ein Regal mit Werbesendungen. Wir gingen ein Stockwerk hinauf, wo sie in der geöffneten Tür stand und wartete.

Als sie mich sah, sagte sie: „Ach, Lucy."

Ich versuchte, nicht zu erleichtert zu wirken, als ich sie lebendig und gesund vor mir sah. „Ich bin mitgekommen, wenn es dir recht ist."

Sie schaute etwas überrascht, wahrscheinlich fragte sie sich, warum ich am ersten Tag unserer Ehe nicht mit meinem Mann zusammen war. Das fragte ich mich auch. „Wie nett von euch. Mir geht es gut. Ich war heute einfach nicht zum Stocherkahnfahren aufgelegt."

Sogar in ihrer Jogginghose mit dem Logo des Cardinal College sah sie glamourös aus. „Ich war gerade dabei, etwas für die Uni zu lesen. Wollt ihr reinkommen?"

Wir folgten ihrer Einladung. Die Wohnung war schön. Vielleicht nicht die schickste Unterkunft, die man in Oxford bekommen konnte, aber schön und elegant. Die Möbel waren ein wenig verblasst, aber solide, genau wie das Haus. Es gab eine offene Küche, ein Wohnzimmer und dann Türen, die zu den Schlafzimmern und dem Badezimmer führen mussten. Auf dem Tresen stand eine French Press mit den Resten ihres Frühstückskaffees.

Sie sah, wie ich die Kanne anschaute und sagte: „Setzt euch doch! Soll ich Kaffee machen?"

Als wir uns auf der Couch niederließen, sagte Jennifer: „Nein, das ist nicht nötig. Ich bin einfach nur froh, dass du wohlauf bist."

Georgia setzte sich mit hochgezogenen Beinen auf einen gut gepolsterten Sessel. Sie sah ziemlich skeptisch aus. „Warum sollte ich das nicht sein?"

„Ich weiß nicht. Scarlet und Polly sagten, du hättest dich so auf das Stocherkahnfahren gefreut. Aber dann bist du nicht gekommen."

„Ich hatte Kopfschmerzen."

Ich war davon ausgegangen, dass ich das Reden übernehmen würde, aber Jen hatte die Sache in die Hand genommen, und ich beschloss, sie gewähren zu lassen. Mein Auftakt wäre gewesen: ‚Hey, Connor Townes ist tot, und du warst die Letzte, die ihn gesehen hat', aber Jennifer ging viel subtiler vor. Ich wusste nicht, warum. Aber ich vertraute Jens Instinkt.

Jennifer sagte: „Hör mal, wir sind doch alle Frauen. Hat Connor dir letzte Nacht etwas angetan?"

Als Georgia überrascht zusammenzuckte, wirkte das so aufrichtig und instinktiv, dass ich wusste, dass Jennifer einen Nerv getroffen hatte. Sie schaute zu mir herüber. Sie ließ sich Zeit und schien ihre Worte sorgfältig abzuwägen, bevor sie antwortete. „Ich glaube, Connor wäre gerne auf Tuchfühlung gegangen, aber ich hatte kein Interesse. Zu guter Letzt ist es zu einer ziemlich peinlichen Szene gekommen. So betrunken, wie er war, erinnert er sich wahrscheinlich gar nicht mehr daran, aber ich wollte ihn heute wirklich nicht sehen. Das ist der eigentliche Grund, warum ich heute nicht gekommen bin."

Jennifer sagte: „Tina dachte, als er die Hochzeit verlassen hat, wäre ich in seinem Auto gewesen, aber in Wirklichkeit warst du das." Ich konnte mir vorstellen, dass eine betrunkene Tina die beiden Frauen verwechselt haben könnte. Beide hatten langes, dunkles Haar und waren groß und schlank. Von hinten, beim Weggehen, hätte sie die beiden verwechseln können, vor allem, wenn sie nicht besonders aufmerksam gewesen war.

Jen ließ ihre Worte wirken. Georgia schien sich verlegen und unbehaglich zu fühlen. Sie fing an, an der Kordel ihrer Trainingshose herumzufummeln. Sie zog sie fester, als ob die Hose herunterzurutschen drohte. Diese Beschäftigung erlaubte es ihr, nach unten statt zu uns nach oben zu schauen.

„Ich brauche wirklich keine Moralpredigt. Ja, ich wusste, dass er mit Tina auf der Feier war, aber er hat unmissverständlich deutlich gemacht, dass die beiden nur Freunde sind." Sie zuckte die Achseln. „Ich weiß nicht. Er hatte so viele Pläne. Er hat gesagt, er kommt bald zum großen Geld. So wie er es dargestellt hat, ist er ein echter Senkrechtstarter. Er war einfach ganz anders als die Männer, die ich in Oxford kennengelernt habe. Die Jungs vom College. Ich hatte einiges getrunken, eigentlich ein paar Gläser zu viel. Und ich hatte auch noch andere Gründe."

Ich hatte den Verdacht, zumindest einer dieser anderen Gründe war die Tatsache, dass Liam mehr Zeit mit Violet als mit ihr, seinem Date, verbracht hatte.

„Hey, niemand will dich verurteilen. Er ist schließlich ein gut aussehender Typ", sagte Jennifer. Interessant, dass sie vorerst im Präsens von ihm sprach.

„Ja, aber mir war nicht klar gewesen, wie viel er getrunken hatte. Ich hätte nie in dieses Auto steigen dürfen."

Sie stand auf, setzte den Wasserkocher auf und fing an, Kaffee zu kochen, obwohl wir Nein gesagt hatten. Ich hatte nichts dagegen. Ich hätte wetten können, dass sie guten Kaffee machte. Die Atmosphäre war gemütlich, wie am Morgen nach einer Pyjamaparty.

„Wie betrunken war er denn?", wollte Jennifer wissen.

„Ehrlich gesagt schien es anfangs gar nicht so übel zu sein. Und er war so stolz auf dieses Auto. Ich weiß nicht viel über Autos, aber es sah nach Spaß aus, und es war ein schöner Abend, und die Hochzeit war gerade zu Ende, also dachte ich, warum nicht? Wir sind eine Weile gefahren, und dann hat er vorgeschlagen, auf dem Wasser eine Bootstour im Mondschein zu machen." Sie lachte. „Ehrlich gesagt dachte ich, er macht einen Scherz. Er schien der Typ zu sein, der gerne große Pläne schmiedet. Wo sollten wir so spät am Abend auf dem Wasser noch Boot fahren? Aber ich hatte ihn unterschätzt. Wir sind zurück nach Oxford gefahren, unten an den Fluss, und dann sind wir aus dem Auto ausgestiegen und spazieren gegangen. Es war wirklich ein wunderschöner Abend. Dann hat er mir verraten, dass wir ein Boot nehmen und sofort eine Stocherkahnfahrt machen könnten. Er hatte die Schlüssel zum Bootshaus. In dem Moment fand ich die Idee einfach lustig. Jetzt weiß ich nicht, was ich mir dabei gedacht habe, aber gestern Abend kam mir die Idee großartig vor."

„Ich könnte mir auch vorstellen, bei so etwas mitzumachen", sagte Jennifer. „Hochzeiten, Mondschein, Romantik lag in der Luft."

Georgia nickte eifrig. „Ich weiß. Das habe ich auch gedacht. Und er hat mir Komplimente für mein Aussehen gemacht und mir irgendwie genau die richtigen Dinge gesagt. Na ja, jedenfalls hat er dieses Boot geholt und mir beim Einsteigen geholfen. Ich habe noch nie gestochert. Es schien ziemlich ungefährlich zu sein, und er hat mir versichert, dass der Fluss nicht einmal sehr tief ist. Dann hat er die Stange genommen und das Boot damit in Fahrt gebracht, aber schnell habe ich gemerkt, dass er auch nicht wirklich wusste, was er da tat. Ein paar Mal ist er steckengeblieben, und nach einer Weile hat er gesagt, wir sollten uns einfach ein bisschen treiben lassen. Auf dem Wasser war nichts anderes zu sehen, also dachte ich, es ist egal. Aber dann hat er eine Schnapsflasche aus seiner Tasche geholt."

Ihre vornehme Stimme schwankte, als ob sie die Szene noch einmal durchmachen würde. „Ich hatte gar nicht gemerkt, dass er die dabeihatte. Es war Whiskey oder Rum oder so etwas. Es ist eine Sache, Champagner im Mondschein zu trinken, aber ich wollte keinen Whiskey aus der Flasche schlürfen. Ich habe einen Schluck getrunken und

ihm die Flasche zurückgegeben. Und dann hat er weiterge-
trunken und erzählt, wie reich er bald sein wird und was für
ein Glück ich habe, ihn zu kennen. Und dass er mit mir nach
Atlantic City fahren will, um ins Spielcasino zu gehen. Er
hatte diese fixe Idee mit Atlantic City. ‚Wenn du deine
Trümpfe richtig ausspielst, nehme ich dich mit‘, hat er gesagt.
‚Vielleicht kaufe ich dir ja was Schönes.‘"

Mich beschlich das Gefühl, dass Georgia aus einem
Elternhaus kam, in dem sie von schöneren Dingen umgeben
war als die meisten von uns. Sein Versprechen, mit ihr nach
Atlantic City zu fahren, konnte nicht besonders verlockend
auf sie gewirkt haben.

Sie schaute aus dem Fenster und dann wieder zurück zu
uns. „Ich habe angefangen, mich unwohl zu fühlen. Er war
betrunken und hat sich total unbeholfen an mich range-
macht, und ich dachte nur, ich will hier weg!"

Vor mir sah ich das Bild von einem unbeholfenen, übertrieben verliebten Connor und einer Frau, die ihre Tugend-
haftigkeit verteidigte. Jennifer dachte offensichtlich in
dieselbe Richtung.

Sie sagte: „Also hast du ihn von dir gestoßen? Ist er in den
Fluss gefallen?"

Georgia sah ziemlich geschockt aus. „Nein. So schlimm
war es nicht. Ich habe ihm gesagt, dass ich müde bin und
nach Hause will. Ich habe ihn daran erinnert, dass wir
morgen früh wieder dort sein müssen und dass wir beide
etwas Schlaf brauchen."

Und doch war sie hier, sicher zu Hause, und Connor lag
immer noch in diesem Stocherkahn. Was war geschehen?

„Und was ist dann passiert?", fragte Jennifer sie.

„Er war nicht sehr glücklich, aber dann hat er gesagt, dass

ich vielleicht mit zu ihm gehen möchte. Ich habe abgelehnt. Er ist aufgestanden und hat die Stange genommen, um das Boot ans Ufer zu bringen. Er hat ganz schön heftig gestochert, als ob er wütend wäre, und dann hat plötzlich jemand seinen Namen gerufen.

Aha, das war etwas Neues! „Wer?", fragte Jennifer. Ich fragte mich, ob es eine andere Frau gewesen war. Offensichtlich hatte Connor Townes Mädchen sehr gern gehabt.

„Ich weiß nicht. Zwei Männer. Er schien ziemlich froh zu sein, ihre Stimmen zu hören. Er hat gesagt, er muss mit ihnen reden, und hat mich gefragt, ob ich ein Taxi brauche."

„Er hat dich nicht einmal nach Hause gefahren?", fragte Jennifer.

„Das hätte ich gar nicht gewollt." Ich bin vom Kahn ans Ufer geklettert, wäre dabei fast umgekippt und habe dann einen schmalen Pfad genommen, der dann breiter wurde und mich zur Straße geführt hat. Ich bin nach Hause gelaufen."

„Und Connor ging es gut, als du gegangen bist?"

Sie warf mir einen scharfen Blick zu. Es war das erste Mal, dass ich das Gespräch unterbrochen hatte. „Gut würde ich nicht gerade sagen. Er war ziemlich betrunken." Dann wirkten ihre Augen beunruhigt. „Warum, hat er etwas über mich gesagt?"

Jennifer sagte: „Nein. Connor hatte nämlich einen Unfall."

Georgias Augen weiteten sich, und sie schaute von Jennifer zu mir und wieder zurück, als ob das hier vielleicht ein Scherz sein könnte. „Connor hatte einen Unfall? Was für einen Unfall?"

Jennifer schüttelte den Kopf. „Einen Bootsunfall." Eine Pause trat ein.

„Aber es ist doch alles in Ordnung bei ihm, oder?"

Jennifer schüttelte wieder den Kopf. „Es tut mir leid, diejenige zu sein, die es dir sagen muss, Georgia, aber er ist tot. Er wurde heute Morgen im Kahn gefunden."

„Tot?", rief sie so schrill, als könnte sie es gar nicht glauben. „Er kann nicht tot sein. Das Wasser um den Kahn herum war kaum tiefer als ein Meter. Selbst wenn er herausgefallen wäre, hätte er einfach ans Ufer laufen können."

„Es sieht so aus, als ob er sich den Kopf gestoßen hat und nach vorne gefallen ist, sodass sein Kopf und sein Oberkörper im Fluss gelandet sind und er ertrunken ist."

Georgia legte sich die Hand an die Kehle. „Oh, das ist ja schrecklich! Und dabei war er so glücklich und voller Leben. Und freute sich total über seinen tollen Gewinn."

„Hat er dir irgendetwas darüber erzählt, wie er zu all dem Geld kommen wollte?", fragte ich und unterbrach sie erneut.

„Nein. Ich nahm an, dass er einen Verwandten hat, der gestorben ist. Oder dass er Geld auf das richtige Pferd gesetzt hat. Nichts an Connor Townes hat mir den Eindruck gegeben, dass er sich das Geld durch harte Arbeit oder eine großartige Idee verdient hat."

Wir nickten beide. Wir wussten, was sie meinte. Sie schüttete nervös kochendes Wasser über das frische Kaffeepulver, und schon bald drang der herrliche Duft nach gutem Kaffee durch den Raum.

„Ich wollte ihn heute nicht sehen, weil mir das alles ziemlich peinlich war und ich die letzte Nacht lieber vergessen hätte. Aber ich hätte nicht gewollt, dass ihm etwas zustößt. Ich bin schockiert."

Jennifer sagte: „Die Polizei ist gerade am Tatort."

„Willst du damit sagen, dass ihr seine Leiche gefunden habt?"

„Nicht wir, aber jemand aus der Gruppe, die Kahn fahren wollte, ja", sagte Jennifer.

Ihre Hand wanderte wieder zu ihrer Kehle. „Aber das ist ja schrecklich!" Dann wandte sie sich an mich: „Ach, Lucy. Es tut mir so leid. Wie schrecklich, dass so etwas an deinem Hochzeitswochenende passiert."

„Ich weiß. Ziemlich ätzend."

Jennifer sagte: „Ich denke, die Polizei wird bestimmt mit dir reden wollen, weil du die Letzte bist, die ihn lebend gesehen hat."

„Nein, nicht ich. Die beiden Männer da."

„Richtig. Aber trotzdem werden sich die Polizeibeamten wahrscheinlich mit dir unterhalten wollen, und du kannst ihnen sagen, wie viel er getrunken hat."

Sie hielt sich die Hand an den Kopf, und jetzt dachte ich, sie hätte wirklich Kopfschmerzen. „Aber das ist ja furchtbar. Ich will nichts damit zu tun haben. Ich hätte nie in dieses Auto steigen dürfen."

Sie schaute uns beide eindringlich an. „Bitte gebt der Polizei nicht meinen Namen und meine Nummer."

„Ich glaube, das wird gar nicht nötig sein", sagte Jen. „Es gibt genug Leute, die gesehen haben, wie du zu ihm ins Auto gestiegen bist. Ich kann mir vorstellen, die Polizei weiß es schon."

Sie goss Kaffee ein, stellte eine Packung Milch und eine Schale Zucker auf den Tresen und bat uns, uns selbst zu bedienen. Das ließ ich mir nicht zweimal sagen.

Sie holte sich ihren eigenen Kaffee und ließ sich in ihren Sessel zurücksinken. „Großartig. Einfach großartig."

Ich fragte: „Gibt es jemanden, von dem es dir lieber wäre, wenn er nicht wüsste, dass du letzte Nacht mit Connor unterwegs warst?"

„Der Mann, den ich zu deiner Hochzeit begleitet habe. Liam. Ich habe mich über ihn geärgert, weil er den ganzen Abend mit einer anderen Frau herumgeflirtet hat, und nur deshalb habe ich mich von Connor mitnehmen lassen. Ich dachte, er würde mich nach Hause fahren und das wär's. Es ist Liams Schuld, dass ich überhaupt mit Connor gegangen bin."

Sie nickte und sah dabei traurig und gereizt zugleich aus. „Und jetzt werde ich Besuch von der Polizei bekommen."

Ich trank Kaffee und fragte mich, wie Rafe vorankam.

Nachdem wir ein paar Minuten lang zusammenfassten, was wir bereits wussten, stupste ich Jen an. Rafe würde sich bestimmt endlich Connors Wohnung vornehmen wollen.

Jennifer stand auf und sagte: „Tut mir leid, dass ich dir die schlechte Nachricht überbringen musste. Bleib tapfer!"

Da musste ich lächeln. Das klang so typisch amerikanisch.

Wir verabschiedeten uns, und als wir über den knirschenden Kies zurück zu Rafes Auto gingen, fragte ich: „Glaubst du, dass an Connor Townes' Tod irgendetwas verdächtig ist?"

Sie dachte kurz darüber nach. „Ich weiß nicht. Aber ich habe beschlossen, mit Georgia so zu sprechen, als könnte ein Verdacht bestehen. Wenn es nur ein Unfall war, spielt das keine Rolle. Aber wenn er ermordet wurde? Dann ist sie eine der Hauptverdächtigen."

„Allerdings war er noch am Leben, als sie gegangen ist, und die Letzten, die ihn gesehen haben, waren wahrscheinlich diese beiden Männer."

Inzwischen hatten wir das Auto erreicht, und sie öffnete die hintere Tür. „Wenn es diese beiden Männer tatsächlich gibt. Für sie ist es eine ziemlich vorteilhafte Geschichte, und wer kann schon sagen, ob die Männer wirklich dort waren oder nicht?"

Ich schaute sie an. „Du hast den Instinkt einer Ermittlerin."

Sie lachte. „Ich habe zu viel Zeit mit dir verbracht."

Ich setzte mich neben Rafe in den Wagen, drehte mich zu ihm um und fragte: „Was hältst du von einem kleinen Einbruch?"

KAPITEL 8

Wieder machten wir drei es uns in Rafes Wagen bequem und verließen Stadt.

„Wohin fahren wir?", fragte Jennifer vom Rücksitz aus.

Rafe antwortete: „Die Adresse, die auf Connor Townes' Führerschein steht, ist in Slough."

„Aha", antwortete sie. Das sagte ihr ungefähr genauso viel wie mir.

Er erklärte: „Britwell Estate war eine Siedlung, die nach dem Zweiten Weltkrieg vom London County Council gebaut wurde."

„Wie lange brauchen wir dorthin?", wollte Jennifer wissen.

„Je nach Verkehr etwa eine Stunde", sagte Rafe.

Ich drehte mich zu ihr um und sah sie an. „Warum? Musst du irgendwohin?"

Jennifer hatte sich auf das Stocherkahnfahren gefreut, aber das war ja nun offensichtlich abgehakt. Ich dachte, sie hätte am Vormittag nichts vor.

Sie sagte: „Es wäre mir lieber, nicht zu weit von Oxford

entfernt zu sein, wenn die Ermittlungen aufgenommen werden. Ich will wissen, was passiert ist. Auch wenn ich Connor Townes nicht besonders gern mochte, war er ein Mitmensch, der unter verdächtigen Umständen gestorben ist. Ich habe das Gefühl, ich sollte hierbleiben, um zu sehen, ob ich irgendetwas tun kann. Ich dachte, wenn ich hierbleibe, höre ich vielleicht, was die Sanitäter und die Polizei zu sagen haben."

„Ich kann verstehen, warum ihr beide beste Freundinnen seid", sagte Rafe in trockenem Ton. Er war nicht immer begeistert davon, wie tief ich mich in Mordermittlungen verwickeln ließ.

„Wir sind der Polizei einen Schritt voraus", erinnerte ich sie. „Dank dir, Jen, haben wir mit Georgia gesprochen, und jetzt fahren wir zu Connors Haus und kommen dort wahrscheinlich an, bevor die Polizei eintrifft. Wenn die sich überhaupt diese Mühe macht. Bisher sieht es für alle so aus, als wäre sein Tod ein unglücklicher Zufall gewesen."

„Ich wollte eigentlich nichts sagen. Das ist nicht meine Aufgabe", sagte Jennifer. „Aber ich glaube, ich habe Blut an der Stocherstange in Connors Boot gesehen."

Ich war beeindruckt, dass sie es bemerkt hatte. „Vielleicht war es ja auch Dreck oder Erde", sagte ich nicht sehr überzeugend.

„Nein", sagte Rafe. „Es war Blut." Ich vermutete, dass seine Schlussfolgerung genauso zuverlässig war wie die der Gerichtsmediziner.

„Es könnte trotzdem ein Unfall gewesen sein", erinnerte ich die beiden. „Er hat getrunken. Die Stange sah schwer aus."

„Oh, das ist sie gewiss", stimmte Rafe zu. „Heutzutage

verwenden die meisten Gruppen Aluminiumstangen. Die treiben auf dem Wasser, und wenn man mal eine abbekommt, trägt man keine schweren Verletzungen davon. Eine Holzstange kann definitiv eine Verletzung verursachen."

„Also sind wir uns einig, dass der Tod ein Unfall gewesen sein könnte?" Mein Ziel war es nicht zu beweisen, dass Connors Tod ein Unfall gewesen war, sondern sicherzustellen, dass wir für alle Möglichkeiten offen blieben. Unfälle kamen schließlich vor.

„Du hast zwar recht", pflichtete Rafe mir bei, „aber wenn man den Diebstahl meines Gemäldes hinzunimmt, ist deine Unfalltheorie weniger glaubhaft."

Jennifer erläuterte ihre Theorie, dass Georgia die Geschichte über die beiden herannahenden Männer erfunden hatte, weil sie diejenige war, die ihn – wahrscheinlich unabsichtlich – getötet hatte, als sie ihn von sich stieß.

Rafe hörte ihr mit der gleichen Höflichkeit zu, die er mir immer entgegenbrachte, wenn ich eine Idee präsentierte. Er sagte: „Das ist zwar durchaus möglich, erklärt das fehlende Gemälde aber auch nicht."

Jen setzte zum Sprechen an, hielt dann aber inne. Schließlich sagte sie zögernd: „Wir können nicht sicher sein, dass es Connor Townes war, der das Porträt gestohlen hat."

An seinem düsteren Nicken konnte ich erkennen, dass Rafe sich dieser Möglichkeit durchaus bewusst war. „Aber er ist unser Hauptverdächtiger. Es könnte sein, dass er angeheuert wurde, um genau dieses Gemälde zu entwenden, und dass er daher die Absicht hatte, es an Käufer weiterzugeben, oder aber es war ein Gelegenheitsdiebstahl."

„Meinst du, er war klug genug, um zu wissen, welches

Bild das wertvollste war?" Diese Frage musste ich einfach stellen.

„Ich weiß nicht, ob das von Elisabeth das wertvollste ist, aber für mich ist es das kostbarste."

Der Gedanke, dass es sich bei dem Diebstahl um ein vorsätzliches Verbrechen handelte, war noch beunruhigender als der Gedanke, dass Connor eine Gelegenheit zum Stehlen gesehen und sie ergriffen hatte. Wenn der Diebstahl geplant war, dann waren ich und meine Hochzeit auf äußerst zynische Weise ausgenutzt worden, und das durch meine Cousine Tina. „Meint ihr, Tina hat ihre Finger im Spiel?"

In gewisser Weise hätte ich mich irgendwie gefreut, wenn sie wegen schweren Diebstahls oder wie auch immer es in England bezeichnet wurde, wenn man ein unbezahlbares Artefakt stahl, ins Gefängnis käme.

„Das bezweifle ich", sagte Jennifer. „Für so clever halte ich sie nicht." Irgendwie musste ich Jen da zustimmen. Tina schien eher jemand zu sein, der vollkommen ahnungslos als Mittel zum Zweck verwendet wurde, um in Rafes Privatsphäre einzudringen. Connor hatte auf mich nicht den Eindruck gemacht, ein Mann mit viel Grips zu sein, aber er war vielleicht klug genug gewesen, um sie als Köder zu benutzen. Was könnte die Aufmerksamkeit der Leute mehr auf sich ziehen als eine Frau, die ein knallrotes Kleid und einen Kopfschmuck mit Federn trägt und auf silbernen Stöckelschuhen herumstakst? Ich fragte mich sogar, ob er derjenige gewesen war, der sie dazu angestiftet hatte, die Fotos zu schießen, weil er wusste, dass es eine Szene geben würde, sodass die ganze Aufmerksamkeit auf sie gelenkt würde und er sich unbemerkt in das Herrenhaus schleichen könnte.

Ich sträubte mich gegen den Gedanken, dass Connor die Einladung zu unserer Hochzeit angenommen hatte, weil er die Absicht hatte zu stehlen. Ich würde alles in meiner Macht Stehende tun, um das verschwundene Gemälde zu finden und zurückzugeben, auch wenn das bedeutete, dass ich unerlaubt herumschnüffeln musste.

Als wir die Britwell-Siedlung erreichten, wurde mir klar, warum Rafe etwas abschätzig geklungen hatte. Ich will nicht unhöflich sein, aber sagen wir mal so: Die Leute, die in dieser Gegend auf der Straße unterwegs waren, hatten keine große Ähnlichkeit mit den Menschen in Oxford. Connor und Tina würden hier sehr gut ins Bild passen.

Connors Haus befand sich in einer Reihe roter Backsteinhäuser, die so aussahen, als hätte bei ihrer Errichtung die Zweckmäßigkeit, nicht der Stil, im Vordergrund gestanden. Wenn man berücksichtigte, wie stark London im Krieg bombardiert worden war, machte es natürlich Sinn, dass es beim Wiederaufbau vor allem darum gegangen war, den Menschen eine Unterkunft zu geben, und nicht so sehr um architektonische Schönheit. Trotzdem sahen die Gebäude ziemlich trist aus.

Wir parkten einen Block von Connors Wohnung entfernt und gingen zu Fuß zu seinem Haus. Eine Frau, die ein Kind im Kinderwagen vor sich herschob und am Handy sprach, waren die einzigen Menschen, an denen wir vorbeikamen. Das Kind schaute uns interessiert an. Die Mutter bemerkte uns wahrscheinlich gar nicht.

Wir erreichten die Eingangstür von Connors Haus und blieben davor stehen. Natürlich war Connor nicht da. „Ob er wohl einen Mitbewohner hat?", fragte ich, obwohl selbstverständlich keiner meiner Begleiter das wissen konnte.

Rafe stand einen Moment lang mit geschlossenen Augen da und sagte dann: „Es ist niemand zu Hause."

Jen fragte: „Wie geht es mit deinen Hexenkünsten voran? Soll ich die Tür öffnen?" Meine Hexenkünste machten größere Fortschritte als meine Fähigkeiten als Strickerin, und das wollte nicht viel heißen. Trotzdem drehte ich mich zu ihr um und sagte: „Ich habe einen sehr guten Spruch zum Öffnen von Schlössern, vielen Dank." Okay, ich hatte ihn zwar schon eine Weile nicht mehr geübt, aber ich war mir ziemlich sicher, dass ich mich noch daran erinnerte.

Sie schenkte mir ein freches Grinsen. „Nun, dann probier du es erst einmal. Und wenn deiner nicht funktioniert, nehmen wir meinen."

Rafe schüttelte den Kopf. „Und wenn es keine von euch schafft, bin ich in weniger als zehn Sekunden im Haus."

„Angeber", murmelte ich leise vor mich hin, aber natürlich haben Vampire ein äußerst gutes Gehör.

Er sagte: „Tja, wenn du das nächste Mal einen Teller Roastbeef und Yorkshire Pudding isst, kannst du damit angeben, und ich kann dir nur zusehen."

Das stimmte wohl.

Ich gab mir alle Mühe, mir vorzustellen, wie sich das Schloss öffnete, und murmelte die Worte aus meinem Familienzauberbuch, die ich auswendig gelernt hatte, obwohl sie ziemlich einfach waren. Ich spürte, wie sich Jens Kraft mit meiner vereinte, als ich sprach.

„Um dieses Schloss zu öffnen, soll mein Wunsch der Schlüssel sein. So will ich es, so soll es sein."

Zu meiner großen Erleichterung hörte ich das Schloss

klicken, und dann konnte ich einfach den Knauf drehen und hineingehen. Connor musste sich ziemlich sicher gewesen sein, dass niemand einbrechen würde, denn weitere Sicherheitsvorkehrungen gab es eigentlich nicht. Rafe hielt uns zurück, um sich erst Gewissheit zu verschaffen, aber es gab keine Spur von Überwachungskameras oder irgendeiner Art von Bedienteil für eine Alarmanlage. Und als ich mich kurz umsah, wusste ich, warum. Hier gab es nichts zu stehlen. Nun, vielleicht den Fernseher, wenn man etwas haben wollte, das den größten Teil der Wohnzimmerwand zu Hause einnahm.

Das Innere war ebenso fantasielos wie das Äußere. Quadratische Räume, die ineinander übergingen. Wir gingen direkt in das Wohnzimmer, in dem sich auch ein Essbereich befand, und von dort führte ein Türbogen aus Backstein in die Küche.

Überall herrschte wildes Chaos. *Also echt, Junge. Wäre es so schlimm, ab und zu mal sauber zu machen?* Jede einzelne Schublade schien offen zu stehen und der Inhalt war überall verteilt. Kissen lagen auf dem Boden verstreut. Selbst die Bilder, die an den Wänden gehangen hatten, waren nicht mehr da. Und dann fiel es mir wie Schuppen von den Augen.

„Wir sind nicht die ersten hier, oder?"

„Nein", sagte Rafe.

Ein Schauer überlief mich. „Meinst du, sie sind immer noch hier?"

Sofort schüttelte er den Kopf. „Wie ich schon sagte: Außer uns ist niemand im Haus."

Vielleicht hatte ich mich schon das eine oder andere Mal über seine hellseherischen Superkräfte lustig gemacht, aber jetzt war ich sehr froh, dass er sie hatte.

„Und du bist dir sicher, es wurde" – Jennifer drehte sich zu mir um – „wie sagt man doch gleich? Durchwühlt? Durchstöbert? Geplündert?"

„Egal, wie man es nennen will, dieses Haus wurde gründlich durchsucht, und wer auch immer das hier getan hat, hat sich nicht darum geschert, die Zimmer aufgeräumt zu hinterlassen", sagte Rafe. Er hielt seine Wut im Zaum, aber ich spürte sie. Ich machte ihm keinen Vorwurf Wir waren in der Hoffnung hergekommen, das fehlende Gemälde zu finden, und anscheinend waren wir nicht die Einzigen, die nach etwas suchten, das Connor versteckt hatte.

„Glaubst du, dass derjenige, der das getan hat, von dem Gemälde weiß?"

„Wahrscheinlich." Ich hielt es zwar für möglich, dass Connor viele Dinge versteckt hielt, die andere unbedingt haben wollten und wegen denen sie in sein Haus einbrachen, aber wie hoch war diese Wahrscheinlichkeit?

Ich sagte: „Na ja, wenn wir schon mal hier sind, dann können wir auch gleich kontrollieren, ob sie etwas übersehen haben."

Rafe nickte, schien aber keine großen Hoffnungen zu haben. Trotzdem sahen wir uns sorgfältig um. Glücklicherweise trug Rafe immer Leinenhandschuhe bei sich, falls er damit beauftragt wurde, ein altes Manuskript zu begutachten. Irgendwie schien er immer einige Paar in einer seiner Taschen zu haben, und natürlich reichte er mir und Jennifer welche, bevor wir irgendetwas anfassten.

„Wir suchen ein Gemälde mit Bildträger aus Holz. Maße: ungefähr zehn Mal fünfzehn Zentimeter." Dann verzog sich sein Gesicht vor Schmerz. „Natürlich könnte er die Leinwand vom Holz genommen haben, dann wäre es so, als würde man ein Taschentuch suchen."

„Ein Taschentuch nicht", sagte ich. „Es muss doch wegen der Farbe ganz steif sein. Eher wie ... Ich weiß nicht, ein Stück Pappe? Wenn ich so etwas hätte transportieren wollen und den Bildträger abgenommen hätte – was ich nie tun würde –, dann hätte ich es mit Pappe auf beiden Seiten wie ein Foto verpackt. Und dann hätte ich ‚Nicht knicken' oder so etwas drauf geschrieben."

Zum ersten Mal wirkte er etwas aufgemuntert. „Gutes Argument, Lucy", sagte er. „Ich beginne oben. Ihr beide fangt hier unten an."

Ich muss sagen, dass Jennifer und ich sehr gründlich vorgingen. Wir drehten Möbelstücke um, die offensichtlich schon umgedreht worden waren, und überprüften jedes Kissen, die Rückseite jedes Bildes. Wir mussten uns eingestehen, dass offensichtlich alles schon vor uns durchwühlt worden war. Als ich die Sofakissen umdrehte, sah ich, dass sie mit einem Messer aufgeschlitzt worden waren. Irgendjemand hatte vorsichtshalber auch die Kissenfüllung gefilzt. Trotzdem taten wir das Gleiche, falls jemand das Bild übersehen hatte. Aber am Ende einer erfolglosen Stunde hatten wir nichts in den Händen. Ich hatte sogar in jedes einzelne Buch im Bücherregal geschaut. Zu unserem Glück war Connor Townes kein großer Leser. Aber auch Tom Clancy und Stephen King hatten keinerlei Geheimnisse zu verbergen.

Auch in der Küche herrschte Chaos. Behälter waren durchsucht und Lebensmittelverpackungen auf die Arbeitsfläche geworfen worden. Alle Schubladen waren geöffnet und ausgekippt worden, sodass der Boden mit Fastfood-Speisekarten, alten Batterien und Besteck übersät war. Ich trat auf ein Paar staubige Essstäbchen und hörte das Knacken, als sie zerbrachen.

Wir waren schon fertig, als Rafe die Treppe herunterkam und nur den Kopf schüttelte.

Er warf einen Blick aus dem Küchenfenster in den kleinen Garten, aber es gab keinen Schuppen, keinen Ort, an dem er etwas hätte verstecken können. Connor Townes war kein Gärtner gewesen. Ein bisschen Unkraut wuchs auf einer Terrasse mit zersprungenem Betonboden, auf der ein schmutziger Plastiktisch und zwei Stühle standen. Trotzdem ging Rafe nach draußen und sah sich dort um, doch er fand nicht, wonach er suchte.

Gemeinsam verließen wir das Haus durch die Vordertür, durch die wir hereingekommen waren. Ich überprüfte den Türrahmen, um zu sehen, ob es Kratzer oder andere Anzeichen für einen Einbruch gab, aber da war nichts. Rafe folgte meinem Blick.

„Profis", sagte er kurz und bündig.

„Profis? Aber sie haben ein solches Chaos hinterlassen. Ich dachte, Profis hinterlassen den Tatort so, dass man gar nicht merkt, dass sie da waren."

„So geht es viel schneller, und es war ihnen egal, dass es offensichtlich ist, dass nach etwas gesucht wurde."

„Weil sie wussten, dass Connor tot ist?", fragte ich.

„Oder sie wollten ihn einschüchtern, indem sie ihm zu verstehen geben, dass sie jederzeit in sein Haus einbrechen können und es ihnen egal ist, ob sie Schaden anrichten", sagte Rafe.

Ich wollte positiv denken, und alles, was mir einfiel, war: „Nun, wenn es Profis sind, wissen sie wenigstens, was sie haben. Und sie werden es mit Respekt behandeln."

„Hoffen wir es. Denn wenn ich sie finde, werde ich sie bestimmt nicht mit Respekt behandeln." Sein Tonfall jagte mir einen Schauer über den Rücken. Ab und zu kam der Vampir mit der blutrünstigen Vergangenheit zum Vorschein. Doch ich konnte es ihm nicht verübeln. In diesem Moment fühlte ich mich selbst ziemlich blutrünstig. Für Rafe war das hier nicht nur ein Schatz. Das Gemälde war eine Erinnerung an jemanden, der ihm sehr am Herzen gelegen hatte.

Als wir wieder ins Auto stiegen, sackte ich in meinen Sitz zurück. „Wir sind also kein bisschen schlauer als am Anfang."

Rafe bahnte sich seinen Weg aus der Siedlung heraus und ordnete sich nahtlos in den Verkehr ein. Er schüttelte den Kopf. „Das stimmt nicht, Lucy. Wir haben so einiges erfahren. Erstens denke ich, dass Jennifer recht hat. Es sieht ganz danach aus, dass Connor Townes ermordet wurde. Und zweitens, wenn ihn jemand für den Diebstahl des Gemäldes bezahlt hat, dann ist es ihm nicht gelungen, es dieser Person zu übergeben. Also musste jemand kommen und danach suchen."

Jennifer schwieg einen Augenblick lang, dann sagte sie: „Moment mal. Connor Townes ist gestern Abend wahrscheinlich gar nicht nach Hause gekommen. Ich meine, er hatte ja noch dieselben Kleider an, die er bei der Hochzeit getragen hat. Jedenfalls hat Georgia gesagt, dass sie von der Hochzeit direkt zum Stocherkahn gefahren sind. Er kann also nicht erst nach Hause gefahren sein."

Rafe nickte zufrieden. „Gut kombiniert, Jennifer." Ich

konnte sehen, wie sie aufblühte. Es war immer schön, wenn Rafe einem das Gefühl gab, intelligent zu sein.

Er sagte: „Es hätte immer noch sein können, dass er noch einmal nach Hause zurückgekehrt ist, um das Bild zu verstecken, nachdem sie gegangen ist. Außerdem besteht die Möglichkeit, dass sie gelogen hat. Wir mussten das überprüfen.“

Ich wusste zu schätzen, wie gründlich er vorgegangen war, und kam mir irgendwie dumm vor, weil mir das alles nicht in den Sinn gekommen war. Vielleicht war ich zu sehr im Brautmodus. Ich musste wieder in meine Rolle als Detektivin schlüpfen. Zumal Jennifer nicht mit einem Braut-Gehirn zu kämpfen hatte. Es war so schön, sie bei mir zu haben. Sie war wie ein weiteres Teammitglied.

Und apropos Team schlug ich vor: „Lasst uns zurück nach Oxford fahren und schauen, ob es etwas Neues gibt.“

ALS WIR ZUM Schauplatz der offensichtlich abgebrochenen Stocherkahnfahrt zurückkehrten, war keiner der Gäste mehr da. Die Polizei und die Spurensicherung waren jedoch schwer beschäftigt. Das Gebiet war abgesperrt worden, und zwei Uniformierte sorgten dafür, dass niemand diesen Bereich am Flussufer betrat.

Bevor wir uns ihm nähern konnte, sagte einer von ihnen: „Entschuldigung. Dieser Weg ist geschlossen. Sie müssen wieder umkehren und den gleichen Weg zurück nehmen.“

Ich überlegte gerade, was ich sagen sollte, als Detective Inspector Ian Chisholm auf dem abgesperrten Weg auf uns zukam. Er war dabei, sich die Latexhandschuhe abzustreifen.

Ich rief: „Ian!"

Er wandte sich mir zu und hielt kurz mit zusammengekniffenen Augen inne. Dann ging er an den beiden Uniformierten vorbei und kam auf uns zu, anstatt uns an den Ort des Geschehens zu rufen.

„Lucy. Mir ist zu Ohren gekommen, dass man gratulieren kann."

Einst hatte es eine aufkeimende Romanze zwischen mir und Ian gegeben, aber aus den Knospen sind nie Blüten geworden. Aber trotzdem war er mir sympathisch, und ich wusste, dass er ein seriöser und gründlicher Ermittler war.

„Danke", sagte ich, und Rafe nickte. „Hast du festgestellt, dass ein Mord vorliegt?"

Er hatte die Gabe eines Polizisten, nie überrascht auszusehen, selbst wenn er es war. Stattdessen beantwortete er meine Frage mit einer Gegenfrage. „Wie kommst du darauf, dass es Mord war?"

Ich sagte: „Wir waren unter den ersten, die Connor Townes tot aufgefunden haben. Da war eine Blutspur an der Stocherstange."

„Vielleicht ist sie ihm auf den Kopf gefallen und hat ihn ins Wasser gestoßen. Du hast sicher auch bemerkt, dass eine halbe Flasche Whiskey auf dem Boden des Kahns lag. Man muss kein Genie sein, um den Zusammenhang zwischen nächtlichem Bootfahren in alkoholisiertem Zustand und einem tragischen Unfall zu erkennen."

Vielleicht kannte ich Ian nicht so gut wie ich Rafe kannte, aber ich kannte ihn. „Aber so ist es nicht gewesen, oder?"

Er sagte: „Wir halten uns alle Möglichkeiten offen, solange wir unsere Ermittlungen fortsetzen."

Ich sagte: „Und doch wurde die Mordkommission gerufen."

„Die Sanitäter sind sehr gründlich. Als sie den Blutfleck auf der Stocherstange gesehen haben, warf das natürlich Fragen auf, und sie wollten sicherstellen, dass der Tod gründlich untersucht wird."

Dann kam er näher. „Ich habe gehört, dass es sich bei dem Opfer um einen eurer Hochzeitsgäste handelt."

„Ja. Connor Townes." Obwohl klar war, dass sie die Identität des Mannes kannten, wiederholte ich trotzdem seinen Namen. „Er war der Begleiter meiner Cousine, meiner entfernten Cousine Tina. Aber das weißt du ja alles schon."

Er nickte. „Welchen Eindruck hat er gestern Abend auf dich gemacht?"

Ich sagte: „Nun, es war meine Hochzeit. Ich hatte andere Dinge zu tun, als mich für einen Begleiter zu interessieren, den ich noch nie zuvor gesehen hatte."

Er sah die beiden anderen an und konzentrierte sich dann auf Jennifer. „Waren Sie gestern auf der Hochzeit?"

Sie nickte, und ich stellte sie vor. „Jennifer war meine Trauzeugin. Wir waren schon von klein auf beste Freundinnen."

Er fragte: „Gibt es eurer Meinung nach irgendeinen Grund, aus dem irgendjemand Connor Townes etwas hätte antun sollen?"

Ich sagte nichts. Jennifer sagte nichts. Es war Rafe überlassen, ob er sich bei der Suche nach seinem verschwundenen Gemälde von der Polizei helfen lassen wollte. Ich war nicht im Geringsten überrascht, als er nur den Kopf schüttelte.

Er sagte: „Genauso wie Lucy war ich diesem Mann noch nie begegnet."

Jennifer sagte: „Ich habe mich kurz mit ihm unterhalten. Er schien die offene Bar gut auszunutzen."

Ian nickte. „Danke für Ihre Hilfe." Aber sein Tonfall ließ vermuten, dass in seinen Worten ein unausgesprochener Zusatz mitschwang: *Auch wenn es gar keine Hilfe war.*

KAPITEL 9

ennifer wohnte oben in der Wohnung über dem Cardinal Woolsey's. Ich hatte beschlossen, sie als Ferienwohnung für Gäste zu behalten, die lieber direkt im Zentrum von Oxford sein wollten, anstatt bei mir und Rafe im Herrenhaus außerhalb der Stadt zu wohnen. Außerdem könnte sie auch für mich nützlich sein, falls ich einmal bis spät am Abend in der Stadt aufgehalten wurde und dort übernachten wollte. Violet, meine Cousine und Hexenkollegin, hatte mich gefragt, ob ich das Appartement vermieten würde, aber das Letzte, was wir brauchten, waren Fremde, die hier ein- und ausgingen, während die Vampire in den Tunneln unter dem Laden hausten, also konnte Jen so lange hierbleiben, wie sie wollte.

Rafe fuhr die winzige Gasse entlang, die zur Eingangstür meines früheren Zuhauses führte. Es war ein komisches Gefühl, hierher zurückzukehren, nachdem ich meine Sachen gepackt hatte und in Rafes Herrenhaus eingezogen war. Nun kam es mir wieder eher vor wie das Haus meiner Großmutter als wie mein eigenes. Als wir die Treppe hinaufgingen, hörte ich Stimmen und dachte: Ja, es war wieder wie im Haus meiner Großmutter. Als wir die Treppe zum Wohnzimmer hinaufkamen, saßen Oma und Sylvia tratschend und strickend auf der Couch. Genau wie Rafe hatten natürlich auch sie ein extrem gutes Gehör, sodass die Tatsache, dass sie nicht aufgehört hatten zu tratschen, bedeutete, dass es ihnen egal war, ob wir sie hörten. Und tatsächlich – sie sprachen darüber, wie schön ich bei meiner Hochzeit ausgesehen hatte, vor allem in dem Kleid, das sie mir angefertigt hatten, oder zumindest war das Sylvias Meinung dazu. Meine Großmutter schrieb eher mir das Verdienst zu, aber Sylvia war davon überzeugt, dass es das Kleid war, das mich hatte gut aussehen lassen, und nicht andersherum.

„Da ist ja das glückliche Paar", sagte Sylvia. Sie hatte seit neunzig Jahren nicht mehr professionell geschauspielert, aber sie konnte ihren Text immer noch ganz dramatisch aufsagen. Ich hatte das Gefühl, dass wir angekündigt worden waren. Dann erblickte sie Jennifer und strahlte vor Freude. „Ach, Jennifer. Wie schön, dich wiederzusehen."

Sie benahm sich wirklich, als wäre sie hier die große Hausherrin, also musste ich sie daran erinnern: „Jennifer wohnt hier." Ich sagte nicht: „Und das ist Hausfriedensbruch", aber ich hoffte, dass mein Schweigen das deutlich machte.

Vielleicht war sich Sylvia der gesellschaftlichen Gepflogenheiten nicht bewusst, aber meine Großmutter schon. Sie begann, ihr Strickzeug einzupacken. „Oh, mein Liebes, wir haben euch nicht so schnell wieder hier erwartet. Natürlich gehen wir wieder nach unten. Ich sollte wahrscheinlich sowieso ein Nickerchen machen. Ich war einfach zu aufgeregt wegen der Hochzeit. Da konnte ich gar nicht schlafen."

Jennifer sagte: „Nein. Bitte geht nicht. Es ist schön, euch zu sehen."

Sie schaute mich an, und ich sagte: „Und außerdem müssen wir mit euch reden."

„Was ist passiert?" Granny sah mich plötzlich eingehend an. „Gestern warst du noch eine wunderschöne, strahlende Braut. Und heute siehst du aus wie eine von Sorgen geplagte junge Frau." Sie funkelte Rafe an. „Hast du etwas gemacht, was das ihr bereits die Lust an der Ehe genommen hat?"

Ich beeilte mich, sie zu beruhigen. „Es ist nicht wegen Rafe." Und dann setzte ich mich ihnen gegenüber auf die Couch und erzählte ihnen so knapp wie möglich die ganze Geschichte vom Mord und dem verschwundenen Gemälde.

Sylvia stand sofort auf, ging zu Rafe und legte ihm eine Hand auf den Arm. „Mein herzliches Beileid." Ich glaubte nicht, dass meine Großmutter seinen Verlust voll und ganz nachempfinden konnte, aber Sylvia ganz sicher schon. Und rasch erinnerte sie uns alle daran. „Ich weiß noch ganz genau, wie Lucy meine unschätzbar wertvolle Smaragdhalskette verloren hatte. Es ging mir nicht um den Wert der Edelsteine, sondern um die Bedeutung, die sie für mich hatten. Cartier hat dieses Collier extra für mich entworfen. Und als es verschwunden ist, hat mich dieser Verlust fast umgebracht."

In Wahrheit hatte er *mich* fast umgebracht. Und zwar in der Sekunde als Sylvia, die mich dazu gedrängt hatte, ihren unbezahlbaren Schmuck auf einer öffentlichen Veranstaltung zu tragen, fast den Vampir hervorgekehrt hätte und auf mich losgegangen wäre, als mir ihre Juwelen gestohlen wurden. Diesen Moment würde ich mein Leben lang nie vergessen. Zum Glück hatte sie sich sofort wieder unter

Kontrolle gehabt, aber ich vergaß nie wieder, dass sie tödlich sein konnte.

Ich näherte mich ihnen, um zu sehen, woran sie gerade arbeiteten. Granny freute sich immer, wenn ich mich für ihre Strickarbeiten interessierte.

Sie sagte: „Das ist ein Mosaikmuster. Es ist ganz einfach, Lucy. Das würdest auch du hinbekommen."

Während ich mir das Muster anschaute, dachte ich, dass das Schönste an meiner Großmutter war, dass sie mehr Vertrauen in meine Fähigkeiten hatte, als ich jemals in mich selbst gehabt hatte. Das Muster sah wie ein Labyrinth aus. Es gab Blöcke in einer Farbe, und die schienen dann auf andere Blöcke und dann auf Pfade zu stoßen, die wohl die Hintergrundfarbe darstellen mussten. Es war ein bisschen so, wie ich mich fühlte, wenn ich an die Hochzeit dachte, die sich in eine Mordermittlung verwandelt hatte. Es gab so viele Hinweise und Möglichkeiten, aber welche davon waren Sackgassen? Und welche davon führten zu etwas?

Jennifer setzte sich auf die andere Seite meiner Großmutter und sah sich das Muster an. Sie konnte viel sachkundigere Dinge sagen als ich.

„Ich liebe dieses Muster. Und das wird eine wunderschöne Tasche, die du da machst." Und dann redeten sie über das Stricken. Eine Sprache, die ich immer noch nicht beherrschte. Nun, sagen wir einfach, ich war in der Anfängerförderklasse. Ich strengte mich wirklich an, ganz ehrlich, aber mein Versuch, eine gute Strickerin zu werden, war ein bisschen so, als versuche jemand völlig Unmusikalisches, eine Oper zu singen. Es war zwar nicht unmöglich, aber die Ergebnisse waren eben nicht immer so, wie man es sich erhoffte.

„Die Tasche mache ich für dich, Lucy. Ich dachte, du könntest dein Strickzeug darin aufbewahren."

Während wir mit Granny über ihre Strickarbeiten sprachen, fragte Sylvia Rafe: „Gibt es irgendwelche Hinweise?"

Sie sprach nicht über den Tod von Connor Townes. Sie wollte wissen, ob es Hinweise auf den Diebstahl des Gemäldes gab. Er informierte sie über alles, was wir bisher wussten, was nicht viel war. Sie sagte: „Soll ich für heute Abend eine Sondersitzung des Strickclubs einberufen?"

„Ja. Ich kann jede Hilfe gebrauchen, um mein Bild wiederzubekommen", sagte Rafe.

„Und vielleicht können wir herausfinden, wer Connor Townes umgebracht hat", fügte ich hinzu, obwohl nur Jen der Meinung zu sein schien, dass die Aufklärung des möglichen Mordes eigentlich Priorität hatte.

DER VAMPIR-STRICKCLUB TRAF sich an diesem Abend um zehn Uhr im Hinterzimmer vom Woll- und Strickladen Cardinal Woolsey's.

Hester, die ständig unzufriedene Jugendliche, war auch erschienen – eigentlich war sie etwas besserer Laune, seit Carlos, ein Universitätsstudent und Vampir, angefangen hatte, zu unseren Treffen zu kommen. Eine verknallte Hester war zumindest etwas weniger nervig als eine Hester, die davon überzeugt war, dass alle und alles gegen sie waren. Ich versuchte, mitfühlend zu sein, denn es musste schrecklich sein, für immer im Teenageralter festzustecken, aber sie stellte unsere Geduld hart auf die Probe. Sie arbeitete gerade wieder einmal an einem schwarzen Kleidungsstück.

Silence Buggins tauchte auf und strickte ein Paar Wollstrümpfe, da sie behauptete, unter der Kälte zu leiden. Extra für sie hatte ich ein Buch mit viktorianischen Strickmustern bestellt, und sie arbeitete sich durch die Anleitungen, wobei sie äußerst häufig verkündete, dass sie genau diesen Schal getragen hatte oder dass genau so ein Deckchen wie dieses den Schminktisch ihrer Mutter geziert hatte.

Dr. Christopher Weaver strickte sich gerade eine neue Weste. Er hatte eine große Sammlung davon. Alfred, der Granny und Sylvia nach Cornwall begleiten sollte, versuchte sich an einem kornischen Fischerpullover. Als Hester ihn fragte, ob er in Cornwall fischen gehen wolle, schaute er sie von oben herab an und sagte: „Vielleicht!", und zwar so kryptisch, als hätte er geheime Geschäfte, von denen wir nichts ahnen konnten.

Das veranlasste Hester natürlich zu einem tiefen Seufzer und sie sagte: „Gut, dann sag mir eben nicht, was du vorhast. Mir ist es eh egal. Mich hat niemand eingeladen, nach Cornwall mitzukommen, also seht zu, dass ihr endlich abhaut."

Granny, die von allen Vampiren am nettesten war – und das dachte ich nicht nur, weil sie meine Großmutter war – blickte von ihrer Mosaikarbeit auf. „Möchtest du nach Cornwall mitkommen, Liebes?"

Alfred spottete: „Was soll Hester denn in Cornwall? Sie tut nur so, um sich interessant zu machen."

Ich konnte einen herannahenden Wutausbruch in der Luft wahrnehmen, so wie Seeleute ein aufkommendes Unwetter spüren können. Ich hatte keine Ahnung, wie ich es abwenden sollte, aber Carlos beugte sich zu Hester hinüber und fragte, ob sie ihm bei seiner Strickarbeit bei einer kniffligen Stelle helfen könne. Sie hatte ihm das Stricken beigebracht, und seine Frage zur rechten Zeit bewahrte uns vor einer emotionalen Tirade. Ich hätte ihn küssen können, aber das hätte Hester wieder aufgeregt.

Ich ließ mich neben Theodore nieder, der gerade einen Kissenbezug häkelte. Er flüsterte mir zu, dass es ein Geschenk für Granny sein würde, für ihr neues Zuhause. Eine liebe Geste, dachte ich.

Granny hatte die Mosaik-Tasche, die sie erst am Nachmittag begonnen hatte, schon fast fertiggestellt. Sylvia strickte sich gerade einen neuen Morgenmantel in Grau und Silber.

Widerwillig hatte auch ich ein paar Stricksachen mitgebracht. Ehrlich gesagt hätte ich gedacht, das Schönste an den Flitterwochen wäre, dass niemand von mir erwarten würde, irgendetwas zu stricken. Aber wie immer stellte sich heraus, dass das nicht stimmte.

Mein letztes Projekt war eine Babydecke für das Kind von Alice und Charlie. Ich rechnete damit, dass ich mindestens sechs Monate Zeit hätte, um die Decke fertig zu stellen, und es war ein sehr einfaches Krausstich-Projekt in hübschem Hellgrün. Ich zog mein Wirrwarr heraus und stocherte darin herum, als wäre es eine welke Pflanze, die ich wiederbeleben wollte. Nachdem er mich ein paar Sekunden lang beobachtet hatte, entwirrte Theodore galant den Schlamassel, den ich angerichtet hatte, und strickte meine Maschen bis zu der Stelle neu, wo ich aufgehört hatte. Ich warf ihm einen jämmerlichen Blick zu, und er strickte schnell noch ein paar weitere Reihen für mich, dann gab er mir die Arbeit zurück. „Es ist wichtig, dass du dir nicht zu viel von anderen helfen lässt", sagte er sanft.

„Was heißt zu viel?", fragte ich.

Er schüttelte den Kopf. „Lucy, willst du als Kaufmännin in der Wollbranche nicht auch selbst das Stricken beherrschen?"

„Es beherrschen? Das ist natürlich mein Ziel." Manchmal fühlte es sich an, als würde ich mit Pfeil und Bogen auf den Mond zielen.

Ich hatte Nachsehen mit Theodore, wenn er Wörter wie „Kaufmännin" verwendete, weil es zu seinen Lebzeiten nicht vorkam, dass eine Frau außerhalb der eigenen vier Wände arbeitete, es sei denn, sie war ein Dienstmädchen, also ließ ich ihm bei seiner altmodischen Sprache etwas mehr Freiraum.

Jennifer hatte eine Tüte vom Cardinal Woolsey's, aus der sie die neueste Ausgabe der Strickzeitschrift von Teddy Lamont und ein paar Wollknäuel zog. Sie sah meinen Blick und sagte: „Ich kann es kaum erwarten, mich an diesem Pullover zu versuchen. Ist er nicht wunderschön?"

Ja, das war er. Ein Pullover mit impressionistischen Blumen in Violett- und Blautönen. Er würde ein tragbares Kunstwerk sein. Wie sehr ich Jen doch um ihr Talent beneidete. *Hoffentlich beschließt sie nicht, für Alices Baby eine Decke zu stricken.* Ich versicherte ihr, dass die Farben ihr gut stehen würden, und wir machten uns an die Arbeit.

Rafe hatte eine Tasche mit Strickzeug dabei, aber Lochlan hatte sich nicht die Mühe gemacht, etwas mitzubringen, an dem er arbeiten konnte. Ich hatte den Verdacht, dass sie vorhatten, den Ermittlungsteil des Treffens selbst zu leiten.

Ich war nicht sehr überrascht, als hinter Lochlan Guy hereinkam – der junge Vampir, der als Kellner verkleidet bei meiner Hochzeit aus dem Fenster gefallen war. Es ist wohl überflüssig zu erwähnen, dass ihm sein Fenstersturz von vor kaum mehr als vierundzwanzig Stunden nicht in geringster Weise anzusehen war. Gesunder und munterer hätte jemand mit seiner blassen Hautfarbe nicht wirken können.

„Tut mir leid, ich kann nicht stricken", sagte er entschuldigend, während er sich unter den fleißigen Vampiren umsah.

„Wie vertreibst du dir denn dann die Zeit?", fragte meine Großmutter.

„Ich arbeite für Lochlan", sagte er. „Und ich spiele viele Videospiele."

„Du solltest zur Abwechslung mal stricken", schlug Granny vor. „Der Laden, durch den du gegangen bist, gehört Lucy. Sie gibt deinen Einkauf sicher gern in die Kasse ein, wenn du heute Abend damit anfangen möchtest." Ich war mir nicht sicher, ob Granny wirklich versuchte, einem anderen Vampir zu helfen oder ob sie einen neuen Stammkunden für den Laden gewinnen wollte. Wahrscheinlich beides.

Er schaute unsicher und sagte: „Danke. Vielleicht später."

Rafe rief die Versammlung zur Ordnung und informierte kurz alle, die noch nicht Bescheid wussten, in allen Einzelheiten über den verdächtigen Tod von Connor Townes. Er teilte dieser Gruppe auch das mit, was er der Polizei verschwiegen hatte, nämlich dass ein wertvolles Gemälde aus seiner Privatsammlung gestohlen worden war. Ehrlich gesagt sorgte das unter den Vampiren für viel mehr Aufregung als der verdächtige Todesfall. Ich meine, man musste davon ausgehen, dass sie im Laufe der Zeit viele Menschen hatten sterben sehen, und oft waren sie am Tod nicht unbeteiligt gewesen. Wenn jedoch jemand unersetzliches Eigentum mit

Erinnerungswert stahl, etwas aus einer früheren Epoche, dann erregte das ihre Aufmerksamkeit. Jeder von ihnen spürte den Verlust schmerzhaft.

„Damit wird er nicht durchkommen", sagte Silence Buggins. Für jemanden, dessen Namen Stille bedeutete, war Silence ein Genie darin, sowohl das Offensichtliche zu sagen als auch viel zu viel zu reden. Es war ein kosmischer Witz, dass irgendjemand gedacht hatte, Silence wäre ein guter Name für dieses Baby.

„Habt ihr irgendwelche Hinweise darauf, wo das Bild sein könnte?", fragte Theodore. Theodore hatte ein rundes Babygesicht und den unschuldigsten Blick, den man je gesehen hatte, aber dahinter steckte ein knallharter Verstand. Er war früher Polizeibeamter gewesen und leitete jetzt eine Privatdetektei.

Rafe schüttelte den Kopf. „Ich glaube, Connor Townes hat das Porträt gestohlen. Mein Instinkt sagt mir, wenn wir den Mord an Connor Townes aufklären, dann sind wir bei der Suche nach meiner Elisabeth einen Schritt weiter. Ich glaube, er wurde deshalb getötet."

Ich hoffte inständig, dass er recht hatte. Ich wollte das Gemälde so sehr wie jeder andere auch zurückhaben. Wenn jemand Connor getötet hatte, um das Porträt zu bekommen, dann müsste uns die Aufklärung von Connors Mord zu dem Dieb führen.

Zumindest theoretisch.

In meinem Hinterzimmer befand sich ein Whiteboard, das sich als sehr nützlich erwiesen hatte, um Zusammenhänge darzustellen. Manchmal nutzte ich es auch für mein Geschäft: Ich dachte über Strategien nach, um meinen Newsletter auszubauen oder den Online-Verkauf des Ladens zu steigern. Der war inzwischen ziemlich wichtig für mein kleines Unternehmen. Doch traurigerweise muss ich sagen, dass wir diese Tafel meist mit dem Ziel einsetzten, einen Mord aufzuklären. Wenn das wirkliche Leben auch nur im Entferntesten so war wie Krimiserien im Fernsehen, dann tat die Polizei das Gleiche.

Der Kripo standen beträchtliche Mittel zur Verfügung, aber offen gesagt standen wir ihr in nichts nach. Rafe gab seine Quellen nie preis, aber er hatte Kontakte an den merkwürdigsten Orten. Um ehrlich zu sein, war mir nie klar gewesen, wie viele Vampire sich mitten unter uns versteckten – sie waren genau wie wir anderen, nur etwas blasser. Und Oxford war ein perfekter Ort, um sich zu verstecken. Er weigerte sich zu enthüllen, wie viele der Professoren untot waren, aber wenn ich mir das Lehrpersonal der Universität anschaute, fragte ich mich das schon. Das würde erklären, wie sie so klug geworden und so viel Wissen angehäuft hatten. Ich meine, in einem Leben kann man nur begrenzt viel lernen. Aber in über hundert Leben? Zweihundert? Solange man das Gelernte im Gedächtnis behalten konnte, verfügte man über unglaubliche Geschichtskenntnisse, wie ich jeden Tag an meinem Mann sehen konnte.

Es konnte einen ganz schön einschüchtern, wenn man von so viel Erfahrung und Wissen umgeben war. Was Jennifer und ich jedoch im Gegensatz zu ihnen hatten, war das, was man eine neue Perspektive nennen könnte. Vielleicht gab es uns erst seit dreißig Jahren, nicht seit dreihundert, fünfhundert oder achthundert, aber wir waren etwas besser mit der Lebensweise und der Einstellung der jungen Menschen von heute vertraut. Und natürlich war Connor Townes uns beiden vom Alter her viel näher gewesen als jedem anderen in diesem Zimmer. Okay, das war zwar kein großer Vorteil, aber immerhin etwas.

Ich hatte etwas an Jennifer entdeckt, an das ich mich von früher nicht erinnern konnte. Sie war hartnäckig, und fast hatte ich den Eindruck, sie würde ein bisschen mit mir rivalisieren.

Wenn ich mir selbst gegenüber ehrlich war, musste ich mir dann nicht eingestehen, dass ich irgendwie jetzt stärker den Drang verspürte, das Lob „Gut gemacht, Lucy" zu hören oder sogar den Fall zu lösen? Ich wollte mich nicht zu tiefgehend mit meiner eigenen dunklen Seite befassen, aber ich vermutete, dass wir tatsächlich in freundschaftlicher Konkurrenz zueinander standen. Schwesterlicher Konkurrenz, könnte man wohl sagen, denn wir waren beide Hexen. Es würde uns nie in die Quere kommen, dafür würden wir beide sorgen, aber die Vorstellung, dass wir beide ein wenig miteinander konkurrierten, fand ich gar nicht schlecht.

Ich musste sehen, wie es funktionieren würde.

Wie auch immer, nun waren wir hier, und während die Vampire, Jennifer und ich strickten, häkelten oder so taten als ob, unterhielten sich Rafe und Lochlan leise am Rande des Raumes. Zu meiner Überraschung war Lochlan dann derjenige, der zur Tafel ging und uns wortlos allein mit seinem Blick zum Schweigen brachte. Auch Rafe hatte diese Fähigkeit. Zu Lebzeiten waren sie Alphas gewesen, und ohne jeden Zweifel waren sie im Jenseits Alphas.

Er sagte: „Guten Abend. Ich denke, ihr kennt mich alle, aber falls nicht: Ich bin Lochlan Balfour. Ich hatte die Ehre, Rafes Trauzeuge bei seiner Hochzeit zu sein, und das bescheidene Maß an Sicherheit, das es gestern im Crosyer Manor gab", und dabei warf er Rafe einen kurzen Blick zu,

„wurde von mir und meiner Firma gewährleistet. Deshalb beschämt es mich zu erfahren, dass ein wertvolles Gemälde aus Rafes Haus verschwunden ist. Ich weiß, dass einige von euch gestern vor Ort waren, und ich habe vor, alle Hinweise zu sammeln, die wir bekommen können. Habt ihr irgendetwas gesehen oder gehört, das uns helfen könnte, ein wertvolles Kunstwerk aufzuspüren?"

Guy, dem Vampir/Sicherheitsmann/Kellner, schien das alles schrecklich unangenehm zu sein, als wäre alles nur seine Schuld. Auch Rafe bemerkte offenbar sein Unbehagen, denn er sagte: „Wenn irgendjemand die Schuld daran trägt, Lochlan, dann bin ich es. Ich war so arrogant zu glauben, dass meine eigenen Fähigkeiten und die meiner Mitarbeiter ausreichen, um meine Privatsphäre und meine Wertgegenstände zu schützen. Offensichtlich habe ich mich geirrt."

Lochlan nickte. „Nun, Schuldzuweisungen sind an dieser Stelle zwecklos. Holen wir uns das Bild zurück!"

Da meldete sich Jennifer zu Wort und sagte: „Ich unterstütze zwar voll und ganz, dass du Rafes Eigentum zurückbekommen willst, aber wir sollten nicht übersehen, dass gestern Abend ein Mann ums Leben gekommen ist."

Sie war es im Gegensatz zu mir einfach nicht gewohnt, mit Vampiren zusammen zu sein. Ich konnte sehen, wie sie sie anschauten und dachten: „Ach Gottchen, es ist einer gestorben. Das ist ja mal was ganz Neues." Der Diebstahl eines Gemäldes, das einen hohen Erinnerungswert hatte, konnte sie hingegen so richtig in Rage versetzen. Und noch dazu war es ja ein Mensch, den sie nicht einmal gekannt hatten. Connor Townes war genau die Art von Person, die den Vampiren früher, als Blutprodukte noch nicht so leicht zu haben waren wie heute, als kleine Mahlzeit gedient hatte.

Moderne Vampire brauchten nicht zu jagen, wenn sie es nicht wollten, und ich war froh, dass keiner meiner Freunde es wollte. Sie hatten sich eine zivilisiertere Lebensweise zu eigen gemacht. Aber in einer früheren Zeit hätte Connor eine leckere Mahlzeit dargestellt.

Es trat eine Pause ein, in der ein paar Vampire nickten und die meisten einfach weiterstrickten, dann sagte Lochlan: „Danke, Jennifer. Da gebe ich dir recht." Und dann schaute er Rafe an. „Haben wir noch irgendwelche Informationen über das Ableben des unglückseligen Connor Townes?"

Rafe nickte. Er arbeitete gerade an einem marineblauen Kaschmirschal und legte seine Arbeit nieder. Dann erhob er sich und wandte sich an die Gruppe. „Ich glaube, die Polizei ist sich nicht ganz sicher, ob der Tod von Connor Townes ein Unfall war oder vorsätzlich herbeigeführt wurde. Was wir wissen, ist Folgendes: Er hat einen heftigen Schlag auf den Hinterkopf bekommen, an der Stocherstange war ein blutiger Fleck, und seine Lunge war voller Wasser, was darauf hindeutet, dass die Todesursache Ertrinken war – wenn auch ausgelöst durch den schweren Schlag. Die Frage ist, ob er den Schlag zufällig oder gezielt erhalten hat."

„Ist nicht anzunehmen, dass ihm von hinten mit der Stocherstange auf den Kopf geschlagen wurde?", fragte Theodore.

„Das ist sicherlich eine Möglichkeit, aber sein Blutalkoholspiegel war gefährlich hoch. Es ist durchaus möglich, dass ihm die Stange auf den Kopf gefallen ist und ihn ins Wasser gestoßen hat."

Jennifer sah entsetzt aus. „Das kann passieren?"

„Ja. Eine Stocherstange aus Holz ist schwer. Wenn er sie

angehoben hat und nicht richtig aufgepasst hat, hätte sie leicht auf ihn drauffallen können."

„In Filmen sieht das Stocherkahnfahren immer so friedlich aus", sagte Jen.

„Du wärst überrascht, was für harmlos aussehende Dinge einen Menschen töten können", sagte Rafe.

„Bienenallergien", sagte Alfred, hielt in seiner Strickarbeit inne und schaute uns über seine lange Nase hinweg an. „Ich habe einmal beobachtet, wie ein junger Mann einen Strauß Gänseblümchen für seine Liebste pflückte. Er wusste nicht, dass er gegen Bienen allergisch ist, bis es zu spät war." Er schüttelte den Kopf. „Blutgruppe Null. Zu schade. Null ist so langweilig." Er streckte seine Zunge ein Stück heraus, als ob er von etwas Widerlichem kosten würde.

„Jedenfalls", sagte ich munter, „wissen wir nicht mehr als vorher. Möglicherweise ist Connor Townes getötet worden, es könnte aber auch ein Unfall gewesen sein."

„Nicht so voreilig, Lucy", sagte Rafe. „Die Polizei hat herausgefunden, dass er aus ziemlich üblen Verhältnissen kommt."

Warum überraschte es mich nicht, dass sich meine Cousine Tina einen üblen Typ als Begleiter zu meiner Hochzeit ausgesucht hatte? Ein weiterer Minuspunkt für meine Cousine Tina.

Theodore, ehemals Polizist und nun Privatdetektiv, sagte: „Kannst du genauer sagen, was du mit *üblen Verhältnissen* meinst?"

„Die Ermittlungen stehen natürlich erst am Anfang, aber er wurde mehrmals wegen Diebstahls verhaftet, saß einmal ein paar Monate hinter Gittern und verkehrte mit einer Gruppe von Schlägern, die einen ähnlichen Hintergrund haben wie er. Sie sind berüchtigte Diebe und Hehler, und einer von ihnen betreibt das Stocherkahnunternehmen auf dem Grundstück seiner Großtante in der Nähe des Flusses. Jason Smith."

Ich sagte: „Das deckt sich mit dem, was Georgia Montefiore uns erzählt hat. Gestern Abend hätten zwei Männer nach Connor gerufen. Es leuchtet ein, dass es dieser Jason Smith und noch einer von diesen Dieben und Hehlern war, mit denen Connor gerne abhing. Sie hätten ihn töten und das Bild an sich nehmen können." Das erklärte allerdings nicht, warum Connors Haus von irgendjemandem auf den Kopf gestellt worden war, der offensichtlich etwas suchte.

Theodore nickte. „Haben Connor Townes oder diese Partner irgendeine Verbindung zur Welt des Kunstdiebstahls? Das ist ein viel anspruchsvolleres Umfeld, in dem man eher Kriminelle der gehobenen Klasse findet."

Auch wenn ich mir bei diesem unbewussten Snobismus ein Lächeln verkneifen musste, erschien Theodores Überlegung stimmig. Connor sah eher aus wie der Typ, der einem die Radkappen vom Auto klaute, während man schlief, oder der einem die Brieftasche aus der Handtasche stahl, wenn man gerade wegschaute. Der Typ, der einem ein gutes Angebot für das Stocherkahnfahren vermittelte, das aber eigentlich ein mieses Angebot war und ihm gleichzeitig ein ordentliches Schmiergeld sicherte. Aber war er der Typ, den man anheuern würde, um die Mona Lisa zu stehlen? Das konnte ich mir nicht vorstellen.

Offensichtlich war ich nicht die Einzige im Raum, die diesen Gedanken hatte. Sylvia fragte: „Sind wir sicher, dass es einen Zusammenhang zwischen dem Tod dieses unglückseligen jungen Mannes und dem Diebstahl deines Gemäldes gibt?"

KAPITEL 10

„Ausgezeichnete Frage, Sylvia", lobte Lochlan und ergriff so wieder die Kontrolle über die Versammlung. Ich fragte mich, ob zwischen ihm und Rafe eine Art freundschaftliche Rivalität herrschte, so wie ich sie zwischen mir und Jennifer spürte. Rafe schien zufrieden, dass Lochlan die Führung zurückerobert hatte, und konzentrierte sich wieder auf sein Strickzeug. Er sah beunruhigt aus. „Wir wissen es nur nicht."

Sylvia sagte: „Und da kommen wir ins Spiel. Diejenigen von uns, die bei der Hochzeit waren. Oder du, Agnes. Von dort oben hattest du einen Blick aus der Vogelperspektive. Für dich muss es wie ein Schachbrett ausgesehen haben. Hast du bemerkt, wie dieser Connor Townes sich ins Haus geschlichen hat und dann mit etwas herausgekommen ist, das ungefähr die Größe und Form eines Gemäldes hatte?"

Wollte sie sarkastisch sein? Da war ich mir nicht sicher. Granny schien das nicht so aufzufassen. Sie warf mir einen Blick zu, dann lächelte sie.

„Es tut mir furchtbar leid, aber ich habe die ganze Zeit

Lucy angeschaut. Und sah sie in diesem Kleid nicht hinreißend aus? Ich glaube wirklich, wir haben uns selbst über-
troffen."

Alle Vampire, die mit eigenen Händen und Nadeln an der
Entstehung meines Brautkleides mitgewirkt hatten, nickten
und wirkten äußerst selbstzufrieden. Ich nutzte den Moment,
um ihnen noch einmal zu danken.

„Ehrlich gesagt", sagte ich, „habe ich mich wie eine Prinzessin gefühlt."

„Und du hast wie eine Königin ausgesehen", sagte Rafe.

Einen Moment lang schwelgten wir im Glanz dieses
Wohlwollens, da brach Lochlan den Bann, indem er sagte:
„Und wo wir gerade von Königinnen sprechen – es gibt da
ein verschwundenes Gemälde von einer, das wir zu finden
versuchen."

Ach ja. Alle wurden wieder ernst. Granny, die sich offensichtlich nützlich machen wollte, sagte: „Ich habe Connor
irgendwann mit Lucy sprechen sehen. Und er hat auch mit
dir gesprochen, Jennifer. Und auch wenn dein Kleid, da du
nicht die Braut warst, nicht so spektakulär war wie das von
Lucy, muss ich sagen, dass du eine wunderschöne Brautjungfer abgegeben hast."

„Das sehe ich auch so", sagte Sylvia. „Ich habe schon
immer ein Auge für Mode gehabt. Und wenn man eine Hochzeit mit einer Bühne vergleicht, dann sollte das Kostüm der
Nebendarstellerin natürlich immer das Kostüm der Haupt-
darstellerin aufgreifen und es noch besser zur Geltung
bringen."

Das gefiel mir. Innerhalb von drei Minuten war ich als
Prinzessin, Königin und Star bezeichnet worden. Zwar
entsprach nichts davon der Wahrheit, aber wenn eine Frau

nicht all das an ihrem Hochzeitstag sein konnte, wann dann?

Ich konnte sehen, dass Lochlan wegen all des Geschwätzes über Brautkleider und Bühnen- und Filmstars bald der Geduldsfaden reißen würde. Ich sagte: „Ich habe tatsächlich kurz mit Connor gesprochen, Granny. Aber hauptsächlich haben wir über meine Cousine Tina geredet."

Nun schüttelte Granny den Kopf. „Wäre ich noch am Leben, hätte ich es deiner Mutter ausgeredet, diese junge Frau einzuladen – was für eine schreckliche Idee! Sie hat schon immer Ärger gemacht. Und war neidisch auf dich. Man kann gar nicht zählen, wie viele Male sie dir dein Spielzeug weggenommen oder deinen Kuchen aufgegessen hat und dich dann als Baby bezeichnete, wenn du angefangen hast zu weinen."

Okay, ich war nicht mehr die Prinzessin, der Star und die Königin, sondern ein großes, weinendes Baby. Das war ja schnell gegangen. Als Nächstes würde jemand anfangen, mein Stricken zu kritisieren, und ich würde mich wirklich in ein großes weinendes Baby verwandeln.

Mein Blick fiel auf Grannys Strickarbeit. Fast ohne nachzudenken, sagte ich: „Dieser Fall ist ein bisschen wie das, was du da strickst, Granny. Wie ein Mosaik. Ich schaue mir das Muster an, aber hier sind dunkle Linien und dort helle, und ich frage mich: Wo ist hier eigentlich das Muster?"

Lochlan schien überraschenderweise recht angetan von meiner zufälligen Bemerkung. Er ging zu meiner Großmutter hinüber und sagte: „Dürfte ich mal?" und streckte dabei seine Hand aus, damit sie ihm ihr Werk geben konnte. Was sie auch sehr gern tat. Er trat wieder vor uns und zog einen Strang der blauen Wolle und einen Strang der gelben Wolle heraus. Es war ein herrlich dramatischer Moment, in dem er uns alle in seinen Bann zog. Alle hörten auf zu stricken, um zu sehen, worauf er hinauswollte. Er zog am blauen Strang. „Das ist die Hochzeit von Lucy und Rafe, die im Diebstahl des Gemäldes gipfelt." Mit der anderen Hand zog er das gelbe Garn straff. „Und das hier ist der Tod von Connor Townes. Sind diese Fäden miteinander verbunden?" Er führte die Farben zusammen und verknotete die Fäden miteinander. Das war eine ziemlich dramatische Visualisierung. Und dann machte er den Knoten wieder auf und trennte die Farben voneinander. „Oder handelt es sich um zwei völlig unabhängige Vorfälle?"

„Das scheint das Erste zu sein, was wir feststellen müssen", sagte Theodore.

Lochlan nickte. „Theodore, kannst du in deiner beruflichen Tätigkeit als Privatdetektiv mehr über die kriminellen Kontakte von Connor Townes herausfinden? Gibt es irgendeinen Hinweis darauf, dass er ein Kunstdieb ist oder mit Hehlern in der Kunstwelt in Kontakt steht?"

Theodore sah recht zufrieden aus, dass ihm eine so wichtige Aufgabe übertragen wurde. Er nickte, „Natürlich. Ich mache mich sofort an die Arbeit."

Jennifer sagte: „Aber wenn Connor mit der Absicht gekommen ist, das Bild zu stehlen, woher wusste er überhaupt, dass es dort hing? Jemand musste ihn beauftragt haben."

„Es sei denn, es handelt sich um einen Gelegenheitsdiebstahl", sagte Dr. Weaver.

„Aber warum hätte er überhaupt auf die Idee kommen sollen, auf die Rückseiten dieser Paneele zu schauen, wo du deine wahren Schätze aufbewahrst?", fragte Sylvia. „Ich glaube nicht, dass du vielen davon erzählt hast."

„Stimmt", sagte Rafe gefühlvoll.

„Aber irgendjemand wusste es", sagte Lochlan. „Selbst wenn es nur ein Gelegenheitsdiebstahl war, muss jemand gewusst haben, dass das Porträt dort war." Er wandte sich Rafe zu. „Wer auf euerer Hochzeit wusste von den Paneelen?"

Rafe legte sein Strickzeug beiseite und dachte sorgfältig nach. „Ihr natürlich." Er schaute sich im Raum um. „Gibt es hier jemanden, der es nicht wusste?"

Hester stöhnte auf, als wäre dies die langweiligste Sitzung, an der sie je teilgenommen hatte. „Mich wahrscheinlich, aber ist auch egal."

Carlos meldete sich. „Ich wusste es nicht. Und ich gratuliere dir dazu, dass du so eine schöne Sammlung hast. Hast du irgendwelche spanischen Meister, die ich mir ansehen könnte? Einen Velázquez vielleicht?" Ich hatte vergessen, dass er ein Universitätsstudent und ein Intellektueller war. Hester gab ein Geräusch von sich, als würde sie die Luft aus einem Ballon lassen. Sie mochte in diesen Kerl verknallt sein, aber sie war keine Frau, die sich für schöne Künste interessierte.

„Ich mache mal eine private Führung mit dir", sagte Rafe, offensichtlich froh, seine Sammlung jemandem zeigen zu können, der sie zu schätzen wusste.

Sylvia wirkte verstört. „Ich hoffe, du willst damit nicht andeuten, dass einer von uns einen Freund bestehlen würde."

„Natürlich nicht", sagte Lochlan schnell. „Aber wer könnte ein Gespräch belauscht haben? Gibt es jemanden, dem ihr es vielleicht versehentlich verraten habt? Sagen wir so: Wir versuchen, die undichte Stelle zu finden, falls es ein Informationsleck gegeben hat."

„Was ist mit den Sterblichen?", fragte Sylvia in scharfem Ton.

Jennifer sagte: „Ich wusste bis gestern Abend nichts davon."

Rafe sagte: „Sterblichen zeige ich die Bilder selten. William und seine Schwester wissen natürlich alles über meine Sammlung – schließlich sind sie meine menschliche Familie. Und Lucy selbstverständlich."

Ich sah Rafe an. „Du hast sie meinen Eltern gezeigt. Weißt du noch, wie aufgeregt mein Vater war, als er den Van Gogh gesehen hat?"

„Sie gehören jetzt auch zu meiner Familie", sagte Rafe. „Abgesehen vom Offensichtlichen habe ich keine Geheimnisse vor deinen Eltern."

„Hoffen wir, dass sie nicht die Art von Leuten sind, die ihren eigenen Schwiegersohn bestehlen würden", sagte Sylvia. Wenn sie so weitermachte, würde sie heute Abend die Auszeichnung für den besten Sarkasmus bekommen.

Der junge Kellner-Vampir sagte: „Ich wusste, dass sich in dem Raum irgendetwas Wertvolles befand, aber Lochlan hat mir nicht gesagt, was."

„Ja, wir vergessen, dass der Kellner aus dem Fenster gestoßen wurde", sagte Alfred. Er wandte sich Guy zu. „Du und der Tote habt beide weiße Jacken getragen. Ist es möglich, dass dich jemand mit Connor verwechselt hat und sein Tod von Anfang an geplant war?"

„Das würde bedeuten, dass der Mörder auf meiner Hochzeit war", sagte ich, und diese Theorie gefiel mir ganz und gar nicht.

„Und das ist ein weiterer Faden in diesem komplizierten Muster", sagte Lochlan. „Der Angriff auf Guy."

Er war schwer damit beschäftigt, alles ans Whiteboard zu schreiben. Er hatte zwei Spalten mit den Titeln Kunstdiebstahl und Connor Townes erstellt. Und nun fügte er noch eine dritte hinzu. Angriff auf Kellner.

„Steht der Angriff auf Guy im Zusammenhang mit dem Diebstahl?" Er wandte sich Guy zu. „Hast du den Dieb da oben überrascht?"

„Ich bin hochgegangen, weil es sich anhörte, als wäre jemand in Schwierigkeiten. Es war Lucys Großmutter beim Singen. Ansonsten habe ich niemanden gesehen oder gehört."

„Und doch muss jemand anderes dort oben gewesen sein, in dem Raum, in dem du angegriffen wurdest", sagte Granny. „Ich versichere dir, dass ich dich nicht aus dem Fenster gestoßen habe."

„Das ist sehr nett von Ihnen", sagte Guy höflich.

„Aber wer war es?", fragte Sylvia. „Ich glaube, Guy hat den Dieb irgendwie aus dem Konzept gebracht. Wenn Connor Townes dachte, du hättest gesehen, wie er das Porträt gestohlen hat, dann könnte er dich tatsächlich aus dem Fenster gestoßen haben – natürlich in dem Glauben, dass du dabei sterben würdest. Es muss sehr nervenaufreibend für ihn gewesen sein, zu erfahren, dass du kaum einen Kratzer davongetragen hast."

„Aber wer hat Connor zu dem Diebstahl angestiftet? Oder hat er nur herumgeschnüffelt und Glück gehabt?", fragte Jen. Immer wieder kamen wir auf diese Frage zurück.

Granny sah mich an und sagte fast entschuldigend: „Lucy, ich weiß, dass Tina nicht deine Lieblingscousine ist, geschweige denn dein Lieblingsmensch, aber ich glaube, du musst mit ihr reden und herausfinden, wie sie darauf gekommen ist, Connor Townes zu eurer Hochzeit einzuladen."

Gerade als ich sagen wollte, dass ich das auf keinen Fall tun würde, sagte Lochlan: „Das ist eine ausgezeichnete Idee, Agnes. Wenn Tina ihn einfach nur eingeladen hat, um eine Begleitung für Lucys Hochzeit zu haben, ist das eine Sache. Aber wenn er wusste, dass sie eingeladen war, und sie gebeten hat, sie begleiten zu dürfen? Das würde bei unseren Ermittlungen einen entscheidenden Unterschied machen."

Ich fühlte mich, als hätten sich alle gegen mich verschworen. Ich gab ein Geräusch von mir, das wahrscheinlich dem von Hester ähnelte, wenn man sie aufforderte, etwas zu tun, was sie nicht wollte, oder, noch schlimmer, wenn man sie daran hinderte, etwas zu tun, was sie sich eigentlich aus tiefstem Teenager-Herzen wünschte. Dann sagte ich streitlustig: „Gut. Ich frage sie."

„Wenn du sie in so einem Ton fragst, wirst du nicht weit kommen", sagte Sylvia säuerlich. „Jennifer, du solltest mitgehen und dafür sorgen, dass sie sich freundlich zeigt.'

Meine Kinnlade klappte nach unten. Was sollte diese Sache mit Sylvia und Jennifer? Jennifer, die mich besser als jeder andere kannte, konnte natürlich sehen, was ich von dieser Idee hielt. Rasch sagte sie: „Lucy ist sehr geschickt darin, Leute zum Reden zu bringen. Sie macht das sicher auch ohne meine Hilfe ausgezeichnet."

Ich warf ihr einen dankbaren Blick zu. Aber Sylvia war unnachgiebig. „Ich weiß noch gut, wie es ist, wenn eine Frau eifersüchtig auf einen ist. Oh, wie viele Geschichten ich euch davon erzählen könnte! Von den Sternchen, die mir am liebsten mit bloßen Händen das Herz herausgerissen hätten, wenn sie dafür eine Rolle in einem meiner Filme bekommen hätten. Sie hätten mich in Stücke gerissen, wenn sie dafür auch nur einen Abend lang meinen Platz auf der Bühne hätten einnehmen können. Und eines weiß ich über die Eifersucht, diese grünäugige Bestie: nämlich, dass es sehr leicht ist, eine eifersüchtige Frau zu provozieren. Nein, ich denke, du und Lucy zusammen, ihr wärt das perfekte Paar, um herauszufinden, wie Connor Townes an seine Einladung zu Lucys Hochzeit gekommen ist."

Fast so, als würde sie Regieanweisungen geben, riet sie uns, wo ich oder wo Jennifer von Tina aus gesehen sitzen oder stehen sollte, und wer was sagen sollte. „Du schürst ihre Eifersucht auf dich, Lucy, und Jennifer, du bist das mitfühlende Ohr, bei dem sie sich ausweint, weil sie sich herabgesetzt fühlt." Sie sah recht zufrieden mit sich selbst aus. „Ich habe oft darüber nachgedacht, ob ich mein Talent jetzt, wo ich nicht mehr auftreten kann, dafür nutzen sollte, für Bühne und Leinwand zu schreiben."

In die verblüffte Stille hinein sagte sie: „Natürlich unter einem Pseudonym."

Lochlan sprach als Erster wieder. „Also reden Lucy und Jennifer mit Tina." Eigentlich war ich wirklich froh über Jennifers Gesellschaft. Sie würde eine Art Puffer zwischen mir und meiner Cousine darstellen, die mir mit jeder Begegnung unsympathischer wurde. Jennifer schaute mich an, und ich nickte ihr kurz zu, also willigte sie ein.

„Gut", sagte Lochlan. „Das wäre geklärt." Er nahm die Kappe von einem Whiteboard-Marker ab. „Und jetzt werden wir versuchen, ein paar Momente der Hochzeit so gut es geht nachzustellen."

Wahrscheinlich, ohne über ihre Worte nachzudenken, sagte Jennifer: „Zu schade, dass es keine Fotos gibt."

Lochlan sagte: „Es gibt ein paar. Dank Lucys Cousine Tina, die gegen die Regeln verstoßen hat." Er griff nach einer schwarzen Computertasche und zog einen schicken Laptop heraus, der viel schöner war als alles, was ich je besessen hatte. Er klappte ihn auf und rief die Fotos auf, die Tina geschossen hatte. Eines nach dem anderen erschienen sie auf den Bildschirm.

„Es ist wirklich eine bezaubernde Hochzeit gewesen", seufzte Granny.

Abgesehen von aus den Fenstern gestoßenen Kellnern und vor unseren Augen gestohlenen Kunstwerken hatte sie recht.

Er öffnete das Foto, das Connor zeigte, als dieser gerade im Haus verschwand. „Das hier ist unser stichhaltigster Beweis dafür, dass Connor Townes die Elisabeth gestohlen hat", sagte Rafe. Mir gefiel es, dass er es „die Elisabeth" und nicht einfach das Gemälde nannte.

„Es könnte also durchaus Connor Townes gewesen sein, der dich aus dem Fenster gestoßen hat", sagte Sylvia. „Das war ein schlimmer Moment, als ich dachte, die Hochzeit der armen Lucy wäre durch einen Todesfall ruiniert worden. Ich war sehr erleichtert, als ich festgestellt habe, dass du unversehrt warst."

„Danke. Trotzdem würde ich nicht gern jeden Tag aus dem Fenster fallen. Es hat wehgetan."

Sylvia fuhr fort und wandte sich nun an Lochlan. „Und Rafe und du, ihr wart so schnell bei dem Unfallopfer, dass niemand sonst sehen konnte, was vor sich ging."

„Außer dem Arzt", erinnerte ich sie. Mir war immer noch

mulmig zumute, wenn ich an den armen Dr. Pattengale dachte, der so verwirrt dreingeschaut hatte, als er bei der Untersuchung des Sturzopfers feststellte, dass es einen sehr langsamen Puls hatte und sich seine Haut kühl anfühlte. Zum Glück hatte mein Vater ihn unter seine Fittiche genommen und ihn wahrscheinlich mit genügend Whiskey abgefüllt, um seinen Schock zu lindern und seine Erinnerungen hoffentlich mit einer große Portion Verwirrung zu bereichern.

Plötzlich sagte Sylvia: „Wisst ihr, was seltsam ist? Ich habe ja vom Wohnzimmer aus zugeschaut, und während die meisten Gäste bei den Reden im Empfangsbereich versammelt waren, bin ich sicher, dass der Doktor aus einer anderen Richtung kam."

All unsere Aufmerksamkeit war nun auf sie gerichtet. „Aus welcher Richtung?", fragte Rafe.

„Wartet!", sagte Sylvia und schloss dann ihre Augen. Sie konnte aus allem ein Drama machen. Wir alle warteten mit wachsender Spannung. Entweder rief sie das Gesehene in Gedanken wieder auf oder sie ließ uns einfach warten, um die Spannung länger andauern zu lassen. Bei Sylvia war das schwer zu sagen. Wahrscheinlich ein bisschen von beidem.

Dann machte sie die Augen auf. „Ich bin mir fast sicher, dass er aus dem gesperrten Flügel kam."

„Er könnte gerade von der Toilette zurückkommen sein", sagte Jennifer.

„Aber die Gäste haben die Toiletten im alten Stallgebäude genutzt. Er hätte die Schilder ignorieren und die Seilabsperrung verschieben müssen", sagte ich. Was unglaublich ungehobelt von ihm war. Ich kannte den Mann, seit ich ein

Baby war. Ich konnte mir nicht vorstellen, dass er absichtlich gegen die Regeln verstieß.

Was hatte der alte Freund meines Vaters also im abgesperrten Teil des Hauses zu suchen gehabt?

Rafe sagte: „Ich denke, ich lade den Doktor und deinen Vater vielleicht mal auf ein Glas Brandy in einer ruhigen Bar in Oxford ein. Ich gebe vor, dass ich mich bei dem Arzt für seine Bemühungen bedanken will, und da er mit deinem Vater befreundet ist, erscheint es logisch, dass dein Vater auch dabei ist. Drei Männer, die in aller Ruhe einen Brandy genießen. Was liegt da näher, als einige meiner Schätze zur Sprache zu bringen? Mal sehen, ob ihm etwas herausrutscht."

Es fiel mir aus mehreren Gründen schwer, mir Dr. Simon Pattengale als Kunstdieb vorzustellen, aber einer stach sofort ins Auge. „Wenn der Doktor ein hochrangiger Kunstdieb ist, warum ist er dann nicht reicher?"

„Meine Liebe", sagte Sylvia mit nervtötendem Hochmut, „die wirklich Wohlhabenden tragen ihren Reichtum nicht zur Schau."

Und das von einer Frau, die in einem Bentley durch die Stadt fuhr und der Ansicht war, nicht bekleidet zu sein, wenn sie nicht ein kleines Vermögen an Juwelen trug.

Rafe ignorierte ihre Unterbrechung, was es mir leichter machte, dasselbe zu tun. „Ich behaupte ja nicht, dass er das Gemälde gestohlen hat, aber es ist eine Spur, die es wert ist, weiterverfolgt zu werden."

Lochlan sagte: „Also haben wir Theodore, der die Partner von Connor Townes überprüft. Lucy und Jennifer reden ein ernstes Wörtchen mit Lucys Cousine Tina, um zu erfahren, wie dieser Mann überhaupt eine Einladung zur Hochzeit

erhalten hat. Rafe wird herausfinden, was der Arzt wusste."
Er tippte mit seinem Marker auf die Tafel. „Und ich werde
mich in Ruhe mit einigen meiner Kontakte in der Kunstbranche unterhalten."

Warum war ich nicht überrascht, dass er hohe Tiere aus
der Kunstbranche kannte? Er schaute sich um und sah ziemlich zufrieden mit sich aus. „Ich könnte sogar in bestimmten
Kreisen bekannt geben, dass ich am Kauf königlicher Porträts
interessiert bin. Insbesondere an denen der Tudors."

„Ja, das sind alles gute Ideen", sagte Sylvia. „Aber was ist
mit uns? Agnes und ich würden in dieser Ermittlung auch
gerne eine Rolle übernehmen. Und ich denke, als Lucys
Großmutter hat Agnes das Recht dazu."

Ich musste meine Lippen zusammenpressen, um nicht zu
grinsen. Sie hatte ihre ganz eigene Art, etwas auszudrücken.
Aber Sylvia sollte meine Großmutter nach Cornwall bringen.
Wir mussten sie unbedingt aus Oxford verschwinden lassen.
Es fiel ihr viel zu schwer, nicht versehentlich tagsüber auszu-
gehen, und sie vergaß immer wieder, dass alle ihre früheren
Freunde sie für tot hielten. Es war einfach zu stressig.

Rafe, der ein paar hundert Jahre mehr Zeit gehabt hatte
als ich, um Taktgefühl zu entwickeln, sagte: „Dein Angebot
macht mir große Freude, Sylvia. Ich habe eine Verbindung zu
jemandem in Cornwall. Und da du mit Agnes ohnehin auf
dem Weg dorthin bist, wäre ich euch sehr dankbar, wenn ihr
ihn befragen könntet."

Sylvia sah sowohl erfreut als auch misstrauisch aus. „Du
stehst in Verbindung zu jemandem aus der Kunstbranche in
Cornwall?"

„Ich habe dort mehrere Kontakte, um genau zu sein. St.
Ives ist ein Künstlerparadies", erinnerte er sie. „Ich werde

einen Termin vereinbaren und euch die Einzelheiten mitteilen, bevor ihr losfahrt." Irgendwie hatte ich die Vermutung, dass er sich jetzt einen Auftrag ausdenken musste.

Sylvia sagte: „In Ordnung. Das scheint ein guter Plan zu sein. Aber ich habe Jennifer angeboten, sie im Bentley mitzunehmen. Wir können unmöglich abfahren, bevor sie ihre Nachforschungen beendet hat."

Gerissene alte Vampirin. Sie wollte einfach nichts von der Aufregung verpassen.

Rafe kannte sie ganz genau. Er sagte: „Wie nett von dir, dass du Jennifer eine Mitfahrgelegenheit anbietest."

Jennifer sagte: „Aber ich muss ja nicht mitfahren. Ich bleibe gern hier und helfe."

Rafe schüttelte den Kopf. „Nein. Du solltest mitfahren. Es wäre doch schön, etwas Urlaub zu machen. Und das könnte ein wichtiger Teil der Ermittlungen sein."

Es gab nicht viel, was Jennifer jetzt sagen konnte. Zwei ziemlich entschiedene Vampire drängten sie dazu, im Bentley nach Cornwall zu fahren. An ihrer Stelle hätte ich auch Ja gesagt.

Ich sagte: „Mit Tina können wir genauso gut am Vormittag sprechen, solange sie noch in Oxford ist und noch von der Nachricht von Connor Townes' Tod erschüttert ist."

Ich erinnerte mich an ihr heftiges Schluchzen, als sie von seinem Tod erfahren hatte. Ich dachte, dass Connor Townes für sie vielleicht mehr als nur eine nützliche Begleitung gewesen war.

Aber wie viel mehr?

Es gab eine Pause, und es schien, als wäre das Treffen nun zu Ende, da sagte Carlos: „Was ist mit dem Flussgeist?"

Ich starrte ihn an. „Flussgeist?"

Er nickte. „In meinem College machen alle Witze darüber. Sie sagen, man muss sich vor dem Flussgeist im Cherwell in Acht nehmen. Ich habe ihn nie gesehen, nur Gerüchte gehört."

Ich schaute mich um. „Es gibt einen Flussgeist im Cherwell?"

Keiner der Vampire schien etwas davon zu wissen. „Das könnte stimmen, nehme ich an", sagte Christopher Weaver. Dr. Weaver hatte eine Privatpraxis in Oxford und stand deshalb mit Studenten in Kontakt. „Aber ich habe ihn nie gesehen."

Es gab eine Zeit, in der ich mich über die Vorstellung von Wassergottheiten außerhalb der Mythologie lustig gemacht hätte, aber das war, bevor ich herausgefunden hatte, dass ich eine Hexe war und mich mit einer Gruppe von Vampiren angefreundet hatte. Jetzt verstand ich, dass in dieser Welt andere Welten und Geschöpfe existierten. „Wer kann schon wissen, ob es einen solchen Geist gibt?", fragte Sylvia und schnitt einen Faden ab.

„Und was noch wichtiger ist: Wie können wir Kontakt zu ihm aufnehmen?", fragte Alfred.

Ich hatte eine Ahnung, wer uns eine Antwort darauf geben könnte, aber ich wollte den Namen nicht laut aussprechen.

Jennifer sah zu mir herüber. „Was ist mit der Vorsteherin deines Hexenzirkels? Margaret Twigg."

Okay, damit hatte Jennifer den Namen laut für mich ausgesprochen. Im Interesse der sorgfältigen Detektivarbeit nickte ich. „Margaret könnte es vielleicht wissen."

„Dann sollten wir sie besuchen", fuhr Jen fort, die meine mangelnde Begeisterung entweder nicht bemerkte oder ignorierte. Was Jen nicht wusste, war, dass kein Besuch bei Margaret Twigg unkompliziert verlief. Wenn sie nicht gerade versuchte, meine Vertraute zu stehlen, ließ sie mich unangenehme Aufgaben erledigen und nervte mich damit, dass ich an meinem Handwerk feilen musste. Sie war eine sehr starke Hexe, aber genauso wie andere starke Wirkstoffe vertrug ich sie nur in geringer Dosierung.

Natürlich waren sich alle einig, dass es eine gute Idee war, wenn Jen und ich Margaret Twigg besuchten, um mehr über die Flussgottheit zu erfahren.

Ich fügte mich dem Unvermeidlichen und schlug vor, es am nächsten Tag zu tun.

KAPITEL 11

*I*ch hatte das Gefühl, dass ich bei der Auftragsvergabe den Schwarzen Peter gezogen hatte. Ich wollte nicht mit Tina sprechen, um herauszufinden, wie Connor Townes auf meiner Hochzeit gelandet war. Ich hatte sie nicht dabeihaben wollen und ihn schon gar nicht. Jetzt musste ich noch mehr Zeit mit dieser Frau verbringen, um herauszufinden, warum Connor sie begleitet hatte. War es seine oder ihre Idee gewesen?

Ebenso unangenehm war der Gedanke, Margaret Twigg zu besuchen, und auch das stand bei mir auf der Tagesordnung.

Aber wie Granny mir als Erste sagen würde, war es im Interesse der Detektivarbeit das Beste, den unangenehmen Teil so schnell wie möglich hinter sich zu bringen. Wie so viele dieser altmodischen Lebensweisheiten klang das in der Theorie besser als in der Realität. Wenigstens kam Jennifer mit.

Wir verabschiedeten uns von der Strickrunde der Vampire und vereinbarten, uns morgen früh wieder hier zu treffen. Dann ging sie die Treppe zu meinem ehemaligen Wohnbereich hinauf. Es war ein seltsames Gefühl, sie in die Wohnung gehen zu sehen, die ich immer noch als mein Zuhause betrachtete. Dann machte ich mich mit meinem neuen Ehemann auf den Weg durch die Nacht. „Bist du enttäuscht, dass wir nicht jetzt schon auf Hochzeitsreise sind?"; fragte ich ihn.

Er schien darüber nachdenken. „Solange du bei mir bist, macht es mir eigentlich nichts aus." Wie nett von ihm, so etwas zu sagen. Zumal ihm durch die Hochzeit mit mir ein sehr wichtiges Gemälde abhandengekommen war.

Ich fragte: „Glaubst du, dass wir das Bild jemals zurückbekommen werden?"

Er schwieg einige Sekunden lang, als ob er meine Frage wichtig nahm. Das gefiel mir unglaublich gut an ihm. Er sagte: „Ja. Bestimmt."

Ich hoffte inständig, dass er recht hatte.

Es war zu spät, um meine Mutter anzurufen, also verschob ich das zusammen mit dem Gedanken, dass ich nicht mit Tina reden wollte, auf den nächsten Morgen. Ich schickte Margaret Twigg eine Nachricht mit der Frage, ob Jen und ich sie am nächsten Tag besuchen könnten, und sie antwortete, dass wir am Nachmittag kommen könnten. Dass ich zu ihr ins Cottage kommen würde, schien in ihr auch nicht mehr Begeisterung auszulösen als in mir.

„Vergiss nicht, heute Abend deine Hexenkugel ins Mondlicht zu legen", lautete ihre letzte Botschaft.

～

AM NÄCHSTEN MORGEN weckte ich meine Mutter, um zu erfahren, ob Tina in Oxford geblieben war. Es war Montag, und zweifellos sollte sie auf der Arbeit sein, aber ich konnte mir nicht vorstellen, dass sie bereits einen Tag nach der Entdeckung von Connors Leiche abreisen würde. Natürlich sagte Mom, dass die Familie noch einen Tag mehr im Hotel verbringen und auch Tina auf jeden Fall noch dortbleiben würde. Als ich ihr erzählte, dass Jen und ich zu Tina wollten, um zu sehen, wie es ihr nach dem Schock vom Vortag ging, beschloss sie, uns zu begleiten, um ihrer Cousine Ruth und Ruths Mann Colin einen Besuch abzustatten.

Ich wollte gerade einwenden, dass ich die Idee schrecklich fand, aber ich konnte mich gerade noch rechtzeitig zurückhalten. Eigentlich war die Idee ausgezeichnet. Mom konnte uns Ruth und Colin vom Hals halten, während Jen und ich mit Tina sprachen. Wir vereinbarten, dass ich Mom auf dem Weg abholen würde, da mein Vater und sie auf ihrer Reise in der Wohnung eines Freundes in Oxford wohnten.

Ich zog mich ohne Begeisterung an. Ich wählte ein Sommerkleid mit gelben Gänseblümchen, das mich glücklich machte, dachte dann aber, dass Tina es angesichts des Todesfalls vielleicht als unpassend empfinden würde. Also entschied ich mich für eine helle Jeans und zog dazu einen Kaschmirpulli an, der so fein war, dass ich eher das Gefühl hatte, eine Wolke zu tragen als ein Kleidungsstück. Er war blassgrau und wirkte angemessen ernst. Ich würde wie eine Regenwolke aussehen. William machte mir Blaubeerpfannkuchen, als hätte er geahnt, dass ich etwas Leckeres zum Trost brauchte, und das baute mich ungemein auf.

„Bringst du Tina ihr Handy zurück?", fragte Rafe, als ich

den letzten mit Ahornsirup getränkten Bissen Pfannkuchen aufspießte.

„Ich denke schon", sagte ich mit vollem Mund. Eigentlich hatte ich ihr Telefon völlig vergessen und war froh, dass er mich daran erinnert hatte.

Ich holte es und steckte es in meine Tasche, dann putzte ich mir die Zähne und trug etwas Lipgloss auf. Ich dachte darüber nach, ob ich mir vielleicht die Nägel lackieren oder meine Sockenschublade neu sortieren sollte. Oder ob ich vielleicht die Socken in eine ganz neue Schublade umräumen sollte. Alles nur, um den Besuch bei Tina aufzuschieben.

Aber ich war jetzt eine reife, verheiratete Frau. Ich sollte mich wie eine Erwachsene benehmen.

Also ließ ich Tinas Handy nicht „aus Versehen" in die Toilette fallen.

Ich wurde definitiv reifer.

ICH HOLTE JEN und dann meine Mutter ab, und wir fuhren gemeinsam zum Hotel. Als wir zu der Suite kamen, die Tina mit ihren Eltern teilte, fanden wir sie am Tisch sitzend und aus dem Fenster schauend. Sie war ganz in Schwarz gekleidet. Keine echte Witwe hatte jemals so trauernd gewirkt. All ihre Kleider hätten aus Hesters Kleiderschrank stammen können. Sie sah aus wie ein Vampir oder ein Grufti-Teenager, wenn man das Alter mal außer Acht ließ. Sie war ungefähr so alt wie ich, und die ganze Witwennummer war ein bisschen übertrieben.

Sie sah uns an und seufzte, was mich wieder an Hester

erinnerte. „Ich nehme an, ihr seid hier, um euer Beileid zu bekunden", sagte sie mit belegter Stimme.

Da Jennifer mich gut kannte, reagierte sie blitzschnell und trat mir sanft gegen den Knöchel. Dann ergriff sie als Erste das Wort.

„Ach, Tina, es tut mir so schrecklich leid. Ich kann mir kaum vorstellen, was du gerade durchmachen musst. Lucy und ich wollten nachsehen, ob wir etwas für dich tun können."

Oh Mann, sie trug ja ganz schön dick auf. Dennoch war ich klug genug, ihrem Beispiel zu folgen, denn ich konnte sehen, wie viel es Tina bedeutete, dass wir gekommen waren. Und fairerweise muss man sagen, dass ihr etwas Furchtbares widerfahren war. Allerdings hatte sie ihren Hochzeitsbegleiter verloren, nicht die Liebe ihres Lebens, obwohl ich annahm, dass sie sich ihre Rolle nach Belieben aussuchen konnte, da Connor ja nicht hier war, um sie zu berichtigen.

Ich sagte: „Ja, es tut mir wirklich leid." Ich legte ihr Telefon neben sie und sagte ihr, dass das Reinigungspersonal es gefunden habe, und sie nahm es an sich.

„Wie sehr ich mir das gewünscht habe! Es gibt Leute, denen ich von Con erzählen muss. Und ich weiß, dass es Fotos von uns gibt." Schnell presste sie das Telefon an ihre Brust. Ich hoffte, sie würde nicht anfangen, sich ihre Bilder anzuschauen, solange wir dort waren, denn die letzten waren verschwunden.

Mom, der wir bereits Anweisungen gegeben hatten, sagte zu Tinas Mutter: „Lass uns doch runter ins Café gehen und den Mädchen etwas Freiraum geben."

Ich hatte den Eindruck, dass Ruth erleichtert war, eine Ausrede zu haben, um dieser Kammer der bedrückenden

Pseudowitwenschaft zu entfliehen. Sie stimmte eifrig zu, und mit einem unauffälligen Augenzwinkern in meine Richtung begleitete Mom ihre Cousine Ruth nach draußen. Ich hatte keine Ahnung, wo Colin war, aber er hatte sich offensichtlich aus dem Staub gemacht. Jetzt waren wir nur noch zu dritt, was mich wieder an unser gestriges Gespräch erinnerte. Und wie gestern war ich geneigt, Jennifer weiterhin die Führung zu überlassen. Sie hatte sich als erstaunlich geschickt herausgestellt. Außerdem verband sie mit meiner Cousine Tina keine gemeinsame Vergangenheit, wie es bei mir der Fall war. Aber ich hatte ihr davon erzählt und sie wusste, dass Tina hinterhältig und widerlich sein konnte.

Jen schlug vor: „Sollen wir unten anrufen und Kaffee bestellen?"

Das waren genau die richtigen Worte, denn sie boten Tina die Gelegenheit, wieder einen ihrer tiefen Seufzer auszustoßen und zu sagen: „Ich kann es nicht ertragen, etwas zu essen oder zu trinken. Die Trauer ist noch zu frisch. Zu tief."

Während ich beinahe würgen musste, nutze Jennifer die Gelegenheit. Sie legte eine Hand auf die von Tina und sagte: „Ich kann mir vorstellen, wie schrecklich du dich fühlst, aber wenn es etwas gibt, was Lucy oder ich tun können ..." Sie ließ den Satz in der Luft hängen. Tina schien wirklich darüber nachzudenken, als ob sie eine lange Liste von Aufgaben für uns hätte, aber dann traten zu meiner Überraschung echte Tränen in ihre Augen.

„Nichts, es sei denn, ihr könnt mir meinen Con zurückbringen."

Ich hätte die ganze Sache für einen Schwindel gehalten, wären da nicht diese Tränen gewesen. Ein dicker Tropfen lief ihr über die Wange, und sie machte sich nicht einmal die Mühe, ihn wegzuwischen. Sie legte das Telefon auf den Tisch, und ich atmete erleichtert auf.

Jennifer sagte: „Ich wünschte, das könnte ich. Er ist viel zu jung von uns gegangen."

„Ich weiß. Das ist das Schlimmste daran. Wir waren noch nicht einmal lange zusammen. Ich meine, ich hatte das Gefühl, dass er der Richtige ist, weißt du?"

Stimmte das? Wirklich? Schließlich hatte er überall herumerzählt, er habe sie aus Mitleid begleitet, und hatte alle anwesenden attraktiven Frauen angemacht. Wenn das ihre Vorstellung vom *Richtigen* war, wie würde dann erst die Liste der *Falschen* aussehen?

Aber Jennifer sprach mit aufrichtigem Mitgefühl weiter. Ich erkannte, dass es ihr gelungen war, Tinas Schmerz innerlich voll und ganz nachzuempfinden. „Wie konnte es deiner Meinung nach dazu kommen?"

Jennifer war geschickt darin, Tinas Vertrauen zu gewinnen, vor allem indem sie viel Mitgefühl zeigte, das wirklich aufrichtig zu sein schien. Und außerdem stellte sie die richtigen Fragen. Ich wartete nur darauf, dass Tina sagte: „Er hatte Angst, dass dieser und jener versuchen könnte, ihn umzubringen", aber sie sagte nichts dergleichen. Sie schüttelte nur den Kopf. „Das ist das Schlimmste daran. Er war ja nicht krank oder so. Gerade war er noch da, lachte und scherzte, und kurz darauf war er weg."

Jen streckte den Arm aus und ergriff ihre Hand. Das Beste, was ich tun konnte, war, den Mund zu halten und diese Verbundenheit wachsen zu lassen. Tina war kein Mensch, der viel für sich behalten konnte, aber angesichts Jennifers Freundlichkeit und unverfälschter Anteilnahme ließ sie wirklich alles heraus. Dass sie schrecklich traurig sei, niemand sie verstehe und sie einfach wisse, dass Connor *der Richtige* gewesen sei. All die Dinge, die er nicht mehr bestreiten konnte.

Und als ich mich zurücklehnte und zuschaute, musste ich zugeben, dass Tina wirklich zu trauern schien. Zuerst hatte ich geglaubt, dass sie sich in dem Drama nur die Hauptrolle schnappen wollte, ganz im Stile der jugendlichen Hester, aber dann kam mir in den Sinn, wie sie gestern geheult hatte, als sie von Connors Tode erfahren hatte. So theatralisch sie auch war, ihre Trauer fühlte sich wirklich echt an.

Vielleicht täuschte Jennifer deshalb ihr Mitgefühl nicht nur vor. Sie hatte Zugang zu den wahren Gefühlen dieser Frau. Vielleicht lag das zum Teil daran, dass sie als Hexe einfühlsamer war, aber ich hatte auch den Eindruck, dass sie sich von Frau zu Frau näherkamen.

Jennifer fragte: „Wann bist du Connor zum ersten Mal begegnet?"

Oh, eine bessere Frage hätte sie nicht stellen können. Sie gab der trauernden Tina die Möglichkeit, sich so richtig in ihrem Leid zu suhlen, und die ergriff sie. Okay, das war gemein von mir. Auch wenn Tina ihre Beziehung zu Connor vielleicht in eine große Romanze verwandelte, hatte ich gesehen, wie Connor sie behandelt und wie er andere Frauen angebaggert hatte, und es war mir nicht so vorgekommen, als würde er viel für sie empfinden.

Jennifer war klug genug, oder einfach nur nett genug, um mitzuspielen und so zu tun, als hätte es sich um eine große Liebesgeschichte gehandelt und als wäre zusammen mit Connors Leben auch Tinas Zukunft auf tragische Weise beendet worden.

Tina nahm ein Taschentuch aus einer fast leeren Schachtel und putzte sich die Nase. „Wir sind beide in Slough aufgewachsen und haben uns in der Schule kennengelernt. Du hättest ihn sehen sollen. Er war so gut im Wrestling. Er hat immer gesagt, er wäre Profi-Wrestler geworden, wenn er genug Geld für das richtige Training gehabt hätte, aber das hatte seine Familie ja nicht."

„Wow, ihr seid also schon seit der Schule zusammen?"

Sie schüttelte den Kopf und tupfte sich die Augen ab. „Dafür war er damals noch nicht bereit. Irgendwie zu unreif. Das sehe ich jetzt, wenn ich zurückblicke. Ich will dich nicht anlügen, Jennifer. Er hat mir das Herz gebrochen, als er mit mir Schluss gemacht hat. Ich glaube, ich wusste schon damals, dass Connor der Einzige für mich ist. Trotzdem sind wir Freunde geblieben."

„Ich kann mir vorstellen, wie das ist." Als Teenager war Jennifer nämlich wie den meisten von uns auch das Herz gebrochen worden. Ich hatte das Gefühl, dass sie sich diesen Schmerz in Erinnerung rief, um sich in die Frau einzufühlen, die sie vor sich hatte. „Aber dann seid ihr später wieder zusammengekommen?"

Tina nickte bedrückt. „Ich meine, wir waren immer ein fester Bestandteil im Leben des anderen. Ich war diejenige, zu der er immer kam, wenn er in Schwierigkeiten steckte. Weil ich etwas ganz Besonderes für ihn war. Selbst wenn er mit einer anderen Frau zusammen war, war ich diejenige, bei der er Hilfe suchte."

Das Bild, das ich vor mir sah, löste großes Mitleid in mir aus. Wahrscheinlich hatte er sich immer dann an sie gewandt, wenn er Geld oder einen Platz zum Schlafen brauchte oder seine Wäsche waschen musste. Ich konnte mir vorstellen, wie sie sich zum Fußabtreter für Connor Townes gemacht hatte, ohne jemals die Hoffnung zu verlieren, dass er sich eines Tages für sie entscheiden würde.

Alles, was wir eigentlich herausfinden wollten, war, wer von den beiden wen zu dieser Hochzeit eingeladen hatte, und dann konnten wir hier verschwinden. Ich empfand die ganze Atmosphäre als bedrückend. Auch das war wieder äußerst unsympathisch von mir, das wusste ich, aber ich wollte Tina unbedingt diese eine Information entlocken, damit wir mit den Ermittlungen weitermachen konnten und hoffentlich den Mord aufklären und Rafes Gemälde finden würden, sodass ich dann endlich meine Flitterwochen genießen konnte.

Aber Jennifer arbeitete auf ihre eigene Weise, und das respektierte ich. Ich sah ein, dass ich manchmal etwas zu schnell Druck ausübte, aber sie drängte Tina zu nichts. Sie hatte ein offenes Ohr und wartete einfach ab, was aus ihr heraussprudelte. Es war zwar nicht der schnellste Weg, um das zu bekommen, was sie wollte, aber offensichtlich funktionierte die Methode. „Und was ist mit seiner Arbeit? Ich weiß eigentlich gar nicht, womit er seinen Lebensunterhalt verdient hat.“

Tinas Blick senkte sich. Sie griff nach der Box mit Taschentüchern und holte ein weiteres heraus, obwohl sie gerade nicht weinte. Nach einer Weile des Schweigens sagte sie: „Con war ein Unternehmer. Er hatte mehrere Eisen im Feuer.“

Das klang ganz genau nach dem, was Connor vermutlich über sich selbst gesagt hätte.

Sie fuhr fort: „Ganz ehrlich, Sekt oder Selters, das war sein Motto. Entweder hatte er viel Geld und war irrsinnig gut drauf, und dann gab er es großzügig aus, oder er machte schwere Zeiten durch." Ihre Stimme klang wieder sanfter. „Vielleicht ist es falsch von mir, aber manchmal waren das die Zeiten, die mir am besten gefallen haben. Dann hatte er es nicht immer eilig. Er hatte Zeit für mich. Nicht, dass wir viel gemacht hätten. Er kam einfach zu mir und wir sahen zusammen fern. Ich kochte ihm das Abendessen und schenkte ihm ein Bier ein. Wie ein richtiges Paar, verstehst du?"

Wieder hatte ich das unangenehme Gefühl, dass er immer dann bei ihr aufgetaucht war, wenn er keine anderen Möglichkeiten hatte. Ich mochte Tina nicht, aber ich war voller Mitgefühl. Sie war nicht die erste Frau, die von einem Mann benutzt worden war, und ich bezweifelte, dass sie die letzte sein würde.

Sie hob ihren Arm, und an ihrem Handgelenk hing ein ziemlich dickes Silberarmband mit einem seltsamen Muster. Sie sagte: „Das hat er mir geschenkt. Es ist ein Python-Armband." Jetzt sah ich, dass das Muster an eine Schlangenhaut erinnerte. „Das ist mein wertvollster Besitz."

Jennifer schaute genauer hin und wirkte sehr interessiert. „Wow. Ich kannte Connor zwar nicht sehr gut, aber das sieht ganz nach ihm aus. Ich könnte es mir gut an seinem Handgelenk vorstellen."

Auch Tina schaute darauf hinab und lächelte. „Es war tatsächlich einmal an seinem Handgelenk zu Hause. Dann hat er es irgendwann mal bei mir vergessen, eigentlich aus Versehen, und ich habe angefangen, es zu tragen. Es gab mir einfach das Gefühl, ihm nah zu sein. Als er gesehen hat, dass ich es trug, war er zuerst ganz schön wütend, aber dann hat er gesagt, ich kann es behalten. Das war das Schönste, was er mir je geschenkt hat."

Arme Frau, wenn das ihre Auffassung von einem Geschenk war.

„Hat er noch andere Dinge bei dir gelassen?", fragte Jennifer. Oh, sie war gut. Sie fuhr fort: „Du weißt schon, zur sicheren Aufbewahrung? Schließlich wusste er ja, dass er niemandem auf der Welt so vertrauen konnte wie dir."

Okay, ich fand, dass sie ein bisschen zu dick auftrug, aber Tina schien sich geschmeichelt zu fühlen. „Allerdings", sagte sie eifrig. „Es gab niemanden auf der ganzen Welt, dem er so vertraut hat wie mir. Und manchmal kam es vor. Ab und an hat er mich gebeten, etwas für ihn aufzubewahren. Und irgendwann kam er wieder und hat es wieder mitgenommen. Natürlich waren das immer geschäftliche Sachen."

Ich fragte mich, ob sie überhaupt einen blassen Schimmer davon hatte, dass sie wahrscheinlich Diebesgut versteckt hatte. Oder war meine Vermutung zu weit hergeholt? Wir hatten keine konkreten Beweise dafür, dass Connor ein Dieb war, aber die Indizien deuteten darauf hin. Und wenn er einmal etwas Gestohlenes zur Aufbewahrung bei ihr gelassen hatte, hätte er es dann nicht wieder getan?

Nun ergriff ich das Wort. „Hat er dir irgendetwas gegeben, auf das du während meiner Hochzeit aufpassen solltest?" *Zum Beispiel ein wertvolles Gemälde?*

„Nein. Warum hätte er das tun sollen?" Dann kamen ihr die Tränen. „Hör mal, ich habe wirklich …"

Jennifer sagte schnell: „Ich bin so froh, dass ich Connor kennengelernt habe." Dann lachte sie. „Das ist doch immer das Lustige an Hochzeiten, oder? Wenn man alle so herausgeputzt sieht. Aber ihr beide habt gut zusammen ausgesehen."

In der kurzen Zeit, die sie tatsächlich zusammen verbracht hatten.

Tinas Miene erhellte sich und sie neigte sich zu Jen wie eine Blume zur Sonne. „Ich weiß."

„War es schwer, ihn zum Mitkommen zu überreden?", fragte Jen. „Viele Männer hassen es, zu Hochzeiten geschleppt zu werden. Ich habe nicht einmal einen Begleiter gefunden."

Tina nickte. „Ich weiß, was du meinst. Es bedurfte einiger Überredungskunst, bis ich ihm gesagt habe, wo die Hochzeit stattfindet. Er meinte, es wäre schon nett, ein so prächtiges Haus von innen zu sehen."

Und da war sie, die Antwort, nach der wir gesucht hatten. Definitiv hatte sie Connor gefragt, ob er sie zu meiner Hochzeit begleiten würde. Es hörte sich sogar so an, als hätte er Nein gesagt, bis er erfahren hatte, wo die Veranstaltung stattfand.

„Ich schätze, Connors Familie wird am Boden zerstört sein", sagte Jennifer.

Tina schüttelte den Kopf, und ihr Gesichtsausdruck wurde hart. „Er hat keine Familie. Sein Vater hat die Familie sitzen lassen, als er noch klein war, und mit seiner Mutter spricht er nicht. Eigentlich bin ich seine Familie."

„Wow. Keine Geschwister?"

Tina schüttelte wieder den Kopf. „Er war Einzelkind. Er hat immer gesagt, seine Eltern haben ihn spüren lassen, dass er ein Fehler war."

Autsch. Ich hatte Connor nicht gerade gemocht, aber ich konnte mir vorstellen, wie es war, wenn man mit dem Gefühl aufwuchs, unerwünscht zu sein. Vielleicht war das der Grund, warum es ihn immer wieder zu Tina zurückzog. Sie war zwar nicht die Frau seiner Träume, aber es war offensichtlich, dass sie ihn begehrte und alles tun würde, um es zu beweisen.

Dann rieb Tina sich mit der Hand über die Augen. „Ich will am liebsten gar nicht mehr aus Oxford weg. Es fühlt sich an, als wäre er hier, weißt du? Es wird einfach nicht dasselbe sein, wenn ich wieder zu Hause in Sidmouth bin und er nicht vorbeikommt, um sich mein Auto auszuleihen oder mich um ein paar Pfund anzupumpen, weil er knapp bei Kasse ist."

Das Bild, das sie vermittelte, hatte nichts von der berauschenden Liebesbeziehung, die sie sich einbildete. Genauso wie Jennifer, empfand ich langsam aufrichtiges Mitleid.

Jennifer warf mir einen kurzen Blick zu, aber ich fand, dass sie gute Arbeit geleistet und alles herausgefunden hatte, was es aufzudecken gab. Ich nickte kaum merklich, und sie sagte: „Es tut mir alles so leid. Jetzt wollen wir dich aber nicht länger aufhalten."

Tina nickte und sah fast so aus, als würde es ihr leidtun, dass wir gingen. „Ich muss ohnehin noch packen. Wir müssen heute auschecken." Und dann warf sie mir einen beleidigten Blick zu, als wäre es nicht genug gewesen, sie und ihre Eltern ein ganzes Wochenende lang zu beherbergen. Wohlgemerkt hatte ich ja nicht wissen können, dass ihr Begleiter den Tod finden würde.

Ich sagte: „Mir tut es auch schrecklich leid."

Und dann, als ich merkte, dass ich viel mehr Mittel zur Verfügung hatte als früher, sagte ich: „Wenn ihr noch ein oder zwei Tage bleiben wollt, ist das sicher in Ordnung. Ich kann Rafe fragen."

Da zeigte sich plötzlich die alte Tina, als sie spöttisch bemerkte: „Kein besonders guter Start in die Ehe, oder? Wenn du deinen Mann um Erlaubnis bitten musst."

Ich ignorierte ihre Worte. Solange wir uns kannten, hatte sie mich immer mit Sticheleien überhäuft, also stand ich einfach auf und sagte: "Sagt an der Rezeption Bescheid, wenn ihr noch bleiben wollt. Ich kläre das mit Rafe."

Jennifer verabschiedete sich, und dann standen wir wieder draußen auf dem Flur. Keine von uns sagte ein Wort, bis wir vor dem Aufzug standen und nicht mehr zu hören waren.

Jennifer atmete auf und sagte: „Puh!"

Ich konnte nicht anders. Ich sagte: „Du warst unglaublich. Du solltest zum Geheimdienst gehen."

Sie schien von meiner Bemerkung recht geschmeichelt zu sein. „Wirklich? Ich habe mich ehrlich gesagt nur auf meinen Instinkt verlassen. Und auf ihren. Ich konnte ihre aufrichtige Trauer spüren."

Ich nickte. „Ich auch. Ich glaube, ihr lag viel mehr an Connor, als wir geahnt haben."

„Viel mehr, als er verdient hatte."

„Und wir haben herausgefunden, dass sie ihn definitiv zur Hochzeit eingeladen hat, also können wir diesen Punkt auf unserer Liste abhaken", sagte ich und war stolz auf mich.

Jen sagte: „Wir haben mehr als das herausgefunden. Es ist, als wäre sie von ihm besessen gewesen."

„Wodurch sie sich zu seinem Fußabtreter gemacht hat."

„Hast du jemals solche Gefühle für einen Mann gehabt?", fragte sie.

War das eine Fangfrage? „Meinst du, ich bin von Rafe besessen?"

Sie lachte überrascht. „Nein. Überhaupt nicht. Deine Liebe ist so, wie wir alle sie uns wünschen, auch wenn sie mit einigen Problemen verbunden ist. Aber nicht jeder hat so viel Glück. Vielleicht war Tina nicht in der Lage zu unterscheiden, ob ein anderer sie liebt oder nur ausnutzt."

„Ich habe das Gefühl, es gibt viel über Connor Townes, das wir nicht wissen, aber das, was wir bisher von seinem Charakter erfahren haben, ist nichts, was man in seiner Grabrede sagen würde."

Sie sah mich an, und ihre Augen weiteten sich. „Apropos Grabrede: Müssen wir zu seiner Beerdigung gehen?"

Meine Augen mussten das Spiegelbild ihres Blickes sein. „Ich weiß nicht. Wenn wir herausfinden können, wie er gestorben ist, müssen wir das vielleicht nicht."

„Guter Plan."

KAPITEL 12

$\mathcal{A}$ls wir in die Lobby traten, umarmten sich beide Mütter gerade, nachdem sie offensichtlich ihren Kaffee ausgetrunken hatten. Ich verabschiedete mich von Tinas Mutter, und dann traten meine Mutter, Jennifer und ich wieder hinaus in die Sonne. Ursprünglich hatte ich nur gedacht, meine Mutter mitzubringen wäre eine gute Möglichkeit, Tina von Ruth zu trennen, was ich allerdings nicht bedacht hatte, war, dass junge Frauen nicht die einzigen sind, die sich gerne mit ihren Freundinnen austauschen.

Die Neuigkeiten sprudelten nur so aus Mom heraus, als wir zum Auto zurückgingen. Sie sagte: „Nun, ich würde nicht sagen, dass Ruth glücklich über Connor Townes' Tod ist, aber sie ist eindeutig erleichtert, dass ihre Tochter nicht mehr in den Bann dieses Mannes gezogen wird."

Ich wandte mich ihr zu. „In den Bann gezogen? Hat sie das wirklich so gesagt?"

„Ja. Sie meinte, er hätte ihre Tochter auf unnatürliche Weise in der Hand gehabt. Er brauchte nur mit den Fingern zu schnippen, und schon tat sie alles für ihn. Das Geld, das sie ihm geliehen und nie zurückbekommen hat; die Zeiten, in denen sie alles stehen und liegen gelassen hat, um ihn abzuholen, weil er sie brauchte. Und dann hat er sich immer ihr Auto ausgeliehen und es mit leerem Tank und völlig verdreckt zurückgebracht. Sie hat nie auch nur ein Wort gesagt. Keine einzige Klage. Ein Fußabtreter, das war sie. Nichts als ein Fußabtreter, das arme Mädchen."

Das entsprach eigentlich genau dem, was wir auch festgestellt hatten. Jennifer sagte: „Aber warum sollte Connor Tinas Auto brauchen, wenn er doch sein eigenes hatte? Und er war so stolz darauf." Sie ahmte die Stimme von Connor Townes ziemlich schlecht nach: „Ich habe schließlich einen Jensen Interceptor. Sehr selten. Mein ganzer Stolz."

Ich sagte: „Ich bin mir nicht sicher, aber da sein Auto ziemlich leicht zu erkennen war, könnte es sein, dass er ein unauffälligeres Fahrzeug brauchte, und ich vermute, Tina hat so eins, oder?"

Meine Mutter nickte und freute sich, uns diese Information, die wir nicht hatten, liefern zu können. „Das stimmt. Einen Ford Mondeo."

Ich wandte mich ihr zu. „Einen Ford Mondeo?" Das war ein klassisches Familienauto. Die Art von Wagen, die mein Vater fahren würde.

Mom nickte. „Es war ihr Familienauto, und als sie einen neuen Wagen gekauft haben, haben sie Tina den alten überlassen. Deshalb hat es sie wohl noch mehr geärgert, wenn er sich das Auto auslieh, das sie im Grunde als ihr Familienauto ansah, und es dann auch noch so schlecht behandelte."

„Unauffälliger geht es nicht. Die Farbe hat sie wohl nicht erwähnt, oder?"

„Nein, aber ich würde mein letztes Hemd verwetten, dass

es grau ist. Oder blau. Sie sind keine Leute, die sich eine gewagte Farbe aussuchen."

„Es wäre also perfekt, wenn man etwas zu erledigen hat, bei dem man nicht gesehen werden möchte."

Mama warf mir einen scharfen Blick zu. „Du meinst, er war in kriminelle Machenschaften verwickelt?"

„Die Polizei wusste ganz sicher, wer er war. Und er wirkte keinesfalls wie jemand, dem man vertrauen sollte." Wir hatten beschlossen, meinen Eltern nichts von dem verschwundenen Gemälde zu erzählen, jedenfalls nicht, bevor Rafe und mein Vater miteinander ausgegangen waren.

Mom nickte. „Genau das glaubt meine Cousine auch. Sie war überzeugt, dass ihm Tina – und damit auch ihre Eltern – als seriöse Fassade für seine Verbrechen diente."

„Sind Ruth und Colin nicht nach Dorset gezogen, als sie in Rente gegangen sind, und Tina ist mitgekommen, um in ihrer Nähe zu bleiben?"

„Eigentlich war es Devon", sagte Mom. „Du bewahrst die Adressen sicherlich irgendwo für die Dankeskarten auf."

Ach ja. Es galt, die Dankeskarten zu verschicken, und das war ein weiterer Albtraum, den die Hochzeit mit sich brachte. Was für eine Karte sollte man jemandem schreiben, der jemanden auf die Hochzeit mitgebracht hatte, der dann ums Leben kam? Vielen Dank für die schöne Kaffeemaschine, das mit dem Tod deines Begleiters tut mir leid?

Darüber würde ich später nachdenken. Die Vampire gab es schon seit einer Ewigkeit. Wahrscheinlich kannten sie sich mit den Benimmregeln in so einem Fall aus. Vielleicht würden wir ihr ein paar Blumen schicken. Nach einem Todesfall waren Blumen immer eine gute Idee.

Es war unmöglich, dass Connor die Hochzeit verlassen

hatte, zu Tinas Suite gefahren war, zu der er bestimmt – darauf würde ich meinen Strickladen verwetten – einen Schlüssel hatte, das Gemälde versteckt hatte und zurückgefahren war, bevor es jemand bemerkte.

Aber könnte er das Porträt an Tina weitergegeben haben? Ich fragte laut: „Glaubt ihr, dass Tina tatsächlich eine richtige Komplizin gewesen sein könnte?" Ich wandte mich Mom zu. „Was meinst du?"

Sie bewegte den Mund, als ob sie darauf herumkauen würde, und sagte dann: „Ich glaube nicht, dass sie eine aktive Rolle bei Connors kriminellen Machenschaften gespielt hat."

Obwohl ich Tina nicht mochte, waren wir seltsamerweise einer Meinung. Ich glaubte es auch nicht.

„Und außerdem", sagte Jennifer, „wie schon gesagt: Nach eurer Hochzeit hat er mir angeboten, mit mir an den Fluss zu fahren. Ich habe mich darauf eingelassen, sein Auto anzuschauen, aber das war alles."

Es sah also nicht so aus, als hätte vorgehabt, in aller Eile nach Devon zu fahren.

Wir setzten Mom ab, und dann fragte ich Jen, ob sie mich zu Margaret Twigg begleiten würde. „Vielleicht möchtest du dir ja lieber die Sehenswürdigkeiten in Oxford ansehen.' Ich hatte das Gefühl, dass sie kaum etwas gesehen hatte. „Es gibt Stadtrundgänge oder man kann einige der Colleges besichtigen ..."

„Die Sehenswürdigkeiten kann ich mir auch ein anderes Mal ansehen. Ich komme mit, um die böse Hexe von Wychwood zu besuchen", sagte sie.

Ein Glück. Wenn ich Margaret Twigg schon besuchen musste, dann zumindest in ihrer Gesellschaft. „Wenigstens ist es eine schöne Fahrt." Margaret Twigg lebte in einem alten

Steinhaus in dem, was von dem einst großen Wald von Wychwood übriggeblieben war. Während der Fahrt deutete ich auf einen gut verborgenen Ort in der Nähe der Straße, an dem ein uralter Kreis aus Steinen stand, der oft Schauplatz für die Zeremonien unseres Hexenzirkels war. Dann ging die Straße leicht bergab und führte uns in das letzte Stück Wald, das es noch gab. Einsam stand Margarets Häuschen da und wirkte abschreckend. Das Cottage aus alten Natursteinen im Schatten der Bäume sah genau so aus, wie man sich ein Hexenhäuschen vorstellte.

Wir stellten den Wagen ab und gingen auf ihre Tür zu. „Bereit?", fragte ich Jen.

„Los geht's!" Und sie klopfte an die dicke Eichentür.

Margaret Twigg schien genauso wenig begeistert davon, mich zu sehen, wie ich sie.

Sie führte uns in ihre Küche, wo in ihrem Kessel über dem Feuer etwas brodelte, das leicht nach Lakritz roch. Sie rührte den Trank um und fragte über ihre Schulter hinweg: „Was willst du?"

Keine Höflichkeiten, kein Tee oder Kaffee. Sie war eine vielbeschäftigte Hexe, die keine Zeit zu vergeuden hatte. Mir war es nur recht, ihr so schnell wie möglich wieder zu entkommen.

Jen betrachtete die Umgebung. Die moderne Küche vermischt sich mit der alten. Hexen-Werkzeuge neben einem modernen Toaster und einem elektrischen Mixer der gehobenen Preiskategorie.

Ich fragte Margaret, ob sie jemals von einem Flussgeist im Cherwell gehört habe.

Sie lächelte säuerlich. „Dachtest du vielleicht, wir wären

die einzigen magischen Geschöpfe? Natürlich gibt es Wassergötter."

Selbstverständlich war ich mit Vampiren vertraut Ich wäre fast von einem Dämon getötet worden. Geister störten mich nicht, solange sie nicht widerspenstig wurden. Aber trotzdem. Wassergötter?

„Du meinst, wie Poseidon?", fragte Jen. Offensichtlich hatte sie in der Schule besser aufgepasst als ich.

„Oder Neptun?", fügte ich hinzu, um mich nicht ausstechen zu lassen.

Margaret warf mir diesen Blick zu, von dem ich hätte schwören können, dass sie ihn sich nur für mich antrainiert hatte. „Das sind im Grunde genommen dieselben, Lucy. Poseidon ist der griechische Meeresgott, und Neptun ist das römische Pendant. Natürlich findet man keinen von ihnen im Cherwell River, aber es gibt einen keltischen Wassergeist der dort lebt. Morgen."

Also stimmten die Gerüchte, die Carlos gehört hatte. „Gibt es einen Zauberspruch, den wir benutzen können, um dieses Wesen zum Vorschein zu bringen?"

„Man kann Morgen nicht mit einem Zauberspruch heraufbeschwören. Man bittet ihn höflich darum, sich zu zeigen." Dann dachte sie kurz nach. „Und es ist immer gut, wenn man ihm etwas anzubieten hat."

Ich war entsetzt. „Meinst du etwa so etwas wie ein Blutopfer?"

Margaret Twigg schüttelte den Kopf, sodass ihre Medusa-Locken wippten. „Ich meine so etwas wie ein Gastgeschenk."

„Was schenkt man denn einem Flussgott, der schon alles hat?" Ich hörte mich sarkastisch an. Ich kam mir sarkastisch vor.

„Ein Handtuch?", schlug Jennifer vor.

Ich prustete vor Lachen. „Eine Badekappe?"

„Vielleicht ein schönes Duschgel?"

Wir krümmten uns vor Lachen. Margaret Twigg fand das gar nicht lustig, was uns noch mehr zum Kichern brachte. Schließlich sagte sie: „Diesen Kinderkram könnt ihr euch sparen", schnippte mit den Fingern, und wir standen vor ihrem Haus. Als ich mich schockiert umdrehte, beeindruckt und voller Ehrfurcht angesichts ihrer Kräfte, knallte die offene Tür vor unserer Nase zu.

Wir waren allein.

„Und was jetzt?", fragte Jen. Keiner von uns beiden wäre es eingefallen, an die Tür zu klopfen, um wieder um Einlass zu bitten.

„Wenigstens wissen wir, dass es einen Flussgeist gibt. Und wir haben seinen Namen."

Ich hatte keine Ahnung, wo wir das richtige Geschenk für diesen Flussgeist finden sollten. Jen war auch keine große Hilfe. „Sollen wir ihm etwas zu essen geben?"

Da Margaret Twigg uns die Tür vor der Nase zugeschlagen hatte, beschloss ich, Rafe zu fragen. Er hatte schon seit langem immer mal wieder in Oxford gelebt. Vielleicht wusste er, was man einem Flussgeist anbieten konnte.

Es gab niemanden, der sich besser mit so etwas auskannte als Rafe. Wir stiegen wieder in mein Auto und fuhren zum Herrenhaus. Wir entdeckten Rafe in seinem Büro, wo er gerade ein beleuchtetes Manuskript studierte.

„Wow", sagte ich, als ich ihm über die Schulter sah. „Das ist aber schön."

„Ja", sagte er. „Und eine Fälschung."

Genau deshalb wandten sich Hochschulen und Bibliotheken an ihn. Dank ihm sparten sie eine Menge Geld, weil er Fälschungen von den Originalen unterscheiden konnte.

Er blickte zu mir und Jen auf und wirkte ziemlich belustigt. „Immer wenn ihr beide zusammen seid und mich so anschaut, weiß ich, dass ihr mich gleich um etwas bitten werdet, was ich nicht tun will."

Ich versuchte, beleidigt auszusehen, aber das fiel mir schwer, da er vollkommen richtig lag. „Du bist mein Mann. Solltest du da nicht unangenehme Dinge tun, wenn ich es von dir verlange?"

„Ich glaube nicht, dass du mich jetzt bittest, den Müll rauszubringen, oder?"

Er hatte mich durchschaut. Und außerdem: Wann hatte Rafe jemals den Müll hinausgebracht? Dafür hatte er Bedienstete.

Ich erzählte ihm kurz vom Flussgott und der Opfergabe, die er verlangte. „Aber wir haben keine Ahnung, was wir ihm schenken sollen." Ich ersparte ihm unser Gespräch über Duschgels.

„Die meisten Gottheiten, denen ich begegnet bin, sind ziemlich geldgierig. Was wissen wir über diesen Geist?", fragte er. Das Schöne an Rafe, und wahrscheinlich an jedem übernatürlichen Wesen, war, dass man den Teil „Was? Im Fluss lebt ein Geist?" direkt überspringen konnte. Vielleicht wusste er sogar davon. Er wusste vieles.

„Margaret Twigg hat gesagt, sein Name ist Morgen."

„Ach, wahrscheinlich ein Nachkomme der Mori-gena",

sagte er. „Ein Fischer und eine Kreatur des Meeres vereinten sich und bekamen Kinder. Morgen ist wahrscheinlich eins davon. Ich würde es mit einer Münze versuchen."

„Aber ich weiß nicht, was für eine Münze ich in den Fluss werfen soll, um einen Wassergeist zu einem Gespräch zu bewegen", sagte ich. „Eine 1-Pfund-Münze scheint mir nichts Besonders zu sein. Wenn es so einfach wäre, könnte ja jeder, der eine Münze ins Wasser wirft, um sich etwas zu wünschen, einen Geist heraufbeschwören."

Rafe stand auf und drehte sich zu uns um. „Sehen wir uns doch mal meine Sammlung an! Ich könnte mir vorstellen, dass ich etwas habe, das diesen Morgen anlocken würde." Er dachte kurz nach. „Ich schlage vor, in seiner Familie zu bleiben." Und dann gab er uns beiden ein Zeichen, ihm zu folgen.

Rafes Herrenhaus war ziemlich groß. Und obwohl ich in schon in allen wichtigen Räumen gewesen war, gab es Teile, die ich noch gar nicht kannte. Durch einen Korridor und um eine Kurve führte er uns in den anderen Flügel. In den, der von niemandem viel genutzt wurde. Ich hatte angenommen, es gäbe hier nur Lagerräume und ungenutzte Zimmer, aber dieser Teil glich eher einer Bibliothek oder einem Museum. Hier bewahrte Rafe seine Sachen auf. Ich würde nicht sagen, dass er ein Messie war, aber er lebte schon so lange, dass er jede Menge Dinge besaß, die ihm vermutlich ans Herz gewachsen oder einfach so wichtig waren, dass er meinte, er müsste sie aufbewahren. Wie zum Beispiel das verschwundene Gemälde.

Ich konnte sehen, dass Lochlan und sein Team auch hier unten fleißig gewesen waren. Das Sicherheitssystem war offensichtlich funktionstüchtig. Ich wusste, dass Rafe sich darüber ärgerte, aber er sagte nichts. Er führte uns in einen Raum, der eher einer Galerie glich. An den Wänden hingen ein paar Gemälde von weniger bekannten Künstlern und dann gab es Schränke mit ausziehbaren Schubladen, die offensichtlich speziell für diesen Raum gebaut worden waren. Sie waren wunderschön. Walnussholz, vermutete ich, mit einzigartigen Einlegearbeiten verziert.

Er sagte: „Es gab eine Zeit, da habe ich Münzen gesammelt. Ab und zu kaufe ich immer noch etwas, wenn es mich interessiert."

Jetzt konnte ich sehen, dass die Schubladen alle ordentlich beschriftet waren. Er brauchte nicht lange, um die richtige zu finden und herauszuziehen.

Ich sagte: „Wow!" Die Schublade sah aus wie in einem Museum. Wahrscheinlich stammte sie sogar aus einem. Ich schaute sie mir aus nächster Nähe an, und da waren Münzen, die so alt waren, dass man kaum erkennen konnte, was auf ihnen stand.

Er sagte: „Das ist meine griechische Abteilung." Er holte eine Lupe hervor und begann, sie zu untersuchen. Wir wichen schweigend zurück. Ich sah zu Jen hinüber, und wenn ich ihren Gesichtsausdruck richtig deutete, war sie genauso erstaunt wie ich.

Dann nickte er. „Dachte ich mir doch, dass ich so eine habe." Er griff in die Schublade und holte eine Münze heraus. Er sagte: „Ich poliere sie dir. Das Silber ist stumpf geworden, aber das hier ist der Kopf von Poseidon." Er reichte sie mir, und Jen und ich musterten das silberne Geldstück. „Aus dem Jahr 227 vor Christus."

„Und so gut erhalten", sagte Jen. Das stimmte. Man sah den Kopf des Poseidon im Profil. Er wirkte sehr ernst, mit einer kräftigen Nase, tiefliegenden Augen, einem Kopf voller Locken und einem Bart. Um seinen Kopf trug er etwas, das wie eine Mischung aus Krone und Haarband aussah.

Ich war mir unsicher. „Meinst du nicht, Morgen will Gold?"

„Ich denke, hiermit wird er sehr zufrieden sein. Diese Münze ist ziemlich selten."

Jen fragte: „Ist sie viel Geld wert?"

Er sagte: „Ich bin nicht auf dem neusten Stand, was die aktuellen Währungskurse angeht, aber ich glaube nicht, dass sie mehr als zehntausend wert ist."

Ich sagte: „Zehntausend Pfund?"

Er zuckte die Achseln. „So um den Dreh, denke ich."

„Ich kann doch eine so wertvolle Münze nicht einfach in den Fluss werfen."

„Lucy, ich habe eine riesige Sammlung. Die hier gehört nicht zu den wertvollsten Exemplaren. Und außerdem würde ich gerne zehntausend Pfund ausgeben, wenn wir dadurch früher in die Flitterwochen fahren könnten."

Nun, in diesem Fall, okay.

Ich sagte: „In Ordnung. Und wenn sich die Kreatur nicht davon anlocken lässt, wirst du dann wütend auf mich sein?"

„Ganz und gar nicht. Eines Tages wird ein Taucher eine schöne Überraschung erleben."

Ich warf die Münze in die Luft und fing sie wieder auf. „Wann sollen wir diesem Morgen einen Besuch abstatten?", fragte ich Jen.

„Heute Abend", sagte sie. „Ich fahre nämlich bald nach Cornwall und die Chance, einen Flussgeist zu beschwören, will ich nicht verpassen. Wir gehen heute Abend hin, wenn es ruhig ist."

„Das leuchtet ein."

„Ich komme mit", sagte Rafe. Bevor ich widersprechen konnte, sagte er: „Ich halte mich fern, aber ich muss einfach in der Nähe sein, falls etwas passiert."

Jen, die wahrscheinlich ahnte, dass ich erfolglos versuchen würde, Rafe zu widersprechen, sagte: „Lass uns zurück in den Strickladen fahren. Ich habe das Gefühl, dass ich besser anfangen sollte zu packen."

Es kam mir nicht richtig vor, dass ihr Urlaub gescheitert war und sie stattdessen verdächtigen Todesfällen auf den Grund gehen musste und von Untoten umgeben war. „Bist du sicher, dass es dir nichts ausmacht, mit Sylvia und meiner Großmutter nach Cornwall zu fahren?"

Sie schüttelte den Kopf. „Ehrlich gesagt freue ich mich schon darauf. Ich war noch nie in Cornwall, und ich habe gehört, dass es dort wunderschön sein soll. Es gibt so viele Filme und Fernsehsendungen, die dort gedreht wurden, und die Romane von Daphne du Maurier habe ich immer geliebt."

Wir stießen einen identischen Seufzer aus und sagten wie aus einem Mund: „*Rebecca!*" Wir hatten es beide in der Highschool gelesen und uns in Max de Winter verliebt. Rebecca war eine klassische Aschenputtel-Erzählung, und wir hatten uns beide vorgestellt, wie uns ein romantischer älterer Mann, der sowohl wohlhabend als auch rätselhaft war, völlig umhaute. Seltsamerweise hatte ich diese Geschichte tatsächlich erlebt.

Ich setzte Jennifer vor der Wohnung ab, und bevor sie aus dem Auto stieg, rief meine Mutter an und sagte: „Dein Vater hat Simon Pattengale und seine Frau für heute Abend zum Essen eingeladen. Ich bin furchtbar sauer auf ihn, weil ich gehofft hatte, wir könnten mit dir und Rafe zu Abend essen. Erst all der Trubel um die Hochzeit und dann dieser schreckliche Tod – da habe ich das Gefühl, dass wir als Familie nicht viel Zeit füreinander hatten."

Ich hätte sie küssen können. Damit hatte sie den perfekten Auftakt gebildet. Ich wusste, dass Rafe geplant hatte, sich mit meinem Vater und dem Arzt bei einem Brandy zu treffen, aber diese Gelegenheit war noch idealer. Ein Treffen, das meine Eltern organisiert hatten. Wir könnten zu Abend essen, und dann wäre es das Natürlichste der Welt, wenn Rafe vorschlagen würde, mit den beiden älteren Männern einen Brandy zu trinken, während meine Mutter und ich einen Spaziergang machten oder Ähnliches. Aus offensichtlichen Gründen aß Rafe nicht besonders gern in Restaurants, aber mit einem Beefsteak-Tatar oder einem sehr blutigen Steak kam er schon zurecht. Und ich wurde immer geschickter darin, das Essen von seinem Teller verschwinden zu lassen. Um ehrlich zu sein, war es manchmal, als würde ich zwei Mahlzeiten zu mir nehmen.

Ich sagte, das passe mir sehr gut, und so vereinbarten wir, dass wir uns an diesem Abend in Oxford zum Abendessen treffen würden. Ich fragte Jen, ob sie sich anschließen wolle, aber sie sagte: „Nichts für ungut, Lucy, aber ein Abend mit deinen Eltern und ihren Freunden ist irgendwie langweilig. Pete und Meri haben gesagt, sie nehmen mich zu einer Dinnerparty mit, zu der ein paar Studenten kommen. Außerdem muss ich dringend waschen und packen."

Ich freute mich, dass sie etwas mit Leuten in unserem Alter machte und ich mich so an meinem viel älteren Mann erfreuen konnte, und selbst wenn das Abendessen langweilig war, würde es hoffentlich zu einem Hinweis führen oder uns zumindest die Möglichkeit geben, die eine oder andere Piste auszuschließen.

„Um neun müssten wir mit dem Essen fertig sein. Sollen wir uns dann treffen und versuchen, mit Morgen zu reden? Oder willst du bei deiner Dinnerparty bleiben? Ich kann auch allein gehen", sagte ich und klang dabei alles andere als tapfer.

„Nein, ich komme mit. Wir treffen uns um neun hier."

„Perfekt." Erfreut darüber, wie reibungslos diese Ermittlungen verliefen, fuhr ich zurück zum Herrenhaus. Dort war auch Lochlan, der mit Rafe herumging und offensichtlich über das Sicherheitssystem diskutierte. Ich fühlte mich ganz schön mies. Noch nie zuvor hatte Rafe eins gebraucht. Ich wusste, dass ich viel Gutes in sein Leben gebracht hatte, aber ich war ein wenig besorgt, dass ich auch einige nicht so gute Dinge mitgebracht hatte.

Sie schienen sich beide zu freuen, mich zu sehen, und Lochlan wollte wissen, was wir herausgefunden hatten.

Ich holte ihn ein und fasste das Wesentliche des Gesprächs mit Tina für die beiden zusammen.

Lochlan sagte: „Also hat sie ihn definitiv eingeladen."

„Ja", bestätigte ich. „Auf jeden Fall.

„Aber", sagte ich, weil ich bereits darüber nachgedacht hatte, „wenn er sich mit Dieben und zwielichtigen Gestalten herumgetrieben hat, ist er genau der Typ, der sich mit einer Einladung zu einer Hochzeit in so einem Haus brüsten würde." Hier ließ ich meine Hand schweifen und deutete auf den Luxus, der uns umgab. „Und es hätte leicht jemandem zu Ohren kommen können, der wusste oder vermutete, dass es hier Schätze gibt. Ich bin mir also nicht ganz sicher, dass es nur ein Gelegenheitsdiebstahl war."

„Allerdings wissen nur so wenige von der doppelseitigen Galerie", sagte Lochlan. „Warum hat derjenige nicht einfach ein Gemälde von der Wand genommen, zum Beispiel diesen Botticelli?", sagte er und zeigte darauf. Es war ein kleines Gemälde der Madonna mit einem liebevollen Lächeln. „Oder ein Stück georgisches Silber, oder er hätte auf die Suche nach Schmuck oder Bargeld gehen können. Selbst eines deiner unschätzbar wertvollen Bücher wäre klein genug gewesen, um es unter seiner Jacke zu verstecken."

„Vielleicht hat er im Galerieraum herumgeschnüffelt und ist irgendwie darüber gestolpert?" Es ist ja nicht so, dass die Paneele abgeschlossen waren, aber wenn man nicht wusste, dass sie sich öffnen lassen, wie kam man dann auf die Idee?

Wir standen da, und keinem von uns fiel ein neuer Vorschlag ein. Ich hatte eine gute Nachricht, auch wenn sie im Großen und Ganzen ziemlich unbedeutend war. „Ich weiß, dass du nach einer Gelegenheit gesucht hast, um mit Dr. Pattengale zu sprechen, und erfreulicherweise kann ich dir mitteilen, dass meine Eltern uns für heute Abend zum Essen eingeladen haben, zusammen mit dem Arzt und seiner Frau."

„Ach, das ist ja praktisch", sagte Lochlan. „Und während ihr weg seid, kann ich mit der Montage des Sicherheitssystems weitermachen."

Zu mir sagte er mit mahnender Stimme: „Und halte deinen Mann so lange wie möglich von hier fern."

Ich musste mir ein Grinsen verkneifen. Ich konnte mir vorstellen, dass Rafe nicht der einfachste Kunde war, und noch dazu wollte er eigentlich gar keine Sicherheitsanlage. Genauso wie Lochlan hatte ich jedoch verstanden, dass er eine brauchte.

Da ich nicht zwischen die Fronten geraten wollte, sagte ich: „Wir treffen uns um sieben in diesem neuen französischen Restaurant, das mein Vater schon lange ausprobieren wollte. Ich hoffe, das ist in Ordnung."

„Klar. Ich hatte für heute sowieso nichts in meinem Kalender stehen." Autsch. Denn eigentlich hätten wir schon in den Flitterwochen sein sollen, anstatt in Oxford herumzuhängen, um zu versuchen, verschwundene Gemälde zu finden und Morde aufzuklären. Und ich war mir ziemlich sicher, dass ein Abendessen mit meinen Eltern und einem möglichen Verdächtigen nicht gerade das war, was er für diesen Abend geplant hatte.

Ich ging zu ihm und legte meine Hand in seine. „Wir fahren schon noch in die Flitterwochen, das verspreche ich dir."

Er lächelte mich an. „Ich weiß."

„Und nach dem Essen gehen wir zum Fluss und sehen, ob wir Morgen herbeirufen können."

DEN NACHMITTAG VERBRACHTE ich gemeinsam mit Olivia damit, eines der steinernen Nebengebäude zu räumen, damit ich es für meine Hexenkunst nutzen konnte. Ich entschied mich für eines in der Nähe des ummauerten Gartens. Mir gefielen die Energie in diesem Bereich des Guts und der Gedanke, dass Artemis in meiner Abwesenheit ein Auge auf alles haben würde. Alles auf dem Anwesen war gut gepflegt, deshalb reichte es, das Gebäude auszufegen, die kleinen Fenster zu putzen und ein paar Schränke hineinzustellen. Der alte Kamin funktionierte, sagte sie, aber bevor ich ihn benutzte, solle der Schornstein gereinigt werden.

Das war mir recht, denn ich hatte sicher nicht vor, an heißen Sommertagen Tränke zu brauen. Damit würde ich bis zum Herbst warten. In der Mitte des Daches verlief ein schöner, dicker Eichenholzbalken durch den Raum – er schien bestens zum Aufhängen von Kräutern geeignet zu sein; und als wir ein paar alte Eichenschränke hereinbrachten, begann das kleine Häuschen sich wie meins anzufühlen. Natürlich kam Nyx herein, um zu sehen, was los war. Sie schnüffelte überall auf dem Steinboden herum und steckte ihre Nase in alle Ecken. Wegen der Mäuse würde ich mir keine Sorgen machen müssen. Ich reinigte den Raum mit brennendem Salbei und belegte das Haus dann ringsherum mit einem Schutzzauber. Lochlan hatte sein Sicherheitssystem, und ich hatte meines.

Ich holte die Kristallkugel aus dem Raum, in dem ich sie aufbewahrt hatte, und legte sie vorsichtig in eine Nische, dann räumte ich die Werkzeuge meiner Hexenkunst in die Schubladen und Schränke ein.

Ich stellte meinen Besen in die Ecke, und Nyx ging sofort zu ihm und drehte sich zu mir um.

„Heute Abend kein Ausflug, befürchte ich", erklärte ich ihr. „Ich bin zum Abendessen verabredet."

Da rümpfte sie die Nase und ging hinaus.

NACHDEM ICH MIR den Staub eines anstrengenden Nachmittags abgeduscht hatte, zog ich ein blaues Leinenkleid und eine cremefarbene Spitzenstrickjacke aus Alpakawolle und Seide an, die Theodore für mich gestrickt hatte. Sylvia hatte mich ermutigt, nein, dazu gedrängt, nun, da ich mit Rafe zusammen war, endlich in exklusiveren Geschäften einzukaufen, aber mir gefiel meine einfache Garderobe gut, und als ich ihn fragte, sagte er mir, dass er das genauso sah. Ich wollte gerade die Diamantkette anlegen, die Sylvia mir geschenkt hatte, als mein frischgebackener Ehemann hinter mich trat, meinen Nacken küsste und sagte: „Probier mal die hier an!"

Er legte mir eine Kette um den Hals und machte den Verschluss zu, dann ließ er mich zum Spiegel gehen, damit ich mich anschauen konnte. „Die ist wunderschön", sagte ich und starrte das atemberaubende Stück im Spiegel an. Es war eine zarte Halskette aus Diamanten und Saphiren, die bezaubernd war, ohne übertrieben zu wirken.

„Die ist fantastisch", sagte ich und drehte mich hin und her.

„Sie steht dir gut", sagte er und klang zufrieden. „Ich habe zwar eine Juwelensammlung mit Stücken, die ich im Laufe der Zeit erstanden habe, aber diese Kette habe ich extra für dich gekauft. Als ich sie gesehen habe, wusste ich, dass sie das Richtige für dich wäre."

Ich rannte auf ihn zu und warf meine Arme um ihn. „Du bist der beste Ehemann aller Zeiten", sagte ich.

Er sah mich mit einem ironischen Lächeln an. „Mal sehen, ob du immer noch so denkst, nachdem wir eine ganze Woche lang verheiratet waren." Dann küsste er mich. „Das hier sind die passenden Ohrringe", sagte er und reichte mir eine blaue Schachtel.

„Die hast du bei Tiffany's gekauft?", rief ich. Wie schick!

„Ja. Und wenn wir Zeit haben, solltest du dir mal die

Sammlung ansehen und entscheiden, was du umarbeiten lassen willst. Die meisten Juwelen sind zu schwer für dich. Zu prahlerisch."

„Ja", sagte ich lässig und nahm eine Pose ein, die an Sylvia erinnerte, „prahlerisch war man im letzten Jahrhundert."

Als ich mich fertig angezogen hatte, machten Rafe und ich uns auf den Weg zu meinen Eltern. Es war fast unmöglich für Rafe, in Oxford auszugehen, ohne von jemandem erkannt zu werden. Er war nicht nur deshalb bekannt, weil er alte Manuskripte begutachtete und restaurierte –und das in einer Stadt, in der es sehr viele davon gab –, sondern gelegentlich hielt er auch noch Vorlesungen am Cardinal College, das sich in unmittelbarer Nähe meines Wollgeschäfts befand. Außerdem war er Mitglied in mehreren Gremien und ein großzügiger Spender für lokale Wohltätigkeitsorganisationen. Außerdem sah er unglaublich gut aus, schien immer noch fünfunddreißig Jahre alt zu sein und war auf unauffällige Weise wohlhabend. Ich glaube nicht, dass ich angeben will, wenn ich behaupte, dass es in Oxford so einige Frauen gab, die nun ziemlich verärgert darüber waren, dass er mich geheiratet hatte.

Wir betraten das Restaurant und viele Gäste begrüßten ihn, darunter auch der Präsident des Cardinal College. Dann hob sich eine Hand, und wir sahen meine Eltern zusammen mit Simon Pattengale und seiner Frau Prunella an einem runden Tisch in einer ruhigen Ecke sitzen.

Ich war mir nicht sicher, wie dieser Abend verlaufen würde, da wir beide weder den Arzt noch seine Frau besonders gut kannten. Mein Vater und er hatten eine lange gemeinsame Geschichte. Ich hoffte, dass sie nicht alle vier in Erinnerungen an ihre alten Tage in Oxford schwelgen würden, während Rafe so tat, als würde er essen, und ich zwei Gerichte anstatt eins in mich hereinstopfte.

Doch als wir dort ankamen, erzählte mir Mrs Pattengale noch einmal, wie sehr sie sich auf der Hochzeit amüsiert hatte, und dann mussten wir darüber reden, während wir uns die Speisekarte ansahen. Dann fragte meine scharfsichtige Mutter nach der Halskette und den Ohrringen, und als alle das Set bewundert hatten, fiel das Thema sofort auf den tragischen Tod von Connor Townes. Dr. Pattengale schien ziemlich bestürzt.

„Eigentlich arbeite ich gar nicht mehr als Arzt, aber hier bin ich innerhalb von achtundvierzig Stunden gleich zweimal gerufen worden."

„So hatte ich mir meine Hochzeitsfeierlichkeiten nicht gerade vorgestellt", sagte ich.

Meine Mom tätschelte mir sofort die Hand. „Das konntest du ja nicht wissen, Liebes. Ich mache mir Vorwürfe, weil ich Tina eingeladen habe. Auch wenn ich immer Mitleid mit dem armen Mädchen gehabt habe, sehe ich ein, dass ich einen Fehler gemacht habe. Es tut mir so schrecklich leid!'

Mein Vater sagte: "Blödsinn. Keiner von uns konnte ahnen, dass so etwas passiert. Und die Hochzeit von Rafe und Lucy war doch perfekt. Der unangenehme Vorfall hat sich auf der Veranstaltung ereignet, die wir organisiert haben."

Es war nett, dass er das sagte. Der Arzt sagte: „Und was für ein Glück, dass der junge Mann, der aus dem Fenster gefallen ist, nicht schwer verletzt wurde." Er wandte sich Rafe zu. „Wie geht es ihm eigentlich?"

Rafe konnte ihm versichern, dass Guy keine bleibenden Verletzungen erlitten hatte, was ja auch stimmte. Als Vampir hatte er schließlich überhaupt keine Verletzungen erlitten.

Ich hatte den Eindruck, mehr als alles andere war er eher fassungslos gewesen.

Ich suchte mir bewusst ein leichtes Gericht aus – eine Seezunge à la meunière –, da ich wusste, dass ich für zwei essen musste, und Rafe entschied sich für köstlich klingendes Lammfleisch in einer Weißwein-Senf-Sauce. Mom zögerte wie immer, wenn sie im Restaurant war, und wählte schließlich Moules et frites, Miesmuscheln mit Pommes. Mrs Pattengale nahm in Lakritze pochierten Lachs, und sowohl mein Vater als auch Dr. Pattengale entschieden sich für Steaks. Dad wählte einen Rot- und einen Weißwein aus, und dann lehnten wir uns zurück, um den Abend zu genießen. Oder auch nicht.

Mein Bauch kribbelte vor Nervosität. Ich glaube, es lag daran, dass ich wusste, dass Rafe vorhatte, meinen Vater und den Arzt von uns zu trennen, damit er seine Nachforschungen anstellen konnte, aber seltsamerweise machte mein Vater das überflüssig. Ich hatte meinen Vater nie für ein Plappermaul gehalten, aber allmählich wurde mir klar, dass er so lange in der Wüste gearbeitet hatte, dass er den Sinn für Diskretion verloren hatte, der einem instinktiv sagt, wann man etwas geheim halten sollte und wann man davon erzählen durfte. Oder vielleicht hatte er diese Fähigkeit auch nie besessen, ich weiß es nicht. Während wir am Wein nippten und uns am Vorspeisenteller bedienten, konnte er nicht aufhören, darüber zu reden, wie schön die Hochzeit gewesen war und was für eine reizende Braut ich abgegeben hatte.

Er wandte sich an den Arzt. „Unser ganzes Leben lang haben wir uns diesen Tag ausgemalt." Dann drehte er sich zu meiner Mom um. „Na ja, eher Susan als ich. Wir haben nur ein Kind, wisst ihr, und da haben wir natürlich immer gehofft, unsere Tochter würde einen netten Mann heiraten."

Meine Mutter nickte und sah zufrieden aus.

Mein Dad, der an dieser Stelle hätte schweigen sollen, gluckste und sagte: „Ihr hättet mal den sehen sollen, mit dem sie vor Rafe zusammen war. Todd hieß er. Wir haben ja versucht, ihn ihr zuliebe zu mögen, aber er war es wirklich nicht wert–"

„Wie auch immer", sagte meine Mutter mit lauter Stimme, „das ist alles Vergangenheit." Daran, wie mein Vater plötzlich zusammenzuckte, konnte ich erkennen, dass sie ihm mit ihrem Absatz entweder auf den Fuß oder gegen den Knöchel getreten hatte.

Wäre es nicht so peinlich gewesen, hätte ich es lustig gefunden.

Die Frau des Arztes sagte: „Oh, ich weiß. Unsereins erkennt den Falschen schon von Weitem, aber sie hören ja nicht auf uns."

Ich dachte an Tinas Mutter, die sich bei meiner Mutter über Connor beklagt hatte, und sah ein, dass sie wohl recht hatte. Es bestand kein Zweifel daran, dass meine Eltern versucht hatten, mich von Todd abzubringen, aber trotzdem hatte ich zwei Jahre meines Lebens mit ihm vergeudet. Und doch war am Ende alles gut gegangen. Wenn er mir nicht das Herz gebrochen hätte, wäre ich nicht nach Oxford gezogen, und dann hätte ich Rafe nie kennengelernt. Ich schaute ihn an. Und das hatte sich als ziemlich positiv erwiesen. Bis jetzt.

Als würden alle dasselbe denken, sagte meine Mutter: „Wir sind überglücklich darüber, dass Lucy sich diesen Mann hier ausgesucht hat."

Rafe nahm das Kompliment mit Anmut an und sagte:

„Und ich werde alles in meiner Macht Stehende tun, um Lucy glücklich zu machen."

„Ich werde auch versuchen, dich glücklich zu machen", sagte ich.

„Das tust du bereits."

Unser Essen wurde serviert, und Dad bestellte noch mehr Wein. Ich hatte den Eindruck, er und sein alter Schulfreund würden einen Wettbewerb veranstalten, um zu sehen, wer am meisten trinken konnte. Als wären sie wieder auf dem College.

Irgendwann kamen wir auf eine Ausstellung alter Meister in der National Gallery in London zu sprechen, die die Pattengales schon gesehen hatten und die meine Eltern vor ihrer Abreise noch besuchen wollten. Plötzlich sagte der Doktor, der den Wein ziemlich hemmungslos hinunterkippte: „Oder ihr geht einfach zu eurem Schwiegersohn. Stellt euch mal vor, einen Rembrandt zu besitzen."

Klirrend schlug Metall auf Porzellan auf, als mir die Gabel aus der Hand und auf meinen Teller fiel. Der einzige Rembrandt, den Rafe besaß, war hinter den Paneelen seiner privaten Kunstsammlung versteckt. Rafe sah mich an, und in der Annahme, dass er genau das von mir wollte, fragte ich ganz unschuldig: „Woher weißt du eigentlich, dass Rafe einen Rembrandt hat?"

Dr. Pattengale sah verwirrt aus. „Ist das ein Geheimnis?" Dann schaute er zu meinem Dad. „Jack hat es mir gesagt."

Mein Dad schüttelte den Kopf. „Das glaube ich nicht. Ich bin sicher, dass ich Rafes Kunstgalerie erwähnt habe. Die ist wirklich bemerkenswert. Wenn man die Paneele umdreht, verwandeln sich die Gemälde an der Wand in eine Reihe völlig anderer Bilder." Auch mein Vater nahm nun einen ordentlichen Schluck Wein. „Aber hast du denn einen Rembrandt? Den hast du mir gar nicht gezeigt."

Rafe schaute Simon Pattengale jetzt sehr aufmerksam an. „Es wurde gerade gesäubert, als ich dir meine Sammlung gezeigt habe. Der Rembrandt ist erst vor ein paar Tagen zurückgekommen."

Eine fürchterliche Stille trat ein. Der Arzt schaute seine Frau an, als ob sie ihn vor einer öffentlichen Blamage bewahren könnte, aber sie starrte ihn genauso schockiert an wie wir anderen auch.

Schließlich sagte er mit hochrotem Kopf: „Oh Mann. Das ist mir ganz schön peinlich. Ich dachte, es merkt niemand. Ich bin in die Galerie gegangen und habe die Paneele geöffnet. Das ist wirklich eine raffinierte Technik, wie eine zweite Kollektion enthüllt wird, wenn man an den Messingknöpfe dreht. Es war unglaublich, so eine Fülle an Kunstwerken für mich zu haben, wenn auch nur für eine kurze Weile." Er wandte sich Rafe zu. „Es tut mir leid, wenn ich etwas falsch gemacht habe. Natürlich hätte ich dich erst um Erlaubnis fragen sollen. Ich war einfach überwältigt von der Vorstellung, dass diese wunderschönen Gemälde so nah waren. Kunst ist meine Leidenschaft."

Rafe sagte: „Nun, ich hätte sie dir gerne gezeigt, wenn du gefragt hättest."

Auch wenn seine Stimme freundlich war, schwang ein harter Unterton in seinen Worten mit.

Mein Dad sah aus, als wäre ihm alles ausgesprochen unangenehm. „Hätte ich nichts sagen dürfen?" Er schaute meine Mutter an.

Sie sagte: „Darüber reden wir später."

Ich spürte, wie mein Teller Essen zusammen mit Rafes

Teller Essen irgendwo zwischen meinem Mund und meinem Magen stecken blieben. Ich hasste Peinlichkeiten in Gesellschaft, und jetzt schwebte eine riesige Wolke der Peinlichkeit direkt über unserem Tisch.

Der Arzt sagte: „Ganz ehrlich, es tut mir furchtbar leid. Ich weiß nicht, was über mich gekommen ist. Vielleicht habe ich ein Glas Champagner zu viel getrunken. Aber es ist wirklich eine ganz außerordentliche Sammlung."

„Ich will doch hoffen, dass du das, was du gesehen hast, für dich behältst", sagte Rafe. „Ich bin ein sehr diskreter Mensch, und diese Sammlung ist ausgesprochen privat."

„Oh ja, natürlich. Und man möchte ja nicht, dass sich das herumspricht. Es gibt Diebe, die ein Vermögen für solche Meisterwerke zahlen würden."

„Ganz genau", sagte Rafe trocken.

Und dann sagte mein Vater, der offensichtlich erkannte, dass er irgendetwas vermasselt hatte, auch wenn ihm immer noch nicht ganz klar war, was genau: „Wie auch immer, Susan und ich werden auf jeden Fall einen Tag in London verbringen, um diese Ausstellung zu sehen. Und gab es in der Tate nicht etwas, für das du dich interessierst, meine Liebe?"

Der Rest des Abends verlief angenehm, auch wenn die Peinlichkeit uns irgendwie den ganzen Abend lang begleitete. Ich fragte mich, ob der Doktor mehr getan hatte, als sich nur die Schätze in Rafes Sammlung anzusehen. Hatte er sich vielleicht an etwas Kleinem und Wertvollem bedient? Ich war mir sicher, dass Rafe denselben Gedanken hatte. Und was sollten wir nun machen? Eine Sache war es, in die Wohnung von Connor Townes einzubrechen, weil wir wussten, dass er tot war – aber wollten wir wirklich bei einem Freund meines

Vaters herumschnüffeln? In der Hoffnung, ein gestohlenes Gemälde zu finden?

Aber was, wenn er es tatsächlich entwendet hatte?

Da wir beim Abendessen schon alles besprochen hatten, brauchte Rafe wenigstens nicht mehr mit den Männern Brandy zu trinken. Stattdessen luden der Arzt und seine Frau uns alle auf einen Drink zu sich nach Hause ein. Ich fragte mich, ob Rafe die Einladung annehmen wollte, um ein bisschen zu herumschnüffeln, allerdings wusste ich nicht so recht, wie er das anstellen sollte. Es war ja nicht so, dass man fragen konnte: „Darf ich bitte die Toilette benutzen?" und dann das Zimmer durchsuchen konnte.

Ich schaute ihn an, und er sagte: „Wenn es euch nichts ausmacht, verschieben wir es auf ein anderes Mal."

Ich war so froh, dass er meinen Gesichtsausdruck richtig gedeutet hatte. Ich wollte an diesem Abend nicht noch mehr Zeit mit meinen Eltern und ihren Freunden verbringen, vor allem nicht, nachdem wir erfahren hatten, dass der Arzt einen privaten Rundgang durch Rafes Haus gemacht hatte. Unser Haus, wie ich mir jetzt immer wieder ins Gedächtnis rufen musste.

Ich hatte aufgepasst, nicht zu viel Wein zu trinken, da ich noch einen Flussgeist heraufzubeschwören hatte. Als wir ins Auto stiegen, um den kurzen Weg zu Jennifer zu fahren, fragte ich: „Was denkst du?"

„Das ist eine unbestimmte Frage. Was soll ich worüber denken?"

Er war erstaunlich gut gelaunt für jemanden, dem ein äußerst wertvolles Gemälde abhandengekommen war und der gerade herausgefunden hatte, dass einer der Freunde meines Vaters sich auf unserer Hochzeitsfeier danebenbenommen hatte.

„Ich meine, was denkst du über die Sache mit dem Arzt? Hat er das Porträt von Elisabeth geklaut?"

„Das ist möglich."

„Du scheinst nicht besonders verärgert zu sein."

„Ich bin zufrieden. Das ist eine gute Spur."

Ich drehte mich zu ihm um und starrte ihn an. „Also hast du vor, sein Haus zu durchsuchen?"

„Keine Frage. Ich habe nicht einmal ein schlechtes Gewissen. Er hat sich in unserem Haus schließlich ganz entspannt umgesehen. Ich werde ihm den Gefallen erwidern und mir jeden Winkel seiner Privaträume anschauen."

Ich musste zugeben, dass das, was er sagte, irgendwie nur zu gerecht war.

„Und was machst du, wenn du es findest?"

Als er lächelte, waren seine Zähne sehr weiß. „Ich bringe es an seinen rechtmäßigen Platz zurück. Und sorge dafür, dass in Zukunft nichts und niemand an Lochlans Sicherheitssystem vorbeikommt. Er behauptet, es sei das beste der Welt."

„Dann könnten wir das Gemälde sehr bald zurückbekommen", sagte ich. Ich war ganz schön erleichtert, aber auch entsetzt. „Sollte Dr. Pattengale für den Diebstahl eines so wertvollen Gemäldes nicht ins Gefängnis gehen?"

„Wahrscheinlich. Aber wenn er merkt, dass es nicht mehr da ist, wird ihm die begründete Vermutung kommen, dass ich mein Eigentum zurückgefordert habe, und dann wird er sich für den Rest seines Lebens fragen, ob ich ihn anzeige." Er lachte leise. „Ich denke, das dürfte Strafe genug sein."

Da war ich mir zwar nicht so sicher, aber ich wollte Rafe

nicht die gute Laune verderben. Ich hoffte nur, das Porträt würde leicht zu finden sein. „Wann willst du sein Haus denn durchsuchen?"

„Ich werde Lochlans Mitarbeiter bitten, das Haus zu überwachen. Sobald es leer ist, schleichen wir uns hinein und durchsuchen es gründlich. Er wird nie herausfinden, dass wir da waren. Es sei denn, er entdeckt, dass ein gestohlenes Gemälde verschwunden ist."

„Es sei denn, Morgen der Flussgeist weiß, wo es zu finden ist."

Sein Telefon vibrierte, und er schaute darauf. „Lochlan hat für heute Abend ein Treffen des Strickclubs einberufen."

„Aber ich weiß nicht, wie lange Jen und ich brauchen werden, um diesen Morgen zu finden. Vorausgesetzt, er taucht überhaupt auf."

„Niemand ist in Eile. Die Besprechung beginnt erst, wenn wir da sind."

„Stimmt. Bis dahin stricken sie einfach mehr."

*W*ir holten Jen ab, und dann fuhr Rafe uns zum Cherwell River. „Fahren manche auch abends Stocherkahn?", fragte ich Rafe.

„Die Stocherkahnverleiher wollen ihre Boote vor Sonnenuntergang zurück", sagte er, „aber manche Leute stochern auch nachts."

„Mal sehen, ob die Leute vom Bootsverleih, an den sich Connor angeblich gewandt hat, einen Kahn für uns haben", sagte ich.

„Aber waren die Typen nicht verschwunden, als die Polizei nach ihnen gesucht hat?", fragte Jen.

„Ich weiß nicht. Ich habe so ein Gefühl. Die Großtante lebt immer noch dort, vielleicht kann sie uns etwas erzählen oder uns ein Boot leihen." Ich wusste, dass ich etwas zu weit ging, aber ich hatte das Bedürfnis, den Ort zu sehen, von dem aus Connors angebliche Freunde agiert hatten. Jason Smith war verschwunden, aber ich fragte mich, ob er irgendwelche Hinweise hinterlassen hatte.

Jen war vollkommen klar, dass es sich lohnte, dem

Instinkt einer Hexe zu folgen, also einigten wir uns darauf. Rafe fuhr uns zu dem Haus, das genau so aussah, wie meine Mutter es beschrieben hatte. Eine große, etwas gruselig aussehende viktorianische Villa mit einer Trauerweide im Vorgarten. Alles hier sah ein wenig ungepflegt aus, aber im Haus brannte Licht. Ich schlug vor, auf die Rückseite zu gehen, wo die Kähne stehen mussten.

Rafe hätte uns begleitet, aber ich bat ihn, es nicht zu tun. Ich hatte das Gefühl, dass wir Hexen diesen nächsten Teil allein bewältigen mussten. „Wenn wir keinen Kahn bekommen, gehen wir zum Fluss hinunter und versuchen, den Geist zu rufen", erklärte ich.

Er war nicht gerade glücklich, verstand aber offenbar, dass er eher ein Hindernis als eine Hilfe wäre. „Ich bleibe in der Nähe", versprach er. „Ihr müsst mich nur rufen."

„Ich weiß." Es war beruhigend zu wissen, dass wir Unterstützung hatten.

Jen und ich gingen um das große alte Haus herum und fanden einen seitlich abgehenden Weg, der nach unten zum Fluss führte. Es war still, und ich zuckte zusammen, als etwas in den Bäumen raschelte. Wahrscheinlich eine Maus. Oder eine Ratte.

Hinter dem großen Haus befand sich ein eingezäuntes Gelände. Einige Teile des Zauns waren offensichtlich neu. Als wir uns im Halbdunkel näherten, konnte ich auf der anderen Seite des Zaunes die Gestalt eines Mannes erkennen. Ein Tor stand offen, also gingen wir hindurch. Das hier war definitiv die Werft. Ein halbes Dutzend Stocherkähne standen in Reih und Glied. „Hallo", sagte ich.

Er drehte sich um. Er war wahrscheinlich ungefähr in unserem Alter, trug Jeans und eine Windjacke. „Kann ich

Ihnen helfen?", fragte er und klang dabei so, als wäre das Letzte, was er wollte, jemandem zu helfen.

Könnte dies einer der Diebe und Hehler sein? Er schien nicht der Typ dafür zu sein, aber wie ich bereits festgestellt hatte, konnte man das bei Kriminellen manchmal nicht erkennen.

„Wir wollten einen Kahn mieten", sagte ich, als wäre es völlig normal, an einem Montagabend um Viertel nach neun aufzutauchen und eine Fahrt auf dem Fluss zu machen.

„Ich weiß es nicht. Ich suche gerade selbst nach dem Besitzer. Er schuldet mir nämlich Geld. Ich habe hier gearbeitet, aber sie scheinen nicht offen zu haben."

Jen meldete sich zu Wort: „Wir kommen aus Amerika. Wir wollten heute Abend so gern eine Tour im Stocherkahn machen. Wir zahlen auch bar."

Er schien über das Angebot nachzudenken, dann nickte er. „Warum nicht? Hundert Pfund für Sie beide."

Ich vermutete, dass hundert Pfund den üblichen Preis überstiegen, aber wir würden uns deshalb nicht mit ihm herumstreiten.

„Danke", sagte Jen und holte ihr Portemonnaie heraus. Zum Glück hatte sie Bargeld dabei und zählte schnell fünf Zwanziger ab. Bevor sie es ihm die Scheine in die offene Hand drückte, sagte sie: „Aber Sie müssen uns helfen, das Boot zum Wasser zu tragen."

„Kein Problem", sagte er und wirkte nun, da er etwas Geld in der Tasche hatte, gleich etwas heiterer.

Zu dritt hievten wir das Boot hoch, und der Mann, von dem wir den Kahn gemietet hatten, trug auch noch die lange Stocherstange aus Holz. Es war nicht weit bis zum Wasser, und ich wollte so viele Informationen wie möglich vor ihm bekommen. Ich fragte: „Kennen Sie die Besitzer?"

„Eigentlich nicht. Ich habe auf eine Anzeige für einen Gelegenheitsjob geantwortet. Die Besitzer sind ein paar schwere Jungen. Einer von ihnen hat eine Tante, der das Haus gehört."

Ich war verwirrt. „Schwere Jungs?" Ich fragte mich, ob die Männer besonders kräftig waren. Mit dicken Bäuchen.

Er nickte, als er mein verwirrtes Gesicht sah, und fügte hinzu: „Krumme Hunde, Sie wissen schon."

Mit jeder Sekunde, die verging, war ich verwirrter. „Krumme Hunde?"

„Ja. Keine Prolls, besser gekleidet. Sie denken, dass sie irgendwie Klasse haben, aber da irren sie sich."

Ich musste zugeben: „Ich habe keine Ahnung, wovon Sie reden. Können Sie diese Leute beschreiben?"

Er kratzte sich am Kopf. „Sie wissen schon, schwere Jungs. Die denken, sie sind die Oberschicht unter den Kriminellen. Sie tragen ordentliche Hemden, elegante Hosen, vielleicht ein Sakko. Ihre Schuhe sind poliert. Sie prahlen damit, dass sie immer ein Geschäft am Laufen haben, aber im Grunde genommen sind sie nur ein Haufen Diebe und Betrüger."

Aha! Vielleicht fehlte mir das Vokabular, aber nun wusste ich genau, was er meinte. Ich fragte: „Also hatten Sie nicht den Eindruck, dass hier alles mit rechten Dingen zuging."

„Ich glaube, sie haben gehofft, mit den Räumlichkeiten der alten Tante könnten sie Touristen ausnehmen." Da ich mir ziemlich sicher war, dass er uns gerade ebenfalls ausgenommen hatte, musste er das wohl gewusst haben.

„Kannten Sie Connor Townes?", fragte ich.

Wir hatten das Ufer erreicht, und zu dritt setzten wir den Kahn auf dem weichen Boden des Flussbettes ab. Diese Stelle war seicht, und ich konnte sehen, dass ein Stoß genügte, um das Boot ins Wasser zu schieben.

Er sagte: „Ja, ich glaube schon. Er war mit den beiden befreundet, die die Stocherkahnvermietung betrieben. Sie waren ein köstlicher Anblick, die drei. Er ist ums Leben gekommen, wissen Sie? Connor Townes, meine ich. Draußen auf dem Fluss, habe ich gehört." Er klang nicht allzu verzweifelt darüber.

„War Connor Townes ein schwerer Junge?", fragte ich.

Er schnalzte mit der Zunge und zeigte auf mich. „Sie lernen schnell."

Ich ahnte, dass wir ihn bald verlieren würden. Was für Informationen konnte ich ihm noch entlocken? „Haben sie damit viel Geld verdient?"

Er zuckte die Achseln. „Vielleicht. Mir haben mir nicht viel gezahlt, so viel kann ich Ihnen sagen. Aber es war seltsam. Wenn die Boote zurückkamen, war der Boden immer voller Unkraut, sodass ich alles abkratzen musste, um zu vermeiden, dass sich Risse im Rumpf bilden. Oder manchmal wollte ich die Stangen holen, und sie waren weg. Ich habe bei einem Kollegen nachgefragt, der für eines der anderen Unternehmen arbeitet, und der hat mir gesagt, sie hätten dieses Problem nie gehabt. Wenn Sie mich fragen: Entweder spukt es in dem alten Haus oder diese Boote sind besessen."

Dann reichte er mir die Stocherstange. „Na dann. Los geht's. Viel Spaß!" Dann sah er sich flüchtig um. Auf der anderen Seite des Flusses konnten wir die Lichter von einem College sehen, aber ansonsten war alles um uns herum düster. „Bringen Sie es wieder her, wenn Sie fertig sind", sagte er. Ich konnte mir nicht vorstellen, dass er hier sein und das Boot entgegennehmen würde, aber das war ja nicht unser Problem.

Er half uns, das Boot zu Wasser zu lassen, und hielt es sogar fest, als wir mittig ins Boot einstiegen, um es nicht zu sehr zum Schwanken zu bringen. Wir setzten uns beide auf die nackten Holzsitze. Auf den Fotos, die ich vom Stocherkahnfahren gesehen hatte, gab es zwar Kissen, aber ich konnte mir nicht vorstellen, dass noch welche kommen würden.

Ich konnte sehen, dass er sich auf den Weg machen wollte, aber ein ritterlicher Instinkt veranlasste ihn, zu sagen: „Stellen Sie sich auf den hinteren Teil des Bootes und lassen Sie die Stocherstange nach unten gleiten, bis sie auf den Grund trifft. Dann stoßen Sie ab. Sie bekommen den Dreh schon raus! Wenn Sie so weit gefahren sind, wie Sie wollen, drehen Sie um und kommen hierher zurück."

„Gut", sagte Jen und klang zuversichtlicher, als ich mich fühlte. „So schwierig dürfte das nicht sein." Sie nahm ihm die Stange ab und ging nach hinten. Sie stieß sich ab, und ich packte einen tiefhängenden Ast, um zu verhindern, dass wir ins Gebüsch fuhren. Ich stieß mich ab und hörte hinter uns den jungen Mann sagen: „Tschüs!"

Sie schob uns noch einmal nach vorn und schaffte es, uns ziemlich weit in die Mitte des Flusses zu bringen, der nicht sehr breit war. Ich hoffte nur, dass er so flach war, wie alle behaupteten, nur für den Fall.

„Sind wir sicher, dass wir das tun wollen?", fragte ich Jen, als wir das ruhige Wasser betrachteten.

„Was, wenn Morgen derjenige ist, der Connor Townes getötet hat?", fragte Jennifer leise.

Ich starrte sie an. Bis zu dieser Sekunde war es mir nicht in den Sinn gekommen, dass das Wesen, das wir hier treffen wollten, der Mörder sein könnte. „Warum hast du das nicht schon früher erwähnt?", sagte ich und unterdrückte die Wut in meiner Stimme, um nicht von dem besagten Wasserwesen gehört zu werden.

„Der Gedanke ist mir gerade erst gekommen", gab sie zu. Dann schaute sie mich an. „Sollen wir aufgeben und nach Hause fahren?"

„Nein. Jetzt sind wir hier. Und wir sind zu zweit, plus Rafe, der ganz in der Nähe ist. Wir haben vielleicht nicht die Kräfte von Margaret Twigg, aber zusammen sind wir ziemlich gut."

„Okay. Hast du die Münze mit?"

Ich zog sie aus meiner Tasche und legte sie auf meine Handfläche, wo das Silber im Mondlicht glitzerte.

„Sollen wir zuerst den Geist bitten, sich zu zeigen, oder zuerst die Münze ins Wasser werfen?", fragte sie sich.

„Ich würde sagen, wir rufen zuerst den Geist, dann werfen wir die Münze."

„Okay. Dann mal los!"

Ich sagte: „Du rufst ihn, und ich werfe die Münze."

Sie nickte, und ich beobachtete, wie sie sich erdete. Ich tat das Gleiche und schöpfte Kraft und Energie aus der Natur um uns herum. Aus dem Wasser unter unserem Boot, der Landschaft auf beiden Seiten, aus dem Mond über uns und der sanften Luft auf unserer Haut.

Jennifers Stimme erklang klar und deutlich:

„Geschöpf der Tiefe, Morgen, Geist des Flusses hier,
Wir bitten um Audienz bei dir.
Dieses Geschenk ist für dich.
Nun, bitte, erscheine und sprich.“

Ich wartete, falls sie noch mehr sagen wollte, aber es herrschte Schweigen. Sie war fertig.

Dieses Geschenk ist für dich? Es hörte sich ein bisschen marktschreierisch an, aber ich glaubte kaum, dass ich einen besseren Reim hinbekommen hätte. Sie nickte mir zu, und ich warf die Münze hinein. Wir hörten ein Platschen, als Metall auf Wasser traf, und dann gab es einen Moment der Stille, in dem ich mich fragte, ob wir unsere Zeit und unser Geld verschwendet hatten. Doch dann begann ich etwas zu spüren. Das Boot schwankte leicht, und die Wasseroberfläche begann sich zu kräuseln.

Irgendetwas passierte hier, und ich konnte nur an Filme denken, von denen ich mir jetzt wünschte, ich hätte sie nie gesehen. Wie zum Beispiel *Der weiße Hai.* Ich griff nach Jens Hand und fand sie, wie sie nach meiner suchte. Wir klammerten uns aneinander, während sich das gekräuselte Wasser in eine Form verwandelte, die immer weiter in die Höhe stieg, bis sie wie eine Welle in Menschengestalt aussah, von der Wasser rann. Der Mann hatte lockiges Haar und einen Bart. Sein nackter Oberkörper war muskulös, seine Arme – vermutlich vom Schwimmen – kräftig. Seine Augen waren ausdrucksvoll und schwarz, obwohl sie vor lauter Wasser ganz verweint aussahen.

Normalerweise stellte ich mir Wassergötter mit einem Dreizack vor, aber dieser hier hatte einen langen Stab in der Hand, der aussah wie eine Stocherstange.

Wasser strömte von seinem Kopf und seinem Oberkörper, während er auftauchte, bis er hüfthoch im Fluss stand und uns ansah. „Also, Hexen, ihr habt meine volle Aufmerksamkeit. Was wollt ihr?"

Wir wechselten einen Blick. „Danke, dass du gekommen bist", sagte Jen sehr höflich.

Er hob die Münze des Poseidon in die Luft und zeigte sie uns. „Man bekommt einen erstklassigen Service, wenn man das Abbild eines Gottes hineinwirft, den ich so verehre." Liebevoll blickte er auf die Münze hinunter, und ich fragte mich, ob er wohl auch ein Sammler war.

Er wirkte sehr aufgeschlossen, also sagte ich: „Wir würden gern wissen, ob du uns bei etwas helfen kannst, das hier auf dem Fluss passiert ist."

„Ich tue mein Bestes."

Wie sollte man vorgehen, wenn man ein Fabelwesen fragen wollte, ob es einen Sterblichen ermordet hatte? Die Frage war schon an und für sich heikel, aber da wir beide hier am späten Abend mutterseelenallein in einem Kahn saßen und wussten, dass vor kurzem jemand unter sehr ähnlichen Umständen ermordet worden war, grenzte sie an Waghalsigkeit. Ich beschloss, so behutsam wie möglich vorzugehen.

„Ein Freund von uns hatte hier neulich einen schweren Unfall."

Jen unterbrach mich eilig. „Kein Freund. Wir würden ihn doch nicht als Freund bezeichnen, Lucy."

Oh nein, es sollte bloß niemand denken, Connor wäre ein Freund von uns. Ich verbesserte mich: „Stimmt. Er ist kein Freund von uns. Der Freund von einem Freund. Eigentlich eher ein Bekannter von einem Freund."

Morgen bewegte sich und wirbelte dabei das Flusswasser auf. „Ich bleibe gerne in Bewegung", sagte er. „Mir wird kalt, wenn ich stillstehe. Macht es euch etwas aus, mit dem Kahn zu fahren, und ich gleite neben euch her?"

„Kein Problem."

Keine von uns hatte auch nur einen blassen Schimmer vom Stochern. Jennifer hielt noch immer die Stocherstange in der Hand und stieß sich damit noch einmal vom Flussbett ab. Doch das Boot drehte sich zur Seite und steuerte auf das Ufer zu. Dann ging sie auf die andere Seite und stieß sich wieder ab, sodass wir nun in Richtung des anderen Ufers fuhren. Ich wartete auf den Aufprall.

Morgen schüttelte den Kopf. „Ihr beiden wisst wirklich nicht, was ihr da tut, oder?"

„Nicht wirklich", gab Jen zu.

Er kam näher und legte eine Hand unter das Boot. „Dann überlasst es mir."

Zu Jen sagte er: „Setz dich lieber hin!"

Dann war es himmlisch. Es war wie auf einem Stocherkahn mit Chauffeur. Er trieb neben uns her, und das Boot glitt sanft dahin.

Ich sagte: „Wir würden gerne wissen, ob du etwas über einen Mann weißt, der letzte Nacht hier gestorben ist?"

Das Boot schwankte, und ich hatte das Gefühl, dass ihn ein Schauer der Wut durchlief. „Meinen Fluss hat er verschmutzt. Es war furchtbar. Er war halb im Wasser und halb draußen. Ich konnte nichts für ihn tun."

Das hörte sich an, als hätte er Connor Townes nicht getötet. Oder zumindest gab er es nicht zu. Ich fühlte mich etwas mutiger.

„Hast du gesehen, was passiert ist? Wie er gestorben ist?"

Okay, er war kein Augenzeuge, den man vor Gericht verwenden konnte, aber wenn es uns gelang herauszufinden, was passiert war, dann könnten wir vielleicht irgendwelche Beweise dafür finden und uns Rafes wertvolles Gemälde zurückholen.

Er sagte: „Es gab schrecklichen Lärm. Deshalb bin ich überhaupt erst hergekommen." Er blickte finster auf das Boot. „Jedenfalls gefällt mir ihr Outfit überhaupt nicht. Sie zeigen nicht den angemessenen Respekt. Alle anderen schon."

Und dann fiel es mir wie Schuppen von den Augen. „Du bist das, stimmt's?"

„Das kann ich erst beantworten, wenn du etwas präziser bist", sagte Morgen.

„Ich meine, du bist es, der den ganzen Ärger mit diesen Booten verursacht. Einer der Mitarbeiter der Firma sagt, dass die Stocherkähne immer voller Unkraut zurückkommen oder dass die Stangen fehlen oder–"

Er fing an zu glucksen. Und wenn ein Flussgott lacht, wird selbst der ruhigste Fluss plötzlich zum reißenden Strom. „Das ist ihnen aufgefallen, ja?"

„Ja. Aber ich glaube nicht, dass sie verstanden haben, was sie falsch gemacht haben."

„Das liegt bestimmt daran, dass die seriösen Betreiber hier sie nicht in das Geheimnis eingeweiht haben. Und es ist nicht meine Aufgabe, es ihnen zu verraten. Wir alle wollten sie loswerden. Sie waren von Anfang an ein Problem. Keine richtigen Flussmenschen. Das sieht man immer sofort. Ich bin schon lange genug hier, um zu erkennen, wenn es sich um Eintagsfliegen handelt. Das sind die, die nur auf das schnelle Geld aus sind und sofort wieder verschwinden, wenn es Schwierigkeiten gibt."

„Richtig, und da wir gerade von Schwierigkeiten sprechen", sagte ich, „einer ihrer Kunden ist letzte Nacht ums Leben gekommen. „Wir versuchen gerade herauszufinden, wie es dazu gekommen ist."

„Ich kann euch nicht sagen, wer ihn getötet hat, weil ich es nicht gesehen habe. Es könnte ein Unfall gewesen sein. Dumm genug war er und betrunken auch. Aber was ich euch sagen kann, ist, dass ich Schreie gehört habe."

Oh, das waren gute Neuigkeiten. „Erinnerst du dich, worum es bei dem Geschrei ging?"

„Nein. Ich hatte je schließlich Wasser in den Ohren, nicht wahr?"

„Waren es Männer? Frauen? Ein Mann und eine Frau?"

„Da war zuerst eine Frau. Sie war ein hübsches Ding, viel zu gut für den Kerl, mit dem sie zusammen war. Das hat sie auch bald gemerkt, denn sie sagte ihm, er solle sie ans Ufer bringen. Ich habe vielleicht ein bisschen geholfen. Und sie sicher an Land gebracht."

„Das war nett von dir", sagte ich.

„Danach hörte ich Schreie. Kerle. Zwei. Und sie klangen wütend. Wie ich schon sagte, habe ich nicht viel gehört, aber einer sagte zu dem Betrunkenen im Boot: ‚Wir stecken da zusammen drin. Denk bloß nicht, du könntest uns etwas vorenthalten.' So etwas in der Art. Ich bin bis hinter das St. Hilda's College geschwommen, um etwas Ruhe und Frieden zu finden. Als ich später vorbeikam, war er tot."

„Aber du weißt nicht, was dahintersteckte."

Er sagte: „Nein. Und jetzt, wo ich euch geholfen habe, habe ich dafür eine Forderung an euch." Als ob eine zweitausendfünfhundert Jahre alte Silbermünze nicht schon genug wäre. Er sagte: „Seht zu, dass ihr dafür sorgt, dass diese Idioten hier verschwinden. Sie haben hier nichts zu suchen. Wenn mein Temperament mit mir durchgeht, könnte ich anfangen, die Kähne umzuwerfen, und ich möchte nicht, dass Unschuldige verletzt werden."

Oh, super, setz uns ruhig unter Druck! Ich sagte: „Wir kennen diese Leute ja nicht einmal, aber wir werden tun, was wir können."

Ich ahnte, dass die Polizei bereits in dem Todesfall ermittelte und dass das zweifelhafte Stocherkahnunternehmen für immer dichtmachen würde, aber das sagte ich unserem wässrigen Freund nicht, falls ich falsch lag.

„Gut", sagte er, „ich bringe euch an unseren Startpunkt zurück. Und wenn ihr beiden das nächste Mal mit einem Kahn rausfahrt, schlage ich vor, dass ihr entweder Unterricht im Stochern nehmt oder einen Chauffeur anheuert."

Er hielt sein Wort und dieses Mal schwamm er nicht plaudernd an unserer Seite. Er tauchte unter, und wir bewegten uns schneller als jeder andere Stocherkahn in der Geschichte des Stocherkahnfahrens. Es glich eher einer Fahrt im Luftkissenboot. Ich musste mich an der Sitzlehne festhalten und spürte, wie die Luft durch mein Haar fegte, zugleich war es aber ganz schön spannend. Ehrlich gesagt kann es überraschende Vorteile haben, wenn man unter seinen Freunden übernatürliche Wesen hat.

Kaum hatten wir die Stelle erreicht, an der wir eingestiegen waren, bremste er das Boot und setzte uns so sanft am Ufer ab, dass wir es kaum spürten.

„Danke", riefen wir ihm beide hinterher.

Er reagierte darauf mit einem Wasserstrahl, den er aus der Mitte des Flusses aufsteigen ließ.

Wir wollten den Kahn nicht im Fluss lassen, waren zu zweit aber nicht stark genug, um ihn ans Ufer zu ziehen. „Ist es erbärmlich, wenn ich Rafe anrufe?", fragte ich Jen.

„Wenn du es nicht tust, mache ich es", sagte sie.

Ich benutzte das Telefon vor allem deshalb, weil ich ihn nicht beunruhigen wollte. Ich hatte das Gefühl, dass ich seinen Namen nur rufen sollte, wenn ich in Gefahr war. Er nahm den Anruf sofort an und kam dann herunter, um uns zu helfen. Und wenn ich sage, dass er uns geholfen hat, dann meine ich, dass er das Boot eigenhändig ans Ufer zog und es dann wieder dorthin hievte, wo wir es gemietet hatten.

Wir erzählten ihm alles, was wir herausgefunden hatten, was zwar nicht viel war, aber darauf hindeutete, dass diese Männer Connor vielleicht getötet hatten, weil er sich ihnen gegenüber damit gebrüstet hatte, dass er ein Gemälde zu verkaufen hatte. Warum hatte es ihnen nicht ausgehändigt? Hatte er beschlossen, das gesamte Geld für sich zu behalten, anstatt es mit seinen Partnern zu teilen?

„Bist du zu müde für die Strickrunde der Vampire heute Abend? Wenn ja, können wir den Termin verschieben", sagte Rafe.

Ich war ziemlich erschöpft von der Detektivarbeit des Tages, aber auch hocherfreut über unsere Fortschritte. „Nein. Ich bin dabei. Und du, Jen?"

„Ich auch", sagte sie.

„Gut. Lochlan hat ein paar Neuigkeiten. Der Mann ist bemerkenswert. Er hat die Nachricht herumgehen lassen, dass er königliche Porträts sucht, und jetzt hat er schon einen Treffer gelandet."

Ich sagte: „Das ging ja erstaunlich schnell. Woher weiß er, dass es nicht jemand ist, der Fotos von Thronjubiläen und ähnlichem macht?"

Er schüttelte den Kopf. „Lochlan hätte kein Treffen des Vampir-Strickclubs einberufen, wenn er nicht eine glaubwürdige Spur hätte."

Ich hatte mir ruhige Abende mit meinem frisch gebackenen Ehemann vorgestellt, ohne durch die Gegend zu hetzen, um Morde aufzuklären und verschwundene Gemälde zu finden. Dennoch trug ich eine Mitschuld daran, dass wir das Gemälde überhaupt erst verloren hatten.

„Mir ist ein bisschen kalt. Vielleicht können wir uns in der Wohnung einen Tee oder eine heiße Schokolade zubereiten und mit zum Treffen nehmen?"

Jen unterstützte meinen Vorschlag, und sobald wir wieder in der Harrington Street ankamen, ging Rafe ins Hinterzimmer, und wir gingen nach oben, um Tee zu machen. Kurz darauf waren wir wieder alle ums Whiteboard versammelt, und wieder übernahm Lochlan den Vorsitz der Sitzung. Das Schöne daran, eine Tasse Tee in der Hand zu halten, war, dass man damit unmöglich stricken konnte. Diese Lösung gefiel mir außerordentlich gut.

KAPITEL 14

*L*ochlan sagte: „Bevor ich euch meine Neuigkeiten erzähle, dachte ich, wir hören mal, wie es bei euch allen so gelaufen ist."

Ich war froh, dass Jennifer und ich Tinas Vernehmung – wenn man sie so nennen konnte – schon hinter uns hatten. So hatten wir etwas Nützliches zu berichten. Lochlan und Rafe hatten wir zwar schon von unserem Gespräch erzählt, aber den anderen noch nicht.

Er begann mit Theodore. „Ich weiß, du hattest nur wenig Zeit, aber hast du schon etwas über Connor Townes erfahren?"

„Nichts besonders Nützliches. Er ist in Slough aufgewachsen – genauer gesagt in Britwell." Er drehte sich zu uns um. „Das ist eine Sozialsiedlung, die nach dem Zweiten Weltkrieg gebaut wurde, als große Teile Londons zerbombt waren. Sein Vater hat die Familie verlassen, als er noch klein war; seine Mutter und er kommen nicht gut miteinander aus. Sie ist nach Liverpool gezogen, und Connor Townes ist vor kurzem nach Britwell zurückgegangen, wo er sich einer

Gruppe von jungen Taugenichtsen angeschlossen hat." Er nahm sein Notizbuch zur Hand und blätterte in seinen Aufzeichnungen. „Der Moment, in dem dieser junge Mann dem Diebstahl von Kunstwerken am nächsten kam, war, als er beim Poker mit verdächtigen Karten einen Jensen Interceptor ‚gewonnen hat.'"

Na, das passte ja. Zu seinem größten Schatz war er durch Betrug gekommen.

Dann wandte sich Lochlan an mich und Jennifer. „Hattet ihr Gelegenheit, mit Tina zu sprechen?"

Er wusste bereits davon, weil ich es ihm und Rafe gesagt hatte, aber ich fand es nett von ihm, dass er Jennifer die Chance gab, davon zu berichten. Ich nickte ihr zu, und sie berichtete kurz und bündig, was passiert war und was wir von Tina erfahren hatten, nämlich dass sie diejenige war, die Connor Townes zu der Hochzeit eingeladen hatte.

Dann erzählte sie der Versammlung von unserem Stocherkahnausflug und unserem Gespräch mit Morgen. Für zwei Sterbliche, die eine ganze Nacht Schlaf brauchten, hatten wir wirklich viel zu tun gehabt.

Sylvia sagte: „Auch Agnes und ich haben nicht auf der faulen Haut gelegen. Wir haben einen Termin bei Penelope Bruton in St. Ives bekommen. Sie ist Expertin darin, gestohlene Kunstwerke zurückzuholen."

„Bemerkenswert", sagte Lochlan. „Gut gemacht, Sylvia."

Sie suhlte sich in seinem Lob.

Dann war er an der Reihe. „Und ich kann berichten, dass sich jemand bei mir gemeldet hat, nachdem ich in gewissen Kreisen ganz diskret habe verlauten lassen, dass ich nach ganz bestimmten königlichen Porträts suche."

Das war ziemlich aufregend, und nichts von dem, was wir

anderen heute Abend zu berichten hatten, konnte damit auch nur annähernd mithalten, und das wussten wir alle.

„Wer hat sich bei dir gemeldet?", fragte Sylvia.

„Ein Typ namens Michael Stoltz. Er besitzt Kunstgalerien in London, Paris und New York. Doch hinter dieser seriösen Fassade verbirgt sich jemand, der seinen Namen lieber nicht nennt, sich aber gerne mit mir treffen würde, um über ein Geschäft zu sprechen."

Ich schaute zu Rafe hinüber, aber der spielte mal wieder den Unbeteiligten. Ich fragte mich, ob es mir jemals gelingen würde, diesen gelassenen, unnahbaren Blick aufzusetzen, und ich bezweifelte es zutiefst. Zumindest nicht, wenn ich nur ein Leben lang daran feilen konnte.

„Theodore, kannst du versuchen, etwas über Michael Stoltz und seine Mitarbeiter herauszufinden?", fragte Lochlan.

„Natürlich", sagte Theodore.

„Ich bin in die Rolle eines anspruchsvollen Sammlers geschlüpft." Und ich glaubte nicht, dass ihm das irgendwelche Schwierigkeiten bereiten würde. „Ich habe gesagt: ‚Ich bitte Sie, meine Zeit nicht zu vergeuden. Momentan interessiere ich mich für Tudor-Porträts, alles von Heinrich VII. bis zu Elisabeth I.'"

„Hat er gesagt: ‚Zufällig habe ich eine schöne Elisabeth I., die gerade reingekommen ist'?", fragte Jen und wirkte gespannt wie ein Flitzebogen.

„Nicht ganz. Er hat gesagt, er würde sich bei mir melden, und nach nicht einmal einer Stunde hatte er ein Treffen in London arrangiert."

Das war wirklich aufregend. „Wann ist es denn?", fragte ich.

„Ich habe ihm gesagt, dass ich nur zwei Tage lang in der Stadt bin. Das Treffen findet morgen Abend statt."

Ich weiß nicht einmal, wie ich darauf kam, aber ich platzte heraus: „Kann ich mitkommen?"

Alle drehten sich zu mir um und schauten ziemlich überrascht. Vor allem Rafe. Aber ich hatte das Gefühl, so tief in die Sache verstrickt zu sein, dass ich einfach wissen musste, wie es weiterging.

Lochlan hielt einen Moment lang inne, dann sagte er: „Eigentlich ist das eine ausgezeichnete Idee." Er wandte sich Rafe zu. „Lucy hat Fähigkeiten und Talente, die du und ich nicht besitzen. Ich kann sie beschützen, aber sie hat das menschliche Verständnis, das uns beiden fehlt."

Und vergesst nicht, dass ich eine Hexe bin. Aber er schien der Ansicht zu sein, dass meine Fähigkeit, andere Menschen zu entschlüsseln, nützlicher war. Und vielleicht hatte er recht.

Rafe sah besorgt aus. „Ich weiß es nicht. Diese Leute sind sehr gefährlich."

Lochlan plusterte seine Brust auf. „Glaubst du etwa, ich könnte ihre Sicherheit nicht garantieren?"

Sie starrten sich eine Weile lang an. „Ich verlasse mich darauf."

Ach ja, und ich hatte den Eindruck, wenn mir etwas zustoßen würde, wäre Lochlans Leben, so untot es auch war, nicht mehr lebenswert.

Er schien zu begreifen, was auf dem Spiel stand, dann nickte er. „Einverstanden."

Mir gefiel der Gedanke nicht, dass man mich wie ein wertvolles Stück Porzellan behandeln würde, das nicht zu Boden fallen durfte, aber andererseits war es schön zu wissen, dass ein großer, starker Vampir mir den Rücken freihielt.

Rafe sagte: „Ich bin es, der zu dem Treffen gehen sollte. Schließlich bin ich derjenige, der das Bild vermisst."

„Und du bist der rechtmäßige Eigentümer des Diebesguts. Wenn das die Leute sind, die das Bild gestohlen haben, dann bist du der Letzte, der bei diesem Treffen dabei sein sollte."

Das war unbestreitbar, aber Rafe diskutierte noch ein paar Minuten lang, bis Sylvia ihn schließlich zum Schweigen brachte.

„Rafe", sagte sie. „Lochlan wird nicht zulassen, dass Lucy etwas zustößt. Du musst aufhören, so überfürsorglich zu sein."

Sie hatte den Nagel auf den Kopf getroffen, aber so nervig sein Drang mich zu beschützen auch war, hielt ich ihn gleichzeitig für eine seiner liebenswertesten Eigenschaften.

Schließlich nickte er. „Aber ich bleibe in der Nähe."

Und mit diesem Kompromiss waren wir alle einverstanden.

Als Rafe und ich von Oxford nach Hause fuhren, drehte ich mich zu ihm um: „Du hast nicht erwähnt, dass Dr. Pattengale das Porträt haben könnte", sagte ich.

„Um ehrlich zu sein, klingt das Treffen mit dem Händler vielversprechender. Ich glaube immer noch, dass Connor Townes das Porträt gestohlen hat."

„Aber Connor Townes wusste nichts von der Galerie", gab ich zu bedenken. Im Gegensatz zu Dr. Pattengale, der davon wusste, weil mein lieber alter Dad sich verplappert hatte.

„Nein. Aber Simon Pattengales Geständnis erklärt, wie

Connor Townes erfahren haben könnte, dass es die Galerie gibt."

„Oh", sagte ich, als mir ein Licht aufging. „Glaubst du, während Dr. Pattengale den Rembrandt bewundert hat, ist Connor Townes zum Herumschnüffeln hereingekommen und hat die geheime Galerie gesehen?"

„Ganz genau. Und wenn die Männer, die Georgia zufolge nach ihm gerufen haben, zu diesen Taugenichtsen gehörten, wie Theodore sie nennt, dann könnte er ihnen das Porträt gezeigt haben. Als sie erkannt haben, wie wertvoll es ist, haben sie es ihm weggenommen, ihn getötet und jetzt verkaufen sie es."

Ich nickte. „Und jetzt müssen wir es uns nur noch zurückholen." Ich wusste, dass er sehr reich war, aber ich fragte trotzdem: „Hast du vor, es zurückzukaufen?"

Der Wagen fuhr ein oder zwei Minuten lang schnurrend weiter, bevor er mit stählernem Ton antwortete. „Ich glaube nicht."

Als wir zu Hause ankamen, war ich erschöpft, aber auch aufgeregt. Morgen Abend würde ich einen berüchtigten Kunstdieb treffen. Meine Nerven waren zum Zerreißen gespannt. Dies war die dritte Nacht, in der meine Kristallkugel im Mondlicht baden würde, und ich bemerkte, dass ich diese ruhige Zeit im Garten brauchte, um wieder ins Gleichgewicht zu kommen.

Nyx gesellte sich zu mir, und dann setzten wir uns zusammen auf eine Steinbank und Nyx schnurrte, während ich ihr weiches Fell streichelte. Ich schaute Artemis an und wünschte mir irgendwie, sie könnte mich zu dem Treffen mit dem Kunsthändler begleiten und ihren Pfeil und Bogen mitbringen.

AM NÄCHSTEN TAG kam Lochlan zu uns, nachdem ich mein Frühstück mit Räucherlachs und Rührei aufgegessen hatte. Ich goss mir noch eine zweite Tasse Kaffee ein, da ich ahnte, dass ich eine Extradosis Koffein brauchen würde. Rafe fragte: „Ist die Sicherheitsanlage nicht schon vollständig montiert?"

„Ich bin wegen des Treffens heute Abend gekommen. Und nein, ist sie nicht." Er fragte mich, was ich bei dem Treffen mit dem zwielichtigen Unterwelt-Kunsthändler tragen würde. Ich hatte vor, ein Kleines Schwarzes und High Heels anzuziehen. Er schüttelte den Kopf. „Alles muss Designerkleidung sein. Und ich will, dass du teuren Schmuck trägst."

Rafe sagte: „Ich habe genau die richtigen Juwelen, um diese Leute zu beeindrucken. Auffällig und teuer."

„Gut. Dann müssen wir heute nur noch Kleidung kaufen." Er schaute auf seine Uhr, aber wieder ergriff Rafe das Wort. „Ich gehe mit Lucy shoppen. Es wird mir ein Vergnügen sein."

„Nur Designermode, denk dran! Und zwar der Spitzenklasse", sagte Lochlan.

Rafe sah ihn genau so an, wie Margaret Twigg mich immer ansah, wenn ich etwas gesagt hatte, das sie für dumm hielt. „Selbstverständlich."

„Ich wollte schon immer mal die Szene aus *Pretty Woman* nachspielen", sagte ich. Auf Rafes verwirrten Blick hin schüttelte ich den Kopf. „Ein absolutes Muss! Den sollten wir auch auf die Liste der Filme für deine kulturelle Bildung setzen."

Es hatte etwas unglaublich Verführerisches an sich, shoppen zu gehen, ohne auf die Preisschilder zu schauen.

Noch interessanter war, dass Rafe ein Auge für Mode hatte. Wir hatten riesigen Spaß. Ich musste nur daran denken, ihn von den Spiegeln fernzuhalten, und nach nur zwei Stunden hatte ich ein umwerfendes Outfit für heute Abend und ein paar Kleider für unsere Flitterwochen. Kleider, die ich normalerweise in Schaufenstern bewundert und nie anprobiert hätte, und dazu Schuhe und Taschen.

Als es fast Zeit zum Gehen war, sagte Rafe: „Du musst das nicht machen, Lucy. Lochlan ist durchaus in der Lage, ohne dich gestohlene Kunstwerke zu kaufen."

„Ich will es aber machen. Es war schließlich meine Cousine, die Connor Townes eingeladen hat, und wenn er das Bild gestohlen hat, möchte ich helfen, es zurückzubekommen." Ich war gespannt und verängstigt zugleich. Ich wusste, dass ich bei Lochlan sicher sein würde, aber ehrlich gesagt wünschte ich mir, Rafe könnte bei dem Treffen dabei sein. Doch ich wusste ja, dass er ganz in der Nähe sein würde. Ich bräuchte nur einen Schrei von mir zu geben, und schon wäre er da, um mich zu retten. Nicht, dass ich die Absicht gehabt hätte, zu schreien. Wenn dieser Kunsthändler etwas über Rafes Gemälde wusste, würde ich mich so lässig und sachlich geben, dass wir das Bild im Handumdrehen haben würden.

Kaum hatte ich das Designer-Outfit angezogen – ein Kleines Schwarzes von Dior, das unverschämt viel Geld gekostet hatte, ein Paar Stöckelschuhe von Jimmy Choos mit viel Glitzer und eine Prada-Handtasche – fühlte ich mich, als würde ich Verkleiden spielen. Ich trug mehr Make-up als üblich auf, und dann folgte der schmerzhafteste Teil der Rolle, die ich spielen musste, als ich meinen Hochzeits- und meinen Verlobungsring abnahm. Es tat mir wirklich weh, diese kostbaren Ringe abzulegen, aber selbst Rafe war der Meinung, dass es nicht gut aussehen würde, wenn ich als verheiratete Frau auftrat.

Ich trug mein Haar zu einer Frisur hochgesteckt, die aufwändiger war als normalerweise. Als ich unten auftauchte, waren Lochlan und Rafe sich einig, dass ich so durchging.

„Und nun zu den Juwelen", sagte Lochlan.

Rafe führte uns in die Bibliothek und öffnete einen Tresor. Er sagte: „Die Rubine sind wahrscheinlich das Wertvollste in meiner Sammlung", und dann griff er nach einem ledernen Schmuckkästchen, das so alt war, dass das Leder Risse aufwies. Als er es öffnete, verschlug es mir buchstäblich den Atem. Es enthielt ein Collier mit Rubinen, die in Dreiecke aus Diamanten gefasst waren. Als Rafe das Stück herausnahm und es mir um den Hals legte, sagte er: „Taubenblutrote Rubine aus Burma."

Lochlan starrte die Halskette an. „Die hast du 1965 bei Christie's ersteigert, nicht wahr?"

„Das könnte hinkommen", sagte Rafe, nahm die wunderschöne Halskette aus ihrem Etui und legte sie mir um den Hals, wo ich sie kühl und teuer auf meinem Brustbein spürte.

„Ich habe mitgeboten. Ein atemberaubendes Stück. Ich erinnere mich, dass es einen Ring gab, der im Anschluss versteigert wurde. Er war von erlesener Schönheit."

Rafe holte eine Samtschachtel aus dem Tresor und klappte sie auf. Der Rubin- und Diamantring war so groß, dass ich ihn für Modeschmuck gehalten hätte. „Ach, den hast du auch erstanden", sagte Lochlan.

„Ich war in Stimmung", sagte Rafe. „Wahrscheinlich zu

einem übertrieben hohen Preis, aber sie haben inzwischen gut an Wert gewonnen."

Rafe steckte mir den Ring an den Finger, und er leuchtete wie ein schlagendes Herz. Zum Glück passte er perfekt, sonst hätte ich Angst gehabt, ihn zu verlieren. „Das Diadem ist vielleicht ein bisschen zu viel", sagte Rafe, „aber ich denke, diese Ohrringe würden passen." Ich versuchte immer noch, die Sache mit dem Diadem zu verarbeiten, als er mir ein Paar Ohrringe mit Rubinen und Diamanten reichte. Ich war heilfroh, dass ich meine Haare hochgesteckt hatte, denn so kamen sie wunderbar zur Geltung.

Lochlan war immer gut gekleidet, aber selbst er hatte sich mit Designerjacke und -hose in Schale geworfen. Seine Uhr war so unauffällig, dass sie puren Reichtum zum Ausdruck brachte, und er trug einen einzigen Ring mit einem riesigen Smaragd.

„Sollen wir los?", fragte er mich.

„Holen wir uns Rafes Gemälde zurück!", stimmte ich zu.

Wir machten uns zu zweit auf den Weg, aber ich wusste, dass Rafe nicht weit hinter uns sein würde. Als wir London erreichten, war ich so nervös, dass mir die Knie schlotterten.

Ich sagte: „Lochlan, was für eine Geschichte erzählen wir zur Tarnung?"

Er schaute mich ziemlich belustigt an. „Es gibt keine Tarnung. Die wissen, wer ich bin."

Ich konnte es nicht fassen. „Du hast ihnen deinen richtigen Namen genannt?"

Er schüttelte den Kopf, ein bisschen so wie es Rafe manchmal tat. „Lucy, glaubst du wirklich, wir hätten ein Treffen mit einem der berüchtigtsten Diebe der Welt arrangieren können, wenn ich ihm einen falschen Namen gegeben hätte? Nur weil er weiß, wer ich bin und wie groß mein Vermögen ungefähr ist, hat er ein so kurzfristiges Treffen mit uns überhaupt in Erwägung gezogen."

Ich sah ein, dass er recht hatte, aber mir kam das Ganze etwas gefährlich vor. „Was ist mit mir? Geben wir ihm meinen richtigen Namen?" Ich war mir nicht ganz sicher, was ich davon halten sollte.

Er zögerte einen Moment und sagte dann: „Ich werde dich als meine Mitarbeiterin Lucy vorstellen. Er braucht keinen Nachnamen zu wissen."

Das kam mir merkwürdig vor. „Wird er nicht neugierig sein?"

Er schaute wieder zu mir. „Das bezweifle ich."

Und dann wurde mir alles klar. Ich keuchte. „Du meinst, er wird denken, dass ich deine Freundin bin?"

„Es spielt keine Rolle, was er denkt. Er wird die Juwelen sehen, die du trägst, und wissen, dass wir keine Spielchen treiben."

Ich legte eine Hand auf die bezaubernde Halskette. „Er wird doch nicht versuchen, sie zu stehlen, oder?"

„Wenn er es versucht, wird es das Letzte sein, was er tut."

Okay. Ich hoffte inständig, der Kerl, mit dem wir uns trafen, würde nicht versuchen, meine Juwelen zu stehlen. Ich wollte sein Ende nicht miterleben müssen.

Wir trafen uns in einem diskreten Townhouse in Mayfair. Solche Häuser sah man in Zeitungen oder im Fernsehen, wenn über russische Oligarchen berichtet wurde, die ganz London aufkauften. Das hier war ein richtiges Herrenhaus.

Wir wurden von einer Frau hereingelassen, die sich wie eine Haushälterin benahm. Als Lochlan seinen Namen nannte, sagte sie: „Mr Simons erwartet Sie."

Mr Simons? Für einen Typen, der auf dem Schwarzmarkt arbeitete, schien das ein viel zu normaler Name zu sein. Und der Ort wirkte so unverdächtig, dass sich Enttäuschung in mir breit machte. Dann wurden wir eine Treppe hinauf in einen Raum geführt, der wie eine Mischung aus einem Herrenklub und einer altmodischen Bibliothek aussah. In einem roten Ledersessel saß ein Mann mit einem Glas, in dem vermutlich Whiskey war, und las Zeitung. Der Geruch einer Zigarre lag in der Luft, und ich entdeckte sie halb aufgeraucht in einem Aschenbecher neben ihm. Er stand auf und betrachtete uns. Er war ein großer, schlanker Mann, der zur Hose ein weißes Hemd und eine Strickjacke darüber trug. Ich kannte mich mit dem Stricken inzwischen gut genug aus, um zu erkennen, dass sie zwar nicht handgestrickt war, aber aus hochwertiger Kaschmirwolle bestand. Ich hätte wetten können, dass sie ziemlich teuer gewesen war.

Zwei Männer standen diskret in zwei Ecken des Raumes. Bodyguards, vermutete ich. Sie blieben teilnahmslos stehen und warfen kaum einen Blick in unsere Richtung, aber ich hatte das Gefühl, dass sie ziemlich schnell reagieren würden, wenn wir auch nur eine falsche Bewegung machten.

Lochlan ließ die Situation auf sich wirken und reichte dem Mann kühl die Hand. „Lochlan Balfour, und das hier ist meine Mitarbeiterin Lucy."

Mr Simons schüttelte Lochlan die Hand und sagte: „Freut mich, Sie kennenzulernen. Ich habe schon so viel von Ihnen gehört. Ich habe in der Wirtschaftspresse über Sie gelesen. Sie sind ein sehr erfolgreicher Mann."

Da es sich um eine Aussage und nicht um eine Frage handelte, nickte Lochlan zustimmend.

Dann wandte er sich an mich. „Und Miss Lucy. Wie schön, Sie kennenzulernen."

Das war's? Ich war Miss Lucy? Er schien sich mehr für den Schmuck zu interessieren, den ich trug, als für mich. Als er mir die Hand schüttelte, sah ich, dass auch er an seiner knochigen Hand Diamanten trug. Sie waren größer als meine, aber bestimmt nicht von so hoher Qualität. Und dann führte er uns zu zwei Stühlen und bot uns etwas zu trinken an.

Lochlan nahm einen Whiskey, aber ich schlug instinktiv die Beine übereinander und sagte: „Ich hätte gerne Champagner."

Er lachte leise. Und ich dachte mir, dass ich genau den richtigen Ton getroffen hatte. Ich meine, wenn ich schon wie ein Flittchen behandelt wurde, dann konnte ich mich auch wie eins verhalten. Er machte eine kaum merkliche Bewegung mit dem Kopf, und einer der Handlanger verschwand. Einige Minuten später kam die Haushälterin mit einem Tablett zurück, auf dem eine Flasche Champagner auf Eis und eine Sektflöte standen. Inzwischen hatte Mr Simons Lochlan einen Whiskey eingeschenkt. Er bot ihm eine Zigarre an, aber Lochlan lehnte ab.

Der Handlanger stand nun wieder in seiner Ecke, und die Bühne war bereit für den nächsten Akt.

Ich war fast zu nervös, um an meinem Champagner zu nippen, aber zumindest hatte ich so etwas zu tun. Ich war froh zu bemerken, dass meine Hände nicht zitterten, und als das Licht auf die Diamanten und Rubine fiel, erfreute ich mich an dem Funkeln.

Mr Simons sagte: „Wir sind beide sehr beschäftigte

Männer. Vergeuden wir also keine Zeit mit Smalltalk. Ich sehe, Sie sind Kunstsammler."

Lochlan nickte. „Ich habe ein besonderes Interesse für die Porträts der Tudor-Dynastie."

„Ein interessantes Gebiet. Natürlich sind davon nicht viele zu bekommen. Und die meisten befinden sich in öffentlichen Sammlungen, wie Sie sicher wissen."

„Ich suche nach etwas Exklusiverem."

„Natürlich. Sagen Sie mir doch einfach, was Ihnen vorschwebt, und ich werde sehen, ob ich es für Sie auftreiben kann. Und gibt es vielleicht einen bestimmten Tudor, an dem Sie interessiert sind?", fragte Mr Simons.

„Ja. Die jungfräuliche Königin."

Wenn der Mann überrascht war, zeigte er es nicht. „Elisabeth I. Davon gibt es nicht so viele."

„Darüber bin ich mir im Klaren. Ich nehme an, dafür sind Sie da."

„Wie bitte? Meinen Sie vielleicht, das hier wäre das Auktionshaus Sotheby's?" Er lachte über seinen eigenen Witz. Lochlan schenkte ihm ein schwaches Lächeln, und ich, die sich zwischen den beiden in der Falle fühlte, lächelte ein wenig breiter.

„Auf dem öffentlichen Markt würde es nicht zum Verkauf stehen."

„Und einfach wird es auch nicht. Ich weiß von nur drei Porträts von Königin Elisabeth, die sich nicht in großen Galerien befinden. Eins in Saudi-Arabien, das können Sie vergessen, eins in New York und eins in Schottland. Eins von den letzten beiden könnte ich Ihnen besorgen. Zehn Millionen Pfund."

Lochlan lehnte sich zurück und überschlug seine Beine

am Knöchel. „Für zehn Millionen Pfund würde ich von Ihnen erwarten, dass Sie das Darnley-Porträt aus der Nationalgalerie holen."

Dieses Mal lachten beide Männer, und ich war so mutig miteinzustimmen.

„Und das ist alles, was es gibt? Es gibt weltweit nur drei Porträts in Privatsammlungen?"

„Es sei denn, Sie wissen etwas, was ich nicht weiß. Wenn Sie eine Spur haben, werde ich sehen, was ich tun kann.'

„Nein. Sie sind der Experte."

Er nahm einen Schluck von seinem Whiskey. Er sagte: „Ich möchte wissen, woher die Porträts, die Sie mir besorgen können, stammen und mehr über sie erfahren. Dann zahle ich fünf Millionen Pfund."

Nach einigem Feilschen einigten sich die beiden schließlich auf einen Preis von acht Millionen Pfund.

Ohne Witz. Acht Millionen Pfund für ein Gemälde, das jemand anderem gehörte. Beide taten so, als wäre das die übliche Vorgehensweise.

Sie besiegelten es mit Handschlag, und Mr Simons sagte: „Ich brauche die Hälfte im Voraus, bevor ich mich um den Kauf Ihres Porträts kümmere."

Lochlan sagte: „Ich melde mich bei Ihnen."

Und dann gingen wir wieder. Und das war's.

Ich sagte kein Wort, bis man uns aus dem Haus geführt hatte und wir wieder auf dem Rückweg im Auto saßen, aber dann fragte ich: „Er wusste nichts von Rafes Porträt, oder?"

„Wenn er uns nichts vorgespielt hat, dann nicht, nein."

Ich dachte kurz nach. „Sind das nun gute oder schlechte Nachrichten?"

„Schwer zu sagen. Wäre Rafes Elisabeth auf dem freien

Markt zu haben gewesen, hätte ich sie einfach zurückgekauft."

„Ist sie aber nicht. Und was hat das nun zu bedeuten?"

„So wie ich es sehe, bedeutet das entweder, dass derjenige, der es gestohlen hat, nicht die Absicht hat, es zu verkaufen, oder dass der Dieb seinen nächsten Schritt noch nicht gemacht hat."

Ich hoffte inständig, dass es Letzteres war.

Aber das Enttäuschende war, dass wir keinen Schritt weitergekommen waren, um Rafes gestohlenes Gemälde wiederzufinden.

Was nun?

KAPITEL 15

*W*ir kehrten zu einer Nachbesprechung in Rafes Herrenhaus zurück. Lochlan und ich teilten ihm alles mit, was wir bei dem Treffen mit dem Kunstdieb erfahren hatten. Es lag nicht in seiner Natur, enttäuscht auszusehen – ich konnte mir vorstellen, dass er in seiner Zeit auf der Erde schon viele Enttäuschungen erlebt hatte –, aber ich hätte gern Freude und Erleichterung in seinem Gesicht gesehen oder ihm zumindest das Gefühl gegeben, dass wir eine Spur hatten. Aber wir hatten rein gar nichts.

Nein, widersprach Lochlan, wir hatten etwas. Er sagte: „Wenn das Gemälde auf dem Markt wäre, wüssten wir davon. Und da ist noch etwas: Es ist gut zu wissen, dass Kunstdiebe nicht wissen, dass du ein Porträt von Elisabeth besitzt."

Rafe sah über diese Nachricht nicht gerade erleichtert aus. „Wenn es irgendwo da draußen ist, werden sie es wahrscheinlich herausfinden."

Lochlan sagte: „Nicht, wenn wir es zurückbekommen, bevor es sich herumspricht. Ich habe meine nicht unbeträchtlichen Ressourcen dafür eingesetzt. Wenn es da draußen ist, holen wir es uns zurück."

Rafe sagte: „Was ist, wenn es Connor Townes aus der Tasche gerutscht ist, als er in den Fluss gefallen ist?"

Lochlan dachte angestrengt darüber nach. „Das wäre alles andere als ideal. Sollen wir ein paar Taucher in den Fluss schicken, damit sie danach suchen?"

„Das ist mir auch schon in den Sinn gekommen."

Ich hatte keine Ahnung, welchen Schaden ein fünfhundert Jahre altes Gemälde erleiden könnte, wenn es eine gewisse Zeit im Fluss Cherwell verbrachte, aber ich konnte mir nicht vorstellen, dass die Sache besonders vorteilhaft wäre. Ich machte mir solche Vorwürfe, dass ich es kaum aushalten konnte. Und vielleicht brachte mich mein schlechtes Gewissen dazu, angestrengter nachzudenken.

Ich fragte: „Was ist eigentlich mit Connors Auto passiert?"

Beide schauten mich an. Keiner von uns hatte bisher an so etwas Offensichtliches gedacht. Ich fuhr fort: „Er hat doch vor allen mit seinem Jensen Interceptor geprahlt und damit angegeben, wie wenige davon gebaut wurden."

„Du hast recht. Das hat er", sagte Lochlan. Nicht, dass Lochlan mit Connor Townes gesprochen hätte, aber wir hatten all diejenigen, die diesen an seinem letzten Tag auf der Erde gesehen hatten, gefragt, worüber sie mit ihm gesprochen hatten.

Lochlan sagte: „Die Frau, mit der er die Hochzeit verlassen hat, hat behauptet, er habe sie zum Fluss gefahren, aber hat sie erwähnt, wo sie geparkt haben?"

Ich schüttelte den Kopf. „Ich bin mir ziemlich sicher, dass Georgia nur gesagt hat, dass der Ort ziemlich abgeschieden war."

Er wandte sich Rafe zu. „Was ist mit der Polizei? Hat man das Auto gefunden?"

Rafe schüttelte den Kopf. „In keinem der Polizeiberichte steht etwas davon."

„Sie haben doch bestimmt danach gesucht?"

Rafe sagte: „Lasst mich das mit meinen Kontakten abklären. Ich sage euch dann Bescheid."

Inzwischen war ich ziemlich aufgeregt. Das war vielleicht die beste Spur, die wir hatten. Ich versuchte, nicht übereifrig zu sein, und sagte: „Das leuchtet doch ein, oder? Er stiehlt das Bild, versteckt es vielleicht im Handschuhfach und fährt dann davon. Soweit wir wissen, könnte es immer noch im Handschuhfach seines Autos liegen."

„Und die Polizei weiß nichts von dem fehlenden Gemälde, also haben sie eigentlich keinen Grund, sein Auto zu durchsuchen. Vielleicht haben sie nicht einmal daran gedacht, danach zu suchen. Solange sich niemand über ein Auto beschwert, das seit Tagen herumsteht, wird es vielleicht einfach übersehen."

Langsam wurde es spät, aber ich kannte ein paar Leute, die nur zu gern spät in der Nacht in Oxford nach einem Auto suchen würden. Ich meine, sie machten sowieso spät in der Nacht Spritztouren durch Oxford. Zumindest hätten sie dann ein konkretes Ziel.

Lochlan sagte: „Ich möchte zwar nicht, dass ihr beide euch zu große Hoffnungen macht, aber eine Spur ist es sicherlich. Ich rede mal mit Theodore, Alfred und ein paar anderen. Wir werden einen Suchtrupp bilden. Wenn das Auto noch da ist, finden wir es heute Nacht."

Rafe sagte: „Du sagst uns Bescheid, sobald du etwas gefunden hast?"

„Glaubt mir, ihr werdet die Ersten sein, die davon erfahren."

Lochlan verabschiedete sich, und ich ging zu Rafe und schlang meine Arme um ihn. „Es tut mir so leid", sagte ich.

Er schob mich von sich und schaute mir ins Gesicht. „Was tut dir leid?"

„Ich hätte nie gewollt, dass du etwas so Wertvolles verlierst."

Dieses Mal war er derjenige, der mich an sich zog. „Ich habe etwas sehr viel Wertvolleres gewonnen, meine Liebe."

ICH HATTE WIRKLICH GROSSE HOFFNUNGEN, dass Lochlan Connors Jensen Interceptor aufstöbern und Rafes Gemälde unversehrt darin vorfinden würde. Doch als der Morgen anbrach und wir immer noch nichts gehört hatten, setzten wir uns leider zu einem eher bedrückten Frühstück zusammen. William versuchte sein Bestes und machte mir amerikanische Pfannkuchen genau so, wie ich sie mochte, mit knusprigem Speck und echtem Ahornsirup. Rafe frühstückte wie üblich.

Ich sagte: „Vielleicht wollte Lochlan uns nicht zu früh stören."

„Kann sein", sagte Rafe, aber ich merkte, dass er das genauso wenig glaubte wie ich.

Wir waren mit dem Essen fertig und ich trank gerade eine zweite Tasse Kaffee auf der Terrasse, als Lochlan und Jennifer auftauchten.

Lochlan sagte: „Ich fürchte, es gibt schlechte Nachrichten", als hätten wir das nicht schon aus seinem und Jennifers

Gesichtsausdruck herausgelesen. „Wir haben überall gesucht. Wenn das Auto in der Nähe des Flusses oder irgendwo in Oxford gestanden hätte, hätten wir es gefunden."

„Aber wo könnte es sein?", fragte ich.

Jennifer sagte: „Darüber haben wir auch gerade gesprochen. Meint ihr nicht, dass die Jungs, die Connor das tolle Angebot mit den Stocherkähnen gemacht haben, es vielleicht vor uns gefunden haben?"

Mein Herz setze einen Schlag lang aus. „Glaubst du, die wissen, dass da ein unschätzbar wertvoller Schatz drin ist?"

Lochlan sagte: „Ich mache mir eher Sorgen, dass sie es verkauft haben."

„Nein", stöhnte ich. Rafe sah ziemlich deprimiert aus. Er sagte: „Du hast ja keine Ahnung, wie viele Schätze im Laufe der Geschichte aus noch dümmeren Gründen verloren gegangen sind. Vielleicht wurde der Wagen in irgendeiner Werkstatt ausgeschlachtet. Oder irgendjemand hat das Auto sauber gemacht und einfach alles in den Müll geworfen, ohne zu wissen, was er da in den Händen hält."

Ich sagte: „Es sind doch erst ein paar Tage vergangen. Selbst wenn sie das Auto verkauft haben, finden wir bestimmt heraus, an wen." Ich wandte mich Lochlan zu. „Könntest du Jason Smith vielleicht mit ein paar von deinen Mitarbeitern ein Besuch abstatten? Ich bin sicher, wenn ihr ihnen die Frage richtig stellt, verraten sie euch, was mit dem Auto passiert ist."

„Oh, glaube mir, daran habe ich auch schon gedacht. Sie sind nirgends zu finden. Sie sind verschwunden. Bestimmt haben sie Oxford verlassen, allerdings ohne eine Nachsendeadresse anzugeben. Selbst die Großtante von Jason Smith weiß nicht, wo sie sind. Sobald die Polizei angefangen hat herumzuschnüffeln, waren sie weg."

„Glaubst du, sie haben das Auto mitgenommen?"

„Wenn es in diesem Land ist, werden wir es finden."

Das glaubte ich ihm sofort, aber die Frage war, ob das Bild noch im Auto sein würde. Wenn es überhaupt jemals dort gewesen war.

William brachte Jennifer einen Kaffee, und wir vier setzten uns nach draußen. Ich grübelte wie verrückt und hoffte, dass das Koffein mein Gehirn anregen würde. Jennifer schien dasselbe zu tun.

Plötzlich fragte sie: „Konzentrieren wir uns vielleicht zu sehr auf die Theorie, dass Connor Townes das Gemälde gestohlen hat?"

Jetzt drehten wir uns alle zu ihr um und starrten sie an. Sie hatte einen Gesichtsausdruck, wie man ihn bekam, wenn man glaubte, möglicherweise etwas Dummes zu sagen, dass es sich aber lohnte, das Risiko einzugehen, weil das, was man zu sagen hatte, tatsächlich wichtig sein könnte. Ich kannte diesen Blick nur zu gut, denn ganz sicher hatte ich ihn selbst oft im Gesicht, wenn ich versuchte herauszufinden, wer hinter einem Mord steckte.

Sie sagte: „Wir wissen nicht einmal mit Gewissheit, dass Connor es gestohlen hat."

Was eine gewisse Erleichterung wäre, denn es würde bedeuten, dass das Gemälde wahrscheinlich weder auf dem Grund des Cherwell noch im Handschuhfach eines Autos lag, das wer weiß wohin verkauft worden war. Trotzdem gab es immer noch unzählige Möglichkeiten, wo sich das Bild befinden könnte.

Lochlan nickte. „Das ist ein gutes Argument, Jennifer. Wir

haben uns eigentlich nur darauf konzentriert. Was sind die anderen Möglichkeiten?"

Abgesehen von einer Reihe von Sterblichen auf der Hochzeit kam mir Dr. Pattengale in den Sinn. Es widerstrebte mir, den Freund meines Vaters in die Pfanne zu hauen, aber der Arzt hatte zugegeben, dass er in dem Raum gewesen war und hinter die Paneele geschaut hatte. Ich teilte meinen Verdacht mit den anderen, obwohl jeder hier schon davon wusste.

Ich sagte: „Ich kann mir nicht vorstellen, dass der Freund meines Vaters ein Gemälde stehlen würde, aber was wäre, wenn? Was, wenn er plötzlich ein bisschen durchgedreht ist und gedacht hätte, dass er ja so gerne ein Porträt von Königin Elisabeth hätte? Und nehmen wir an, er hätte es in einem Moment des Wahnsinns gestohlen und in seine Tasche oder in die seiner Frau gesteckt und hätte es immer noch?"

„Das ist ein bisschen weit hergeholt, meinst du nicht?", sagte Lochlan.

„Ja. Ich weiß. Aber ich denke trotzdem, es ist die Mühe wert, diese Möglichkeit zu prüfen."

Rafe sagte: „Ich hatte gehofft, dass Connors Auto mit dem Gemälde darin auftauchen würde. Da wir das Auto nicht gefunden haben, habe ich vor, die Wohnung des Arztes zu durchsuchen."

„Ich habe Spezialisten für diese Art von Durchsuchung. Wir könnten nach einer Stunde wieder draußen sein, und niemand würde je erfahren, dass wir dort gewesen sind", sagte Lochlan.

Rafe sagte: „Ich komme mit."

„Macht es heute Abend. Ich rufe meine Eltern an und

bringe sie unter einem Vorwand dazu, noch einmal mit ihren Freunden auszugehen. Das dürfte nicht allzu schwierig sein."

„Und wir fahren heute Abend los", sagte Jennifer. „Deshalb bin ich gekommen. Um mich zu verabschieden. Sylvia hat morgen einen Termin mit dem Kunstexperten in St. Ives."

„Ich werde dich vermissen", sagte ich, „aber wir sehen uns, sobald wir nach Cornwall kommen."

Jen sagte: „Weißt du, ich habe nachgedacht. Vielleicht weiß Tina etwas über Connors Partner. Ich meine, wenn sie Sachen für ihn aufbewahrt hat und wann immer er es zuließ an ihm klebte, meinst du nicht, sie hätte sie vielleicht kennengelernt oder kennt zumindest ihre Namen oder hat eine Ahnung, wo sie abgeblieben sein könnten?"

Ich warf Rafe und Lochlan einen Blick zu, aber keiner von beiden sah aus, als hätte Jen den Fall geknackt. Doch bessere Hinweise hatten wir nicht. „Aber Tina und ihre Eltern sind heute Morgen abgereist." Das wusste ich, weil Rafe ihre Rechnung beglichen hatte.

„Ich dachte, ich könnte auf dem Weg nach Cornwall bei ihr vorbeischauen", sagte Jennifer. „Ich habe Tinas Adresse in deinem Geschäft aus der Datenbank für die Hochzeitseinladungen herausgesucht. Sie lebt in einem Ort namens Sidmouth."

Ich schüttelte den Kopf. „Das ist eines der merkwürdigen Dinge in England, an die man sich erst einmal gewöhnen muss. Kaum etwas wird so geschrieben, wie es klingt. Man spricht es nicht Sid-mauth aus, sondern Sid-meth, mit stummem ‚e'. Mein Favorit ist ein Dorf in Cornwall, das so klingt, als ob es M-A-U-S-E-L geschrieben wird, aber eigentlich M-O-U-S-E-H-O-L-E heißt."

„Mousehole? Mauseloch?"

„Richtig, aber ausgesprochen wird es *Mausel*. Wer weiß, warum."

Was mit am schönsten daran war, eine andere Nordamerikanerin um mich zu haben, war, dass ich so etwas sagen konnte, ohne sie zu beleidigen. Ich wusste wohl, wie man Sidmouth aussprach, aber ich hatte keine Ahnung, wo es lag. Wir sahen auf einer Karte nach und entdeckten, dass Sidmouth an der Küste von Devon lag, in der Nähe von Lyme Regis. Es wurde als hübsche Küstenstadt beschrieben, die bei Rentnern beliebt war. Der perfekte Ort für Tinas Eltern, um sich zur Ruhe zu setzen, aber ich fragte mich, was Tina dort machte. Sie hatte eine eigene Adresse, aber ich fragte mich, ob sie nicht eigentlich viel Zeit mit ihren Eltern verbrachte. Sie wirkte nicht wie jemand, der viele Freunde hatte.

Wir sahen uns gerade die Karte an, als Jennifer uns auf das Offensichtliche hinwies. „Sidmouth liegt sozusagen auf dem Weg nach Cornwall."

So ganz stimmte das zwar nicht, die Richtung war allerdings die richtige.

Sie sagte: „Ich bin sicher, dass deine Großmutter und Sylvia nichts dagegen haben, wenn wir dort vorbeifahren, und ich kann Tina fragen, ob sie weiß, wo Jason Smith und seine Kumpels hin sind. Sie muss doch irgendetwas wissen, das uns einen Hinweis darauf gibt, wo dein Bild ist."

Es war großartig, dass wir uns die Arbeit aufteilen konnten. Die Vorstellung begeisterte mich. Aber ich ermahnte sie, dass Granny nicht gesehen werden durfte, da Tina wusste, dass sie tot war. Und Sylvia war manchmal schwierig.

Sie sagte: „Keine Sorge, darüber habe ich schon nachgedacht. Ich werde sie irgendwie dazu bringen, dass sie selbst auf die Idee kommt."

Jen hatte alles begriffen.

ICH WEISS ZWAR NICHT, wie, aber Jen schaffte es tatsächlich, Sylvia auf die Idee zu bringen, dass Jen auf dem Weg nach Cornwall bei meiner Cousine Tina vorbeischauen könnte. Ich glaubte zwar nicht, dass Sylvia sich allzu sehr dafür interessierte, wer Connor Townes getötet hatte, aber Rafes Wunsch, sein wertvolles Gemälde zurückzubekommen, konnte sie wohl durchaus nachvollziehen.

Sie war sichtlich zufrieden mit sich, weil sie einen Termin bei dem Kunstexperten bekommen hatte, und ich konnte sehen, dass sie sich freute, nach Cornwall zu ziehen. Vielleicht hatte sie auch genug von Oxford.

Noch am selben Nachmittag verließen sie die Harrington Street, und ich war dort, um mich zusammen mit Nyx zu verabschieden.

Sie hatten fünf Uhr nachmittags als Abfahrtszeit gewählt, als Kompromiss zwischen Vampir- und Menschenzeit. Jen wollte Tina unterwegs besuchen und Alfred rechnete damit, dass sie für die Fahrt nach Sidmouth drei Stunden brauchen würden. Viel später als acht Uhr durften sie nicht bei Tina auftauchen, wenn es wie ein Höflichkeitsbesuch aussehen sollte. Vor dort aus brauchte man noch einmal drei Stunden bis zu Rafes Haus in Cornwall. Ich hoffte, Jen würde im Auto schlafen können. Ansonsten wäre sie bei der Ankunft völlig erschöpft.

Der Laden war geschlossen und wir standen im Schatten, aber trotzdem trug Granny einen großen Hut. Da so wenige Leute auf der Straße waren, konnte ich mir nicht vorstellen, dass jemand sie erkennen würde, aber ich passte trotzdem auf. So traurig es mich auch machte, dass meine Großmutter umzog, war es doch anstrengend, ständig auf der Hut sein zu müssen.

Sylvia und Granny hatten beschlossen, die meisten ihrer Sachen so lange hierzulassen, bis sie genau wussten, was sie in ihr neues Zuhause mitnehmen wollten. Dennoch wurde eine beträchtliche Menge an Gepäck in den Bentley geladen. „Sei vorsichtig mit meinem Hutkoffer!", warnte Sylvia Alfred, der die Taschen einlud. Ihr Hutkoffer war ein Originalstück von Louis Vuitton, dazu passend gab es einen Überseekoffer, der zweifellos in seiner Glanzzeit so einige Reisen mitgemacht hatte, sowie ein paar andere Koffer. Das bedeutete für Sylvia, mit leichtem Gepäck zu reisen.

Meine Großmutter hatte nur einen Koffer, einen blauen Samsonite aus den 1970er Jahren, an den ich mich erinnerte, weil sie uns in meiner Kindheit immer damit besucht hatte. Sie schien sich des Umzugs weniger sicher zu sein. Wir umarmten uns, und ich hatte das Gefühl, dass dies das Ende einer Ära war. Ich versuchte, nicht in Tränen auszubrechen, aber ich war wirklich traurig beim Abschied von meiner Oma. Es hatte sich so viel verändert, seit ich hier angekommen war – ein wenig verloren, mit gebrochenem Herzen und ohne die leiseste Ahnung, dass ich Hexenkräfte hatte und dass meine geliebte Großmutter nicht die Großmutter war, die ich immer gekannt hatte.

Ich versuchte, uns beide aufzuheitern. „In ein paar Tagen sind wir auch in Cornwall. Und du weißt doch, dass ich dich dort oft besuchen werde."

Granny nickte, aber ich konnte sehen, dass es sie traurig machte, mich und Oxford zu verlassen. Sie umarmte mich fest. „Pass auf dich auf, mein Liebes. Und wir sehen uns ganz bald."

„Versprochen. Und mach dir keine Sorgen um den Laden, er ist in guten Händen."

Sie nickte. „Ich weiß. Und ich bin immer in der Nähe, wenn du einen Rat brauchst." Dann schaute sie sich noch einmal zum Cardinal Woolsey's um. Mit der neuen Schaufensterauslage, die meine Cousine Violet entworfen hatte, sah es besonders schön aus. Ich war genauso traurig wie Granny. Dieser Ort war immer meine Zuflucht gewesen, und immer war sie hier gewesen. Wenn ich mir vorstellte, dass sie weit weg war, und sei es nur in Cornwall, kam es mir irgendwie vor, als würde ich ein neues Kapitel aufschlagen. Ich nehme an, dass ich jetzt verheiratet war, spielte dabei auch eine wichtige Rolle. Die Dinge änderten sich.

Ich umarmte sie fest. „Wir sehen uns in ein paar Tagen!"

Sylvia fuhr mich an: „Also ehrlich, Mädchen, es sind deine Flitterwochen. Wir wollen dich mindestens eine Woche lang nicht sehen."

Meine Großmutter nickte. „Und zwei wären noch besser." Dann sprach Granny die Worte aus, die ich nicht gesagt hatte. „Aber es wird nicht mehr dasselbe sein. Ich werde dich und mein geliebtes Cardinal Woolsey's vermissen." Sie warf einen Blick durch das Fenster des geschlossenen Ladens auf den Wollkorb, in dem Nyx manchmal schlief. „Und auch wenn ich sie schon jetzt nicht mehr sehen oder mit ihnen sprechen konnte, werde ich all unsere netten Kundinnen vermissen."

„Ich weiß. Aber vergiss nicht, dass ihr in Cornwall ja ein neues Strickwarengeschäft aufmacht. Und von jetzt an kannst du dich wieder mit Menschen unterhalten und am helllichten Tag nach draußen gehen, wenn du willst." Das hatte ich ausführlich mit Rafe und Sylvia und sogar mit Granny selbst besprochen. Ja, es bestand immer noch ein geringes Risiko, dass jemand aus Oxford in einem Strickwarengeschäft in Cornwall landete und meine Großmutter wiedererkannte, aber die Wahrscheinlichkeit war viel geringer, als wenn sie hierbleiben würde. Außerdem gab es immer noch den Vergessenszauber. Und je mehr Zeit verstrich, desto weniger Menschen würden die Frau, die einst das Cardinal Woolsey's geleitet hatte, mit einer Frau in Verbindung bringen, die in einem Laden in Cornwall arbeitete. Zumindest hofften wir das alle. Nun verspürte ich neben der Traurigkeit erst einmal ein Gefühl der Erleichterung darüber, dass meine Großmutter mich nicht in den Wahnsinn treiben würde, indem sie vergaß, dass die Leute, die sie noch zu Lebzeiten gekannt hatten, sie nicht hier sehen durften. Aber ich würde sie vermissen.

„Nein, die nicht", sagte Sylvia streng, als Alfred sich anschickte, eine kleinere Tasche in den Wagen zu hieven. „Die nehme ich auf den Schoß." Etwas sanfter sagte sie: „Das ist mein Schmuckkästchen."

Er reichte es ihr und fragte: „Warum ist dein letzter Diener gestorben?"

„Weil es ihm nicht gelungen ist, ruhig Blut zu bewahren", sagte sie, und beide brachen in Gelächter aus. Ich war weniger amüsiert. Vampirhumor ist nicht jedermanns Sache.

Sylvia drehte sich zu mir um, in der Hand hielt sie ihr mit einem Monogramm versehenes Schmuckkästchen, das größer war als meine Reisetasche. „Auf Wiedersehen, Lucy. Wir werden unser Bestes tun, um einen guten Standort für unseren nächsten Strickladen zu finden. Bis bald!" Nach einer raschen Umarmung drehte sie sich um und ließ sich auf den Rücksitz des Wagens gleiten.

Alfred, der als Sterblicher inzwischen ziemlich verschwitzt gewesen wäre, winkte mir zu. „Tschüs, Lucy. Bis bald!" Er würde ein paar Tage in Cornwall verbringen und dann nach Oxford zurückkehren. Zumindest war das der derzeitige Plan.

Granny hatte sich ihre selbst gestrickte Mosaik-Tasche ans Handgelenk gehängt. Natürlich hatte sie sie fertig bekommen, und sie sah perfekt aus. Bevor sie ins Auto stieg, reichte sie sie mir. „Ich hoffe, dass du die hier als deine Stricktasche benutzen wirst und dabei an mich denkst."

Die Tasche war schwer. Da war mehr als nur Strickzeug drin.

„Ich habe dir eine doppelte Portion deiner geliebten Ingwerkekse gebacken. Ich weiß: So wie William kocht, brauchst du sie nicht. Aber ich wollte, dass du etwas hast, das dich an mich erinnert."

Ich war begeistert, als ich einen Blick hineinwarf. „Granny, niemand macht so gute Ingwerkekse wie du. Und die Tasche ist wunderschön."

Sie sah sehr zufrieden aus. Noch zufriedener war sie darüber, dass ich nicht einmal warten konnte, bis sie ins Auto gestiegen war. Ich musste den Deckel der Keksdose aufmachen und einen der Ingwerkekse probieren. Einen reichte ich Jen und sagte ihr, sie solle dafür sorgen, dass meine Großmutter nicht aus der Übung kam und ihr welche buk, wenn sie im Süden ankamen.

Sie biss von ihrem Keks ab und stöhnte. „Oh, wow, sind die lecker. Da werde ich dich ganz bestimmt so lange daran erinnern, bis du mir auch welche machst", sagte sie zu Granny, die schon wieder fröhlicher aussah.

Sie beugte sich hinunter, um Nyx zu streicheln und sagte: „Pass du an meiner Stelle auf Lucy auf."

Nyx begann zu schnurren, was für mich nach einem „Mache ich" klang.

Granny stieg so mühelos wie ein Teenager ins Auto. Dann wandte ich mich Jen zu, um mich von ihr zu verabschieden.

„Ganz lieben Dank, dass du hergekommen bist und mich bei meiner Hochzeit unterstützt hast. Du warst die perfekte Brautjungfer. Es war alles genau so, wie wir uns unsere Hochzeiten als Kinder vorgestellt haben."

Wir umarmten uns und sie sagte: „Es war noch schöner, als wir es uns vorgestellt haben."

„Es war eine fantastische Hochzeit, stimmt's?" Mal abgesehen von der Sache mit dem Fenstersturz und den unglücklichen Entwicklungen danach.

„Ein Traum", pflichtete meine treue Freundin mir bei.

„Und wenn du heiratest, weißt du, dass ich bei dir sein werde."

Sie schüttelte den Kopf. „So wie mein Liebesleben läuft, wird das nicht so bald der Fall sein."

„Man weiß ja nie. Das ist das Tolle an der Liebe. Sie überrascht dich dann, wenn du es am wenigsten erwartest."

„Du bist so eine Optimistin. Das liebe ich an dir."

„Ich werde dich vermissen", sagte ich. Wahrscheinlich nicht zum ersten Mal.

„Ich auch. Du musst öfter in die Staaten kommen, und ich werde dich auch mal öfter besuchen kommen. Du bist meine beste Freundin, es ist fürchterlich, dich nicht jeden Tag zu sehen."

Sylvia, die viel weniger sentimental war als wir, sagte: „Und wenn ihr nach Cornwall in die Flitterwochen kommt, wird sie immer noch da sein." Sie warf einen Blick auf Granny, die mich, so gefühlvoll wie ein Vampir nur sein konnte, vom Auto aus anschaute, und sagte: „Und fang jetzt nicht an, eine Tragödie in fünf Akten zu inszenieren, Agnes. Deine Enkelin wird dich schon sehr bald besuchen."

Sylvia hat nicht viel Geduld, und so verabschiedeten wir uns endgültig voneinander. Als Jen in den Bentley stieg, sagte sie: „Wünsch mir Glück in Sidmouth!" Sie sprach es sogar richtig aus.

„Auf jeden Fall. Sag mir, wenn du von Tina irgendetwas erfährst." Es war sehr unwahrscheinlich, dass Tina mehr über die Kerle wusste, die die Stocherkahnfahrten durchführten, aber in der Hoffnung, Rafes Gemälde zu finden, gingen wir jedem noch so kleinen Hinweis nach.

Sie nickte und steckte sich das letzte Stück Keks in den Mund. „Versprochen. Und lass von dir hören, okay? Halte mich über alles auf dem Laufenden, was du hier findest."

„Klar. Hoffentlich ist das alles bald vorbei, und Rafe und ich können uns auf den Weg zu euch machen."

„Und dann könnt ihr eure Flitterwochen beginnen." Sie schnitt eine Grimasse. „Und irgendwann sollte ich mir wohl besser darüber Gedanken machen, dass ich nach Hause zurückkehren und mir einen Job suchen muss."

Ich war alles andere als bereit, meine beste Freundin wieder zu verlieren. Ich sagte: „Aber jetzt noch nicht. Versprich es mir!"

Sie nickte. „Noch nicht. Dafür amüsiere ich mich viel zu gut. Außerdem möchte ich sehen, wie dieser Kriminalfall ausgeht."

Wollten wir das nicht alle?

KAPITEL 16

S ie stieg ein, und Alfred fuhr den Bentley langsam von der Harrington Street weg, während ich winkend dastand, bis er um die Ecke gebogen war.

Da ich nicht wusste, was ich sonst mit mir anfangen sollte, ging ich in den Laden. Nyx schien zu wissen, dass ich eine Extraportion Liebe brauchte, denn sie stupste ihren Kopf gegen mein Bein. Ich hob sie hoch und vergrub mein Gesicht in ihrem weichen Fell.

„Ich werde sie alle vermissen. Ich schätze, du auch.“

Sie stieß ihren Kopf gegen mein Kinn.

„Wir haben jetzt ein neues Leben“, rief ich uns beiden in Erinnerung. Dennoch würde das Cardinal Woolsey's immer ein Teil von mir sein, und ich hatte vor, das Geschäft weiterhin zu leiten und zumindest ein paar Tage pro Woche hier zu arbeiten. Violet wurde immer selbstsicherer und konnte ohnehin besser stricken als ich, deshalb hatte ich volles Vertrauen in ihre Fähigkeit, den Laden zu führen, wenn ich nicht da war.

Ich setzte Nyx in mein kleines rotes Auto und fuhr mit ihr

nach Hause. Es war immer noch seltsam, das Herrenhaus von Rafe als mein Zuhause zu betrachten, aber das war es jetzt. Und es würde eine Weile dauern, bis ich mich nicht nur an den Luxus und so viel Platz gewöhnen würde, sondern auch daran, Hausangestellte zu haben. Nicht, dass William oder seine Schwester irgendetwas Dienerhaftes an sich gehabt hätten. Eher kamen sie mir vor wie ein Teil der Familie. Aber sie taten so viel für uns, und William organisierte Leute, die das Haus putzten, die Fenster polierten und alle Wartungsarbeiten erledigten. Ich hatte fast keine Hausarbeit zu machen. Es war fantastisch.

Als ich in den Hof vor dem Herrenhaus fuhr, wartete Henri dort wie ein Haustier, das das Gefühl hatte, zu lange von seinem Frauchen verlassen worden zu sein. Nachdem ich ihm sein Leckerli gegeben hatte und er davongewatschelt war, ging ich ins Haus, ohne zu klingeln, wie ich es sonst immer tat. William hatte mich offensichtlich kommen gehört, denn er erschien im Flur.

„Lucy. Ich hatte gehofft, mit Ihnen reden zu können. Haben Sie kurz Zeit?"

„Selbstverständlich." Ich hoffte, es war nichts Ernstes. Hatte ich etwas Schlimmes getan oder irgendetwas vermasselt? Auch wenn das hier jetzt mein Zuhause war, wollte ich mich trotzdem angemessen benehmen. Ich folgte ihm in die Küche und fand einen geöffneten Laptop auf der Frühstückstheke und einen Notizblock daneben.

Er sagte: „Ich war gerade dabei, den Speiseplan zu erstellen. Jetzt, wo das Crosyer Manor eine Hausherrin hat, koche ich natürlich für Sie."

Ich wusste nicht, wer sich mehr über diese Nachricht freute, er oder ich. Die ganze Zeit über hatte William nur für sich selbst und seine Schwester gekocht, später dann in größerem Umfang auch für seine Catering-Kunden. Ich wusste, dass es ihn überglücklich machte, wenn ich hier war, weil er so für jemanden kochen konnte.

Ich sagte: „Ehrlich gesagt schmeckt alles, was Sie machen, fantastisch."

Er lächelte über das Kompliment. „Wie dem auch sei, es obliegt mir, die Dame des Hauses in alle Menüvorschläge einzuweihen."

Vielleicht war er nicht mehrere hundert Jahre alt wie Rafe, aber war in Gesellschaft eines Vampirs in diesem Alter, also ließ ich ihm die Sache mit der Hausherrin durchgehen. Außerdem machte es irgendwie Spaß, die Hausherrin zu sein, auch wenn ich eine dreißigjährige Amerikanerin war.

Ich stellte die Dose mit den Keksen auf die Marmorarbeitsplatte und sagte ihm, dass das meine Lieblingskekse von meiner Großmutter waren. Dann schaute ich über seine Schulter auf den Plan, und ehrlich gesagt lief mir das Wasser im Mund zusammen, als ich einige der Gerichte sah, die er sich für uns ausgedacht hatte.

Er sagte: „Ich weiß, dass Sie gerne Nudeln essen, und jetzt, wo es Sommer ist, habe ich versucht, mehr Obst und Gemüse und etwas leichtere Gerichte einzuführen. Viele Salate und dergleichen."

In meinen Augen sah das alles spektakulär aus, und das sagte ich ihm auch.

„Ich werde dafür sorgen, dass das Haus in Cornwall über angemessene Vorräte verfügt. Ich habe keine Ahnung, was dort auf Lager ist."

Ich sagte: „Sie kommen doch wohl nicht mit uns in die Flitterwochen, oder?"

Er sah etwas verlegen aus. „Rafe möchte mich dabeihaben. Ich kümmere mich um seine Nahrung."

„Selbstverständlich." William war so sehr ein Teil der Familie, dass ich nicht einmal auf den Gedanken kam, es könnte merkwürdig sein, ihn auf unserer Hochzeitsreise bei uns zu haben. Ich bedankte mich bei ihm und ging Rafe suchen. Ich fand ihn mit Lochlan im Billardzimmer. Ich hörte das Klicken der aneinanderstoßenden Billiardkugeln und folgte dem Geräusch.

Ich begrüßte beide und fragte dann zögernd: „Gibt es etwas Neues?"

Lochlan sah ziemlich beunruhigt aus. „Trotz all meiner eingesetzten Mittel haben wir noch nicht herausgefunden, wo sich die Männer aufhalten, die dieses Stocherkahnunternehmen geführt haben. Offensichtlich sind sie untergetaucht, vielleicht haben sie sogar Decknamen. Aber wir finden sie schon."

Ich sagte: „Nun, Jen ist auf dem Weg nach Sidmouth, vielleicht weiß Tina etwas." Das klang nicht gerade wie ein zureichender Anhaltspunkt, aber es war alles, was ich zu bieten hatte.

Rafe sagte: „Also ist die Abreise reibungslos verlaufen?"

„Ja." Dann grinste ich. „Sylvia hat darauf bestanden, ihren gesamten Schmuck mitzunehmen. Es war kaum noch Platz für etwas anderes im Auto."

Er schmunzelte. „Sie reist eben gerne stilvoll." Er fügte hinzu: „Ich weiß, dass du traurig bist, weil deine Großmutter fortgeht. Und wenn es nicht klappt und du willst, dass sie zurückkommt, werde ich mich darum kümmern."

Ich war so glücklich, dass ich auf ihn zuging und ihn umarmte. „Danke für dein Verständnis. Ich weiß, dass es das

Richtige für sie ist. Ich bin nur immer noch ein bisschen traurig."

Lochlan sagte: „Sobald wir Rafes Gemälde zurückhaben, kehre ich zurück nach Irland, und ihr beide könnt in die Flitterwochen fahren."

Rafe sagte: „Um ehrlich zu sein, bin ich mir nicht sicher, ob wir das Bild jemals finden werden. Ich habe das Gefühl, wenn es auftauchen würde, hätte es schon längst so weit sein müssen."

Lochlan stritt seine Worte nicht sofort ab, also war er vermutlich derselben Meinung. Er sagte nur: „Wir haben die Ermittlungen noch nicht abgeschlossen. Lass uns noch ein paar Tage Zeit."

Rafe nickte, und dann ließ ich sie ihre Partie zu Ende spielen.

Zum Abendessen gab es Lasagne für mich, lecker, und Lochlan und Rafe gesellten sich zu mir ins Esszimmer. Sie sprachen über die Sicherheitsvorkehrungen für das Grundstück und machten nach dem Abendessen gemeinsam einen Rundgang, um zu entscheiden, was sie tun wollten.

Ich ging ins Wohnzimmer und fand Nyx schlafend auf der Couch. William servierte den Tee mit zwei Keksen meiner Großmutter auf einem hübschen Porzellanteller.

Er sagte: „Ich hoffe, es macht Ihnen nichts aus, Lucy. Ich habe mir erlaubt, einen der Ingwerkekse Ihrer Großmutter zu probieren. Ich muss sagen, sie schmecken vorzüglich."

Wenn sogar er sie für lecker befand, dann wusste ich, dass ich nicht voreingenommen war, weil sie von meiner Großmutter stammten. „Ich weiß. Mal sehen, ob sie Ihnen das Rezept gibt."

Er schüttelte den Kopf. „Wie ich Ihre Großmutter kenne,

wird sie das Rezept geheim halten, damit Sie immer nach Cornwall fahren müssen, um Nachschub zu bekommen." Ich lachte, aber ich war mir ziemlich sicher, dass er recht hatte. „Aber ich werde ein bisschen experimentieren. Mal sehen, was ich zustande bringe."

„Ausgezeichnet!"

Nach meinem Tee mit Keksen fühlte ich mich irgendwie unruhig. Ich blickte auf und sah, dass Nyx mich anstarrte. Sie war von ihrem Schläfchen aufgewacht, und wie es schien, war auch sie unruhig. Ich dachte, wenn ich meine Kristallkugel ins Freie bringen würde, hätte ich wenigstens etwas zu tun. Jedes Mal, wenn ich Margaret Twigg begegnete, würde sie mich fragen, ob ich mich daran geübt hätte, also konnte ich genauso gut jetzt damit anfangen. Außerdem war es ein wunderschönes Werkzeug meines Handwerks, das bereits bewiesen hatte, dass es die Zukunft voraussagen konnte.

Nach drei Nächten im Mondlicht war die Kugel vollständig aufgeladen. Ich machte mich auf den Weg zu dem Häuschen, das ich zu meinem Hexenatelier umfunktioniert hatte.

Als ich zu dem steinernen Nebengebäude kam, bemerkte ich, dass Nyx mir gefolgt war. Und sie folgte mir weiter, als ich wieder nach draußen und in den ummauerten Garten ging, denn ich spürte instinktiv, dass ich genau an diesem Ort sein wollte. Es war so schön hier, so friedlich. Der Mond ging auf, und eine sanfte Brise strich durch die Rosen und verbreitete einen schwachen Rosen- und Lavendelduft und sogar einen Hauch von Rosmarin.

Artemis sah zu, wie ich die Kristallkugel aus ihrem Samtbeutel nahm, und es klingt seltsam, aber sie fühlte sich in meiner Hand fast warm an. Ich legte sie auf die Sonnenuhr, auf die Nyx von der anderen Seite aus sprang. Ich wusste nicht, ob ich sie unruhig machte oder sie mich. Sie drückte sich fast die Nase an der Kristallkugel platt und starrte in sie hinein. Sie war einfach hinreißend.

Ich sagte: „Kannst du etwas darin sehen?"

Dann beugte ich mich herunter und schaute ebenfalls hinein. Irgendetwas ging da vor sich, ganz sicher. Es war, als würden Lichter in verschiedenen Farben aufleuchten. Ich meine, wir hatten zwei sehr klare Nächte hintereinander gehabt, was in England schon recht außergewöhnlich war. Die Kugel musste sich mit Mondlicht absolut vollgesogen haben.

Ich schaute hinein und versuchte, mich an alles zu erinnern, was Margaret mir gesagt hatte. Ich musste meinen Kopf freibekommen und meinen Blick entspannen. Es war ja nicht so, dass ich jemandem die Zukunft voraussagen sollte. Ich schaute nur hinein, um zu sehen, ob die Kristallkugel mir etwas sagen wollte.

Margaret Twigg hatte gesagt, dass ich in Gedanken eine Frage stellen konnte. Die Frage, die ich mir stellte, war natürlich, wo sich Rafes Gemälde befand, obwohl ich Hexe genug war, um zu wissen, dass eine Kristallkugel mir wohl kaum eine Schatzkarte mit einem Kreuz an der richtigen Stelle liefern würde. Die Hinweise, die wir erhielten, waren in der Regel viel geheimnisvoller. Trotzdem würde ich jede Hilfe annehmen, die ich bekommen konnte.

Aber als ich meinen Geist und meinen Blick entspannte, begann ich an Jennifer zu denken. Sie kam mir einfach in den Sinn, also folgte ich meinem Gedanken. Ohne wirklich eine Frage zu stellen, dachte ich über Jennifers Zukunft nach.

Sie befand sich in einer Übergangsphase ihres Lebens,

und ich fragte mich, ob ich vielleicht irgendwelche Hinweise entdecken konnte, um ihr dabei zu helfen, ihren Weg zu finden.

Ich selbst war so glücklich mit meinem Leben, aber auch ich war in einer Übergangsphase hierhergekommen. Von der Frau, die so verloren und mit gebrochenem Herzen hier in Oxford angekommen war, war nicht mehr viel übrig. Nun war ich eine einigermaßen erfolgreiche Geschäftsfrau und hatte gerade den Mann meiner Träume geheiratet.

Jen war in einer ähnlichen Situation wie ich damals, als ich in Oxford angekommen war. Ich hoffte, dass sie ihren Weg finden würde und dass er nicht zu steinig sein würde. Als ich diesen Gedanken nachhing, sah ich plötzlich Jennifer am Meer vor meinem geistigen Auge. Ich konnte die brechenden Wellen sehen und fragte mich, ob das bedeutete, dass sie dazu bestimmt war, in Cornwall zu bleiben. Allerdings stand in der Kristallkugel nichts wie „Hey, das ist Cornwall!" Aber ich wusste, dass es Jen war. Ich konnte ihr dunkles Haar im Wind wehen sehen. Ich konnte fast spüren, wie der kalte Wind des Ozeans auf meinen Augenlidern schmerzte, so tief war ich in dieses Bild versunken. Sie sah zufrieden aus. Sie drehte sich lachend um und sofort wusste ich, dass da jemand war, den sie anschaute. Ein Mann? Ein Kind? Ich spürte ihre Liebe zu dieser Person so sehr, dass mein Herz höherschlug.

Dann verblasste das Bild.

Es gab einen Ruck in der Kristallkugel, und dann spürte ich, wie mich eine schreckliche Kälte ergriff. Eine Stimme, die eiskalt war und ein wenig an Margaret Twigg erinnerte, schien in meinem Kopf zu sagen: „Sie ist in fürchterlicher Gefahr. Die Zeit wird knapp."

Ich war so schockiert, dass ich aus meinem Traumzustand erwachte und in die Kugel starrte. Ich erhaschte nur einen kurzen Blick auf eine Frau, die mit dem Gesicht nach unten dalag, ihr langes Haar fiel um sie herum zu Boden. Sie bewegte sich nicht. Wie hatte sich das schöne Bild so schnell in diese dunkle und schreckliche Vorstellung verwandeln können?

War etwas passiert, während ich in die Kristallkugel geschaut hatte?

„Aber wo ist sie?", fragte ich laut und hörte selbst, wie alarmiert meine Stimme klang. „Bitte! Sag mir, wo sie ist! Wie kann ich sie retten?"

Doch die Vision verblasste so schnell, wie sie erschienen war, und nun war in der Kugel nichts mehr zu erkennen, außer etwas, das wie Wolkenfetzen aussah.

Ich warf einen Blick auf meine Uhr. Es war Viertel nach neun.

Ich starrte Nyx an, und sie starrte zurück. Dann sprang sie von der Sonnenuhr und rannte auf das Haus zu. Ich schnappte mir die Kugel, steckte sie ohne jede Finesse in den Samtbeutel und folgte ihr. Ich war atemlos, als ich ins Haus stürmte und nach Rafe rief. Das Haus war mir noch nie so groß und leer vorgekommen, es schien unmöglich, jemanden zu finden, wenn man ihn brauchte.

Im Billardzimmer war niemand.

„Rafe!" Ich rannte los. Wenn ich ihn nicht finden konnte, musste ich einfach meine Schlüssel holen, mein eigenes Auto nehmen und versuchen, Jen mit meinem Verstand, meiner Kristallkugel und Nyx zu finden.

KAPITEL 17

*I*ch wusste, dass sie nach Sidmouth gefahren war, und ich wusste auch, dass keine Zeit vergeudet werden durfte. Ich lief in unser Schlafzimmer. Schuhe, Autoschlüssel, Telefon. Ich war so in Panik, dass ich kaum klar denken konnte. Und alle paar Schritte rief ich wieder Rafes Namen. Was war mit seinem Überschall-Vampirgehör passiert?

Ich griff nach meinem Handy und rief Jen an. Sie ging nicht ans Telefon. Dann schrieb ich ihr eine Mitteilung. „Bitte ruf mich an!"

Danach rief ich meine Großmutter an, dann Sylvia und schließlich Alfred. Keiner von ihnen nahm ab.

Ich fühlte mich genauso wütend wie Tina, als ihr Telefon verschwunden war. Was nützte einem ein Mobiltelefon, wenn die anderen nicht drangingen?

Während ich noch einmal bei Jen anrief, kam Rafe ins Zimmer gerannt. „Lucy. Was ist los? Ich war auf der anderen Seite des Gebäudes. Bist du verletzt?"

„Nein, ich bin wohlauf. Es geht um Jennifer." Ich war so in Panik, dass ich versuchte, mich zu erinnern, wo ich meine Schlüssel hingelegt hatte, aber es fiel mir einfach nicht ein. „Sie ist in Schwierigkeiten, Rafe. Wir müssen zu ihr."

Er legte seine Hände auf meine Schultern und drehte mich zu sich herum. Seine Gelassenheit und die kühle Berührung seiner Finger halfen mir, wieder meine Mitte zu finden.

„Wenn du in Panik gerätst, hilft ihr das gar nichts", sagte er ruhig und deutlich. Ich schaute ihm in die Augen, und auch das half. Ich atmete tief ein.

Er sagte: „Viel besser. Jetzt erzähl mir, was passiert ist!"

„Ich weiß nicht." Und dann berichtete ich ihm von der Kristallkugel und meiner Vision.

„Und es gab keinen Hinweis darauf, wo sie sich aufhält?"

„Nein. Sie lag nur da. Es sah aus wie ein Steinboden oder ein Zementboden oder so etwas, vielleicht Sand. Sie war mit Granny und Sylvia auf dem Weg nach Sidmouth." Mir kam ein schrecklicher Gedanke. „Könnten sie einen Autounfall gehabt haben?" Lag Jen irgendwo am Straßenrand?

„Unwahrscheinlich. Einer der Vampire hätte dir Bescheid gesagt, wenn sie einen Unfall gehabt hätten. Es hat keinen Sinn zu spekulieren. Wir fahren sofort los. Versuch es nochmal bei deiner Großmutter."

Ich fing an, mich ein wenig zu beruhigen. Er hatte recht. Vielleicht war meine Reaktion ja übertrieben oder die Kugel war defekt. Aber das ungute Gefühl in mir ließ nicht nach.

„Ich weiß ja nicht einmal, wo sind. Sie sind schon vor Stunden aufgebrochen. Jen hat wahrscheinlich bei Tina vorbeigeschaut. Vielleicht hat Tina ihr gesagt, wo die Typen sind. Vielleicht sind Jen und die drei Vampire jetzt dort."

„Dann wird Tina uns sicher das Gleiche erzählen wie Jen, und wir können ihre Spur verfolgen."

„Okay", sagte ich. „Ich kann also beruhigt sein." Aber die Angst schnürte mir trotzdem die Kehle zu.

„Gut. Und die Autoschlüssel brauchst du nicht. Wir nehmen den Hubschrauber."

In meiner Panik hatte ich nicht einmal daran gedacht, dass das Auto nicht unsere einzige Möglichkeit war. Eine unglaubliche Erleichterung packte mich. „Wie lange brauchen wir dorthin?"

„In spätestens einer halben Stunde sind wir in Sidmouth. Nimm vielleicht eine Tasche mit ein paar Sachen mit, falls wir dortbleiben müssen."

Ich nickte und war froh, dass er im Gegensatz zu mir noch klar denken konnte. Nyx saß auf dem Bett und schaute von einem zum anderen, als würde sie das Gespräch verfolgen, was sie wahrscheinlich auch tat. Rafe ging mit ein paar großen Schritten los, und ich schnappte mir wie benommen eine Zahnbürste und einen Kamm und warf sie zusammen mit ein paar anderen Sachen in eine Tasche. Ich hatte keine Ahnung, was ich da machte.

Dann rannte ich Rafes Spur folgend nach draußen, und Nyx jagte neben mir her. Als ich zum Hubschrauberlandeplatz kam, hörte ich das leise Brummen des Motors. Nyx war immer noch neben mir, und irgendwie wusste ich, dass meine Vertraute dazu bestimmt war, mich auf dieser Reise zu begleiten. Also hob ich sie auf und machte mich vorsichtig auf den Weg zum Hubschrauber. Er bot Platz für vier Personen, und als ich dort ankam, sah ich zu meiner Überraschung Lochlan aus der anderen Richtung auf uns zulaufen. Rafe warf mir schweigend einen fragenden Blick zu, und ich nickte. Ich konnte mir niemanden vorstellen, der in einer Krisensituation besser zu gebrauchen war als Lochlan Balfour. Und mich beschlich das Gefühl, dass uns genau so eine erwartete. Ich hoffte nur, wir würden nicht zu spät kommen.

Ich stieg mit Nyx hinten ein, und Lochlan setzte sich neben Rafe auf den Vordersitz. Falls Rafe ein zusätzliches Paar Augen brauchte, waren die Augen eines Vampirs viel nützlicher als meine. Und dann schlossen sich die Türen. Ich schnallte mich an, nahm Nyx auf den Schoß, und dann hoben wir ab. Normalerweise hätte ich mich gefreut, in einem Hubschrauber zu sitzen, aber im Moment konnte ich nur daran denken, zu Jennifer zu gelangen. Und zwar bevor es zu spät war.

Als wir durch die Luft segelten, erinnerte mich das einen Moment lang an Nyx und mich auf unserem Besenstiel, wenn wir durch die Nacht flogen. Sie warf mir einen Blick zu, der mir sagte, dass auch sie gerade daran dachte.

Ich sagte: „Aber wir hätten nicht mit dieser Geschwindigkeit fliegen können." Trotzdem musste ich weiter üben. Wie alle meine Hexenkünste war auch das Besenreiten ein wenig eingerostet. Nicht, dass ich damit besonders viel Zeit verbringen wollte, aber es gab Zeiten ...

Und dann näherte sich der Hubschrauber schneller als ich es fassen konnte dem Boden. Ich sah Bänke und eine Mülltonne und erkannte, dass wir uns in einem Park befanden, aber es war schon fast zehn, und es war menschenleer. Nicht einmal jemand, der mit dem Hund Gassi ging. Ich hatte keine Ahnung, ob es erlaubt war, Hubschrauber in öffentlichen Parks zu parken, und im Moment war es mir auch ziemlich egal. Lochlan half mir beim Aussteigen und deutete in die Ferne. „Tinas Haus ist das da hinten, mit dem Licht im Fenster."

Ich war froh, dass Licht brannte, schließlich wollte ich meiner Cousine Tina einen Besuch abstatten.

Ich wollte gerade losgehen, als mein Telefon klingelte. Es war meine Großmutter.

„Lucy", sagte sie und klang alles andere als traumatisiert. „Was für eine schöne Überraschung, von dir zu hören. Wie geht es dir, Liebes?"

Sie hörte sich so fröhlich an, dass mich das schreckliche Gefühl überkam, Margaret Twigg hätte mir keine echte Kristallkugel gegeben. Würde ihr das nicht ähnlichsehen? Mir etwas zu schenken, das mir ständig Hiobsbotschaften zukommen ließ, die nicht stimmten? Aber irgendwie deutete dieses eisige Gefühl in meinem Magen darauf hin, dass hier wirklich etwas vor sich ging.

Ich sagte: „Kann ich mit Jennifer sprechen? Ich konnte sie nicht erreichen."

„Jennifer? Aber die ist nicht hier, mein Liebes. Wir haben sie bei Tina abgesetzt und sind zu Freunden hier in Sidmouth gefahren. Ein wunderschöner Ort. Ich bin schon seit Jahren nicht mehr hier gewesen. Jen hat gesagt, sie ruft uns an, wenn sie abgeholt werden will. Soll ich ihr sagen, dass du angerufen hast?"

Offensichtlich hatte meine Großmutter die Dringlichkeit in meiner Stimme überhört, und so konnte es meiner Meinung nach auch bleiben. Ich hatte zwei äußerst kompetente Vampire bei mir. Drei weitere brauchte ich nicht.

Ich sagte mit dem lässigsten Ton, den ich zustande

bringen konnte: „Ist schon in Ordnung. War nicht so wichtig. Ich versuche es einfach ein anderes Mal. Bis dann!"

Und dann legte ich auf.

Ich sagte: „Sie haben sie bei Tina abgesetzt. Ich weiß nicht einmal, ob sie noch dort ist."

„Gut, dann fangen wir dort an", sagte Rafe.

Ich sagte: „Ich glaube, es ist besser, wenn ich allein reingehe."

„Auf keinen Fall", sagte Rafe. „Woher sollen wir wissen, dass es nicht Tina ist, die Jennifer in Gefahr gebracht hat? Ich setze dich keiner Gefahr aus, Lucy."

So sehr ich seine ehelichen Empfindungen auch zu schätzen wusste, wandte ich ein: „Rafe, was kann eine sterbliche Frau schon gegen eine Hexe ausrichten? Ich bin sicher, dass sie Jennifer nur Auskunft darüber erteilt hat, wo Jason Smith und seine Bande sind." Dann kam mir ein schrecklicher Gedanke. „Vielleicht sind sie in Sidmouth. Was, wenn sie Tina genauso ausnutzen wie Con? Dann übernachten sie vielleicht in ihrer Wohnung."

„Du wirst dich nicht allein in Gefahr begeben", wiederholte Rafe.

Lochlan sagte: „Sie hat recht, Rafe. Lucy allein wirkt auf niemanden bedrohlich. Du weißt, dass sie bei Gefahr nur einen Mucks von sich geben muss, und wir sind bei ihr."

Ich wusste, dass Rafe widersprechen wollte, aber auch ihm war die Sache klar. Er sagte: „Das gefällt mir ganz und gar nicht, Lucy. Komm gar nicht erst auf die Idee, die Tapfere zu spielen. Wenn dir bei irgendetwas nicht wohl ist, rufst du uns."

„Versprochen. Wenn ich euch hinter mir habe, weiß ich, dass ich absolut sicher bin."

Ich war noch nie bei Tina gewesen, aber sie wohnte in einem kleinen Bungalow im Osten von Sidmouth. Es war ein wahrscheinlich in den 1930er Jahren gebautes Backsteinhaus mit einer Garage daneben. Alles schien ruhig zu sein.

Wir mussten eine merkwürdige Gruppe abgegeben haben: zwei große, umwerfende Vampire, ich und eine Katze.

„Was willst du Tina sagen?", fragte Rafe.

„Ich werde mir schon etwas einfallen lassen."

Alles, was mich interessierte, war herauszufinden, wo Jennifer war. Wenn Tina mich für eine Verrückte hielt, war das ihr Problem. Wahrscheinlich glaubte sie das sowieso schon.

„Was, wenn sie nicht zu Hause ist?", fragte Lochlan.

Im Backsteinbungalow schien nicht gerade das Leben zu toben, aber ich sagte: „Ich bin ziemlich sicher, dass sie zu Hause ist. Da draußen steht ihr Auto." Ich erkannte den grauen Ford Mondeo, den meine Mutter beschrieben hatte.

Sie blieben außer Sichtweite stehen, und ich näherte mich der Tür von Tinas Haus. Ich klopfte, und eine Zeit lang dachte ich, es wäre niemand zu Hause, doch nach einer Weile hörte ich Bewegung im Haus, und dann öffnete Tina die Tür. Ihre Augen weiteten sich, als sie mich sah.

„Lucy. Was machst du denn hier?" Das „so spät" schwang unterschwellig mit. Ich konnte ihren Tonfall nicht unbedingt als einladend bezeichnen.

Bevor ich die Geschichte vortragen konnte, die ich erfunden hatte, sagte sie: „Sag mir nicht, du hast deinen Mann schon verlassen", und lachte dann über ihren schlechten Scherz.

Ich lächelte schwach. „Nichts so Ernstes. Wir fahren in den Flitterwochen nach Cornwall, und ich bin doch schon etwas früher abgefahren. Jen hat mir gesagt, dass sie dich besuchen wollte, also dachte ich, ich hole sie hier ab.“

„Du bist also nicht hier, um mich zu sehen“, sagte sie mit weinerlicher Stimme.

„Doch, natürlich. Dich wollte ich auch sehen.“ Ich konnte wirklich nicht gut mit meiner Cousine umgehen. „Ich wollte euch beide sehen.“

Sie sagte: „Tja, Jennifer ist nicht hier. Sie war hier, aber sie ist schon gegangen.“

„Oh. Weißt du, wo sie hingegangen ist?“

„Nein. Sie wurde von Freunden abgesetzt. Ich denke, dass die sie auch wieder abgeholt haben.“

Es gibt Menschen, die gut lügen, und solche, die schlecht darin sind. Tina war eine gute Lügnerin. Hätte meine Großmutter mir nicht bereits gesagt, dass sie Jen hier abgeliefert hatten, hätte ich Tina glatt geglaubt. Also tat ich so, als würde ich ihr glauben. Aus den Augenwinkeln sah ich, dass Nyx herumschnüffelte und offenbar froh war, draußen zu bleiben. Sie würde sich nicht weit entfernen, und zu wissen, dass sie in der Nähe war, war ein gutes Gefühl.

„Okay. Nun, wenn ich schon hier bin und eine lange Fahrt hinter mir habe, könnte ich dann eine Tasse Tee bekommen?“

Da sie diejenige war, die sich darüber beschwert hatte, dass ich nicht ihr zuliebe hier war, konnte sie mir das kaum ausschlagen. Von der Idee, mit mir Tee zu trinken, sah sie nicht gerade begeistert aus, aber was blieb ihr anderes übrig? Wir waren ja schließlich verwandt. Ich schaute mich in dem kleinen Haus um, während sie vorausging. Es war aufgeräumt und die Einrichtung glich einer Mischung aus dem ausrangierten Hausrat ihrer Eltern und IKEA-Möbeln. Sie ging in die Küche und setzte den Teekessel auf. Ich bemerkte, dass sie noch mehr Nagellack von ihren Fingernägeln abgekratzt hatte.

Ich sagte: „Es ist so schön in dieser Gegend. Ich bin noch nie hier gewesen."

Sie blickte auf. „Sidmouth? Wenn man im Ruhestand ist, geht es wahrscheinlich."

Ich sagte: „Aber du hast eine interessante Arbeit gefunden." Ich konnte mich nicht einmal daran erinnern, was sie beruflich machte.

Sie drehte sich um und schaute mich böse an. „Dentalhygienikerin? Das könnte ich überall machen." Sie machte eine Menge Lärm, als sie die Teekanne herausholte und die Tassen unsanft auf den Tresen stellte. Ich fühlte mich wirklich nicht sehr willkommen hier. Dann sagte sie: „Ich bin sicher, deine Mutter hat es dir schon erzählt, aber ich bin nur hierhergezogen, weil meine Eltern mir geholfen haben, dieses Haus zu kaufen. Im Gegensatz zu anderen von uns habe ich keinen reichen Ehemann." Sie ließ den Löffel auf den Tresen fallen, sodass es wieder klirrte, dann ließ sie den Kopf hängen. Sie jammerte: „Und ich schätze, ich werde auch nie einen haben. Jetzt, wo Connor fort ist." Sie war den Tränen nahe.

Sofort verflüchtigte sich meine Feindseligkeit. „Es tut mir so leid, Tina."

Ich wusste, dass Jennifer genau diese Frage gestellt hätte, aber da sie mich angelogen hatte, als ich sie nach Jennifer gefragt hatte, beschloss ich, sie zu fragen und zu sehen, was geschah. „Hast du eine Ahnung, was mit seinen Freunden passiert ist? Mit denen, die den Stocherkahnbetrieb geleitet haben?"

Sie schüttelte den Kopf. „Ich dachte, sie wären noch in Oxford, bis Jennifer mir erzählt hat, dass es nicht so ist."

„Ach so. Ist sie eigentlich lange geblieben? Ich meine, ich hoffe, es war wenigstens ein netter Besuch."

Sie zuckte mit den Schultern. „Ja. Nicht schlecht."

Ich schaute mich um, aber es gab keinerlei Anzeichen dafür, dass Jennifer überhaupt hier gewesen war. Aber es sah auch nicht so aus, als ob Tina die Stocherkahnunternehmer beherbergen würde. Ich war vollkommen ratlos. Warum sollte Tina lügen und behaupten, sie wäre von jemandem abgeholt worden? Ich war nervös und machte mir Sorgen um meine Freundin. Fast hätte ich gesagt, sie solle den Tee vergessen, aber Jen war irgendwann zwischen ihrer Ankunft hier und meinem Gespräch mit Granny verschwunden. Schlimmer noch, wenn man meiner Kristallkugel Glauben schenken konnte, schwebte sie in Gefahr. Und da saß ich hier herum und wartete auf meinen Tee?

Denk nach, Lucy. Denk nach!

Ich sagte: „Ein reizendes Häuschen. Es ist so ruhig hier, da war ich mir nicht einmal sicher, ob du überhaupt zu Hause bist, aber dann habe ich dein Auto draußen stehen sehen."

„Ja. Da hast du richtig geraten. Ich bin hier."

Und dann war plötzlich ein Gedanke ganz klar in meinem Kopf, der mich irgendwie die ganze Zeit schon geplagt hatte. „Warum stellst du es eigentlich nicht in die Garage?"

Sie drehte sich um und reichte mir eine Tasse Tee. Sie hatte sich nicht die Mühe gemacht, mich zu fragen, ob ich Milch oder Zucker wollte, sondern gab ihn mir einfach schwarz. Aber das war mir egal. Ich dankte ihr und trank einen Schluck.

Sie brauchte eine Weile, um zu antworten und sagte dann: „Weil Connors Jensen Interceptor in meiner Garage steht."

Ich war so verblüfft, dass meine Hand zuckte und mir der heiße Tee auf die Finger spritzte. Autsch.

„Du hast Connors Auto?"

Nun wirkte sie streitlustig. „Warum nicht? Ich war immerhin seine Freundin. Die, die einer Ehefrau am nächsten kam. Er hätte gewollt, dass ich es bekomme."

Und genau dort musste Jennifer sein. Beim Schnüffeln in der Garage. Ich fragte mich, ob sie so getan hatte, als würde sie gehen, und dann zurückgekommen war, um die Garage zu überprüfen. Doch dann war ihr irgendetwas zugestoßen. Vielleicht waren die Typen vom Stocherkahn ja doch hier in der Gegend.

Tina fragte: „Hat er es dir jemals gezeigt?"

„Wer? Connor?"

„Ja. Er war so stolz auf dieses Auto. Hat er es dir jemals gezeigt?"

„Nein."

In ihr Gesicht trat ein merkwürdiger Ausdruck. „Willst du es mal sehen?"

Würde sie es mir wirklich so einfach machen? Sodass ich nicht einmal heimlich würde einbrechen müssen, nachdem sie zu Bett gegangen war?

„Ja. Liebend gern."

Sie nahm ihre Schlüssel von einem Haken und sagte: „Dann komm! Ich kann nicht behaupten, dass ich es genauso liebe wie er. Es war sein wertvollster Besitz. Jetzt gehört es mir."

IM GEGENSATZ ZU DEN GARAGEN, die ich aus den USA kannte, hatte Tinas Garage keine Tür, die direkt ins Haus führte. Wir mussten durch die Haustür gehen, und dann schloss sie eine Tür an der Seite der freistehenden Garage auf und ließ mich vorgehen. Als ich hineinging, streckte sie ihre Hand nach dem Schalter aus und machte das Licht an. Einen Moment lang verlor ich die Orientierung. Ich konnte Staub und Motoröl riechen. Als sich meine Augen an die Helligkeit gewöhnt hatten, sah ich die Umrisse eines Autos vor mir.

Kaum hatte ich einen Schritt in die Garage gesetzt, spürte ich Angst, Panik und Wut, die nicht von mir stammten. Irgendwo in der Nähe knurrte Nyx.

Ich spürte eine Bewegung hinter mir, und im Bruchteil einer Sekunde fuhr ich herum und krümmte meine Hand so, als wollte ich einen Baseball werfen. Ich fühlte mich, als hätte ich immer noch meine Kristallkugel in der Hand, und tief in mir spürte ich die Kraft des Mondes zusammen mit meiner eigenen und der von Nyx und Jennifer, die ganz gewiss immer noch irgendwo in der Nähe war. Ich konnte die Kraft, das Feuer und die Wut spüren und schleuderte sie mit aller Kraft Tina entgegen.

Mit einem Scheppern traf der Hammer, den sie in der Hand gehalten hatte, auf den Zementboden auf und riss Tina mit sich, sodass sie mit dem Rücken gegen die Backsteinwand ihres Hauses prallte. Sie blinzelte mich an, war eine Sekunde lang benommen und kam dann mit einem Knurren auf mich zugerannt. Sie hatte keinerlei Geschick, aber sie brachte mindestens fünfzig Pfund mehr auf die Waage als ich. Ich besaß jedoch eine Kraft, von der sie nichts ahnte, und schleuderte sie wieder nach hinten.

„Rafe", schrie ich. Ich hatte keine Zeit, Tina zu bezwingen. Ich musste zu Jennifer.

Rafe und Lochlan waren in etwa drei Sekunden da. Lochlan ging direkt auf Tina zu, die mich nun wie eine Verrückte anschrie und beschimpfte. Er band ihre Handgelenke mit Plastikfesseln hinter ihrem Rücken zusammen. „Ich dachte, die könnten nützlich sein", sagte er, als er meine Verwunderung sah. Dann richtete sie ihre Wut auf die beiden.

Rafe kam zu mir und zog mich an sich. „Ist alles in Ordnung, Lucy?"

„Ja. Mir geht es gut. Aber um Jen mache ich mir Sorgen."

Nyx kam hereingerannt, ging direkt aufs Auto zu und miaute. Ich stürmte los und öffnete die Tür. Das Auto hatte auf jeder Seite nur jeweils eine lange Tür. Die Polsterung bestand aus schwarzem, rissigem Leder. Die vorderen Schalensitze waren leer. Ich klappte einen davon nach vorne und sah hinten zwei weitere Schalensitze, auf denen meine beste Freundin ausgebreitet war. „Jen", schrie ich.

Sie war mit einem Schal geknebelt, ihre Hände waren auf dem Rücken gefesselt und ihre Knöchel mit einer Art Wäscheleine zusammengebunden.

Als Erstes nahm ich ihr den Knebel aus dem Mund, und sie sagte: „Ich kann einfach nicht glauben, dass ich so dumm war. Sie muss mich unter Drogen gesetzt haben."

Als ich anfing, an den Knoten des Seils herumzufummeln, schob Rafe mich zur Seite und erledigte die Sache selbst.

Ich ging zurück zu Tina. „Was hast du ihr gegeben?", schrie ich ihr direkt ins Gesicht. Ich zitterte vor Wut und Adrenalin.

Mit ihren auf dem Rücken gefesselten Händen war sie im Nachteil, und außerdem musste ihr aufgefallen sein, dass ich sie gegen die Wand geschleudert hatte, und zwar zweimal. Sie sah mich mit kaum verhohlener Angst an, und die nutzte ich aus. „Ich frage dich kein zweites Mal", sagte ich. Lochlan kam näher, und ich spürte, wie er sich an meiner Seite über sie beugte.

„Ich habe sie betäubt", sagte Tina schließlich. „Mit ihrem Tee. Ich bekomme Medikamente von dem Zahnarzt, bei dem ich arbeite. Man nennt es Analogsedierung. Man hätte ihr die Weisheitszähne rausnehmen können und sie hätte es nicht einmal gemerkt." Dann sah sie meinen Gesichtsausdruck und sagte: „Das wird schon wieder."

Während Lochlan bei Tina blieb, halfen Rafe und ich Jennifer aus dem Auto. „Es tut mir so leid", sagte ich.

Ihre Augen öffneten sich und sie lächelte mich an. „Mir geht es ja gut", sagte sie. „Ich fühle mich nur ein bisschen benebelt, und etwas Wasser wäre gut."

Ich lief in Tinas Küche und holte ein Glas Wasser, Rafe folgte mir und besorgte einen Küchenstuhl. Als wir in die Garage zurückkehrten, rieb sich Jennifer die Handgelenke. Lochlan hatte Tina zu uns anderen in die Garage hineingebracht, wahrscheinlich, um zu verhindern, dass die Nachbarn etwas mitbekamen und sich einmischten. Wir alle wollten diesen Besuch so diskret wie möglich gestalten, auch wenn ein Hubschrauber in der Nähe geparkt war.

Jen setzte sich auf den Stuhl, den Rafe ihr bereitgestellt hatte, und trank durstig das Wasser aus. Nyx sprang auf ihren Schoß und rollte sich zusammen. Ich wusste, wie viel Trost meine Vertraute spenden konnte. Als Jen das weiche, warme Fell mit ihrer freien Hand streichelte, war sie sich dessen wahrscheinlich nicht einmal bewusst. Nyx schnurrte, aber sie hielt die Augen offen, falls sie gebraucht wurde.

Nachdem sie ihr Wasser getrunken hatte, zeigte Jen auf Tina. „Sie wollte mich umbringen. Sie hat Connor getötet."

KAPITEL 18

„Du hast Connor getötet?", fragte ich Tina. Obwohl sie Jennifer angegriffen und dann auf mich losgegangen war, war ich schockiert. Sie hatte Connor doch vergöttert.

Das Licht in der Garage war nicht gerade schmeichelhaft, beleuchtete die Szene aber deutlich.

Tina stand an die Garagenwand gelehnt und ihre Miene war hart. „Ich habe ihn geliebt, und er hat mich betrogen. Er hatte es verdient zu sterben." Dann deutete sie mit dem Kinn auf Jennifer. „Und sie hat ihn bei der Hochzeit um den Finger gewickelt. Ich habe sie beobachtet. Und ich habe mitbekommen, wie er sie eingeladen hat, mit ihm Stocherkahnfahren zu gehen. Auf einer ganz besonderen nächtlichen Bootsfahrt: Sie beide, ganz allein." Plötzlich sah sie aus wie ein Kind, das einen Wutanfall bekam. „Warum hat er mich nicht gefragt?"

Langsam dämmerte es mir. „War das der Moment, in dem dir klar wurde, dass er dir nie das geben würde, was du wolltest?"

„Ich habe ihn geliebt, und er hat meine Liebe nicht

erwidert", klagte sie. „Während der Hochzeit habe ich ihn ins Haus gehen sehen. Dann ist der Kellner aus dem Fenster gestürzt und ein paar Minuten später kam Con von hinten wieder zu uns. Warum sollte er so etwas machen? Er hat geschwitzt. Ich habe ihm gesagt, dass ich weiß, dass er den Kellner nach unten geschubst hat. Ich wollte ihm helfen. Ich habe ihm immer geholfen. Er hat mir geantwortet, ich sollte mich um meine eigenen Angelegenheiten kümmern. Er war so fies!" Sie schniefte. „Dann hat er mich stehen lassen und ist zu *deiner* Freundin gegangen. Ausgerechnet zu der!"

Ich schaute zu Jen, aber die starrte Tina an, wie wir alle war sie von der Geschichte gefesselt.

Tina fuhr fort, und es war, als könnte sie nun, da sie angefangen hatte, gar nicht mehr aufhören zu reden. „Ich habe zugesehen, wie sie zu seinem Auto gegangen sind – zu dem, in dem er mich zur Hochzeit gefahren hatte. Er wollte mich tatsächlich sitzen lassen und sich mit deiner Brautjungfer aus dem Staub machen. Noch nie habe ich mich so erniedrigt gefühlt." Jetzt zitterte sie und mir wurde immer klarer, wie zerbrechlich ihr Ego war und warum sie eine Geschichte erfunden hatte, in der sie und Connor verliebt waren.

Ich überlegte fieberhaft, wie sie es geschafft hatte, Connor zu töten und alle Spuren zu verwischen. Und noch dazu hatte sie die Tatsachen verdreht. Nicht Jen war mit dem Boot hinausgefahren, sondern Georgia. Doch wenn sie gerade zum Beichten aufgelegt war, wollte ich sie nicht aufhalten. „Du bist ihnen also gefolgt." Aber wie? Hatte sie sich das Auto ihres Vaters geliehen? Und niemand hatte es bemerkt?

Sie schüttelte den Kopf. „Das war nicht nötig. Ich wusste, wohin sie wollten. Ich war dabei, als Connor den Ausflug organisiert hat, und deshalb wusste ich, wo die Boote gelagert und wo sie in den Fluss gesetzt werden."

Okay. Sie hatte sie nicht verfolgen müssen und hatte daher nicht gesehen, dass Jen durch Georgia ersetzt worden war. Langsam ergab das Puzzle einen Sinn.

„Meine Eltern brachten mich zurück zum Hotel, und dann habe ich so getan, als würde ich ins Bett gehen, aber stattdessen habe ich mir Jeans und einen dunklen Kapuzenpulli angezogen. Ich habe eines der Fahrräder genommen, die das Hotel für die Gäste bereitstellt. Das war der schnellste und unauffälligste Weg, den ich mir vorstellen konnte, um zum Fluss zu gelangen. Ich würde wie eine Studentin aussehen. Niemand würde mich bemerken. Ich wollte Connor und deiner Freundin nur sagen, was ich von ihnen halte. Sie beide vielleicht in den Fluss stoßen." Genau das hatte sie am Morgen nach seinem Tod zu mir gesagt. Dass sie ihn vielleicht in den Fluss gestoßen hätte. Aber sie hatte noch viel mehr getan als das.

„Als ich dort ankam, war sie weg", sie drehte ihr Kinn in Richtung Jen, „aber er redete gerade mit Jase, seinem Kumpel, der die Stocherkahnfahrten leitet." Mit Jase musste sie Jason Smith meinen, dessen Großtante das Haus gehörte, in dem er die Kähne gelagert hatte. „Con war betrunken, und ich konnte hören, wie er davon schwafelte, dass er etwas hätte, das ihn reich machen würde. Er wollte wissen, ob Jase mit einem noblen Gemälde hehlen kann. Das sähe aus wie aus einem Museum."

Ich schaute Rafe an und unsere Augen trafen sich. Wir alle zitterten vor Anspannung, was Tina aber entging. „Jase hat gesagt, er hört sich mal um und ruft ihn dann an, aber Con meinte, er soll mir eine Nachricht hinterlassen, wie immer, das wäre sicherer." Sie schluckte und schluchzte voller Schmerz: „Er hat gesagt, ich wäre eh so dumm, dass ich niemals kapieren würde, was da abging."

Autsch.

„Dann haben sie beide gelacht. Er hat hinter meinem Rücken über mich gelacht! Dann meinte Jase, er soll mal besser den Kahn zurückbringen, weil er ja offensichtlich kein Glück mit den Frauen hat, und danach ist er den Weg zurückgegangen. Ich kam aus dem Versteck, um Con zu sagen, was ich von ihm halte. Er stand mit dem Rücken zu mir da." Sie zögerte. „Ich glaube, er hat gepinkelt. Es war so einfach, die Stange anzuheben. Während er damit beschäftigt war, den Reißverschluss seiner Hose zuzumachen, habe ich ihm mit der Stange eins über die Rübe gezogen. Ich ... ich wollte ihm doch nur eine Lektion erteilen. Dass er stirbt, hätte ich nie gedacht."

Ob das stimmte oder nicht, konnte ich nicht sagen. Aber Connor war gestorben. Und dann hatte sie versucht, meine beste Freundin umzubringen. Und mich.

Moment! Da fehlte etwas in ihrer Geschichte. „Aber du hast in seinen Taschen nach seinem Autoschlüssel gesucht."

Nun funkelte sie mich böse an, und ihr Selbstmitleid begann zu bröckeln. Der streitlustige Ausdruck, an den ich gewohnt war, kehrte zurück. „Na und? Ich habe doch gesagt, ich wollte ihm eine Lektion erteilen. Klar, ich habe die Schlüssel aus seiner Tasche genommen. Es war ziemlich leicht, das Auto zu finden. Er hatte es direkt in der Straße geparkt, die zum Haus von Jasons Großtante führt. Ich habe den Wagen in eine Seitenstraße in der Nähe unseres Hotels gefahren. Ich dachte, bestimmt kommt er irgendwann nass und betrunken aus dem Wald getorkelt und vermisst das

Auto. In seinem Zustand hätte er ohnehin nicht fahren dürfen." Ich war mir nicht sicher, ob ihre in letzter Minute hinzugefügte Erklärung über sicheres Verhalten im Straßenverkehr wirklich der Grund dafür war, dass sie Cons geliebtes Auto fortgeschafft hatte.

„Und am nächsten Morgen hast du herausgefunden, dass er tot ist", sagte ich und versuchte, nicht wertend zu klingen, was mir nicht gerade leichtfiel. Dabei hatte sie wirklich untröstlich gewirkt, als seine Leiche entdeckt worden war.

Sie nickte. „Ich war schockiert. Ich hätte ich doch nicht gedacht, dass er stirbt." Schwer zu sagen, ob sie das tatsächlich glaubte oder ob sie sich im Nachhinein gewünscht hatte, sie hätte den Mann, den sie liebte und der ihre Liebe nicht erwiderte, nicht getötet.

„Das Schlimmste war, dass ich Cons Auto hatte. Ich konnte nicht damit wegfahren, das wäre zu offensichtlich gewesen. Also habe ich gewartet, bis meine Eltern wieder nach Hause fahren wollten. Dann erzählte ich ihnen, dass ich in Oxford noch ein paar Leute wegen der Beerdigung treffen muss und mich dann von jemandem mitnehmen lasse. Als sie weg waren, habe ich Cons Auto hierhergefahren."

„Und du dachtest, du kommst damit durch", sagte ich. „Bis Jen kam."

„Sie und ihre neugierigen Fragen. Sie ist genauso schlimm wie du. Ich wusste, dass ich Cons Auto nicht behalten konnte. Ich wollte sie zusammen mit dem Jensen loswerden. An der Jurassic Coast gibt es so viele Klippen. Und die bröckeln. Wenn man zu nah am Steilufer parkt, könnte man über die Klippe rutschen und ins Meer stürzen. Bumm."

Sie sah halb irre aus, und ihre Augen funkelten, als sie in

meine Richtung blickte. „Ich hätte dich zu deiner Freundin ins Auto gelegt. Euch beide loszuwerden, wäre zu schön gewesen." Dann schaute sie mich mit finsterer Miene an. „Aber wie immer hast du alles ruiniert. Jedes Mal, wenn ich dein eingebildetes Gesicht sehe, hasse ich dich mehr."

Ich war auch kein großer Fan von Tina.

Sie rollte mit den Schultern, als ob sie Schmerzen hätte. „Und wann hast du angefangen, Fitnesstraining zu machen? Du warst doch noch nie so stark." Nur um sie zu provozieren, hätte ich ihr am liebsten gesagt, dass ich eine Hexe war, aber ich verkniff es mir.

„Was ist mit dem Gemälde?", fragte ich Tina.

„Ich weiß nicht einmal, ob es überhaupt jemals eins gegeben hat. Jase und seine Partner konnten es nicht finden. Jase hat mich angerufen und gefragt, ob ich es habe."

„Moment mal, ich dachte, er hätte das Stocherkahnunternehmen geschlossen und sich aus der Stadt verzogen", sagte ich.

Sie schenkte mir ein überlegenes Grinsen. „Genau das wollte er euch weismachen. Er hat so getan, als wäre er einer seiner eigenen Angestellten, und ist vor Ort geblieben.

Jen und ich schauten uns an. Ich beschrieb ihr den jungen Mann, der uns hundert Pfund für einen Kahn abgeknöpft hatte, und sie bestätigte uns, dass es sich um Cons Kumpel gehandelt hatte. Er war uns so nahe gewesen, und wir hatten es nicht einmal gemerkt.

Wenn also weder der Hehler noch Tina das Bild hatten, waren wir wieder bei null.

Wo konnte das Porträt von Königin Elisabeth I. bloß sein?

Rafe schaute mich an, und ich nickte kaum merklich. Er ging zu dem Jensen Interceptor hinüber. Als er kurz innehielt, konnte ich sehen, dass er sich auf die nächste schlechte Nachricht gefasst machte. Dann öffnete er die Fahrertür. Ich schaute bang zu. Nie habe ich so deutlich gespürt, was es bedeutete, wenn man sagte, dass einem das Herz in die Hose rutschte. Er griff auf die andere Seite und öffnete das Handschuhfach, aber ich erkannte sofort, dass er nichts gefunden hatte. Dann begann er systematisch, das Auto zu durchsuchen.

Ich sah Lochlan an, dass er ihm unbedingt helfen wollte, aber irgendwie wussten wir instinktiv, dass dies eine Aufgabe für Rafe und Rafe allein war. Wenn er nichts fand, würde Lochlan das Auto noch einmal überprüfen, da war ich mir sicher. Wenn es sein musste, würde er es in Stücke reißen.

Wir alle verfolgten jede von Rafes Bewegungen. Als er unter den Vordersitz griff und eine Plastiktüte herauszog, erlaubte ich es mir, einen Funken Hoffnung zu verspüren. Er öffnete die Tüte und sah hinein, dann stand er auf und kam auf mich zu. Aus seinem Gesicht konnte ich nicht schließen, ob es eine gute Nachricht war oder nicht. Und dann zog er vor uns allen das Bild von Königin Elisabeth heraus. Ich stieß einen tiefen Seufzer der Erleichterung aus.

Und Rafe sagte mit fassungslosem Blick: „Dieser abscheuliche Schurke hat meine Königin in eine Tesco-Einkaufstüte gesteckt."

Ich musste mir ein Lächeln verkneifen. Er war über diese Demütigung genauso entsetzt, als hätte Connor Townes die echte Königin in einer Einkaufstüte verpackt und in seinem Auto versteckt.

Ich ging näher an ihn heran und spähte über seine Schulter. „Ist es beschädigt?" Das konnte ich nicht erkennen. Königin Elisabeth blickte mir hochmütig entgegen, sie trug eine Spitzenkrause und mit Juwelen besetzten Kopfschmuck sowie ein Kleid, auf dem ebenfalls Juwelen funkelten. In meinen Augen wirkte das Gemälde vollkommen unversehrt, obwohl ein Bild, das ein halbes Jahrtausend lang an der Wand gehangen hatte, zwangsläufig ein paar Abnutzungserscheinungen aufweisen musste.

Er untersuchte es eingehend. „Es scheint unbeschädigt zu sein."

Ich konnte nicht anders. Ich warf meine Arme um ihn. „Ich bin so froh, dass du sie zurückbekommen hast." Dann drehte ich mich um und warf meine Arme um Jen. „Und ein Glück, dass ich dich zurückhabe."

Ich hörte ein Auto vorfahren und nahm an, dass es die Polizei war, aber zu meiner Überraschung kamen Granny, Sylvia und Alfred von der Seite auf die Garage zu – vermutlich um zu sehen, was los war. Ich war ziemlich überrascht, sie zu sehen.

„Granny. Was machst du denn hier?"

Sie sagte: „Ich wurde das Gefühl nicht los, dass hier irgendetwas nicht stimmt. Ich kenne dich so gut, Lucy. Ich hatte das Gefühl, dass du versucht hast, deine tapfere Stimme aufzusetzen."

Das machte mich stutzig. „Ich habe eine tapfere Stimme?"

„Und ob! Wenn etwas Schreckliches passiert ist und du nicht willst, dass ich es erfahre, dann setzt du deine tapfere Stimme auf. Da wusste ich, dass wir wieder herkommen müssen, um herauszufinden, was hier los ist."

Natürlich berichteten wir ihnen in allen Einzelheiten von dem Drama. Sylvia ging direkt zu Rafe und schaute über seine Schulter auf das Gemälde. Anscheinend konnte er gar nicht mehr aufhören, es zu betrachten.

„Ist sie unversehrt?", fragte Sylvia ihn, als ob die Königin auf dem Bild echt wäre.

Er nickte. „Ich glaube schon. Ich bringe sie zu dem Spezialisten, der meine Sammlung reinigt, aber abgesehen von der Demütigung, in einer banalen Einkaufstüte aufbewahrt worden zu sein, ist sie unbeschädigt."

„Was für eine Erleichterung!" Und dann wandte sie sich an Jen. „Und dir geht es gut, Jennifer?"

Nun, da das wertvolle Stück in Sicherheit war, konnte sie sich um ihre menschlichen Freunde Gedanken machen.

Jennifer sagte: „Ja. Mir geht es gut. Lucy war noch rechtzeitig hier."

„Ausgezeichnet. Nun, wenn alle wohlauf sind, schlage ich vor, dass wir wieder ins Auto steigen und unsere Fahrt fortsetzen." Dann hielt sie inne und sah etwas enttäuscht aus. „Ich nehme an, unsere Termine in St. Ives sind jetzt überflüssig."

Und Rafe, der so gut mit Sylvia umgehen konnte wie kein anderer, den ich kannte, sagte: „Ich wäre dir dankbar, wenn du sie trotzdem wahrnehmen würdest. Ich könnte mir vorstellen, meine Sammlung um ein paar Stücke zu erweitern, die etwas moderner sind. Jetzt, wo Lucy in mein Leben getreten ist, ist mir klar geworden, wie sehr ich in der Vergangenheit gelebt habe. Lass dir etwas Modernes empfehlen!"

Diese Idee begeisterte sie. „Das mache ich. Und da ich nicht wusste, was ich euch beiden zur Hochzeit schenken soll, wird das mein Geschenk sein. Jennifer kann bei der Auswahl helfen. Ich nehme an, sie kennt deinen Geschmack?"

Sie schien hocherfreut zu sein, einen Grund zu haben, in kornischen Kunstgalerien herumzustöbern.

Ich fragte Jen: „Bist du sicher, dass es dir gut geht? Vielleicht sollten wir dich von einem Arzt untersuchen lassen?"

„Mir geht es gut. Ich würde es mir jetzt zwar nicht zutrauen, Auto zu fahren oder schwere Maschinen zu bedienen, aber ich auf dem Weg nach Cornwall kann ich ja schlafen." Sie schaute sich um. „Brauchst du mich noch? Soll ich der Polizei erzählen, was sie mit mir gemacht hat? Tina sollte nicht mit dem Mord davonkommen, auch wenn sie deine Cousine ist."

Lochlan versicherte ihnen allen, dass sie besser nicht hier sein sollten, wenn die Polizei eintraf. Ich stimmte ihm zu. Je weniger Vampire oder Hexen am Tatort waren, desto besser.

Nyx sprang von Jens Schoß herunter und kam zu mir, um gegen mein Bein zu stoßen. Ich spürte, dass sie mir etwas sagen wollte.

Als ich nun die Gewissheit hatte, dass Jen wohlauf und unverletzt war, spürte ich, dass ich sie nicht noch einmal verlieren wollte, nicht einmal an ein Flugzeug, das sie zurück in die Staaten brachte. Meine Kristallkugel hatte mich nicht in die Irre geführt; sie hatte sogar geholfen, ihr das Leben zu retten. Und genau diese Kristallkugel hatte mir meine beste Freundin am Meer gezeigt. Tief in meinem Herzen hatte ich die ganze Zeit gewusst, dass es nicht die Küste der Vereinigten Staaten war. Es war Cornwall. Da war ich mir sicher.

Ich sagte: „Der Zeitpunkt ist jetzt vielleicht wirklich unpassend, aber es wäre schön, wenn du darüber nachdenken würdest, fest hierherzuziehen. Du könntest doch Geschäftsführerin im Wollgeschäft in Cornwall werden." Dann lachte ich. „Es hat noch nicht einmal einen Namen. Du könntest dabei helfen, einen Namen zu finden und die Ware auszusuchen. Ich meine, natürlich mit Grannys und Sylvias Hilfe, aber die wollen den Laden ja ohnehin nicht tagtäglich führen, oder?", sagte ich und schaute zu den beiden Vampirinnen, die unser Gespräch interessiert verfolgten.

„Ganz bestimmt nicht", sagte Sylvia. „Ich denke, du wärst eine hervorragende Ergänzung, Jennifer. Ich hoffe, du denkst darüber nach. Wir würden dir mit Rat und Tat zur Seite stehen, und Agnes will bestimmt im Laden arbeiten, damit du dir auch einmal frei nehmen kannst."

Ich konnte sehen, dass Jennifer ein wenig verblüfft, aber auch irgendwie begeistert war.

Sie sagte: „Wirklich? Ich habe mich nie als jemanden gesehen, der im Einzelhandel arbeitet, aber vielleicht sollte ich es mal versuchen."

Ich war so aufgeregt, dass es fast unerträglich war. „Ich glaube, das wäre das Beste überhaupt."

Sie sagte: „Ich war noch nie in Cornwall. Weißt du was? Lass es uns doch drei Monate lang versuchen. Wenn es nicht klappt, Schwamm drüber. Unsere Freundschaft wird immer an erster Stelle stehen."

Die Idee erschien mir ausgezeichnet. „Über die Einzelheiten sprechen wir später, aber wir sind uns einig." Nyx gab einen Laut von sich, der wie eine leise Zustimmung klang. Sie war offensichtlich schon lange vor mir auf diesen Plan gekommen. Sie war wirklich eine kluge Katze.

Rafe fragte Sylvia, ob sie im Bentley Platz für die Katze hätte, und freundlicherweise willigte sie unter der Bedingung ein, dass Nyx sich nicht auf ihren Schoß setzte, was ein Problem war, das sich meiner Ansicht nach wohl kaum stellen würde. Ich war überrascht, dass wir Nyx nicht im

Hubschrauber mitnahmen, aber mir war klar, wie beruhigend sie auf Jennifer gewirkt hatte, und ich würde sie schon bald wiedersehen.

Jen schnappte sich Nyx und ich folgte ihnen aus der Garage.

Granny und Sylvia schienen von der Idee begeistert zu sein, dass Jennifer die Geschäftsführerin unseres neuen Unternehmens werden sollte, und auf dem Weg zum Bentley schlugen sie bereits munter Namen vor. „Vielleicht sollte es etwas mit dem Fischen zu tun haben", schlug Granny vor. „Fischernetz oder so."

„Fischermasche", erwiderte Sylvia.

„Oh, das ist gut! Das ist sehr gut."

„Oder etwas Geografisches, wie Land's End? Aber irgendwie mit dem Stricken verbunden?" Sie hatten den Bentley fast erreicht, als Alfred Lamb's End vorschlug, was sie alle zum Gackern brachte, als sie ins Auto stiegen.

Jen winkte ein letztes Mal, als sie ins Auto stieg, und ich hätte schwören können, dass Nyx mir über ihre Schulter zuzwinkerte.

Sie fuhren los, und es dauerte nicht lange, bis die Polizei eintraf. In der Zwischenzeit war Tina schon wieder genauso mürrisch wie üblich. Sie presste die Lippen zusammen und weigerte sich, mit irgendjemandem zu sprechen. Doch in ihrer Garage war immer noch Connors Auto versteckt, und Lochlan erklärte dem Polizeibeamten vor Ort, wer er war und dass er den Verdacht hatte, Tina habe Connor Townes getötet. Sie wurde zur Vernehmung auf die Wache gebracht.

Nachdem Tina abgeführt worden war, fragte ich: „Aber werden sie auch beweisen können, dass sie Connor umgebracht hat?"

Lochlan sagte: „Ihre Fingerabdrücke wären noch nicht im System gespeichert. Aber wenn sie erst einmal ihre Fingerabdrücke genommen haben, kannst du darauf wetten, dass einer der vielen Fingerabdrücke, die sie von der Stocherstange und dem Boot genommen haben, von ihr stammt. Das ist zwar nicht so gut wie ein Geständnis, aber es ist ein ziemlich starkes Indiz."

Meine arme Mutter. Es würde ihr ziemlich gegen den Strich gehen, eine Kriminelle hinter Gittern in der Familie zu haben. Und was noch schlimmer war: Hätte sie mich nicht dazu gedrängt, meine Cousine Tina zur Hochzeit einzuladen, wäre das alles nicht passiert.

Ich konnte es kaum erwarten, meiner Mutter davon zu erzählen. Vielleicht würde sie in Zukunft auf mich hören, wenn ich sagte, dass ich etwas nicht wollte.

Irgendwie war jetzt die Luft aus der Sache raus. Die Polizei kümmerte sich um das Auto und Tina, während Jennifer mit Granny, Sylvia und Alfred schon auf der Weiterreise war.

Ich sagte: „Also ist der Mord aufgeklärt. Das Gemälde ist wieder da. Der Fall ist abgeschlossen. Und jetzt?"

Rafe begann leise zu lachen. „Jetzt, mein Schatz, beginnen wir endlich unsere Flitterwochen." Er sagte: „Wir fliegen mit dem Hubschrauber nach Cornwall, und dann, Lochlan, bringst du ihn bitte zurück und sorgst dafür, dass meine Königin wieder an ihren gebührenden Platz in meiner Galerie kommt."

Ich wusste, wie viel es ihm abverlangte, das Porträt

jemand anderem anzuvertrauen. Aber ich sagte nichts. Wir hatten unsere Flitterwochen schon lange genug hinausgezögert. „Es wäre mir ein Vergnügen", sagte Lochlan.

„Wir sind schneller da als Granny und Sylvia", sagte ich.

„Deine Großmutter und unsere Freunde werden wir mindestens eine Woche lang nicht sehen." Er klang so gebieterisch. Ich runzelte die Stirn. „Ich habe in einem weit abgeschiedenen Luxusresort auf den Scilly-Inseln gebucht. Es wird dir dort gefallen."

Ich ging auf ihn zu. „Gibt es da vielleicht einen Wellness-Bereich?"

„Natürlich. Außerdem schöne Strände, Gourmetküche und alles, was man sich auf einer Hochzeitsreise wünschen kann."

Ich wollte nicht kitschig klingen, aber solange er bei mir war, hatte ich bereits alles, was ich für meine Flitterwochen brauchte. Trotzdem hatte ich nicht vor, zu einer wohltuenden Massage und einer Pediküre Nein zu sagen.

Dann fiel mir ein, dass ich nicht einmal einen Badeanzug dabeihatte. Ich war so wahnsinnig in Eile gewesen, als ich meine Sachen gepackt hatte, dass ich nicht einmal wusste, was in meiner Tasche war. Hatte ich eine Zahnbürste eingepackt? Eine Haarbürste?

Als hätte er meine Gedanken gelesen, sagte er: „Ich rufe William an und sage ihm, er soll unsere Koffer packen. Er kann sie uns bringen."

„Du hast wirklich alles durchdacht."

„Ich denke schon seit einiger Zeit an nichts anderes mehr."

Lochlan, der das alles beobachtet hatte, sagte: „Dann sollten wir vielleicht besser losfliegen, bevor wieder etwas passiert und eure Flitterwochen noch einmal aufgeschoben werden."

Rafe nahm meine Hand und lachte. „Ausgezeichneter Plan."

Danke, dass Sie das Buch gelesen haben. Ich hoffe, Sie hatten Spaß mit Lucys neuestem Abenteuer. Werfen Sie hier gleich noch einen Blick in den nächsten Krimi, *Zauberer und Zierdraht*.

Wenn Sie als Erste/r über alle meine Veröffentlichungen informiert werden wollen, melden Sie sich hier für meinen Newsletter an:NancyWarrenAuthor.com

Eine Nachricht von Nancy

Liebe Leser und Leserinnen,

Vielen Dank, dass Sie die Serie der *Strickclub der Vampire* lesen. Ich freue mich sehr über die Begeisterung, die diese Serie hervorruft. Ich habe vor, noch viele Geschichten über Lucy und ihre bestrickenden Vampire folgen zu lassen.

Über Rezensionen freue ich mich immer, und vergessen Sie nicht, anderen Liebhabern von Häkel- und Strickkrimis von dieser Serie zu erzählen.

Sie können Ihre Rezension auf Amazon hinterlassen.

Ihre Beiträge sind die Wolle, mit der ich diese Geschichten stricke.

Bis zum nächsten Mal.
Viel Spaß beim Lesen,

Nancy

AUCH VON NANCY WARREN

Der beste Weg, um über Neuerscheinungen auf dem Laufenden zu bleiben und in den Genuss von Bonusinhalten und Preisen zu kommen, ist, Nancys Newsletter NancyWarrenAuthor.com oder folgen Sie ihr auf Facebook auf facebook.com/nancywarrenDeutsche

Der Strickclub der Vampire

Lucy Swift erbt ein Strickgeschäft in Oxford mitsamt dem nächtlichen Strickclub der Vampire, die im Untergeschoss wohnen.

Verwirrung und Verrat – Ein kostenloses ebook für Newsletter-Abonnenten. Die Taschenbuchversion ist im Handel erhältlich. NancyWarrenAuthor.com

Verwirrung und Verrat - Ein kostenloses Prequel für die Abonnenten von Nancys Newsletter

Der Strickclub der Vampire - Band 1

Maschen und Magie - Band 2

Häkelei und Hexenkessel - Band 3

Zwirn und Zauber - Band 4

Lieblingspullis und Liebestränke - Band 5

Weissagung und Wollpullover - Band 6

Schwindelei und Spitze - Band 7

Bommelmützen und Besenstiele - Band 8

Der Buchclub der Vampire

Die Hexe Quinn Callahan aus Seattle wird aus ihrer Midlife-Crisis gerissen, als sie nach Ballydehag, Irland, geschickt wird, um einen ungewöhnlichen Buchladen zu leiten.

Der Strickclub der Vampire: Cornwall

Die aus Boston stammende Hexe Jennifer Cunningham erklärt sich bereit, in einem Fischerdorf in Cornwall, England, einen Strick- und Garnladen zu betreiben – mit Figuren aus der in Oxford angesiedelten Serie *Der Strickclub der Vampire.*

Der Strickclub der Vampire: Cornwall - Band 1

Der Blumenladen von Willow Waters

In einem malerischen Dorf in Cotswold erwartet die Blumenladenbesitzerin Peony Bellefleur ein bunter Strauß aus Blumen, Hexen und Mord.

Die Magie der Pfingstrose - Band 1

Das Karma der Kamelie - Band 2

Die Schnellstraße zur Schneerose - Band 3

Das verwunschene Brautkleid

Ein verzaubertes Hochzeitskleid spielt den Kuppler in dieser Serie romantischer Komödien, in der fünf entflohene Bräute herausfinden, wer wirklich die besten Männer sind.

Die Flucht der Braut - Buch 1

Die Braut aus zweiter Hand - Buch 2

Brautjungfer zu mieten - Buch 3

Ein Brautkleid zum Verlieben - Buch 4

Wenn das Kleid passt - Buch 5

Die Oma

Das Jahr, in dem die Weihnachtsoma das Weite suchte

Um eine vollständige Liste ihrer Bücher zu sehen, gehen Sie auf Nancys Website NancyWarrenAuthor.com

ÜBER DIE AUTORIN

Nancy Warren ist eine USA Today Bestseller-Autorin und hat mehr als 100 Romane verfasst. Sie stammt ursprünglich aus Vancouver, Kanada, zieht jedoch gerne um und hat längere Zeit in England, Italien und Kalifornien gewohnt. Die Inspiration zur Strickrunde der Vampire kam ihr während ihrer Zeit in Oxford. Gegenwärtig lebt sie teils in Großbritannien, in Bath, wo sie oft so tut, als sei sie Jane Austen, oder zumindest eine von deren Romanfiguren, und teils in Victoria, Britisch-Kolumbien, wo sie es genießt, am Meer zu leben. Zu ihren Lieblingsmomenten zählen die Tage, als sie die Antwort in einem Kreuzworträtsel der kanadischen Zeitung National Post war, als sie es mit ihrem Roman Speed Dating, dem Auftakt zur Buchreihe Harlequin's NASCAR, auf das Titelblatt der New York Times schaffte, und die drei Male, als sie für den RITA-Award, den bedeutenden Preis für englischsprachige Liebesromane, nominiert wurde. Sie hat einen MA in kreativem Schreiben von der Bath Spa University. Sie ist eine begeisterte Wanderin, liebt Schokolade und vor allem liebt sie es, von ihren Lesern zu hören!

Die beste Weise, mit ihr in Kontakt zu bleiben, ist, sich über NancyWarrenAuthor.com für Nancys Newsletter anzumelden (auf Englisch).

Mehr über Nancy und ihre Bücher erfahren Sie hier:
NancyWarrenAuthor.com

facebook.com/nancywarrenDeutsche

instagram.com/nancywarrenauthor

amazon.com/Nancy-Warren/e/B001H6NM5Q

goodreads.com/nancywarren

bookbub.com/authors/nancy-warren

KILLER TRACE

Book One: *The Immersion*

By Dan Newberry

Acknowledgments

Hannah Grace Long. You were there when this whole thing was just a crazy idea. You could have shot it all down with half a sentence. But you didn't. You told me the writing looked good, and you encouraged me to continue. I'm so very grateful for your help and guidance along the way.

Michael E. Marks. The wonderful encouragement and insight you gave me was badly needed when I thought about quitting. You brought me the perspective of a seasoned and successful writer. Your points were of course "spot-on" every time. Your appreciation of the finished novel meant (and still means) the world to me.

Gary Larson. Wow. From your amazing cover designs to your stellar advice on marketing, you've come into this thing at a point that I'm sure, in later retrospect, will have been "the" pivotal moment for the book. Thank you so much for everything. You're "the man," without a doubt. :)

Mark Greaney. You told me the idea for the novel was a good one. Hearing that from a best selling author meant more than you probably realized to this fledgling hopeful. It took me almost two years to finally get started, but I kept your valued opinion steady in the forefront of my mind and it spurred me on to finish.

Tammy Pazdro. Your expert work on editing, your keen ability to spot "time warp" issues in the plot... :) and your enthusiasm for the project made a world of difference to me. You're an amazing editor. Thank you so much for all of your work.

Cody Barrett. Your work as a beta-reader and volunteer editor was quite valuable to me, and definitely impacted the outcome of Killer Trace: *The Immersion* in a most positive way. Thank you for all you did.

CIA agents Mike M. and Gordon P. What can I say? Getting guidance and proofreading from members of the best intelligence agency in the world will always be a good thing. Your help on this project has been very much appreciated. I am quite honored to be able to call you both friends.

Christian Maria Newberry. My wife, my soul mate, my very reason for still being here. At every downturn during this process, your prayers and your steadfast belief in me made all the difference. I wouldn't have ever finished this without you. I love you always and forever. :)

"Natalie and Ben" by Christian Maria Newberry

"What human trait is more valuable than love?"
"I don't know," Natalie answered. "I don't know what you're
looking for... faithfulness? I don't know... Ben, this is--"
"Loyalty," Ben stated. "Loyalty has to be the foundation of any
love that could ever hope to last. Love can never be a foundation for
itself."

PROLOGUE

"Sixty thousand?" Mark Ronda said. "Not a problem."

At a quiet table located in the dinner club known as the Black Bear on Roanoke River Lake, 44 year old North Carolina state senator Mark Ronda sat with three doctors, working out the details of a peculiar hunt. A hunt which would, if successful, end with the slaying of a criminal.

A human criminal, yes.

"How do we go about this? When do you need the money?" Ronda asked.

The first doctor answered. "We will let you know once we are set up. You'll get about 48 hours notice. You'll be told where to meet us. Your hunt will likely be in the Atlanta area, but that could change. Bring an extra set of clothing, and be sure you let your family and co-workers know that you'll be going away for a couple of days, so no one misses you."

"What kind of gun will I be using?" Should I bring my own?" Ronda wanted to know.

"We supply the gun. It may be a rifle, or it may be a shotgun, it depends on the nature of the hunt. Are you proficient with all types of firearms?" the second doctor asked.

"Yes. I've hunted game all of my life with all kinds of guns," Ronda said. "Deer, turkey, squirrels, and big game all over the place. Canada, Mexico... rifles... shotguns... whatever--"

"That'll be fine," the third doctor interrupted.

The first doctor looked Mark Ronda sternly in the eye. "You need to know that failing in this hunt will result in the direst of consequences. Once you've been picked up by our operatives you've reached the point at which you cannot turn back. As of now, you've not given us any money and we haven't offered you any specific service. If you walk away now, then you walk away. Dinner is on us, of course."

"But I'm not walking away. I want to do this. Count me in. How do you want the payment?" Ronda asked.

"Cash, of course," the second doctor stated, then added, "Don't try to contact any of us. We'll call you. We will call between 9:30pm and midnight. You won't recognize the number we call you from. You will need to answer the phone. If we don't get an answer from you by the second attempt to reach you, we'll assume you're bowing out. Got it?"

"Got it," Ronda said. "And I should expect to hear something by Labor Day weekend, right?"

"That is correct," the first doctor said. "Probably Friday night."

Chapter ONE

The rumble of the twin Caterpillar diesel engines just beneath the yacht's deck drowned out the sound of Dr. Ben Tavenner's voice as he called out to Natalie Darden.

"Natalie!" Ben called, even louder this time. "You okay girl?"

The twenty-eight year old brunette was sitting at the stern of the boat with her face in her hands. Just moments earlier the pitching and rocking of the 58 foot Chris-Craft yacht as it made its way under full power across the lake had been too much for her stomach. She had thrown up over the rail of the starboard side of the boat.

"Oh Ben... I... I..." Natalie kept her face covered with her hands even though Ben had gently grasped her wrist, trying to get her to look at him and explain what was wrong.

"Bronson said you seemed like you weren't feeling well. He has the wheel now. I'm sorry I didn't come back earlier, I didn't realize--"

"I lost it. My eye. I lost it overboard. I threw up and my sunglasses fell, and my eye fell and I'm so sorry," Natalie sobbed. Ben had never seen her so shaken.

Natalie had met Ben Tavenner when he had tended to her after the loss of her right eye about eight years earlier. Ben was an oculoplastic surgeon, as well as an ocularist. He could perform the surgery necessary to prepare a damaged eye for the prosthesis, and he was skilled in the design and creation of the artificial eye as well. Natalie had been thrown from a motorcycle into some forsythia bushes while riding behind her then boyfriend on the campus of Holloman College near Roanoke, Virginia. Her eye was punctured, and in the months that followed she had endured the necessary surgeries so that it could be replaced with a prosthesis. Ben's replica of Natalie's dark brown eye was excellent and convincing.

On one of her several visits to Dr. Tavenner, Natalie had heard Ben tell his nurse that he needed a new office manager for the practice and Natalie had verbally applied, directly to Ben. She said that she did not intend to return to college anytime soon, and needed work. Ben hadn't hesitated. He told Natalie the job was hers if she wanted it.

"I see," Ben said softly. "Here." He took off his Ray-Ban Wayfarer sunglasses and touched them to the back of Natalie's hand. She took the glasses and quickly put them on.

"But you'll need your sunglasses out here," she said.

"I have another pair in my case," Ben said. "Are you feeling better?"

"Better from nausea, yes," Natalie answered. "But horrible about what I stupidly let happen. You know I don't have another one."

"No worries," Ben said with a wink. "I know a guy that can help." He softly touched Natalie's cheek in a gesture of affection she had secretly craved from him for years. His touch felt so comforting... so genuine...

"I will have Bronson take us back to the dock, and I'll drive you home from there."

"No need to Ben," Natalie said. "I've texted Emily and she will be waiting at the restaurant when we get there. She will get me home."

"Are you sure? I'd be happy to take you home. These other guys are boring me today anyway," Ben said with a smile.

The "other guys" on board were two more of the "group of six" as they often referred to themselves. Fifty year old Dr. Bronson Garner was an orthopedic surgeon who had moved down to the River Lake area of Virginia from Cleveland to set up a practice in a more relaxed environment. He was a clean-shaven relatively unassuming fellow, just under six feet tall with salt and pepper hair and hazel eyes. Red-headed fifty-five year old Dr. Chuck Zimmerman, DDS was a dentist who specialized in cosmetic dentistry, and he had his PhD in psychology as well. He enjoyed bicycling, and his overall fitness reflected that. Both married doctors had their wives on board with them, and Natalie was presumed by the others to be Ben's date for the outing. Ben had never asked Natalie on such a trip before. The guys were always going on hunting and fishing and boating trips together. But this time, for the lake outing, Ben had asked Natalie to come along. It was Saturday of the three day Labor Day weekend. He had invited her on the boat trip the

Thursday before. She was hardly able to contain her excitement, but she was careful not to let Ben know how deeply she had fallen for him in the few years that she had worked as his office manager, and receptionist... and general secretary. Ben had come to depend heavily on her. she realized. But she wondered how much he realized it. The rest of the office staff simply viewed Natalie as Ben's personal assistant, as she would run errands of all kinds for him, sometimes at odd hours of the night.

"Emily is already on her way I'm sure," Natalie said. She looked up at Ben as he stood beside her. His six foot two inch frame was athletic for a man in his late forties. His dark hair was just beginning to tinge gray in places. His clear blue eyes were sympathetic, yet strong.

"Okay, we'll head on to the Black Bear," Ben said. "I'll wait with you until Emily arrives."

"Thank you Ben." Natalie's voice wavered a bit. "I'm just so sorry about this, I really am."

"Don't apologize," Ben said comfortingly. "I just want you to feel better. I have some business to take care of late this afternoon, but I'll call you tonight... probably around ten or eleven, okay?"

"Okay."

Emily Darden was Natalie's identical twin sister. They had always enjoyed the surreal bond that identical twins are so often reported to experience. In fact, when Natalie had had her accident, as she lay on the stretcher in the hospital emergency room, hurting severely and fearing the worst, Emily had simultaneously developed a debilitating migraine headache. Though she was more than 100 miles away in Charlotte at the time, she felt a splitting pain behind her right eye—the same eye that her sister would lose. That pain would visit her at various times through the years thereafter, always connected in some way to Natalie's emotions. When the girls' mother had finally reached Emily to let her know what had happened, the migraine had gotten so bad that Emily had left school for the day. She was at her small apartment, on her bed, holding a bag of ice to her head when she finally felt like she could answer the phone which had been ringing every ten minutes for the last ninety.

"My God, I knew it! Oh my God!" Emily had cried. And in spite of her pain she drove her little Honda Civic as fast as she could get away with to Roanoke to be with her sister.

Chapter TWO

The street lights of Washington, D.C. had been on for around twenty minutes, reflecting on the damp streets from a late summer rain that had just passed. It was shortly after 8:00pm as Brent Sterling drove the black Chevrolet Suburban into the Washington Highlands section of the city. He pulled the large SUV into the vacant parking lot of a defaced and out-of-business convenience store on Atlantic Street. The concrete pavement was cracked all over with slabs jutting up here and there, leaving room for grass to sprout up just long enough to wish it had picked a better part of town. The underground gasoline storage tanks had been dug up and red clay fill dirt was heaped into the holes creating what looked like a couple of thirty foot long mass graves just next to what was left of the building.

Window tinting on the Suburban made it virtually impossible to see into the vehicle from the rear or sides. All occupants sat quietly for what seemed to Mark Ronda an eternity. The street was much calmer than one might have expected for an urban area. It ran through a part of the city that people went out of their way to avoid, especially after dark. A light colored sedan slowed down as it approached the area where the crew was parked. Three occupants looked hard, seeming as though they might be thinking of approaching the Suburban. They made the right decision and moved on. The fact that the Suburban was black tended to lead a lot of folks to assume it was a big government vehicle. This was not entirely unintended.

"What next Outlaw?" Ronda asked nervously from the second seat back. His palms were sweating and he could hear his heart as it pumped anxiety. His floral cologne made a noxious cocktail, blending with his perspiration, prompting Morgan to roll down the side window.

"You don't know me well enough to call me Outlaw," Sterling said in his deep southern voice. He smoothed his dark brown bushy mustache with his thumb and forefinger, tugged his goatee for good measure, then he pulled the brim of his black Stetson hat down slightly. Brent Sterling was 51 years old and a veteran of the Gulf War in Iraq. Good mechanic, CDL licensed truck driver, quick-draw champion with his Ruger Vaquero and horse trainer were only some of his many skills. "Just sit tight and stay quiet," he ordered.

"Quiet, yeah," Morgan Coffey said from the shotgun seat. And in fact she did have a short barreled Remington 870 12 gauge, loaded with slugs and buck shot alternated in the eight round tubular magazine. A laser sight mounted to the shotgun allowed for accurate fire onto dimly lit targets. The muzzle of the gun was fitted with a spiked breaching attachment, and it rested on the floor between her feet, the butt stock against her right thigh.

Morgan had known Brent Sterling for four years. The two had a rare chemistry that prompted Sterling to insist that she be added to the group as a sixth member. None of the others had regretted the inclusion of the petite blonde 36 year old Australian immigrant, as her curious talents had proven to be of great benefit to the group.

Ronda did, as directed, sit tight... and *almost* quietly. "She calls him Outlaw for goodness sake," he murmured to himself. He was fidgeting with the safety on the suppressed AR-15 rifle he was holding across his lap. He kept looking nervously around.

"Cut out the noise back there," Sterling said. "You don't have a round chambered do you?"

"Uh... no," Ronda replied. "I don't--"

"You think I'd let him have a round chambered and ready to go in that thing sittin' right behind you boss?" Melvin Lemons said laughingly from the last row seat. "Give me some credit brother, give me some credit!"

Melvin Lemons was the camera guy and "back seat controller" as he referred to himself. He would operate the sophisticated infrared video camera that would record the kill. There were two other cameras on the Suburban, facing front and rear with wide fields of view in both directions. In addition to Melvin's camera responsibilities he was to operate the FN P-90 machine gun sitting ready just to his left—if it were to be needed.

"I think we've got one," Sterling said in an almost bored tone. "White shorts, dark tank top, a couple blocks in front of us. He just stepped onto the street from behind that brick building. Looks like he sees us."

"Okay," Melvin said from the rear seat. "Listen up Mark. From this point forward--until otherwise told--you are listening only to Morgan's voice. You will be following her commands. You've been briefed on the consequences of failure in this mission, and we trust you understand those consequences. Right?" There was a surreal calmness in his voice.

"Err... yeah," Ronda slurred. He continued to look around nervously.

Morgan began. "Okay Mark I've got you now. You're communicating with only me until otherwise advised. Fire only when you hear me tell you to. If you shoot when you're not told to shoot we'll leave you dead here with the perp," she continued in her commanding Aussie accent. "Fire only when you hear my voice say FIRE! Got it?"

"Got it?" Morgan repeated herself.

"Uh, yeah. Got... it," Ronda stammered. He was still looking all about the vehicle.

"Stay focused!" Morgan commanded.

The twenty-something male moved steadily in the direction of the Suburban, just as Sterling and his crew had intended. A second individual came from seemingly nowhere to join him, and the duo continued toward the Suburban.

"Roof back!" Morgan ordered. Melvin opened the large sunroof just above the seat where their client, Mr. Mark Ronda, North Carolina state senator waited with his heart running past 100 beats per minute.

As the sunroof fully retracted, the target individual and his accomplice were closing the gap on the Suburban. At approximately 150 yards away, the target raised his shirt a bit and tucked it behind the grip of a pistol he was carrying under his belt.

"Gun!" Sterling warned.

One gun or two?" Melvin wanted to know. His hand was on the P-90.

"One gun so far," Morgan answered. She'd been watching through a compact pair of Zeiss binoculars which were excellent at identifying targets in low light conditions.

"Get ready!" Morgan shouted as the duo of street thugs drew within 100 yards of the vehicle. This was the client's cue to stand up and engage the target through the sunroof of the Suburban. And it was Melvin's cue to come up beside the client, leaning across the middle seat with the infrared video camera through the roof opening. Sterling quickly placed an extra Go-Pro camera on a magnet mount on the roof, aimed back toward the client. Both the driver's side and passenger side front windows were rolled down, allowing Sterling and Coffey to fire on the perp if necessary. Morgan already had a round chambered in the 12 gauge, and Brent held his 44 ready in his left hand.

"Chamber!" Morgan shouted, and Ronda clumsily fiddled with the charging handle on the AR-15 rifle.

"Here, let me help you," Melvin said as he calmly took hold of the rifle and chambered a round of Federal Gold Medal 69 grain match ammunition. He put the rifle back into Ronda's hands and whispered "There ya go buddy-ro, it's ready to rock." But Ronda just continued to look all around the vehicle, as if he couldn't see the target.

"Acquire target!" Morgan shouted, as the duo continued to close in on the Suburban. "He's right in front of you!" The street was dark enough that the Suburban remained somewhat cloaked in the shadows.

At eighty yards distance, Ronda peered through the red dot

18

holographic sight on the semi-automatic rifle, and put his finger on the trigger. He could see that the perp had drawn the pistol and was holding it at his side. Ronda had been informed as a condition of the agreement that if he failed to take his target he would not be allowed to go safely home. He had stated that he understood this, and that he knew the reasons for the requirement.

The perp was getting so close to the Suburban that he would soon be able to see the silhouette of the man with the rifle, and the cameraman beside him extended through the roof of the SUV. If he sensed danger, he might run.

"FIRE!" Morgan gave the command. Ronda came off the gun sight and once again looked around, as if he wasn't sure he could go through with the kill.

"FIRE!" Morgan repeated the order.

Ronda pulled the trigger hard, and lost a precious couple of seconds before realizing that the safety was still engaged on the rifle. He switched the safety off, as Morgan shouted "FIRE, NOW! LAST CHANCE!"

Brent Sterling switched on the headlights, and the perp froze briefly. With the red dot sight more or less centered on the perp's chest, Mark Ronda sloppily yanked the trigger.

The AR-15's suppressor reduced the signature of the fired round considerably, but the sound of the super-sonic shot would still be heard from blocks away. The Matchking bullet hit the armed thug high in the chest, just under the neck, and slightly right of center. The crush cavity created by the high speed bullet would have totally destroyed the throat and spine. The target was dead before he hit the ground. The pistol he was holding fell to the pavement as his colleague sprinted away. Sterling already had the vehicle started and moving toward the downed target. Melvin grabbed Ronda by the belt and jerked his diminutive frame back through the sunroof. "Get down man!" Melvin shouted, as he simultaneously took control of the AR-15 to make it safe.

As Sterling slowly approached the downed body, he shone his high powered Streamlight flashlight onto it, noting the location of the fatal wound.

"You 'bout took his head off Mark. Good job!" Sterling said as he snapped a couple of pictures of the body with a small digital camera. The pictures would be inserted into the video which would be produced when the crew arrived back to base—a location that varied for each new client.

"What kind of pistol?" Melvin wanted to know.

"Piece of crap Hi-Point," Outlaw said. "You want it?"

"Naaa," Lemons answered. "Let's get outta here."

This would be a "no harvest" shooting, and the body would therefore be left where it had died. Street thugs were the most inexpensive hunt that the group of six offered, and the "no harvest" option was always stipulated on a client's first outing with the group. Mark Ronda had agreed to pay just 60,000 dollars for this hunt. He only knew that he would be shooting a "criminal." Additional details would be given only when the team approached the location of the quarry.

Chapter THREE

Natalie had fallen asleep on the plush sectional sofa in the living area of the townhouse that she shared with her sister Emily. Emily had never felt comfortable living away from Natalie since the accident, so they had shared a home ever since. As Natalie stirred awake, she noticed a peach scented candle—her favorite—burning on the coffee table next to the sofa. The flame pulsed and swayed inside the glass jar, giving off the only light in the room. She realized that she had a blanket from her bed thrown across her. There was a nearly finished glass of wine on the table next to the candle. She did recall finishing two glasses of wine earlier and then most of the third one before falling asleep around dusk that evening. Emily had comforted her sister, but she was unable to hide the fact that her migraine had returned, a sympathetic reaction to the anguish that Natalie had to be experiencing.

It had been a long and difficult road for Natalie to arrive at some semblance of normalcy after the fitting of her glass eye. She had learned to move her eyes in such a way to prevent crossing or abnormal appearance as best she could. Hairstyles were contrived to perhaps get the attention off of the prosthetic eye, and sweetly Emily would wear the same style. It was quite difficult for most people to tell the girls apart.

Natalie was staring at the candle, begrudgingly reminding herself that the incident on the boat was real. It was not just a bad dream.

"I was beginning to wonder if you were going to sleep all night," Emily said from the chair next to the sofa. "It's almost midnight. I've practically finished a novel sitting here."

Natalie felt awful. Not sick awful, but embarrassed awful... ashamed awful... depressed awful. What must Ben think of her? It would take days and maybe weeks before she could get a new prosthesis. How could she work like that? With an eyepatch? In an eye surgeon's office of all places?

"You gave me too much wine," Natalie murmured as she sat up on the couch. She tousled her hair to cover the right side of her face, then glanced toward Emily and wasn't terribly shocked to see her sister wearing a chocolate brown leather patch over her right eye. Natalie had bought that particular patch years before because it matched her hair and eye color perfectly.

The white light from Emily's Kindle reader looked like moonlight on her face as she continued to hold the device close. "I borrowed your brown patch," she said with a smile.

"Emily don't even--" Natalie began.

"I had to. I got the migraine again. You know this is the only way I can stop it. I still have have a patch of my own if you want this one."

"No sis, that's fine," Natalie said. "I hate this... I'm so sorry."

"It's okay. Really, it is," Emily said. "In a way, I'm glad about it. I'm glad I can... sort of be in this place with you... if you see what I mean. I love you." Emily softly smiled.

"I love you too sis. Forever. With all of my heart."

"But let me tell you something really funny!" Emily exclaimed.

"What?" Natalie tried to smile.

"I knew you would need your car back, so I asked Lyndon if he wouldn't mind driving me over to the dock to pick up the Impala. He said 'sure'… and so he drove me over there… and on the way he said he wanted to ask me something. I said 'ask' … then he proceeded to ask me if I thought that Emily would go out with him! He thought I was you because… well, because of the patch and he knows about your eye of course… so he thought I was you and he wanted 'you' to ask 'me' if I would go out with him! Can you believe that? The head of maintenance of Laurel Hill Townhouses. I guess I could do worse?" Emily laughed. "He's cute though, you have to agree."

The irony indeed caused Natalie to smile, then laugh, then the sisters enjoyed uproarious mirth.

"He'll be mortified if he finds out he was talking to you instead of me," Natalie said, still laughing. She would get through this whole thing. She had surely been through worse. Emily would be there for her, always.

Emily poured two fresh glasses of wine, and then said "You need to check your texts by the way. Ben has sent a couple."

"Okay," Natalie mused. "I wondered…" She picked up her phone and switched the ringer volume back on, as Emily had silenced the phone so her sister could sleep. Then she read the texts. Ben had texted twice, once at 10:12pm and again at 11:04pm asking Natalie to call him when she got a chance. "No matter when tonight just call," the second text had read.

Ben was on the interstate heading back home after a late evening business trip he'd embarked on following lunch with the others at the Black Bear. A few minutes past midnight, his phone rang with Natalie's ringtone.

"How are you?" Ben answered. "I've just been driving around killing time, waiting to hear from you."

"Really?" Natalie asked after a short pause. She combed her fingers through her hair, ensuring that the thick brown curls were tucked well against the right side of her nose.

"I have indeed," Ben said. "I just wanted to be sure you were good. I mean, you know, not worried about anything. I don't want you to worry."

"I'm not worried," Natalie lied, switching the phone to her right ear. She used her nails to comb the left side of her parted hair behind her ear. She combed it over and over again. It was just a voice phone call but Natalie was feeling quite self-conscious. Emily watched, her heart breaking for her sister.

"We have that dinner at the club tomorrow at seven," Ben reminded. "You told me this morning you'd go with me. Remember?"

Natalie blinked hard, staring at the candle. The flame flickered "Well?"

"But how can I go? You know I don't have another eye. I'll embarrass you. You're an eye specialist and an ocularist, and your date shows up with an eyepatch? Get real!"

"I am real," Ben confidently replied. "You have some nice eyepatches Natalie. I know you do, I've seen them" (and he had, but it had been some months since she'd worn an eyepatch at work while an infection healed). "I don't have another date. It's you or I end up going alone."

The candle's flame merely smiled. The soothing peach aroma followed a deep breath.

"So I'm your last resort it sounds like," Natalie half chided. She was flattered by the fact that Ben still wanted her to be his date for Sunday dinner at the club. With his friends. With his peers. And with so many others...

"I trust you know better than that. I'll pick you up tomorrow at

6:30pm. No excuses."

"No excuses," Natalie agreed. And she hung up the phone wondering... perhaps... if Ben might really...

"No, I can't let myself go there just yet," she decided.

Chapter FOUR

The annual dinner at the Lake House supper club appeared to be a success, with many socialite types in attendance. The invitation-only event was held each year on Sunday night of the Labor Day weekend. Sterling and Coffey were not in attendance, as they were still with Mark Ronda, debriefing and observing him after his Washington D.C. kill less than 24 hours earlier.

Melvin Lemons was in quasi-attendance of the event. He had taken up a position on a knoll around 450 yards from the club, hidden in an evergreen thicket, 20 power binoculars on a low tripod for observation.

His Remington LTR .308 sniper rifle lay cased and ready at his side. Tonight, as in every night so far, the rifle would not be called upon.

Melvin was in his early thirties. With a Native American father, and an African American mother, Lemons never quite knew which "race" block to check on documents which asked that question. He'd check Native American half the time and African American the other half. And sometimes just for the heck of it he'd check Asian, since the American Indians were believed to have come from Asian populations across the frozen Bering Strait thousands of years ago. He typically wore his wavy shoulder length black hair in a short ponytail.

Lemons was an extraordinary rifleman. He could send all four shots from his bolt-action LTR's magazine as fast as most guys could pull the trigger on a semi-automatic rifle four times. And Melvin's shots would hit their mark with uncanny regularity. While he preferred to keep targets inside 600 yards, he had made kill shots to just shy of 900 yards in past times of need with that 20" barreled .308 rifle.

The view from the Vortex binoculars that evening was boring, as usual. The socialites began leaving the club around 10:45pm according to Melvin's Marathon GSAR automatic wristwatch. He recognized most of them. He definitely recognized Carter Knox, the county sheriff, and his wife... "Ginger? Gertrude? Gretchen? Whatever... some kinda G name it don't really matter," he silently mulled.

Melvin's job was to provide cover and relief to the group in the event of hostile action by any individual or group of individuals, regardless of affiliation. He saw Ben Tavenner emerge from the side door of the club, with Natalie Darden holding his left arm. Melvin moved to the rifle, stretching his five foot ten inch frame into the prone shooting position. He followed Ben and Natalie in the Nightforce NXS telescopic sight, dialed to 15 power, until they were both safely in Ben's Audi. He would do the same for all of the other members of the group, ensuring the safety of each of them. The three doctor members of the group left in five minute intervals. This was to allow Melvin to cover each of them individually as they made it safely to their cars. When all had reached their respective vehicles and left the area, Melvin said lowly to himself with a sarcastic smile, "Oh well... maybe next time."

"You were amazing," Ben said to Natalie as they pulled away from the club in the polished black A6. "Absolutely amazing."

"Thank you Ben, I truly appreciate that," Natalie said. She flipped down the passenger side visor mirror to check her make-up and only then remembered that she was wearing her black satin eyepatch. It was relatively small, with a very thin strap—as unobtrusive as she could get away with. She had of course felt the patch against her skin, and had adjusted the strap a few times that evening to keep it from smudging her eyebrow make up. But she'd been largely able to forget about the patch, and only now paused to note that no one at the event had said a word about it.

"So did you send memos to everyone in attendance that they were not to say anything about my eyepatch?" Natalie truly wondered.

"No, of course not. So no one said anything?" Ben smiled. "I'd have thought someone would have been drunk enough to say something."

"Well, no one did," Natalie said. "I guess I'm surprised, but I'm glad about it for sure. People can be rude, especially when they're drinking."

Ben drove along highway 40 heading east, in the direction of Natalie's home. He was quiet for the most part, and at one point he turned on the radio and immediately switched it off when a commercial was playing rather than music. Ben did not seem his ultra cool, totally in control self for some reason. He started to ask Natalie if she had enjoyed herself but the ringing of his phone interrupted him.

"What's up?" He asked. It was Morgan Coffey, and there was a coded sense of urgency that they meet immediately. "Okay, no problem," Ben said, and ended the call.

"Do you have time for a slight detour?" Ben asked.

"Sure," Natalie said. "Is everything alright?"

"Yeah, everything is fine," Ben assured. He might have taken Natalie on home first, but he hoped to visit with her in the car a bit when they reached her home, so he decided to simply take her with him to see what the crew was concerned about. She could wait in the car for the short while he would be there, he reasoned.

Turning the car around on route 40, Ben accelerated back toward the north shore of the lake to a residence that sat around 100 yards from the water's edge. There were a couple of vehicles in the driveway. One was a darker colored Jeep Rubicon, not black, but dark green or maybe blue, the lighting wasn't adequate to know for certain. It sat just outside the garage, facing the street.

"Emily has a Jeep like that one, but it's red," Natalie said as they pulled into the driveway. "You probably saw it when you picked me up."

"Yeah, I think maybe..." Ben said, and added "I hope you won't mind waiting, I shouldn't be long."

"No problem, take your time," Natalie smiled. "I get to sleep in tomorrow."

And Ben indeed did take his time. Nearly half an hour later, Natalie began to worry about him just a bit. "The phone call seemed urgent, so maybe something had gone wrong?" she pondered.

Natalie started once to call him, then twice... and at the forty-five minute wait point she took her phone from her purse and dialed his number.

It took her a moment to realize what was actually happening. She heard the Scorpions song "No One Like You" blaring from the Audi's console. It was Ben's phone. Natalie hadn't noticed that he'd left it in the car. She opened the console to get a look at the phone, and saw "Natalie" on the caller ID as Klaus Meine continued the chorus:

"There's no one like you
I can't wait for the nights with you
I imagine the things we do
I just want to be loved by you..."

"Wow. I am not even believing this. That call he got earlier didn't have this ring tone," Natalie mused aloud. "I wonder if he uses this same ringtone for all the other women he chases around."

But Ben Tavenner actually did not chase women around. Since his wife Sharon had gone missing some three years prior, Ben had kept to himself. He missed only a couple days of work when Sharon disappeared, and merely said that she had been having some emotional problems, and he wondered aloud if she was hiding somewhere, or if perhaps she had ended her life somewhere in such a way that her body would not be found. Ben had been fully cooperative with the police, and had checked in every month or so to see if there had been any developments. He was assured early in the investigation that he was not a suspect in Sharon's disappearance.

Natalie placed Ben's phone back into the console. It was then that she noticed in the dim light of the console's illumination lamp a prescription medicine bottle without a label on it. It seemed to contain something wrapped in a rolled layer of cotton. She looked at the bottle a moment and started to put it back into the console, but her curiosity overcame her. She opened the bottle, and dumped its contents into her right hand. When the cotton packing was unrolled a bit, she immediately realized that there were two scleral shells in there, which is to say two prosthetic eye coverings which fit over a damaged eye to make it appear more normal. However, these eyes were not normal at all. They had a jaundiced, severely bloodshot appearance, with very dark irises and fully dilated pupils.

"What in the world?" Natalie wondered, nearly aloud. "Who would want these? These are horrible!"

She quickly rolled the disturbing eyes back up in the cotton, put the roll back into the bottle and replaced the cap. She then placed the bottle back where it had been, with Ben's phone on top of it. Natalie was reeling from the discombobulating events of the previous two minutes. Ben's ring tone had caused her heart to race with joy. And then those eyes... There surely was a reasonable explanation, but what? What sort of "reasonable explanation" could be offered for the painstaking construction of such horrid looking eyes?

The sound of laughing could be heard as two men emerged from the residence. Ben and Brent Sterling were always laughing it seemed. They enjoyed each others company quite a bit. They came to Ben's car where Natalie had been waiting for just shy of an hour, and Ben opened the driver's door and got inside. He was quite apologetic.

"Natalie, I'm truly sorry about the wait. There was some urgent business that needed to be taken care of. I'll make this up to you."

"It's fine," Natalie said. "I was just resting and hadn't really noticed the time."

Sterling knew that Ben had become very fond of Natalie, to a degree that Natalie herself didn't even realize. Sterling was a bit worried about another woman getting so close to Ben. But who was he to say? This operation was Ben's brainchild, and while Sterling was certainly one of the six, he knew that what Ben said would ultimately rule. If Ben was about to get himself mixed up with a girlfriend then that was Ben's business. Sterling just hoped that the secrecy of their operation would not be compromised. The money was way too good to take careless chances with outsiders.

"Hello gal," Sterling smiled as he leaned over far enough to make eye contact with Natalie through the car's open door. "It was my fault you were kept waiting, not Ben's," he said.

"That's quite alright," Natalie replied, then added "What a nice house you have here."

"Get a good look at it tonight," Sterling said with a wide smile. "We're moving day after tomorrow."

"Oh, here Brent..." Ben said to Sterling as he turned to open the console. He retrieved the medicine bottle which contained the ghastly eyes, and handed it over. I was going to give you this tomorrow, but since I'm here..."

"Thank you boss," Sterling said. "I'll give you a shout tomorrow."

After bidding Brent a good evening, Ben backed the Audi out of the driveway, and continued on Belding lane to highway 40, and turned back in the direction of Natalie's home. Once on the highway, Ben opened the console to retrieve his regular cell phone, which indicated "1 missed call." He then noted that it had been Natalie who had called.

"You called me, it appears." Ben sounded almost miffed.

"I'm sorry, yes, I did. I was wondering if you were okay. I really was.

I just wanted to check on you. You know how you wanted to check on me last night? That's what I was doing, just checking on you. That's all. I wasn't rushing you or--"

"It's fine," Ben said calmly. "And I guess you've learned of my affinity for the Scorpions."

"They are a good band," Natalie said nervously. "I--I should listen to them more."

An awkward silence passed.

"Do you like your ringtone?" Ben finally asked. His head was tilted slightly down, his eyes were fixed on the highway ahead.

"Is that just *my* ringtone?" Natalie replied hopefully, yet accusingly.

Ben paused a moment before answering. He cast a side glance toward Natalie then turned his eyes back to the road ahead.

"Yes," he finally said. Ben was not the kind of man who was prone to being out of control in any situation. And this wasn't supposed to be happening yet. Natalie was not supposed to know of his true feelings for her. This could cause problems, he said to himself.

The two rode without speaking for the next twenty minutes. Each was wondering what the other was thinking. And for the time, Natalie had completely forgotten about those eyes in that bottle that Ben had given to Brent Sterling. Those didn't matter too much just now. That issue could be pondered some other time. As of now, she was letting herself hope. She was letting herself *believe*.

Ben pulled into a parking space outside Natalie's townhouse. Emily pulled an upstairs curtain back and was satisfied to see that her sister was home, albeit a bit later than was originally expected.

Natalie sat motionless for a moment, then started tracing along the pleats of her skirt with the purple polished nail of her index finger.

"Well," she finally said, "I had a really great time and I appreciate--"

"Wait," Ben said, reaching for Natalie's hand. He took a deep breath. "I think that something has come out tonight that was going to come out, but maybe just later on... maybe... maybe not right now... but it has come out..." Natalie studied Ben's face in the shadowy interior of the car. He was still holding her hand.

"I'm sure I'm too old for you," he finally said. "I'm--"

"Eighteen years three months and twelve days isn't that long," Natalie replied.

"So you've actually counted that out it sounds like," Ben said, feeling encouraged.

"Oh yeah," Natalie said. "I counted that out not long after I had come to work for you and the office gave you a birthday party."

"I was still with Sharon then." Ben raised his eyebrows a bit.

"Yeah, I know," Natalie smiled. She placed her right hand over Ben's hand which she was already holding in her left.

Ben looked directly into Natalie's dark brown eye. He had done this many times before, but never in this way. He had done this from the beginning, when he studied her eye, making sketches of what her prosthesis should look like. There was strength showing in the gaze of that eye. There was a peace about life. There was... *resolve*. This girl would not be brought down by the troubles that life might send her way. As it looked calmly through the lenses of the measuring equipment that Ben had used in an effort to duplicate it, it looked, seemingly... right into Ben's soul.

"Let me tell you what happened yesterday!" Natalie broke the gaze. Then she went on to tell Ben about Emily wearing an eyepatch and the reason for that, and how Lyndon the maintenance guy's mistake had made for a lot of laughter between the girls.

Ben laughed now too, and shook his head. "That's pretty hilarious," he said. He was thankful to be rescued by Natalie's perfectly timed wit. She always knew just what to do, just what to say...

"Thank you Natalie," Ben said. "Thank you for... being you."

Natalie released Ben's hand and adjusted her eyepatch a bit to press against the right side of her nose. It was a near involuntary action, the intention being that a person to her left would not see underneath the patch. She was still self conscious about her eye, and she always would be.

"I'll get to work on a new eye for you Tuesday. You shouldn't be without it for very long," Ben advised.

"Yeah, I know," Natalie said. "But I don't want to trouble you. It was my foolish mistake that caused the problem."

"It's no trouble, you know that," Ben said. "You do a lot more for me than I ever end up doing for you anyway," he added. "I'll do my best."

"I do kinda like the patch sometimes though," Natalie admitted. "It's liberating in a way... I'm not trying to hold my eyes just right, I don't have to worry about looking to the right and someone seeing my right eye crossed... and I don't have to put up with people looking at me funny, switching back and forth between my eyes, trying to decide

exactly what isn't right. The patch is just an in-your-face kind of thing...
but I know you don't need an eyepatch girl at the front desk of your
business," she added, laughing.

"That's what I'm going to have for a week or so anyway," Ben
smiled. "And you've worn patches at work before, remember?"

"I wasn't working out front then," Natalie reminded. "Do you want
me to get a temp to fill in out front for a while?"

"No," Ben said. "You look better than you apparently realize. It's no
big deal at all. Just don't start advocating for eyepatches instead of
artificial eyes or you'll cost me a fortune!" he laughed.

Ben took Natalie's hand once again, and leaned across to kiss her. He
had kissed her on the cheek twice in the years that she had known him.
Once when he was quite exuberant about her fixing his locked up laptop
computer, then one other time when she was leaving for a few days to
attend the funeral of her grandfather. Ben had hugged her then, and
kissed her on the cheek.

Tonight, however, Ben kissed Natalie proper. His normal
commanding manner was with him again, and Natalie was as an orchid
in the hands of an entity that she did not fully know the power of. She
knew there was a lot more to Ben Tavenner than he had ever fully
revealed to her. She had long wondered about that "other side" of the

man she had fallen in love with years before. She suspected that there was darkness there. If so, she would submit to it. It was too late not to.

Ben pulled Natalie toward him, his right hand gently behind her neck. And there she experienced the most wonderful kiss she had ever received. She might have stayed there always.

"Mmmm..." Ben quietly remarked as he came away from Natalie's lips, releasing her from his grasp.

Natalie could barely believe what had just happened. "Is this... is this for real, Ben?" she asked, nearly crying.

"Oh that was a real kiss if that's what you mean," he teased. But then he got serious. "I could ask you the same thing. Are we for real? Is this thing a 'go'?"

In addition to Ben's other skills, he had also pursued and obtained a degree in psychoanalysis—no small endeavor. He had studied the intricacies of the human mind since he was a teenager. He wanted the degree more to satisfy his own curiosity than to improve his income. He simply wanted the knowledge. That said, on two days of the week he worked as a psychoanalyst, and three days a week he served patients in his eye clinic.

"As far as I'm concerned, it is for real," Natalie answered. "It has been real for me for a long time, honestly. And you *have* to have known. *How could you not have known?* How could a psychoanalyst not have known? I've been in love with you from the very beginning I guess. You never looked at me with pity as so many people did after I lost my eye. I couldn't wait for my next appointment with you, to see you again. Emily always brought me. She drove me until I was comfortable driving myself again. And you were so kind. I thought if there was any reason you'd like me, you'd like my sister better. She was everything I was, except with both eyes. But you didn't look at her that way. You seemed so attentive to me. I thought maybe it was just your professional demeanor, to keep your patients positive and calm about things... but then when I asked you for a job, and you hired me, I began to think maybe I was acceptable in your sight. It meant more to me than you may ever know... but I'm telling you now, I love you. There. I said it. But if I know you, you won't say it even if you do love me." Natalie took a tissue from her purse and dried a tear which ran from under her eyepatch.

Ben placed his hand again on Natalie's back, just below her neck. "Sounds to me like you don't know me then," he said. "I love you girl. How about that?"

Natalie looked into Ben's eyes, seeming not to believe what she had just heard. She reached out to touch his face, but stopped short, her fingers hovering an inch from his cheek. She was crying.

"*Really*? Ben... do you *really* mean it? You love... *me*?"

Ben gently took hold of Natalie's wrist, and brought her fingers onto his cheek. "Yes, I mean it," he said. "I do love you Natalie. And I have loved you, I guess for a long while." He kissed her hand and smiled. "Your mascara is running. I'll call you tomorrow, okay?"

"Okay," Natalie whispered. But she could have happily spent the rest of her life right there in that Audi A6 with the man who had made her whole again. Ben Tavenner was Natalie's hero, and no other man would ever in a thousand years compare to him. No matter what else he might be, no matter what he may do, her love for Ben would never be shaken.

Natalie spent nearly two hours being debriefed by Emily about what had transpired with Ben that night. Emily had of course known of her sister's affection for Ben, and was quite happy that it seemed Ben now felt the same way for Natalie. But upon learning of the strange eyes that Ben had passed along to Brent Sterling, Emily was perplexed, and like her sister, did not know what to make of it.

"I'm working tomorrow. I need to get some sleep," Emily said, yawning.

"Working with both eyes, I'm sure," Natalie replied with a smile.

"Yes," Emily said. "I'll have to take the patch off in the morning. Just pray I don't get a headache."

"You don't need to get a headache sis. I'm good, you know that now. Everything is going to be alright."

Chapter FIVE

As Natalie slept late, Emily was working at her job as a flight instructor, teaching students how to fly small aircraft as well as gliders. She loved her job, as she could choose the hours that she worked, coordinating with the individual student's schedules. Since it was Labor Day, three of her students had the day off, and wanted to schedule training time. Emily was happy to oblige.

The girls' father, Robert Darden, had passed away when they were 24 years old. He had contracted a rare virus while on vacation in the Caribbean and died only a couple of days after returning to his home in Virginia. Mr. Darden had handled his finances very well, and had left the girls with a well managed portfolio. He had given the girls a good work ethic, and they had continued to do well with their investments.

After their father's death, Natalie and Emily's mother had moved to northern Virginia to be near her sister. Theresa Darden stayed in touch with the girls, mostly by social media, and was doing well with new friends and a part time job that she enjoyed.

At 10:10am on Labor Day, Ben logged in to his Facebook page from an expendable smart phone. Using commonly available pay-as-you-go phone cards, it was simple to remain relatively anonymous with a given phone, at least for a time. Then that phone would be discarded and another activated to replace it.

His Facebook profile was not of himself. The name was fictitious, and the pictures were of another person. For effect, pictures of horses and cowboy stuff were added. His profile seemed about as real as anyone else's on Facebook, honestly. "Buck Conover" was the guy. Presumably.

So Buck found a story in his Facebook news feed about a German Shepherd that had done some sort of heroic thing. Any story shared about an animal... a horse, dog, cat, bear, gorilla--whatever--if it was about an animal, that would be what Morgan Coffey would look for.

Morgan would log in later that day, using an account that she and Brent Sterling shared, and either "like" Buck Conover's animal post, or she would "love" Conover's post. A "like" by the fake profile set up by Morgan (under the name Connie Pennington) would indicate to Ben that the team was ready for their next client. A "love" meant that they needed at least one more day. This would keep traceable communication between members of the group to a minimum. Once Ben got the ready signal from Sterling and Coffey he would communicate with the group's latest client, letting the individual know where and when to meet the team.

Ben logged out of Facebook and thought of calling Natalie just then. "Too early," he decided. "Let her sleep.

Natalie was stirring awake by 11:20am, and Ben was on his fourth cup of Black Rifle Coffee, the "Murdered Out" blend. His phone sounded the incoming text alert at 11:25am and he quickly picked it up to check the text.

"Morning :) " was Natalie's message.

"I guess it's still morning for another half hour or so :) " Ben replied. "I gotta get some food. You free?"

"Yes."

"Thirty minutes?"

"You're funny. An hour."

"You want to see me starve? :)"

"45 minutes, casual okay I hope."

"Of course. I'll be waiting out front."

Natalie checked the Omega De Ville Ladymatic wristwatch that Ben had given her as an "employee bonus" two years earlier. She still had no idea what that watch had actually cost Ben. "You take care of this, understand?" Ben had said to her when she opened the package.

"I need to be ready by 12:10," Natalie said to herself. She got quickly into the shower. She dried her dark brown hair, donned a cream colored silk blouse with long sleeves and pearl buttons, matching nylon socks and some of her better blue jeans. Emily had left the brown leather eyepatch on the coffee table that morning. Natalie matched that with a pair of high platform clogs she hadn't worn in almost a year. Make up was a bit faster since there was no need to do her right eye. She had long hated applying make up to that eye... it just seemed like she was putting the eye shadow and liner on someone else's face.

"Wow." Ben remarked when Natalie got into the Audi.

"Wow what?"

"You look damned fine. I'm glad I can finally feel okay to say that."

"You like, huh?" Natalie said. "I wasn't sure you would."

"I do like, yes... just don't fall off of those shoes and we'll both have a nicer day," Ben chided.

"But you'll catch me if I fall, right?" Natalie laughed, then looking at her shoes added "Seriously though, no worries. These heels and me... we go way back. Never a stumble."

"Okay girl, if you say so." Ben shook his head. "Where should we go to eat?"

"You pick. I just don't want sushi."

The evening prior, while the Labor Day weekend Sunday dinner was going on at the club, Morgan Coffey had finished reviewing, editing and copying the video of the Washington D.C. hunt. Identifiable features of the crew, their weapons, and the vehicle were all blurred out in the video. Mark Ronda was present. He had been with the crew for thirty hours. He had been asking for his phone, and his bag, but to no avail.

"Later, maybe," Outlaw had told him.

There were many residences around the lake that remained empty for long periods of time during the year. With friends and associates, it was never a problem to have a place to use for a few days at a time. They met at one such home, and had set up video editing and viewing equipment. Bronson and Chuck had retrieved Mark Ronda's Jeep, and it was backed inside the garage of the borrowed house shortly after the crew had picked him up from a grocery store parking lot. Generally, by the time a client had been given clearance to leave the location, there would be no concern as to the client realizing where the temporary meeting house was located. In the unique circumstances of this case it wouldn't matter either, as the crew would be moved out within a day of Ronda's being released.

"I never thought I'd feel like this," Ronda had said, stone faced as the video played on loop. He had raised a tumbler of bourbon to his lips as the footage rolled, but he put it back on the table, untasted.

Mark Ronda was terrified.

The crew would always monitor their clients in the aftermath of the kill to determine how much of a confession risk each individual might be. In the video, Ronda had seen himself on the gun before, during, and after the kill.

"I wonder if he would have shot us though?" the sleep deprived Ronda mumbled as the video rolled. "He probably just needed some cash... I had cash... I would have..."

Ben Tavenner's skills as a psychoanalyst were very key in evaluating prospective clients, and also in analyzing them after the kill. The three doctors in the group would vet, solicit, and carefully draw out potential clients on their various big game hunts and other outings in America and elsewhere in the world.

Years before, small talk around a campfire in Alberta became the seed that grew into an enterprise more lucrative than the doctors could have imagined. To keep things working, they assured one another that before approaching a potential client with a proposal, they would have to unanimously agree that the individual was a good candidate, and was likely able to pay for the hunt. After making that decision the doctors would begin to tease out the true mindset of the individual on meetings in the hunting camps, or on the travels to and from hunting sites. Once the hunter uttered certain key words or phrases, and expressed particular sentiments toward lawless and immoral individuals, and frustration with the criminal justice system, he (or she in one case so far) would be offered the hunt of a lifetime—for a substantial price. Because Ben's profiling skills likely rivaled those of the highest agencies in government the group had great success in client acquisition.

So, it was Mark Ronda who had been the subject of the urgent call to Ben from Morgan Coffey on Sunday night. She had called him on his expendable phone. "I'm sorry I thought I was calling Domino's Pizza" was all she said, then she hung up. This essentially meant "Get here as soon as you can."

Ben had arrived at the borrowed house shortly after the call, where he had left Natalie waiting in the car. Sterling met Ben at the door and said "We're not sure where he's really at emotionally. He keeps wanting to use his phone, but of course that's not going to happen. He says he's okay, he wants to go... we have pulled his Jeep outside... but I think you better check him out."

Ben found the North Carolina legislator sitting at the large table in the dining area where Morgan had set up the video display. He asked Ronda to follow him to a small den, with comfortable chairs, and a door which was closed to ensure privacy for the doctor, and his now patient. Thirty minutes later Ben had drawn something from Ronda's subconscious that was seemingly so private, so damning that he would prefer death to having that information divulged. Just what that information was stayed between Ben and the "patient." Ben had recorded the short session, and Ronda had been made aware of that.

"You win," Ronda had weakly murmured when Ben told him they were finished with the session. He had been left inside the residence, monitored by Coffey and Lemons, as Ben and Sterling walked outside to the car where Natalie had been waiting.

"He'll kill himself by next weekend," Ben said quietly before they reached the car. "Just let him go tonight. Leave all of that cash in his Jeep. And of course wipe any of our prints off of it."

"Already done boss," Outlaw said. "Where do you think he'll go?"

"Home, maybe. It's hard to say," Ben answered. "But I do know where he won't go, don't you?"

And they laughed.

Chapter SIX

On Monday evening, Labor Day, Morgan opened up her bogus Facebook profile and saw the post about the German Shepherd from Buck Conover (Ben's fake profile). She actually did read the story, smiled, and then hit "like" in response. This would be Ben's signal to contact the client, as the team was ready. The location was about 180 miles away in Charleston, West Virginia. This client would also be doing a "no harvest" kill, as this was his first hunt with the group.

The target was a strip club owner named Ronnie Barringer, or "Ronnie Baltimore" as he was also called, after the city from which he hailed. Barringer had certainly murdered one of his dancers. He had parked his Cadillac on a bridge, and had presumably told the girl to get out, leaving her to think she would be walking home. But he then got out of the car and threw her over the bridge into the freezing Kanawha River. Witnesses from a distance saw the shadows and the struggle but they could not identify Barringer or his Cadillac well enough to suit the DA. Barringer had a bad reputation for beating up the girls who worked for him, but this time he had actually killed one of them. Her name would be forgotten, but the team would be certain to give her name to their client. Her name was Heidi Cantrell. She was 38 years old, and was trying to free herself from the addiction to the cocaine that Barringer used to control his staff. He had apparently decided he had no further use for her, and police believed that he killed her because she had threatened to expose the drug dealing end of the business if he were to fire and evict her. She had been living in one of the rooms at the club, which was located just south of Charleston. Involving herself with Barringer was a bad decision on Heidi Cantrell's part. It had cost her her life. Barringer's threatening boast to one of his other girls with the question "Do you want to end up like Heidi?" was not enough, in and of itself, to get the DA to bring charges.

The bastard had gotten away with it.

Dr. Chuck Zimmerman had found the story in the Charleston Gazette when he had stayed in a hotel in Parkersburg, West Virginia the previous winter. Pictures of Barringer and the lady he killed were part of the article. The doctors were always on the lookout for new quarries, and Zimmerman had submitted Ronnie Barringer to the group at one of their next meetings. The others agreed that he would be a good target.

Ben had taken Natalie back home after their lunch, and was sitting in the driveway of his palatial estate on the lake when he checked the Buck Conover account on Facebook with the dollar store phone. Connie Pennington (Morgan) had "liked" Buck's dog story. Ronnie Barringer's last minutes were now ticking away.

Their client was Dennis Lester. Lester owned a chain of very successful restaurants in southern Georgia and Florida. Ben, Bronson Garner, and Chuck Zimmerman had spoken with Dennis at length over drinks at the "Shot Show" in Las Vegas earlier in the year. The Shot Show was basically a gathering of firearms manufacturers and shooting enthusiasts held yearly in that city. Ben picked up on Lester's affinity for "things that would kill" by watching him as he looked over the new product line of a prominent gun maker's booth. Ben studied Lester's body language, his eyes... then he drew close enough to listen to vocal intonations of particular words that Lester used as he discussed a semi-automatic rifle chambered in 300 Winchester Magnum with the representative. Lester's luxury attire, and the Patek Philippe Nautilus wristwatch he was wearing allowed Ben to conclude that Dennis Lester was probably able to pay for a hunt. He quickly made Lester's acquaintance and invited him to dinner that evening with the other two doctors at a restaurant that did not use video surveillance. Then, later that night at the hotel, the three doctors consulted with one another and the decision was made to approach Lester the next day with a proposal. The doctors would continue using aliases to prevent Lester from knowing their real names. They had learned the best places around Las Vegas to avoid video cameras for their meeting locations. Even in an age where cameras were virtually everywhere, there were still some places that did not employ them. Some such places actually boasted that there were no cameras trained on their customers. One sign read: "*What happens in Vegas stays in Vegas. We do not use surveillance cameras anywhere on these premises.*"

Dennis Lester had been quite intrigued by the offer. He had the usual questions, of course, such as "How do I know you guys are not setting me up?" and "What if we get caught in the act?"... and so on. Once he was satisfied that the offer was genuine, and that part of the thrill of the hunt would be getting away alive and uncaught—he agreed to the proposal. Ben's acute judgment of character gave the other two doctors peace of mind that Lester would not approach any authorities and report the proposal. Were such an unlikely thing to occur, the group had countermeasures they could take to avoid any issues. But it was obvious to all of them that Dennis Lester wanted this hunt.

Lester had driven from his home in Jacksonville, Florida to Beckley, West Virginia and booked a room in an independent motel there, paying cash. He explained to the clerk that his wallet had been lost, but he had cash from an envelope in his brief case. He did not use his real name. Lester understood that there could be a delay in the initiation of the hunt by a day, or even two. He was told to wait at the hotel until he received a text which had something to do with pizza. That would be the evening he would be picked up by the crew, just after sundown.

On Monday--Labor Day--the first day of his visit to West Virginia, Lester received a text which read "Papa John's or Domino's?" He did not reply to the text. He rather began watching the parking lot from his motel room window by 7:00pm. He had been instructed to watch for a black Suburban with a West Virginia license plate. Around 7:45pm, he saw the Suburban drive slowly into the parking lot of the motel, and pull into a space near a Porsche Cayenne with a Florida plate. His own Porsche, in fact.

"He drove his own car," Morgan noted.

"Looks like he did," Sterling said with a smile. "That's gonna be him just stepping out of room sixteen."

Melvin Lemons unlatched the side door of the SUV and called out "Dennis?"

"Yeah," Dennis Lester answered.

"Let's go," Melvin said, and the forty year old millionaire climbed in.

Morgan began briefing their client on the layout of the evening. "We are driving about fifty miles north to a night club where we will find the target. He goes by Ronnie Baltimore, but his actual name is Ronald Barringer. He addicts the girls who dance in his club to cocaine and controls them in that manner since he is their supplier. Our investigation has revealed that he enjoys beating on the girls, and has seriously hurt some of them in the past. He broke the jaw of a sixteen year old girl. And, this past winter, he killed 38 year old Heidi Cantrell by throwing her off a bridge that we will be driving you across. We will show you where she died. We will show you the newspaper article with the pictures of Heidi, and the man who killed her. There were some witnesses, but in the dark of night they could not be certain that Barringer was the one who pushed Heidi over the bridge. Heidi had a ten year old daughter who continues to live with her maternal grandparents. She remains devastated at the loss of her mother. Heidi was trying to get clean from cocaine, and Barringer decided to throw her out of the room where he had been letting her stay with two other girls at his club. Because the testimony of drug addicted strippers was not considered reliable enough for the DA, and for other reasons, the case against Barringer could not be made. He was released shortly after being arrested, and he remains free to do what he has been doing for the last eleven years, since he came here from Maryland and opened his club. The group believes that men such as Ronald Barringer are a menace to society. Would you agree with that, Mr. Lester?"

"Yes." Lester did not hesitate. He briefly removed his Jacksonville Jaguars ball cap which revealed his thinning blonde hair. He tugged it back into place on his head, pulling the brim down low enough to nearly touch his gun-metal framed glasses. "I definitely would agree."

Melvin explained the manner in which Lester would engage Barringer. This time the rear hatch of the SUV would be opened, and the hunter would simply shoot from a very stable "hog saddle" style tripod which gripped the rifle and steadied it, making the shot sure. If windage were needed, Melvin would dial that onto the scope to ensure that the wind did not blow the bullet off target. Lester would use an 18" custom barreled Remington 700 bolt action rifle, chambered in 6.5x47 Lapua. The bullet, a 123 grain Lapua Scenar match hollow point would come from one of Bronson Garner's handloads for that cartridge. If all went as planned, it would strike Barringer at a velocity of more than 2000 feet per second at a distance of just under 400 yards.

The rifle had a simple but effective SWFA fixed 6 power optic on it. The scope was already dialed to zero at 385 yards, the approximate distance at which the target would be engaged. With a 42mm objective lens, the exit pupil—that is the circle of light that reached the eye of the shooter—would be 7mm in diameter. This was more than large enough to present a bright view of the target, even in lower light conditions.

"I trust you've been practicing your shooting skills Mr. Lester," Brent Sterling said. "If you miss, we'll have to take some measures that I'm sure you and none of us will want to take. Stay calm, and it'll be an easy shot."

"Not a problem," Lester replied. "Piece of cake." There was an eagerness in his tone. But would he maintain that resolve once he had a human being centered in the mildot reticle of the rifle scope?

Sterling drove north on the West Virginia Turnpike from Beckley, using "get around" routes to avoid the toll booths on the highway. Toll booths have cameras, and the crew did not need to be "starring in any West Virginia DOT film presentations" as Outlaw had put it.

They drove past Barringer's night club, the "Alley Cat" as he called it. Since it was so close to the interstate, it could be easily seen from passing by on I-77. Morgan pointed it out. "There is the club," she said, pointing off to the right side of the turnpike. One could tell that the club was a dive, even from a half mile away. The sparsely lit neon sign was in bad repair. The dirt and gravel parking lot had more than its share of chug-holes, but the customers didn't seem to care as the cars and trucks kept steadily rolling in. Sterling continued on northward, then exited onto an adjacent highway so they could show Dennis Lester the bridge that Barringer had thrown Heidi Cantrell from. It was all part of the package; Lester would need to feel for certain he was doing a "good deed" in the execution of Ronald Barringer.

"Damn," Lester said, as they crossed over the Kanawha River on route 60. He wondered how terrified Heidi Cantrell must have been in her last moments of life, being wrestled across that rail, falling into the icy river... and drowning.

"We are going to head back south a bit and get set up," Sterling said. He drove back down route 60 which roughly paralleled the interstate, then turned onto a side street. They continued a block or two, then turned left onto a street marked: Dead End. The street went up a hill, and as promised ended at a cul-de-sac. The end couldn't have been a deader one. There had been two houses accessible from that point, but one had burned down. The other was abandoned, its windows broken out. Trash was thrown all around the area. Heroin needles were strewn about like shell casings after a gun fight.

Sterling parked with the rear end of the Suburban facing down the hill. Lit by two dusk-to-dawn lights, the back side of the Alley Cat club was clearly in view from that vantage point. Barringer's dusty brown Cadillac could also be seen. There were a couple of homes still inhabited on that hill, but Sterling decided the crew could be out of there and on

60

their way before anyone noticed them. The bogus West Virginia license plate would add a layer of insurance to their plan if someone were to call that in.

Sterling checked his Tudor "Black Bay" wristwatch, a generous gift from Ben. The time was 9:15pm, and it was dark enough to go to work. "You ready Chief?"

"Ready boss," Melvin replied.

Melvin Lemons exited the Suburban from the side, and headed down the hill toward the Alley Cat club. He was wearing black, and blended into the shadows as he moved. A barking dog which apparently barked all the time had something to say about Melvin's passing by, but no one appeared to pay any attention. Melvin moved through some brush, and crossed a tiny stream to get to the edge of the property where the club sat. He continued on to a dumpster and took a look inside it. "Good," he thought. "Plenty of trash." He then dropped a timed, incendiary device onto the pile of garbage and sprinted back to the Suburban.

"You sure that thing's gonna work?" Sterling asked.

"Yeah man," Melvin said. "I been making those things since I was a kid. An oven timer, a 9 volt battery, some steel wool and a blob of hand sanitizer. It'll burn."

"How long do we have?" Lester asked.

"It depends on how long it takes that thug to come out the back door to find out what's going on. But it's t-minus about four minutes until we see a good old fashioned dumpster fire," Melvin laughed.

Lester wondered how Melvin could laugh so easily at such a time as this. But Melvin's laughter had a calming effect on him, and he felt he was surely ready to make the kill. Lester kept seeing the face of Heidi Cantrell as she fell to the Kanawha River that horrible January night. On top of that, Lester had an almost 16 year old niece. He imagined what he might do to an individual who would strike her, breaking her jaw.

"I'm going to have you test the trigger on the rifle a couple times," Melvin told their client. "I want to be sure you're pulling slow and steady."

Lester "dry-fired" the rifle a couple times. At Melvin's suggestion he turned his ball cap around backwards to keep the brim of the hat from touching the scope. Lemons was satisfied that the shot would break cleanly.

"Here it goes," Morgan said about three minutes later. She was turned around watching through her Zeiss binoculars out the opened back door of the SUV. "Get ready."

Melvin got Dennis Lester into position behind the tripod supported rifle. "I will chamber your round, Morgan will tell you when to fire. Do not yank the trigger, pull it just like we practiced. From this point until otherwise told, you are communicating with Morgan only—not Outlaw or myself. Understand?"

"Understood," Lester replied. There was a detached sort of coolness in his voice, like that of an attack jet pilot who had just gotten the go-ahead to rain hell down onto some gaggle of miscreants below.

Melvin noted that the smoke from the dumpster fire was moving right to left, indicating a wind value of around 4 miles per hour. He dialed the scope's windage, calibrated in MOA or "minutes of angle" five clicks to the right for a dead center hold on the target. He ran the rifle bolt, chambering a cartridge, then said "He's ready Morgan."

"Got it," she replied.

"That's not him," Morgan said when a fellow holding a bag of trash had headed out the back door toward the dumpster. He dropped the trash, and ran back inside.

"Here comes the target," Morgan said. "Big guy, light colored shirt, dark trousers... He's going back inside. Just wait."

A moment later Ronnie Barringer emerged once again, this time with a fire extinguisher in his right hand. The crew could literally hear him screaming curse words as he approached the dumpster.

"FIRE!" Morgan commanded when Barringer was wide open. He was walking in the line of fire, as was planned by the crew, to avoid the client having to make a shot on a laterally moving target.

The suppressed rifle shot drilled Ronnie Barringer center chest, just below the heart. He stood for a second, then fell face forward to the ground, still clutching the fire extinguisher. His left hand was trapped under his body, and he was rolling his shoulders, perhaps trying to free that hand to help him get back up on his feet. His legs were not moving. The back of his shirt was already soaked in blood.

"One more!" Morgan ordered. Dennis Lester did as he was told, and cycled the rifle bolt to load the second round into the chamber. "Aim at the head and fire."

The second round found its mark with precision. The video that Melvin had made of the event would later show Barringer's head nearly exploding from the velocity of the 123 grain boat-tail hollow point bullet.

"He's finished," Morgan stated, still watching through the binoculars.

"We're outta here!" Outlaw said, as he dumped an envelope containing two spent shell casings from a 6.5 Grendel chambered rifle onto the ground. Those had been in inventory for a while, picked up at a local shooting range back in Virginia. The shell casings had been wiped clean of any finger prints, and were left with the idea that police would be looking for a 6.5 Grendel rifle, should they even figure out where the shots had come from. The Grendel typically fired the same bullet that Lester had used on Barringer, so the notion would be plausible that a Grendel had been the weapon used in the hit. Ben actually wondered how much trouble the police would go to in order to find Barringer's killer. "Probably not much," he said to himself. And the list of potential suspects would certainly reach from Charleston back to Baltimore.

Chapter SEVEN

Around 1:30am Tuesday the crew pulled into the driveway of the borrowed home where Sterling and Coffey were staying. Melvin

Lemons would hang out with them most of the time, but he did have an elderly grandfather that he helped take care of two or three nights a week.

Dennis Lester understood that he would need to stay with the crew for a short while following the event. Melvin got to drive Lester's Porsche from Beckley back to the lake in Virginia, which thrilled him. The crew could not allow their client to be unattended for at least 24 hours. It was standard procedure. But Dennis Lester was the perfect client. Like nearly all of their clients, he had given the group no pause for concern whatsoever.

After all had slept, or in Dennis' case, *tried* to sleep, they had a breakfast of sugary cereal, Brent Sterling's mainstay. Cocoa Puffs... Lucky Charms... Captain Crunch... "only the best," he said. Dennis Lester did eat, and was eager to see the edited and finished video of his accomplishment. Morgan had gotten up early, and was finished with the video by the time the others had eaten. The video had the main frame, with two synced inset smaller views. In the main view, Ronnie Barringer was there, larger than life, heading across the back lot with the fire extinguisher, cursing along the way. In one inset, Lester's face was shown, on the rifle scope, his finger on the trigger. In the second inset, the front vehicle camera had been turned to show both the target and Lester from the back. Then the whole video was repeated in slow motion. The faces of the crew and other identifiable features were blurred out in the video that Lester would take with him to view at his

.

discretion. He was advised as to the grave consequences of that video getting out. But he had paid for the experience, and for the video. He had paid 150,000 dollars, in cash and in... merchandise.

"The boss man's here," Melvin said. He knew not to use Ben's real name in front of a client. The time was around 9:15am according to the Patek Philippe Nautilus watch that would comprise Ben's part of the payment. When Ben came inside, Melvin handed him the watch. Ben smiled. "You sure you want to do this Dennis?"

When the fee was being discussed with Dennis Lester, he had said that 120,000 dollars was not a problem, but to get 150,000 he would need to take measures that he may not be able to hide. That's when Ben offered: "How about a hundred and twenty K and that Patek?" And Lester had readily agreed.

"Yeah, I'm good with that if you are. I've got a bunch of watches. I'm a Rolex guy anyway."

"Did you enjoy yourself?" Ben could already tell that he had *quite* enjoyed himself.

"I did, very much. I can't thank you all enough." He was clutching the jump drive with the video of his hunt in his right hand, and was actually smiling like a grand prize winner on a game show. Ben continued to be amused at how the most seemingly innocuous of professionals--doctors, dentists, lawyers, bankers, authors, businessmen--and now a restaurant chain owner--could complete one of their guided hunts without the slightest bit of remorse.

Sterling and Ben went into the little room where Mark Ronda's mind had been ransacked just 34 hours earlier.

"Dennis is all set, paid and ready to go I would say," Sterling stated.

"My guess is he'll be back for more at some point," Ben said. "What do you think?"

"Yeah, I agree. He pretty much enjoyed the hell out of it."

"Just tell him he's clear to leave," Ben said.

"He can go after he finishes that bowl of Frosted Flakes," Sterling added with a grin. "Wasting good cereal is almost as bad as wasting good beer."

Chapter EIGHT

Ben worked on Mondays, Tuesdays, and Thursdays in his eye clinic. Then on selected Wednesdays and Fridays, he took patients in his psychoanalysis practice at another location. A mere fifteen minutes after leaving the meeting with the field crew and Dennis Lester, he came into the office at 9:45am, noting that Natalie had already gotten there and had things ready for the day. Ben paused inside the front door, looking at Natalie with a subtle grin on his face.

"Can I help you sir?" Natalie played. She had styled her hair to fall across the black trimmed burgundy eyepatch she was wearing, which matched her silk blouse. A black pencil skirt and four inch pumps completed her ensemble.

"You've already helped me more than you know," Ben said. "Can I steal a kiss before anyone else gets here?"

"Of course," Natalie said, stepping from behind the front desk, a slight pout forming on her lips. "I guess this means we're not going to say anything about us to anyone for... a... while... I guess?"

"I do think that's best," Ben said, and added with a slight smile "Sylvia might quit me if she finds out I'm unavailable."

Sylvia Epperson was Ben's nurse, and like Natalie, she had a Miss Moneypenny kind of thing for Ben. He knew it, and played it up in true Bond fashion. But beautiful blonde Sylvia was not at all Ben's type. Too clinical. Too contrived. And too married. Sylvia was a great nurse, but she seemed more artificial than the eyes that Ben made. She never believed that Natalie had much of a chance with Ben, so she had never seen Natalie as a threat. Sylvia had made her affection for Ben quite evident on more than a couple of awkward occasions. She'd have left her husband for Ben in a moment, and the whole office knew it.

"Come on back," Ben invited, and Natalie followed him to the hallway, out of view of anyone walking in. And there he carefully kissed her, trying not to ruin that dark purple lipstick—and trying to keep from getting it on himself.

"You have a bit of a backlog I guess you know," Natalie said.

"Yeah, I'll be pretty busy today and Thursday for sure. Probably working late some I guess."

"Don't worry about my eye," Natalie said. "I'm fine, I'll be fine... I mean it."

Ben put his right hand on Natalie's left shoulder. With his left hand he brushed her hair back from the eyepatch. He smiled and said "I could really get used to this. But you'll need to get an eye inserted soon or you'll end up with worse problems than you've already had."

Worse problems. Ben was referring to the condition of Natalie's right lower eyelid which had been turning inward, in spite of efforts on his part to correct the condition. This was certainly why she was having trouble keeping the artificial eye in place. Natalie wondered if Ben was just prepping her for a time when she may be unable to continue using a prosthesis.

"Seriously though, you can get away with that. I really could get used to it," Ben continued.

"You think I'm not going to be able to control a prosthesis in the future. I can tell," Natalie said sadly. She almost bit her bottom lip but remembered the thick lipstick. She looked desperately at Ben, but recovered quickly and narrowed her eye, gazing at him.

"How long have you suspected that?"

"A while," Ben replied after a short pause. "We can do another operation that may help, but it isn't guaranteed to work, and the appearance will not be what you've enjoyed in the past. Simultaneous blinking would likely be a problem." Ben found himself defaulting to his clinical demeanor when for the briefest of seconds he forgot that he wasn't speaking to just a patient. He was speaking to the woman he loved more than he had ever loved anyone.

Natalie's look of desperation reappeared. She shook her head side to side, her hair falling once again across the right side of her face. She exhaled forcefully, blowing a lock away from the corner of her mouth. She wasn't looking at Ben. She began turning her wristwatch around and around her right wrist, still slightly shaking her head.

"I'm sorry" he added.

Natalie turned and seemed to fall against the hallway wall. She put her hands on the wall, on either side of her trim waist, staring straight ahead at a picture on the opposite wall... it was a water-color of a little girl pulling a puppy in a wagon. She'd never paid much attention to that picture before. She wondered about that little girl. She wondered who the artist was thinking of when he or she painted that picture. The little girl's face was turned away in the picture. "And I'll just turn my face away," she aimlessly thought...

"I don't want you to worry girl," Ben said. You're young, you're beautiful, you're healthy, and you're mine. At least I hope you'll continue to be mine. You don't need to--"

The chime rang just then, indicating that someone had come in the front door. It was Sylvia. Natalie went up front first, and Ben came in a little bit later, making as though he'd been busy in the examining room.

"Got an infection again I see," Sylvia callously remarked when she saw Natalie's eyepatch.

"Yeah," Natalie said. But what else could she say? That she got seasick and puked her eye into the lake? While on the yacht with Ben? Sylvia had never set foot on that yacht. Uhhh... no. "Infection" would have to do.

Ben got busy catching up with the backlog of work he had in front of him. Natalie took her place at the front desk, and Sylvia came back to see what assistance she could give Ben.

"I see Natalie has an infection again." Sylvia sounded almost happy.

"Yes, I looked at her this morning," Ben replied, without looking up from the files he had opened on his desk.

"She's going to end up—" Sylvia began.

"Yeah, maybe," Ben interrupted. He knew that Sylvia was secretly delighting in Natalie's trouble. She wanted to bat her own two baby blues at Ben for the umpteen-thousandth time for good measure, but he didn't allow her that pleasure. Ben had concluded long ago that Sylvia

73

was a good nurse, but not such a good person.

"Just don't say anything discouraging to her," Ben said, again without looking up from his work.

"Oh you know me better than that," Sylvia replied. "I would never do such a thing."

Chapter NINE

Two days later on Thursday evening, Bronson Garner sat at his reloading bench, finishing some cartridges for his 6mm Dasher that he would be using in a long range rifle match the upcoming Saturday. The 105 grain bullets would fly like cruise missiles in the windy conditions that were the norm at the match location. He had already loaded a batch for Chuck Zimmerman, who would also be shooting in that match. They would travel the two hours to the match together, shoot in the competition, then eat a nice dinner on the way home. It was a good time that both doctors looked forward to. It was at a long range rifle match in southwestern Virginia that Bronson and Chuck met Melvin Lemons. Melvin had won that match, shooting his .308 against the field of faster and more ballistically stable cartridges his competition had been using. In the final stage, Lemons had put three shots fast, tight and center on a steel torso target at 1040 yards for the win. He was subsequently invited to dinner with the doctors after that match, and had been inducted into the group not long afterward. He talked his grandfather into relocating from Independence, Virginia to the River Lake area after Ben had agreed that he would be a good addition to the group.

When the door bell rang, Bronson wasn't sure who it might be. "I'll get it," his wife Cheryl yelled from the living room.

"Well hello Carter, come in." The visitor was Carter Knox, the county sheriff. When he asked to see Bronson, Cheryl directed him to go on through the kitchen to the garage area where he'd find him reloading ammunition. Bronson had partitioned off one bay of the three car garage and had set up a gun-smithing operation in it. His gun safe and reloading bench were located in that area as well.

"Getting ready for the match Saturday," Bronson said, extending his hand to the sheriff. Knox wore a dark blue pullover shirt with the sheriff's office insignia embroidered subtly on the left side of the chest, blue jeans and black running shoes. He had left his usual sidearm, a Smith & Wesson "Bodyguard" five shot .38 in his car. The white haired sixty-two year old Knox did show his age. His dark brown skin was partially from genetics, and partially from having lived the first forty years of his life in south Texas.

"I'm sure you'll do well. You gotta beat Chuck this time, you know," Carter razzed. There was a bit of a rivalry between Bronson and Chuck as far as long range shooting went, but it was all in fun.

"I guess Chuck told you he got me by three points last month. I figure he's told the whole county by now," he laughed.

"Of course," Carter said with a smile. "That's Chuck, you know." But then he got a bit serious.

"Do you know where Ben is? I've needed to talk to him, but haven't found him in any of the usual places." Carter Knox had made it a practice not to telephone any of the three doctors (he knew very little about the other three from the group of six). He didn't want phone records to show that he was in the habit of having regular contact with any of the men who had arranged, more than four years earlier, his "hunt of a lifetime."

"He is probably with his girlfriend somewhere not far... tomorrow's Friday... he will need to see patients over in Roanoke at his office there. He's a head shrink too, I guess you know."

"I know," Knox said.

Bronson checked his watch. "I'd try to catch him maybe dropping her off at her place around ten o'clock tonight or so. Natalie... can't think of her last name... she works for him."

"Natalie Kaye Darden," Knox said. "I went by there earlier and no one came to the door. I didn't see his car there either."

"Is everything okay?" Bronson wanted to know.

"Well... I'll just tell you since I can't find Ben. I had a visit today from a state police investigator, and he brought along an FBI agent. They were asking all kinds of questions about Ben, his money, his properties, and his associates."

"What did you tell them?"

"I told them I didn't know anything about his money or property or business. I told them I hadn't seen any problems of any kind from Ben, or any of his associates. They asked if I knew you and Chuck. I told them I knew you both, but not very well. I tried to get them to divulge what their angle was, but they just clammed up for the most part. They left their cards with me, and were on their way."

"Interesting..." Bronson murmured.

"I just wanted you to know," Carter said. "You guys may need to cool off whatever you might have going on for the time being. You know I try to stay out of all of that. But we need to find out what they're after. I'll keep you posted if I hear anything else. I don't think they trust me though, so I may end up being kept in the dark."

Bronson thanked the sheriff, and saw him to the door. "Tell Glenda hello from Cheryl and me," he said.

"Will do," Knox replied. "You guys keep me posted. I can't help you if I don't know what the hell is going on."

"Thanks Carter," Bronson said, and closed the door.

———————————————

Ben Tavenner was sitting with Natalie on a restaurant balcony overlooking one of the marinas on the lake. He was relaxed, wearing a peach colored polo shirt, white shorts, and Sperry boat shoes. And his signature Ray-Ban Wayfarers.

The western sky was turning pink with hues of purple as the sun was setting. A couple of young children were feeding popcorn to ducks down on the main dock.

"Looks like they're having fun," Natalie said. The chaotic quacking of the ducks as they fought over each piece of popcorn kept the children laughing.

"Yes, they sure are," Ben said.

Natalie was quiet for a moment, just watching the little boy and the little girl playing with the ducks. Ben hadn't even noticed the serene, beautiful smile on Natalie's face. But it was there.

"So tell me more about your dad. I knew that you had lost him but you had never told me much about him," Ben said.

"He was my world, he was Emily's world. We were both 'daddy's girls' as they say, but we were not ashamed. It's still not easy to think about losing him. We believe in heaven, and we believe that we will see our dad again. He was always there for us... he was so proud of us... he was always calling us to be sure that we were doing fine... he was just the best. I always felt so safe around him, I just felt... invincible, I guess."

"You don't view me as a father figure do you?" Ben was psychoanalyzing.

"No. I've never looked at you that way. But I do feel safe when I'm with you," Natalie said, then added, "You haven't told me anything about your family. Through the years I've known you, you've said almost nothing about them. What about your parents?"

"Well... they're both alive, both in Pennsylvania... a little town called Mount Joy. I see them when I can."

"Are they proud of you?" Natalie asked.

"Maybe. Maybe not. They're not very open about things. I have an older brother who stays near them, so he keeps up with them. I hate to say it, but my family is just not close like yours is." Ben seemed a bit melancholy.

BEEP... came the single tone which indicated a text message had been received on the expendable phone Ben carried on most of his casual days.

"Saved by the beep," Natalie said. She was sad for the interruption, as Ben was about to reveal a side of himself probably few other people in the world knew. She'd have to try again later. Ben was looking at the text, which read: GET YOUR FREE 50 DOLLAR WALMART GIFT CARD!

But this was no spam text. That text actually had come from Bronson Garner, from his expendable phone. It meant that Bronson needed to see Ben. And it meant that the nice evening Ben was enjoying with Natalie would have to come to an end.

"I'll need to get going," Ben said. "A bit of a work emergency."

Natalie was disappointed, and she said she understood. But she had to ask, "What happened to your other phone?"

"It's at home," Ben said. "I don't like to carry it when I'm trying to enjoy a few hours off. So I just carry this cheap thing in case I need to make a call."

"Who knows to call you on that phone?" Natalie asked, becoming suspicious.

"Bronson. He has the number, and Chuck has the number... and a couple others."

"But I don't have the number," Natalie forced a cute frown.

"You won't need it, but if it bothers you I'll give it to you," Ben said. He was trying to figure out just what kind of emergency Bronson wanted to make him aware of.

"You're right I don't need it. I know where you live," Natalie smiled.

Ben dropped Natalie off at her townhouse around 8:30pm then headed to his home to change vehicles. It had been more than a week since Melvin had scanned the Audi for tracking and recording devices.

81

While many new cars already had such devices installed in them from the factory, Melvin had disabled those bugs on the vehicles used by the group of six. In a locked garage, Ben found his 1970 Boss 302 Mustang. Shiny white with black stripes and a four speed transmission, it was one of his favorite things in life. He would need to take Natalie for a ride in it sometime. She knew he had it, as she had arranged detailing for the car on a couple of occasions when Ben planned to take it out for an event.

Bronson heard the loud pipes of the Mustang coming up his driveway. He told Cheryl he'd be going for a short ride with Ben and would be back later, not to worry.

"Where are you all going?" She wanted to know.

"Just out on the town... gonna see how fast these new Dodge cop cars can go," he teased.

"You better be kidding!" Cheryl yelled at her husband. "Wear your seat belt!"

Ben pulled the Mustang out onto state route 645, then on to highway 40. He headed east. When he changed into 4th gear... he turned to Bronson.

"Okay, what's up?" Ben said.

Bronson went on to tell Ben what Carter Knox had told him earlier that afternoon.

"It was good of Carter to let you know," Ben said.

"He was looking for you, but when he couldn't find you he came to me."

"Yeah, I was just taking some cool down time with Natalie. I worked late Tuesday and Wednesday, and took some work home... I got caught up today, so I was just winding down. We'll need to find out what those guys are after, but I think we can both guess."

"Yeah, for sure. Carter has their names and cards with contact info," Bronson said.

"Whatever we do, we can't let them know we're aware of their investigation or they'll know that Carter came to us," Ben said.

"What should be the plan?" Bronson wondered.

"I'll touch base with Chuck tomorrow, and get back to you. We're going to need to talk to the team as well. I think our next move is to find out who these cops are, and who sent them, and so on. I think we both know what this is about, of course. We need to learn the whereabouts of

Mark Ronda."

"Agreed," Bronson said. "I know the team got good video. Do you think Ronda went back to the FBI even after making that kill?"

"I don't," Ben replied. "My guess is they've found him dead."

Ben pulled in to a Dollar General store just off highway 40. "They should still be open," he said. "I'll be right back."

Five minutes later, Ben emerged with four pay-as-you-go phones. "I'll get these set up and get you one by tomorrow," he said. "We better get your Range Rover swept for bugs, just in case. What time will you be at your clinic tomorrow?"

"I'll be at the hospital from around six until just after lunch," Bronson said. "I've got a couple surgeries scheduled for the morning."

"That'll work," Ben said. "Park somewhere well away from the main building. Deactivate the alarm, and leave the doors unlocked. I'll be sure the crew comes by and checks the car for mics or tracking devices. I don't think they'll find anything, but we should check anyway. I'll have them lock your car when they're finished."

"Sounds good," Bronson agreed.

Chapter TEN

BOOM! The roar of Brent "Outlaw" Sterling's 44 Magnum Ruger Vaquero was unmistakable. He and Morgan were doing some shooting practice early Friday morning on a remote 160 acre spread of land which belonged to the three doctors. Sterling and Coffey kept four horses on that fenced in property, and they enjoyed riding together when they had time to do so. The land was also good for hunting whitetail deer, as well as turkeys and other small game. Lemons had located two large caves on the property, something the doctors had been unaware of when they purchased the land. Sterling and Lemons liked hunting coyotes with the night vision scopes that the crew kept in inventory. "Poor little doggies," Morgan would say when looking at the pictures of the slain coyotes.

Sterling's MSA electronic hearing protectors would muffle loud sounds, and amplify lower level sounds. He could hear a vehicle coming from somewhere on the property. It sounded like the John Deere Gator that the doctors kept in the locked garage just next to the hunting cabin.

Morgan heard the Gator as well. She picked up her binoculars and noted, "It's Ben."

Ben pulled up next to the black F250 Ford 4x4 truck that was Sterling's personal vehicle. Lots of guns of various types were spread out on the tailgate, and on a blanket on the hood. The crew's Suburban was parked facing the targets.

"You guys are having some fun it looks like," Ben said.

"Doing some practice with full power 44 rounds. Quick draw is easy with cap pistol loads... but you gotta make up your mind if you're gonna shoot something or just tickle it... and, I'm doing some left-handed practice from the driver's side window of the 'burb. You wanna practice some with that cap buster of yours?" Sterling teased. He was referring to Ben's old Colt Woodsman .22 pistol which was typically the only firearm he kept handy.

"I can hit what I want to with it," Ben smirked. Then he became serious. "We may have a problem," he said. He explained the situation to the pair.

Brent Sterling leaned up against the bed of his lifted four-wheel drive and said "Well, we kinda expected this. But if we have a problem, then all that means is somebody else is gonna have a bigger problem." He was quite serious.

"There will be a source for this," Ben said. "I want us all to meet here at the cabin this afternoon around five. Bronson and Chuck will be working through the day, so we need to give them time to get off work. I need you guys to get with Melvin and sweep Bronson's Range Rover, and Chuck's Beamer sometime later this morning. Check my Audi as well, it'll be at my place, out front. You know where to find Chuck's car. Bronson's will be in the hospital parking lot until about noon today. All of the cars will be unlocked, but lock them when you leave. We just need to be sure there aren't any problems with planted devices."

"Consider it done," Morgan Coffey said. "Melvin is at the house watching cartoons. I think we got up too early for him," she laughed, then paused a moment... "What do you think this could mean?"

"I think we all have a general idea. But specifically what it means... it's too soon to tell. I'll have more information later today. I'll get the names of the cops who approached Carter, and we'll go from there."

Chapter ELEVEN

It was supposed to look like a hunting accident. Suicide would nullify his ample life insurance policy, and death in an accident would qualify for double indemnity. The dark blue Jeep Rubicon was parked at the edge of the Nantahala National Forest in North Carolina. The only problem with "hunting accident" was that it was totally uncustomary for Mark Ronda to go into the woods with a shotgun in early September. Squirrels? "Maybe," one investigator said. "But you don't hunt squirrels with a 3 inch magnum 12 gauge."

Ronda had not been seen by his family or friends since Saturday. He had told his wife to expect him back sometime Sunday, but by Sunday night he still had not returned. On Monday morning, while his wife and children were not at home, he returned just long enough to retrieve the shotgun and ammunition. On Monday afternoon, the FBI had informed his wife that they were looking into her husband's whereabouts. She was instructed to call them immediately if she were to hear from him.

On Wednesday afternoon, about three hours ahead of the police, the vultures had found Mark Ronda's body. They started their meal where the blood had gushed from his chest. It would later be noted by authorities that Ronda had purchased a hunting permit Tuesday, which allowed him to hunt in the national forests in North Carolina. Was this to throw off suspicion that he had actually killed himself? Or was it reason to believe that his death was truly an accident? Ronda's body was found lying against a large tree fall. The ring finger of his right hand was still inside the Browning shotgun's trigger guard, the palm of the hand facing toward the muzzle of the gun. Had he merely been trying to pick up the gun after taking a short rest on that fallen tree trunk? Police were not sure. And without a suicide note or any word from any family members that he was having emotional problems, they were leaning toward ruling Ronda's death an accident. His widow would collect 800,000 dollars.

But there was a layer to the entire affair that local police did not know about, and were purposely kept from knowing. Weeks before, Ronda had agreed to assist the FBI in their investigation of Ben Tavenner and his associates. The governor of North Carolina had in fact been on conference call during the meeting with the agents, and since Ronda was the ranking legislative member serving on the North Carolina Department Of Justice committee of the General Assembly, he was invited by the governor to be a part of that meeting. The FBI informed the group of sheriffs and other officials that Ben Tavenner and his associates were suspected of arranging a hunt for a supposed "bad guy" in the Outer Banks area of the state. When the alleged client had presumably backed out of the hunt, he was found drowned in his Lexus SUV off an ocean pier.

"These characters are pretty clever," one of the agents had said during the meeting. "But they won't suspect that a North Carolina state senator would be an FBI plant. They'll never see it coming."

Ronda had agreed pretty much on the spot to see what he could do to get a hunt set up with the Tavenner group. He knew that this would win him favor with the governor, which could be very helpful to him in many ways. "But how will I explain being in Virginia so much, when I live almost seventy miles from that Bear club... Black Bear or whatever?" he asked.

"Tell them you have a love interest in the area, and your marriage back home isn't so good. On weekends away from your work, you just want to wind down out of town somewhere," one agent suggested. And Ronda complied.

Agent Steven L. Billiter was Ronda's primary FBI contact. Billiter had informed Ronda that if he would simply begin hanging around the Black Bear on weekends at Roanoke River Lake that there might be a chance he'd be approached by Tavenner, or one of his associates. But Steven Billiter had made the mistake of underestimating Dr. Ben Tavenner's uncanny intellect. Ben had "made" Mark Ronda almost immediately. He discerned rather quickly that Ronda was there at the behest of some agency of the law.

On an afternoon in early spring of that year, Ronda took a stool next to Ben at the Black Bear's bar.

"Two fingers of Jack," Mark told the bartender.

Ben Tavenner loved a challenge. He was ever ready to head straight into the most cryptic of labyrinths in search of some entity or occasion that might stimulate his incredible mind. The FBI plant was making his first move, and Ben had already decided to draw him in.

"Good choice," Ben said to Ronda. "I'll have the same Larry," he told the bartender.

"Ben Tavenner." He held out his hand to Ronda.

"Mark Ronda, it's good to meet you."

And over the next few drinks the conversation turned from one thing to another... investments, inheritances... then finally to expensive hunting trips in Canada and Africa and other parts of the world.

"I paid 40,000 dollars for a desert Big Horn hunt in Mexico a couple years back. Didn't feel like I really got my money's worth. I got the sheep, I just didn't think it was money well spent," Ronda said.

"I see," Ben replied.

Ronda continued. "I'd rather have shot my brother-in-law, the bastard. That would have been worth more than forty-k for sure."

The toupee now had a chin strap.

Chapter TWELVE

"No devices," was Melvin's report when the group of six met at the hunting cabin that afternoon.

"Good," Ben replied.

Normally the doctors would keep some distance from the hunt crew. Sterling, Coffey, and Lemons knew the reasons for that, and fully understood. But with the FBI at least attempting to get close enough to breathe down their necks, it was time for discussion.

They all sat in the den of the cabin, on comfortable chairs and couches gathered near the dormant fire place. The 1600 square foot cabin had been renovated by the doctors when they had collectively purchased the property several years earlier. The original structure was cinder-block with an insulated tin roof. With the addition of cedar wood siding, and interior knotty pine walls the place looked invitingly rustic. A 36 x 48 foot pole barn type garage with a concrete floor and steel roof and siding had been added next to the cabin, and there the Gator, a couple of ATV's and a dirt bike or two were stored. Chuck Zimmerman's 1943 Willys Jeep was also housed there.

Ben got right to business.

"Mark Ronda was found dead in the woods in North Carolina, a little more than an hour from Charlotte on Wednesday evening. He had a chest wound from a 12 gauge shotgun which was found with him. Carter's source in Cherokee County informed him that the FBI has taken over the investigation and the county sheriff has willingly stepped aside. Ronda, as you know, was a republican senator for the state, so the cops and media are swarming all over this."

"Well," Sterling said. "You were right. He didn't waste any time killing himself."

"He had a ton of irreconcilable issues he was dealing with," Ben said with clinical indifference. "We knew when we set up the hunt for him that he wasn't really intending to shoot anyone. He figured the FBI would swoop in and rescue him from you guys..." He was looking toward Sterling, Coffey, and Lemons who sat side by side on the couch. "Which of course didn't happen."

The crew had known when they picked up Ronda for the hunt that he was an FBI plant. The plan, which worked beautifully, was to drive him from a location where he would park his Jeep and continue on from there to a residence in the area which had an empty four car garage. The home had been for sale for a few months, and Ben had arranged access to the garage through the real estate agent who had the property listed. A second Suburban which the group used, virtually identical in color and appearance with its dark tinted side and rear windows would be in that garage. The license plates would be switched. Since the residence was on a hill, anyone surveilling them would not be able to see the garage from the street below. And, if there were to be observation from above, by drone or satellite or whatever else, all that would be seen would be a black Suburban going into the large garage through an end door, and then later coming out, through that same door. Mark Ronda had believed his hunt would be in Atlanta, about six hours away. He had told Agent Steven Billiter that the group would be leaving from some place near the lake around 4:00pm on the day of the event, heading toward Atlanta.

Billiter and another agent riding with him followed Ronda when he drove to the point where he parked his Jeep in a 24 hour grocery store parking lot. Unknown to Ronda, about two hours later Bronson and Chuck would move the Jeep to the borrowed house that the crew would return to after the hunt.

The field crew arrived in the Suburban and pulled up next to Ronda's Jeep. The FBI agents observed from a distance and photographed Ronda when he got out of the vehicle. He had been carrying a field bag which contained a change of clothing and 60,000 dollars in cash. There was a microphone transmitter sewn into the shoulder strap of the bag. Melvin Lemons met Ronda at the Jeep and took the field bag from him and placed it on the floor board of the Jeep's passenger side, presumably to search its contents. Ronda was instructed to go on and get into the Suburban. The agents were not able to see exactly what Lemons was doing. Less than a minute later, after discreetly placing the large envelope with the 60,000 dollars in cash underneath the seat of the Jeep, Lemons got into the Suburban, field bag in hand, and the crew left the parking lot. The agents followed at a distance as the Suburban turned in to the driveway of the home on the hill where the decoy Suburban was already waiting. Billiter turned the silver Dodge pickup (the spoils of a drug bust) around, back-tracked about a block, and parked and waited for the hunt crew vehicle to emerge. They were monitoring the movement of Ronda's cell phone with pinpoint accuracy. Ronda had been instructed by Billiter to have the phone battery fully charged before the trip.

While they waited, Steven Billiter scanned through the photographs that his partner, Ethan Sarver had taken in the grocery store parking lot.

"Did you notice they don't have the front Virginia plate on that thing?" Billiter asked. "They could get stopped by state police for not only that, but also for that dark window tint. Not legal in Virginia. If they get pulled over we'll have to radio on surge frequency for the officer to let them go."

"Yeah, you're right," Agent Sarver said. "And the phone is still turned on. I wonder if they'll let him take it with him?"

"I guess we'll see."

"I'm already thinking total amateurs," Sarver remarked. "I thought we were dealing with some tough customers here."

"I guess we'll see," Billiter repeated.

The agents passed the time with idle chatter. Sarver kept running a comb through his sandy colored crew-cut hair, and Billiter just tilted the seat back and stretched his long legs. He pulled the brim of his ball cap down a bit and rested his head on the leather covered headrest.

"You're going to need to cut that mop soon," Sarver said, referring to Billiter's hair. Steve took a look at his medium brown hair in the truck's rear view mirror. "It's not touching my ears yet," he said.

"It might be by the time these subjects get the show on the road," Sarver said, looking at his watch.

"Yeah maybe," Billiter said.

When the decoy black Suburban finally came down the driveway and turned onto Ivy Street, Billiter started the Hemi powered pickup truck and eased along, some distance behind. Mark Ronda's phone had been set up with software to allow the agents to monitor conversation, and even switch the phone on in a "stealth mode" if it were to be turned off. The agents were pleased that the phone was still turned on, and moving with the vehicle along Ivy Street. Because the audio from the phone was so clear, the agents did not find it necessary to tune in to the frequency of the bug in the field bag. Conversation from inside the Suburban revealed among other things Morgan Coffey's accent Brent "Outlaw" Sterling's running commentary on incompetent drivers, and Melvin Lemons' attempts at singing whatever song he had in his head at the moment. Then the audio would taper off to only road noise as the conversation would temporarily end. Ronda's voice was not heard on the audio. Perhaps they had given him an order to remain quiet?

The Suburban drove non-stop for over five hours. Two other FBI undercover vehicles had joined the procession shortly after the Suburban got underway. Each vehicle had two well armed agents inside. The units would randomly switch positions to keep the tail from being obvious.

The silver pickup... then the white minivan... then a blue Honda Ridgeline...

Finally, just north of Atlanta, the black Suburban exited Interstate 85 and pulled in to a large truck stop around 9:30pm. Conversation from inside the Suburban ceased altogether.

The truck stop was very busy and packed with literally hundreds of 18 wheel trucks, their drivers laid over for the holiday weekend. Dozens of trucks were circling the heavily congested parking lot. There wasn't an empty parking space to be found. The Suburban drove into the truck parking area and became part of the slow moving procession of dozens of heavy trucks as their drivers continued to circle the lot, hoping for an empty spot. Conspicuously, the silver Dodge pickup followed, though there were three heavy trucks in between it and the Suburban. Billiter used the secure radio to contact the other two FBI vehicles and told them to stay as close as they could.

"The target may be here in the truck stop. Our asset needs to be able to testify that he has been shown a specific target," Billiter said. "If he comes out of that Suburban with a rifle we'll need to move fast. He will not shoot, he has been instructed to hold position until we move."

When Billiter tried to skirt around a couple of trucks so that he could keep the Suburban in sight, a refrigerated carrier blew the air horn and cut him off. He was now stuck next to the line of trucks and couldn't move forward. The other two units were farther back still. When the agent driving the white minivan was able to advance far enough forward, he let Billiter's silver Dodge pickup back in line.

"What are these damn four wheelers doing back here?" one trucker complained on CB channel 19. "I don't know," another replied, "but that silver pickup is gonna get squashed if he keeps being stupid."

When he had turned a corner in the truck stop parking lot well out of sight of the agents, Ben Tavenner pulled the decoy Suburban carefully alongside an empty flat bed truck and tossed Mark Ronda's iPhone-- wiped clean of finger prints--onto its trailer just before the truck headed out toward the interstate. Ben then tossed Ronda's field bag out of the Suburban near the I-85 northbound entrance ramp. The silhouettes of two vagabonds could be seen heading toward it in the rear view mirror.

Ben removed the CD from the vehicle's stereo system which had contained a few hours of conversations between Sterling, Coffey, and Lemons on previous outings, recorded in MP3 format. It had been created for use in the decoy Suburban and it had done the trick nicely. He pulled off a convenient exit after being underway only a few minutes, and removed the Virginia plate which was attached to a bracket that simply slipped over the North Carolina plate underneath it. He had registered that particular Suburban as a corporate vehicle for a guided bear hunting business the group owned near the North Carolina coast, so the plate was totally legit. Were he to be stopped on the alternate route he planned to use to get home, he was clean. His concealed handgun carry permit was good in Georgia, both South and North Carolina, and of course his own state of Virginia. The Virginia plate (which was one of the pair that belonged to the other Suburban) was hidden underneath the false bottom in the center console.

About ten miles north on the way back home, Ben unzipped his case which sat on the seat next to him. On top of everything else he carried in that case was his beloved Colt Woodsman in a leather holster. The fifty year old pistol had seen its share of use. The wear to the blue finish was substantial, and pitting was evident in places, owing to the neglect of previous owners. But this was Ben's favorite of all of the Woodsman 22s he owned. It was totally reliable, and deadly accurate. Two spare magazines loaded with 40 grain hollow point rounds were tucked into the side pouches of the case. He moved the Woodsman aside and retrieved his copy of Alice Cooper's Killer album and put it in the CD player. *Under My Wheels* filled the interior of the Suburban at 110 decibels while Mark Ronda, hundreds of miles away on Atlantic Street in Washington D.C. was just beginning to realize his savior FBI agents weren't coming. On the final chorus of the song, terrified of what the crew might do to him if he didn't shoot, the hapless Ronda had pulled the trigger.

Because of the auxiliary fuel tanks fitted to both of the group's Suburbans, the vehicles had a range of nearly 1000 miles when both tanks were topped off. Ben was able to drive non-stop back to the hunting cabin in Virginia. He was not stopped by any law enforcement, as he chose his return routes carefully. At one point, however, a Georgia county deputy pulled from the interstate median and followed him for long enough to run the North Carolina plate, and learning that the plate indeed showed a corporate registration to a black Chevrolet Suburban, he opted not to stop the vehicle. Natalie's call to Ben came shortly after he crossed into North Carolina. About 4:00 that Sunday morning—the morning of the Labor Day weekend Sunday dinner—Ben arrived at the cabin and went to bed.

Chapter THIRTEEN

The plan which was formed after the Friday meeting of the six was for the group to continue business as usual unless and until they found any reason to go on stand-by. There were other clients lined up, but since no timeline was ever promised for a specific hunt, no one expected to know any farther out than 48 hours when they should be ready. Without money changing hands nothing much could be done to the group of six, so the system just worked. And the number of people out there across America who were willing and able to pay for a human hunt seemed inexhaustible.

FBI Agent Steven Billiter had of course found out the previous Saturday night that they were chasing an iPhone on the flatbed trailer of an 18 wheeler. The truck was empty, so the driver was making good speed after he pulled out of the parking lot and headed south. By the time the agents got free from the truck traffic and on to the interstate to follow the iPhone's signal, the truck had a five minute lead on them. Local law enforcement had been immediately advised to be on the lookout for the black Suburban with the specific Virginia license plate number given.

The trucker must have thought he was in the worst trouble of his life when all of the blue lights swarmed him and pulled him over. The agents were all angry. Billiter was angry with Tavenner's group, but he was more angry at himself for letting the vehicle slip. The All Points Bulletin issued by the FBI said that the Suburban was presumed to be traveling on into Atlanta, but could be going anywhere. The individuals on board were to be considered armed and very dangerous. The APB mentioned that a 44 year old male hostage was expected to be on board the vehicle, and that all measures should be taken to ensure his safety. Efforts to locate the signal of the tracking and monitoring device in Ronda's field bag led them more than an hour later to a drifter under the interstate bridge near the truck stop. He had been using the clothing filled bag for a pillow.

Steven Billiter and Virginia State Trooper Andrew Keys were the officers who had made contact with Sheriff Carter Knox, which prompted Carter's visit to Bronson Garner on Thursday. Billiter had decided to enlist the help of a veteran state trooper in evaluating the situation with the Tavenner group. He had received approval both from the FBI and from the Virginia State Police. Trooper Keys lived in the lake area, and he knew of the three doctors. He also knew that Carter Knox had a stronger connection to them than he admitted. With the trooper's help, Agent Billiter began working on a better strategy moving forward. Ronda's death was hitting Billiter hard. He wondered if Tavenner's group had been directly involved, perhaps killing Ronda and making it look like a hunting accident. He wanted to believe that, but too many things kept telling him: SUICIDE

And had there been any question, an envelope with no return address came to Agent Billiter's home address in the Saturday mail. It was postmarked on the Wednesday that Ronda had died. The small envelope contained only a single Post-it note page. The note read:

Where were you??
I am now a murderer
think of my family
and my insurance
Tavenner is pure evil
if you want to help me
throw this away and
never tell it

The note wasn't signed, but Billiter had no doubt who it was from. "How did he get my home address?" he wondered. Waves of grief and regret engulfed the 38 year old FBI agent. "Why had Ronda felt the need to send that note? To make me feel worse?" he wondered.

"Are you okay Daddy?" Truman Billiter, Steven's six year old son asked. Steven had been standing in the kitchen in a trance-like state, staring at the note.

"Oh... yeah, I'm fine," he forced a smile. Little Truman meant the world to Billiter. His wife Cyndi and their two year old daughter Rachel completed the perfect family. He thought of them all, then he thought of Mark Ronda's widow and two children. He wadded up that note and dropped it into the garbage.

The following Monday in Richmond, the FBI agents held a meeting to discuss the Tavenner group, and the death of Mark Ronda. They had agreed, for the time being, not to approach any of the members of the Tavenner group for questioning. "Let's not arouse any additional suspicion here," one had remarked. "We don't want them to get spooked and have them go further underground than they already are."

Details of the meeting included the fact that security camera archived photographs from the Ronda residence had shown Mark Ronda going to his home on Monday morning and leaving with the shotgun. Security cameras from the local Walmart which sold the hunting license he would need to hunt in the state's national forests also showed Ronda alive and well, purchasing the license, then leaving the store at 2:15pm on Tuesday. Parking lot camera footage revealed that he had been driving his dark blue Jeep Rubicon, and appeared to be alone. The Walmart video in particular was a vindication of the Tavenner group--at least to a degree--as Ronda seemed to be going about on his own volition as late as Tuesday. It was also noted that the envelope containing 60,000 dollars in cash was found under the passenger seat of Ronda's Jeep.

Agent Ethan Sarver posed the question: "How did they find out about our plant?"

"We don't know for sure," Billiter said. "There shouldn't have been any leak potential at all. They must have found out sometime after they picked him up at the grocery store we have to assume, or else they wouldn't have done that."

"Do you think they dropped him near Atlanta somewhere?" Sarver asked.

"That's the question," Billiter replied. "There is also the possibility that he wasn't on that vehicle at all that Saturday night. We didn't hear his voice. And that could explain why they left his phone on. If they'd dropped him off anywhere he would have called us. He would have called me directly, in fact. So it looks like Ronda wasn't on board for that Atlanta trip. They were leading us on a goose chase."

"We should have moved on them when they picked him up at the grocery store," another agent commented.

"We couldn't have done much with them at that point. We had nothing on recording. We just didn't have solid enough evidence of an actual murder for hire. They apparently didn't even take the cash out of the Jeep. And, that wasn't how the boss lady wanted it handled. We really needed to get them at the scene," Billiter said.

Billiter knew that Ronda had apparently shot someone, but he couldn't find out who that may have been—or even where. Atlanta? Somewhere else nearby? Had the Tavenner group merely made him think he killed someone? Or had they somehow bullied him into committing an actual murder?

After lunch, Billiter sat at the desk he shared with another agent at the FBI office in Richmond. He found himself in a near impossible situation. As far as the rest of the Bureau knew, Ronda may have committed a murder while under the guidance of the Tavenner group--or he may not have. He walked a fine and difficult line in conversations with other officials about Ronda's death because he was certain it was a suicide, but he couldn't say why he knew it. "Why hadn't Ronda given more details?" He asked himself that question over and over again.

Billiter knew that destroying the Ronda note was in fact destroying evidence. He'd committed a crime that would cost him everything if it were ever revealed. Not even Cyndi, his wife knew about that note. But he still believed he had done the right thing. Yes, the insurance company would get bilked, but to his way of thinking that was preferred to seeing Ronda's family deprived of the income from the insurance, with insult to injury being the notion that he had taken his own life. He felt in a large way responsible for Ronda's death, and the least he could do was help the man's family. If this meant compromising his professional ethics just a bit so that he could salvage a farthing of morality for himself, then so be that.

Chapter FOURTEEN

"I'll raise you five," Melvin Lemons said when it was his turn to bet. The field crew were laying low at the cabin, just playing poker and in one instance Monopoly, passing time...

"Call," Brent Sterling said, tossing some extra cash into the pot. Morgan Coffey followed suit, though she didn't really care if she won or lost. Two or three hundred dollars in a game among friends didn't mean a whole lot as far as she was concerned. But this time she'd bluffed the two guys well, and was holding two queens and three sevens ... and she won that pot.

"Damn!" Melvin exclaimed. "I can't ever read you."

"Me neither," Outlaw said, as Morgan raked the cash in her direction.

"When are the others getting here? Six... or later?" Lemons asked.

"No later than 9 o'clock, so they've said," Morgan answered.

By 7:45pm they could hear a vehicle, or maybe two, coming up the narrow dirt lane that led from the gravel road up to the hunting cabin. There were two cable locked gates on the way in, and a couple of trip alarms that would ignite a shotgun shell unless those coming in knew how to deactivate the devices. No noises were heard, so the crew expected that the three doctors were making their way up the road to the cabin.

Bronson's Range Rover led the way. Chuck Zimmerman was riding with him. Ben followed the Range Rover in his Ford Raptor pickup truck. He'd owned that truck for a couple of years, and the crew had only seen it twice... or... "Maybe three times," Outlaw would later mention.

The group of six sat down around the large poker table, enjoying some Miller Lite beer that Chuck had brought along in a cooler.

"So where are we as of now?" Sterling asked.

The chatter died down on that question, as everyone awaited Ben Tavenner's response. He cleared his throat, took a sip of beer, then began.

"I want to start by thanking every one of you for your perfect performance in the FBI foil. We do all realize that their asset has taken his own life—which is surely a tragedy—but he should have considered the potential for things to go wrong before he agreed to work against us. The Mark Ronda case has been the most exciting thing we've likely done so far, and I don't expect we'll be bored with the next moves that the FBI will make in trying to save face here. They in effect killed a guy. Not directly, but their bumbling pulled that shotgun trigger just as surely as Ronda himself pulled it."

"What did you say to him that Sunday night when you stopped by the house?" Lemons wondered. But Outlaw shot him a sharp glance which reminded Lemons that Ben's methods were never open for discussion.

Ben looked at Melvin Lemons, then the others. "I at least owe the old boy the courtesy of doctor-patient confidentiality, don't I?" And everyone laughed.

"Okay," Ben continued. "We do have to get Emory Sloan's harvest hunt into the schedule. He's been waiting several weeks. His health is not good, and he really wants to make this kill before he isn't any longer able to do it."

Emory Sloan had been the attorney general for the commonwealth of Virginia about ten years prior. When the governor he worked under had fulfilled his current term, Emory had run for governor of the commonwealth but was not successful. He invested most of his assets into stock in Apple, Amazon, and later Caterpillar, and had become very wealthy. "I would never have done so well as governor," he had once told Ben, laughing.

Sloan had been on two "no harvest" kills with the Tavenner group in the previous five years. The first was the usual street thug kill, then the second was actually a carjacker taken with a handgun. Sterling and Lemons had taken Emory Sloan to Philadelphia, where the crew baited a carjacker. Sterling was the driver, Sloan sat in the passenger seat, with Melvin in the back. They used a Lexus sedan which was bought with cash from a local newspaper ad, and they moved through a section of the city that the Philadelphia PD preferred to avoid. When a perpetrator approached the car at an intersection, Outlaw rolled down the driver's window and asked with a smile "Can I help you?" The perp pulled a small semi-automatic pistol from his jacket pocket, but he briefly froze before pointing it at Sterling. He had seen the orange foam ear plugs in Sterling's ears, which gave him pause. Lemons and Sloan were also wearing ear plugs.

From the back seat Melvin Lemons had a short double-barreled 12 gauge loaded with buckshot, hidden under a jacket, its muzzle pointed discreetly out the driver's window. Were it to be necessary, he would need to take the carjacker down himself.

"What the hell?" the perp yelled when he noticed the earplugs. He then made the mistake of bringing the muzzle of the tiny automatic pistol upward, an action that was met with Sloan's presentation of a snub-nosed Smith & Wesson 44 Magnum revolver which sent a 240 grain jacketed hollow point slamming into the carjacker's chest. As his knees gave way and his body began to crumple, Sloan sent a second round into the perp at about neck level. The video was taken by two Go-Pro cameras which had been clipped on the sun visors, one facing Emory Sloan, and the other facing the perp. "He's a goner," Sterling had said before accelerating away from the scene.

Chapter FIFTEEN

The group of six were always careful to avoid predictability. Ben made sure that the quarries they sought were spread around well enough that no patterns ever emerged to raise the suspicions of law enforcement. The street thug that Ronda had killed hadn't even been logged into the Washington D.C. database. The mayor was all about window dressing, and too many shootings—especially shootings with fatalities—could be bad for reelection. This relatively common practice of corrupt city government explained why Agent Steven Billiter was unable to locate a victim on that Saturday night in particular, that Saturday night that Mark

Ronda had killed a man.

A "harvest" hunt was difficult. Bringing back the body of the perp was very risky. Preparing that body for display was tedious, time consuming, and required a lot of skill. Morgan Coffey had grown up around taxidermy at her home in Australia. Her father and two uncles operated one of the busiest taxidermy shops on that continent. Morgan learned the trade, and had become very good at it. Shortly after her addition to the group the concept of the harvest kill was born.

The very first harvest kill was a child molester. Trent Jordan was the client. He'd been on one "no harvest" hunt with the group, leaving an MS-13 gang member dead from a shotgun blast. The guy hadn't done anything worse than give the middle finger to the crew. Sterling would later say that wasn't really a "good shoot," meaning the gang member shouldn't have been killed for doing nothing worse than flipping off Trent Jordan with one hand, and grabbing his crotch with the other. Sterling didn't reveal those feelings to the client, but he later told Ben that they needed to be sure to kill people who "for sure needed killing." And Ben agreed.

When Morgan joined the group, it was quickly decided that she would be given the responsibility of directing the shooter as to when— or if—he would shoot. Her distinctive voice was deemed less likely to be misunderstood by the client, and Ben had spoken with her at length as to what constituted a "good shoot." Sterling and Lemons were pleased with that arrangement. Each team member had his or her primary responsibilities.

Trent Jordan's harvest kill came very shortly after the concept of the harvest hunt was born. During a discussion around the fireplace in the cabin that winter, Sterling mentioned something about the group needing to "get a damn child molester," and Morgan held up a beer and said "I'll drink to that. And if you'll let us bring the bastard back here I'll stuff and mount him for ya." And the guys all laughed. Morgan did not laugh. "I'm quite serious," she said.

Ben studied Morgan's countenance carefully. She raised the bottle of Budweiser to her lips and took a long drink. Her piercing green eyes were fixed on Ben's. She brought the bottle down. Her mouth was slightly open, her tongue running along the edges of her upper teeth. Her strawberry-blonde hair was pulled back into a loose ponytail, tied with a pink bow. But there was nothing pink about this woman.

Ben had actually, as a requirement of Morgan's addition to the group, psychoanalyzed her. He knew things about Morgan that even Outlaw did not know.

"You actually are serious," Ben had said, quite intrigued. Morgan had declined to do a mount of a coyote that Sterling had killed on the hunting property shortly after she had been added to the group. She had an affinity for dogs, even the mean ones. However, she was quite willing to do a full body mount of a child molester.

Morgan continued to look at Ben. Her fixating gaze spoke without a word. It said: "You know I'm serious, don't you? *And you know why.*"

"Damn. She might be more dangerous than I thought," Ben had silently mused.

The layout for a harvest kill began to take shape during a few carefully planned meetings that winter at the cabin. A location for the "trophy" to be prepared was agreed upon, and the necessary materials would be procured. The group would need to maintain complete control over the display and storage of the trophies, and not even the client himself or herself would know exactly where the trophy location was, as they would be escorted to and from the site blindfolded.

Ben would replicate the eyes for the trophy, Chuck would ensure the dental work and jawline looked correct—with new teeth made and implanted so that dental records could not be used to establish the actual identity of the deceased, and Bronson would ensure that the overall body structure was accurate. Other than the skull, bones would not be kept, as they were not needed. The skull and skin tissues would be treated with a chemical process to prevent DNA tests from being useful in the identification of the individual. The filling for the skin would be standard hard foam, shaped as needed and glued into place to pose the specimen as he appeared during the commission of his crime. Mannequins would be used to represent victims in the displays. Morgan would purchase the supplies that she needed from a taxidermy supply house in North Carolina, always paying cash.

Trent Jordan was quite wealthy, perhaps from some illicit dealings with stocks and bonds. He did not trust banks, and kept large sums of cash and precious metals in a walk-in safe at his estate home in Tennessee. Ben had found him, as he found many clients, at the Shot Show in Las Vegas one year. After Jordan's first "no harvest" kill of the MS-13 gang member, he hadn't taken long before he came back to Ben and wondered what was next. The proposal of the child molester in a "harvest" kill with completed trophy after the hunt intrigued Trent Jordan greatly. He told the group that he was willing to pay the one million dollar price for the experience. Cash, gold, silver and sometimes other high value items would be accepted for payment.

The quarry had been located in eastern Kentucky. News reports had indicated that he was a repeat offender, and he had been given a six month jail sentence after the second offense. He owned a used car dealership which his wife and older son maintained during his brief stay in prison. Ben knew that statistically the guy was not at all likely to stop attacking children. These types simply learn to choose their victims more carefully, covering their tracks better.

The crew used two vehicles for the harvest hunt. The black

Suburban with the cameras, and a pickup truck with a tonneau cover over the bed. In that first harvest hunt, the pickup had been a white Ford F-150, two wheel drive, long bed.

On a Saturday evening around 3:00pm Morgan Coffey drove the Ford pickup onto the used car lot of the child molester. He came out of the small office, and greeted her. He seemed very personable, even kind. No one would ever suspect him of being what he was. But he was the right guy, for sure. Morgan had studied his mug shot on the sex offender database.

She asked to test drive a yellow 2010 model Camaro. The perp obliged, and got the keys and said he would need to go with her on the drive. He flipped around a sign on the office door to read "*back in a few minutes*" then locked the office and got into the car with Morgan.

Morgan glanced at the sign as she started the Camaro's engine. "Back in like... *never*," she said to herself.

Two minutes later, after the Camaro had pulled out, Sterling dropped Lemons off to retrieve the pickup truck.

Morgan drove the Camaro around the town for a few minutes, then headed out of town on a paved secondary road. "I live on a road like this and I just want to see how it handles" was her excuse.

In a remote curve on that road, out of sight of any homes or businesses, she stopped the car where the crew's Suburban and pickup were already sitting.

"I better let you drive back," Morgan told the perp. "I'm feeling a little sick to my stomach."

The perp exited the Camaro, and glanced suspiciously toward the other vehicles parked nearby. Trent Jordan stepped from behind the Suburban, holding a Ruger "Mini 14" rifle loaded with .223 Remington high velocity 40 grain "ballistic tip" loads. These bullets would virtually explode just inside the body, and would rarely exit. "You're that child molester aren't you?" Jordan sneered. And as the man raised his hands part way into the air, Jordan fired two quick shots from the Mini 14 into his chest. When the body hit the ground, Sterling and Lemons removed his cell phone from his pocket, wiped it clean and tossed it into the Camaro. They then pulled a military grade body bag over the body, zipped it up, and heaved it into the bed of the pickup. Before they all left, Morgan wiped her finger prints clean from the vehicle, and she used a lint roller to clear the interior of hair or clothing fiber evidence. She also retrieved the two shell casings ejected from the rifle. For several weeks the police focused on the two families of the perpetrator's known victims, but to no avail. The body was not found, though the slight trace of blood on the ground near the abandoned Camaro would end up being a match for the missing child molester.

Six weeks later, Trent Jordan met Sterling, Morgan, and Lemons in a Waffle House parking lot. He climbed into the black Suburban, and was blindfolded with a sleeping mask. All that Jordan could figure was that the last portion of the trip involved a rough, bumpy road. He was kept blindfolded until after he was escorted into a steel building which housed ATV's, dirt bikes, horse riding tack and tools. Chuck Zimmerman's old Jeep had been moved forward, and the drip pan which sat underneath it to presumably catch dripping motor oil was slid away to reveal a trap door and ladder. Originally imagined as a "bug out shelter," the span of the basement area of the building was considerably larger than the portion above ground.

Trent Jordan's blindfold was removed, and he was invited to go down the ladder into the underground hideaway. Once there, he could see a work area for Morgan's taxidermy to the extreme right of the basement. Then all the way against the left end there were dehumidifiers (powered by the Caterpillar generator just behind the cabin), water jugs and stored food of various kinds on shelves.

And then he saw his trophy. Morgan's work was amazing. Sterling and Lemons had built the setting. The perpetrator was shown standing at the pushed open bedroom door of a small girl. She was sleeping, with covers pulled up around her. Inside the room were stuffed animals and dolls on a shelf. Finger-painted pictures were pinned to the wall over her bed. The leer on the face of the molester was shocking. The wicked blue eyes which Ben had designed and made glared upon the body of the sleeping child.

"I... until now..." Trent Jordan began. "Until now I wasn't completely sure I had done the right thing. This puts me totally at ease with what I did. Thank you all, so very much. This is stunning. I can't thank you enough," he said, with a tear of what had to be the joy of relief moving down his cheek.

Chapter SIXTEEN

Sunday, a week after the Labor Day weekend dinner at the club, Ben picked Natalie up at her townhouse. He was driving the Boss Mustang, something she had not expected.

"So I finally get a ride in this thing," Natalie said as she let herself in on the passenger side. The weather was a perfect 68 degrees with beautiful white clouds and sunshine.

"I thought it looked like a good day to get this beast out of the stall," Ben said as they pulled out on to Laurel street. "You millennials probably don't know how to drive a stick shift," he added with a grin.

"My dad taught Emily and me both. I can drive it just fine," Natalie assured.

Ben drove on for another half mile, then pulled into the parking lot of a Methodist church. The congregation had already left for the day, as the time was just past 1:00pm. He set the parking brake and left the transmission in neutral, engine running, and said with a smile, "Prove it."

"Seriously? You love this car. You're trusting me?" Natalie was incredulous.

"I've owned this car for more than twenty years. No one else but me has ever driven it since I've had it. Sharon never drove it. I want to see you drive it," Ben stated.

"Then I will," Natalie said confidently.

When Ben stepped out of the car, Natalie stealthily moved across the console and slid behind the wheel. Ben laughed and walked around the vehicle and got into the passenger seat.

"She drove that Boss Mustang like she was born in it," Ben would later tell Brent Sterling. "She didn't miss a gear. She made that three hundred and two cubic inch mill sing like it was meant to."

Natalie drove for about half an hour and at Ben's suggestion she pulled in to a vintage style drive-in diner a little outside the city limits of Roanoke. When the carhop came to the window of the Mustang she exclaimed "I'll be back in a little while!" Ben had pulled Natalie to himself and was kissing her.

"I had always known you were incredible. I just didn't know *how* incredible," Ben said when he released her.

"Just because I can drive a stick shift?" Natalie laughed.

"That's a big part of it," Ben admitted, laughing as well.

"It's like I'm living in a dream," Natalie would later tell Emily. "It just can't be real... this is so good."

"Are you two ready to order?" The carhop had returned.

"Uh... okay. Ben, what do you want?" Natalie asked.

"Just one of those ice cream cooking things... and a whole lot more of you," he answered.

Natalie smiled. "Two ice cream cookies," she told the girl.

"Aren't you worried about making a mess in your car?" Natalie wondered.

"I'm really not worried about much at all at this point," Ben answered.

The two enjoyed the desserts and then ordered two coffees

"This car is unreal... I love it... it's like it's alive or something," Natalie said. "It just makes you want to... punch the gas really hard."

Ben smiled. "I'm quite sure that you have no idea how good you look driving it."

"You're just being nice, but I love you for it anyway," Natalie said. Her right hand was resting on the "T" handle of the Hurst shifter. Ben put his hand over hers.

"I've never allowed such a thing as this. Never in my life." Ben seemed almost sad.

"You've never allowed what?" Natalie really didn't know what Ben meant.

"You... have so much... of me," Ben answered.

"I... didn't know. But whatever I might have of you, I think you have way more of me," Natalie said.

"Maybe. I don't know," Ben managed.

"Can I ask you something Ben?"

"Yeah, of course."

"What if I can't get an eye to work anymore. What then? What will that mean... for you... for us?"

Ben paused a moment and collected his thoughts. He took a sip of coffee. He still had his hand on Natalie's. He squeezed it gently.

"Natalie... I am going to be totally honest with you. I really don't like glass eyes... I've made a good living from them of course. But I detect them in a person so easily... I know what they mean to those who use them, to those who feel they need them... I do understand that. They work really well for a lot of people. And I'm happy to be able to help those people. But once someone gets to know you, they never look at the prosthesis when they're talking to you... and you of course know that... do you see what I'm saying?" Ben was trying hard not to hurt

124

Natalie.

"I think so," she answered. She was looking at her reflection in the rear view mirror. "If you're saying you'd rather me not be fitted with a new eye, I'm fine with that as long as I have you."

"You do have me. And you *have* had me, for longer than you know." Ben touched Natalie's cheek. "All I will say is that if you want to we'll go forward with a new fitting. But for my part, I like you better just like you are right now."

Natalie didn't hesitate. "Then you will have me like I am right now. But you know what you'll be doing to me if you leave me in a few months, or even a few years. You know that, right?"

"I'll never do that." Ben was quite sincere. "And did you really think I would reject you because of something you can't help?"

Natalie thought about that question. "I've hoped that you wouldn't reject me. But that has been on my mind a lot lately. I've been afraid that you might get tired of looking at me... without the eye, I mean... I guess I'm just worried."

"I'll never get tired of looking at you," Ben said. "And you wouldn't reject me over something I couldn't change, would you?"

"No, of course not," Natalie said. "I didn't know it was possible to love like I love you."

After a few seconds of silence Natalie added, "I'm a Christian."

"I know," Ben said.

"Do you know what that means?" Natalie asked.

"I think so," Ben answered. "I think I know what you're saying."

Natalie looked at Ben. She simply smiled, and said nothing. Ben knew what she meant. Natalie had never given herself to any man. She had been raised to believe that premarital sex was wrong. And whether that was true or not, it was what both she and Emily believed. Ben truly admired Natalie's convictions.

"I'm totally conquered by you Ben Tavenner. Please just be extra careful with me. If I believe that you'll be kind to me, it's because I think I know you. Please don't prove me wrong."

"I've conquered you?" Ben said with a smile. "Are you sure that's how things have gone?"

"You have the power to destroy me Ben. You know that."

"But I won't. I won't ever do that. I'd rather... destroy myself."

And so there, at the drive-in, sitting in that classic Boss Mustang, Ben assured Natalie that she was safe. He would respect her totally. He would respect her always. He would protect her.

"You are going to be mine... always?" The solemnity in Natalie's eye told Ben that a commitment had to be made, right here, right now. And he found himself willing to make it.

"Yes," he said. "I don't think I could walk away now if I tried."

"Do you think Ben will marry you?" Emily wondered.

"I think he might. I don't know how soon. But I think he might." Natalie and Emily were having some pimento cheese finger sandwiches and red wine, sitting in the living room of their townhouse later that Sunday evening.

"He isn't a Christian though," Natalie said. "Dad told us never to marry outside of our faith."

"True. He did," Emily noted. "Maybe if Ben thinks you're really worth it he'll become a Christian."

"Maybe. But would that really be sincere on his part?"

"I don't know," Emily said. "But on another note did you figure out what those ugly eyes in his console were all about?"

Natalie paused. She'd willfully avoided thinking about those eyes. She was so taken in by Ben's affection for her that she just didn't want to think about negatives.

"I haven't figured that out," Natalie admitted. "He gave them to Brent that night. Maybe they were something Brent had wanted for some costume or something? I don't know. Halloween's only about a month away," she awkwardly laughed.

"How much do you know about Brent and the others?" Emily wondered.

"Very little," Natalie said. "I don't know what kind of work they do, and I don't know what kind of business Ben does with them. They don't come around much at all. I've met the lady briefly, only once. She is very beautiful, but to be honest she scares me."

"When did you meet her?" Emily asked.

"A couple summers ago Ben had me drive him to the Chevrolet dealership in Salem to pick up a vehicle. It was a black SUV. He said that he was just helping out a friend. I followed him from there back to the lake. He pulled into the driveway of a fancy lake front house. She came outside when she saw us arrive. She spoke to me as Ben was getting into the car."

"What did she say?"

"Nothing much, really. She said 'Ben's girl Friday I presume' and then she told me her name was Morgan. She's from Australia. I had heard that, but had forgotten it until I heard her speak. Ben seemed like he didn't want us talking. I figured that maybe he had a thing for her. Later though I found out she is Outlaw's girl."

"Outlaw?" Emily said.

"Brent Sterling. It's a nickname I guess. Ben calls him that sometimes."

"Hmm..." Emily was pensive. "I want the best for you, and I just want to be sure that you know what you're getting into."

"I want to be sure too," Natalie said. "I just can't get over this feeling that I'm somehow going to be hurt in this. I've told Ben over and over to be gentle with me, and to please not hurt me. He says he won't. I do think he loves me though. I don't think I'm just seeing what I want to see. I think he really does love me."

Emily had felt like Natalie's protector, even from early in their lives. Emily was the first born of the twins. "I'm the big sister, you're the little sister," she would joke. But in truth she did feel that way.

Seeing Natalie hurt badly in a relationship which she'd invested so much of her heart and hopes into would break Emily's own heart. Natalie had never had a heartbreak in a failed relationship, but Emily had. She knew the struggle, and the pain which would go on for months. Even years later just hearing the name "Tyler" would briefly shake her emotions. Tyler was a welder. Hearing anything mentioned about welding or welders would trigger those same desperate feelings. She never wanted Natalie to know what such emotional trauma felt like.

"You said that Morgan scared you. What about her scared you?"

"It's hard to say," Natalie answered after thinking about it for a few seconds. "If you were to meet her, I think you'd see it too. It's just something you can see in her eyes. Like I said, she's beautiful, but something about her just seems... cold."

"I know what you mean," Emily said. "I've seen people like that before and they just make you want to keep your guard up."

"Yeah, for sure."

Chapter SEVENTEEN

"We aren't backing off of this. Not for a second," Steven Billiter told Virginia Trooper Andrew Keys as they had lunch at a restaurant in Rocky Mount, Virginia.

"Where do we go from here though?" Keys wondered.

"I want to watch Tavenner as closely as we can. But I know he'll catch on quick if we aren't careful. I think if we can do it we probably need to figure out who the next client they wrangle up is, and come at it that way."

"That won't be easy of course," the veteran trooper said.

"I agree. But I think if we try to slip another plant in on them they'll figure it out some way or another. I still wonder what it was about

Ronda that tipped them off."

"My guess is this," Trooper Keys began. "I think the kind of people they're finding for these kills are a group of strange birds. I think you'd just about have to be like one of them to fool Tavenner. Mark Ronda was a decent guy. He probably just didn't have the right kind of cold-hearted vibe coming off him--if you see what I mean--and Tavenner picked up on that."

"Could be you're right," Billiter agreed.

"I'm assuming we have no idea how many of these guided human hunts Tavenner and his cronies have done to this point?"

"We don't," Billiter answered. "But based on the length of time that Sterling, Coffey, and Lemons have been tied into the group, we're guessing a couple dozen. Maybe a lot more. Maybe not that many. It's impossible to say for sure. As you well know, there are thousands of unsolved murders in America each year."

"Yeah," Keys replied. "You guys have profiled Ben Tavenner I'm sure."

"Yes, of course... and the problem is that he seems just too... normal. He doesn't seem like anyone who would be involved in this thing he's apparently doing. We suspect he is laundering the profits through his medical practice, and also the practices of Garner and Zimmerman," Billiter said. They collectively own a guided bear hunting business on the coast of North Carolina. They could launder money through that as well."

"The fellow who drowned in his Lexus SUV. What do you know about him?" Trooper Keys asked.

"He owned five different luxury car dealerships," Billiter said. "We think that someone in the Tavenner group might have made contact with him when one of them was looking at buying a car. Bronson Garner drives Range Rovers, and the dead man--Tim Carvin--did own a Range Rover dealership. Tavenner normally drives an Audi, and Zimmerman drives a BMW. Carvin did not sell either of those brands. Garner's Range Rover didn't come from Carvin's dealership however. Still, it's possible that he went shopping there at some point and met him. That said, none of the sales staff at any of Carvin's dealerships recognized the photos or the names of any of Tavenner's group. But Carvin did say something to his wife the night he died... He had been drinking heavily, and he said something to the effect that he wasn't going through with it, and there would be hell to pay. He said he was supposed to go kill a "bad guy" somewhere toward the coast with this bunch from Virginia. He told his wife that a large envelope with 120,000 dollars in it would be found in his gun safe, which was the money he was supposed to pay. His wife just thought he was crazy from the whiskey. Then in spite of his drunkenness, he left in the Lexus SUV. His wife was recovering from knee surgery, and she couldn't pursue him quickly enough to stop him from leaving."

"Did she call the police?" Keys asked.

"No, she didn't. But I'm sure she wishes now that she had. Had he been stopped by law enforcement his life would probably have been saved. And we would have gotten the answers to a lot of questions as well," Billiter said.

"Was it through Tim Carvin that you guys first were tipped off to the Tavenner group?" Keys asked.

"Sort of, but not entirely," Billiter replied. "We could tell that Tavenner and the other two doctors seemed to have a lot of disposable cash. The guided hunts they'd go on cost a fortune, I mean you wouldn't believe... and that yacht wasn't cheap either of course. It's in all three of the doctor's names. Tavenner was audited two years ago, along with Garner and Zimmerman. That was probably a mistake on the IRS's part, to target all three doctors at virtually the same time. That essentially tipped them off that the IRS was working with another agency, and they of course probably figured FBI. They got really quiet after that for several weeks, not traveling... staying close to home. The audits were clean. Chuck Zimmerman in fact ended up getting about twenty thousand dollars back when all was said and done."

"So how did you connect Carvin's remark about going with a bunch from Virginia to kill somebody to Tavenner?" Keys wondered.

"Once Carvin was found dead, drowned off a pier in the Atlantic, the police learned from his wife the things that her husband had said. They checked the gun safe in the home, and sure enough there was an envelope with 120,000 dollars in cash in it. That is when the Raleigh PD got in touch with us, what with the murder for hire and an envelope full of cash coming into the story. Connecting a few dots, including the phrase "bunch from Virginia" had us looking at Tavenner as a possible culprit. We didn't know for sure how he was earning his extra money, or just what his exact relationship with Sterling, Coffey, and Lemons was, but we were beginning to wonder. We had bits and pieces to go on, just anecdotal stuff... someone saw a large black SUV leaving the scene of a gunfight in Pittsburgh. They said it had a front license plate, which could have been Virginia. They didn't get the number, but said it was white with dark numbers. Maybe Virginia, maybe Ohio. Shortly after Carvin's death we set up a meeting with North Carolina officials and hatched the plan to see if Mark Ronda could convince Ben Tavenner to take him on a guided human hunt. We now know that Tavenner agreed to do it. We're sure now that's what the group is doing. It cost Mark Ronda his life for us to learn that though," Billiter added sadly.

"Did you find out whether Ronda actually went on a hunt?" Keys asked.

Billiter paused. "No, we're not sure what they did with him, or if he went on a hunt."

"What about Carvin. Has the cause of death been determined?"

"His tissues indicated he was probably very drunk at the time he died. It's possible that he decided to back out of the hunt and just got hammered and tried to drive to the Bahamas. But it's more likely that he was killed."

"What kind of travel do these guys do?" Keys wondered. "They go on guided hunts all around the world, right? Is there any way that they could be finding new clients while on these hunts? Could that be where they met Carvin?"

"Carvin never went on guided hunts. He kept guns and enjoyed shooting targets, and would hunt locally during deer and turkey season, but he never went on any expensive guided hunts as far as we've been able to find out."

"If the Tavenner group is in this, they met Carvin somewhere of course."

"I know," Billiter said. "And finding out how and where could be very important."

"What about state side? Where do they travel to?"

"The only air travel records show international travel. Of course that doesn't mean they aren't driving to various places around the country. But if they are we don't currently have any info as to if they go, when they go, or where they go."

"You can track their phones of course," Keys stated.

"Yes, and we've gotten warrants and worked at that," Billiter said. "Ben Tavenner's phone gets switched off for periods of time... sometimes days on end. If you dial it, you get a voice mail that he is on vacation and you should call his answering service to find out who the on-call doctors are. We haven't looked very hard at the phones of the other two doctors at this time. But we probably should."

"What do we know about the others in this group?" Keys asked.

"Not as much as we need to know. Brent Sterling is an Army vet, and he drove a truck up until about six years ago. CB handle was "Outlaw," perhaps appropriately. He stopped driving shortly after he made contact with Tavenner. His last job was with a flatbed outfit. His last load was one of three loads of steel rebar he hauled to Ben Tavenner at a remote property in Franklin County. He does still hold a CDL to drive, but he's not working as a truck driver, we are sure of that."

"The woman?" Keys asked.

"Morgan Renee Coffey. She came here to the US from Australia about five years ago. She applied for and got her US citizenship. We've got a file on her of course, finger prints, photos and all. She came from a family that runs a big taxidermy business on the east coast of Australia. Supposedly she came here on vacation, fell in love with the place, et cetera and so forth. But we think that what she really fell in love with was a guy named Brent Sterling. He assisted her in getting her citizenship. She's got a clean criminal record back in Australia. We know she's not working legitimately, so we do wonder where she's getting money from. It could be that she brought a lot of cash with her, but she should have run out by now. She doesn't have a driver's license in any US state, but she did drive in Australia."

Billiter continued. "And... Melvin Lemons. No middle name on his birth certificate, but he has on occasion used "Blackhawk" as a middle name. It could refer to his Native American heritage, as his father was a Cherokee. It could just be something he made up. He does have a Ruger Blackhawk .357 Magnum revolver showing registered to him. He spent six years in the Marines. His IQ is reported to be 160. He was an avionics tech, learning component level repair on aircraft radar and navigation systems. He was not a sniper, but somehow he acquired pretty impressive skills on the bolt action rifle. His name shows up on an internet search of the rosters of long range rifle matches. About four years ago he either stopped competing, or maybe he began using an alias. No criminal records at all. Not even a parking ticket. His military DD-214 shows he was honorably discharged."

"What are the addresses of these last three characters you mentioned?" Keys asked.

"P.O. Boxes, and addresses to homes they don't actually live at," Billiter said with a smirk.

"They've got to be doing some kind of crap for sure," Keys remarked. "Do you think they could be moving narcotics?"

"We don't," Billiter said. "We have looked at that possibility of course. They're making their money doing something else, which seems to be the guided hunt thing."

"Then they must be making a hell of a lot doing that," Keys remarked.

"Yeah."

The two finished their lunch, and agreed to stay in touch. Keys said he'd check around with folks who lived in the general area of Tavenner's home and practice. Maybe he could find a contact that could give them a new avenue to pursue. Billiter said he'd plan on meeting with Keys at least twice monthly.

Chapter EIGHTEEN

Tracy Van Outen parked his Toyota four wheel drive pickup outside an Army-Navy store in Columbus, Ohio. He had received over two hundred dollars for his eighteenth birthday and he'd already decided how to spend some of it.

"Let me see that one," Van Outen said, pointing to a large Bowie knife inside the display case. The salesman took the knife out and handed it to the young man. After fondling it for a moment Van Outen said, "I'll take it."

As the salesman rang up the purchase, he couldn't help but think that the boy looked familiar. Later, after Van Outen had left with the large knife it dawned on him that he'd seen that face on social media in a viral photograph of two teen aged boys who had poured gasoline on a stray dog and burned it alive. Columbus police had been notified of the identities of the boys by concerned citizens, and an investigation was conducted.

Van Outen was seventeen when he had met fifteen year old Clay Alden. Clay would later tell police that he was very sorry for participating in the burning of the dog. Even in the photograph that Van Outen had snapped of himself and Alden with the burned and suffering dog Alden was not smiling. Van Outen was literally laughing in the photo. Alden said that he was afraid of Van Outen, and that he had felt bullied into doing things that Van Outen wanted to do. They had hurt other dogs, though not as severely. "Mostly just beat them with sticks or throw rocks or whatever at them," Alden had told police. And according to Alden, Van Outen had deliberately once ran his truck over a turtle that was trying to cross the highway. "He drove across the middle line and hit the turtle on purpose."

All of this information—other than the names of the juveniles--had been in the Columbus Dispatch newspaper, which Brent Sterling had picked up from a newspaper rack on a previous outing. Ben encouraged the members of the group to pick up printed copies of newspapers when they were traveling. The papers could be searched for potential quarries totally unbeknownst to any authorities.

Morgan Coffey was quickly able to find out the name and other information of the older juvenile in the newspaper article. Social media of course has no morals or standards, and Tracy Van Outen was repeatedly named as the person smiling in the viral picture.

Van Outen was enraged when Clay Alden had confessed to police, and he had tried to retaliate by burning the Alden's home. He was caught in the act of the attempted arson, however, and put in juvenile detention for thirty days. He was released two months before his eighteenth birthday.

The Van Outens had spoiled Tracy from a very young age. He was rarely if ever disciplined. When the school would have problems with Tracy, his mother and father would blame the school authorities rather than their child. He'd always been given whatever he asked for. His parents had bought him the expensive Toyota pickup shortly after Tracy had gotten his license to drive.

Tracy Van Outen headed back home from the Army-Navy store, and parked around back of the house in his usual spot. The large home in suburban Columbus had a spacious, finished basement apartment. Tracy's father, Gordon Van Outen had intended to rent out that apartment for extra income. But that was before Tracy decided it would be "just right" for him. There was an entry door at ground level which allowed the juvenile delinquent to come and go as he pleased without his parents knowing. He parked on a gravel section of the driveway and went inside to play online video games.

Van Outen's favorite game, Battlezone Now, allowed people to either partner together, or fight against one another in the make-believe world of battle. Participants could communicate with each other as well, either by texting or by actual speech if the microphones were enabled. About fifteen minutes into the game, a player named "2swift4u" said hello to Tracy. The female voice was enticing.

"Hello," Tracy replied.

"So what are you into tonight?" the female asked.

"Just hangin' … nothing much. How 'bout you?"

"Yeah. Just hangin' … bored."

"You sound bored. But you sound sexy as hell too," Tracy said, then checking 2swift4u's profile he saw a cute picture, and her location was showing to be Granville, OH.

"Holy s---!" you're in Granville? Ohio?" Van Outen exclaimed.

"Yeah, what about it?" the girl said.

"I'm not even twenty minutes away from you."

"Oh. That's cool."

"You said you were bored. Let's get together and just talk, or whatever."

"I don't know..."

"Oh come on. I'm a fine lookin' guy. You'll see."

"I'm actually at work. I'm not even supposed to be playing online."

"Where do you work? When do you get off?"

"At a Christmas tree farm just off of route 126. I'll be here until at least 8:30 I guess. We're getting ready for the upcoming season."

"What Christmas tree farm?"

"Berry's Nursery. We do poinsettias and other stuff too."

"Meet me somewhere after you get off work," Tracy said.

"Just come to 3236 Harbinger road. You'll see my white Dodge pickup out front of the place. I'll be the only one here after 7:30 so come after then or I might get in trouble."

"3236 Harbinger. I'll be there."

Tracy Van Outen used the GPS feature on his iPhone to take him straight to the location. He left at 7:30pm and it only took him fifteen minutes to get there. He decided to take the new Bowie knife with him, just in case there was trouble. He noted the white Dodge truck outside of the nursery's office. All of the lights were off inside. He walked over to the pickup truck and found no one inside it. He then walked to the front door of the office and knocked on the door several times.

"*You stand me up bitch?*" he yelled. He knocked a few more times then kicked the door hard enough to damage it, and turned to walk away.

The 220 Swift rifle cartridge comes by its name quite honestly. It can launch light varmint bullets well over 4000 feet per second. The Speer "TNT" 43 grain projectile virtually detonates shortly after entering a soft tissue target, leaving no exit wound in most cases. Tracy Van Outen's case fit the norm. The explosive force of the varmint bullet sent the contents of the heart in a violent burst to the head which left the eyes crimson red and locked wide open in a "hello brimstone" glare. The body was frisked to ensure there was no phone or other traceable device in any of the pockets. It was then stuffed into the body bag and loaded into the white Dodge pickup before Emory Sloan could make it to the Suburban which was parked behind the office building. Morgan Coffey placed a string of M-80 style fire crackers on a 2 minute fuse in the parking lot near Van Outen's Toyota truck. She looked inside the truck and noted that Van Outen's iPhone was on the seat. She tossed a paper bag with several more unlit firecrackers onto the truck seat, next to the phone. Sterling and Lemons got the body into the covered truck bed and slammed the tailgate. Lemons got behind the wheel of the truck, and Sterling and Coffey headed back to the Suburban.

"Hot damn I did it!" Emory Sloan exclaimed, wheezing from the effects of COPD. "I got the bastard."

"You did! Congratulations!" Morgan said dryly. "Now we've just got to get him home and stuff him. He won't be hurting any more dogs, that's for sure."

By exiting to the north, the crew would only pass two local houses, both well back from the road. They'd be on another county route by the time the M-80 firecrackers began to explode in twenty second intervals. The shot from the 220 Swift, which had come from underneath some fir trees bordering the office lot, was to investigators just another firecracker. Not one drop of Van Outen's blood would be found at the scene.

The two vehicles would stay in secure radio contact, but run about ¼ to ½ mile apart on the way back to Virginia. Ben had selected the routes that seemed best to take, and the crew followed the plan. The white Dodge truck that Lemons drove had been topped off with gasoline before the kill was made, so the trip back to the hunting camp in Virginia was completed non-stop, without incident.

Chapter NINETEEN

Two days after the Columbus, Ohio hunt a fellow found the white Dodge pickup he had sold to that "couple from Richmond" sitting in the driveway of his Blacksburg, Virginia home. The title which was still in his name was left laying on the seat along with a note which read "We found a different truck, you can keep yours. Keep the money too for your trouble. Thanks."

"Keep five thousand dollars for my trouble?" the man said out loud. "What in the world?" But he kept the matter to himself, and would later place another newspaper classified ad and sell the truck again.

Ben had calculated that the odds of most people doing anything other than pocketing the money and selling the vehicle again were very slim. And even if police were called, with no crime having been committed, nothing would be done anyway. This practice kept the crew from having to keep and store a pickup for the harvest hunts.

Additionally, using a truck that was still registered to the seller could be helpful should the truck need to be abandoned on the mission for whatever reason.

September's third week was nearly finished, and the fall colors were on the trees at the hunting property. The trophy of Tracy Van Outen was coming along well. Morgan had purchased a coyote form so that she could create a dog to be a part of the display. Emory Sloan would be brought out to see the finished work in a week or two.

Agent Steven Billiter had completed another meeting with Trooper Andrew Keys, but neither one of them had any information that would move the case against the Tavenner group along any further. "If they're active right now, they're covering their tracks pretty well," Billiter had said.

Ben and Natalie were spending more and more time together. Ben hadn't been able to keep things at work as discreet as he'd hoped. Sylvia Epperson had figured out that she'd lost Ben to Natalie, and her demeanor had grown very cold. "We'll have to find another nurse if she doesn't get over this soon," Ben had said.

"Natalie, are you sure about this?" Emily asked.

"Yes, I've thought a lot about it. Honestly, it is something I've thought about every time I've needed to wear an eyepatch over the last few years. The patch is just so much easier. And I'm past the point of worrying about what everyone else thinks. And like I said, I've been having trouble making the eye work right anyway. You knew that. I don't want another surgery, not unless I decide to have it closed permanently... and I might do that. But I'm fine. I hope you'll understand. I hope you'll be okay with this. I've been afraid that you might not be."

Emily thought a moment. She took Natalie's hand as the two sat next to one another on the sofa in their den.

"If I weren't afraid you'd regret this, I could be okay with it. You know you won't be able to get another eye to work after a while. So maybe if you change your mind within the next month or so it won't be too late."

"I won't be changing my mind," Natalie stated emphatically. "And honestly, I think it's too late now anyway. I've waited this long to tell you what I have decided because I wanted to be sure. And now I am sure. It's hard to imagine what a person with a glass eye goes through every day. Every minute of every day. Every second, even. Some people have good luck with theirs, but I honestly never really did. Trying to

149

make it look right and move right. Ben said my blinking was probably going to be worse after the next surgery if I chose to get it. And it was already not good, you know that. I'm just tired of it. I'm just done with it."

"Would you have made this decision if not for Ben telling you he didn't like glass eyes? And that he liked you better with the patch?"

Natalie thought a moment. "I guess I might not have... I might not have decided to stop using the prosthesis... not yet anyway... I think that someday I would have ended up just going without it... you know I've talked about that... but with Ben telling me what he told me, and knowing I'm okay just like I am as far as he is concerned... and yeah, he did say he likes me better this way... I think it's a win-win for me."

Emily slowly nodded her head. "Okay. I'm sorry if I've put any pressure on you. I just want you to be happy, always. You know that."

"I do know that. I don't feel pressure. I just feel like you're concerned for me, and I don't want you to be. And let me show you what I got today!" Natalie wanted to change the subject. She reached into her purse and produced a new jade green eyepatch with black border and strap.

"Very nice. And I think this means you want to borrow my green dress," Emily laughed.

"Maybe," Natalie smiled, putting her hands together in a praying pattern.

"Of course. Anytime you want it," Emily said. "Let's watch a good romance tonight. Neither of us have to work tomorrow. Pride and Prejudice should do. Deal?"

"Deal," Natalie said, smiling. "I'll get some ice cream."

Chapter TWENTY

Chuck Zimmerman lifted the blue and white speckled coffee pot from the campfire grate and poured himself another half cup.

"Nothing better in the world than sitting around a campfire in the middle of nowhere with you two guys," he said.

"I feel the same," Ben Tavenner said, with a nod toward Bronson Garner. He raised his own coffee mug into the air.

"To friends who stick closer than brothers."

"Indeed."

"Amen."

The Colorado weather in mid October was something that Ben had looked forward to for weeks. He had come along on the elk hunt more for vacation time than actual hunting, and in fact had told the other two that he didn't really want to take an elk this year. He just wanted some time away from everything. He did, however, find himself missing Natalie. He missed her more than he expected he would.

The three men had traveled in different ways from Virginia to the hunting camp in Colorado. Bronson had driven his diesel powered RV and had left three days earlier, pulling a trailer hauling three all-terrain vehicles. These ATV's would be used on the hunt, to bring out game if any were to be taken.

Chuck had actually flown from a small airport, hiring an acquaintance who owned a turboprop plane to fly him to Colorado. Emily Darden had actually seen the plane leave that day from the airport where she worked as a flight instructor, though she did not know of the passenger's connection to Ben Tavenner.

Ben had chosen to go by train. He would return with Bronson on the RV, but he was something of a train aficionado, so a two day trip on Amtrak out of Roanoke had been a good plan. His 1963 restored Bulova Accutron Railroad Approved wristwatch was the right timepiece for the venture.

"So you believe the feds will be trying to find one of our former clients and get him to roll over on us," Bronson commented.

"At this point that would give them their best chance of getting at us," Ben confirmed. "They'd probably rather catch us in the act of setting up another hunt, but they're going to know that we'll be extra cautious now. With the Tim Carvin mess and now Mark Ronda, they know we won't be playing loose. Not that we ever did, of course. I'm just thinking like an FBI guy," Ben smiled.

"We didn't make any mistakes with Carvin. We never offered him a hunt. We never even met the guy," Chuck stated.

"True, we didn't," Ben replied. "And if not for Sheriff Knox's help, we wouldn't even know about the incident. But according to Carter, the FBI believes that someone offered Tim Carvin a hunt. And whoever that someone was appears to have had some knowledge as to how we work."

"Are you still thinking it was a former client?" Bronson asked.

"Yes. At this point that's what makes the most sense." Ben sipped his coffee, and stared into the campfire. A pensive smirk formed on his face.

"You think you know who it was I'm guessing," Chuck said.

"I've kept it to myself, but yes, I think I know."

Bronson and Chuck looked at Ben, waiting to hear the results of his deductions in the Tim Carvin matter.

"Our trouble has been coming from North Carolina. The eastern part of the state in particular," Ben said.

"Garnet Wilson?"

"Probably."

"Tell us more," Chuck Zimmerman said, reaching for the coffee pot again.

"I believe that we may have inadvertently made an enemy of Garnet Wilson when we purchased the bear hunting property near him on the coast. When we started our own guided bear hunting business, that must have cut into his profits. So after about three years, he probably got the idea to simply do for another person what we had done for him. Let us suppose that he offered Tim Carvin a hunt.

154

"Interesting," Chuck said.

"Wilson certainly knew Tim Carvin. The crew is looking into that right now. It'll be easy for them to find out just how many degrees of separation there were between those two."

"Do you think Wilson went to the cops?" Bronson asked.

"I don't think that was his plan. I think he actually just figured he'd take Carvin on a hunt somewhere in North Carolina, and charge him whatever amount of money, and make a clean getaway," Ben said.

"Working by himself?" Chuck asked. "That would be nuts."

"It would be foolish, yes," Ben said. "But my notes on him have refreshed my memory. He would be the kind of person to take such a chance. We made it look really easy for him when he took down that gang banger in Norfolk. He just figured he could handle the whole thing himself and pocket all the profit. He may have told Carvin he was working with a group from Virginia to make the entire thing seem more plausible."

"So what happened? How did Carvin end up being the dead guy?"

"I believe that Wilson made the arrangements with Carvin on his

155

own, without any others involved. As I said, these two are going to have known each other pretty well, or Carvin would never have bought into the idea. After thinking about it, Carvin decided he wasn't going to go through with the hunt. Wilson had surely given him the same warnings that we give our clients about backing out after the commitment. And, Wilson had probably told Carvin of his hunt with us in Norfolk. Major liability there, of course."

"Makes sense," Bronson nodded.

"I believe that Carvin went to Garnet Wilson that night and told him he wanted to back out of the deal. Wilson became terrified that Carvin would turn him in, and so he killed him. I haven't been able to find out very many of the details of the murder, but very likely Carvin was simply knocked out or drugged—quite possibly with one of the tranquilizer shots that Wilson used on his big game preserve—and then he was taken to that pier, probably lying unconscious in his own vehicle with Wilson at the wheel. Carvin's body was found floating, so he may have actually been pushed into the ocean separate from the vehicle."

"Wow," Chuck said. "So maybe the feds got to Wilson after the murder, and he rolled over on us."

"That's a possible scenario," Ben said. "But I would guess that Wilson's first inclination was to try to get us blamed for Carvin's death. He probably wouldn't have told the feds what he did with us in Norfolk.

He probably told them that Carvin had told him he was going on a hunt with us. So that's probably what prompted them to toss Mark Ronda at us."

Bronson was sharpening his Buck Kalinga hunting knife, slowly dragging the edge of the blade across a whetstone. He didn't plan to stop until it was as sharp as one of his surgeon's scalpels.

"It sounds like Wilson could be a real problem for us going forward," Chuck said.

There was a brief moment where the only sounds were the crackling flames of the campfire, and the grating of steel on stone as Bronson continued putting an edge on his hunting knife.

Ben had filled his Ascorti bulldog pipe with Wilshire blend tobacco. He rarely smoked a pipe, but on camping and hunting trips, he liked to keep it handy. The light from the Zippo lighter's flame fell upon his face. His eyes were calm as he looked at each of his two friends. He snapped the lighter closed, and took a couple of draws on the pipe.

"Garnet Wilson was killed by one of his hunters yesterday. Appears to be an accident. The hunter wasn't logged onto the roster that day, and whoever made that fatal shot has not come forth to confess at this point."

"Appears... to be an accident?" Bronson looked straight at Ben. He had stopped sharpening the knife.

"Yes. An accident," Ben said. "I wanted to wait until we were all here before we spoke about this, I'm sure you both understand."

"Yes, understood."

"Of course."

Ben was the sole director of the field crew. While he would take counsel with Chuck and Bronson on all matters of the operation, they both knew that when it came to sending the crew out to do a job, Ben was going to handle that himself. In the elk hunting fields the following day, away from the motorhome, away from any type of phone, he would give them the details of Garnet Wilson's demise.

"Let's call it a night then. Bronson you've got to drop an elk tomorrow or else Chuck is going to be one up on you."

"Yeah, you're right about that," Bronson said, smiling.

"I'll be getting another one tomorrow too so he'll either be one down, or two down depending on how his day goes," Chuck added, laughing.

The three retired to the RV and rested.

They rested curiously well, in fact.

Chapter TWENTY-ONE

Brent Sterling poured some milk from the half-gallon cartcn onto his bowl of cereal. He put the carton back down on the table, and habitually turned it around to look at the other side.

"Looking for Tracy Van Outen?" Morgan laughed.

"Yeah. I'm guessin' they haven't figured out what happened to that bastard yet," Sterling mumbled through a mouth full of Captain Crunch.

"We need to pick up Melvin sometime after noon," Morgan reminded. "He's still at his grandfather's place."

"Roger that," Sterling said. "What'd you find out about Wilson and Carvin?"

"Tim Carvin married Angela Wilson, Garnet Wilson's sister."

"Ben called that one, for sure."

"Yeah."

The FBI was still on site at Garnet Wilson's game preserve on the North Carolina coast, investigating his death. Steven Billiter had traveled to the scene, and was coordinating with other agents.

"I guess we don't need to think twice about who is behind this, do we?" senior Agent Monte Alderman said.

"We need to nail 'em for sure," Billiter replied. "What do we have so far?"

"The victim was likely shot with a high powered rifle. Bullet exited. Finding it is going to be impossible I would say. There are stray bullets all over this place, and with the swampy terrain... forget it. Plus last night's monsoon isn't helping at all. This whole place is continually being crawled by bear hunters and their dogs. Our dogs are of no use. Failing some eyewitness coming forward, it doesn't look good at this point."

"We should check to see if anyone saw a black Chevy Suburban in the area in the last eighteen hours or so," Billiter suggested.

"We're on that. I'm waiting to hear back," Alderman said. "By the way, we got a very interesting phone call from Angela Carvin yesterday.

"Angela Carvin?"

"Tim Carvin's wife. She said that she thinks her brother Garnet killed Tim. We've got a couple guys visiting with her today. At the time she put that call in, she wouldn't have known that Garnet was dead."

"This has got to be one of the most convoluted messes in like..." Billiter shook his head.

"We'll get to the bottom of it. We always do. Stay the course," Alderman advised.

"That's all we can do, stay the course." Billiter agreed.

Hardin Grainger was a true Mississippi blues man who had taught his only grandson Melvin to appreciate that wonderful style of music. Mr. Grainger got around with a walker, and was prone to dizzy spells at times, but when he sat down with a guitar in his hands and a harmonica braced around his neck, great things would always happen. Melvin had made recordings of every song his grandfather played and sang. Hardin Grainger originals such as *My Baby Done Lied* and *Drinkin' that White*

Man's Shine were among Melvin's favorites. Recordings of conversations between Melvin and his grandfather were made as well. Melvin was always interested to hear his grandfather talk about what life was like for a black man growing up in Mississippi in the 1940's. Mr. Grainger had told Melvin he did not want to be famous-- *"At least not while I'm alive anyways... so don't go to no record outfits with these tapes till after I'm good and gone, ya hear?"*

Sterling and Coffey pulled up outside of the Hardin Grainger residence. Melvin had been expecting them so he was waiting out in front of the garage, sitting on the edge of a long neglected concrete planter. When the Suburban pulled into the driveway, Melvin snapped the blade of his Spyderco Endura knife closed, dropped the stick he'd been whittling on, and put the knife back into his pocket.

"Hang on a sec," Melvin said, as he rolled up the garage door. He opened the rear door of his grandfather's Lincoln Continental and took out a hunting rifle.

"I thought you were going to ditch that thing," Sterling said.

"I thought about it, and there really wasn't any need to get rid of it. It'll be useful again before you know it. They won't have any ballistics to tie this gun to anything." Melvin was confident. "Besides, this is my old faithful .270. It's my deer gun man!"

"You like working solo?" Morgan asked.

"Sure. I mean I'd rather work with you guys, but this one was risky enough that if someone was going to go down, at least it would just be me and not all three of us."

"Crazy rascal," Sterling jabbed.

"Hey," Melvin laughed. "Sometimes crazy gets the job done when nothing else will."

The crew headed back to the borrowed home which had been arranged by a confidant of the group. As they pulled into the driveway Morgan reached into her canvas shoulder bag and removed a garage door opener and pressed the button.

"Man oh man," Lemons said. "The gangster set us up good this time."

"The gangster" was Cedric Dellinger. Melvin had christened him "gangster" because of the similarity of his surname to the infamous John Dillinger. Cedric owned River Lake Realty, and he was also a practicing and quite successful real estate attorney. Many of the homes he provided for the group were homes he actually owned, and was simply waiting to flip for a profit.

Chuck Zimmerman had met Cedric Dellinger more than six years prior. After an unfortunate incident in Richmond, Dellinger had needed reconstructive dental work. He had been robbed and brutally beaten on Chamberlayne Avenue while checking on a property he owned there.

Chuck had introduced Cedric to Ben and Bronson, and Ben had actually purchased his lake front home through Cedric's agency. After knowing Dellinger for a few months, the three doctors decided to offer him a hunt. Ben Tavenner had a way of psychoanalyzing a person through seemingly trivial conversation, and he was convinced that Dellinger was an excellent risk.

The then fifty-eight year old realtor and attorney had accepted the proposal. In those days, the group had four members. Brent Sterling had been brought into the group as a driver--and because of his gun fighting skills. Cedric had agreed that he would ensure the team had houses all around the area to use for debriefing and for general short term shelter. The agreement was for continued access, as long as River Lake Realty was operating in the lake area. No money was exchanged.

Cedric's hunt was in Richmond--the same city where he had been attacked. He wanted the hunt to be in the same neighborhood. "Perhaps by chance I'll get one of the guys who pounded me," he had said. And, with the help of Ben and Brent Sterling, he had been able to take down a street thug on Chamberlayne Avenue, about a quarter to midnight one Friday. The criminal had approached the open passenger side window of the Infinity Q45 that Ben chose to use that night, and said "Show me some money mother--"

The criminal's expletive had been cut short by the roar of both barrels of the sawed off shotgun that Cedric had been holding across his lap, covered by a cream colored scarf he had brought along that evening. As the man fell, he aimlessly tried to grab at the car door, causing him to drop his 38 Special snub-nosed revolver into Cedric's lap as Sterling sped away from the scene. Dellinger would keep that little Charter Arms 38 as a trophy. He kept it wrapped in the blood stained scarf he'd worn that night. The scarf was stained not with the perpetrator's blood, but with blood from Cedric's own hand as the trigger guard of the shotgun under the recoil of both barrels cut into his left index finger. He hadn't meant to fire both barrels, but being unsure which of the two triggers to pull, he had simply pulled them both, one with his index finger, the other with his middle finger. Ben had made a perfect video with an infrared camera from the back seat of the car.

Cedric Dellinger was about as unassuming a fellow as could be imagined. He stood five foot six inches tall and appeared to weigh about 140 pounds. He couldn't have lived up to Melvin's nickname in a hundred years, but the reserved smile when he heard Melvin call out "Gangster!" showed that he didn't mind the moniker. He lived alone, had never been married and was presumed by many who knew him to be homosexual. Though Cedric had never shared it with anyone, the young punks who beat him up in Richmond continually yelled gay slurs as they were kicking and beating him.

Cedric had never hunted game in his life, and had not been raised around guns of any kind. His politics were mostly liberal. A fastidious dresser and general perfectionist, he was careful in speech and etiquette. He kept his private life to himself, and was never judgmental of others.

But Dellinger's "perfect gentleman" facade was just that, Ben had quickly noted. Deep within the man's heart lived a soul that hated evil, and longed to lash out against it. Ben had afforded Cedric the opportunity to literally combat evil, and also—to some degree—avenge himself for what the culture of that part of Richmond had done to him.

Chapter TWENTY-TWO

Chuck Zimmerman had decided to make the trip back with Ben and Bronson on the motorhome. When they stopped in Kentucky to get fuel Ben picked up a couple of local papers and began perusing the first one as he sat at the RV's dinette table.

"We should be home in just under seven hours if we don't hit any delays," Bronson said as he climbed back aboard.

"Want me to take the wheel a while?" Chuck offered.

"No, I've got it," Bronson said. "I plan on keeping it in the wind non-stop from here on back."

"Check this out," Ben said, pointing to an article in the Lexington Herald.

Chuck looked over Ben's shoulder, and read the headline:

ARRESTS MADE IN CHILD TRAFFICKING RING

"Wow," Chuck said. "They say that's a lot bigger problem in America than people realize."

"It is," Ben replied. "And according to the article a couple of the ring leaders are on the run."

"Could be worth looking into," Bronson yelled back from the driver's seat.

"Absolutely," Ben said. "I'll get Morgan on this when we get back. We might be within range. It depends on which way they go. We'll see what we can learn."

The guys made it back to the lake area by 4:30pm. Ben had texted Natalie from his expendable phone about a half-hour out, and he found her waiting at the storage lot where Bronson kept his RV. He said goodbye to Bronson and Chuck, then walked over to where Natalie had parked her dark gray Chevrolet Impala. She was leaning against it, arms crossed, waiting on him.

"Any issues closing a little early?" he asked.

"No," Natalie said. "We were finished for the day. Everyone was gone except Sylvia. I told her we were going to close early and head on out. She asked me what you would think about that and I couldn't help myself... I told her I'd ask you when I picked you up for our dinner date. She hates me, I know she does... I hope you don't mind me saying that about a dinner date. I maybe shouldn't have..."

Ben smiled. He noted that Natalie wasn't getting into the car. She was waiting for something. She took her sunglasses off and looked at Ben, a definite note of sadness on her face.

"What is it?" Ben asked. He put his hand on her shoulder.

"I guess..." Natalie began... "I guess it's obvious that I've missed you a lot more than you have missed me."

"How do you know that? You shouldn't think that way." Ben moved

Natalie's hair away from the right side of her face a bit. She shook her head and moved it right back.

"I just have this crazy idea that if you really do love someone you can't go for a week and not even talk to them." Natalie looked down and began playing with a button on the sleeve of her navy blue cardigan. "I guess I've seen too many romantic movies..."

"Maybe if you really loved me you'd have begged me not to go," Ben countered with a wry smile. He opened up Natalie's cardigan to look at the t-shirt underneath. It had the likeness of a scowling Persian cat's face on it.

"I didn't know you liked cats," Ben said.

Natalie looked at Ben, but said nothing. He put his arms gently around her and he kissed her.

"Babe, I haven't been used to having a girl in my life for quite a while now. I should have called, I know that. I'm sorry. I did miss you, I promise you I did."

"You called me 'babe'... I like that... I think," Natalie said. "And Emily and I are thinking of getting a cat if you must know."

"Let's head on to Roanoke to get my car from the train station. We'll get dinner somewhere there so you won't have been lying to Sylvia," Ben laughed. "And I will tell you... some things."

"You drive," Natalie said, her interest piqued. "I don't want to be distracted with driving while I hear these things are that you're going to tell me."

Ben walked around and opened the passenger door and let Natalie in, then he got into the driver's seat and pushed the seat back.

"You're short," Ben teased.

"I'm five seven, that's not short."

"Well you sure like the seat all the way up," he laughed.

Ben pulled the Impala out onto the highway and pressed the accelerator. "This thing runs pretty strong," he noted.

"I think it's got three hundred and five horsepower. That's what they told me when I bought it. And then I had a chip put in the computer which is supposed to make it even faster."

Ben punched the accelerator and was surprised how quickly the Impala picked up speed. "I believe it," he said. "I didn't know you liked fast cars."

"I drove Emily's old Honda for years as you know. It was a great car, but I wanted something with more room, and more power. And I knew that you liked fast cars, so I got this one. I didn't know if you'd ever drive it, but I hoped if you did that you would like it," Natalie said softly.

"I do like it," Ben said, with a flirtatious glance.

The couple rode in silence for about five minutes.

"Okay," Natalie said. "What were you going to tell me?"

Ben looked at the rear view mirror. It was a custom panoramic mirror which Natalie had the dealership install before she bought the car. "I like this mirror," he said, adjusting it a bit.

"You'd like it even better if you only had one eye," Natalie said. "It makes it a lot easier to see all around the car. But you're supposed to be telling me something."

"Why am I going to tell her?" Ben asked himself. And the answer came immediately, just as it had come every time he'd posed that question: He would tell her because he knew that he *could* tell her, and he *wanted* to tell her.

"Where would you like to have dinner?" Ben asked.

"I like Carrabba's. Tell me what you were going to tell me."

Ben cleared his throat, even though he didn't need to.

"Okay," he began. "I will tell you. I need you to listen carefully, and let me finish what I'm going to say, and at the end of it, if you have any questions, I'll do my best to answer them. And if you decide you don't want a relationship with me, I will fully understand."

"This sounds serious Ben. You're kinda scaring me."

"You've known me for eight years Natalie. You know a lot of things about me, but not everything. I'm telling you what I'm about to tell you because I'm certain that I truly know you. You need to know that with me, you'll always be safe. And I need to know that I am safe with you. Love always involves risk. And love like I have for you... it's already involving a lot of risk."

Natalie used her polished fingernails to comb a loose lock of hair back behind her left ear. She removed the barrette that she always wore on that side, and ensuring this time that every tress was gathered into it she returned it to its place. She did not want to miss the slightest word or intonation of what Ben was about to say.

"Black nail polish?" Ben commented. He had been watching Natalie's actions in the panoramic rear view mirror.

"I've been in mourning," Natalie said calmly. "Now finish telling me."

Ben sighed, shook his head, then continued.

"You're a very intelligent woman," Ben said. "I have known that for a long time. There's no way that you're not wondering a lot of things about me. I don't know how long ago I actually fell for you. It must have been shortly after I hired you. I just admired your strength... your attitude... and I loved the way that you put so much faith in me to help you. You made me feel like a greater man than I really am... then when Sharon disappeared, you were twenty-five I guess... I let myself wonder what life with a woman like you might be like. I let myself believe that one day I might find out."

"That's not all of it I'm sure," Natalie said when Ben paused for a moment.

"No, there is a lot more, and babe... it's heavy, I'm not going to lie to you."

"I don't want to be lied to," Natalie said, seeming worried.

"Let me ask you a question," Ben continued. "If you found that you could make the world a better place by removing evil--even if it were just a little bit of evil--do you think that would be a good thing?"

"Yes. I would think so... of course."

"That is what I do. I work to make the country, or at least our part of it, a better place."

"And you do this... how?" Natalie asked, raising her eyebrow.

Ben paused, then said. "I know you saw the shells in that pill bottle in my car that night."

Natalie was taken aback. "How did you know that?"

"It was the way you rolled the cotton up and put it back in the bottle. You're left handed, and the wrap was inserted into the bottle counter clockwise. I could tell that by looking at the bottom of the bottle as I handed it to Brent."

"Why didn't you say something before now Ben? I'm very sorry, I shouldn't have done that... I was just curious. I shouldn't have--"

"That's quite alright. I would have done the same thing. Most people would have. And I didn't say anything because I wanted to see if you'd

174

bring it up and ask me about them," Ben said with a slight smile.

"So those scleral shells are for... who?" Natalie was almost afraid to ask.

"They are going to be used to replicate the eyes of a criminal. He raped a twelve year old girl and killed her mother. He was released from prison after only six years due to a foolish judge. You think these things don't happen, but they do. The evil in this world is beyond what most people can imagine. The judges who turn these miscreants loose are just as evil as the perpetrators."

"So... why do you need eyes to match this... murderer's eyes?" Natalie seemed confused.

"We killed him. We arrange guided hunts for select clients. And we get paid very well for our services." Ben was a bit astonished at himself for being so candid with Natalie, but he was not concerned that she would betray him.

Natalie's eye widened in stunned amazement. She put her hand on Ben's shoulder and gave him a light shove, as if to say "You're lying!" But she uttered not a sound. She began slowly shaking her head in disbelief.

"Do you know what human trait is more valuable than love.

Natalie?"

Natalie could not immediately answer. Her thoughts were racing. "Brent? Morgan? And that other guy? These people are Ben's... hit squad? What in the world? *This can't be real!*"

"What can't be real?" Ben asked, when the last part of Natalie's train of thought emerged audibly.

"You... kill people?" Natalie asked.

"Criminals. We kill criminals who have either murdered or raped or molested children, or who are in the act of trying to rob and potentially kill one of our clients," Ben said, then he repeated the question he had asked earlier.

"What human trait is more valuable than love?"

"I don't know," Natalie answered. "I don't know what you're looking for there... faithfulness? I don't know... Ben, this is--"

"*Loyalty,*" Ben stated. "Loyalty *has* to be the foundation of any love that could ever hope to last. Love can never be a foundation for itself.

Natalie thought for a moment. "Ben this is just so much to try to understand, so much to... so much to take, honestly."

"But you will understand it, and you will be able to process it. And I know that you will be loyal. If there had been any doubt in my mind about you I wouldn't have let myself fall for you. When I first examined you... when you first came to me... I knew there was something very special about you. But for quite some time, I found myself unable to put my finger on what you possessed that was so... rare."

Ben turned the Impala onto route 220 north toward Roanoke.

"Why is... loyalty... so important?" Natalie asked. She was shaken, but she was feeling strangely... relieved? *Yes. Relieved.* If Ben valued loyalty so highly, then he would be loyal to her. Always. Her greatest fear had been that she would lose him. But now she felt totally safe.

"You already know the answer to that. Don't you?" Ben said.

Natalie felt in that instant so consumed with passion that she would have betrayed all of the world--and all that she believed--to give all of herself to Ben Tavenner. "My God I love you!" she almost yelled. "I want... I want every last bit of you. *Pull over!*"

As Ben pulled the Impala into a convenience store parking lot, Natalie's mind was spinning:

Why did I just say that? What am I doing? Ben probably thinks... I don't even know... I should be running the other way... shouldn't I? He just told me he's a killer for God's sake... isn't that what he said? A killer? Seriously? Oh my God!

She grabbed the sleeve of Ben's yellow polo shirt and pulled him to her. She cupped his chin into the grip of her right hand, her black polished nails sinking into his cheek. Her mind was still racing.

"What were those eyes really for?" she demanded. "Why did you give them to Brent?"

"Let go of my face and I'll tell you," Ben said, his words muffled. And Natalie obliged, but not before she forcefully kissed him on the mouth.

Ben licked his lips, and moved his jaw back and forth, as though he wanted to make sure it wasn't dislocated.

"We make displays for some of our clients," he said. "They pay a very good price, and we house those displays at a secure location. No one who doesn't deserve to be killed is ever killed. Most bodies are never brought back, but for the elite of our clients, they do get a trophy. Those eyes that you saw will go into the face of a man who raped a twelve year old girl and killed her mother."

Natalie stared at Ben for what seemed like an eternity. She was thinking the matter over carefully. She sat back into her seat and opened the center console and took out a couple of tissues and handed them to Ben. "I got lipstick on you," she said. She continued to stare at Ben as he looked into the panoramic mirror, carefully cleaning the cosmetic from his cheek and mouth. Natalie's own mouth was slightly open. She bit her lower lip, then let it go. The strap of her black leather eyepatch had fallen a bit during the fervent kiss and was near touching her eyebrow. She looked into the mirror and used those black nails of mourning to lift the strap back into place.

"So what do you think?" Ben broke the silence.

What do I think? What the hell do you mean what do I think? What should I think?

"Well... it looks like you're not kidding," Natalie began. "So I guess it's... interesting... it sounds pretty creepy though... creepy like a wax museum... to be honest... but... I'm okay with that... I'll be fine with that... I can't believe you've told me all of this... *I'm good with you.*"

Everything was now making sense. The trips out of town. The throw-away phones... Brent, Morgan, and... Melvin, yes.

Ben pulled back onto the highway and continued toward Roanoke. He silently congratulated himself for being right about Natalie. He fully expected that she would be able to handle the revelation without having a serious emotional breakdown.

"Are you going to tell the others that you've told me?" Natalie asked.

"The field crew have all assumed that you knew. They trust me. I don't need to say anything further to them. Bronson and Chuck knew that I was going to tell you. They trust me too, and of course I trust them. We don't keep secrets from each other."

"Bronson and Chuck? So they're in this too? Do their wives know?"

"No, their wives don't know," Ben said. "Outside of our group, only our clients know."

"I see," Natalie said. "And you're right about what you said earlier. I did often wonder what the other side of your double-life looked like. Truthfully, I just figured you were sleeping around. I'm very flattered that you have trusted me enough to tell me this. I guess now I'll just worry that you'll get in trouble, or worse."

"You don't need to worry," Ben said. "And now we're even, by the way."

"Even?"

"You said a couple weeks ago that I had the power to destroy you.

We're even now."

Chapter TWENTY-THREE

"Buffalo New York?"

"Yes," Morgan said. That is where he grew up after being brought to America from Colombia when he was seven years old. He likely has family there."

Ben thought a moment. "The feds will be all over Buffalo looking for him. Velasquez will be too smart to go there."

"You're probably right," Brent Sterling said. "But I hate to think of child trafficking scumbags as being smart."

"It's an evil kind of smart," Ben said. "He's got plenty of cash on him, no doubt. He may go to Mexico but that would probably be just as risky as going to New York. The border patrol is always on the lookout for thugs like Velasquez, even when they're heading south."

Ben and the field crew were gathered at the cabin on a Friday in late October discussing Ando Velasquez. He was one of two named child traffickers who were on the run according to the Lexington Herald article. The ring had been operating in the Cincinnati area, and had spread into Kentucky and Indiana. They purchased undocumented migrant children from international traffickers, and they also abducted foster children through various schemes. The children would either be sold outright to selected pedophile clients, or they would be rented out for periods of time.

"I'm gonna stoke this fire up just a bit if nobody minds," Melvin said.

"Go for it," Brent said. "It's gotten chilly early this year."

Morgan was still on her computer searching for any information that could help them locate their quarry before the police found him. She had already learned quite a bit.

The FBI had been able to infiltrate the Velasquez child trafficking ring, and more than thirty children ages 7 to 16 had been rescued. Ando

Velasquez and his junior partner Cameron Dabbs had somehow been tipped off, and they had left Cincinnati the day before the bust. Dabbs made it as far as Memphis, Tennessee where he was arrested while playing a slot machine in a casino. He had been wearing an Elvis Presley disguise, but it hadn't fooled the sophisticated facial recognition technology employed by the casino. The program was updated daily with the latest list of felons the FBI was seeking, as well as gambling cheats, of course. The computer had flagged him as a possible match for Cameron Dabbs as he walked in the door, and the Memphis police were called.

"Well," Melvin began, as he tossed two pieces of hickory wood onto the fire, "If the Ando guy is smart like you think, he will be trying to go somewhere that none of the cops would expect. He won't go to Buffalo... he won't try to cross the border going south. He's going to do something that even his own momma wouldn't guess." Melvin smiled and nodded, seeming proud of his analysis.

Ben filled his pipe and posed a question. "Other than food, water, and shelter what might Mr. Velasquez be looking for—no matter where he runs to?"

"He's a pervert," Brent said. "He'll be looking for kids. Anyone in that business is going to be a pervert themselves."

"Exactly." Ben lit his pipe. "And where might he go to fulfill that desire?"

"He knows a lot of bastards who have bought kids," Melvin said.

"True," Ben agreed. "I think wherever he goes, he will ultimately be heading to some place where he'll be able to molest children. He is without a doubt addicted to the behavior. But he may need to work his way gradually into a place where he can exploit children again. Right now he just needs a good place to hide. Wherever he is right now it'll be a temporary place for him."

Morgan was still perusing news stories on the internet. By going through data channels using the disposable phones, the crew could keep their online activity cloaked. She was very gifted at mining data from the internet. "It's like panning for gold," she had said. "You have to know where to look, and what you're looking for. It's out there, you just have to know how to find it."

"Anything else Morgan?" Ben asked.

"Miami and Tampa Florida both had several child trafficking arrests in the last couple years." Morgan reported. "And Atlanta... and Columbia South Carolina..."

"Interesting," Ben said. "I stopped by to see Carter Knox on my way back from Roanoke this evening. He said the FBI page on Velasquez mentioned that Buffalo was a top consideration as to where he might go. And an update had added that it was possible that he would try to get to Colombia. The impression I got was that meant Colombia the country, the place he came from. Obviously by now they would have grilled Dabbs pretty harshly. Maybe Velasquez had told Dabbs he was going to 'Columbia', and Dabbs merely assumed Colombia, South America?"

"Pretty long shot though," Brent noted.

"That it is," Ben said. "We'll see if Carter can turn anything else up that could be of help. I'd love to get this guy if we can."

"Wait a minute," Morgan said. "Ando's brother Manny is supposedly a doctor in Buffalo. But looking at his profile page in the physicians directory it says he has relocated his practice. Do you want to guess where?"

"Columbia South Carolina?" Melvin guessed.

"Columbia, Maryland," Morgan said. "And this guy Manny Velasquez has been in the news for over-prescribing opioids and he had a sexual harassment suit brought against him last year from one of his staff. The suit was dropped before the case went to court."

"Paid her off I'd bet," Ben said. "This could be worth following up on. It'll take a field trip of course."

"That's better than sitting around here bored and playin' Monopoly," Melvin said.

"You don't like Monopoly because you always lose," Sterling teased.

Plans were made for the crew to leave before daylight the next morning, traveling in the second Suburban which had the North Carolina plates. There would be no need for cameras on this reconnaissance mission. They would observe the residence of Manny Velasquez through the weekend, and follow him on his local travels. The objective was of course to locate his brother Ando.

Chapter TWENTY-FOUR

At 6:15pm Saturday, Manny Velasquez parked his white Chrysler 300 in an open space outside a popular bar and grill on the east end of the city. He'd just finished twelve hours as the emergency room physician on duty at the second largest hospital in the area. Instead of heading home he had decided to stop and have a few drinks.

Brent Sterling parked the crew's Suburban a few spaces away from Manny's Chrysler. Melvin remained in the vehicle while Brent and Morgan went inside the bar. Brent took a stool on the opposite side of the large, horseshoe shaped bar from where Dr. Velasquez had sat down. Morgan took a seat next to the good doctor.

Because Manny Velasquez had only a post office box address, the crew had found it necessary to follow him from the hospital where he worked in order to find out where he was actually staying. They had arrived in Columbia, Maryland by 11:00am and had been watching the white Chrysler—which badly needed washing Melvin had pointed out—for more than six hours. They did not know Dr. Velasquez's work schedule, but Morgan had found out on the way to Maryland that he was an ER doctor for the Fort Howard Regional Hospital. Since Velasquez hadn't yet exchanged his New York plate for a Maryland one, it was a safe bet who owned the dirty white Chrysler parked in the "ER Physicians Only" section of the parking lot. When Dr. Velasquez had finally emerged at the end of his shift, his resemblance to Ando was readily evident, though Manny was considerably shorter than his six foot two inch older brother. When he stripped off his white doctor's coat and carelessly flung it in a wad onto the back seat of his car Sterling had dryly commented "Looks like he loves his job."

"I'll have a tall Michelob Ultra," Morgan said, not trying to hide her accent.

"Bud Light," Manny said. "A big one." He sounded as New York as a Brooklyn cop.

While Manny waited on his beer, he took out his phone and began scrolling through messages. He pressed a couple of icons, and listened to a voicemail. He smirked and rolled his eyes, then shut the phone off and put it back inside his jacket pocket.

"Bad news?" Morgan asked.

"What?" Manny said.

"You didn't seem happy about that message. None of my business of course, just making conversation."

"It's just the usual crap. Work sixty hours a week and that's not enough for them."

"All work and no play..." Morgan chided.

"Yeah," Velasquez answered. "You British or something?"

"Yeah, something like that," Morgan smiled. She could lay on the charm like most women only dreamed of being able to do. "You're from parts away from here yourself it sounds like."

"New York. Between the big city and Buffalo mostly."

"Doing what, may I ask?"

"I'm an M.D." Manny answered. He was staring at the beer taps just two feet in front of him, not looking at Morgan.

"You don't sound so proud. But you should be. Not everyone can be a doctor," Morgan said.

"I've done nothing to be proud of," Velasquez said. He took a double gulp of beer. He wasn't savoring it. He was just pouring it into himself. He took another gulp. He didn't seem to want to talk. He appeared to have enough on his mind that he stopped counting beers after his fifth one. Morgan thanked him when he volunteered to pay her bar tab, but she refused the gesture, and bid him farewell.

Once back in the Suburban, Morgan said, "He's plowed."

"I was noticin' that," Outlaw said. "I wonder if he's gonna get a ride or try to drive."

"We're getting ready to find out," Melvin said. "Here he comes."

Manuel "Manny" Velasquez wasn't staggering, per se, but he walked with his hands out in front of him a bit as if he was preparing for a stumble. He made it to his Chrysler, and got behind the wheel.

"Wow... do you just let a drunk driver take off like that?" Melvin asked.

"We're not the cops. It's not a good situation, I know. We will follow him," Sterling said. "God I hope he doesn't hurt anyone."

Manny started the car, then opened the door and got back out.

"What's he doing?" Melvin wondered.

"Watering the parking lot it looks like," Outlaw said.

Velasquez finished the business he should have taken care of in the men's room inside the bar, then got back behind the wheel of the Chrysler.

"Nice boy Manny," Morgan said sarcastically.

Velasquez pulled out of the parking lot and headed north on U.S. Highway 29. He drove better than expected for the amount of alcohol he'd had.

"He's used to drinking quite a bit it looks like," Morgan noted.

They followed Velasquez for close to twenty miles, ending up on a narrow residential road that twisted and turned along the Patapsco River.

"Oh hell he lost it," Morgan said in her typical nonchalant tone. A sharp left curve had come up too suddenly for the drunk behind the wheel of the Chrysler 300, and it broke through a flimsy wooden railing and rolled down the bank, landing back on its wheels.

"We didn't figure on this crap," Melvin said.

"Yeah but we can't leave him," Brent said, as he stopped the Suburban on the shoulder of the road just beyond the accident. "Guard the rig Morgan. Melvin, let's see what we can do."

Sterling and Lemons headed down the steep embankment. The roof of the Chrysler was partially crushed in, but Manny Velasquez appeared unharmed, still sitting behind the wheel. Fortunately for him, he had been wearing his seat belt.

"You okay?" Sterling yelled through the smashed window.

"Naaa... not okay... what the hell?" Velasquez slurred.

"What's wrong?" Lemons yelled. The car's engine was still running, and the lights were still on.

"I wrecked my damn car. That's what's wrong."

"Can we get you out of there?" Sterling asked.

"Yeah. Get me out of there... er, here... get me out of here..."

"What's your name?" Lemons asked as they forced the driver's door open and released the seat belt.

"Manny. I'm a doctor. And I'm drunk."

"We gathered the drunk part," Lemons said as he reached in and switched off the car's lights and ignition. "Can you walk?"

"Yeah."

With the help of Sterling and Lemons, Manny Velasquez managed to climb up the bank and make his way to the Suburban. When he saw Morgan he said, "You? Again?"

"Yes, me again," Morgan answered. "You've had a few too many Bud Lights haven't you?"

"I just need to get home. Get me home. I'll call a wrecker later. I can't let the cops find me like this," Manny slurred.

"Gotcha," Sterling said. "Just tell us where to go."

As they followed the directions that Velasquez gave them Melvin said "We'll get lost trying to get back out of here boss."

"Naaa... I can handle it," Sterling replied.

"Do you have a wife and kids at home?" Morgan asked.

"No," Velasquez answered.

"So you live alone?"

"More or less, yes... alone. I live alone."

The crew dropped Manny Velasquez off at a relatively modern mobile home on the side of a very steep hill to the right of the road. The front yard was understandably unkempt. And short of employing the services of a team of rental goats it was probably going to stay that way. There was a light on in the living area, and Morgan said that she distinctly saw someone inside look out the window when the Suburban pulled up. Manny thanked them, and he exited the vehicle and went inside the trailer, favoring his left leg and rubbing the back of his neck.

This of course left his wrecked Chrysler 300 wide open and available for investigation.

Chapter TWENTY-FIVE

"We believe we've found Ando Velasquez. It'll be at least a twelve hour turn. We don't want to harvest this one. Too risky. The residence is out in the middle of pretty much nowhere. It'll need to be a long range shot," Ben said.

The field crew and the three doctors were gathered at the cabin on Monday evening, two days after the reconnaissance trip to Columbia, Maryland.

"Are we pretty sure that Ando is living with his brother?" Bronson asked.

"Morgan?" Ben deferred.

"Yes, we think so," she said. "We got a lucky break when Manny wrecked his car while driving home drunk last Saturday night. We had been following him, and we picked him up and took him home. We then went back to the wrecked car and searched it. We found a two week old store receipt which showed two different sizes of men's dress pants. The receipt also showed that a couple of 2XL pullover shirts had been bought at the same time. Manny wouldn't need a 2XL shirt. We believe the larger pants and the shirts were for Ando Velasquez."

"Also," Melvin added, "fresh cigar ashes had been dumped into the ashtray of the car. The ashtray had not been used for ashes until very recently, it appeared."

"By now the FBI will have visited Manny at least once," Ben said. "But of course he didn't sell out his brother. It's likely they're still watching that residence. You guys be on guard. You know what kind of vehicles and what kind of movement to watch for."

"Yeah," Outlaw affirmed.

Ben opened the cover on his iPad and brought up a satellite view of the area where the Velasquez home was located. "So you guys checked out this road here... and you went about 120 yards into the woods from this point... and from there you can see the rear deck of the Velasquez mobile home, right?"

"Right," Outlaw said. "About 900 yards away. Could be a little farther."

"You know it's your turn Chuck," Ben stated. "You can pass on this if you want to."

"No. I'll do it. From what I know about this character it would be a good thing to get rid of him." Chuck thought a moment. "We will need to study the wind projections for that area. Wind value much over about six miles per hour would make the shot too uncertain."

"Sounds like a plan then," Bronson said. "How soon can you go, Chuck?"

"I can move my schedule around a bit and that should clear me to get up there Wednesday. I'll need to work about three hours early Wednesday morning, but I'll be free after that. I can go in late Thursday if we're not back soon enough."

"How do you propose to get Ando to come outside the house?" Bronson asked.

Ben scrolled through some photos that the crew had taken of the back of the Velasquez mobile home. "The guy is apparently a cigar smoker, and his brother is not," Ben said. "We're just going to have to hope that Ando has been asked to smoke his cigars outside. He would do that on the back deck, out of sight of passers-by. If he doesn't come outside, you may have to bait him out somehow. But I believe if you can get in there while Manny is at home, it'll be more likely that Ando will go outside to smoke then. I'm thinking that Ando is a real ass and he probably just smokes inside when his brother isn't home."

"If we take one of the drones with us... and my coyote call..." Melvin said, "I can fly it down there and squeal it from the remote. He'll come outside to see what's up, for sure." Everyone laughed, then Ben said "Funny, yes, but it's an excellent idea. Take the drone and the coyote call, just in case."

Chapter TWENTY-SIX

"This is always so amazing," Natalie said. "It's just so peaceful."

"It is peaceful," Emily agreed. It never gets old, does it? I think about dad a lot when I'm up here."

The girls were enjoying a flight on a two seat L23 Super Blanik glider plane. Natalie had taken the day off from work, and she and Emily had made the short drive to New Castle, Virginia to fly the glider.

"I think about dad a lot too. Up here, and down there... and everywhere, really," Natalie said sadly.

"We will see him again," Emily consoled.

"I know. I just wish we could have him back now," Natalie said.

They stayed up over an hour, flying around the area and enjoying the autumn scenery. When time came for dinner, they drove in Emily's Jeep Rubicon to the Swinging Bridge restaurant on highway 311. The tables were decorated with Halloween fare, and the waitress was dressed like

Dorothy from the Wizard of Oz.

"I'm totally getting that burger," Natalie said, pointing to a half pound cheeseburger on the menu.

"You'll never finish it," Emily laughed.

"I'll have fun trying though," Natalie smiled. "I'm pretty hungry to be honest."

"My mom is an identical twin," Dorothy the waitress said when she came to the table to take the girls' orders.

"Cool," Natalie said. "So beautiful God had to make two, right?"

"You know it."

The girls both ordered burgers, fries, ice water, and coffee.

"But no mayonnaise on mine," Natalie said.

"She's just got to be different of course." Emily and Dorothy laughed.

Dinner conversation turned once again to Ben Tavenner. Emily had tried to get her sister to open up more about Ben in the previous days.

She had said that it seemed like there was something that Natalie was holding back.

"Can you just tell me what it was that convinced you that Ben would never betray you?" Emily prodded.

"He talked a lot about loyalty," Natalie said. "You know how you and I have always had this thing about being loyal to each other? Ben said that he could tell that I was a loyal person. He said that he knew this many years ago."

"Loyalty, yes," Emily said. "I think it's too rare in people. Seems like most people will sell out their best friend without even thinking about it."

"For sure," Natalie said. "I don't know what it is about me but I would rather die than betray a confidence. I guess Ben picked up on that, maybe? Anyway, I do feel totally safe with him now."

"Because he has confided in you, he has told you something that he trusts you to keep secret," Emily surmised.

"Yes. He has. And I know you understand, right?"

"Of course I do. It would be wrong for you to even tell me, and I don't want you to tell me," Emily said. "I'm just glad that you are confident that Ben is truly dedicated to you."

"He is, without a doubt. I'm honestly still stunned at what he has told me."

"You've talked a lot over the years about Ben's 'double life'... I think you must know what that is all about now," Emily remarked.

Natalie sipped her coffee. "Yes, I do."

"I just want to know that you're safe, and that you're not involved in anything that will put you in danger," Emily said.

"I'm safe, I promise."

Emily was quiet for a moment. She took a drink of water, then lightly bit her bottom lip.

"That means there's something you want to say but you think you better not say it," Natalie said.

"What means... what?"

"You bit your bottom lip. We both do that when we'd maybe like to say something but decide against it," Natalie said.

"Oh, I guess you're right. I did do that, didn't I?" Emily said sheepishly.

"What did you want to say?"

"I guess I was just thinking of how our lives might be if you get married and move out. I was going to say how badly I would miss you. But I know that is selfish and I don't want to make you feel bad about that, so instead of saying anything I bit my lip. But now you know." Emily smiled sweetly.

"I've thought about that too," Natalie said. "I don't know if I want to live away from you. But that isn't fair to you. Hey! I've got it! Maybe we can both move in with Ben if he and I get married."

"I'm sure you nor he would want that," Emily laughed. "But it's nice to know that you feel sad about moving away from me."

"Ben hasn't even asked me to marry him yet. And even if we do get married, we won't be far from here. I've shown you where he lives, remember?"

"Yeah, I know," Emily said. "You wouldn't be far, that's true. It's just that your priorities will shift, as they should. I would miss you. I'm sure if I were going to get married and move, you'd miss me too, right?"

Natalie thought about that. She had always feared being separated from Emily. And ever since their father had died, the fear had gotten even worse.

"I really love Ben, you know that," Natalie finally said. "But I have to admit that it would be really hard to live away from you. I guess I should be embarrassed about that."

"I feel the same way," Emily said. "But unless we plan on being old maids we're going to have to face that some day... I guess."

"Old maids. Yeah... not good," Natalie laughed. "But I've become pretty codependent on you, especially since... my accident... and then losing dad. I just really feel like I need you. I know I shouldn't be like this... but I am, unfortunately."

"We will work out something I'm sure. Does Ben have a brother?" Emily laughed.

"Actually, yes he does," Natalie said. "But I don't know anything about him really. He lives in Pennsylvania."

"I was only half serious," Emily said, smiling.

Chapter TWENTY-SEVEN

FBI Agent Steven Billiter scrolled through the profiles on the Bureau's "Most Wanted List" as he sat at his desk in Richmond. He noted that Ando Velasquez had been marked "deceased." Reading the details he learned that Velasquez had been killed with a rifle from a considerable distance as he sat on the back deck of his brother's home in Columbia, Maryland.

The FBI had checked with Manny Velasquez on two occasions in the past three weeks. They suspected that Ando might be hiding out at his brother's mobile home, but Manny denied any knowledge of Ando's whereabouts. He'd even offered to let the agents search his trailer, but they had declined to do so.

When the agents had made their initial visit to the Velasquez residence, Ando had been hiding underneath the deck behind the trailer

—the same deck on which he'd later be killed as he sat smoking a cigar. On their second visit, Manny had simply told them if he heard from his brother he would let them know. He was polite, and he seemed as though he wanted to be helpful. But Manny Velasquez was quite the convincing liar.

Four days prior, Chuck Zimmerman had accompanied Sterling, Coffey, and Lemons to Columbia, Maryland with the objective being to take out Ando Velasquez. Lemons and Zimmerman were dropped off at the location on the county route where the woods could be accessed, giving a view of the Velasquez residence, and there they waited They'd only had to wait an hour before their target emerged around 4:30pm.

Chuck had elected to use a Douglas barreled 6mm-06 rifle, which is a 30-06 cartridge necked down to .243 caliber. The bullet used was the Hornady 87 grain VMAX, known for its devastating effect on soft targets, and its higher than usual ballistic coefficient for a bullet in that weight class. This meant that it would not drift as much in the wind as other bullets of similar size. An added benefit of using that bullet was that it would almost certainly disintegrate to the point that it would be useless for ballistics comparisons. The initial velocity of the bullet from the long barreled rifle was a stunning 3740 feet per second. Ando Velasquez did as Ben suspected he would do—he went out back to smoke while his brother Manny was home resting. The wind effect was minimal, providing only a slight tail-wind to the bullet's path. Chuck released some thistle seeds he had brought with him into the air, and watched them stream lazily toward the target, following a general six o'clock wind pattern. Lemons was spotting with his Vortex Kaibab binoculars, and when Chuck suggested holding no windage for the shot, Lemons had concurred.

Ando Velasquez was turned slightly, quartering away from the bullet path as he sat on the steps of the deck. Chuck dialed the Nightforce Benchrest 12 to 42 power scope to max power, and focused the image. He wanted to be doubly sure that he had the right man in the crosshairs. The ideal shot would need to enter his chest cavity from just forward of his right bicep. And this it did. What Manny heard from inside the residence was a large crashing sound, as if someone had violently struck the outside of the trailer with a length of logging chain. What actually had made that sound was the impact of exiting fragments of bullet and bone smacking the side of the trailer. Then about a second later, a "boom" from somewhere in the distance. He jumped up from his recliner and sprinted out the back door, finding Ando sprawled out backward onto the deck, his feet hanging over the stairs. His last cigar was clinched tightly in his teeth, smoke still rising from its burning tip. His eyes were wide open, looking at... nothing.

Billiter noted that there were no suspects listed on the report. One senior agent had inserted a comment to the effect that someone with knowledge of Ando Velasquez, good long range rifle skills, and a vigilante mindset should be sought.

On a hunch, he sent an email to the FBI's Baltimore office, asking that an agent contact him about the Ando Velasquez case. The following morning, he received a call from Agent Vincent Curry. Billiter filled Curry in on the details of the Tavenner group investigation, and Curry agreed to show photos of the known members of the group to Manny Velasquez to see if he recalled seeing any of them prior to his brother's death.

"Her, definitely," Manny Velasquez said, putting his finger on the photograph of Morgan Coffey. "I can't say for sure about those guys, but they could have been the other ones who picked me up after I wrecked."

Agent Curry had met Manny Velasquez outside of the hospital at the end of Manny's shift.

"How intoxicated were you when they got to you?" Curry asked.

Manny just looked at Curry, tight lipped.

"Look," Agent Curry said. "You're not getting into trouble with us over that accident. We just need to know if you were drunk during your encounter with the individuals in question. You know you've been charged with aiding and abetting. If you help us out, especially in lieu of your brother's death, the charges may be dropped."

"I was drunk," Manny admitted. "But not so drunk that I'm going to be wrong about her. She spoke funny too, like British or something... reminded me of that lady in the lingerie commercial." Manny looked absently into the distance, the glimmer of a hopeless dream in his eye.

"Did she give you a name, or any other information about herself?"

"No," Manny answered. "Such a beautiful lady... so you think she killed Ando?"

"We aren't sure at this point who killed your brother, but we are working hard to find out," Curry said.

Velasquez leaned against the midnight blue Chrysler 300 which he had bought to replace the car he totaled in the accident. "Ando was not a good man. I worry about his soul. I should have sent him away when he showed up here. If you guys had caught him he might still be alive."

"Thank you, Manny. You've been a lot of help. And for whatever it's worth, I'm sorry about your brother."

Three days later, Ben Tavenner shuffled through the mail he had found in his box on Saturday morning. Among the usual stuff, there was a small white envelope with no return address. Inside that envelope was a 3x5 index card, with squarish letters written in pencil.

"GOOD JOB ON ANDO VELASQUEZ" was the message.

Ben thought a moment, smiled, and put the card back into the envelope, and poured himself a second cup of Black Rifle coffee.

Chapter TWENTY-EIGHT

Steven Billiter and Virginia Trooper Andrew Keys met for breakfast at the Rocky Mount Cafe a week after FBI Agent Curry had confirmed that Manny Velasquez could positively identify at least one of the Tavenner group, and affirm that she had been in Columbia, Maryland shortly before Ando Velasquez was shot and killed.

"Looks like Tavenner's bunch killed a child trafficker who was on the run. Ando Velasquez was his name. We were actively searching for him."

Billiter filled Keys in on the details of the case.

"So they found Ando Velasquez before you guys did? How'd they know who they were looking for?Keys asked.

"Good question," Billiter said. "They're probably trolling the most wanted list would be my best guess."

"Any idea who their client was this time?"

"No. It's possible they didn't have a client in this case. The brother who was at home when Ando Velasquez was killed said he heard a loud crash out on his back deck when Ando was out there smoking. He got up to go check, then a second later he said he heard a boom which seemed to come from a distance. He didn't associate the delayed boom with a long range rifle shot, but we confirmed that the shot had come from just over 900 yards away. Unless they found a client whose long range rifle skills they trusted, I can't see them taking the chance."

"How did you figure 900 yards?"

"Unless the shooter sat out in the open on the steep hillside, there was no good place for the shot to have been taken from other than the top of that knoll. The road behind the firing point was something over 100 yards behind the shooter's position. The 900 yard shot makes the most sense," Billiter said.

"So you think one of Tavenner's own group made the shot?" Keys asked.

"We are suspecting that, but we don't yet have evidence," Billiter replied. "If one of them did, they didn't earn any money on this trip. That brings a whole new light onto things then... the idea that they would kill for sport."

"So the Lemons guy would be the one most likely to have done this, it sounds like."

"Yes, that is what I would think—if in fact one of the Tavenner group was the trigger man. But Bronson Garner and Chuck Zimmerman are both long range rifle competition shooters. So there are two more possibilities." Billiter smeared some marmalade jelly on a piece of toast.

"Hmmm..." Trooper Keys said. "If we could figure out how they found Ando Velasquez... and what their methods are... it might give us insight as to how we could set up a sting."

"Right," Billiter agreed.

"So they check the most wanted list and find Velasquez on there... then they somehow find him and kill him before you guys get to him," Keys noted. "That is... well, it's very interesting."

"Yeah," Billiter admitted. "We don't know as much as we need to about Tavenner's psychology practice in Roanoke. That information is hard to get at as you know. We don't know who his patients are. He might get ideas from some of them for all we know."

"His wife disappeared a while back. Still missing. Do you guys think he had anything to do with that?" Keys asked.

"If he did, he covered himself pretty well. The Virginia State Police investigated that of course, and we've looked over the case file. Sharon Tavenner has never been found. She may be dead, and should by this time be presumed dead... but her body has not been found."

"Tavenner isn't married now though, right?" Keys asked.

"No. But he seems to have taken up fairly recently with one of his office staff. Natalie Darden... she's a one-eyed gal, if you can believe that. Probably a patient of his who went to work for him. She stays close to home for the most part. We tailed her and her twin sister last Wednesday, just to see what they might be up to. They went to New Castle and flew a glider, ate lunch, then they came back to Roanoke and went shopping at Valley View. We don't think there's going to be an angle there, but we will keep on it of course."

"Flew a glider?" Keys said.

"Emily Darden is a flight instructor at Smith Mountain Airport," Billiter said.

"Are you tracking Natalie's phone?"

"We don't have a warrant yet. If we feel we need to watch her more closely, we'll definitely get one.

On the drive back to his home in Lynchburg at the end of the day, Steven Billiter had a good bit of time to think. He wondered how Ben Tavenner had reacted to that note he'd gotten in the mail. He had hoped to shake Tavenner's confidence with the note about Ando Velasquez. Billiter knew that when a man loses his confidence, he tends to make mistakes. The sending of the note was done totally outside of the knowledge of the FBI. *It was a personal thing*. He wanted to nail Ben Tavenner to avenge Mark Ronda, and also to save face for himself after the embarrassment of the chase into Atlanta a few weeks prior.

Billiter reached his home just before dusk. He parked his car and walked inside, noting his wife and kids were in the back yard getting a head start on raking up leaves. He turned to go out the back door but stopped when he noted the mail which Cyndi had retrieved and left on the dinette table. As he shuffled through the pile, he found an envelope in the mix which was hauntingly similar to one he'd seen a few weeks before. Inside it was a yellow Post-it note, with the message:

Where were you??
I am now a murderer
think of my family
and my insurance
Tavenner is pure evil
if you want to help me
throw this away and
never tell it
you were 22, Bonnie was 15

"Son of a bitch... son of a... *SON of a BITCH!*" Billiter exclaimed. Fortunately, his wife and children were out of earshot. His hand trembled as he held the envelope, which had no return address. He shook his head a moment, then re-read the note. "That son of a bitch," he said again in shocked disbelief.

The note was certainly written by the same individual who wrote the previous note—and that was obviously not Mark Ronda. Benjamin Smith Tavenner had written both notes. This note would have to be destroyed just like the first one. If he were to turn it over to the Bureau, it could ultimately lead to discussion about the previous note, and worse yet questions about that last line... and that just wouldn't do.

214

"I didn't know you were home," Cyndi said when she finally came inside. Her husband Steven was sitting in the den with a tumbler of Jim Beam in his hand. When she saw the glass of bourbon, she said "Couldn't you wait until the children were in bed?"

"Sorry. I wasn't thinking," Steven said.

"I'm going to put the kids in the den watching a movie. I'll be back," Cyndi said. She was aware that her husband was very concerned about something.

Five minutes later Cyndi came into the den and slid the pocket door shut behind her. Steven was still sipping the bourbon, the bottle on the side table with the cap off. She sat down on the love seat next to her husband, grasped his hand, and asked "What is it Steve?"

"You know I can't talk about FBI business," he answered, staring straight ahead.

"But I also know that the FBI doesn't want you to have to drink to deal with your job," Cyndi countered.

Steven looked into his wife's beautiful blue eyes. There was more peace there than he'd found anywhere else in the world.

"I... I'm up against a monster. I'm... " Steven trailed off.

"One monster against the entire FBI? Not a chance you'll lose, sweetheart. You always win. Keep the faith," Cyndi said.

Cyndi Billiter did keep the faith. She prayed and read her bible every day. Her husband, on the other hand, thought that her faith was worthless, but harmless. And when it wasn't annoying, he had said it was "cute."

"It's not the whole Bureau. It's me against him. It's like he is staying way out in front of me. I've already made some mistakes. I'm probably going to make more. I don't know what to do." Steven took another drink of bourbon.

"You will figure it out. I have faith in you. I believe in you. Don't doubt yourself. I will be praying. But be careful with that stuff." Cyndi pointed to the bottle of Jim Beam. "It can be a monster too, you know."

What Cyndi Billiter did not know, apparently someone else did know. But how? How could anyone have figured out that Steven had given alcohol to a fifteen year old girl, then slept with her on junior prom night in 2002? Her date had left the gymnasium with another girl, and twenty-two year old Steven Billiter had found her crying on the steps of the gym, outside of her school. He shouldn't have even been there, yet there he was. He had told her that he would take her home.

Eventually, he did. But her innocence had been taken from her before she was dropped off two blocks from her house two hours later than her curfew.

It was within Billiter's purview to at least temporarily stall the Ando Velasquez case, and that he would do. Perhaps it would wither on the vine and die. Perhaps not. Probably not. But he knew that he had to at least try to disinvolve himself. He just couldn't risk it. If worse came to worse, he would do what he had to do.

Chapter TWENTY-NINE

"Are you sure about this?" Emily asked.

"We are sure, yes," Natalie said. I want you to formally meet Ben, and he wants to meet you."

Emily smiled. "Okay, I'll go."

At 6:30pm that mid-November Saturday, the girls got into Natalie's Impala and headed to the Black Bear on the lake for a dinner appointment with Ben. They arrived at 6:50pm, and were directed to a table which Ben had asked the staff to reserve for him.

As the girls approached the table, Ben arose and smiled. "You both look incredible," he said. "But you knew that already, I'm sure."

Emily was wearing a black and white patterned dress with matching Bebe heels, and Natalie had borrowed Emily's jade green dress and paired that with high satin slingback pumps. They both wore the same asymmetric hairstyle, parted sharply on the left and falling copiously over the right halves of their faces.

"Emily..." Ben said, holding out his hand. "Thank you for coming."

"Thank you so much for inviting me."

"You're quite welcome," Ben said as he helped her with her chair.

Ben looked at Natalie. "My my my..." he said, pulling her to himself and kissing her lightly on the lips. "I do love green. Did I ever tell you?"

"No... well, maybe... If you did I don't remember."

Ben helped Natalie into her chair, then sat back down and beheld the twins. "You two look like movie stars," he said.

"Thank you," the girls said in perfect unison. Ben nearly laughed out loud, but when he saw that the girls did not laugh he stopped himself. The impeccable stereo response was totally normal to them, totally unremarkable.

Ben had been wanting to get some time to visit with Natalie and Emily together. He had been fascinated by identical twins even before going into psychoanalysis. When he learned early in his studies that Freud and Jung were both quite intrigued with the subject of identical twins, he felt that his own interest was more than vindicated. The uncanny similarities of twins—and the unexpected differences—gave a lot of subject matter to consider in the deep studies of the human mind.

The physical appearance of both girls was strikingly similar. However, Emily was right-handed, and Natalie was left-handed. The tendency for Emily to "take the lead" and for Natalie to follow was readily evident. Ben wanted to see them together in a relaxed and positively stimulating setting so that he could learn more about their bond to one another—so he had invited them to dinner at the Black Bear.

What Ben already knew of most identical twins is that they normally had an intuitive understanding of each other's thoughts. Typically, twins could easily tell when something wasn't quite right with the sibling. And, for an identical twin to keep a secret from their counterpart was never an easy thing. The dynamic with some identical twins was such that a twin could feel that he or she was talking to him or herself, when in fact they were conversing with the sibling.

Before the wine was poured, Ben had already noted what he believed to be an incredibly strong bond between the girls. It was as if Natalie and Emily were two halves of the same person. When ordering wine, they each deferred to the other as to choice. Neither wanted to make a decision that she thought the other wouldn't approve of. Ben was totally fascinated. Natalie didn't seem like the same woman at all when she was with Emily. It wasn't a bad thing—it was just a *different* thing.

Ben's primary objective was to observe, analyze and evaluate the relationship between Natalie—the woman he truly loved—and her sister Emily.

Early into the dinner, he noted that each girl exhibited at least a mild codependency on the other. It wasn't difficult to see why Natalie was such with Emily, what with Natalie's insecurities after the loss of her eye. But to see that Emily seemed to need Natalie just as much was intriguing to Ben.

Further, Ben determined that Natalie's level of loyalty toward her sister was such that keeping secrets from her would be very difficult. This could, in his estimation, cause Natalie to unconsciously resent him for expecting her to deny her sister. It would be like denying herself. He had considered this possibility before ever confiding in Natalie, but it had not concerned him.

And lastly... Ben believed that for the girls to live apart from one another would not be easy for either of them, and could in fact be damaging to their emotional well beings. These were all things to consider as he planned his future with Natalie.

"Do you two always order the same entrees?" Ben asked. The girls had both ordered blackened salmon.

"Not always," Emily answered first. "But usually, yes."

"I don't want to get something for myself that ends up being good, only to find out that Emily's dinner isn't good," Natalie explained. "So if we order the same thing in a new place, we'll either be happy together, or disappointed together. I know it's crazy," she laughed.

"I don't think that's crazy at all, Ben said, then added with a smile, "So who copied who with the hair?"

"I invented this," Emily said. "And Natalie copied me."

"True story," Natalie admitted, using her long nails to tease the curls into place against the right side of her nose. "Emily did come up with it. And of course I like it."

"So it was Emily's idea. Why am I not surprised?" Ben smiled. "I like it too. Very much, in fact."

Before dessert was served, Emily asked to be excused and went to the ladies room. Ben watched her walk away from the table, then looked back at Natalie.

"She's pretty special, isn't she?" he said.

"I think so. But of course I would think so."

Ben grasped the stem of his wine glass, and turned it slowly.

"Is she just as trustworthy as you?"

"Yes. Every bit as trustworthy," Natalie answered. "I've not told her anything though. I hope you don't think that."

"Not at all," Ben said. "I knew you hadn't told her. But I can see now that you're going to need to tell her. And I'm okay with that. Somehow you two are going to need to stay together. We'll figure something out. I don't want to see you separated. Not even by a street address. We will sort that out at some point down the road."

Natalie was stunned. Happily stunned, but stunned nonetheless. Why was Ben willing to let her tell Emily his business? And why, for that matter, had he even told *her* his business? Why wasn't he afraid? Didn't he realize that others could also be harmed if she were to tell what she knew? And for whatever reason... just in that moment... she thought about Sharon Tavenner.

Sharon Tavenner, yes. Ben had secured a divorce from Sharon only a month earlier, but he had said nothing to Natalie about that. The matter was easily handled by placing an ad in the Roanoke Times, and waiting thirty days for a response, which of course did not come.

"So who's driving and who's riding?" Ben asked when the waiter offered a bottle of champagne.

"She's driving," Emily laughed, pointing to her sister. "It's her car so she's driving."

"Yeah, yeah... I'm driving. Go on and enjoy some champagne with my man here," Natalie laughed. "I might taste it though."

"So what do you think?" Natalie asked, as she and Emily drove home from the Black Bear.

"I think he's handsome as I said before... I think he's super-intelligent... and very interesting... and very dangerous."

"Dangerous?" Natalie asked. "What makes you say that?"

"There is something beneath all of the polish I think. I do like him though. I see exactly what you see in him. But he's a guy you need to stay on the good side of, I would say."

Natalie turned her head sharply to look at Emily directly, rather than looking at her in the panoramic mirror. "He wants you to know," she said solemnly. "I'm going to circle the lake... we need time to talk."

"He wants me to know? Know what? When did he tell you that?" Emily asked.

"When you went to the ladies room. He said he wants me to tell you. He could somehow tell that I was having a hard time keeping this from you. So he told me to tell you."

"Wow," Emily said. "I can't imagine what you're getting ready to say."

Natalie circled the 32 square mile lake twice. She told Emily everything that Ben had told her. Emily listened carefully on the first trip around the lake... then she had some questions.

"Why would he want you to tell me?"

"He knows how close you and I are. He didn't want there to be any issue between you and me. He asked me how loyal you would be. I told him that you were just as loyal as I am. He believed me, and I m glad he did. I think he probably knew it anyway. I know that you would never tell anyone... and he also said that you and I needed to be kept together, never separated. Living in the same place. That's what he said. I don't know for sure why he said that, other than... I guess he can see how..."

"Codependent we are?" Emily laughed. She had quite naturally gone to a place inside her sister's mind where there was comfort—in spite of the evening's incredible revelation. If Natalie was comfortable there, so would she be. It was no problem at all to laugh. It was no problem at all to talk about some other thing in this moment, like "codependency."

"I don't like to think of it that way," Natalie said, sounding sad. "I just love you so much, and I need you so much. Most people would never understand. But I think Ben does understand."

"I guess you're right. Maybe he does understand us. Even when mom doesn't understand us though? You think Ben does?" Emily asked.

"Ben has a really amazing mind. He does understand us. Mom just wanted to see us live as individuals, instead of always being together. That's why she wanted us to go to different colleges. Dad knew how much that upset us, but even he thought it might be the best thing," Natalie reminded.

Emily became emotional. "I'm so sorry I was so far away. Maybe if I had been with you at Holloman instead of in Charlotte things would have gone differently. That guy Danny that wrecked you... he was a total ass. He never even came to see you. I'd maybe have stopped you from ever seeing him in the first place. I could have protected you."

"But I'm good with things," Natalie said. "You're right, the last time I saw Danny was when they were loading me into the ambulance. But you know I would never have met Ben if it hadn't been for the accident.

I'm fine. I wouldn't change anything, even if I could."

"I love you sis, so much," Emily was crying.

"I love you too sis. You know I do."

The girls were quiet for a minute, then Emily broke the silence.

"Are you sure that they only kill criminals? What if they make a mistake and kill the wrong person?"

"They are really good at what they do. They don't make mistakes," Natalie said. "They have shot child molesters, murderers and rapists. They shot a guy who liked to abuse dogs, and he even burned one alive. They had him killed."

"A dog?" Emily said.

"Yes. Ben said that the personality type would have ended up abusing and potentially killing people. That kid had a serial killer mindset."

"Kid?"

"He was seventeen when he burned the dog. He was eighteen when Ben's group had him killed."

"Oh my goodness..."

"Yeah, I know... it's really heavy stuff. But now you know. What do you think of Ben now?"

"I didn't think it would be anything this... major. I guess that I'm just worried about... I guess I'd be worried about what Ben would be capable of if he thought someone was crossing him."

"I know," Natalie said. "But you and I don't have anything to worry about."

Emily thought for a moment. "Do you think that it's really as simple as that? I mean, do you think that Ben wanted you to tell me just so you wouldn't feel disloyalty toward me?"

"I think that is probably it," Natalie said. "What other reason could he have for wanting me to tell you?"

Emily shook her head... "I can't say. It's just odd if you ask me that he would want you to tell me."

"I think Ben has understood us more than we've realized. We are not typical identical twins. He sees that. He knew that I felt like I needed to tell you. I was having some trouble... not with being loyal to him, but with keeping something from you. After tonight, I think I know why Ben wanted to get us together. He wanted to see how you and I interact with each other. He wanted to see what you were like. I don't think he would do this without a lot of thought. I guess he thinks that even if you or I did talk... he would have a way out. I'm sure that's the case. But we won't be disloyal. I won't, and I know you won't."

"So you think he really understands us that well? Emily asked.

"I do. It's uncanny, really," Natalie said. She thought for a moment, carefully watching the road ahead in the white glow of the Impala's headlights. She started to bite her lip but decided against it. "He even asked me a couple of weeks ago if you'd ever tried to harm your right eye."

Five seconds of nerve racking silence passed.

"*You've got to be kidding?*" Emily barely whispered. "*Really?*"

"He did," Natalie said.

"And... *what did you tell him?*"

"I won't lie to Ben. I told him that you did. You'd never asked me not to tell. He somehow seemed to already know it anyway. I said I thanked God that it didn't work, but yes, you tried. He didn't ask how. But somehow he just... *knew*. I hope you're not mad."

Emily thought for a moment.

"I'm not mad, but maybe just embarrassed," she finally said. "Yeah, that's it. I'm embarrassed."

"But you shouldn't be. Ben understands us. If he didn't, he would never have thought to ask such a question. I have felt pretty guilty about telling him that though. I'm very sorry, sis."

Emily was quiet again. This time for about a minute. In the darkness of the car's interior, she was gently pulling at a loose thread she had found on the hem of her skirt.

"This is a scary kind of intellect we're talking about here," she finally said. Then she added, "I'm sure I shouldn't have done it. But it just seemed wrong for me to have two good eyes after what happened to you. Like I told you, I just didn't feel like myself anymore. And I still don't. Even after eight years I don't."

"I know," Natalie said. "But if that had worked, you'd have lost your job Emily. Thank God it healed."

"Yeah, I guess," Emily said sadly. "But I would have just got another job. That was the plan. I really didn't care... I can't explain it. I guess I just get tired of pretending sometimes, you know... with the hair, I mean... the feeling has gotten worse the last couple of years."

"The feeling" had gotten worse for the last couple of years because that's how long it had been since Tyler had ended his relationship with Emily, indicating his frustration with her for not wanting to go out on dates unless Natalie had something equally fun to do that evening. She would not leave her sister at home by herself, in spite of Natalie's continuing assurance that she was fine, and that Emily should spend more time with Tyler. In Emily's mind, Tyler was trying to make her choose between him and Natalie. The spectacle of such a choice—even if it were merely an imagined one—was enough to cause Emily to cling even tighter to Natalie. She would *never* betray her sister.

When Natalie stopped the car at an intersection a street light shone into the interior. She glanced in the rear view mirror at her sister's face. Emily's right eye remained hidden behind a shock of her dark brown hair. Her left eye met her sister's eye in the mirror with a glint of what seemed like defiance. She already knew what Natalie was about to ask.

"Your vision... on the right I mean... how is it?"

"Fine," Emily replied, using a tone that indicated she didn't want to be probed any further about the matter.

"You can't just keep doing that Emily... covering your eye almost all of the time I mean... you can't--"

"I *can* keep doing it. And I'm going to keep doing it. I just hate... seeing from it. What would you be doing if it had been me who was hurt?"

That wasn't the first time Emily had asked that question. And Natalie had never liked answering it. But she'd have to answer it, yet again this time...

"I'd probably be doing what you're doing. Probably. I wouldn't be dealing with it any better. I can at least say that. I've told you that before."

"I know," Emily said. "So I just hope you won't judge me about it."

"I don't... I won't... judge you," Natalie said. "Do what you feel like you have to... with your hair or whatever... just don't try anything foolish again. I might need a cornea one day for all either of us know." She tried to laugh but the thought wasn't at all humorous.

"I know," Emily said. "You've told me that. Keeper of the spare cornea. That's me." She looked down at her knees. She began pulling on the same loose thread she had found earlier. "I won't hurt it. I promise. You know I just wanted to be like you. I loved it when Lyndon thought I was you. I let myself feel like I was you, for the weekend anyway... I was like you."

"I understand sis, believe me, I totally understand. And I'd rather be like you," Natalie said with a sigh. "But let's just both stay like we are. I'll hold my end of the arrangement down, you can bet."

"You're funny." Emily's smirk gave way to a smile.

After the girls rode in silence for less than a minute, conversation turned back to the work of the Tavenner group.

"I think there is something pretty amazing about being trusted with the kind of information Ben has shared with you," Emily said. "And with me now." She thought another moment and added, "And... I'm all about getting rid of people who molest children... and people who burn dogs alive."

With that, Natalie raised her hand and high-fived her sister. "I'm glad you know everything now. It feels so... perfect... really, it does. And I'm so sorry I told Ben what you did."

"It's okay. He's a doctor after all. Hopefully he doesn't think I'm a kook. And I think it's good that Ben realizes that you and I need to stay close. We need to live close, really."

"Yes. We need to be together. I need you. And Ben doesn't think you're a kook," Natalie laughed. "He said that sort of thing is normal with deeply entwined twins like us. I think the reason he asked is because I told him how messed up I got when you and Tyler broke up... that I literally wanted to hurt like you were hurting. But in my case there was nothing I could do to make that happen."

"Deeply entwined, huh?" Emily smiled and shook her head. "Morbidly codependent. Just say it."

"Yeah whatever," Natalie laughed.

The girls went on home. They were happy that the secret Natalie had been keeping was now divulged. But they both felt as if they'd lost a degree of innocence. Maybe more than a degree. They would attend church together the next morning. The sermon would be from the book of Romans. One of the verses said:

Beloved, never avenge yourselves, but leave it to the wrath of God, for it is written, "Vengeance is mine, I will repay, says the Lord."

"Do you think God sometimes uses people to bring vengeance onto those who deserve it?" Emily asked as the girls drove back home from church.

"I knew you'd be wondering that. I was wondering it too. I think maybe... yes. I think He does. What do you think?"

"Probably so," Emily said. "Yes."

Chapter THIRTY

"Are you aware what Steven Billiter is doing for a living these days?" Morgan Coffey asked the demure lady who sat across the table from her in a local fast food restaurant in a rural town in southwestern Virginia.

"I've heard he is FBI. I don't want any trouble. The past is just the past. It shouldn't have happened, but it did. I'm okay. How did you find out about this?"

"Through his former girlfriend who went to school with you. Do you know Lynette Tolbert?"

"Yes. I used to know her," Bonnie Clemons said.

"She told us what Steven Billiter did to you. You were fifteen, he was twenty-two. That's called statutory rape in this state."

"I did tell Lynette about it... Why do you want to see me? How did you get the sheriff to ask me to meet you here?"

"Through our associations with county sheriffs in other parts of Virginia."

"What do you want from me? Are you with the police?"

"We are detectives. We simply want to give you a payment. We are giving you five thousand dollars to make a statement for our records, detailing what happened after the junior prom sixteen years ago. That will almost certainly be the end of it. You'll likely never hear from any of us again. Make the statement, take the cash, and go spend it on something nice." Morgan fixed her steely green eyes on Bonnie's brown ones.

"Just that easy?" Bonnie was skeptical.

"Just that easy. We can do it in our vehicle. We can do it in your own car if you'd rather. Make the statement, and take the money."

"Okay. Your vehicle. Mine's a mess."

Bonnie followed Morgan to the North Carolina tagged Suburban where Brent Sterling had been waiting behind the wheel.

"Howdy young lady," he said when Bonnie got into the vehicle.

"Hey," Bonnie said faintly. She didn't feel so young, even though she was only thirty-one. Morgan estimated that Bonnie's waist-length brown hair had been frosted perhaps six months earlier, based on the amount of natural colored new growth. She wore blue jeans, an over-sized gray sweater, and western style boots with low heels.

Morgan took a large envelope from the console and showed Bonnie the cash that she'd be getting, simply by telling her story.

"Wow. That's a crazy lot of money just for me to sit here and tell you what happened."

"We like to see victims compensated, and in some cases, avenged. We do not plan to harm Steven Billiter in any way. We just don't want to see him use his position to attempt to harm others whom we care about. And if it helps, five thousand dollars is not a lot of money in our world. All we ask is that you stay quiet about this entire meeting. If you don't talk about this transaction, I can promise you that we won't either. You'll never need to bring this up again."

"Okay. I'm ready," Bonnie said.

Morgan switched on a compact audio recorder, and Brent positioned a Go-pro camera to record the video.

"If I have to be on camera I need a minute. My purse is in my car," Bonnie said.

"Okay. I understand," Morgan smiled.

Bonnie retrieved her purse and came back to the Suburban. She spent no less than ten minutes working on her hair and make-up.

"Who all will be seeing this video?" she asked.

"Just those in our small group, and perhaps Steven Billiter if he chooses to have things that way," Morgan replied.

"Okay. Let's get it done," Bonnie said.

Brent started the Go-pro and Morgan started the audio recording. The audio was merely a precaution in the event something would happen to the video file on the camera. Copies would be made when they returned to base.

"I went to the junior prom with Brad Pauley in April of 2002," Bonnie began. "I was fifteen, and he had asked me to be his date... I was so excited for weeks before then. Brad was sixteen, or maybe seventeen.

He had his license, and an old car. He picked me up, and we went to the prom at the high school."

"What high school was this?" Morgan interjected."

"Seddon High School. That's where we both graduated from."

Bonnie paused to think a few seconds.

"Brad had brung a bottle of booze which he got somewhere. He tried to get me to drink and I wouldn't. When he found another girl at the prom who would drink with him, he left with her. I was just waiting on the side steps of the gym, wanting to leave before the prom was over... I was... crying."

Bonnie's eyes began to show tears as she continued. She took a napkin from her purse and dried her eyes. "I shouldn't have put this mascara on. I didn't think I would cry."

"Take your time, and proceed when you're ready," Morgan said with genuine empathy.

"Steven came driving around the school in his car and he slowed down when he saw me. He asked me if I needed a ride home. I got in the car with him, even though I had never met him. He seemed nice. He said he needed to stop by his place before taking me home. He came out with a bottle of booze of some kind, I don't even remember what kind. It tasted bad. But I was so... I guess I was so angry... I just decided to drink the stuff. I drank too much of it. I guess he was encouraging me to drink. I wanted to make him happy, I guess. So I drank. He told me that I shouldn't go home with a buzz, smelling like alcohol—I do remember him saying that. So he took me back to his place. That is where he did it. He... threw me on his couch. My dress got ruined. I guess... he raped me."

Morgan felt fury rising up from deep within herself. But she contained it. "Go on, please."

"He panicked when he saw my dress. It was torn and I had bled on it. He said he couldn't let me go home wearing that dress. He told me to stay on the couch and he would be back. He went somewhere... Walmart I guess... and bought me another dress. He made me shower, then I put the dress on and he took me home. He said if any questions were asked about the other dress that I was to say that punch got spilled on it at the dance and I had to change to a new dress which I had borrowed. I didn't realize at first how bad a thing Steven had done. I didn't think about it being rape. I did lie to my mother about the dress. I didn't tell her what really happened. I thought that Steven would be back to see me. But he never came."

"How did you know his name?"

"When I got my driver's license—my learner's permit really—I drove past the house where Steven had taken me that night. I knew about where it was. I knew it was pretty close to the school. My mom was riding with me because you can't drive by yourself with a learner's permit... so she was with me... I was just driving through different neighborhoods in that part of town, practicing driving... then... I saw the house. I knew it was the house because of the steps that went up from the road to the front door. He didn't take me in through the front door, but I remembered those steps... and the shape of the front porch And the oval window on the front door. And the carport. It was the same place."

"Did you tell your mother then?"

"I stopped the car a little ways from the house. I just... came apart. I felt so guilty. I felt guilty for drinking the booze... guilty for not fighting him... guilty for lying to my mom about the dress. But then I did tell my mom. I told her everything, sitting right there in the car. I told her."

"And what did your mom do?"

Bonnie thought for a moment.

"She tried her best. She did find out the name, Steven Billiter. But mom had been in trouble with the law in our town. She had written a lot of bad checks after dad left us. She got in trouble for shoplifting. The police told her that Steven Billiter's word against mine, almost a year after the fact... they said I would not be believed, and they told mom she shouldn't bother. Steven was in the FBI academy by that time, and I guess he's FBI now. I don't really want to do anything about it now. I just want to let it go."

Morgan and Brent thanked Bonnie Clemons. They did not leave her any means of reaching them. But they did leave her with fifty one-hundred dollar bills.

Chapter THIRTY-ONE

Steven Billiter had called in sick for two days in a row. He needed to talk, but he didn't know who he could trust. Cyndi was becoming more concerned about his well being. He had finished the bottle of Jim Beam over the course of those two days off. He told Cyndi that he would not purchase anymore alcohol—that he had just needed something to help calm him down.

Steven did tell Cyndi that a note had been sent to him in the mail which he believed was from Mark Ronda. He confessed—only to Cyndi

—that he had destroyed that note, and he told her why. He then confided to her that he learned the note was not written by Mark Ronda after all. It had been written by the "monster."

"I still don't understand why you think you're on your own against this... 'monster' as you call him. Why can't you talk to the other agents and come up with a plan to get this guy?" Cyndi had said.

"I can only tell you that some of the mistakes I have made have caused me to be in a position that does not allow me to confide in anyone at the FBI. I've been "cut out of the herd" you might say. I'm on my own in this. It's my fault to a degree, I admit. But please just know I'm telling you the truth. If I were to go to the Bureau with this, it would not turn out well at all for me. I would be strongly disciplined, and probably fired, and maybe worse."

Cyndi assured her husband that she would be praying for him. Steven figured that if God was real, he wouldn't want to help out in this situation. The guilt from what he had done to young Bonnie had never fully left him. He often thought that there should be some sort of reckoning for what he had done. He figured he had gotten away with something that he should have been caught and punished for. It bothered him a lot at times, especially when he would see an innocent young girl about the age of Bonnie... "Bonnie... who?" He did not even know her last name.

"If I'm not a Catholic, can I still talk to you?" Steven asked the priest.

"I will talk to you, yes," Father Melling said, showing Steven to his office. He followed the reverend father down a narrow, red carpeted hallway. The priest was a good head shorter than Steven and this allowed Billiter's eyes to remain steadied on the crucifix on the wall at the end of the hall as he walked. Father Melling turned right and into the small, cozy office. The red carpet did the same.

"What if I don't even believe in God. How about then? Are you still going to talk to me?"

"Yes, I'll still talk to you. Sit down."

Father Melling had the most disarming smile Billiter had ever experienced in another human being. A good man; that was his off the cuff assessment. He'd heard of bad priests but he could tell that this man was not one of those. He was the proper and genuine article. Steven sat down in the decades old leather arm chair nearest the father's large mahogany desk. That antique desk took up a good half of the room. He wondered oddly in that moment how they had gotten that desk to fit through the door... they must have built the church around it? Maybe? Surely not. *God what am I doing here?*

Melling's soft gray-blue eyes were steadied on Steven's face. The elder man's white hair protruded almost shabbily from underneath his zucchetto. He leaned forward in his high backed leather chair, folded his hands and placed them in front of him on the desk. He looked steadily at Billiter, with a gaze that conveyed... love? Yes, that.

An awkward silence followed. Billiter thought it was awkward, anyway. Father Melling didn't seem to mind it at all.

Steven quietly cleared his throat. "If I tell you about something, will it stay confidential? Or will you tell others?"

"It depends," Father Melling said. "If a serious crime has been committed, then I am bound by the diocese--that is, the church--to notify the authorities."

On hearing that, Billiter almost got up and left. But he realized that doing so would look really bad. He thought for a moment...

"I know a fellow who slept with a fifteen year old girl. He was twenty-two years old when this happened. He got her drunk and slept with her." Billiter looked directly at the priest.

"And this was some time in the past, I presume," Father Melling said.

"It was many years ago. The guy thinks about it almost every day. He wants to make it right. He doesn't know how to do that, to... make it right."

Father Melling unfolded his hands but he kept them palms down on the edge of the desk. He chose his words carefully, using the wisdom that he prayed for daily.

"Once innocence has been taken, it cannot be put back," the priest began. "There is nothing that... your acquaintance can do to restore that. But with God, there is always forgiveness, where one is truly penitent. One can pray for those who have been affected by their transgression. One can ask God for His mercy, His grace, and very importantly His forgiveness."

"Nothing can be done... to... restore?" Steven said.

"If money was taken, it can be paid back. If property was damaged or destroyed amends thereto can be made. But innocence is something that once lost, it is gone for the duration of this life. However, God will, in His time, wipe away every tear. He will restore innocence. No mortal man can do that, but God can. With Him, all things are possible."

"You know it was me. I'm the one," Steven said solemnly.

"You don't say." Father Melling smiled.

246

"What are you going to do with this information?"

"Nothing. Nothing can be done to restore her innocence. You can be punished in many ways, and that is up to God. I cannot help the young lady by turning the testimony of a broken and repentant man over to any authority—other than the authority of God Himself. And He has known what you did for quite a long time now."

"I think that God would have already punished me if He were paying attention. I don't think God really cares. He should have done something to me for what I did."

"God does care. God is long-suffering we are told in His word. He has not punished you for what you did. He may do that some day, or He may not. We do not know God's ways, they are higher than our ways. They are quite mysterious it seems, but they are always perfect."

Steve thought about that statement for a bit.

"I can still see her face. If I ever knew her last name, I have forgotten it. Her first name was Bonnie. She told me that when I picked her up. I was a total nerd back then. That was my own virginity I gave up that night too. I had been turned down so many times by so many girls. I was so immature, even at twenty-two years old I felt like an adolescent. I knew I had done wrong. I probably should have turned

247

myself in. I told my dad. He said under no circumstances would I turn myself in. He said if I did that he would not pay for my college courses. I was so afraid of my dad, even from the time I was a little boy. He actually seemed happy that I had slept with a girl. He told me he was starting to wonder about my sexuality before then... man I can't believe I'm saying all of this. My wife doesn't know any of this."

"God has given you a good wife?" Father Melling asked.

"Yes. An incredibly good wife. I deserved the worst, but somehow I got the best."

"We all probably deserve the worst. There are none truly good among us, at least insofar as God's standards go. Yet He is willing to give us His best."

"There are some worse than others though," Billiter said. "I see it all the time in my line of work. Really bad people. I'm not a good person. But there are worse people out there."

"You're a police officer then," Melling surmised.

"Yeah."

"I won't ask where, not to worry."

Steven Billiter thought for a bit. "Maybe God is punishing me right now. Things are closing in on me. I need prayer. I think I need prayer."

"Would you like me to pray to a non-existent god for you? Or would you rather I pray to the God Who does exist—the God Who made you? Father Melling asked. His hands were folded once again, resting on the desk. His loving eyes were steadied on Steven's downcast face.

"The real one. Go on and pray to the real one... I'm afraid."

"I will pray," the priest said.

Chapter THIRTY-TWO

"Here, put these on." Ben handed Natalie a pair of shooting glasses.

Natalie was a bit nervous about trying the .22 pistol, but she didn't want Ben to realize that. One thing that Robert Darden hadn't taught his daughters was how to properly use handguns. They did have a 20 gauge Browning shotgun at their home which had belonged to their father. It would serve as home defense should they ever need it. Fortunately their townhouse was in a nice, relatively crime free area so the shotgun just sat in a bedroom closet gathering dust.

Ben loaded the magazine of the Smith & Wesson .22 semi-automatic pistol. It was a brand new gun, and he had mentioned that he wanted to "break it in" with a couple boxes of ammo. The pistol had a threaded muzzle to accommodate a noise suppressor.

Natalie put the safety glasses on as Ben had instructed, and she watched him as he put three magazines of target ammunition through the pistol, shooting at a 6" gong placed at 15 yards. He was smiling as he popped off the shots. The little gun was quite accurate.

"What? An upgrade to the Colt Woodsman?" Brent Sterling said as he and Morgan came walking up to the range.

"Not possible to upgrade the Woodsman," Ben said matter-of-factly. "However, this little Smith has a lot going for it. Give it a try."

Brent ran a couple of magazines through the Smith & Wesson .22, then handed it to Morgan, who did the same. Both agreed it was quite impressive. With the pistol's very short slide travel and near non-existent recoil it was possible to pepper a target with bullets very rapidly.

"Ten shots, ten hits in three seconds," Ben said to Morgan after she had fired the last magazine. "I wouldn't want to be on the receiving end of that."

Ben loaded the magazine and turned to Natalie. "Your turn." he said.

"I'm just enjoying watching you all. I think I'll try it another time," Natalie said.

"Aww c'mon," Morgan said. "I'll have you trained up quick. You'll see."

This was Natalie's second encounter with Morgan Coffey. She was still unsure what to think about Morgan. But she decided it was best to just go with the program.

"Okay, I'll try," she said.

Morgan worked with Natalie on the new pistol for half an hour while Ben and Brent talked, out of earshot of the ladies. Natalie found an unexpected gentleness in Morgan's spirit, something she hadn't noticed at all in their brief encounter more than a year prior.

"I really appreciate your patience with me," Natalie said.

"You're doing great, you really are. I don't lie." Morgan smiled.

"This is a lot of fun. I've never shot a pistol in my life before today."

"You seem like a natural," Morgan encouraged. "You need to work now with quickly loading the pistol. You're not going to carry a gun like this with the chamber loaded, unless you know a threat is imminent. You will want to practice pulling the slide back and chambering a round, like this." Morgan showed Natalie the procedure. "I'm holding the pistol in my right hand, and retracting the slide with my left. Being left-handed you'll reverse that, grip the gun in your left hand and pull the slide with your right."

Natalie continued to work with the .22 until she was keeping all shots on the small plate at fifteen yards. Morgan then told her they were going to stretch out the range to twenty-five yards. "Slow down your rate of fire just enough to keep all of your shots on that ten inch plate," she instructed.

"Here comes Chuck," Sterling said when he saw the Willys Jeep heading up the trail toward the gun range.

"You guys checking cameras?" Ben asked.

"Yeah. We'll check the deer cams, and while we're at it we'll swap cards in the other cameras."

The "other cameras" were placed in hidden locations at selected points on the property to help the group identify any intruders.

"Ready for deer season?" Chuck yelled as he rolled up in the old Jeep. He shut the noisy engine off.

"You know it," Sterling answered, "I think there's at least one ten-pointer that's mine, and an eight or maybe a six that'll be yours, he teased." Sterling had seen plenty of banter between Chuck and Bronson, so he figured he'd just feed right into that since Bronson wasn't there.

"Now that's where you've got things backwards," Chuck laughed. "You ready?"

"Yeah." Brent kissed Morgan and said, "We'll be back in a little while."

"An hour or more I'm sure," Morgan chided. She walked over to Ben's Ford Raptor pickup and sat down on the open tailgate.

"Come with us Ben," Chuck said as he started the Jeep's engine up.

"I think I will... if that's okay?" He looked at Natalie.

"Of course. But if we get tired of waiting we're going to take this truck out on the town," Natalie said, and Morgan laughed.

Natalie hopped up on the tailgate next to Morgan, and the two ladies talked. Morgan knew that Natalie was privy to the business of the group. She trusted Ben's judgment. She would take this time to find out more about the girl who Ben was willing to risk virtually everything for. It seemed, in fact, to be Ben's intention that Morgan and Natalie get to know each other better.

"I like those," Natalie began the small talk, referring to Morgan's military camouflage pants.

"Thank you. So you and Ben are doing well?"

"Yes. I think so. I'm still pretty amazed that he cares for me like he does. I fell for him years ago. I thought he would never really want someone like me though." Natalie touched her eyepatch.

"We're all scarred in one way or another," Morgan said. "Some scars are the kind you can see. The worst ones are the ones you can't see."

"I'm sure you're right."

"Here is one you can see." Morgan rolled her right pant leg up and exposed a long scar which ran from just under her knee almost to her ankle.

"Wow. What happened?" Natalie asked.

Morgan looked into the woods. A squirrel was scampering around feverishly, no doubt preparing for winter. She watched the squirrel for a few seconds, then began.

"A couple years ago we had a job in Pittsburgh. Our client wanted a Mexican gang member, an MS-13. They rape to get into that gang. They kill to get into that gang."

"It was February... it was so cold in Pittsburgh we weren't totally sure we'd find any takers that night. But by chance we did. They came up behind us in a big car... they rammed us when we slowed down at an intersection. We knew that tactic. We knew what was happening...

255

Melvin threw the back door open and cut loose with the P-90 machine gun right through the windshield... fifty armor piercing rounds in a couple of seconds. The two in the front seat of course died instantly. Two more got out of the back of the car. Melvin said one of them was acting like he was hit also. Outlaw nailed the accelerator to get away, but the fourth one of them had an AK-47 and started shooting... as we turned the corner he got a round off through the passenger door of our Suburban. It went through the door and into my leg. My tibia was shattered."

"Oh my God... I didn't know about this." Natalie was shocked.

Morgan rolled her pant leg back down and pulled her legs up onto the tailgate and crossed them, Indian style.

"There was a fence around a park or it might have even been a cemetery... I can't remember... but the perp with the AK jumped that fence and took off through the darkness. Outlaw was really mad. He didn't know I was hurt. I hadn't even cried out when the bullet hit me. Adrenalin was pumping so fast... so Outlaw ran through that fence with the Suburban and got the lights on the guy. The perp turned around with the AK but he didn't shoot. I'm guessing he tried to shoot but he was probably out of ammo. He turned around again to run. We ran him over. Outlaw did a donut in the grass and knocked some stuff around... benches maybe or... whatever... then he drove back up to the guy who was face down. He reached out the window and shot him in the back of the head with his 44 Magnum. Twice."

"My head is spinning," Natalie said. "This is insane... what did you guys do after that?"

"We got out of town as fast as we could. There were five bullet strikes and some other body damage on the Suburban. We knew we had a major problem on our hands. I needed medical care fast. Once we got on the highway heading out of the city, I told Outlaw that I was hit. He says he didn't panic. I think maybe he did, but he got it together pretty quickly." Morgan smiled.

"We couldn't go to any hospitals or doctors. They would report the gunshot injury to the police, and we couldn't let that happen. Melvin got on the phone with Ben and told him the situation. Ben got in touch with Chuck and Bronson. Ben and Chuck got into the Audi and headed our way fast. The plan was to meet us on our way back to Virginia. They would check me when they got to us, and decide what to do from there. Bronson was back at the clinic, setting up for surgery on my leg."

"What clinic?" Natalie asked.

"The eye clinic. Where you work. That is where they worked on my leg."

Natalie was stunned. "You're kidding? I had no idea..."

"We met on highway 19 in West Virginia. Ben and Chuck checked me over. We had stopped the bleeding with a tourniquet from the trauma kit we always carry with us. I was starting to hurt worse than I'd ever hurt in my life. Chuck had brought a pill, a heavy sedative he uses in his dental practice. It made me feel better than I did before I got shot," Morgan laughed.

Natalie was shaking her head. "This is so unreal!"

"Yeah, crazy." Morgan said. "But we got it done. Ben had us follow him and Chuck back to the clinic. He took some interesting routes, but it worked. We were not stopped. Had we been stopped, he and Chuck said they had a plan. They never mentioned what it was. I'm guessing it wasn't a pretty plan. We have two other P-90's in addition to the one we carry with us in the Suburban. I think they were in the Audi. Thank God we didn't get stopped."

"Do you believe in God?" Natalie wanted to know.

"Off and on, I guess," Morgan said. She pursed her lips, then continued.

"Bronson said I would need a titanium rod to replace my tibia. He stabilized me at the eye clinic, then they moved me to Ben's house where Outlaw stayed with me."

"What time of night were you all at the eye clinic?" Natalie asked.

"Probably around three or four in the morning. Melvin helped Bronson clean everything up. That's why no one noticed we'd been there."

"I have to wonder what would have happened if the cops had stopped by, what with seeing all the activity," Natalie mused.

"I guess Ben would have made up something. I don't know. But we didn't see any police. Right after Outlaw carried me inside the clinic, Melvin took the Suburban to Ben's garage. Then he drove back in this truck." Morgan patted the bed rail of the Raptor.

"You had to get a rod in your leg?" Natalie said.

"Yes. Bronson did the work at Ben's house. That's where I convalesced for the next few weeks. I didn't have any problems The guys brought in all of the equipment they needed to do the operation and keep me safe. I even got a hospital bed," Morgan laughed.

"This is just incredible," Natalie said. "I had no idea..."

"Ben would have told you at some point I'm sure. I guess he just didn't want to worry you early into your... immersion we'll call it."

"Immersion?"

"You know... just the experience of learning what we do. And the experience of dealing with it of course. We all trust Ben, and so we trust you as well. He would never trust an untrustworthy person."

Natalie softly smiled at Morgan. "You're nicer than I expected."

"I can be, at times," Morgan laughed. "You want a hug I can see."

"I do," Natalie said, leaning into Morgan's open arms. "I do..."

"By the way, don't ever think you're not pretty," Morgan said, her chin still on Natalie's shoulder. "Seems to me you're beautiful inside and out."

Natalie leaned back a bit when Morgan released her. "You're just saying that to make me feel better about myself. I do appreciate it though."

Morgan narrowed her green eyes, looking at Natalie. "I don't flatter people... probably because I hate it when people try to flatter me. If I say you're beautiful, that's what I really think. I actually love your eyepatch. I'm sorry that you need it, but I'm not sorry to say that I think it looks killer cool. You'd be as boring as the next girl without it."

Natalie thought a moment, and she nearly allowed herself to shed a tear. It would have been a joyful tear, but a tear nonetheless. She decided to check that emotion, preferring to be more like Morgan. She figured Morgan didn't cry very often, if ever. Morgan apparently didn't even cry when she got shot. So crying in this moment for any reason wouldn't be a good thing.

Natalie swallowed hard and said, "That means a lot to me. Especially coming from you... you don't lie. I won't forget this."

Morgan was looking off into the distance. She didn't say anything.

"So, what happened with your client that night in Pittsburgh?" Natalie asked.

"We had to take him on another hunt which went like it was supposed to," Morgan said. "He was pretty thrilled with the first attempt, and later said that it was more fun than actually nailing the other MS-13 perp later on. We took that MS-13 bastard from Pittsburgh too... it just seemed like the right place to finish what we had started earlier in the year."

The bullet riddled Suburban was parted out in secret, and replaced with a new one. The new unit was equipped with run flat tires, armored plates in the door panels, bullet resistant glass, and most recently a panoramic rear view mirror, inspired by the mirror in Natalie's Impala.

Chapter THIRTY-THREE

Central City Drugs in Ellicott City was only ten minutes away from the home of Manny Velasquez. The store was a stand-alone 3000 square foot brick building which had been built in the 1930's. Manny had made the acquaintance of the proprietor and pharmacist shortly after relocating his practice to Columbia, Maryland.

A doctor/pharmacist team can--when both individuals involved are willing to overlook ethics--have a nice little side business of peddling narcotics. Trevor Arrington had acquired his Doctor of Pharmacy degree by age twenty-seven, and had been practicing for eleven years. When his father who had been the druggist at Central City Drugs for forty years had retired, he had set up Trevor nicely with the business. It had been at his father's urging that Trevor went into the same profession. Trevor did not particularly like his work, but it was reasonably lucrative so he just stayed with it.

One evening after filling Manny's prescription for twenty Xanax pills, Trevor commented, "It's tough to handle this stuff all the time and not be able to partake whenever you want to."

Manny hung around for conversation with Trevor that afternoon, and conversations continued on evenings after that one. When there was mutual trust between the two professionals, they came up with a plan for a nice side business. The back room of the pharmacy would be fashioned into a medical office for Manny, and there he could see patients that Trevor referred to him. Any patient who was getting a script for pain pills filled would receive Manny's business card and a hearty recommendation that the customer consider seeing Dr. Manny Velasquez for their future needs.

Dr. Velasquez kept late hours. He only came into the "office" after 7:00pm, and would see "patients" as late as necessary to give them a pencil-whipped examination prior to writing the prescription for the opioid of their choice. In a very short period of time, the two conspirators found they almost had more customers than they could handle. Some nights Velasquez and Arrington would work until midnight or even later. Customers had spread the word to their friends and families, and car loads of people would come from more than 100 miles away, each person getting his or her own prescription written by the doctor, then filled by the pharmacist. The key to getting away with what they were doing was to keep good records. Doctors were not technically doing anything wrong by prescribing opioids, and pharmacists were perfectly within their rights to fill those prescriptions.

And naturally, after Velasquez and Arrington were comfortable with the identities of their clients, some of those clients would be offered narcotic pills off the record—for a considerable price.

Manny's fee for seeing the patients was conservative—only forty dollars per person, per visit. Cash was the only form of payment accepted. But a curious stipulation was required of each patient: "This script is for thirty pills, but you will receive only twenty-five. As long as you understand that, I'll issue the script." And of course every opioid addicted person was only too happy to agree to the terms.

On a Thursday night just after 11:00pm, a red Nissan sedan loaded with four occupants left the Central City Drug store parking lot, apparently heading back to West Virginia judging by the license plate. Trevor Arrington had filled their scripts and sent them on their way. Both Arrington and Velasquez left the drug store at about the same time. As typical, Arrington got into his Toyota SUV and left the parking lot first. Velasquez always parked his Chrysler behind the building out of sight because he did not want the hospital management to find out about his other enterprise. He would normally leave the parking lot a minute or two behind Arrington.

Before Manny could get his car started to head home, a diesel powered pickup truck with bright amber cab lights and over-sized tires pulled up and blocked him in. The shrill pitch of the Banks turbocharger made the truck's engine sound like a jet as it idled down. The huge rear tire of the 4x4 truck almost touched the front bumper of Manny's car. With the building to his right, and a dumpster to his left, he could not escape. Fear shot across the doctor's face as the driver's window of the truck rolled down.

"Relax Manny. I just need to pass something along to you and get your thoughts." The driver stepped out of the pickup and handed a large manila envelope to Velasquez. Manny turned the interior light on inside his car and examined the envelope's contents. Inside it were photos of various cars which were frequenting the drug store a bit too often. License plates were clearly shown. Dates and times were written in white wax pencil on each picture, along with comments like "Three times in the same week?" and "Kentucky plates?" and "This one must really love you guys."

Additionally, there was a letter printed in large font from an ink-jet printer which read:

At least one of these individuals had something interesting to tell us when they were questioned about their prescriptions. It appears that all narcotics being received by the store are not being given out in legal prescriptions.

But not to worry. You forget you ever saw the blonde girl in the bar and at the scene of your accident that night, and we will forget all about this stuff. Okay?

Manny read, and re-read the letter. He thumbed back through the pictures one more time. He then looked out the window of his Chrysler at the shadowy figure who was once again behind the wheel of the high, noisy diesel pickup. He wondered what manner of person he was dealing with. Did this man kill Ando? Were there others in that truck? Manny couldn't tell. What he knew for sure was that he would have to comply with the person's wish. If he went on with testimony identifying Morgan Coffey in the FBI case, he would surely risk imprisonment for his drug store enterprise. Or, he may even be killed. They had gotten to Ando, so it would be easy enough for them to get to him. "This guy could kill me right now," Manny said to himself. His hands trembled as he held the photos and the note.

The truck's engine continued to idle as its driver who was wearing sunglasses in spite of the hour stared at Velasquez.

Manny then placed his hands together in a motion of prayer, and looking directly at the figure in the pickup truck he nodded his head repeatedly, and yelled over the truck's exhaust noise, "Okay! Okay!"

The driver of the truck then backed slowly away and pulled out of the parking lot, leaving the envelope and its contents with Velasquez.

Chapter THIRTY-FOUR

Morgan's disposable phone sounded an incoming text alert The text was from Ben.

"can you send me a pic of our favorite FBI agent?"

"gimme a sec"

A few moments later Ben got the reply which contained a photograph of Steven Billiter.

"thx … I'm at the bear... he's sitting in the damned bar here"

"interesting" Morgan texted. "u want us to come out?"

"no I'm fine but do set up two new phones these are dirty"

"copy"

"Larry," Ben said to the Black Bear's veteran bar tender. "Send the gentleman down there in the orange polo shirt a drink from me."

"You're buying a strange guy a drink? I thought you swung the other way. You should have told me," Larry razzed.

"Just do it," Ben smirked.

A short while later, when Steven Billiter's scotch and soda was nearly empty Larry Crockett sat another one on the bar in front of him. "Compliments of the gentleman across the way there," he said, tossing his silver hair toward Ben.

Billiter looked at Ben for only a moment, then he got up and walked around the bar and took a stool next to him.

"You trying to pick me up?" he asked.

"I thought it was you who was trying to pick me up, wasn't it? Or where did we leave off? I can't quite remember..." Ben took a sip of straight Wild Turkey.

"So you know who I am. I'm not surprised." Billiter pursed his lips.

"Is this how you guys normally work? I thought you'd be more tactful."

"I'm about done with tact. And truthfully, I'm about done with my job," Billiter said.

"Quitting the FBI? But they need sharp guys like yourself. You'll be doing your country a disservice if you leave. I really mean that " Ben seemed sincere.

"They've got plenty of guys better than me," Billiter mumbled. He took a sip of the drink Ben had bought him.

"But how many were sharp enough to find out what happened to the child trafficker. That took some brains. I don't know who else was impressed, but I surely was."

"Ando Velasquez," Billiter said. "You're talking about Ando Velasquez."

"I've never laid eyes on the man," Ben countered.

"But someone you know pretty well laid something else on him from almost a thousand yards away, didn't they?" Billiter raised his eyebrows a bit.

"I've already complimented you on your intelligence. So now you want to insult mine?"

"No... of course not. Look. I'm not supposed to be here. I'm not even on the job, I'd be fired in a second for drinking on the job. You know that. I just want to talk."

"Talk? About what?"

"I tried to beg off the case," Billiter began. "I tried to get off this case... you know the case I mean. I asked to be reassigned. They wouldn't do it. Partly because of the Velasquez thing. My boss was impressed, as you suspected. She said I have the right 'feel' for this case. But I told her I don't have that feel anymore. And I can promise you that too. By the way, my sources say the Velasquez thing got derailed somehow. I doubt your girl is going to hear anything from us about it."

"My girl?"

"The Aussie chick."

Ben wondered briefly why Morgan was being specifically mentioned. Obviously Manny Velasquez had been shown her picture and he had remembered her.

"You're a saint," Ben said.

"If I was half as much a saint as you are a sinner I'd start my own religion."

"Touche," Ben smiled. "But I think you'll find I'm not as bad as all that."

Billiter took the last drink of the scotch and soda Ben had bought him. Larry was attentive, as any good bartender is, and he quickly responded to Ben's signal with another drink for the FBI agent. Half way through that third drink Steven put the glass down and looked at Ben.

"Cyndi—my wife, that is... hell, who am I kidding, you knew that was her name I'm sure... Cyndi can't find out about this... thing."

"What thing do you mean?" Ben said. He was looking at his drink, turning the glass on the bar.

"You know damned well what thing. I don't care about my job anymore. You've ruined that for me. I'm probably going to end up getting fired before all is said and done anyway, so I may as well quit while I'm behind. You know exactly what thing it is. I've regretted the hell out of that ever since it happened, and for you to be able to find out

271

about it... is phenomenal... that's what it is, phenomenal."

"I don't want you to quit. I want you to stay in your job. Your family needs you. You've got nothing to worry about here. You are supposed to be investigating me. Do it. Investigate all of us," Ben said.

Steven Billiter was caught a bit off guard. He had planned to make a deal with Ben. He had planned to tell Ben that he'd quit the FBI and scuttle any leads he had to any of Ben's group in exchange for Ben staying quiet about the Bonnie incident. But he was being outplayed once again, it seemed.

"You don't want me to quit? You want me to investigate you and fail at it, on purpose I guess?" Billiter was quite angry.

"I want you to do your best," Ben said flatly. "You're a good cop. You should do your job."

Billiter was stunned. He had decided to face the monster, and make a peace offering. But the monster still wanted to play. He wasn't done playing, it seemed.

"You've learned by now that we had nothing to do with Tim Carvin in Carolina, I'm sure," Ben said.

"We know. The man you thugs killed on the coast over there is the one that killed Carvin."

"Thugs?"

"I guess that was below the belt... but you know what I mean. I'm pretty pissed off at how you're working this, to be honest. I'm afraid now if I quit my job—which I was planning to do—that you'll unload on me. You might wreck my family. I can get a new job. I can't get a new family. I love my wife. I love my children."

"I'm not mean like that Steven... or is it Steve?"

"Call me what you want," Billiter murmured. "You've screwed me royally. So just call me what you want. And by the way, if you think you're going to be lucky forever, you really need to think again."

"The better you are at what you do, the less luck you need Steve. And you're taking this way too seriously. You and I could probably be good friends... in another place... another time... no?"

Steve didn't answer that question. He tossed the last of his third scotch and soda down, and held up his open palm to let Larry know that he didn't want any more.

Ben ordered another shot of whiskey, then said "I know you feel like you've let some people down. But you shouldn't feel that way at all. I know you feel compromised, but you're not. You have nothing to fear from me. I wouldn't do it to Cyndi. Honestly, I wouldn't do it to you. I only meant to show you what was possible."

Billiter seemed intrigued, and was beginning to feel calmer about things. He looked at Larry, and Larry nodded. Steve was now on his fourth drink.

Ben continued. "It's a rare person who lives beyond thirty who doesn't have some ugly things in their past. The most pious of individuals can have some very dark secrets. Yours is mild by comparison, I assure you. Let me tell you about a certain someone."

Ben took a sip of his drink. Steve took a sip of his.

"There was a particular politician from the next state south of here... he had some pretty serious skeletons. And, he was still building new ones. He thought his secrets were safe, but they were not. All one has to do is look in the right places. In many cases authorities look in the wrong places, and find nothing. This guy seemed clean, but he was far more evil than the man he shot. He had a dark soul. Could you not see that? Really? I can teach you what to look for... but I digress... I wish I could tell you more, but I can't. At least not as we sit right now. But I can promise you that no part of that man's life was ever in your hands, and you're in no way responsible for the decision he made. He literally did shoot himself—you have my word that is true. His past, and even his

274

present, caught up to him. It is truly that simple."

"What kind of stuff was Ronda doing?"

"Who?"

"I mean this guy that you're telling me about... what kind of stuff was he doing?"

"I examined him. I know that you know what I do at my office in Roanoke. I examined this individual at a field location. What was divulged in that examination is doctor-patient protected, even after the individual is dead. Just suffice it to say that he was a seriously rotten character."

"Yeah... okay... whatever." Billiter actually smiled, then he looked at himself in the mirror behind the bar. He looked at the man he was sitting next to in that mirror. He marveled a moment at the spectacle of them both, just sitting there like two friends having some drinks. His eyes then fell, for whatever reason, upon a bottle of whiskey called Prophecy. He found himself very grateful for what this man had just helped him to understand. He felt the burden of Mark Ronda's death fall like a sack of rancid potatoes from his shoulders. It hit the edge of the bar... then the empty stool to his right... then it burst open onto the floor and... disappeared. He was done with it. He let himself breathe a good and deep breath. He realized that it had been some time since he'd actually done that. The slow and cool exhale tasted like... *innocence*.

"So you like straight Wild Turkey," Steve commented.

"On occasion. I don't always drink the same thing. I need to be careful not to be too predictable, wouldn't you say?"

Steven Billiter actually smiled again, then caught himself. "Am I smiling because I'm getting drunk. Or am I smiling because I like this guy. Or is it both?" he silently mulled.

"So what do you want from me?" Steve asked.

"What do you want from me?" Ben countered. "That's a fair question. I'm not the authority here—you are, remember?"

Steve looked into his now empty glass and shook his head. "What I want, I have told you. I want to save my family."

"Done," Ben said, then he continued. "My commending you for your police work on the child trafficker case was sincere. I mean that. I did not see that coming. I loved it. You shook me a bit, to be honest. You're sharp as a scalpel from what I can see, and I know scalpels. I'm telling you the truth."

"But I can't be doing that to you anymore... coming up with stuff you

won't see coming... I assume we have some arrangement now... right?"
Steve said.

"If you'll have it that way, yes," Ben said. "Let's meet for drinks
whenever you're in the area. I've enjoyed this quite a bit."

"It figures."

"What figures?"

"That you'd enjoy it," Steve smirked. "Thank you for the drink. The
others I'll pay for."

"Not at all," Ben said. Larry has already put them on my tab. "You
probably should sit outside and watch the boats for a while. Maybe get
some coffee before heading home."

"Yeah. Good idea," Steve agreed.

Steven Billiter got up from the bar, and headed for the deck area of
the club. Ben watched him as he walked away, wondering what sorts of
things were going on in Steven Billiter's very capable mind.

"Cop." Larry Crockett commented as he too watched Billiter make
his way through the restaurant to the deck outside.

"You can tell, huh?" Ben laughed.

"Sure. We bartenders can peg pretty much anybody." Crockett smiled.

"Have you seen him here before?" Ben asked.

"Nope. First time I've seen the man, here or anywhere else."

"How long was he here before I came in and sat down?"

"Maybe twenty minutes... He was nursing that drink. And at one point, he almost let a tear run down his cheek. He's a man with a lot on his mind."

"I think you're right. You normally are, aren't you?" Ben smiled.

Chapter THIRTY-FIVE

"Tanks are topped off," Melvin reported.

"Roger that," Outlaw replied. "We'll pick up the client in about an hour."

The client was Zane Collier.

The crew was assembled in Memphis, Tennessee, with a target in West Memphis, Arkansas. This would be the most distant hunt they had done to date. Ben knew that the authorities were watching the movements of the group of six as best they could. A third identical Suburban had been added to the group's vehicles, and Melvin had driven it to Memphis, following Sterling and Coffey in the hunt vehicle.

The target was the head of the Arkansas chapter of the Bloody Wrenches—a so called "one percent" biker gang that had gained control of territory in eastern Arkansas and western Tennessee. His alias was Brock Hanson. His real name was Levy Wimmer. Wimmer never traveled by motorcycle, as he felt it made him too vulnerable to police and rival gang members. He used various unassuming vehicles to get around in the greater Memphis and West Memphis area, and police had been flummoxed multiple times by his evasive manner of moving from place to place. He had several outstanding warrants against him.

The "Wrenches" as they were most commonly called had gang raped and beaten the daughter of Leslie Covey. The girl had taken up with one of the gang members when she was nineteen years old. The gang held drunken parties several times a year, normally to celebrate a successful event such as a territorial skirmish that went in their favor or the killing of a ranking member of a rival gang. They called these parties "rod-knockers." The rod-knocker where Brittany Covey was raped and later beaten severely was held at a clubhouse for the gang on the outskirts of West Memphis. Brittany was severely psychologically damaged, and had remained unable to work, or go to college. She lived with her mother still, at age twenty-two.

"They took her from me," Leslie Covey had told Ben during a session of psychoanalysis which included both mother and daughter. "She is still alive. Her body healed. But my baby girl is gone."

Leslie had moved to Roanoke shortly after the attack on Brittany. "The cops just didn't even want to try, it seemed... We told them every detail. They said they would need other witnesses... the bastards flushed their DNA out of Brittany with a garden hose and left her on the highway a few miles from where they did it."

Sterling, Coffey, and Lemons had made a week long reconnaissance trip to West Memphis six weeks prior. The plan was to watch the movements of the members of the Wrenches. Some would be wearing their "colors," meaning a vest with the gang's logo—a hand gripping a wrench with blood dripping from it—on the back. Another distinguishing feature to look for in the absence of the vest would be a very large wrench, fixed in some way to the handlebars, forks, or the backrest of the motorcycle. These 16 to 20 inch long heavy wrenches were the gang's preferred weapon. Since there was nothing illegal about carrying a big wrench, the members who traveled alone or in small groups could not be charged with weapons possession when they had run-ins with law enforcement. Bludgeoning their rivals and other victims with the seemingly innocuous tool was also a quieter way to maim, a quieter way to kill.

Zane Collier's only son had become addicted to drugs by the time he was 16 years old. No amount of money or effort had helped. Aaron Collier died of an overdose less than a week before his twenty-third birthday. Zane loved his son, and lamented his loss every day. He hated the whole drug culture, and especially those who supplied the illegal drugs. Methamphetamine or "meth" was what had ultimately killed Aaron. Zane realized that Aaron's decisions were a large part of why he ended up dying, but in his view the drug cookers and pushers had to share that responsibility.

Cedric Dellinger had introduced Zane to Ben at the Black Bear one afternoon the previous summer. Zane was an attorney who had done well for himself, building a very successful law firm in Richmond. Cedric had sold him a mansion on the lake for 2.2 million dollars. Zane worked from home most of the time, managing and advising his team of attorneys who were based in both Richmond and Arlington, Virginia.

Because of the nature of the hunt for the biker gang leader, the cost for this hunt was 200,000 dollars. A considerable amount of research and reconnaissance had to be done. It would not be a harvest hunt, as removing the carcass of the leader from the midst of several of his bodyguard bikers would involve too much killing, and there would simply be too many witnesses. During the initial reconnaissance mission, the crew had become reasonably sure that Levy Wimmer was the passenger who would sit at the laundry mat, in either an old blue Chevy Astro van or a white Ford Crown Victoria while the woman who had driven him there was inside presumably washing clothing. Every time that van or car was present, there were at least four motorcycle riders from the gang sitting outside. At times there would be as many as eight. They did not interact with the woman, or the passenger. The bikers always arrived on scene before the vehicle suspected of carrying Wimmer would arrive, and they would pull out right behind that vehicle when it exited the laundry mat parking lot.

Monitoring the laundry mat had been a challenge. There was no suitable location that the crew could park the Suburban to watch the goings on there without attracting the attention of residents or business owners. The solution had been for Lemons to use his ghillie suit and hide in some trees about 120 yards away, across the four lane highway that ran past the laundry mat. Between the hours of 9:00pm and midnight on Sunday night, and again on the following Tuesday night, and again Wednesday night, the curious activity had occurred. Lemons took video and still pictures all three times. Once the vehicle carrying the man presumed to be Levy Wimmer left the laundry mat, Lemons would radio Sterling and Coffey who were parked about two minutes away at a 24 hour Walmart and they would pick him up.

By carefully observing the video and pictures it appeared that the woman who was Wimmer's driver brought out a laundry basket that was sitting inside another seemingly identical laundry basket. She would carry a single basket into the location, and emerge in twenty to thirty minutes with folded laundry in a basket which sat inside another basket. Morgan had noticed the ruse as she poured over the photos Lemons had taken. She had further commented that twenty minutes wasn't near enough time to wash and dry a load of laundry.

Ben reviewed the video when the crew returned after the initial reconnaissance trip. He studied video from three different occasions. He watched the mannerisms of the guardian bikers as they hung around in the parking lot, waiting on whatever deal was going down inside the laundry mat.

"This one here won't ever go straight," Ben had told the crew, pointing to one particular biker in the frozen frame of one of the videos. "Nor will this one... or this one," he continued after moving to the next video. "If you need to drop any of Wimmer's friends, these would be your best choices." He then went back through the video pointing out some other bikers and said, "Try to spare these."

Zane Collier had been working with Melvin Lemons and alternately Chuck Zimmerman and Bronson Garner to develop skill on the scoped bolt action rifle. While it wasn't certain that the shot would be a long range shot, the crew wanted to be ready for any potential presentation of the target. The hunting property which the doctors owned allowed for practice out to just over 700 yards. Zane had understood that he might need to be on stand-by for a day or two, or maybe even longer before Levy Wimmer would be at the laundry mat.

It was Sunday night around 9:15pm, and Sterling and Coffey were parked at a fast food restaurant watching the traffic go by on West Broadway. When a group of seven Bloody Wrench gang members rode past in the direction of the laundry mat, Sterling pulled out behind them. As expected, they pulled into the laundry mat. Wimmer's vehicle was not on site yet, but the norm would be for it to arrive with the woman driving within a few minutes of the guardian bikers showing up.

Morgan got on the expendable phone and sent a coded text to Lemons, who replied with "huh? who is this?" Any response simply meant that Melvin Lemons would be immediately heading out to an agreed upon rendezvous point, driving the back up Suburban with Zane Collier inside.

Sterling and Coffey moved their Suburban to a Church's Chicken parking lot, still on West Broadway and waited. At 9:45pm the Chevy Astro van with Wimmer and his driver drove by. Three bikers rode in front of the van, and four rode behind. Sterling started the engine and followed the procession, keeping back about 300 feet.

"They're making the first light," Morgan radioed as the bikers and the van went through a particularly busy intersection.

"Okay," Melvin replied. He started his Suburban and moved to another position farther west on Broadway.

"They're making this one too," Morgan radioed.

"Copy," Melvin said, again moving farther west to a third location.

"They won't make this next one," Sterling said. The crew had already studied the sequence of the traffic lights on West Broadway.

"We're ready," Melvin said. He had parked in a position out of view of security cameras about 280 yards from the intersection. The Suburban's rear hatch was partially lifted, kept from rising all the way open by a bungee cord. The rear seats had been removed to allow Zane

Collier to make a prone position shot from inside the vehicle. He had practiced this shot at the group's hunting camp back in Virginia and the crew was confident that he was ready.

"About forty seconds," Morgan said.

"Copy."

When the traffic light stopped the bikers at the well lit intersection with Avalon street, Morgan held down the transmitter key on the radio and repeated... "clear... clear... clear... clear..."

WHOOOM!

The 338 Lapua Magnum sent its massive 300 grain Sierra Matchking bullet into the windshield of the Astro van just in front of Levy Wimmer. The heavy bullet continued on with only the tiniest deflection and entered Wimmer's chest, dead centering the heart. The bullet continued on through the seat back, then through the second seat in the van, deflected upward slightly and shattered the van's left rear window on its way out. Morgan's assurance that the exit path of the bullet would not take it in an unsafe direction gave Melvin the confidence to authorize Collier to fire the shot.

The woman jumped out of the van, and the bikers in back immediately dismounted. Two had pistols, the other two took hold of their large wrenches. The bikers in front of the van had heard the shot but had not immediately understood that the shot had killed their boss. They rode on out of the intersection and only turned around when they realized the van had not moved.

As the bikers frantically looked all around the immediate area for the culprit, seeming to want to blame anyone and everyone for attacking their leader, Melvin watched the chaos. When he realized that the bikers were about to have some heads for what had just been done, he knew he needed to act. He got into position on the Savage 110BA .338 and watched through the Leupold Mark 4 rifle scope. A round was chambered and ready to go, if needed.

"You guys clear to roll?" Melvin radioed.

"Not yet," Outlaw replied. "Will advise."

One of the bikers made the woman who had been driving the van get onto his motorcycle behind him and he took her away from the scene. Two other bikers dragged the dead body of Levy Wimmer from the van onto some grass next to the highway. A wide and unbroken trail of blood painted a macabre picture across the curb and sidewalk.

Outlaw moved their Suburban into the turning lane, intending to go around the miscreants and move on through the intersection. The bikers would have none of that—they correctly understood that whoever had shot their leader was not very far away, and their intention was to find the shooter and kill him. The bikers wielding wrenches were threatening everyone at the scene. "Stay where you are!" one of them yelled at an elderly man who had been in the turning lane when the shot was fired.

A biker with a pistol in one hand and a wrench in the other approached Sterling and Coffey's vehicle. He was yelling expletives but they couldn't hear what he was saying as the bullet proofed windows were rolled up. As he got closer to their Suburban, Morgan said "According to Ben, this is one of the good shoots."

Outlaw rolled down the window and using his left hand to hold his 44 Magnum he placed a shot into the upper chest of the raging biker, calming him down nicely. He died staring at a Taco Bell sign. Sterling moved the Suburban forward about two car lengths, which put the vehicle in view of a local bank's security camera.

"Any others?" Outlaw asked.

"None I'm sure of," Morgan answered.

As Melvin Lemons watched through the lit reticle of the rifle scope, he saw one biker drag a middle aged woman from her car. "Surely he knows she's not responsible," Lemons said to himself. But just like a bunch of pissed off bees, these bikers figured any target was a good target—it didn't matter to them; they were out of control. Melvin head shot that biker just as he raised his foot to stomp the woman in the chest. That particular biker's body would lay in the morgue for days, unrecognizable due to the severity of the carnage the Lapua Magnum round had dealt to his face and teeth.

Four living bikers remained at the scene. One of the four was kneeling down over the body of the perp that Outlaw had shot. Another had thrown his wrench at a car as its driver forced his way past their small gauntlet. He stood empty handed, looking around for a weapon. A third was quite literally on his cell phone, pacing back and forth in the intersection, not paying attention to anything else. And the fourth had found the pistol that had been dropped when the man carrying it had been shot with Outlaw's 44 Magnum. This fourth man stood in front of Sterling and Coffey for a moment, the Suburban's headlights on him, then he came around to the driver's side. His plan was apparently to carjack their vehicle for whatever reason.

"Ben says try to spare this one," Morgan said.

The perp raised the 9mm pistol and looked down the sights at Brent Sterling. "Out of the car!" he yelled.

But Sterling just shook his head.

Sterling's defiance further enraged the biker. The biker fired two shots at the side window. Neither shot phased the bullet resistant glass.

The second shot resulted in a "stovepipe jam" of the pistol, but the biker was so torqued on the methamphetamine the gang vended that he didn't realize his pistol had been rendered inoperative.

Outlaw rolled the window down and pulled the hammer back on his Ruger Vaquero. The biker pressed the trigger of his pistol repeatedly, to no avail. His dazed eyes seemed to open up and welcome death as he looked down the bore of the large revolver. He was not the slightest bit afraid.

"Ain't your time to die," Outlaw said, just as he nailed the accelerator and pushed on ahead through the intersection. Melvin pulled out and followed behind several car lengths as the two Suburbans made their ways to a point well north of the city, then headed east for the trip back to Virginia. Melvin's Go-pro video in addition to the material from cameras in the armored Suburban would be used to create Zane Collier's memento. He truly believed—and he was probably right—that at least a life or two would be saved by what he had done.

The Bloody Wrenches had to resort to their second in command for a leader. They just knew that a rival gang had made the hit. They couldn't prove it, of course. And, as with all gang-on-gang murders, the police were not very interested in wasting resources on finding the shooters. They did note with some curiosity that security camera footage from a close by bank appeared to show the driver of a dark colored Suburban pointing a gun out the window at one of the bikers but not shooting him

—this even after the biker had fired two shots at the mystery man. "Just a man trying to protect himself," one lieutenant had remarked.

That biker who Outlaw spared quit the gang that very night. Somehow he was never identified by authorities as one of the gang members involved in the incident. He left the stolen motorcycle he had been riding in the intersection, and simply walked away. He would often think about the man who rightfully should have shot him. He told himself that he would live now in a way that honored the person who had spared his life. He would never know that the one who had ultimately made that call was Ben Tavenner.

Chapter THIRTY-SIX

"So you're not afraid of Morgan anymore?" Emily seemed surprised.

"I'm not," Natalie said. "I think she's pretty amazing to be honest. She's a tough girl, without a doubt. But she has a very kind nature to her underneath all of that. And she said she really liked my eyepatch," Natalie added, as she flipped down the visor mirror of Emily's Jeep to check her makeup. "I'm liking it better all the time myself." She smiled at her own reflection before pushing the visor back up.

"I'm glad to hear that," Emily said. "And it makes sense that Ben wouldn't involve himself with someone who was truly evil."

"Yeah..." Natalie was thinking. "Morgan got shot in Pittsburgh a couple years ago."

"What? Seriously?"

"Yeah, not kidding. She showed me the scar." Natalie went on to relate the entire story Morgan had shared with her about the Pittsburgh incident.

"Wow," Emily said.

"This stuff stays between you and me of course."

"Yes, as always."

Ten days before Thanksgiving, the girls were sitting in Emily's red Jeep Rubicon, waiting for the traffic light to change at the intersection of Williamson and Orange in Roanoke. In the right lane next to them, driving a dark blue Honda Ridgeline was FBI Agent Ethan Sarver. He was wearing a faded Virginia Tech ball cap, white framed Oakley wrap around sunglasses, jeans, and a black t-shirt with a Triumph motorcycle logo on the front of it.

Sarver had been authorized by his and Steven Billiter's supervisor to follow Natalie Darden, especially when she was with her twin sister Emily. The idea was that the girls might go to some location that would be of interest to the investigators, or perhaps they would let some key information come out in casual conversation. Sarver was told to keep his work on the Tavenner case to himself, and to report only to his immediate superior, Special Agent Valerie Atwell. He was further told not to share information or coordinate in any way with Agent Steven Billiter. Sarver wondered about the reason for this instruction, and rightfully suspected that Billiter had somehow been compromised as to his efficacy in the investigation.

As Sarver pulled away from the traffic light, he accelerated quickly ahead of the Jeep. He moved about three blocks farther on and turned into the parking lot of an auto parts store, letting the girls pass by. He pulled back out several car lengths behind them. This maneuver would make the fact that he was tailing the girls less obvious.

A little over a mile farther down Williamson road, Emily turned into the parking lot of the New Yorker Delicatessen. Sarver passed by but turned around and headed back to the restaurant and parked about forty feet from Emily's Jeep. He watched the girls get out of the Jeep and head inside.

Once Natalie and Emily were seated, Sarver went inside and found a table near enough to them to pick up their voices with a hidden directional microphone in his carry bag. Recording public conversations did not require a warrant since there was presumably no expectation of privacy. It wasn't Sarver's intention to use any of the audio to make his case—he simply wanted to find a plausible lead. He could explain in other ways how he fell upon that lead, if necessary.

When Sarver processed and reviewed the audio later that evening he did not learn anything pertinent to the case against the Tavenner group. He did, however, learn more than he ever wanted to know about make-up and hair products and a new thrift shop that Emily had found the day before. The audio revealed that when the girls left the New Yorker

Delicatessen they were heading on to that thrift shop.

What Ethan Sarver did not know was the girls were cautioned by Ben not to speak at all about the Tavenner group or its activities in public. Melvin was now routinely sweeping both Natalie's Impala, and Emily's Jeep for spying devices. Their cell phones were always put away into a special container that Melvin had provided to allow the girls to converse freely and privately in their vehicles, or at home.

"I don't know if Natalie Darden has a clue about what her guy friend is into," Ethan Sarver said via phone call to his superior in the Richmond office.

"We should at least hear some banter between the sisters as they speculate, though," Agent Valerie Atwell said. "I think you should keep after it for another week or so. When are the best times to find the sisters together?"

"There doesn't seem to be much of a schedule. They do go to church at least some of the time, but not all of the time. They didn't go this past Sunday."

"Hmmm... I wish we could mic the vehicles, but the court would just say we're grasping," Atwell said. "We need to find Tavenner's next client. We need to hear about an appointment he has in some certain place... something like that. If we can get the client after the proposal but before he does anything, we will have what we need."

Ethan Sarver stayed in the Rocky Mount area of Virginia for another week. He continued using the blue Honda Ridgeline and surveilling Natalie and Emily Darden. He made a record of their comings and goings. Other than going to work, the girls would go out shopping, and to dinner. Natalie had gone to Ben's lake house once by herself, and a second time with Emily. Natalie had been out with Ben two nights while Emily stayed at home. On another night, both Natalie and Emily went to dinner with Ben at the Black Bear. Sarver had gotten some audio of conversations between the girls at a pizza joint in the lake area, and on another occasion he was able to overhear and record Emily's half of a phone conversation she was having with a co-worker as she sat on a bench in Valley View Mall.

None of it was worth a bent Chuck-E-Cheese game token.

While Ethan hadn't found anything of value in any of the conversations or in any of the local travels of either girl, he did find himself repeatedly playing back the audio of the conversations he had recorded. Initially he told himself he was simply being sure there was nothing in the audio recordings he had missed. But the truth was that Ethan Sarver was becoming more and more enthralled with Emily Faye Darden.

Emily's voice was noticeably different from her sister's. Ethan had a voice fetish, of sorts. Natalie had a lower tone to her voice, whereas Emily's voice was more child-like, and she exhibited a slight but certainly noticeable lisp when pronouncing certain words such as "sleep." Emily would in effect say "schleep." It was subtle, but it was there. And it was for whatever reason driving Ethan Sarver crazy. He simply *had* to get to know this girl. His training, properly followed, would never allow such a fascination to proceed. But this guy, after all, was Ethan Sarver.

The thirty-two year old FBI agent had been used to having his way with women. He had been married once, and that marriage ended when he was caught in adultery. The girl he'd been having the affair with almost became his second wife, but fortunately for her she found evidence of Ethan's continuing tendency toward unfaithfulness, and she dumped him. Ethan moved from the apartment he had shared with his former fiance to his mother's home. He told his colleagues that he was staying with his mom to help take care of her after she'd been severely injured in a car accident. While this was perhaps true initially, Lorraine Sarver had fully recovered from her injuries months before.

When Sarver continued to have no luck acquiring any information that would reveal the Tavenner group's next objective he came up with another idea. On his next trip to Richmond, he ran that idea by Special Agent Valerie Atwell.

"We can't authorize money for flight lessons for you simply to get you close to Emily Darden. She's not the one we expect to learn anything from," Atwell said.

"If I pay for these lessons myself, and we end up getting a major break in the case, how about then?" Sarver countered.

"Possibly. That's above me as you know. If you get a lead by making contact with Emily Darden and it turns out to be vital to the case, I'll see what I can do to get you partially or fully reimbursed for the lessons."

"That's all I ask," Sarver said. "I'll get this set up when I get back to Roanoke next week."

Chapter THIRTY-SEVEN

The group of six were gathered at the hunting cabin the first week of December discussing the successes of the previous few weeks. Earlier that day, more than two months after the display was finished, Emory Sloan had rallied enough to come and see his trophy. He'd been in and out of the hospital, fighting for his life, laboring on some days for his very next breath. But he did not want to die before seeing Tracy Van Outen.

Sloan had struggled on the ladder as he descended into the underground hideaway where his trophy was located. Brent Sterling stayed beneath him on the ladder, while Melvin Lemons held the body sling which encircled Sloan's chest just underneath his arms. He could walk, yes... barely. But this was a man on a mission. He simply *had* to see the Van Outen display before he died.

When he got to the floor and turned around, the first thing he noticed was a display of a man holding an electrical extension cord. He appeared to be looking right at Sloan, his dark, jaundiced, blood-shot eyes full of more hatred than Sloan had ever seen. Behind that man lay the body of a woman, apparently slain... and in the background of the eight by eight cubicle stood a young girl with her face in her hands.

"Oh my... God," Sloan uttered.

"Come this way," Brent Sterling said.

Sloan followed Sterling past the display of the Kentucky child molester... and a display of a sneering man in a doctor's coat, he was holding a long hypodermic needle... a food service worker standing on a stool, urinating into a pot of chicken soup... and an elderly looking woman holding a pillow over the face of a small baby in its crib. Each display had a plaque which gave the sordid details of the individual being displayed.

Tracy Van Outen was posed exactly as he had posed in the viral social media photograph. He was holding his cell phone out with his left hand to take the "selfie" picture... that psychotic smile perfectly duplicated by Morgan's excellent work. The dog in the photo was recreated and was sitting innocently behind Van Outen, a can of gasoline just beside it. Clay Alden was not made a part of the exhibit, but he could be seen in an enlarged copy of the viral photograph which was displayed next to the trophy. Van Outen had assaulted the innocence of young Clay Alden, and the expression on Clay's face in that photo helped put to rest any notion that Van Outen should have been spared.

Emory Sloan stayed for more than half an hour, marveling at

Morgan's work. He breathed with the aid of a portable oxygen tank he had in a bag slung over his shoulder. He sat on a folding chair. When he finally arose to leave with the help of Sterling and Lemons, he had a self congratulatory smile on his face. "That dog's life was worth more than Van Outen's," he wheezed.

Emory Sloan would die from complications related to a blood clot twelve days later.

"We're gonna need to cut another load of wood before long," Brent Sterling said. "We're going through this one pretty fast."

"True," Melvin Lemons agreed. "I love playin' with chain saws."

"Playing with chain saws..." Morgan echoed. "Leave me out of that."

Sterling laughed as he stoked up the fire a bit. The cabin was quite cozy when the weather turned cooler and the fireplace could be used. The room was lit by three kerosene oil lamps sitting on tables adjacent to the couch and chairs, and of course the flames of the crackling fire in the fireplace. Chuck Zimmerman had finally gotten his grizzly bear rug back from the taxidermist in Alaska (he had been waiting for it longer than Morgan had been with the group) and it was spread out on the floor in front of the fireplace. Chuck thought it was great. Morgan hated it.

301

"I trust everyone had a good Thanksgiving," Bronson Garner said. "Mine pretty much sucked. We went to Maryland to be with Cheryl's folks. Her brother and sister-in-law were there, and their kids. Somebody called in a battalion of rowdy toddlers. I should have brought some Xanax."

"Sorry to hear that," Chuck Zimmerman said laughing. "Laura and I had a great Thanksgiving. She and her mom cooked an Italian Thanksgiving feast. The kids all came in. We're still working on the leftovers. How about you Ben?"

"Good," Ben said. "Natalie and Emily and I went to Alexandria to visit their mother. Then we continued on to my folk's place in Pennsylvania on Friday after. It was good to see them."

"So we're meeting the folks already, huh?" Morgan smiled.

"I hadn't even thought of it that way until we were on the road heading north," Ben replied. "But yeah, that's... what we did."

Ben looked at the field crew. "What did you guys do? Anything special?"

Melvin Lemons grinned. "You didn't know?"

"If I'd known I wouldn't have asked," Ben laughed, looking curious.

"We had a five course Thanksgiving dinner cooked and served up by the gangster himself," Melvin smiled.

"Cedric?"

"Yeah," Morgan said. "He stopped by that last house we left to see how soon we would need another place. We said we were going to take some time off for the holidays."

Sterling and Lemons and Coffey all laughed.

"Seriously though," Melvin continued. "We were figuring on some kinda plan for Thanksgiving and really hadn't come up with anything. So I figured what the hell, let's invite the gangster and we'll maybe hit a truck stop buffet or something."

"But he turned us down of course," Sterling said.

"Yeah, at first," Melvin explained. "But as he was backing out of the driveway he stopped and said hey, you know... you guys should come to my place. I'll cook. Just show up... Seriously, that's what he said."

Ben interjected. "His mother passed away back in the summer. This would be his first Thanksgiving without her. I didn't even think about that."

"Yeah," Melvin said. "True... but let me tell you, the gangster can cook. You wouldn't believe. He took good care of us, for sure."

"Best cheesecake ever... I mean ever," Sterling added. "He made it himself."

"Everything was so good... it really was," Morgan added.

Melvin had folded an empty cashew bag into a crude paper airplane. He threw it into the fireplace to watch it burn. "We love the gangster," he said. "Nobody better ever raise a hand against that man."

"To the gangster!" Sterling said, raising his Miller Lite beer high. And the others joined the toast.

"We're going to do it again on Christmas, by the way," Morgan said. "But I don't know if you guys are invited or not," she laughed, referring to the doctors.

"Very interesting," Ben said. "I'm glad to hear about this." And the other two doctors agreed.

Chapter THIRTY-EIGHT

"Emory said I should bring you these after he passed," Priscilla Temple said, handing Ben a mahogany box of cigars at the door.

"Please come in," Ben invited. "It's good to see you again. I didn't want to bother you at the funeral. I trust you're doing alright?"

"I am. I knew it was coming." Priscilla softly smiled. "I'll need to be on my way though, but thank you for inviting me in."

It was a mid-December Sunday morning. The Black Rifle Coffee was still brewing and the Sunday Roanoke Times newspaper was opened up on the kitchen table. Priscilla Temple, Emory Sloan's personal secretary, had just driven away in her burgundy Cadillac XLR. A teasing trace of her Jean Patou Joy perfume still delighted the air. Ben had met Priscilla informally on a few occasions. She was a silver haired but disarmingly attractive woman of around sixty years old, forever wearing classy dresses and designer high-heeled stiletto pumps. She had been a godsend to Emory after his wife had died suddenly of heart failure five years prior. Emory's love for Priscilla was made well evident in the aftermath of his death. She was now a very wealthy woman.

The mahogany box of Cohiba Talisman Edicion Limitada cigars puzzled Ben for only the briefest of moments. Inside it was a card, written by Emory, simply stating:

"*I know you will love these. Enjoy.*"

But Ben didn't particularly like cigars. He liked his pipe, yes, and would occasionally smoke a cigar in certain company and settings, but Emory would have known that Ben wasn't particularly fond of cigars— not even the hundred dollar apiece kind.

The card was written in cursive, and the word "enjoy" had an arrow point deliberately added to the final stroke of the letter Y. The arrow pointed to the lower right corner of the card. Emory had also added a winking smiley face underneath the script.

Ben put the card aside and removed the cigars from the box, piling all twelve hundred dollars worth of them on the open newspaper. He looked into the corner of the box, and finding nothing, he looked on the bottom of the box. Still finding nothing, he took another look inside the empty box. This time he noted a barely perceptible split in the laminate lining at the lower right hand corner. He retrieved his Case XX Slimline Trapper pocket knife and used the blade to gently pry the lining from the mahogany wood exterior. In between those layers, Emory had placed a micro SD data card. Ben tipped the box over, keeping the knife blade in place, and the tiny SD card fell out onto the newspaper.

That afternoon, Ben, Chuck, and Bronson sat at their favorite table at the Black Bear, waiting on dinner to be served. Ben took a large manila envelope from his case and removed some pages. He first put his finger to his lips in a "shush" signal, then handed each doctor his own six page document—the contents of the micro SD card that Emory Sloan had prepared.

The initial part of the letter read:

Guys, you know I've left this world by now, or else you would not be reading these words.

As attorney general for the commonwealth of Virginia, I came into possession of sensitive material on a number of individuals. What will follow in this document will be the names of those individuals, and their current whereabouts as best I can tell, as well as the details of their corrupt activities... and some final points...

Chuck and Bronson silently perused the pages. Bronson periodically raised his eyebrows. Chuck just shook his head.

"Quite the wealth of information to say the least," Ben said when the other two doctors had finished reading.

"Indeed."

"That it is."

"We'll discuss these options at the cabin tomorrow evening around seven if that's good with you both. In particular, we need to discuss the revelations on page six."

"Good with me."

"Yeah, I'll be there."

"A nice early Christmas gift from a trusted friend," Chuck noted.

"Yes," Ben smiled, "and speaking of red meat, looks like the steaks are here."

Chapter THIRTY-NINE

"So I got asked out today," Emily said. She had just come through the door of the girls' townhouse where Natalie had been relaxing on the couch, setting up her new Apple iPhone—an early Christmas gift to herself, she had said.

"Yeah?" Natalie was interested.

"Yeah. He is a new student pilot I'm working with. Check him out." Emily opened up the photos app on her phone and showed Natalie a selfie that she and the aspiring pilot had made together.

In truth, Ethan Sarver had been caught totally off guard when Emily insisted on a selfie only moments after he'd asked her out on a date. He knew it was quite unwise to allow such a photograph—but he reasoned that if he wanted to get close to Emily, he would not be able to refuse the gesture. He posed for the picture.

"Nice looking guy," Natalie said. "He seems kinda familiar. Have you seen him before?"

"No, not that I'm aware of," Emily answered.

"What did you tell him?"

"I told him if he got his license and made me look good, that I'd go out with him." Emily laughed.

"So that's seriously what you told him?"

"Yeah. The more successful students I handle, the better my resume looks. And the more money I can ask. That's not a bad thing is it?"

"No, I don't guess so," Natalie laughed. "Just be sure he's not a creep or something."

"He's not. At least I don't think he is. He seems like he really likes me."

"What is his name?"

"Ethan."

"What kind of work does he do?" Natalie wondered.

"He has a government job of some kind. He told me what it was but I didn't understand it. Have you had dinner yet?"

"Just a candy bar." Natalie put the palm of her hand on her face. "Yeah, I know... but that's what I had."

"Chick-Fil-A. Let's go," Emily ordered.

"You don't have to twist my arm. I'll get my purse."

"At the New Yorker. That's where I saw him," Natalie said confidently as she and Emily sat at the Chick-Fil-A having a late dinner.

"Yeah? Are you sure? When?" Emily was curious.

"Last time we were there. He was just one table over from us. You didn't notice him?"

"If I did, I didn't pay him much mind. So how sure are you that it was Ethan?"

"Pretty much a hundred percent. I don't ever forget a face," Natalie said.

"I have his phone number. I didn't give him mine yet. I should ask him if he's ever eaten there. Maybe not. I'll decide later."

"Later, yes. Wait and see what kind of guy he is before you scare him off," Natalie laughed.

The girls finished their meal and went back outside and got into Natalie's Impala.

"A selfie for us, okay?" Emily was too excited for Natalie to turn her down.

Natalie leaned in toward Emily as she positioned the phone to take the picture.

"I wasn't expecting the flash," Natalie said, laughing.

"It's dark outside. You should have seen that coming," Emily said as she inspected the picture.

"Lemme see," Natalie said, grabbing the phone. "I love it! Send me a copy."

"It is good, isn't it?" Emily said. "I love how big your eye is. It's like it has gotten bigger or something."

"It's not bigger. It's the same as it's always been. I just don't have to squint it now to try to make it match the fake one. And I can turn it as far as I want to... anytime I want to." Natalie seemed a little melancholy.

She was still looking at the picture of herself with Emily. "It's funny how wearing a glass eye ends up limiting the good eye... in so many ways."

"You're gorgeous sis. You really are. Morgan was right, your eyepatch rocks. I'm sorry I ever questioned you about your decision."

"Thank you," Natalie said. "I should have done it years ago. It was for sure the best thing for me. I just wish mom hadn't reacted the way she did."

"She'll be fine. She just worries about both of us. She wants what is best."

"Yeah. But in front of Ben. I didn't like that."

"I didn't like it either," Emily confessed. "It was pretty callous, honestly. And she wouldn't stop giving me grief about my hair."

Both girls paused, sadly recalling what Theresa Darden had said to Emily when she mistakenly thought Natalie was out of earshot. Their mother had said, "So I get two one-eyed daughters instead of just one? Is that how it's going to be?"

"She doesn't understand us at all," Natalie said sadly.

"Ben's parents seemed really nice," Emily said.

"They do seem nice. His dad is a watchmaker. He told me the watch I have is worth five thousand dollars. Can you believe that? I had no idea Ben had spent that much on it. I've been treating it like a Timex."

"Five thousand dollars? Seriously?"

"That's what he said. I guess I forgot to tell you. He told me that it should be serviced every five years. He said he would do it for me, no charge."

"Providing you and Ben are still an item, of course," Emily teased.

Natalie put the Impala in reverse and scanned the panoramic rear view mirror, then backed out of the parking space to leave the restaurant. Emily could see a bit of sadness in her sister's countenance in that mirror. "What is it?" she asked.

Natalie moved the floor shifter to 'drive' and began the twenty mile drive back to their home. She thought for a bit before speaking.

"I just can't fathom being away from Ben. I just can't ever let myself think for a second that we would somehow not stay together always. It makes me sad to think that way."

"That was insensitive of me, I'm so sorry." Emily seemed on the verge of tears.

"Don't cry. It's fine. No worries." Natalie smiled, then changed the subject. "Forty mile round-trip to Chick-Fil-A... worth it or not worth it?"

"Totally worth it every time!" Emily laughed, and Natalie agreed.

Chapter FORTY

Special Agent Valerie Atwell picked up Ethan Sarver in front of the Richmond office where he had been waiting for her arrival. The two would make the drive to a central point between Richmond and the lake area for a meeting with Trooper Andrew Keys.

Atwell pulled up in a white Dodge Charger R/T. Her reddish colored hair was loose and flowing, her dark sunglasses fully disguised her appearance. Not even the wariest of souls would ever detect what her manner of business was. If she had been going for the foxy spoiled housewife look, she'd certainly nailed it. Valerie had been with the Bureau for eighteen years. She had joined at age twenty-three—the minimum age the FBI would accept.

"Should I go back and get us some coffee?" Sarver asked as he got into the car.

"I'll drive through somewhere. You should have waited inside and watched for me out the window. It's cold outside if you didn't notice," Atwell chided. "We're supposed to always be observant of our surroundings you might remember."

"Funny," Sarver replied with a smirk.

Atwell found a McDonald's and the agents each got a Christmas themed cup filled with fresh black coffee at the drive thru. They continued on to Farmville to meet Trooper Keys at a waterfront cafe on the Appomattox River.

"Get something with the crab dip," Keys said. "It's amazing."

"Will do," Atwell said. "Sounds good."

The two agents and the trooper placed their lunch orders, then got right to business.

"We may have a good lead on Tavenner's next client," Atwell began. "Agent Sarver has been able to get close enough to Emily Darden—the twin sister of Natalie Darden, who is of course Ben Tavenner's employee of eight years, and his apparent love interest. Through conversations with Emily, Agent Sarver has learned that her sister Natalie's boyfriend —Tavenner—has plans to attend the Shot Show in Las Vegas next month. Once we find out that he is indeed heading out there, we'll coordinate with agents there and see if we can identify a potential client. This may not be easy, but it shouldn't be impossible. It makes sense that Tavenner could find the right type of person he'd be looking for at such an event."

"Will it just be Tavenner? Or will Garner and Zimmerman also be going?" Keys wondered.

"We don't know about the other two doctors, nor do we know if any of the additional three will be going. We suspect that Sterling, Coffey, and Lemons do not participate in recruiting the clients. They simply run things once the hunt begins." Valerie put some of the crab dip on a cracker and tasted it. "Mmmm... you were right, this stuff is excellent," she said.

"What can I help with?" Keys asked.

"We'd like you to help us with... a unique situation," Atwell said.

"You of course know Agent Steven Billiter... what we would like for you to do, if you will, is to call another meeting with Agent Billiter and see what his thoughts are on this case. We have reason to believe he has been compromised to some degree, perhaps small... perhaps not so small. We would like for you to evaluate the situation, and let us know what you find. If he's been compromised, maybe he'll tip you off in some way as to the nature of the thing, if you see what I mean."

"I can do that," Keys said. "How soon? Right away?"

"Yes, as soon as you're able to. He is using up a lot of his vacation and sick leave lately. You'll probably need to touch base with him after the first of the year. Let us know what you learn, if anything," Atwell instructed, as she slid her business card across to the trooper.

"I'll do it. I'll be in touch."

Chapter FORTY-ONE

Ben, Chuck and Bronson atypically flew on a commercial airliner to Las Vegas, landing on Sunday before the Shot Show. The doctors and field crew had all taken several days away from the general business of the Tavenner group over Christmas and New Year's. Sterling, Coffey, and Lemons had been spending more and more time with Cedric Dellinger. Cedric, in fact had invited them to stay with him in his spacious home on the lake "at least through the holidays," he had said.

Morgan had no other family in the states. Brent's parents were both passed away, and he was not at all close to either of his half brothers. Melvin did have his grandfather nearby, and he was mindful to spend time with him on Christmas day. Melvin's father and mother had divorced, and both remained out of touch with their son, though both were alive and well in New Mexico. His mother had remarried. He would think of his parents often, and secretly hope for either or both of them to invite him to come and see them—but neither of them ever did.

The three doctors took a rental car from McCarran International airport to their hotel and settled in. The FBI had been expecting them. Agent Sheldon Pierce and Agent Wade Cooke followed the doctors to

319

their hotel, and informed their superiors of the location where the doctors were staying.

Pierce had requested that at least one more agent join them in the event that the doctors separated as the show began the next day, and his request was granted. Agents Tiffany Brooks and Anna Stockinger were added to the detail.

The Caucasian female FBI agents dressed in "hunter girl" type garb, and walked around the floor of the expo hall keeping a seemingly detached distance from Ben Tavenner early Monday as he moved from booth to booth, talking with representatives from the major gun and ammo makers and hunting outfitters. He also took time to speak with attendees of the event when he got the chance.

Sheldon Pierce followed Chuck Zimmerman, and Wade Cooke kept up with Bronson Garner.

Day one, Monday, was uneventful, as was day two, and day three.

But by Thursday, it appeared that Ben was spending more and more time speaking with a lady who seemed fascinated with the battle rifles being displayed at the event. She seemed particularly interested in the Israel Weapon Industries Tavor SAR, a compact battle rig chambered in the NATO 5.56 cartridge. The woman wore black combat boots, battle dress uniform pants, and a black long-sleeved t-shirt with the so called "three percent" logo on it, a reference to the percentage of colonists who fought and ultimately defeated the British army to win independence for America in the 18th century. Nothing about the woman's attire would have led anyone to believe she could turn up enough cash to appease the appetite of Tavenner's group. But she did have an impressive automobile. When she left the coliseum she went to a Mercedes AMG, and drove to the Waldorf Astoria hotel. She apparently wasn't a pauper.

The following day, Friday, the two female agents tailed the woman in the AMG to a quaint restaurant on the outskirts of the city. She parked outside, and waited. Within a few minutes, the rental vehicle being used by the doctors—a silver, unassuming Kia sedan—pulled into the parking lot near the AMG.

The doctors went inside first, and found a table. A couple minutes later, the black haired woman in the expensive Mercedes went inside. She was wearing the same steam-punk blue tinted glasses she'd had on the day before. And the same boots. She had on faded, shredded, and tight blue jeans which accentuated the thinness of her legs, and a black blouse with fishnet stocking sleeves. A pearl choker had oddly bested the studded dog collar in the contest for the day's accoutrements.

The agents had noted that the AMG had a decal tastefully displayed at the top center of the rear window, paying homage to a well known punk rock band.

"I wonder if she's somehow connected with the Ramones," Agent Tiffany Brooks said when she returned from her mission of discreetly placing a tracking device on the Mercedes. "Could maybe be how she got money."

"Maybe," Agent Anna Stockinger said. "Women like that get all the cash and here we are risking our lives for fifty grand a year."

"We shouldn't be in any danger," Brooks said. "Let's get in there and see what we can find out."

The two female agents managed to get a table next to the three doctors and their suspected client. The punk rocker chick had more make-up on than a "dime store whore," Stockinger had noted. Her long false eyelashes seemed to sweep the insides of the lenses of her tinted glasses every time she blinked. Her jet black hair was probably dyed, and combed in no particular direction at any given moment in time.

"Tacky as hell," Brooks whispered. "I see money in the car. And the hotel. But I don't see it anywhere else here, to be honest."

"Yeah," Stockinger whispered. "Did you get a load of that silver charm bracelet with the skulls?"

"I did," Brooks rolled her eyes.

The three doctors quietly conversed with the subject for only twenty minutes. None of them ordered any food, only coffees and iced teas.

Brooks and Stockinger did not have any specialized recording equipment but they were able to overhear enough of the conversation to establish that the lady had agreed to some kind of arrangement, and that she'd be expecting a phone call the following week when she returned to her home in Indianapolis. "That should be enough evidence for us to get started," a senior agent had commented. "But let her pick up the payment first, we'll have a much better case if she's got an inexplicable ton of cash on her."

The Waldorf Astoria had stonewalled the agents, and refused to divulge the identity of the woman without a warrant. But the Indiana plate on the Mercedes AMG showed that the car was registered to a Shirley Louise Ball of Indianapolis. The agents checked the data on that individual, and according to age, height, weight, and eye color, they were convinced that the punk rocker chick was not Shirley Ball. "Must be a relative. A daughter, possibly," the case notes read.

"We will intercept her when she gets back to Indianapolis. We'll handle this directly," Valerie Atwell told the Las Vegas agents in a conference call. "We've been working on this too long to drop the ball through any miscommunication. Agent Ethan Sarver will take the lead on this one. He will work with agents from the Indianapolis office of course. If tracking takes her off route on her way to Indiana, we will need to get a tail on her fast."

The woman left Las Vegas on Saturday morning, and stopped for the night in Colorado. She drove for eleven hours on Sunday and stopped for the night in Missouri. In both cases the hotel clerks told the agents that the woman had not used an ID to secure the room but had paid cash, explaining that her purse with her credit cards and ID had been stolen in Las Vegas. When the rooms were searched, no evidence indicating the identity of the woman was found. After stopping briefly Monday morning to purchase a pint of Vodka at a liquor store in Illinois, the woman had continued on east toward Indiana.

As the Mercedes AMG crossed the Indiana state line, Ethan Sarver was waiting in the Indianapolis office, watching the information from the tracking device. He had been assigned a partner from that office, Agent Greg Pike. He had already learned that Shirley Ball could not have been the woman driving the Mercedes, as Mrs. Ball had been traced and was actually on vacation with her husband out of the country. They had not yet been able to reach Ball for comment, but airline records indicated she had been on a flight from Los Angeles to Christchurch, New Zealand earlier in the week. This caused some concern that the AMG had simply been stolen, perhaps for a joy ride. If so, this would potentially mean that Tavenner and his associates had been duped, and there would be no actual money for a guided human hunt.

When the woman stopped at a Bank Of America branch inside the city limits of Indianapolis, Sarver and his partner had been tailing her. They had headed west on I-70 when the tracking signal showed the AMG getting closer to the city, and they doubled back and followed. The woman emerged from the bank with a bulging manila envelope tucked into her purse. She then drove the AMG to the Shirley Ball address. The garage door was opened remotely from inside the car, and the car was driven inside. The time was 4:45pm.

Sarver was advised to wait until a warrant was obtained for that residence, and for another pair of agents to join him and his partner. This took a bit longer than expected. Sarver and Pike waited in the silver Ford Explorer that Sarver had driven from Virginia. They were parked, with permission of the homeowner, in the driveway of a neighboring house. They had a clear view of the Shirley Ball residence from that vantage point.

At 9:20pm the woman inside the residence heard three loud knocks and a repeated buzzing of the door bell. She went to the front door and yelled "Yes? What is it?"

"FBI. Open up. We have a warrant!" Sarver practically screamed.

The woman opened the door, and Sarver and three other agents rushed in with guns drawn.

"Hands in the air!"

The woman obliged. "I think you've got the wrong person," she said.

"I think we have exactly the right person," Sarver countered, as one of the other agents frisked the woman.

"She's clean," he said.

"Sit down," Ethan Sarver commanded. The woman sat down on an ottoman near one of the couches in the spacious living room.

"You are under arrest for conspiring to commit murder. We need you to work with us," Sarver began. "We will be taking you into custody, and how you cooperate will have everything to do with how this turns out for you. You are not our primary target. We have been investigating the individuals who have brought you into this. If you work with us, it will go well for you. If you refuse to cooperate, the charges of conspiracy to commit murder will stick to you, and you'll do prison time —I can promise you. We need some ID right now!"

"I left my purse in the car," the woman said. "I'll get it if you want, or you can go get it. The car isn't locked."

One of the agents went to the garage and retrieved the purse from the car. The large manila envelop in the purse contained only a scarf and a pair of pantyhose. Sarver had quickly grabbed the wallet from the purse. He checked the driver's license.

"Priscilla Temple? From Virginia? Whose ID is this? This is not you," Sarver said, pointing to the photo on the driver's license.

"That's who I am," the woman said. "I'm Priscilla Temple." She pulled the black wig from her head, revealing her silver-gray shoulder length hair underneath. "And you don't have any evidence of any kind to warrant arresting me Ethan."

Sarver was stunned. "The bitch knows my name?" he murmured under his breath. He paused briefly to gather his thoughts. "You think you're really cute don't you?" he said. "But you won't get away with this. We'll have you and those lowlife bastards you're working with-- everyone of you locked up. Every damned last one of you!"

"I'm an attorney Mr. Sarver. The courts function on evidence. You may want to go find some before you attempt any more arrests."

After a heated phone conversation with Valerie Atwell which lasted for nearly thirty minutes, Ethan Sarver had very begrudging agreed to leave Priscilla Temple alone. He and the other agents left empty handed and somewhat confused. And for Ethan Sarver's part, he was angry. Very angry, in fact.

Around 10:30pm that night, an Audi A6 pulled into the driveway of the Indianapolis home belonging to Priscilla Temple's close friend Shirley Ball. Priscilla came outside the front door and set the security alarm with the proper code. She had removed the punk rock disguise, gaudy make up and all, and was back in her favored attire. She opened the rear passenger door of the Audi and tossed a small suitcase onto the seat.

"Are you okay?" Ben asked when Priscilla got into the Audi. The beguiling scent of her Joy perfume seemed to arrive just ahead of her.

"Yes. I'm good," she said. "But if you ever try to get me into combat boots again I'll put one of 'em up your rear end."

"Not a fan of the combat boots, huh?"

"No. They had me walking like a cave woman and my calf muscles were killing me." Priscilla removed the expendable phone from her purse and handed it to Ben.

"You keep it," he said. "You may need it."

"So soon? I am excited already. I haven't had that much fun since I was a teenager."

Ben laughed. "You really did an amazing job. I wouldn't have ever recognized you."

Priscilla had taken an airplane to Indianapolis, then a taxi to her friend Shirley's home. Before Shirley and her husband Alan had left for vacation in New Zealand, Priscilla had been able to arrange access to the car and the home. She had simply told Shirley she wanted to get away from home for a few days, following Emory's passing. Shirley was glad to help out her friend.

"I'm driving straight through," Ben said. "I have to work tomorrow. You'll be home just after sunrise."

"I'll be glad to drive if you get tired," Priscilla offered.

"I won't get tired. I slept a lot today at the hotel. I figured they'd show up shortly after you got to the house. They must have had some issues getting the warrant approved."

"Maybe so," Priscilla said. "That Ethan Sarver is a real prick I guess you know."

"We do know," Ben laughed. "What was your interaction with Sarver like?"

"Like I said, he was a prick. He kept asking me how I knew you and Chuck and Bronson. He said he wasn't buying that I was just out in Vegas having fun. I just told him I knew you guys were in town, and I wanted to meet up with you before I left on Saturday. He told me I was a liar. He said that I should be arrested for conspiracy to deceive... but there wasn't such a charge he found out when he talked to his boss on the phone. He sounded like a spoiled teenager whose mommy wasn't letting him have his way," Priscilla laughed.

"So he got really bent out of shape it sounds like."

"He did. Oh yeah, and he wanted to know how I knew his name. I just told him that it might be because he's a lousy cop."

"You said that?"

"Yeah. Then I just ended up telling him I was psychic. Then he said I was psychotic. I told him he could be right. It killed him that he couldn't arrest me, it really did. Two of the other agents had to practically drag him out of the house. Otherwise we'd probably still be there swapping insults," Priscilla laughed.

Ben realized that going to pick up Priscilla in Indianapolis himself rather than having her return by some other means may have looked strange. But he wanted to take the time to get to know her better.

Priscilla's requisite induction into the Tavenner group had been literally a life saving event for her. She had been married twice in her life, but was unable to have children. She was an only child, with both parents deceased. She had known Cedric Dellinger for thirty years, and with Emory now gone, she found herself dropping in on Cedric often. She'd spent a lot of time over the holidays at his place where she got well acquainted with Sterling, Coffey, and Lemons. She didn't tell any of them that she knew the business of the Tavenner group. She would let Ben do that when the time came.

Priscilla was actually drinking less alcohol than was her norm, but she did drink more bourbon than she should have on Christmas eve. She passed out on a sofa in Cedric's den. At 3:00am she could be heard calling out for Emory in her sleep. Morgan went to check on her. Priscilla was hugging a pillow and crying out "Emory... my Emory... don't leave me..."

Chapter FORTY-TWO

Page six of the Emory Sloan information dump which Ben had shared with Chuck and Bronson that night at the Black Bear was perhaps the most interesting part of the entire treatise. It read as follows:

Ben, Chuck, Bronson—I need you all to know something. I guess I broke my bond of silence as to our arrangement shortly after I shot Tracy Van Outen. I did not mean to reveal what I had done. But you see, in the years since my wife passed away I have involved myself with a very peculiar and interesting woman. You have all met Priscilla, I know. Perhaps you were able to tell how keen of mind she is. How intuitive she is. She is someone you can't keep anything from. She will figure it out. She will pump whatever she wants out of you and leave you wondering what hit you. And yes, she learned what I had done when I went to Ohio to kill Van Outen. I still wonder how she got it out of me.

I want you all to know that Priscilla supported my hunt. She didn't know about the carjacker at first, but somehow she knew that I had done other things with you all. She pressed me, and I did tell her. She seemed extremely intrigued by the whole thing.

I am dying, of course. I am being given medicine that clouds my mind at times, but then I regain my faculties and I'm writing this letter at such a time. I am of sound mind.

Priscilla has been very bored with her life since my health started failing. She has everything in the world that she needs except one thing: excitement. She is a woman who I believe could be suicidal if she were allowed to wither away in a situation like she is in with me. I think it will be better for her after I am gone. Maybe.

You guys always talk about loyalty. I fear that I have been disloyal, to a degree. I never intended to be. If you get to know Priscilla you will understand how all of this happened.

Guys, Priscilla knew where I was going when I came to see the trophy. She seemed very excited about it. She said she regretted not being able to go with me, but she understood.

She and I talked a lot in the days leading up to the writing of this document. The idea to put the data card in the cigar box was not mine— it was hers. She wondered, Ben, if you would find it. She suspected that you would.

I love Priscilla more than life itself. I hate that my life is ending at a time when there is so much more of her life in front of her. I won't be able to be with her much longer. I'm asking you all to take some time to get to know her better. I mean to really get to know her. It would be such a great thing for her to find the excitement that she has always craved, but I've been unable to give. That is something that money can't buy, of course. If you'll meet with her and talk, especially over a few drinks (wink) you're going to be very intrigued by her, just as I have always been.

Loyalty? She is the very definition of the word. She will remain loyal to me, even after I am gone. There is no reason at all for any concern, if you see what I mean. The computer I used to create the data card has been destroyed, and that was at Priscilla's urging. You guys will want to take similar measures, of course. So please guys, look after my Priscilla. She wouldn't ever marry me, she didn't want anything I had. And that is just one more reason I gave it all to her.

Emory

After reading Emory's letter, Ben and the other two doctors hadn't taken but a day to arrange a dinner with Priscilla at the Black Bear. They discovered over the course of dinner, and yes, a few drinks, that Priscilla was quite the loner. Ben quickly discerned that she was stunningly intelligent. And, she also seemed to be a functioning alcoholic. In fact, the more she drank, the keener her intuition and intellect seemed to get.

Priscilla was totally in her element with three other guys at the table. She was, the doctors all agreed, extraordinarily charismatic. As Ben worked to understand her mind, through questions and careful observations of both what she said, and what she did, it was as though she was holding his hand... leading him quite deliberately to a deeper understanding of herself. At one point in the conversation she looked deeply into Ben and said:

"You shouldn't feel ashamed of wishing you had a mother like me."

Ben was... smitten? "No," he thought. "I won't be... I can't be. Damn this woman. She broke into me like a thug with a crowbar."

Priscilla reached out and gently took hold of Ben's ear. Her eyes were gray and fading, but somehow full of so much life it was terrifying. Or was that death? And did it even matter?

"Careful you don't let your precious head slip below the bath water," Priscilla smiled.

"Would you like to work with us?" Ben asked.

Priscilla released Ben's ear. "You knew the answer to that before you asked, didn't you?"

"I did," Ben admitted.

Priscilla lifted her tumbler of apple Crown Royal. "To loyalty," she said.

"To loyalty," all joined.

And just then, Ben felt the open toe of Priscilla's Christian Louboutin stiletto heeled pump lift his pant cuff and stroke his shin. He looked at her, and she looked better at him.

"Can loyalty untested ever be *true* loyalty?" she proposed.

Ben looked down at the coaster his drink had been sitting on. He had put his glass back down next to it, missing the mark. He said nothing.

"We must *test* loyalty, prove it is genuine, and only then move forward," Priscilla sipped her drink. "Disloyalty in any singular circumstance will reveal a generally disloyal individual, wouldn't you agree Ben?" She withdrew her foot from Ben's leg, letting his pant cuff fall back over his shin. Priscilla was finished with her calculated mischief. She re-crossed her legs in the opposite direction. She had put down the crowbar.

Chapter FORTY-THREE

"Late night?" Natalie said to Ben when he arrived at the eye clinic at 9:35am Tuesday.

"You can tell?"

"Oh yeah, I can tell," Natalie said, a tinge of suspicion in her eye.

"You know where I went. I told you," Ben said, embracing Natalie briefly.

"I thought you'd be back last night. I thought you would call me."

"Things got delayed. I had intended to be back around midnight or somewhere not long after--"

"I smell her perfume Ben."

337

"She was in the car with me, you knew she would be."

"I know. I just don't understand why you couldn't get someone else to go after her."

Ben glanced at the dial of his RGM Caliber 20 wristwatch. "Come back here," he beckoned Natalie.

Natalie followed Ben into the hallway. Her thick, wavy hair was hanging fully over the right side of her face. Ben used his thumb to move it back away from the side of her nose. "Your hair is going to get into your mouth," he teased.

Natalie just glared at Ben and said nothing.

"Babe, I don't want to see you feeling like this. I told you up front, everything. You know our business, implicitly. Emily knows it too. We talked about this Las Vegas thing. You both felt like it was a good idea, and that it sounded like a fun adventure. I'm sorry for Emily's sake that I had to be the one to break the news about who Ethan Sarver really was... but she seemed to take that okay, didn't she?"

"Yes," Natalie said, pushing her hair back over toward her nose.

"You make your hair that way because you're feeling insecure. I like your hair that way, you know that. But I've noticed that you mainly do it when you are not feeling confident."

"Stop with the mind screw stuff Ben. But yeah, maybe a girl would feel a bit insecure now that you mention it. Now that her guy has spent the better part of the night with another woman and then he shows up to work without even having showered smelling like her."

Ben just shook his head. "I did shower. The perfume must just be in my car. It'll air out. I didn't even smell it."

"Nose blind to it after the first couple hours is my guess. I sure smell it," Natalie said, looking down at the floor.

"Natalie, do you really think I would do something as stupid as what you're worried about? Not in a million years, not ever. How long have you known me?"

"You said that Priscilla was a fascinating woman. You said that you were sure that she was trustworthy. And I know how that impresses you so much. You said she was very young looking. Then you come back smelling like her and--"

"You asked me about her, Natalie. You and Emily both were curious about her. I didn't think for a minute that you'd end up suspecting that I would betray our relationship. You asked me if she was an 'old looking sixty or a young looking sixty'--those were your phrases. Should I lie and say she looks old?"

"No, you shouldn't lie. I guess I did sort of force that out of you. But can't you see how this might look to me? Didn't you think I might worry? I told you I would never call you when you were on one of these trips. But that doesn't mean you couldn't have called me. So it leaves me to think maybe you were so taken with Priscilla that you forgot all about me."

"We did talk at length. It was nearly a nine hour drive back here. She knows our business, Natalie. She knows what we do. She pried it out of Emory somehow, and now she knows. I told you and Emily both this the night before I flew to Vegas. I wanted the time to talk with her. I wanted to be sure that I understood her, and that I could trust her. You know what it would mean if I felt she couldn't be trusted. But I'm glad to say that she is the kind of person that can be trusted implicitly. She is like you in that respect. She is like Emily in that respect. We stopped once for gas and coffee and we just kept driving. I want you to meet Priscilla. I think that will help with your concerns."

Natalie calmed down a bit. "Okay. I want to meet her too. If she's going to be working around my man I want to know her. I still don't like what happened last night though."

"I understand," Ben said. "And I guess I can't blame you for feeling like you do. I just need you to know that I did not betray you, nor would I ever."

Natalie lifted her head, and pushed her hair back from the corner of her mouth, inviting a kiss. And Ben obliged. When he pulled away from her lips, she looked innocently at Ben. She tried to diffuse a tear by blinking fast a couple times, but it came out anyway.

"You say I do my hair like this when I'm feeling insecure. But do you think that a day goes by that I don't feel insecure? Don't you see how easy it is for me to let myself believe that you would choose another woman over me? I'm damaged goods, Ben. You know it, I know it, that's what I am. If I were a doll I'd be tossed in the trash, or the last one chosen at the very least. So stop giving me a rough time about my insecurities. They're not going away."

Ben was so emotionally impacted by Natalie's words he could only think to grab her and hold her tighter than he'd ever held her.

"I chose you," Ben said softly into Natalie's ear as he continued to hold her tightly. "And I chose you first. You weren't my last choice. I could have had a lot of different women, you know that. But I chose you because of who you are. You're incredible, and you're all the more amazing because you don't even realize it. Your insecurities, though I wish you didn't have them, make you even more attractive than you already are. I hope that someday you will realize how much I do love you. I don't think you know it now. If you did, you wouldn't be doubting me."

Natalie took a deep breath. She leaned into Ben harder, pressing her head against his chest.

"You did choose me, you're right. You could have picked others. I'll never know why you picked me, but you did. Here I am. Here we are. I'm sorry I worried. Please forgive me."

"Please forgive me," Ben countered. "I shouldn't have been so insensitive. There is one other thing I want you to know, however."

"What is that?"

"I was loyal to you last night, not because I was in the company of a dull, unattractive woman of average intelligence... that would have been easy. I was loyal to you in spite of the fact that I was with a very interesting, very attractive woman of very high intelligence. It was still easy enough though, because I have made a promise to you. I can keep that promise not just because I am loyal—I can keep it because you deserve for me to keep it, and because I want to keep it."

Natalie considered that for a moment, then said "Thank you Ben. That really did help."

Ben gently grasped Natalie's left earring between his thumb and forefinger. "This looks familiar," he said, noting the pendulous amethyst bauble set in sterling silver.

"I left the other one in your car that Sunday night. On purpose. Kinda." Natalie tried to smile.

"Marking your territory?" Ben lovingly accused.

"Kinda."

"I put it in the console. You can get it back next time we're in the Audi," Ben said.

"No. I want you to keep it there," Natalie said. "I don't need it."

Ben ran his fingers underneath Natalie's hair and found no earring in her right ear.

"There's really no point in burying an earring in all this hair," Natalie said. "So you've never noticed that I don't wear a right earring... I guess I shouldn't be surprised."

"I really haven't been able to get my hands on you well enough to notice things like that yet, have I?" Ben winked.

343

Natalie looked directly into Ben eyes. "You're learning all kinds of things about me. Lots of things I guess you never knew about me... like my tendency to be jealous... and my insecurities are probably worse than you ever expected... and I'm learning a lot about you too. Thank you for accepting me. Thank you for trusting me like you have... and most of all... for loving me."

"I do love you girl. I can't help but love you. You know that."

"Are you going to be able to stay awake well enough to work today?" Natalie managed a smile. "You've got work from yesterday to catch up on too."

"Black Rifle Coffee. Murdered Out. That'll keep me going," Ben said confidently.

"I'll get some started," Natalie said. "I didn't sleep last night either, so I'll need some too."

Chapter FORTY-FOUR

Steven Billiter arrived at the Rocky Mount Cafe about twenty minutes early. He sat at a small two person table next to the front window, drinking coffee and watching the late January snow flurries meandering through the air. He was waiting on Trooper Andrew Keys to arrive. Keys had asked for a meeting two weeks prior, and Billiter had agreed, but Keys later requested the meeting be postponed for some reason.

When Trooper Keys arrived he was in plain clothes and driving what appeared to be his personal vehicle, a hunter green colored Ford F-150 pickup truck.

"Have you ordered breakfast yet?" Keys asked, extending his hand to Billiter.

"No, I was waiting on you."

After the waitress took their orders, Billiter began. "I've been taken off the Tavenner case. I guess you've been informed of that."

"Yes, I have," Keys said. "I've been asked to have this visit with you anyway."

"Data mining mission." Billiter sipped his coffee.

"Not necessarily," Keys rebutted. "The truth is you work with some really great individuals. I'm not saying every agent in the Bureau is a good person, nor is every trooper with the VSP a good person. But you are in a good place, surrounded by some very sharp and very caring people."

"Caring?"

"Valerie Atwell has spoken quite highly of you. She and another agent and myself had a meeting about the Tavenner group three weeks ago. She mentioned that you had asked for reassignment, and gave no particular reason for that request. She thought if you and I had a man-to-man you'd perhaps be a little more... forthcoming with your reasons for asking for reassignment."

"Valerie didn't reassign me at first, when I asked," Billiter said. "But she began getting the idea that I wasn't trying hard enough. She said my heart wasn't in it anymore, and I told her that she was right. When she asked why, I told her something that initiated an internal investigation. I may end up being let go. Time will tell."

"What did you tell her?"

"I guess she didn't tell you what I told her," Billiter said as he stirred some honey into a small bowl of oatmeal.

"No, she didn't say."

"Well she sent you to squeeze me, so I guess she doesn't care if I tell you what I said."

"Nobody is squeezing anybody." The trooper shook his head.

Billiter sipped his orange juice. "She wanted to know why my heart wasn't in my job anymore... I told her that my heart was very much in my job as far as hunting, catching, and arresting criminals. Then I said that my heart could be back in the Tavenner thing if we found evidence that they were taking out innocent people."

"You put it just like that?" Keys seemed a little surprised.

"I did."

"Wow."

"Yeah. Wow."

Keys processed that admission for a moment. "You're saying that you approve of what Tavenner is doing?"

Billiter was quick with the answer. "We don't have anything solid enough at this point to say what he is, or is not doing. We suspect that his group took out a child trafficker in Maryland several weeks ago. A child trafficker—okay? How excited should we get about collaring the guy who does society such a favor as that?" Billiter was finished with his light breakfast, and was already thinking about what line of work he ought to go into next.

Keys thought carefully. "If we were on a creek bank somewhere, going for some trout, sitting back and enjoying the day, I would answer that question. In this setting, in this official capacity, I can't give you that answer."

Billiter grinned. "I like that answer," he said.

Keys nodded. "I thought you might."

The meeting ended with little more than that. Keys would of course report to Valerie Atwell, and Billiter would continue anticipating the Bureau's actions. He knew what they needed to do. Even if that wasn't what they wanted to do. There were edicts which had to be followed, no matter how right or wrong it seemed to those affected.

The call would come the next day.

"Thank you for joining us Agent Billiter. This is Agent Danner as you know, and Agent Tynes," Valerie Atwell said as Steven Billiter was being seated in a conference room in the Richmond office.

"I have a report to read. The other agents have already reviewed this report, and we are in mutual agreement as to what action must be taken."

Billiter merely nodded.

Atwell began reading the report:

"On August 20th of 2018, Agent Steven Billiter was assigned to a case to discover evidence against Benjamin Smith Tavenner and his associates—they're all named here, I won't read those names... Agent Billiter worked on the case with what the Bureau deemed proper diligence, and after some weeks he was instrumental in finding initial evidence that Tavenner and his associates may have been the ones who killed suspected child trafficker Ando Velasquez in Columbia, Maryland.

"On November 9th Agent Steven Billiter asked to be taken off the Tavenner case. He did not give a specific reason why he wanted to be reassigned. The reassignment was initially denied. After the denial Agent Billiter exhibited behavior that caused his superiors and co-workers to suspect he had been compromised in some way. When asked about this by Special Agent Valerie Atwell, Agent Billiter denied being compromised.

"Another agent--whose name is redacted--reports having followed Agent Billiter on the evening of November 15th to the Black Bear restaurant on Roanoke River Lake. The agent reports that Agent Billiter had a face to face meeting with Benjamin Tavenner at the bar in that restaurant. The meeting, nor its results, were reported by Agent Billiter in his case notes. With this development, Agent Billiter was removed from the Tavenner case.

"When agents connected to the Ando Velasquez murder investigation in the Baltimore office were queried as to the standing of that investigation, they advised that Manuel Velasquez was recanting his initial identification of Morgan Coffey—the Tavenner group operative he had previously indicated he could identify as having been in the Columbia, Maryland area only days before the murder of his brother. When Agent Billiter was informed that Manuel Velasquez had changed his story on Morgan Coffey he seemed neither surprised nor interested.

"On January 24th of this year, at the Bureau's request, Virginia State Trooper Andrew Keys met with Agent Billiter at a cafe in Rocky Mount, Virginia. During this meeting, Agent Billiter reaffirmed his position that his lack of zeal for pursuing Tavenner and his associates was based on the nature of Tavenner's presumed victims--felonious criminals.

"Two meetings were held by supervisory agents to discuss the findings mentioned above. The recommendations of the supervisory agents are attached to this document."

Atwell finished reading, then looked at Billiter. "Do you deny any of the points of this report."

"No."

"Would you like to add any information to what has been said? Wouldn't you like to inform the Bureau of the nature of your meeting with Ben Tavenner?"

"No, it was just a personal meeting. A chance encounter. I don't have anything to add."

Valerie Atwell looked at the other two agents present. They both just dropped their heads. She then solemnly spoke.

"Steven Billiter, it is my duty to inform you that as of today, you are no longer in the employment of the Federal Bureau of Investigation. This is a sad occasion, I mean that sincerely. You'll need to out-process. I suggest using the remainder of this day to complete that procedure. Here is the form you will need to fill out. There is a checklist of activities to complete before you get your final check and any other compensation due you."

Valerie Atwell ended the meeting, and dismissed the other two agents.

"Stay here a moment, if you will," she asked Billiter. "Close the door..."

"I want you to know that I personally have no animus toward you," Atwell said. "I understand how Tavenner works. We have just recently been subjected to another dose of his antics, in fact. It won't last forever. We will catch up with him at some point. You have been a very good agent. You were a cut above, I mean that. I hate what Tavenner has done to you, whatever that might be. I trust that you'll do well in whatever you pursue from this point forward."

"Thank you for the kind words," Billiter said. "I know you only did what you had to do. I don't take it personally. It's been a pleasure working with you."

Steven Billiter shook hands with his former boss and began out processing. There was equipment to be turned in, paperwork to be filled out, and a few goodbyes to be said to those agents he had known from the Richmond office. He would get a courtesy ride home to Lynchburg from one of those agents, his trusted friend Calvin Ecker. There was time for much conversation on the drive to Lynchburg. Ecker wasted no time pressing his friend as to the reason that he was fired.

"It was the meeting with Tavenner that did me in. I didn't report it," Billiter said. "I didn't really think it mattered that much. But someone with the Bureau had apparently been following me. I didn't realize that until today."

"Do you think you know who that was?" Ecker wondered.

"Yeah."

"There shouldn't be any harm in letting me in on that at this point," Ecker said.

"Sarver. It had to be Sarver. And I'm sure he wasn't even asked to follow me around, he just decided to do it. Valerie wouldn't have ordered him to do that. I'm not saying he was wrong... I'm just thinking that if he had minded his own business I wouldn't have been fired."

"Yeah. I haven't ever liked that guy," Ecker said.

"I don't know what I'm going to tell Cyndi. She's going to be pretty upset."

"I'm sure things will work out in some way or another. Just hang in there and never give up. What do you think you might do? I mean, you said you knew you might be getting fired. I guess you've thought of some options, right?"

"I'm not sure. I have some severance and a little time to be paid out, I didn't lose that thankfully. I'll have some time to come up with some kind of plan by spring I guess."

Chapter FORTY-FIVE

The skin was split from the crown of the head, down the back of the neck, then all the way down to the waistline. That portion of skin, plus the skull of Frank Rayner were the only parts needed to complete the trophy for Las Vegas hotel and casino owner Victor Chandler.

Chandler had been known to the three doctors for more than five years. When in Vegas, they typically stayed at his hotel, and played some poker and blackjack in the hotel's casino. The casino also boasted four rows of slot machines. Chuck Zimmerman had in fact collected a very nice payout on the 100 dollar per token machine on his most recent trip to Vegas. It was the morning of the Friday that he and the other two doctors met with the punk rocker gal at the small cafe. Chuck had won 800,000 dollars in cash. It would be shipped back to Virginia, 2nd Day

Air by UPS, insured for only two thousand dollars—just enough to keep the carrier's attention on proper handling and delivery. Zimmerman had collected the payout in the casino office without any fanfare. He put the cash into a large UPS mailer, and used the office computer to purchase and print the shipping label for the package. The box was left with the outgoing parcels to be picked up by the UPS route driver later that day. The tracking number indicated that the package was en route to Priscilla Temple's address in Virginia by the next morning.

"I still don't see how you do that," Melvin Lemons said as he came down the ladder to the trophy and taxidermy room.

"These are not humans," Morgan stated matter-of-factly. "These are sub-humans. See the difference?"

"Subhuman, yeah... got it," Lemons smiled. The odor in the room was noxious. The skin and skull of Frank Raynor was soaking in a tub which contained a chemical mixture that would pollute the DNA of the tissue to the point that it would be useless for such testing purposes. Slight alterations to the geometry of the skull would also be made, further concealing the identity of the individual in the display. The remainder of the body would be incinerated in a kiln. The ashes would be disposed of in various places, never in the same manner or location. Sometimes they'd just be poured out along the highway, or scattered across a vacant gravel parking lot, or thrown from a river bridge into the water. The ashes from Frank Raynor's body would be dumped into the lake later that day as Sterling and Lemons used Ben's bass boat to fish for stripers.

Raynor had been taken in Bristol, Tennessee on the fifth day of the three doctor's most recent visit to Las Vegas. Victor Chandler had carefully manipulated one of his own slot machines to payout big during the time period that Chuck Zimmerman would be on it. When the correct sequence of twenty, fifty, and one-hundred dollar tokens were played, the machine paid out the large jackpot. Payment for the harvest hunt, yes.

This was Chandler's second kill with the group, and he had chosen to do a harvest kill. Frank Raynor would be the first target taken from the Emory Sloan list. Priscilla Temple knew that Raynor had moved to Bristol, Tennessee shortly after being acquitted of the murder of Culpepper County Deputy Darrell Clevinger. The case had drawn a lot of attention. The 1911 model 45 ACP pistol which Raynor used on the deputy was found on his person as he sat behind the wheel of the deputy's police cruiser with a mixture of alcohol and cocaine coursing through his veins. He was trying to figure out how to get the shifter into "drive." He hadn't know of the secret foot switch which locked the transmission in "park" and was therefore unable to leave the scene in the police car.

Deputy Clevinger had spotted Raynor sitting on the guardrail of county route 706 in near freezing weather that winter. When he approached Raynor to check on his well being, Raynor pulled out a pistol and shot the deputy five times. Two of the bullets were caught by Clevinger's vest, but three of them hit him below the vest. Clevinger bled to death before he could be transported to the hospital.

Unbeknownst to investigators, Raynor had switched the barrel in the 1911 pistol for another one he had in his possession before any authorities arrived on the scene. He had gotten the idea from a movie, and was in the habit of carrying the extra barrel with him. In an act of gross negligence on the part of the lead investigator, no ballistics tests were done on the pistol. When the case had come to trial, Raynor denied being the one who shot Deputy Clevinger. There was no body camera video of the murder as Clevinger had not been issued such equipment. The forward facing camera on the police car had not captured the shooting either, as Clevinger had parked just beyond Raynor when he pulled over to check on him.

When Raynor had found himself unable to drive away in the police car, he went out and located each of the shell casings from his pistol, using the deputy's own flashlight. Police looked the entire area over for the shell casings--even using dogs--but they never found them. Raynor had simply put them one by one into the gas tank of the police cruiser. Finding that he could not get the pistol barrel to fit into the gas tank's opening, he opened the left rear door of the cruiser, pulled back the interior panel slightly, and dropped the barrel inside the door. Even after that police cruiser was reassigned to another deputy--then ultimately retired to the scrap yard--the pistol barrel rested quietly in the crevice inside the car's door, and the shell casings remained in the gas tank, undetected.

In the trial, Raynor admitted that the 45 ACP pistol which had been entered into evidence was his, and that he had fired the gun earlier on the day of Deputy Clevinger's murder. This was how the defense explained the powder residue which had been found on Raynor's hands. The defense claimed that someone else must have fired the fatal shots. Raynor lied and said there was another person whom he did not know on the scene who also had a 45 caliber pistol. Raynor's attorney requested ballistics comparisons on the bullets from the murder and Raynor's gun. The court was surprised that ballistics data had not already been obtained and entered into evidence. A two day recess was called, during which time the ballistics test was performed. When the data came in, Raynor's pistol was found not to be a match for the slugs which killed Deputy Clevinger.

After Raynor was acquitted, the thirty-seven year old meth-addicted loser moved to Bristol, Tennessee to live with his mother and her second husband.

Nearly two years after the trial of Frank Raynor, a rookie deputy who had become interested in the case traveled--on a hunch--to the junkyard where the police cruiser which Clevinger had been driving the night he was killed was being stored. The deputy cut through the fuel tank using a chisel and tin snips. Inside the tank he found the five shell casings. The deputy was convinced that a second pistol barrel had been used by Raynor to foil ballistics tests. If Raynor had thrown the barrel into the woods, the dogs would have likely found it. Figuring that the barrel might have been in the gas tank also, but not finding it, he assumed that it was too large to fit into the filler port of the tank. Perhaps Raynor had hidden the barrel somewhere else on the car? After thinking about it overnight, the deputy went back to the junkyard and found the pistol barrel inside the left rear door of the cruiser. Raynor had been handcuffed and was sitting in the back of the cruiser that night, only inches from the hidden pistol barrel. The gunpowder scent of the barrel merely blended in with the powder on Raynor's hands and clothing. The dogs did not detect the difference.

Emory Sloan had been attorney general for the commonwealth during that time, and the finding was brought to his attention by Culpepper County sheriff Justin Doss, who had known Emory for many years. With a heavy heart, Sloan had to confirm to Doss what he had already been told by the Culpepper County Commonwealth's Attorney: Nothing could be done with this newfound evidence since Raynor had already been tried and acquitted for the murder of Deputy Darrell Clevinger.

Victor Chandler had a younger brother who had been killed in the line of duty while he was serving as a Las Vegas city police officer. That slaying had gone unsolved, though some five years later it was still under investigation. When Ben approached Chandler with the proposal for a harvest hunt to take down a cop killer, Chandler was immediately "good to go" he had said.

Sterling, Coffey, and Lemons met up with Chandler near Rural Retreat, Virginia. Chandler had hired a turboprop plane to take him to Mountain Empire Airport, where he was picked up by the field crew. They continued from there on to Bristol, Tennessee about forty-five minutes away.

Sterling and Coffey were in the armored Suburban, and Lemons was in secure radio range driving a white GMC 1500 4x4 pickup truck with a canopy, purchased from a lucky fellow who would mysteriously get the truck back in two or three days. They had chosen a four wheel drive truck on the off chance that snow or sleet would fall on the dirt road into the hunting camp before they returned.

Once in the city, Sterling parked the Suburban near the residence where Raynor had been staying. Lemons was parked a couple blocks away at a corner convenience store in the pickup truck. The field crew had already scoped out the location. Raynor typically traveled by bumming rides with his mother, step-father, or miscreant friends he had made in the street drug culture. The crew surmised that Raynor was not likely at home during the late afternoon, so they drove to a position about 200 yards away from the street corner and watched. They did not want to take down Raynor until after dark—especially if the deed were to be done in a residential neighborhood. It was acknowledged that the crew and their client may have to retreat for a day in the event that Raynor didn't show up on that evening.

When Raynor did show up, he was driven all the way up the long hill to the residence and let out of the car there. He was limping for some reason, and had presumably convinced the driver to take him up the hill to the house.

"We need to catch him coming out rather than going in," Morgan said.

"Yeah," Outlaw agreed.

The crew and their client all stayed in a cheap motel about thirty miles south of Bristol that night. The following day they found a discreet location to view the residence from by spotting scope, watching for Raynor to leave the house. They were actually close to 1500 yards away, but with the Athlon Cronus TAC spotting scope on 42 power, it was easy to monitor the home--even while looking through the Suburban's tinted windows. Lemons had parked the pickup truck about a quarter mile away in a drug store parking lot, and had joined Sterling, Coffey, and Victor Chandler in the Suburban. They would stop and get the truck when they began their move.

Raynor did not leave until after 4:00pm. When he did, he was walking.

"Let's move," Outlaw said as he started up the Suburban.

"We may be taking this one on the street," Morgan said to Chandler as the Suburban pulled out. Chandler merely nodded. He was snapping the Speidel flexible watchband on his wristwatch over and over. A bit nervous, as would be expected.

Sterling dropped Lemons off to get the truck. They turned on their handheld radios so they could stay in contact.

"That's him," Coffey said over the radio as she got a glimpse of Raynor walking on the street parallel to the one the Suburban was using.

"I agree," Melvin Lemons confirmed by radio. He had been driving on the same street that Raynor was walking down, and had passed by him very closely. Lemons traveled on three blocks and doubled back.

"We'll go past him in the other direction, then circle a block or two and come back. We don't want to take him anywhere in this neighborhood. Too much daylight," Sterling said.

The crew dropped back from Raynor about five blocks, just keeping him in sight. They decided to monitor his movement alternately from behind, then from in front. They circled blocks and used side streets to keep him in sight. He wasn't limping at all. "Probably faked his injury for some reason... probably to get a ride on up the hill there yesterday," Outlaw commented.

Raynor went to a residence about a half mile from where he was staying, and knocked on the door. He was let inside. The crew continued to watch from a distance.

"We're going to lay back and watch until he comes out," Sterling said over the radio.

"Copy," Lemons replied. "I'll park a couple streets away."

Twenty minutes later Raynor and a youngish, heavy-set woman came out of the residence. They got into her battered Chrysler minivan. They seemed to be arguing about something as they sat in the vehicle. The van pulled out eight minutes later and headed out of town toward I-81. Whey they arrived at the junction with the interstate, Raynor was let out of the van near the northbound entrance ramp. He wasted no time producing a cardboard sign from inside his jacket which read: "Homeless. Anything helps. God bless."

While the crew waited at a nearby convenience store for winter's early darkness to fully set in, Morgan used her laptop to study the interstate camera views of the location where the "homeless" man was set up. "We should be good," she reported. "As long as he stays in that position, we'll be out of the camera shot."

Fifteen minutes later the Suburban pulled up next to Raynor and stopped. By watching the flow of traffic, Sterling was able to time the arrival to Raynor's position in such a way that the crew would have at least thirty seconds of privacy on the interstate ramp before a car might drive past. Morgan opened the side door from the second seat back and yelled "Hey there!" Raynor turned around and was met with a high velocity varmint bullet from the oft used Ruger Mini-14 being operated by Victor Chandler. The round struck Raynor in the chest as planned. The white GMC truck Melvin Lemons had been driving was on the scene just as Raynor's body flopped like a vacated sock puppet to the ground. Lemons parked the truck in front of the Suburban so the large SUV would provide some cover as he and Sterling bagged Raynor's body and got it into the truck bed and closed the canopy door. The cell phone he had been carrying was tossed into the ditch.

"Nineteen seconds," Morgan congratulated as they sped away from the scene. "From the time we stopped until we were on our ways, nineteen seconds."

"The way I had it figured by watching the traffic lights, we had at least ten seconds to spare before any other cars came onto the ramp," Outlaw said.

"That definitely happened fast," fifty-five year old Victor Chandler said, still pumped full of adrenaline. "Man!"

More than 2000 miles away in Las Vegas the time was 2:15pm. Priscilla the punk rocker had just sat down for her meeting with the three doctors. Momentarily, Ben got a notification on his expendable phone that "Connie Pennington" had "liked" the post he had made about wild geese. Morgan was just letting him know that Victor Chandler's hunt had been successful.

The trip back to the hunting camp was uneventful. Raynor was listed as a missing person by his mother four days later.

Chapter FORTY-SIX

"I guess now that you mention it, I do remember seeing you and your sister at the New Yorker in Roanoke," Ethan Sarver said.

What Sarver did not know is that his cover had been blown days before when Ben had met with Natalie and Emily at their townhouse to let them know what was going on. He also shared the plans for the Las Vegas caper, as he called it. Emily had been scared at first, but found solace in Ben's comforting counsel. It had been decided that they would all go on as if they didn't realize that Ethan was in fact an FBI agent trying to get an angle of one sort or another against Ben and his group. Emily had purposely dropped the nugget of information about Ben going to the Shot Show right into Ethan's lap two weeks earlier.

"Yeah, we definitely remember seeing you there," Emily said as they walked back to the hangar after finishing the day's flight lesson. Sarver had done very well in the class, and was quite close to having his pilot's license.

"What happened to your sister's eye?" Sarver had to ask.

"Motorcycle wreck," Emily said.

"Is it getting better?"

"No. It's gone. She lost it over eight years ago." Emily quickened her stride a bit. She removed the tortoise-shell clasp she was using to hold her hair back from her face, letting her brown curls fall to their usual places.

"Bummer," Sarver heartlessly remarked. "So when are you going to go out to dinner with me? I'm close enough to finishing the class. You know I'm going to pass already, right?" The merit of Ethan Sarver's good looks was forever being offset by his total lack of humility. But he was certainly sincere in his desire to get a date with Emily. Sarver had gotten a bit beside himself over Emily Darden. He figured she was clear of any of Tavenner's dealings, so to his way of thinking he might be able to land a new love interest and collar some crooks all in one venture.

"Pretty sure of yourself, huh?" Emily smirked. "Okay then... how about Saturday? I'm working early Saturday morning but I'm off for the evening."

"That sounds great," Sarver said. "What time?"

"Around six-thirty to seven should be good. And I get to pick where we eat—okay?" Emily smiled.

"Okay, I will definitely be looking forward to it. You'll need to give me your phone number so I can call you and get your address, of course." Ethan Sarver really was exited. Emily almost felt sorry for him.

"I'll text it to you later, I have your number remember?" Emily said.

"Okay, I'll be looking for that." Ethan said.

The next day, Emily texted Ethan Sarver and gave him her address. He agreed to pick her up at 6:30pm Saturday.

When Ethan arrived, he was again driving the blue Honda Ridgeline. Nothing about it would have caused anyone to think it was an FBI vehicle. He considered his date with Emily to be mostly official business, so he believed using the Ridgeline was justifiable. He felt slightly under dressed in his khaki trousers with a woven brown belt, turquoise pullover shirt and brown suede hiking boots when he saw Emily. She was wearing a 50's pattern red cotton dress with a thin black patent belt, black tights and red Cutiepie pumps.

"You look really good," Ethan said. "So... where are we going?"

"Thank you. I want to go to the Black Bear if that's okay. Do you know where it is?"

"Uhhh... yeah, I know where it is," Ethan nearly stammered. He hadn't anticipated going to the Black Bear. Hopefully he wouldn't see Tavenner or any of his bunch there. Ben Tavenner almost certainly knew who he was, as Priscilla Temple had called him by name that night in Indianapolis. How else would she have known except through Ben?

When Ethan and Emily got to the Black Bear and went inside, Emily smiled and said "Look! Natalie and Ben! Let's go say hello!"

Sarver felt like a school boy being led by his ear to the principal's office when Emily excitedly grabbed his hand and pulled him, with quick and long strides in the direction of the table where Ben and Natalie had already been seated.

"Hey guys, this is Ethan, a student pilot I'm working with. Ethan, this is my sister Natalie and her fiance Ben."

"Nice to meet you," Sarver said, struggling to keep his cool. Ben had stood up and extended his hand to Sarver. The two shook hands.

Ethan's mind was reeling. "Does he know who I am?" he wondered. "Is it remotely possible that he doesn't know me? Maybe that Priscilla bitch really was psychic after all? He sure doesn't seem like he's surprised..."

"You two are certainly welcome to join us at this table. We haven't even ordered yet," Ben said.

"Oh yes!" Emily exclaimed. "This will be great!"

Ethan wasn't asked for his opinion on the arrangement at all. Emily took a seat next to Natalie, leaving Ethan to sit down with Emily to his right, and Ben to his left. Ethan Sarver's Saturday night date had just become an awkward disaster. He would somehow have to endure it.

The subconscious mind is a very powerful thing. It can know things that the conscious mind isn't even vaguely aware of. Subconsciously, Ethan Sarver already knew that the man he was about to sit down with knew who he really was. But there are words... there are phrases, and intonations and even frequencies of those certain words and phrases that soothe the subconscious mind, putting it at ease... making it question itself for a moment, then lulling it away from the truth it had been holding. Ben Tavenner was a master at the use of what he called "casual subconscious manipulation." He would quickly and easily convince Sarver that his cover was not blown. He would do this in the most seemingly accidental of ways. A slight nod of the head... carefully selected and spoken words... direct but curious eye contact... a two-handed handshake for the agent... and it of course worked. Sarver was relieved that Ben did not seem to know who he was.

Natalie was very kind as she and Emily talked about seeing Ethan that day at the New Yorker Delicatessen.

"You didn't remember him, I remembered him. When you showed me the selfie of you two, I remembered him." Natalie truly did want to make it clear that it was her, rather than Emily who made the connection by remembering Ethan's face.

"Yes, that's right," Emily conceded.

"I'm good with details," Natalie said, then pointing to her eye added, "Twenty-ten vision out of this looker, right Ben?"

"True," Ben smiled. "Twice as good as perfect."

"Bragger," Emily laughed.

"So what kind of work do you do?" Ben asked Sarver.

"I work for the government, proof reading defense contracts and researching documents."

"At the Pentagon?" Ben queried.

"No, I work in an office in Richmond. It's a ninety minute commute each way, but I need to stay with my mother to help take care of her. She

371

was injured very badly in a car wreck."

"I'm sorry to hear that," Ben said. "It's good of you to look after your mother."

"And your line of work?" Ethan asked.

"Eye doctor and part time shrink... if you can believe that," Ben laughed.

The server came to the table and took the orders. As usual, Natalie and Emily ordered the same dish. This time it was crusted lemon chicken served over angel hair pasta with spinach, sun dried tomatoes and garlic butter.

"Get the porterhouse steak," Ben said to Ethan. "It's well worth the money. And this tab is on me anyway. Order up."

"Goodness no," Ethan said. "I came prepared to treat Emily. I had no intention of crashing yours and Natalie's dinner date."

"Not at all," Ben said. "It's good to have you two with us." Ben looked at the waiter and said, "He'll have the porterhouse too... medium-well?" he looked at Ethan. "Right?"

"Actually... yes. Medium-well," Sarver confirmed.

The dinner went seemingly well. Natalie and Emily quite typically withdrew into one another, leaving Ethan and Ben to find things to talk about. Ben learned of Ethan's interest in British motorcycles, and they found good conversation on that subject. When Ethan found out that Ben owned a 1970 Boss Mustang, he was sincerely interested in that, and had a lot of questions. With the help of good conversation and a wine buzz from four glasses of port, Ethan was letting himself forget exactly who it was he was talking to. He was by now fully convinced that Ben Tavenner really didn't know who he was, and he was feeling very relieved. Before Ethan knew it, he had somehow agreed to a bass fishing trip on the lake with Ben.

"Can we go too?" Emily wanted to know.

"Go where?" Natalie hadn't been listening.

"Fishing. Ben and Ethan are going on a fishing trip on the lake."

"Really?" Natalie raised her eyebrow.

"You guys would have to stay out of the way... but sure, you could go with us. Right Ethan?" Ben smiled.

"Stay out of the way he says," Natalie mumbled, shaking her head.

"Fine by me," Ethan said, still sipping wine. He actually smiled.

The dinner ended with the agreement that Emily would drive Ethan in his Ridgeline back to the girls' townhouse, with Ben driving Natalie back there as well. Ben and Natalie arrived first, and Natalie, per Ben's suggestion, started brewing a pot of coffee.

"So you think he's buzzed?" Natalie said as she poured the water into the coffee maker.

"Oh yeah," Ben said. "He's feeling it. He's buzzed enough to let Emily drive that vehicle which he isn't supposed to do. Seems like maybe the norm for these guys." Ben was recalling with some amusement Steven Billiter's imbibing at the Black Bear bar some weeks before.

Emily and Ethan arrived a few minutes later. Both couples retired to the plush seating in the living room, each with their own cup of coffee.

Conversation was mixed and a bit chaotic for the first few minutes. Emily in spite of herself seemed almost to forget who Ethan was—and she certainly *knew* who Ethan was. But Emily very much wanted a relationship. Even if it was just pretend for the evening, it would be better than nothing. No?

"So you drive ninety minutes to and from Richmond each day?" Ben asked Ethan.

"Yes," Ethan said. "It's not as bad as it seems. I don't mind driving so much. It's time to think, listen to music or podcasts... you know. And it's a government vehicle so that helps too."

"Sure," Ben said. "Driving can be relaxing if traffic isn't so bad. Do you run the interstates mainly?"

"Yes, 81 and 64," Ethan answered. "It's the fastest way."

"Interstate 81 is packed with eighteen-wheelers almost all the time these days," Ben commented.

"It is for sure," Ethan agreed.

"After nine o'clock at night 81 gets as jammed up as a truck stop parking lot," Ben continued.

"Yeah... pretty much," Ethan agreed.

Ben's hand was on his coffee mug which was sitting on the end table next to his chair. He was looking at the mug as he turned it slightly about. He studied the image of a sparrow on that mug. "And you want to see a total cluster jerk of a mess, let me tell you... a busy truck stop parking lot at night is about as bad as it gets," Ben said as he turned his eyes to Ethan's.

Ethan was hit hard by Ben's knowing gaze. His eyes widened. His heart rate instantly doubled. His right hand moved to his side, seeming to grope for a pistol that wasn't there.

"You're safe Agent Sarver," Ben said after a pall of silence. "You're perfectly safe."

Ethan Sarver had no words. He opened his mouth to say something, but closed it quickly. He could feel the sweat from his armpits bursting through the antiperspirant he'd put on only three hours earlier. Finally, he managed to utter what he would later deem was nothing less than pathetic.

"Am I free to go now?"

Ben tried not to laugh. "Yes, if you'd like to."

Sarver stood up to leave, and shot a brief look of desperation at Emily. She seemed to reflect the emotion, but quickly bristled up and looked back at Ben with her left eye, her hair hanging over her right.

Without a word Sarver left the townhouse, closing the front door behind himself.

"Looks like the fishing trip is a bust," Ben smirked.

Chapter FORTY-SEVEN

Ben had finished with his last patient for Friday. He stood looking out the second floor window of the building which housed his psychoanalysis practice. The view of downtown Roanoke was stimulating from that vantage point. The city lights were glowing, and headlights and taillights moved about the streets.

Ben owned the whole building. He had leased the first floor to an ENT, that is an ear, nose and throat doctor who had his practice there. When that doctor decided to retire, Ben left the first floor of the building vacant for a time. He wanted to be sure he chose the correct tenant. The money wasn't particularly needed, so he had plenty of time to bide.

The office building was actually a nineteenth century large brick home which had been converted for commercial use decades earlier. There was an outside staircase which led up to the office door of Ben's practice.

The meeting had been called for 6:00pm. That would give Ben time to finish with the last of five patients he would be seeing that day. He ran the practice on his own, without even a secretary present. The general office paperwork and email communications were handled off site by Natalie.

At 5:30pm, a car turned from Seventh Street onto the short, one-lane driveway leading to the office building. The driver's side headlight wasn't working. As the car drew closer and parked, Ben realized it was Priscilla Temple arriving thirty minutes early.

"Your left headlight is out," Ben said when Priscilla came through the upstairs office door.

"I know. Ten days and a birdbath can do that sort of thing," she said dryly as she removed her long wool coat and hung it on the coat rack.

"What?" Ben hoped that Priscilla was sober.

"I'm sober," she said discerningly.

"Sit down," Ben invited. They each took a chair in the waiting room.

"Did you say ten days and a..."

"Birdbath, yes," Priscilla finished. She looked at Ben intently... then sadly.

"Talk to me," Ben said, pushing himself back into the comfort of the chair.

Priscilla thought a moment, then began.

"I had such an amazing time on the Vegas thing. I just... couldn't get over how much fun that was. I thought about it so much afterward. It was so exhilarating... especially after you picked me up and I knew everything was okay. Of course not being sure that everything would be okay was part of the fun too."

Priscilla stood up and began pacing around the small waiting room. She was wearing a short skirted dark brown business suit and sling-back platform pumps with what had to be six inch heels. When she saw Ben looking at her shoes she said "Jimmy Choo. Do you like them? I'm not trying to be your girlfriend, Ben. I dress this way anyway. I'm five-three. I hate being short if you must know. I even dress this way when I stay home by myself all day, which happens a lot more often than I care to admit."

"Go on," Ben used a phrase he'd uttered dozens of times that day already.

"But I do want to be your friend. Not your girlfriend, but definitely your friend.... I turned sixty on the way back from Vegas. I didn't even stop to think about it being my birthday. It didn't really matter. I was having so much fun. I'm not worried about being sixty. I'm not afraid of getting older," Priscilla said. And after a short pause she added "But I am afraid of having nothing to do, and no one to talk to."

"I understand," Ben said.

"So..." Priscilla continued, still pacing around the room in those impossible shoes, "for days, I didn't hear from you or any of the others. I worried that you really didn't need me. I thought maybe you just used me that one time. I believe I'm a pretty intuitive person. I think you agree with that don't you?"

"I do," Ben said, recalling that night around the dinner table at the Black Bear. "And you may in fact be the most acutely intelligent person I've ever met. Not trying to flatter you, just stating the fact."

But Priscilla was flattered, and she managed a slight smile.

"You called me this morning to invite me here for some kind of meeting. It made my day. It made my last ten days, actually. By the way I brought that package from Vegas, it's in my trunk. I sort of figured one or another of you would be interested in picking up that box way before now, but apparently not. I guess I'm not always right."

"We knew it was in safe hands," Ben said, then added, "A hundred grand of that is yours, by the way."

Priscilla didn't even blink. "I would have given twice that much just to have heard from you by day three."

Ben realized he had committed a foolish oversight when it came to Priscilla. Emory's letter had laid out the situation. Priscilla needed excitement. She didn't need to be left without something fun and interesting to do. She was one-hundred percent "in" as far as what the Tavenner group was doing. She wanted to be a part of it. And in fact, she would have to be a part of it. She knew a lot. She knew more than enough. But Ben's desire to involve Priscilla hadn't come from some fear that she would go to the police against him. He knew that she wasn't that kind of person at all, and he also knew that her love for Emory was strong enough that she simply would not do that to his memory either.

Ben wanted to include Priscilla because she was obviously a valuable asset. It was just that simple. He felt awful for not staying in touch with her. Time had been passing so quickly... he could barely believe it had been ten days since Vegas. But it had now been eleven.

"I will give you my word that this won't happen again. Once you get to know me better—not that you don't know me pretty well now—but once you get to know me even better, you'll see that I am someone who doesn't react very quickly to change in my life," Ben said. "It's a character flaw, I guess you could say."

Priscilla slowed down the pacing... then she chose a chair across from Ben and sat down. Her haunting gray eyes were at peace, not at all as they were when she first arrived.

"So why are we here?" she asked. She wasn't looking at Ben. She was surveying a run in her stocking on her left ankle.

"I'll tell you in a moment," Ben said. "I want to use what bit of time we may have left here, just you and me, to let you know some things."

Priscilla sat back in her chair, raised her eyebrows, re-crossed her legs and looked at Ben. Here was a place one never wanted to be for very long... in what Ben would later call the "gray zone"... locked into Priscilla's hypnotic gaze. It could be... excruciating.

"I want to make sure that you don't underestimate yourself. I think that you might vacillate between feeling suicidal, and then feeling like you're queen of the world. Both of those perspectives are parts of the same woman. I'm sure you read everything Emory wrote in that letter to me, right?"

"I edited it for him," Priscilla winked. "*Queen*, you said... interesting."

"I figured as much," Ben continued. "So what is your take on Emory's caution to me that you could be suicidal if you found yourself in the wrong set of circumstances?"

Priscilla twitched her left nostril. "I told you I edited the letter. And I typed the letter. I could have taken that part out if I had disagreed with it. But I'm holding nothing over you at all. I'm not a despicable weakling."

"I know you're not a manipulator. Actually, you fascinate me, you truly do," Ben said.

Priscilla merely smiled.

"One last thing before the individual we're meeting with gets here," Ben said... then he stopped a moment as if he were questioning whether he should say what was on his mind... but it was too late, of course. The accidental dramatic pause had already heightened Priscilla's curiosity. Ben was back in the gray zone.

"You really can test a man's loyalty to his lady," Ben continued. "You talked about that the night with Chuck and Bronson at dinner. You said something about untested loyalty wasn't really loyalty at all... and you're right of course... so... you really did test mine on the trip back from Indy. I'm telling you that because I want you to remember it... so when a moment of self doubt comes around... you don't let it get to you. I was loyal, as you know. But I was definitely being tested. It really wasn't easy. And... quite honestly it's not easy right now either."

"If it makes you feel any better," Priscilla said, "You'd be testing my loyalty as well, if I still had someone to be loyal to." She looked away from Ben, the sadness which had been on her face just a few minutes earlier was threatening to return.

"But what's this about a... birdbath?" Ben wanted to know.

"Ten days and a birdbath... yes," Priscilla began. "I had a BMW before I got this Cadillac. You probably don't remember... The BMW was a stick shift. The Caddy isn't. I've had this car for over a year now... I just had it serviced and inspected last week. You'd think I would know? Wouldn't you? But Ben, I can't even remember where I had gone. I apparently parked my car in front of the house like I often do if I'm planning on going right back out. I would just leave the BMW in gear and it would stay there. I came outside yesterday morning and didn't see my car. I had my phone in my hand, ready to call the police when I... did see my car... down at the bottom of the hill. You can't leave an automatic transmission in 'drive' when you park the car... and I already knew that... You didn't talk to me for ten days... I found things to do, I guess... and my car rolled off and hit that steel birdbath at the bottom of the hill."

Almost against his better judgment, Ben stood up and offered a hug to his peculiar—to use Emory's word—*friend*. Priscilla accepted. "Friends, always," Ben said. "Yes, friends... always," Priscilla answered. "I need friends."

The sound of a heavy pickup truck's diesel engine could be heard outside. The intimidating size and sound of the Banks turbo equipped Cummins powered Dodge truck on its suspension lift and thirty-five inch tires had been part of what scared the intentions out of Manny Velasquez a few weeks prior. Ben went to the window and looked out. The man parked the truck and came up the stairs. Ben met him at the door.

"Come in Steve," Ben said. "I want you to meet my friend Priscilla Temple. Priscilla, this is Steven Billiter."

"Honored," Priscilla took hold of Steve's hand.

"Same," Steve said.

"We should get some coffee going. Give me a moment," Ben said.

"Let me do that," Priscilla said. "I'm not so much of a 'queen' I can't earn my keep here," she cast a sidelong glance at Ben. Priscilla was genuinely excited about what Ben's idea was.

"The coffee station is in the little room on the right, just down the hallway," Ben said.

"I didn't see a tray back there. You guys will have to serve yourselves," Priscilla said when she emerged from the tiny kitchenette holding her own steaming mug. She'd chosen a black mug with the red Ruger Firearms insignia—the rising phoenix.

"I'll get ours," Ben said. "Cream or sugar?"

"I'll take it black," Billiter said.

A moment later the three were seated near the coffee table in the waiting room. Priscilla and Steve were both looking at Ben.

"I appreciate you both coming here for this meeting," Ben began. "I want to make a proposal of sorts, and get your impressions. We can adjust the arrangement as needed, if you're each willing to give this thing a try."

"I'm excited," Priscilla said.

Billiter just listened.

"Steve, let me start with you. I know that you've left the FBI, and I also know that I am very much responsible—though it wasn't my intention—for that happening. You live in Lynchburg, about an hour from here. Driving time is an excellent time to think, as I'm sure you're aware. In my short time of knowing you, I have become aware of your skill at, shall we say 'searching out a matter.' It's certainly well above the norm. The FBI lost an excellent agent when they let you go."

Priscilla was a bit shocked at the mention of the federal agency and her eyebrows raised as she looked alternately at Ben and Steven Billiter.

"What I'm proposing to you, Steve, is this office." Ben raised his right hand, index finger in the air, pointing around the room. "I've been using this place for my psych patients, but a couple of them are not able to negotiate those stairs so well anymore. I want to move my practice downstairs, and leave this place with the great view of the city for your business."

"Whose business?" Steve was curious.

"Your business," Ben said. "Your skills at solving crimes and searching out matters are too great to go to waste. I hope you will agree to open up your own private detective business, using this office in Roanoke as your primary location."

"And just do stuff for you all the time?" Billiter's eyes narrowed a

387

bit.

"No, not at all," Ben clarified. "We would give you work—no doubt about that. But you'll be in charge of your own business. If you pay the rent on this place, you can refuse us completely if you choose to do that. But I don't think you will. We compensate our help extremely well," Ben winked.

Billiter thought about that last statement. Then he asked, "How much is the rent on this office?"

"It's eleven hundred a month, but if you'll cover some work for us here and there, that'll be waived. I own this building, so I can handle it that way," Ben said.

"So I do mostly my own thing, and some here and there for you, right?"

"That's it. What I want to do, and I'm doing this because I feel responsible for creating a lot of chaos and upset in your life... what I want to do is have you use this office rent free for the rest of this year. We're just barely into February so that's a good head start. I am also going to grant you a significant amount of money toward keeping your bills paid at home, and getting advertising out, and so forth."

"A significant amount of money? A grant? How much are you

talking about?"

"It's a grant, not to be paid back. Your FBI salary would have been around eighty thousand dollars this year. I'll be giving you that amount, in cash of course, on a hand shake. It is not only my way of apologizing to you and your family—it's also my way of setting up a very good detective that I know will prosper in this city. The rest of them are drones, believe me, I've tried them all."

"Wow." Billiter was stunned. "And where does she come in?" He looked at Priscilla.

"Yes, Ben, I was pondering that myself," Priscilla said. She was actually touching up her lipstick using the mirror of her compact. She wasn't looking at either one of the men.

"A good detective needs help. Sometimes a little, sometimes a lot. That can—as I'm sure Steve will concede—be the difference between solving a case or not. Good help is critical. Priscilla, you stay up at all hours of the night I know. And I've worked with you enough to be able to heartily recommend you to Steve here. I'll need your help too of course, and you're well aware of the potential nature of such help, but we will work that out around the Billiter Detective Agency's schedule." Ben looked at Steve.

"I like it. How could I not. Believe it or not, this line of work is exactly what I was planning on getting into anyway. Matter of fact I've already applied for my private investigator's license. I guess you read my mind Ben." Steve seemed very grateful.

"I hoped you'd feel that way," Ben smiled.

"How will I be paying Miss Temple?" Steve asked.

"You can start by calling me Priscilla," the lady interjected with a wink.

"She won't do much damage to your bottom line, I promise you. Don't even worry about that," Ben said.

"I'm going to warm up the coffee," Priscilla said as she arose from her chair, effortlessly balancing herself on the Jimmy Choo heels. "I'll be right back."

Ben leaned over close to Steve. "That woman is worth over 700 million dollars. She doesn't need money. She's just looking for a place she can stay busy. Her fiance died not too long ago. She's as smart as you or I either one. Hell, for all I know she may be---"

"I may be what?" Priscilla was back.

"Smarter than me," Ben said. "That's what I was saying."

Priscilla laughed as she refilled the coffees.

"Oh, I almost forgot," Ben said, as he stepped over to a large antique desk in the adjoining room. He retrieved a skeleton key which was hanging on a finishing nail underneath the desk. He unlocked and opened the desk drawer. Inside was a vintage semi-automatic pistol and shoulder holster.

"I collect Colt handguns, and wound up with an extra one of these," Ben said. He handed Steve the rig.

"Colt .38 Super Match," Billiter noted with a broad smile.

"Philip Marlowe approved," Ben said. "That one was made in 1937. Quite collectible of course, but if I were you I'd put that baby to work. That's what it was made for. The Super hits hard, I'm sure you know. I figure your former employer wanted to keep your sidearm when you left."

"You're right of course, they did. And you know me too well," Billiter said. "Mine?"

"Absolutely. Holster and all. There's a box of shells in the right hand bottom desk drawer. The ammo is sitting on top of a package which contains the amount of restitution I offered earlier. That's yours too, of course."

Ben handed the desk key to the stunned detective. Billiter could hardly believe his good fortune. *"Maybe there is a God,"* he thought to himself.

And so the arrangement was made. In the days that followed, Billiter used a bit of the money that Ben had given him to get out some advertising and purchase some surveillance equipment. Steve agreed to let Priscilla take care of the sign for the business. She hired and personally paid a neon sign company to construct a shingle style sign of her own design. *BILLITER DETECTIVE AGENCY,* the sign spelled out in neon green letters. The sign was bordered with two lines of neon blue, and there was a white neon magnifying glass which protruded from the upper right corner. It was hung just over the entry door, a location that was easily seen from the street. The blue and white tubes would flash on and off in two second intervals. The nostalgic buzz of the sign, and the flashing of its accents created the perfect old school ambiance for after sunset meetings with clients.

Chapter FORTY-EIGHT

Was it an Islamic terrorist training camp? Or, as was commonly claimed by individuals going to and from the remote 600 acre property in rural Virginia, was it just a peaceful community of like minded individuals who wanted to live away from the influence of the general population? The latter explanation seemed plausible to many. WDBJ channel 7 news had done a story on the property and alleged goings on there, and had concluded that there was absolutely nothing to worry about. The reporter had pointed out that Amish people have kept secluded for generations in America. So why shouldn't any group of believers in a particular religion be able to do the same thing?

But in spite of the flowery coverage of the news channel, the FBI had been watching the activity at the 600 acre Virginia property. Citizens had reported seeing car loads of individuals going into the camp, then emerging a few days later. The license plates on the cars were from all over the east cost. Most were from New Jersey, New York, and Michigan. The entrance to the camp was typically guarded by AK-47 wielding young men whose vehicles would be parked across the narrow road. There was no other way onto the property but that single, narrow lane.

When a Toyota SUV had slid off the ice covered county route heading toward the suspected training camp in late January, a citizen passing by had called the police. There were four individuals in the vehicle, according to the 911 caller. When the police arrived, there was only one person with the stranded Toyota. When asked where the other three individuals who were in the vehicle earlier had gone, the man claimed that he was the only person who had been in the SUV. Later that evening, a farmer called police to report that three strange men had entered his barn and had not come out yet. He had chosen not to confront them, saying that at least one of them had a pistol strapped to his side. The county SWAT team came and surrounded the barn, and the three men eventually were taken into custody. One of those individuals was on the terrorist watch list. The other two were not in America legally. The FBI was contacted by the county sheriff, and they took over the investigation.

By analyzing the cellular phones that the three individuals in custody had on their persons, the FBI was able to determine that it was highly likely that Islamic terrorists were being trained at the 600 acre facility. The agents surveilled the area by satellite and drone in real time for three weeks. There was what appeared to be a Mosque on the property, along with several mobile homes and a dozen or more ocean shipping containers. Various shelters, out buildings, and off road vehicles were also seen in the overhead photos. Agents believed that at least twenty armed men were on the property at any given time. Gunfire was heard regularly by residents who lived near the camp. With plenty of evidence in hand, the FBI obtained a search warrant of the property. They chose to execute that warrant on a Friday, the day that most Muslims would be in the Mosque praying.

Due to the nature of the engagement, the FBI chose to use an armored Virginia State Police vehicle at the front of the convoy of vehicles that would carry two dozen well armed federal agents onto the property. They assembled the convoy gradually along the county route which lead to the camp, a car falling into line every half mile to a mile. The armored vehicle was covered with a tarp and hauled--with special permission from Virginia's governor--on a "low-boy" heavy equipment trailer by an Army National Guard eighteen-wheeler to a location near the camp entrance, then unloaded. The agents did not want to draw attention to the detail by driving the VSP armored vehicle through the small town on the way to the suspected terrorist camp for fear that someone in town might tip off the individuals in the camp.

When the convoy approached the entrance to the camp, the two guards immediately began shooting at the armored unit. One was blasting off shots with an AK-47 in his right hand as he shouted into a radio he was holding in his left. The convoy halted long enough for agents to engage the two individuals, killing them both. When it was determined that there were no other guards at the entrance, the armored vehicle pushed past the blockade of two pickup trucks and the convoy continued. The armored unit traveled about 100 yards in front of the other vehicles, the intention being to draw the first shots from the hostiles. This would help the agents locate the positions of the enemy combatants before the other unprotected vehicles got within range. The dry winter had left the road quite dusty, and this made it difficult for the drivers of the vehicles toward the rear of the pack to navigate. "I'm just following the dust cloud," one agent said.

"Keep a close watch on the sides," Special Agent Leo Keller said over the radio. "They could have a gauntlet set up but probably not. They obviously weren't expecting us."

Agent Keller was riding in the passenger seat of the armored vehicle, and was the agent in charge of the mission. He was a combat veteran, having served two tours with the Marines in Afghanistan. Keller reloaded his Heckler & Koch MP5 submachine gun's partially empty magazine. He had six more fifty round magazines at his disposal if things got rougher.

And they did.

Around thirty men, all with AK-47s, some full auto, some semi-automatic dispersed from the Mosque and began taking up positions behind cover all around the village area of the encampment. Most of the 7.62x39mm rounds were being directed onto the armored unit at the front of the convoy as it drew within two hundred yards of the Mosque. The rounds were having no effect, however. Gunfire being returned by

the FBI agents was fairing much better. One method of approach being
used involved stopping the vehicle briefly while both agents engaged
targets as far away as 250 yards. Six of the terrorists immediately fell in
the hail of 62 grain "penetrator" bullets coming from the Trijicon ACOG
equipped AR-15 style carbines. The ACOG (that is, the Advanced
Combat Optical Gunsight) allowed for well aimed fire, rather than the
"spraying and praying" manner of the typical AK-47 shooter. "You
cannot miss fast enough to win a gunfight," one Quantico instructor was
fond of saying.

When the armored vehicle came to a halt, per Agent Keller's orders,
the other agents in the vehicles behind it jumped out of those cars on
both sides of the narrow dirt road and began moving through the woods
toward the Mosque. They were all in full camouflage dress, well
prepared for the situation.

Agent Keller allowed ample time for the other agents to disperse,
then he pointed ahead to a twenty-eight foot RV trailer which was lifted
up on stacked cinder blocks. "Look at the bullet strikes on the side of
that trailer. Our bullets are bursting outward through the siding, not
making it in. They've got plating in the walls."

Just as Keller had finished speaking, a man inside the RV appeared
in one of the open windows and unleashed a hail of automatic gunfire,
right at the armored unit. The bullets smacked the windshield so hard it
was deafening to the agents inside. The strikes left large "snowflake"

impressions everywhere they hit--but none of them penetrated the glass.

"Ram that center row of blocks!" Keller ordered his driver. The powerful diesel engine and high torque gearing of the vehicle would make the task an easy one. Keller's driver, Agent Kevin Updyke pressed on the accelerator and aimed the extremely heavy steel front end of the unit straight toward the six foot stack of cinder blocks supporting the center portion of the armored RV trailer. Keller fired through the gun port, dumping an entire magazine of 9mm rounds into the open windows of the trailer. This kept the militants inside hidden low behind the plates, not returning fire. Keller knew that the bullet resistant glass could not withstand but so much abuse from the AK-47 rounds. Bullets fired at very close range might make it through that glass.

"We're going to try to bring this trailer down," Keller radioed. "I don't know how many are in there, but if we can knock it over they'll probably start coming out fast."

Updyke crashed into the stack of blocks and the RV trailer fell forward as planned, onto the hood of the vehicle. Five FBI agents were watching, their rifles aimed and ready. When the armored vehicle was backed away, the trailer rolled over, plated side facing down. Eight terrorists began piling out of the now skyward facing back door and windows of the trailer. All of them were taken down by the surrounding FBI agents. In the aftermath, two more terrorist bodies would be found still inside the trailer, dead from a barrage of bullets that agent Michael

Bruce wisely sent through the thin, unprotected roof of the RV while the hostiles were trying to escape.

Gunfire had begun to lull slightly. At least a dozen more of the terrorists were fanning out. Retreating, possibly, or perhaps they had another plan...

Frederick Douglas Jamison had been named for the great African-American champion of freedom for all peoples. But somewhere along the timeline of his thirty-three years, he had been persuaded by radical Islamists to join their cause. Jamison had changed his name to Sayeed Ali and had moved quickly up the ranks of power in the anti-American group. Jamison's parents were devastated when he renounced his Christian faith and began consorting with radical Islamists in the Virginia Beach area where he had grown up. He was highly intelligent, and had ultimately been put in charge of the training camp where the FBI was currently having what would later be logged as the most intense engagement the Bureau had ever been involved in.

Jamison had been watching the battle from inside a cave about three hundred yards back up on the ridge behind the village area. He had given orders by radio to his fighters as to what he wanted them to do next.

Things were eerily quiet for several minutes. No gunfire, no yelling... nothing. The terrorists were all either hiding, or had been on the move.

Agent Terrence Griffin had taken up a position behind a large tree-fall in the woods, about 250 yards from the Mosque. A pastor's son, Griffin had been taught to pray early in his life, and he had been praying fervently prior to and during the current mission. His church's prayer circle was also praying for what they only knew as a "secret FBI mission." When the gunfire lulled, the tall and muscular twenty-six year old African American agent heard vehicles on the road well behind the position where the agents had parked their cars. He moved to another location to see what might be coming in. Had the terrorists called in reinforcements?

When Griffin got to a point from which he could see down a long stretch of the dirt road, what he saw was four different vehicles being parked to block the road. Two rough looking pickup trucks, one loaded with firewood and the other with building materials, a van, and an SUV were positioned such that no one could exit the camp.

"They're blocking us in!" Griffin shouted over the radio.

"What's the nature of the barricade?" Keller responded.

"Four vehicles, angled inward. Egress totally blocked," Griffin said.

"Roger that."

Keller turned to Updyke. "The bastards are gonna try to screw us. I can just feel it..."

The radios came alive again with Keller ordering his agents to get back to their respective vehicles and retrieve gas masks. "Let's hope we don't need them but I've got a feeling we might."

The mindset of the typical Islamic terrorist is that he is not at all afraid to die. Facing such an enemy—who sincerely believes that he'll go straight into the good graces of his god if he dies in combat—is a daunting thing indeed.

From the highest point on the property, six to seven hundred yards from the Mosque, one of the terrorist group watched the goings on through the scope of his SVT-40 "Dragunov" sniper rife. The scope wasn't particularly powerful, but it served well enough to make long range shots on human sized targets. The sniper could see that several of his comrades had fallen. He could see that a few more were wounded, and unable to fight. He was sending shots toward FBI agents when he could see them, but they stayed true to their training, using good cover.

What the radicalized Islamic sniper could not see was the individual behind him, who had crept up the ridge from a county route on the other side of the property, moving stealthily through the brush... silently somehow across the crisp fallen leaves, using the instincts of his forefathers to evade detection. The sniper fired two quick shots from the Dragunov rifle toward an FBI agent and raised his head to look through his binoculars. As he put the binoculars to his eyes, the acrid smoke from the rifle rounds still hanging in the air, he heard four distinctly menacing clicks as the hammer of a first-generation Ruger Blackhawk .357 Magnum revolver was drawn back. Before he could turn to face death squarely, death came to him by way of a 125 grain jacketed hollow point bullet which moved through the back of his skull at 1450 feet per second, emerging from between his eyes with a shower of bloody tissue and shards of bone in tow. The binoculars blew into two parts, fortuitously serving to fully disintegrate the bullet.

Melvin Lemons holstered his revolver, and grabbed the "drag bag" which contained his Remington LTR .308 rifle, laser range finder, binoculars, eighty rounds of 168 grain Federal Gold Medal Match ammunition, thirty rounds of .357 Magnum, a field first-aid kit, a canteen full of water, and four energy bars. He took out his Bushnell Elite 8 power binoculars and focused them on the goings on behind the Mosque. He saw four individuals preparing canisters of nerve gas of some kind. They each had gas masks hanging from their belts. He took the radio from the armored vest he was wearing.

"They're going to gas them it looks like," he reported.

"Oh hell," Morgan replied. She and Sterling were waiting in the Suburban about a quarter mile away, hidden behind an abandoned house trailer.

The plan had been to do a reconnaissance mission to determine the best vantage point to take out F.D. Jamison—the leader of the terrorist training camp. Emory Sloan had known the nature of that camp, and he had also known that Jamison was heading up the training there. Jamison was on the list which had become known to the group as "Emory's list."

Due to the difficult circumstances involved, the crew had chosen to do the reconnaissance mission using the armored Suburban, and Melvin had said "I'm not going up on that ridge unarmed," so he took his rifle and revolver with him.

What the crew had not at all planned for was an FBI raid on the premises the very same day they came to look the property over.

"Of all the damned times for them to hit these bastards, they chose today?" Sterling said.

"Yeah... what are the odds?" Morgan smiled, shaking her head.

"Outlaw, can you guys check the road coming into this place," Melvin radioed. "If I'm not seeing things they've blocked the exit with a bunch of vehicles."

"Will do," Outlaw said. He started the Suburban and headed toward the entrance to the camp.

"Yep. They've got it blocked," he reported.

"Damn," Melvin said. "They're fixin' to blow off a bunch of gas. This ain't good man..."

Melvin watched through the binoculars as some of the terrorists who had been hiding came from their various places and began moving toward the mosque. He could hear the megaphone calls of Agent Keller advising the terrorists to put down their guns and surrender. But no one involved believed for a second that surrender was even a remote possibility.

A drone launched by one of the agents farther back from the front line showed a clear view of what was going on behind the Mosque. "Gas canisters guys, get the masks ready!" he radioed. One of the terrorists had heard the drone, and he tried to shoot it down with his AK-47 but had no success.

Author's Note: If you're so inclined, cue up and play Two Minutes To Midnight *by Iron Maiden, then continue reading... :)*

"Let's get back to the cars!" Keller shouted over the radio. Updyke turned the armored unit around to head out of the area and both he and Keller were stunned to see a barrage of green splattering all over the windshield. The snowflake impressions from the bullet strikes had already left very little clear glass for the driver to see through. Now things were even worse.

"Damned paint balls!" Keller said.

"I can't see to drive!" Updyke shouted. He had turned on the windshield wipers but all that did was make the mess worse.

"Don't open the door," Keller ordered. "We've got filtered air in here. We'll have to come up with some other plan. Keep your mask handy just in case. As long as they don't have VX—which they shouldn't—we should be okay."

Keller opened up one of the gun barrel portals and looked outside the vehicle. The gas had not been dispersed as of yet, for whatever reason.

Melvin Lemons had moved down the hill and sent a shot from 520 yards, taking down one of the perps who was tending to the gas canister detail. The other three immediately became paranoid and ducked for cover. This bought some time for the agents as they collected back at their vehicles to make the retreat. Fortunately, none of them had been seriously injured by any of the hundreds of bullets which had been sent

405

their ways. Three agents were saved by their ballistic vests, selected to stop the type of rounds they suspected they might face. Four agents had non-life threatening wounds on their legs and arms. Their vehicles bore some bullet strikes, but fortunately all agents would survive. "It was a miracle," one agent would later say. And Terrence Griffin would wholeheartedly agree.

"That trail up through the woods about a thousand feet inside the gate... they drove four cars up that way and have the road blocked!" the agent operating the drone confirmed.

"Damn!" Keller shouted over the radio. "We need this tank out there to push those cars out of the way, if it will. Those bastards are going to blow that gas any moment. They've covered our windshield with paint balls... we can't see to drive... we might be screwed guys."

Keller peered through the forward gun portal, and tried to direct steering instructions to Updyke. It was an exercise in futility, however. When the vehicle hit a tree that Keller hadn't seen, he banged his head against the edge of the gun portal, and began bleeding from the wound. He had nothing immediately at hand to stop the bleeding other than his issued ball cap, which he pressed against the cut.

The agents were all back in their cars, and were working on turning around on the narrow road so they could at least attempt to get out. Dreama Lunden, the agent who had been driving the rear vehicle on the way in was now up front. "Yeah guys, we're blocked," she said when she and her partner rounded the curve and saw the array of vehicles about 400 yards ahead.

"Lay back," Keller ordered. "They may have taken up positions behind that barricade."

"Copy," Lunden said. Then she noted a cloud of dust from the dry winter ground in the distance beyond the blockade. "Did we have help ordered?" she asked over the radio.

"Negative," Keller replied. "Nothing close, anyway."

"Well something's getting closer," Agent Lunden said.

"Keep us advised."

"Roger that."

Agent Lunden watched as the billowing dust cloud drew closer. She could see the form of a very large vehicle of some kind beginning to take shape in the midst of that cloud. As the road dipped lower, the vehicle temporarily disappeared behind the blockade, then at seemingly the last second it reappeared about 100 yards away from the barrier. The eighteen-wheeled military grade tractor-trailer was moving at about 45 miles per hour. When he was only 50 yards from the blockade, Brent

"Outlaw" Sterling reached over to the dashboard and activated the power divider, and both locking differentials. He mashed the accelerator hard onto the floor sending black smoke billowing from the truck's exhaust stack. The four blockade vehicles bounced away like toys as the huge truck made its way on into the camp. The FBI agents could see that the truck was not slowing down. Five agents whose vehicles were centered in the road quickly moved them to the side, hoping the truck wouldn't hit them. Fearing that one of the terrorists could be behind the wheel of the massive vehicle, many agents dove for cover away from their cars.

But the truck weaved carefully yet quickly around the FBI vehicles as it continued on toward where Agents Keller and Updyke sat stranded in the armored unit. At a couple of points, Sterling drove the truck into the ditch line to get around unmanned Bureau vehicles.

"What's the situation Chief?" Outlaw radioed.

"I ain't lettin' a soul get close to them gas canisters," Melvin answered. "Three dead ones as of now... one more gettin' ready to be."

"I'm comin' in with a borrowed truck. If you want a ride outta here you need to be close," Outlaw said as he approached the Mosque area of the encampment. He slowed the truck to a crawl as he drew within 80 yards of the Mosque.

"You're coming in? Seriously? I can leave the way I came in boss," Melvin radioed back.

"Somebody had to do something. These guys were a helluva mess," Outlaw said.

Just then two of the terrorists came up from behind a stack of broken cinder blocks and ran up along the driver's side of the rig, rifles aimed at the cab. But Outlaw had been checking the mirrors every three seconds. He spun the wheel hard to the left, dragging the massive steel trailer in a tight counter-clockwise circle across the two miscreants before they could escape. The belly of the "low-boy" trailer had only eight inches of ground clearance. The terrorists came out the other side looking like roadkill deer. One was actually impaled on his own rifle.

Melvin keyed up his radio. "Okay man I saw that... daaahum dude," he chuckled. "But I gotta get the big guy first. He's working his way down the hill to find out what's going on. I shot his radio about five minutes ago. He left it laying on his ruck sack outside the cave in plain sight. Dumb ass."

"Roger," Outlaw answered. "But we ain't got a lot of time ya know."

"We don't need it," Melvin reported. "He's down. I just got him profiled, shoulder to shoulder." The Matchking bullet had ripped through Jamison's upper body "the long way" as Melvin would later

409

describe it.

The gunfire coming from the militants had nearly subsided. One of them had actually gotten on the mosque PA system and was warbling some kind of satanic mating call he thought might help. Keller and Updyke decided to exit the stranded armored unit and make a run for the nearest Bureau vehicle they could find. The open bed of the same silver Dodge pick up that Steven Billiter had driven to Atlanta several weeks before was inviting enough. The two agents jumped in as the driver sped away. Updyke raised his head to look into the cab to see which agent was driving. It was only then that he noticed three bullet strikes in the windshield. Agent Terrence Griffin was behind the wheel with the accelerator floored and he wasn't looking back. He was still praying. Two of the bullets had exited through the truck's rear window leaving fragments of glass in the truck bed. Updyke noticed that only after putting his hand down in the shards of glass which cut into his palm. He didn't notice the pain at all. But he did notice the bloody hand print he left on the fender well of the truck bed when he rolled himself over to sit upright.

Outlaw was still looking around for Lemons. They simply had to get out of there fast. "Where ya at Chief?" he called out over the radio.

"Lookin' atcha," Melvin replied. Just then, Sterling saw Melvin in the right hand mirror, coming up along side of the truck. Melvin threw his drag bag onto to the low-boy trailer up against the head board, and climbed inside the cab. "Now what?"

"Well," Outlaw said, "We're either going to get lucky or we're getting ready to make a crap ton of FBI buddies. It depends on which way they go when they get back to the pavement to regroup. I think they'll go to the right towards town. Morgan's got the 'burb on the left."

"We're always lucky, man. We got this boss," Melvin said enthusiastically.

And Melvin Lemons was right. The last of the FBI vehicles could be seen moving down the paved county route to the east as Sterling and Lemons approached the intersection. Sterling parked the massive truck completely across the county route, forming a barrier between the departing FBI agents and the crew's Suburban, which Morgan had driven back to the hiding place behind the old house trailer.

"We're ready for pick up," Sterling radioed.

"Be right there tiger," Morgan replied.

Using the sleeves of their coats, the guys got busy wiping finger prints from the truck's controls and door handles—even though they strongly suspected the FBI would have no trouble figuring out who they were.

As Morgan pulled up in the Suburban, two of the surviving terrorists were running on foot toward the paved road. Their ammunition depleted, they were wielding long knives and shrieking at the tops of their lungs, totally deranged by the wickedness of their doctrine. Morgan exited the Suburban with her Remington 870 12 gauge, and gave the first one a rifled slug to the chest, and the second one caught the alternated load of double-aught buckshot. The second perp was apparently wearing some good body armor. The load of buckshot rocked him off balance a bit, but he regained his composure and continued the caterwauling charge.

"Have it your way," Morgan said. She racked the slide of the 870 and sent a rifled one ounce slug right into the face of the running terrorist at about 40 yards. The perp's head exploded like a melon hit by a nine iron.

"Gettin' it done gal!" Outlaw congratulated as he picked up the ejected shell casings.

Melvin retrieved his drag bag and tossed it onto the floorboard and took a seat behind Morgan.

Once on the road back to the hunting camp where Ben, Chuck, and Bronson were waiting to debrief, Morgan texted a simple smiley symbol and "4:15" which indicated to Ben that the crew were en route and should be there by 4:15pm.

They arrived safely at 4:10pm actually, with plenty to tell Ben and the others about how their day had gone.

It was decided that Sterling, Coffey, and Lemons would lay low at the hunting cabin for several days. If need be, they could go into one of the caves for shelter where provision was already stored. Bronson took Melvin's .308 rifle back to his home gun shop to install a new barrel, just in case any authority tried to link the bullets at the terrorist training camp to that rifle. After darkness had settled in, Ben took the Suburban back to his house, leaving the crew his Ford Raptor truck to use.

Chapter FORTY-NINE

"Why do you think he came in?" Valerie Atwell asked at the round-table meeting of agents who had been involved in the terrorist camp incident.

"Well, assuming that was him," Leo Keller began...

"Let's not pretend Agent Keller. That was Brent Sterling. Black Stetson hat. Bushy mustache and goatee... Ray-Ban Shooters. You know it and I know it. Let's back up and start over. Why do you think he came into the camp?"

"Maybe to pick up his buddy? Hell I don't know," Keller said.

"Maybe," Atwell said. "But Lemons had obviously gone in from the north ridge. He could have left that same way."

"How do we know that's how Lemons went in?" Agent Updyke asked.

"The militants had a sniper posted on that ridge looking into the camp. He was shot from behind with a fragmenting bullet from a handgun. Could have been a .357 magnum judging by the entry hole in the skull, and the amount of damage. We didn't find the bullet. Whoever killed him came up behind him from the north ridge. We believe that was Lemons. He came in that way, and he could have gone out that way as well. So the question remains, why did Sterling take the eighteen-wheeler into the camp?"

"Maybe he wanted to help us." Keller stated the obvious.

"And we're certain that Lemons was there?" another agent asked.

"Seven of the militant group were killed with thirty caliber match grade rifle bullets," Atwell said. "We know that Lemons competed in long range shooting matches with a .308 rifle, and he typically did very well. We're just connecting dots here, but we are heavily convinced that Lemons was on site, and that he was the shooter of the individuals found dead behind the Mosque. He would also have been the one who shot and killed F.D. Jamison.

"What were these guys doing up there at that camp in the first place?" another agent wondered.

"We believe they were planning a hit on Jamison. They just somehow showed up on the same day we were there," Atwell said. "They would have looked the camp over and decided how to set up the hunt and then they'd have come back on a later date with a client. Obviously things did not go as planned."

"So how are we planning to proceed here?" Keller wanted to know.

"We have three of the militants in custody. We're having a great deal of difficulty getting them to cooperate, as you might imagine. But we think one of them may be able to identify Lemons as the man who jumped into the truck being driven by Sterling. That would help us place Lemons on the scene." Atwell looked directly at Keller.

"Agent Atwell, that was a terrorist training camp full of the kind of people America doesn't need," Keller began. "Updyke and I both lived through seven minutes of hell, not knowing if we'd live or die. I did two tours in Afghanistan and I never came as close to dying there as I did here in my home state the other day. From what I can tell, whoever was driving that truck did us one hell of a favor. And whoever shot those bastards trying to uncork those VX gas bottles saved lives. My life and his life for sure." Keller pointed at Kevin Updyke.

"While that is probably true," Atwell said, "We have sworn an oath. What would this country be like if law enforcement just stood down and let people take the law into their own hands?"

"This is different in my view," Keller said. "What I saw there was a couple of individuals who were willing to risk their own lives to help us get out of that place with our lives. He knocked that blockade apart so we could get out. On top of all that, they had to know that there was a high likelihood of being apprehended by us. But they did what they did anyway." Keller paused a moment, then continued. "I love the FBI, you know that. But I'll leave this badge on your desk and go back to the Marines before I'll participate in a hunt for Sterling or Lemons. And I'll go farther than that. I'd gladly shake both of their hands if I were ever to get a chance to meet them."

Atwell pursed her lips and raised her eyebrows as she looked first at Keller, then at Updyke.

"I feel exactly the same way," Updyke said. "I don't know much about what these guys did or didn't do in the past. But I'm not in favor of pursuing them over this incident. It just wouldn't seem right. I know the law, and I know the oath that I took. Leo and I both have wives and small children at home. We were able to go home to our families that night. Other agents went home safely that night as well. If we're looking for terrorists, I'm all in. But count me out if you're going after Sterling and Lemons. I can't go there. I won't go there."

"Morgan Coffey would have been with them as well," Atwell noted. "According to the satellite data, their black SUV moved toward the the camp entrance from a location about a quarter mile away during the time the two men were coming out in the military transport truck. The two militants killed near the place where the truck was abandoned were taken with a shotgun. Coffey was probably standing guard as Sterling and Lemons got out of the truck and into their SUV. Some of the archived high-res satellite imagery from a couple years ago appears to show Coffey practicing with a shotgun on multiple occasions. She's the most likely of the three to have been on the shotgun at that point.

"Well God bless her as well," Leo Keller said.

"My kinda woman," Updyke added.

Valerie Atwell was silent for a time, making notes. Another senior agent was doing the same thing, then he leaned over to Atwell and whispered something to her. She nodded.

"Okay that's it guys," Atwell said. "We'll let you know if any further action will be taken in this case. We're adjourned."

Chapter FIFTY

Ben raised his wine glass. "Good friends and a bottle of wine."

"Cool song for sure," Priscilla said, recalling the Ted Nugent number.

Steven Billiter merely smiled and raised his own glass. The three were gathered around a table at the Black Bear three weeks after the incident which had prompted the group to decide that Sterling, Coffey, and Lemons should take some winter down-time at the hunting camp. Ben had hired Billiter for the first time since he had set him up in the Roanoke office.

"It looks like they're off of this thing as best I can tell," Billiter said.

"I'm going to go out on a limb here and say that the Bureau is trying to return the favor, unofficially of course. It wouldn't be unheard of. But that doesn't mean they're going to give you guys a pass in every case."

"Nor would I expect them to," Ben said.

"There's no buzz about it at all in the Richmond office, according to my contact," Billiter continued. "And there haven't been any surveillance teams moving between your hunting property and the lake on either county route. I watched route 630 for the last couple weeks, and Miss Prissy here—he cast a glance toward Priscilla—watched 717."

Priscilla curled the corner of her mouth as she looked at Steve. Then she looked at Ben.

"Miss Prissy," Ben chuckled.

"I'll get you for that Steve," Priscilla said. But her smile indicated that she wasn't as miffed as she pretended to be.

"That's good to hear," Ben said. "And things are going well on the other cases you're working on?"

"Yes. We're doing two cases right now for Roanoke City. I love this work. I don't have a boss breathing down my neck all the time... I can set my own hours, and when it gets past my bedtime I send her out,"

Steve laughed.

"The perfect job for an insomniac," Priscilla smiled.

"You've got a gun, right?" Ben asked.

"Emory had a safe full of guns. I found a shiny thirty-eight that seemed good. Steve took me to the indoor range to practice with it. We are going again tomorrow. He says I need to shorten a couple of the nails on my right hand. I told him I would have to think about that." Priscilla smiled at Steve.

"I'm lookin' after Miss Prissy," Billiter smiled. "She can handle the gun just fine. It's a nickel plated Smith Bodyguard. She probably picked it because of the pearl grips."

"Is that wrong?" Priscilla laughed.

"It's loaded with Glasers," Steve said, "so it ain't wrong. Just cut those Dolly Parton nails and it'll be easier to grip the gun like you're supposed to."

Priscilla held out her right hand and looked at her long silvered fingernails. "I'll file the nails on my pinky and ring finger a bit tonight if I get time," she winked at Steve.

"Friends now, are we?" Larry Crockett said as he passed by the table, noting that Ben and the mystery fellow from a few weeks before were dining together.

"Friends, yes," Ben confirmed, and Steve nodded.

"Friends," Priscilla chimed in as she looked at Ben and Steve.

"A woman like that'll get you in a world of trouble guys," Crockett teased.

"Me?" Priscilla laughed, touching her fingers to her breast. She had known Larry Crockett for longer than Ben had. In fact, it was Larry who tended to her on a couple of occasions when she wouldn't have likely made it home if not for him.

"Only if you let her," Ben smiled.

Larry looked at Priscilla. "Are we doing well these days dear?" He had known of Emory's passing, and had actually attended the funeral.

"I am, Larry. Thank you for asking. And thank you for everything else. I truly appreciate it." Priscilla was quite sincere.

"Never mention it," Crockett said. "My pleasure as always."

"That's a good man," Priscilla said as Larry walked away.

"To good men, and dangerous women!" Billiter raised his wine glass.

"Ah yes," Priscilla joined.

Ben looked at Steve curiously. "Watch yourself now buddy," he grinned, then he raised his glass to join the toast.

Chapter FIFTY-ONE

Elizabeth Cochran sat alone in her beige Buick Rendezvous just after dark on the ides of March. The previous few weeks had gone by so quickly. "April will be here soon," she said to herself. Her son Dwayne would have been thirty-seven years old on April 2nd, had he lived.

Dwayne Cochran had been the second husband of Barbara Vest.

Barbara's first husband had died when he had presumably let a shotgun go off while he was working on it in his garage. Barbara collected a substantial sum of insurance money in the aftermath of the incident. Dwayne had been married to Barbara just over two years when he also died of a gunshot wound. Barbara had told police that Dwayne had been threatening suicide due to their marriage being in trouble. She said that she tried to grab the 9mm pistol from Dwayne's hand when he pointed it at his head, but he had overpowered her and successfully shot himself.

Owing to the curious coincidence of Barbara's previous husband's manner of death, investigators were very suspicious of her account—especially in light of the fact that Dwayne's life was insured for 250,000 dollars with Barbara being the sole beneficiary. The policy's "suicide clause" which denied coverage for suicide for the first two years had only days before expired. Dwayne had told his mother that things were getting really bad with Barbara, and that he did not trust her. He had planned to change his insurance policy to make his mother the beneficiary, but he had died before he got the chance to do so. Elizabeth Cochran was convinced that Barbara had killed Dwayne.

Barbara was arrested and tried for the murder of her second husband. The trial which was held in Richmond, Virginia ended in a hung jury. A new trial was set, and a new jury was selected. Barbara was allowed to go free in the interim on a 500,000 dollar bond which her mother had secured. Before the trial, however, Barbara disappeared. Efforts by state and local law enforcement to find her had been unsuccessful. Elizabeth

Cochran was devastated.

"My precious Dwayne," Elizabeth said as she looked at his picture. She closed her locket which contained the picture, then noticed a black Chevrolet Suburban rolling slowly up along side her. The passenger side rear door opened, and a woman called out "Elizabeth?"

"Yes, I'm ready," Elizabeth answered. She got out of her Buick and climbed into the Suburban, taking a seat along side Priscilla Temple. She immediately recognized Brent Sterling and Morgan Coffey up front.

"Where exactly are we going Priscilla?"

"Here, put this on. It's very important," Priscilla said, as she handed a sleep mask to Elizabeth.

"Whatever you say," Elizabeth obliged. "You surely have my curiosity up."

"How have you been getting along?" Priscilla asked as the Suburban pulled out of the Kroger store parking lot.

"Good. I'm sure they'll find Barbara. She has proven her guilt by running. She won't get away with it."

Priscilla put her hand on Elizabeth's shoulder. "How are you with the

Buena Vista hunt?"

"Fine," Elizabeth answered. "It won't bring back Dwayne of course, nor will it bring back that other young man. But it needed to happen. I don't regret doing it."

The Buena Vista hunt had been only part of a grander notion that Priscilla had conceived of. A woman from Emory's list was living carefree in that small Virginia town. While living in Florida, that woman had poisoned her husband over the course of several weeks, using anti-freeze which she mixed into soups and drinks that she served to him. There was no life insurance policy in effect. Pleading insanity had been a long shot, but in her case it had for the most part worked. The woman was sentenced to six months in a mental institution with mandatory counseling for one year afterward. The Florida court had been shockingly lenient. Once her year of court ordered counseling had been completed, the woman moved to Virginia to get away from the derisive treatment she was enduring from people in the rural Florida community where she and her husband had lived. Unwittingly, she had placed herself within casual striking distance of the Tavenner group.

Priscilla had made Elizabeth Cochran's acquaintance a month after the mistrial, and the two had become good friends. On a particular Friday evening Priscilla invited Elizabeth to dinner with Ben, Chuck, and Bronson at the Black Bear. Following that hour long dinner, the doctors agreed with Priscilla that Elizabeth would be a safe bet. Two

426

days later when Priscilla approached Elizabeth with the proposal, the grieving mother readily agreed to the hunt. It would cost her nothing.

The Buena Vista kill was simple. Elizabeth Cochran had been picked up by the field crew the evening of the hunt about twenty minutes before sundown. She was briefly taught how to handle the Ruger 10-22 semi-automatic rifle. The .22 Long Rifle chambered firearm was equipped with a noise suppressor. It was loaded with fragmenting sub-sonic ammunition. Noise from the little gun was virtually non-existent when Elizabeth emptied its ten round magazine into the murderous woman who for seven years had gotten away with her horrible deed. All 10 shell casings ejected into the Suburban's floorboard. Sterling had simply pulled up alongside the woman as she got out of her car on highway 60 to look at the flat tire she had conveniently experienced a few miles from her home. With ten bullets peppered into her chest and abdomen, the murderess fell briefly across the hood of her car. After Sterling sped away in the Suburban, the woman then fell face forward into the right lane of traffic and was scalped by the front tire of a passing septic tank pump truck for good measure.

"We have about a twenty minute drive," Morgan said to the two ladies in the second seat back. This would be Priscilla's first trip to the hunting camp since becoming a necessary member of the group. She was quite excited.

"So this is the second part of our arrangement that you told me about... I assume?" Elizabeth asked.

"Yes," Priscilla said. "We think you'll like it."

The Suburban followed highway 40, then turned onto the county route which passed by the hunting camp. Sterling stopped at the narrow entrance to the camp while Morgan unlocked the first cable barrier. She also disengaged two shotgun shell alarms and opened a second cable barrier as they continued into the camp.

"Here we are," Morgan said as they pulled up outside the large garage. "Go on and remove your blindfold."

Elizabeth removed the sleep mask and allowed Morgan to help her out of the Suburban. Priscilla followed.

"Right this way folks," Melvin Lemons invited, emulating a carnival hawker. He was standing just inside the open walk-through door to the garage.

Once everyone was inside, Melvin closed the door and bolted it. "Let's go downstairs," he said.

Melvin led the way down the ladder through the trap door which was typically covered by the drip pan which stayed underneath Chuck Zimmerman's Willys Jeep.

Priscilla was first on the ladder, wearing her snakeskin platform stiletto heels.

"Careful," Melvin warned. "Take your time and go easy. Otherwise I'll have to catch you," he teased.

"Don't tempt me," Priscilla laughed, as she navigated the ladder seamlessly. Elizabeth Cochran came down next, followed by Sterling and Coffey.

The room was sufficiently lit, and immediately shocking. The trophies being displayed all had their own individual lighting as well. The room had a unique odor. It wasn't good. It wasn't bad. It was just... what it was. It was the "scent of justice," one client had called it.

"Oh my... goodness," Priscilla managed.

"You'll want to see Emory's trophy," Morgan said, showing Priscilla the way to Tracy Van Outen. "This little punk burned a dog alive, and has paid the ultimate price," she added with a satisfied smirk, her right hand on her shapely hip. Van Outen was quite obviously Morgan's favorite display.

"I see," Priscilla said. She was reading the plaque displayed along side of the trophy. "My Emory did a good thing," she finally said after considering the display for about a minute. Elizabeth Cochran was right by Priscilla's side. "This man deserved to die for sure," she said.

Priscilla turned to Morgan, then she cast a glance toward Elizabeth.

"Over here," Morgan said, walking only a half dozen steps to a cubicle closer to the part of the room where the taxidermy was performed.

"Elizabeth, you are my friend, and this is my gift to you," Priscilla said as the impact of the display began to have its effect. Elizabeth had not expected a trophy at all. She hadn't even known about the option of getting a trophy. Priscilla had donated--as she put it to Ben--to the "greater good" when she'd told Ben to keep the 100,000 dollars which would have been her part for the Las Vegas caper. Priscilla had wanted so badly to do something for Elizabeth. She had seen the broken mother's face on the TV news clips as those involved with the trial left the courthouse in Richmond.

Priscilla's idea had been to have Elizabeth kill a woman who had gotten away with murdering her husband. Ben agreed that completing the hunt would help assuage the deep anger and frustration that Elizabeth was dealing with--especially in the aftermath of Barbara Vest's disappearance.

But Barbara Vest hadn't gone far. There she stood—or there what was left of her stood—holding the 9mm pistol, approaching a man whose head was turned away as he sat on his bed. This kill had been Bronson's. Once Billiter and Priscilla had gotten a firm idea of Barbara Vest's goings about as she awaited the second trial, that information was given to the doctors, and in turn they informed the field crew. Barbara Vest had been taken with a crossbow—a weapon that Bronson had recently become quite fond of. She was killed one night during heavy rain, in her own backyard. She had just returned from a local night club which she had been frequenting. The crossbow was totally silent, but the kill was very bloody. The crew had chosen a rainy night to take the trophy, so that the rain would wash away every trace of evidence— which it did. The body was bagged up and transported to the hunting camp. Morgan had made quick work of Barbara Vest's remains, yet the display was perfect.

Elizabeth nearly collapsed when she saw Barbara Vest standing in front of her. Vest's face displayed all of the vile hatred that she certainly embodied when she had killed Dwayne.

"It's perfect," Elizabeth finally managed. "It's exactly what it should be. I just don't know what to think of all of this... I just... God almighty..."

"And now you know why she didn't show up for the trial," Melvin laughed as he popped the top on a can of Pabst Blue Ribbon he'd been keeping in his jacket pocket.

Elizabeth looked at Melvin as he turned up the beer and took a drink. She had to smile. "Yeah. It all makes sense now," she said. "I never had a clue this was... something you guys did."

"It's for select clients," Morgan said. "You had a need, and you had a financier, and you had some advocates. That's how you got this."

"You know you can never talk about this," Brent Sterling warned. He fixed his eyes on Elizabeth. The haunting threat of ultimate calamity loomed in those hard driving eyes but a moment, then he curled the corner of his mouth into the hint of a smile, and continued.

"You're a killer now too, you know."

"I know," Elizabeth said. "You have the video, so you know I'll stay quiet. You're a pretty shrewd bunch I must say."

Sterling smoothed his mustache and tilted his head back just a bit, keeping his eyes on Elizabeth.

"We try," he smiled.

Chapter FIFTY-TWO

Cedric Dellinger glanced over the list of esteemed guests who had been invited to dinner at his home on the lake. The mid afternoon meal was set for Saturday, the day before Easter, and was prepared by Cedric himself—with a bit of help from Priscilla this time.

Those present at the dinner would be:

Priscilla Temple
Steven Billiter
Brent Sterling
Morgan Coffey
Melvin Lemons
Natalie Darden
Emily Darden
Chuck Zimmerman
Bronson Garner
Ben Tavenner
Cedric Dellinger

As guests entered through the back door of Cedric's mansion, coming in out of the chilly early spring air, he welcomed them with handshakes for the men and hugs for the ladies. Light jackets and sweaters were placed on a couch in an anteroom. Wonderful aromas of the feast wafted through the home. The enticing fragrance of honey baked ham competed with the tease of fresh baked apple pie for the most inviting scent. Cedric was as dapper as ever, wearing a peach colored dress shirt, eggplant tie with an antique gold-set onyx clip, navy trousers held up by a slender dark brown belt, argyle socks and oxblood wingtip shoes. While in the kitchen, he wore an embroidered apron which had belonged to his mother.

Cedric had skillfully used colored chalk on a 3 x 4 foot chalkboard which sat on an easel at the entrance to the dining room. Amid artful drawings of inviting foods on the borders of the chalkboard the items on the menu were listed.

Dinner:
Turkey
Ham (both honey baked and Virginia style)
Mashed potatoes
Chicken gravy
Beef gravy
Green beans
Peas
Asparagus
Sweetened baby carrots

Cranberry relish

Homemade sliced bread

Homemade rolls

For dessert:

Cheesecake

Apple pie

Sweet potato pie

Chocolate torte

To drink:

Sweetened iced tea (white sugar)

Unsweetened iced tea

Spring water (lemon wedges available)

Coke (regular and diet)

Coffee, fresh ground dark roast (fresh brewed)

Coffee, decaffeinated (brewed as desired)

Wines and after dinner beverages:

Cabernet Sauvignon

Sauvignon Blanc

Tawny port

Aged bourbon, 80 proof

Sterling, Lemons, and Coffey arrived a bit early to see if any help was needed getting things together.

Sterling wore his usual black Stetson hat, a hunter green western style button down shirt, black denim jeans and cowboy boots. Lemons had let his shoulder length black hair down from the usual ponytail. He wore a light blue dress shirt, a thin navy blue knitted necktie deliberately pulled a bit loose, blue Wrangler jeans and freshly polished black tactical boots. Coffey wore a magenta silk blouse with long sleeves and tight blue jeans which she tucked into her knee-high cordovan riding boots. Her strawberry blonde hair was hanging loose and fell just below the collar of her blouse. Morgan Coffey had never pierced her ears. The only jewelry she wore--unless one were to consider her battle pocked Rolex Explorer jewelry--was a thick braided gold choker holding a heavy pendant that on closer inspection proved to be the likeness of a 12 gauge shotgun shell case head, made from 14 karat gold.

"Need any help?" Melvin asked Cedric as they came inside.

"We've got it under control my man," Cedric said.

"We'll need a lot of help eating all of this though," Priscilla said as she carried a hot apple pie from the kitchen into the dining area. She wore a lavender tea-length dress, white stockings and purple suede Prada four inch pumps. A long string of genuine pearls encircled her neck twice, complimented by her dangling gold-set pearl earrings.

Next to be greeted at the door by Cedric were Ben, Natalie and Emily. Ben had picked the girls up from their townhouse on the way in his Audi A6. He wore a white dress shirt and pastel blue tie which was kept in place with a filigreed platinum tie clip which Natalie had given him for his birthday in November. Dark trousers and black oxford shoes rounded out the look. Natalie wore a daffodil yellow dress which had a pleated skirt and three-quarter length sleeves, tan stockings and white t-strap pumps. She wore a single silver Ichthys earring, dangling two inches from her left earlobe. She and Emily both loved the symbol, not only because it proclaimed their Christian faith, but also because they were born under the zodiac sign of Pisces, "the fish." Emily had on a sleeveless teal top, white pencil skirt and coral stiletto heeled mules, and the other half of Natalie's pair of Ichthys earrings in her own left ear. The girls wore identical chokers which were composed of sterling set onyx stones, the blackness of which contrasted strongly with the springlike colors of their clothing.

Cedric directed the new arrivals to the main living room where they found Sterling, Coffey and Lemons. Morgan came directly to Natalie and gave her a kind embrace. "No color coordinated patch today?" she asked with a slight smile.

Natalie pulled her hair back from the black kidskin leather eyepatch just enough to reveal a dime-sized metal yellow rose at the outer edge. "An earring I didn't need and a hot glue gun," she laughed.

"Nice," Morgan smiled. "If I ever need an eyepatch I'll make you my designer."

"Let's hope you never do," Natalie said. "I think you have the prettiest green eyes I've ever seen."

"Thank you," Morgan said. "That's very kind of you."

"I trust everyone has been saving up their appetite," Ben remarked.

"The gangster knows how to put on a spread for sure," Lemons said. "I'm ready for it."

"Steve I want you to meet some folks," Priscilla said as she showed Steven Billiter to the large living room where the others had congregated. He was wearing black denim jeans and the same orange polo shirt he'd had on that memorable evening at the bar in the Black Bear. His hair was combed through and styled with Wild Root Cream Oil. "This is Brent Sterling... Morgan Coffey... and Melvin Lemons."

Billiter greeted each member of the field crew, putting faces to names, briefly imagining what hell they had been through that day in the terrorist training camp. "You guys have quite the reputation," he said with a smile.

"All good I hope," Morgan said as she took hold of Steve's hand. Her green eyes nailed him, but they did that to everybody.

"All good, of course," Steve assured with a sincere smile.

"Steve you've met Natalie at least once. This is her sister Emily," Priscilla said.

"It's nice to meet you Emily," Steve took Emily's soft hand gently between both of his. "An honor," he added.

Emily smiled at Steve, "For me as well," she said.

"Business is good?" Ben asked Steve.

"Definitely," Billiter replied. "I'm going to have to work a bit tomorrow, in fact."

"On Easter Sunday?" Ben raised his eyebrows.

"Yeah, but I can't complain. The holiday is giving me an opportunity to check on some things while a certain individual is out of town," Billiter smiled. "I'll take the family to church of course, then I'm off to Martinsville for the evening, lock picks in hand."

"I see," Ben laughed. "I won't ask anymore."

Chuck Zimmerman and Bronson Garner had just arrived. Chuck wore khaki slacks and a loud patterned golf shirt. Bronson was dressed similarly. "Going out for a round of golf after lunch," Chuck said. "Bronson's going to teach me a lesson so he says but he'll be the one getting schooled I'm sure."

"We'll see about that," Bronson laughed. He cast a glance into the dining room at the long mahogany table which was loaded heavily with delectable looking options. "But we might not make it to the golf course. We might both have to just go home and sleep this one off after what's getting ready to happen here!"

Everyone laughed. Everyone, that is, except for Melvin Lemons. He had hardly averted his eyes from Emily since she'd walked into the room. Natalie had noticed that Emily's admiration for Melvin seemed mutual.

"Look at him!" Emily whispered to her sister. Look at that... hair... that skin... that build... have you ever seen a more perfect man in your

440

life?"

"Careful sis," Natalie cautioned. "You know the things I've told you about him."

"And I've loved every syllable of what I've learned so far," Emily said. "But I never expected him to look like... *that!*"

"He's pretty fine for sure," Natalie said. "I've only seen him once before myself."

"Those eyes... that smile... could he really be so bad?"

"I think you're getting ready to find out," Natalie said. "He's walking over here..."

"Natalie's sister?" Melvin said.

Emily looked into Melvin's eyes and could think of nothing to say.

"Yes," Natalie filled in. "She's my sister Emily."

"I'm her... sister," Emily managed. But later that evening, after dinner and two glasses of tawny port wine she wasn't quite as reserved: *"I've heard of you, but I never imagined you'd be so damned fine."*

Cedric's commanding presence took hold of the room. He had entered to announce that it was time for all to be seated at the dinner table. "Just sit around the table, wherever you'd like."

Everyone took their seats. Melvin and Emily of course ended up side-by-side, with Natalie to Melvin's left, then Ben next to her. Across the table were Brent and Morgan, with Chuck and Bronson on either side of them. Steve sat next to Bronson near Priscilla, who sat at one end of the long table. Cedric sat at the opposite end, closest to the kitchen.

There were eleven now, in all.

"Let's join hands and ask for God's blessing on this meal," Cedric said. When all were holding hands he began the prayer.

"Gracious Lord, we thank you for this bountiful provision. More than that we thank you for sparing our lives and blessing us with trusted friends. We thank you most of all for what you did for us on this holiday we now commemorate. Please bless this food that it be right for our partaking. Guide us Lord, and have mercy on our souls. Amen."

"Amen!" several in the group echoed. And the meal commenced.

After the cordial chaos of the passing of each bowl and platter, Ben took hold of Natalie's left hand. Underneath the table, out of sight of the guests, he slipped a ring onto her finger. Natalie gasped as tears of joy filled her eye. Ben kept his hand on her wrist, not yet letting her see the ring.

Cedric had been watching the couple, and was privy to what Ben had planned. He raised his wine glass.

"A toast, ladies and gentlemen, if you will... a toast to our trusted friends Ben and Natalie.

"To Ben and Natalie!" Priscilla said, lifting her glass, and all joined in.

Natalie's hand trembled as she brought it from underneath the table. She held out her hand to view the large square cut diamond engagement ring.

"I can hardly believe it Ben. It's so beautiful."

"And so are you," Ben said. "So are you."

Once everyone had put down their wine glasses, Ben raised his own glass, and Natalie raised hers. The large diamond caught the early afternoon sun shining through the room, refracting light onto the rich red wine in Natalie's glass.

"How does Mrs. Tavenner sound to you?" Ben asked.

"Like heaven," Natalie said. "*Yes*."

The couple touched their wine glasses together, and both took a drink.

Cedric began the applause, and all joined in.

"We wish you two the very best," Cedric said.

"Let me see it!' Emily practically demanded. With Natalie to his left, and Emily to his right, Melvin was temporarily caught in the crossfire of two ladies looking at an engagement ring. He just leaned back in his chair, marveling at their excitement. Before releasing Natalie's hand, Emily shot a glace at Melvin that shook him only briefly. "He smiled that beautiful smile," she would later say.

"To friends!" Priscilla raised her glass.

"To friends," Steve was first to echo the sentiment.

"Loyal friends, yes," Cedric added.

"To friends," Ben agreed. "And to loyalty resolute!"

EPILOGUE

*Author's note: Put on Iron Maiden's **The Evil That Men Do** and let's look at some wedding pictures.*

Ben and Natalie stand facing each other, the minister between them. The late afternoon summer sun glistens off the lake in Cedric's back yard. Natalie is wearing a flowing and traditional white wedding dress. Ben is wearing a black tuxedo with burgundy cummerbund and a dark red rose in his lapel. Their loving smiles say it all...

Ben and Natalie Tavenner stand side by side, facing the photographer. Next to Ben is his best man, Brent Sterling. Brent is wearing his black Stetson hat, white dress shirt and burgundy tie, blue jeans and black western boots. Next to Natalie is Emily, her maid of honor. Emily is wearing a strapless burgundy dress with matching gloves, a dark red rose in her hair...

On the backyard swing... Cedric Dellinger and Priscilla Temple are seen well into the spirits of the champagne they've been enjoying. They have raised their glasses on the cue of the photographer. Cedric has on a 1930's themed pinstripe suit and a dark red carnation in his lapel. The Gangster indeed. He wears a slightly startled expression. Priscilla is sitting sideways next to Cedric, her legs thrown momentarily across his lap for the picture. She has on a floral print dress, tan stockings, green satin heels and a mischievous smile.

Morgan Coffey has on a royal blue pleated skirt with a light blue sleeveless blouse and black western boots. She is smiling at the photographer, holding a white window marker in her hand. She has written "Just Married" on the back glass of the Tavenner's Audi A6. Brent Sterling has been watching. He stands just behind Morgan.

Melvin Lemons is centered between Chuck Zimmerman and Bronson Garner. They're all three sitting on the roof of the Suburban, their legs hanging inside the open sunroof. All three men wear summer pastel colored shirts and neckties.

Melvin is standing behind Emily, his arms around her waist. They are leaning against the fender of Priscilla's Cadillac. We can see that the damage from the birdbath incident has yet to be repaired. Priscilla is sitting behind the wheel, the door open, her left leg outside the door. She isn't looking at the camera; she is smiling at Melvin and Emily.

Someone has captured a picture of the photographer. He is standing in the bed of his Dodge Ram truck, gaining some elevation to get a better angle for his photographs. Steven Billiter seems quite in his element, using the Leica digital SLR camera Priscilla had bought him for his late May birthday. He is smiling as he looks through the camera's lens, getting ready to snap the next photo.

All eleven are standing at the lake's edge, near the dock. The minister has used the Leica to take the picture. We see no others there; only the eleven. Parents and other relatives would be informed of the marriage in the days that followed. Ben had wanted it that way, and the twins had wanted it that way.

In our last photo we see Ben and Natalie driving away in the Audi. The sunroof is open, and they're waving goodbye. The red taillights are easily seen in the dim light of the setting sun. They've told no one where they're going—only that they'll be back by mid summer.

www.ingramcontent.com/pod-product-compliance
Lightning Source LLC
Chambersburg PA
CBHW051433260626
47162CB00001B/80